Catharine Maria Sedgwick

# Hope Leslie

# ホープ・レスリー

キャサリン・マリア・セジウィック
高野一良 訳

国書刊行会

ホープ・レスリー——目次

【主要登場人物】

エヴェレル・フレッチャー
行動力旺盛な移民第二世代の若者。ホープとは兄妹のような絆で結ばれ、二人とも多くの植民地のピューリタンと違い信仰に縛られない自由な考えを持つ。インディアンの娘マガウィスカとも対等な立場で接しようとする。

ウィリアム・フレッチャー
エヴェレルの父親。許婚《いいなずけ》だった従妹アリスとの仲を引き裂かれ、ピューリタンに理想を求めマサチューセッツ湾植民地に渡る、移民第一世代。後にアリスの娘ホープ、フェイスを引きとる。若者たちの自由な意志を尊重。ウィンスロップ総督の親友。

マーサ・フレッチャー
エヴェレルの母。良妻賢母を妻のつとめと課す。一歩引いたところで一家を支える。

ディグビー
フレッチャー家の忠実な老召使い。エヴェレルやホープを支え続ける誠実な人物。

ジェネット
フレッチャー家の召使い。エヴェレルやホープの自由奔放な振る舞いを苦々しく思っている。

ホープ・レスリー
アリス・フレッチャーとチャールズ・レスリーの娘。父の死後、母と妹フェイスらと新天地に渡るも、母は死去、フレッチャー家に引きとられる。エヴェレルと兄妹のようにして育つ。明るくて誰からも愛されるが、自由奔放にすぎるのが玉に瑕。エッサーの親友。

アリス・フレッチャー
ホープの母親。従兄ウィリアムとの悲恋の末、チャールズ・レスリーと結婚。夫の死後、二人の娘を連れて新天地に渡ったが、ほどなく病で命を落とす。娘をウィリアムに託す。

フェイス・レスリー
ホープの妹。姉より先にフレッチャー家で暮らしはじめ、インディアンの若者オネコと仲がよい。

グラフトン夫人
ホープとフェイスの伯母。二人の保護者として行動をともにする。お洒落好きの未亡人。

クラドック
ホープとフェイスの家庭教師。ラテン語に精通する好々爺。ホープに翻弄されるも彼女を愛してやまない。

エッサー・ダウニング
ホープの親友。ホープとは対照的に慎ましやかで、敬虔なピューリタン信仰の持ち主。イングランド出身だが、ボストンの伯父ウィンスロプの家に住む。ピューリタンの教えが彼女の一番の行動規範。

ジョン・ウィンスロプ
マサチューセッツ湾植民地の初代総督。実在の人物。本作品の中でも植民地の政治的、精神的リーダーとして存在感を示す。エヴェレルの父ウィリアムの親友。

マガウィスカ
ピクォート族のリーダーの一人モノノットの娘。気高く、気品溢れる美しき娘。ピクォート戦争で兄を失い白人の捕虜となり、弟オネコと共にフレッチャー家に引きとられる。英語を話し、エヴェレルと親しい関係。

オネコ
マガウィスカの弟。姉と共にフレッチャー家に引きとられる。ホープの妹フェイスを可愛がる。

モノノット
マガウィスカの父親。ピクォート族のリーダーの一人。実在の人物。白人が植民地建設を開始した当初は白人と友好関係を築こうとしたが、ピクォート戦争で息子や仲間たちを虐殺され、復讐の鬼と化す。

フィリップ・ガーディナー
自らをピューリタンと偽り植民地に渡り、ウィンスロプ総督らに巧みにとりいる。ホープに一目惚れし、我がものにしようと策略をめぐらす。

ローザ
天涯孤独のガーディナーの召使いの娘。その姿にはある秘密が……。

ホープ・レスリー

かつてこの場所には一人の誇り高きインディアンの長がいた。
だが、彼の語る物語には悲しみの影が深く刻み込まれていた。
白人たちがやってきたからだ。
あたかも仲間であるかのような顔をしていた彼らには恐るべき力が備わっていた。
たき火は消え、太陽も去った。

かのインディアンの長も狩場に去った。
弓の弦をつま弾く音も、もはや過去のもの。
昨日という日々は今いずこ。
聞こえていたはずのあの声は今いずこ。
空にかかっていたはずの虹は今いずこ。
そこにいたはずのインディアンは今いずこ。

# 序章

　この物語は史実を忠実に再現した歴史物語ではない。実在の人物が登場し、実際に起きた事件も取り扱われるが、すべて物語を紡いでいくための道具にすぎない。実在の人物や事件を登場させることによってあの時代の雰囲気をじかに感じ取ってほしいというのが作者の狙いだ。

　例えばフィリップ（あるいはクリストファー）・ガーディナー*1について、歴史好きの読者なら、実在する彼の記録とこの物語の中の記述との間に差異があることに気づくだろう。ニューイングランドに植民地を建設した白人たちが引き起こしたあのピクォート戦争の経過についても、作者は若干のアレンジを試みた。

　ニューイングランドに入植した第一世代の人々は、基本的にあまり教育の程度は高くなかった。だが、完全に無教養だったというわけではない。何よりも勤勉という美徳を身に備えていた。自分たちが置かれている状況についても正しい認識を持っていた。彼らが建設したマサチューセッツ湾植民地にしろ、近隣の植民地にしろ、当初は大西洋岸にぽつりぽつりと建てられた規模も小さな入植地にすぎない。

　内陸に向かって果てしなく広がる荒野。その荒野は闇に閉ざされ、荒ぶる自然は人の侵入を拒絶する。その荒れ果てた大地との境目に配置され、輝き続ける数個の灯火のような存在、それがニューイングランドの初期植民地だった。そしてその灯火が消えぬよう、入植者たちは最善を尽くした。当時の入植者たちのことにあまり関心を抱いていない人々も、ひとたび彼らの遺した記録に目をやれば、その記録が明瞭な文体で書かれ、話題に富み、信頼性が高いことを知り、驚きの気持ちを持つだろう。

これから皆さんに読んでいただくことになるこの物語の作者も、できるだけ多くの資料にあたり、熱心に資料を読み込んだ。あの時代を完璧に再現することを目論んだつもりはなかったが、多少不安に感じていることもある。物語の展開に不必要と判断した物事については一切触れなかったことだ。

北米大陸に住むインディアンについてはこんなことが言われている。あらゆる人種の中で、征服されても奴隷化されることのなかった唯一の者がインディアンであると。彼らは絶対に服従しない。捕えられれば死を望み、喜んで地獄の責め苦に身を投げる。こういったインディアン観は私たちの先祖が作り上げてきたものだが、いずれ研究者たちが歴史の流れを検証し直し、公正な立場から正当な考え方を提示してくれるに違いない。

私たちの先祖が遺した記録によれば、インディアンはあくまで犬畜生扱いというのが普通だ。生きることよりも死ぬことを望み、それも愚かで悪意にまみれた頑迷さ故死を望むのだと私たちの先祖は考えた。仮にインディアンの世界に歴史を書き残す者、詩人といった職種の人たちがいたのであれば、仲間たちが死を選んだ行為も誇り高き勇気と愛国心のなせる業であると書き記し、褒め称えたのではないかと私は推測する。

さて、この物語の主役の一人であるインディアンの少女マガウィスカについて、モデルとなるべき存在がいないのではないかという指摘が出てくるかもしれない。かの有名なポカホンタスの如き人物を取り上げれば物語に箔がつくのかもしれないが、それはそれとして、架空の人物に物語世界を委ねるという創作方法もあるはずだ。私はその道を選択した。それだけのことだ。

美徳や知性など、人種や民族を超え、誰にも平等にもたらされるものだ。その前提でこの物語は進められていく。世界各地に住む人々の性格、気質の違いも環境の違いがもたらしたものだ。理性的で正確な目の持ち主であればこの考え方に異を唱えることもあるまい。

最後に、この物語を世に問うことについて。作者には新たな歴史教科書を読者に提供したいという意図はない。この国で生まれ育った若者たちにこの国の初期の時代について知りたい、調べたいという気持ちを少しでも引き起こすことができれば、作者にとっては望外の喜びだ。

# 第一章

ウィリアム・フレッチャーはイングランド東部サフォークの地に住む名士の家に生まれた。高名な弁護士の伯父がいて、伯父の名は彼と同じウィリアム・フレッチャーだった。この伯父は職務の遂行にあたり熱意に溢れ、また柔軟な思考の持ち主だったので、多くの人々の信頼を得、富も授かった。子は娘一人。当然のように、この伯父は自らの名と富を娘の婿に託そうと考えた。そのお眼鏡にかなったのが甥であり、彼は伯父の娘アリスの許婚《いいなずけ》となった。

しかし、伯父は甥に対して懸念も抱くようになり、甥の父親に対して以下のような手紙を送りつけた。

息子のことをもっとよく見てやれ。彼が政治に関して知るべきことはただ一つだ。国王陛下に対して完璧かつ絶対的な忠誠の意思を示すこと。臣下たる者、犠牲を払わねばならぬ時もある。

イングランド議会の指導者の中にも、悪事を企み、人々を扇動するピューリタンども、そう、国教会の教えを公然と批判する不埒な者どもの仲間がいるようだ。バッキンガム公もそのうちの一人だと思われるが、余計な詮索をすることはやめておこう。旧約聖書にある通りだ。「通行人が自分に関係のない争いに興奮するのは犬の耳をつかむようなものだ」（箴言　26：17）

無駄な思索に耽ってはならぬ。無意味な探求に時間を使ってはならぬ。探求に探求を重ねても真理には辿り着かないなどということはよくあることだ。考え、答えを出したらその答えを信じる、これが国王の臣下たる者の務めだ。何が定められたのか、確認し、納得し、従う、極めて簡単な務めだ。私はこの国に住むすべての若者に対してこう望む。エリザベス女王を中心に据えた政治的、宗教的原理原則を肝に銘じ、遵守してほしい。国王が定めた法に従い、右や左にぶれることはしてはならない。

このような至極まっとうな健全な原理原則があるにもかかわらず、若者たちの頭の中を占めているのは、自由を愛するギリシャ人やローマ人たちが残した哲学や思想だ。自由を愛するなどという学風は今や致命的な害毒といえよう。自由だと。これぞ不忠の心が生み出したもの。自由から生み出されるのはただの混沌。アダムとイヴも自由にそそのかされ、楽園から追われた。その時以来、自由は我々人類に害悪をもたらすばかりだ。

だが、今はお前の息子の話だ。何はともあれ、息子をピューリタンどもから引き離せ。活動を共にするなどもってのほか、顔を合わせることもやめさせろ。ピューリタンどもはいずれニューイングランドの植民地に追い払われてしまうのだぞ。今多少は良心の呵責を感じている若者たちもあの地に行けばそれを忘れ、聖職者を自称する者が白衣を身にまとい、祈りを捧げる場に現地の野蛮人たちと一緒に身を置き、平等という名に支配された空間を満喫していくことになる。

ああ神よ、お前の息子ウィリアムがあのような者たちと行動を共にすることがないように。息子のことをしっかり見張っておくのだ。聞いたぞ、お前たちの家の近所にはあのジョン・ウィンスロップ[*2]が住んでいるというではないか。奴は著名な紳士ということになっているが、とんでもない、許しがたいことに生まれも育ちも偽っているそうだ。そのくせ、あの忌まわしいピューリタンの教えを吹聴するにあたって自らの生まれと育ちに関する逸話を巧みに利用しているという話だ。
サフォークにはジョン・エリオット[*3]などという熱狂的なピューリタンも住んでいるとのこと。この若造はおしゃべり好きで暇を持て余している女たちや物を知らない若者たちをたきつけ、人気者になっているらしいな。危険な輩《やから》どもが周りをうろうろしているのだ。生半可な態度ではだめだ。厳しく我らの希望の星であるウィリアムを守れ。いいか、あらかじめ言っておく。今この国に広がりつつあるピューリタンという疫病に感染した者には娘をやらん。一銭たりとも金も譲らん。

ピューリタン憎しの思いが露骨に表れていて誤解を招く恐れもある手紙だが、自らの財産を相続する権利がある者の目を覚まさせたいという伯父の熱意は誰の目にも明らかだ。地方で名を成した甥の父親に対して、支配階級たるジェントルマンの誇りをもって息子に対処せよと伯父は真摯に訴えようとしたのだ。

だが、甥の父親は息子が自分の気の向くままに行動することを許容していた。後にマサチューセッツ湾植民地の初代総督になるジョン・ウィンスロップは息子フレッチャーの相談相手となり、「ニユーイングランドの伝道者」と称さるようになるジョン・エリオットはフレッチャーの親友だった。これもまた神がなせる大いなる御業だったのだろう。かつて我々の先祖の一人もこう言った。

「神の御業により人々は三つの国を渡り、試練の末ようやく荒野アメリカの地にかけがえのない種をまいた」

しかし、世の中にはこういった事態に首を突っ込みたがる者がいるもので、甥っ子の不埒な振舞いについて伯父にご注進に及ぶ輩が現れた。伯父は住まいがあるロンドンに甥を呼び出し、悪しき疫病に冒《おか》された土地から彼を救い出そうと試みた。

呼び出しに応じて現れた甥の姿を見て、伯父は当初大いに満足した。なぜなら、見たところ、甥は眉目秀麗、立ち居振る舞いも優雅だったからだ。だが、どんなおべっか使いでも、若きこの甥が見せた次の行動には開いた口がふさがらなかっただろう。この若者は、伯父が祈りの際に使用する道具を見て、共に跪《ひざまず》こうとはしなかった。顔色一つ変えず、偶像崇拝などもってのほかという態度をあからさまに示した。

伯父は動揺した。彼の心に潜む弱さが若き甥の毅然とした態度に敗北を認めたのだ。この若者が持つような精神性に誇り高き伯父は生まれて初めて出会った。どう対処していいのか、皆目わからず、この若者を自分の思い通りにするのは無理だと諦めかかった。だが、彼には人の世の中で身につけてきた経験という武器を備えていた。人間には絶対に弱みがある。そこをつけば必ず勝てるという弱点がある。甥はまだまだ若く、恵まれた環境で暮らしてきたので、その弱みをまだはっきりとは自覚できていないだけのことだ。伯父の狙いは自らの娘と甥の関係にあった。

甥は伯父の娘アリス・フレッチャーとは幼馴染みだった。若い男女の交際を妨げようとする者たちもおらず、二人は今や心の赴くまま自由に付き合っていた。自制心などというものとは無縁の二人だった。夏真っ盛りの季節に遊び戯れる子供のような奔放さでこの二人は愛し合い、信頼し合った。

幼少の頃、アリスを教育していたのは母親一人だけだった。母親は重い病にずっと悩まされていた。その母親を看病し続けたアリスは母親だけを愛した。父親とは心を通い合わせることができなかったのだ。父娘という関係を遵守することにはいとわなかったが、愛情に溢れた親子の情を育てることは不可能だった。病の母が天国に旅立った後、彼女は深く深く傷ついた。その心をただ一人優しくほぐしてくれたのがいとこの若きウィリアムの誠実さだった。二人の心は自然と固く結ばれていくようになる。

甥の不遜な態度を見せつけられ、ショックを受けた伯父だったが、その後甥が近くに住み始め、娘との関係が深まるのを目の当たりにし、伯父は勝利への予感に満たされていった。このままわが娘に夢中になってくれれば、あの若者も自らが憑りつかれてしまった信仰や生き方を捨て去ってくれるかもしれない。

世故に長けた伯父ではあったが、若い恋人たちが互いを思いやり、力強く自らの信じる道を邁進することになろうとは想像だにしなかった。だから、伯父は若い二人の様子をじっと観察しつつ、二人の間の愛が甥の邪な感情を制御する方向に働くと思い込んでいた。そして、甥の自由奔放な、しかし許されざる政治的、宗教的信条を抑え込んでしまうことを唯一の目的として、若い二人がより仲良くなれるよう熱心に立ちまわった。

決して目立たぬよう、心の中に自分なりの熱い情熱を秘めて、伯父は若い二人が愛を育んでいくのを応援した。二人がべったりと依存し合うようにあらゆる手立てを講じた。そして、二人の若い男女が自らの想いを断ち切るくらいならば死を選ぶのみだと思い込むほどに愛を深めたと確信した時、伯父は甥を呼び出した。

伯父はまずこう言った。

「わが娘との間に芽生えた心のつながりは真の愛情に育ったのではないかな？　父親として心から嬉しく思う」

そして、二人が一緒になることは自分自身の人生にとっても喜ばしいことであると伝えた上で、こう続けた。

「二人が一緒になることを認めるにあたって、一つだけ条件がある。これは絶対に譲れない条件だ。お前に証人の前で誓ってもらいたい。自由という名の無秩序を若者たちに吹き込む、あの忌まわしき教え、ピューリタンたちの教えには金輪際見向きもしないと誓ってほしい。つまり、国王に絶対的に従い、国教会の教えのみに服すると誓わなければならない。お前は若い。娘と歓喜に溢れた日々をこれから過ごしていく中で、神もまたお前の汚れた心を洗い清めてくれる。今答えを出す必要はない。一日、いや一週間でも一月でも頭を冷やしてじっくり考えることだ。すべてお前の選択次第だ。愛と富に満ちた人生を歩むのか。金もなく、流浪の民として地を這いずって生きていくのか」

伯父からこう申し渡された若者は驚きのあまり凍りついた。自分の足許に大きな穴があき、愛するアリスがその穴に呑み込まれ、姿を消してしまったとしても、これほど愕然とすることはなかっただろう。死刑宣告を受けたらこのような気分になるのだろうか。目に映るものすべてが闇に包まれ、生きる希望などすべて失われてしまった。

伯父に言わせれば、政治的にも信仰の面でもわが信念は道を外れているということになるのだろう。そういう信念を自分が持っていることに伯父が気づいていないわけがないと頭では理解していた。だが、今まではそのことについて何も言わなかったではないか。いつも優しく見守ってくれていたではないか。伯父が応援してくれていると信じていたから、自分はアリスに愛を誓い、アリスも自分に愛を誓ってくれた。慎み深く、慎重に愛を育んできたつもりなのだ。

しかし、若者は殉教者を責める業火の中で身を焼かれたとしても自らの信念を曲げることはできない、自らの命より大切なものを犠牲にするのも致し方ないと即座に判断した。一切の迷いを捨てたのだ。

「私は二度とアリスと会いません。何も知らない彼女の笑顔をこの目に焼きつけたくないし、すべてを知った彼女の涙を見つめ続ける勇気もありません」

彼がこの決意表明をした日、実家から大至急家に帰れという連絡が偶然届き、彼はすぐにロンドンを飛び出した。そのためアリスと顔を合わせずにすむことはできたが、短い手紙だけはアリスに残しておいた。ただし、手紙の中で自分の胸の裡に触れることは避けた。

彼が実家に着くほんの数時間前、彼の父親は息を引き取っていた。彼に残されていた唯一の家族の絆がいきなり完全に断ち切られたのだ。母親はとうの昔に亡くなっていたし、血のつながる兄弟も姉妹も一人もいなかった。遺産はそれなりにあったので、経済的には当面今まで通りの生活をすることは可能だった。

彼はすぐにロンドンからサフォークにあるグロトンに引っ越し、友だちのウィンスロップを訪ねた。

友に会って自らの決断について語りたいという気持ちがないわけでもなかったが、それよりも何よりも憔悴しきった己を友に慰めてもらいたい、友を訪れた目的はそれに尽きた。

ウィンスロプは慈愛に満ちた、優しい人物として知られていた。だが、彼は二度結婚し、結婚生活の現実についてかなりよく知っていたため、男女間の愛情にまつわる情熱的側面について若干冷ややかに考えるところがあった。だから、アリスへの愛しい想いをとめどもなく語り続けるフレッチャーに対していくぶん白けた思いで耳を傾けるしかなかった。このような話はよくあることだ。

ウィンスロプは悲しみに暮れた友を見てこう考えるに至る。不条理に愛を奪われた者こそ、この地上で神の御業を実現する行いに身を投じるべきだ。それしかない。後に偉大な政治家となるこの男は、ちょうどその頃己の使命についてはっきりと自覚するようになっていた。そして、神の名の下に行われるその大いなる事業に、伯父に愛を引き裂かれた友を招き入れようと考えたのだ。そうすれば、友の悲しみも遠からず癒されることになるはずだ。

ウィンスロプは友に伝えた。

「この業火の苦しみは、神が君の信仰を試すためのものだ。しっかりと立ち向かえば、この魂の苦闘から抜け出していくことは可能だ」

フレッチャーはじっと友の言葉に耳を傾けた。自分では治癒不能と思っている傷を外科医に徹底的に診てもらっている、そんな心境だった。

ウィンスロプはあと数日で新大陸のニューイングランドを目指してサザンプトンから船が出ることを知っていた。自らの信仰するものに照らし合わせるなら神の御心は自ずと明らかであり、この地上界で起こる人の世の出来事などどうとでも解釈しうる。だから、今はとにもかくにも神の御心に従えとウィンスロップは友に熱く語った。

「今旅立つあの船は壮大なる使命を携えている。その使命がなければあの船は途中で沈むだけだ。自分の使命に忠実であろうとする者は後ろを見ない。前を見るだけだ」

フレッチャーは神の声に従うことにした。これはロマンティックな夢想といったようなものでは決してない。あの頃現世のしがらみや楽しみを抛《なげう》ち、神の御心に身も心も任せた者たちが数多くいた。この者たちにとってその行いはロマンティックな情熱によって引き起こされたものでは決してなかった。騎士道精神、十字軍的決意に裏打ちされたものでもなかった。わが父祖たちはこの地上界で何らかの報酬に授かりたいなどという欲とは完全に無縁だった。

ただし、フレッチャーにはやっておかねばならない課題が一つだけ残っていた。アリスに自らの決心を伝えることだ。彼はこう思い込んでいた。アリスならわかってくれる。自分はやましいことは何一つしていないし、すべてを犠牲にして神の御心に従おうとしているだけだ。アリスは絶対に許してくれる。そう判断したフレッチャーは手紙でただこう伝えた。

「お父さんと和解したまえ」

説明や弁明など一切なかった。愛しているということ、船が出航するサザンプトンに短いもので構わないので手紙をよこしてほしいということ、それだけを手紙の最後に添えた。アリスの手紙には伯父宛の手紙も同封されていた。その手紙の中でフレッチャーは伯父に自らの決意を語った。

「もはやご恩を受ける意思はない。私は二度とイングランドには戻らない」

出発の準備を整えているフレッチャーのところに連絡が入った。まもなく船は出る。フレッチャーはサザンプトンに急いだ。そして、沖合に停泊している新大陸行きの船に渡してくれる小さなボートに乗り込もうとしたちょうどその時、ある建物から彼の名を呼ぶ声が聞こえた。アリスだった。アリスは駆け出し、彼の腕の中に飛び込んだ。そして優しく彼を責めた。

「私の気持ちなど何もわかっていなかったのね。私はどこへでもあなたについていく。あなたと運命を共にしたいと思っている。なぜわかってくれなかったの？」

アリスの言葉はフレッチャーにとっては完全に予想外だった。いや、男であれば皆このような女心は理解できなかっただろうし、ここに至ってこのような哀願を受け入れるべきでもなかっただろう。

だが、冷静に考える時間はなかった。ほとんどの乗客は乗船を済ませていた。わずかな者たちが母国や友人たちに最後の別れを告げるため、まだうろうろしているだけだった。別れは確かにつらい、哀しい。あちらこちらからすすり泣く声や祈りの声が聞こえてくる。誰もが目から涙をこぼしている。別れの言葉は短く、しかし皆の心を突き刺した。

涙を流し、別れを告げている人たちのところにアリスとその従者を残し、フレッチャーはいったん船に行き、彼女たちを連れていく手続きをとろうとした。船の上でちょうど牧師の姿を見つけたので、アリスが乗船したらただちに結婚の儀式を執り行ってくれるよう依頼した。諸事万端整ったところで、船を下り、アリスのところに戻ろうとボートに乗り込んだ。その時、神が共に行けと遣わしてくださったに違いない愛しき女性の姿をじっと見つめている彼の目に、別のものが映り込んできた。

伯父の馬車だ。武装した騎馬隊も一緒だ。それも正規軍ではないか。目指しているのはアリス。伯父たちの狙いはすぐにわかった。何というおぞましい連中だ。ボートの乗組員に全力でオールを漕げとフレッチャーは叫んだ。自らもオールを手に取り、無我夢中で漕いだ。信じられないようなスピードでボートは走ったが、間一髪間に合わなかった。

フレッチャーが陸に駆け上がった時、アリスのか細い叫び声が聞こえた。彼女はすでに伯父の馬車に連れ込まれるところだった。彼の目にとまったアリスの顔は悲痛に歪み、両腕は空しくフレッチャーの方に差し出されていた。そして、あっというまに馬車は彼の視界から消えていった。

フレッチャーは必死に追いかけた。待ってくれと大声で叫び続けたが、伯父が連れてきた兵士たちはフレッチャーに口汚い罵りや嘲りの言葉を返すばかりだった。

新大陸行きの船へ渡すためのボートの最終便が出ると教えてくれた者がいたが、絶望のあまり気も狂わんばかりとなったフレッチャーは、自分は行かないと伝えた。フレッチャーはロンドンに向かった。伯父と面会し、話をするつもりだった。彼の要望は受け入れられ、彼らは長い時間話し合いを行った。伯父の召使いたちによれば、アリスも話し合いの場に呼び出されたらしいが、何がその場で起こったのか、どのような話が出たのか、周囲には何も伝わってこなかった。

話し合い後のフレッチャーの表情が絶望で塗り固められていたのは一目瞭然だったが、彼はごく親しい友人たちにも話し合いの内容について一切語らなかった。だが、サザンプトンで起きた一連の出来事についてはサフォークにいる知人たちにも話が伝わっていて、フレッチャーの不幸は多くの人が知るところのものとなった。

それから二週間も経たないうちに伯父からフレッチャーのところに知らせが届いた。フレッチャーがもう二度と家名を汚さぬよう、最良の手立てを講じたという知らせだった。アリスをチャールズ・レスリーという男と結婚させた。そして、フレッチャーの新大陸行きがいったん先延ばしになったのは遺憾だが、これからはもうお前の好きにすればいい。

絶望に打ちひしがれていたアリスはまともにものを考えられるような状態ではなく、父親の命に従った。その当時も周囲にいる人たちはうすうす気づいていたことだが、時が経つにつれ、彼女は心を完全に閉ざしてしまった。誰とも接触を持たない引きこもり状態に入ってしまったのだ。彼女にこの麗しき孤独の神殿から抜け出そうという意思が多少なりとも芽生えたなら、優しき天使の心が彼女に宿った可能性はあったのだが。

一方ウィリアム・フレッチャーはというと、二、三ヶ月もするとある女性と結婚するようにウィンスロプらから勧められた。この女性はウィンスロプが後見役を務めていて、皆の意見では慎ましく、優雅でまさしく神の子のような乙女、必ずや良き伴侶になる女性ということだった。フレッチャーは仲間たちに勧められるままこの女性と結婚した。

ニューイングランドに移住しようという彼の決意は変わっていなかったが、それをようやく実行したのは一六三〇年のことだった。家族全員と家財一切をかのアーベラ号に乗せ、彼は新天地を目指した。

皆さんご存知の通り、このアーベラ号で自身初の新大陸行きを果たしたのがジョン・ウィンスロプだ。ウィンスロプはこの航海を経、ニューイングランドで名を成し、その名は後世にまで伝わる誇り高きものとなっていった。

# 第二章

ニューイングランドに渡った第一世代の植民者たちは後世に名を遺す偉業に身を投じたわけだが、実際彼らが出くわした新天地での生活は障害だらけだった。この現実を耐え抜くのは実に厳しいことだった。人々は自ずと寡黙で謹厳実直な人柄となっていったが、それは信仰にすべてを捧げた者たちが辿るごく自然な人格形成の故だったのだろう。

誰もが荒野に敢然と立ち向かっている世界の中で一人の男が抱え込んでいる憂鬱など、人の目にはとまらない。フレッチャーの哀しみに気づく者は少なかった。人と話したがらないフレッチャーに対して自尊心を傷つけられる者、好奇心をくすぐられる者が多少いた程度だ。この新天地で使徒として生きていく者は一人一人使命感を持っていなければならない。これぞニューイングランドの共同体で求められる第一の理想だと考える者たちにとって、フレッチャーが本当は何を考えているのか、よくわからなかったのだ。一方、好奇心旺盛な者たちは、口を閉ざしている者が隠している心の秘密が気になって仕方なかった。

では、フレッチャーの心の中は実際どうだったのか。自分と共に新天地での生活に情熱をもって挑んでいる同胞たちに対して心底からの敬愛の念を持っていたのは確かだ。だが、個々人が持つべき使命感がなかなか共同体の中に浸透していかないことに失望の念を禁じえなかった。共同体が多様な人々によって構成されているのはわかるが、信仰に裏打ちされた使命感は最上級な形で人々にきちんと伝わっていくはずではないか。

大人の世界でもまれず、十分な人生経験を持っていない人間にありがちなのだが、フレッチャーは、旅に出た後、最初の遅々とした足取りが最後まで続くに違いないと思い込んでしまう幼い旅人のようなものだった。こういう旅人は、旅の行程の中で自らの希望がかなわず、また予定が遅れると苛々してしまう。

こういう人たちのことを夢想家と呼ぶこともできるが、この種の夢想家は心の中にある理想とそぐわない現実に対峙するとたんに我慢がならなくなってしまう。理想がなかなか実現しないことがどうしても許せず、すぐに焦る。一般に人々の性格も共同体の構造も理想的なものに成長していくのにはかなりの時間がかかるものだ。考えてみてほしい。今に至るまでの時の流れの中で、社会をより良くしようと理想を追い求めていたはずの我が父祖たちも、クエーカー教徒や罪なき無垢な女性たちを魔女として葬り去ったではないか。必ず失敗を犯す。それが人間だ。

まあよい。このくらいにしておこう。我らの時代と父祖の時代をあれこれ比較しても始まらない。フレッチャーに話を戻そう。

彼の心は痛むばかりだった。新大陸に渡るためには少なからずお金が必要だったはずだ。大金を積んでここまでやってきて、人間世界の幸福のために身を捧げようと誓ったはずなのに、なぜ周りの人たちは他人を抑圧し、自らの富や地位のことばかり気にするのだ。この地はあくまで信仰を基軸とした共同体となるべきなのだ。信仰こそがこの世の真理を定め、その真理を皆が共に追求する共同体こそ理想の共同体、そう夢見ていたフレッチャーは、現実の新世界を目の当たりにし、幻滅をぬぐえなかった。誕生してごくわずかのこの新天地で異端の者たちが早くも幅を利かせ始めている。

彼の精神状態はひたすら悪い方向に進んだ。信仰の自由という大原則を錦の御旗としてあらゆる犠牲を払ってこの新大陸に渡ってきた者たちが、他人の信仰のあり方に関してあれこれ口出しし、束縛しようとする。吐き気がする思いだった。もともと一人孤独に瞑想することを好む質《たち》だったこともあって、仲間たちの姿に絶望した時点でフレッチャーは共同体の要職に就くことを要請されても拒絶するようになった。

そして一六三六年に至り、フレッチャーは、着々と成長を遂げていたボストンを離れ、当時まだ辺境の地であった内陸部の入植地に移住することを決意した。ちょうどその年に開拓が始まったこの入植地はコネティカット川沿いにあり、スプリングフィールドと呼ばれるようになっていた。入植地の中心人物はウィリアム・ピンチョン、ピンチョンの娘婿となったエリザー・ホルヨーク、サミュエル・チャパン。[*4]

フレッチャーの妻は何の文句も言わず夫の決断を受け入れた。男性が圧倒的な支配力を持っていた時代だった。夫の意思を尊重しない妻などいるはずもなかった。新しい入植地が非常に不便なところにあり、危険と隣り合わせの場所にあることなど、妻は何も知らなかった。旧約聖書の創世記の中でアブラハムがカルデアの地を離れ、約束の地カナンに行けと神に命じられた時、おそらく感じていたであろう抗議の意識と同じ程度の反発はあったのかもしれないが、ともかくフレッチャーの妻は夫におとなしく従ったのだ。

一六三六年の夏にはフレッチャー一家は新しい入植地に向かった。まだ開拓が始まったばかりの土地だったが、スプリングフィールドは富裕層の援助を受け、すでに村といってもいい発展ぶりを示していた。

最初に入植した人たちは、インディアンが作った道を辿りながら、川沿いに土地を切り開いていった。地上の楽園のような土地で、土は肥えていた。毎年起きる洪水が川沿いの土地を豊かにしていたのだ。豊饒な土地は怠け者のインディアンたちにとっても好都合だったはずで、トウモロコシなど食用になる穀物の類を細々と作り続けていた彼らの畑を入植者がうまいこと再利用した場所もあった。しだいにインディアンたちが生活していた小屋は姿を消し、不格好ではあれ生活しやすい白人入植者たちの家屋が点々と建てられるようになっていった。

今スプリングフィールドの街には店が隙間なく建ち並んでいる。大西洋岸からやってきた商人やヨーロッパの織物、南国のフルーツを取り扱う業者が様々な店を開いている。荘厳な裁判所、大学、銀行、いくつもの宗派の教会など、人口が多く発展著しい都会にはつきものの建物はすべて現在のスプリングフィールドで目にすることができる。

だが、開拓当初入植地の中心にあった建物といえば、砦と数軒の丸太小屋のみ。ただし、砦といっても周りを盛り土と柵で囲っているだけで、防御性は極めて低かった。富裕層の者たちが建てた家屋は広々としていて、それなりに手の込んだものになっていた。当時流行の建築様式が用いられ、その手法はマサチューセッツの大西洋沿岸地方で多く見られた建築方法だった。ニューイングランドの人々にとって慣れ親しんだ少し無骨さのある建物が富裕層には人気だった。

スプリングフィールドでは、開拓当初、入植場所は森から外れた平地に限られていた。現在上流階級（こういう階級が民主主義国家アメリカの中に存在すること自体妙な話なのだが）の者たちが生活している風光明媚な丘陵地帯には豪華な建物や立派な遊び場所がいくつも建てられているが、当時はこの丘陵地帯こそ深い森林地帯と平地の境目となっていた場所だった。その先にある森林地帯には原生林が鬱蒼と茂り、日の光もわずかしか地上には届かなかった。

さて、フレッチャーがやってきた時、開拓が始まったばかりのスプリングフィールドでは有力な戦力となる人物がやってきたと大いに歓迎されたのだが、すぐに人々の期待は裏切られた。フレッチャーにはそういった期待に応えたい意志など毛頭なかったからだ。フレッチャー自身、人々と交わるつもりはなく、富裕層の者たちは引きとめたのだが、人々が住んでいる地域から一キロ以上離れたところに居を構えることにした。彼は、インディアンが襲ってくる可能性などまずないだろうと判断していたし、どの程度襲われる可能性があるのか事前に徹底的に調べることもしなかった。

彼が選んだ場所は高台にあり、滔々と流れるコネティカット川を眼下に眺める美しい場所だった。川は草原の中をゆったりと湾曲し、この広大な風景をひときわ優美なものにしていた。川沿いには水に強い木々が茂り、草原も水際近くにまでは広がっていなかった。樹木の中でニレとスズカケノキが数本立っているのが人の目を引いた。この木々はインディアンが神聖なものとして敬っていたものだそうで、戦いや集会の際に利用されていたらしい。

フレッチャーが建てた家屋は屋根も低く、質素な造りとなっていたが、広さは十分だった。父親を中心とした一家全員、召使いらが一つ屋根の下で快適な暮らしができるようになっていた。家からは広大な草原を望むことができ、遠くには砦近くに建てられた小屋から煙が立ち昇っているのを目にすることができた。だが、彼らが生活の拠点として選んだ場所はいわゆる文明人の世界とそれ以外の人間の世界の境界に位置していたのだ。それ以外の人間とはすなわち荒野の中で雄叫びを上げている野蛮人、そうインディアンのことだ。
フレッチャーたち、我らが父祖のことを「巡礼者《ピルグリム》」と呼ぶことがあるが、平穏な日常生活を離れ、そこがたとえ荒れ地であろうと新たな聖なる生活拠点を築こうとした彼らはまさしく「巡礼者」だ。そのような行いを妄執と考え、笑い飛ばす人も多くいるが、彼らの行為は見直されて然るべきだ。自ら荒野に立ち、多くの犠牲を払った決断は神聖なものといってよい。

彼らは故郷とのつながりを絶った。二度と戻らぬと誓った。親の愛情に包まれ、のびやかに過ごした子供時代、すべて故郷での思い出であり、この思い出は何物にも代えがたいものだ。子供から大人になるにつれ、世の中を知り、多様な体験を積んだのも故郷でのことだ。すべての事物に何らかの意味が宿っていた。木々にも大気にも言葉を感じることができた。事物が朽ち果てるということなど想像もできなかったし、魂は永遠にこの麗しき世界を享受できるものと信じることができた。強欲な聖職者とは無縁の世界で心ゆくまで生きる楽しみを享受することができた。その故郷に彼らは永遠の別れを告げたのだ。

さて、フレッチャー一家がスプリングフィールドにやってきてしばらくしてからのことだ。フレッチャーが一通の手紙を手に携えて居間に入ってきた。妻は長男と一緒に椅子に坐っていた。長男は十四歳、まだまだ子供だ。今も石弓の弓の部分を夢中になって作っているところだった。夫の顔に困惑の色が浮かんでいるのに妻はすぐ気がついた。だが、彼は一言も発しなかった。常日頃夫に対して従順だった妻は詮索するようなことはしなかった。
フレッチャーは部屋の中を二、三度行ったり来たりすると、息子に向かって話しかけた。

「エヴェレル、外に出てインディアンの女の子のお迎えに行ってくれ。女の子は、そう、川の方からやってくるはずだ。もうすぐここに着くらしい。ジェネットが行ったら、相手が怖がってしまうから」

「もう来たよ」

窓から外を見たエヴェレルが叫んだ。手から石弓を落としたエヴェレルは窓の向こうをじっと見つめた。

「あの子は誰？　でも、背が高いや。僕みたいな子供じゃないんじゃないの？」

大人への階段を上り始めた息子が無邪気に「僕みたいな子供」と口にしたので、母親の顔には笑みが浮かんだ。そして、「お父さんに言われた通りにしなさい」と息子に注意した。エヴェレルが家を飛び出していくと、フレッチャーは妻にこう言った。

「ボストンからの手紙だった。ウィンスロップ総督だ」

彼は言葉を続けなかった。

「お友だちは皆さんお元気？」

「ああ、元気らしい、マーサ。でも、みんなの健康より重要なことが手紙には書いてある」

再びフレッチャーは口ごもった。何かに動揺している夫の姿に妻も当惑した。

「ハッチンソン夫人[*5]がまた神の教えに背くようなことを言い出したの？」

「そうじゃない、そうじゃない。信仰に関わることじゃない。イングランドから船が到着したそうだ。その船に……」

「弟のストレットンが乗ってたの？」

「違う。違うんだよ、マーサ。こちらに来て、荒野を開拓するなどという夢をストレットンはとっくに捨てているじゃないか」

一息入れて、フレッチャーは言葉を続けた。妻の顔に失望や不快感が滲み出てきたのに気づいた彼の声は先ほどより柔らかいものになった。

「すまなかった。君の弟を咎めるようなことは口にすべきではなかった。君にとっては心底愛おしい人だったよね。信じるものが違っていても、そんなこと関係ないというのもよくわかる。話は全然違うんだ。聞いてくれ、聞いてもらうしかない。あのアリスが船に乗ってこちらに渡ってきたらしい。ああ、そう怒らないでくれ。嫉妬心を持ったら女性は終わりだよ。君のような女性が嫉妬心などに惑わされるはずないじゃないか」

「褒めてくれるのは嬉しいけれど、それは私が優れた女性だからではないわ。神の御心が私の心の純潔を保とうとしてくれているだけのこと。嫉妬心とかそういうことではなくて、私もただの女だということは忘れないで。いとこのアリスがあなたの許婚《いいなずけ》であったことを忘れた日などないのよ。それに……」

「そうだ。アリスのことについては君に話した。正直に言おう、アリスとの間で育んだ愛情は何物にも代えがたい。私が成長するのと肩を並べてあの愛も育っていった。生きる力となっていった。そもそも物心がついてからずっと、彼女との愛が太陽であり、美しき花だった。彼女と愛し合うことで私は希望に満ち、将来辿るべき道についても正しく考えることができた。アリスに捧げた愛こそすべてだ。サザンプトンで私たちがどんなにひどい目に遭ったのか、君は知っているよね。

アリスは私のすぐ目の前で連れていかれた。彼女を連れていったのは軍の連中だ。その後、伯父と面会した時、伯父は名誉や財産のことを口に出しながら、私にアリスのことを諦めるよう、手を変え品を変え説得しようとした。あの愛しきアリスまで利用した。彼女はすでに打ちのめされ、正しい判断力を失っていた。私の前に跪《ひざまず》き、今は信仰のことは忘れてなどと口走っていた。しまいにはあの恐るべき伯父は私たちの事実上の婚約のことを口汚く罵った。私の友たちももう諦めて、現状のままで満足すべきだと説教してくる始末だった。

マーサ、わかるかい。こういうごまかしを私は許せないんだ。絶対に許せない。だが、誤解しないでくれ。君との間にある親愛の感情も嘘ではない。君は私に従ってくれる。私の希望を共に分かち合おうとしてくれる。そして、私のことを変わらず愛してくれる。だからこそ、私はこの荒野で生き抜くことができた。君とのことを決して軽いものだと考えるわけがないじゃないか」

妻はしおらしく答えた。

「わかってるわ。あなたは私なんかのために本当に良くしてくれた。でも、女はね、お前だけを愛していると言ってほしいものなのよ」

「妻がそう考えるのは当然のことさ。そのことで今君と議論するつもりはない。アリスとのことを話すのは二度目だったね。彼女とのことはずっと私の心に重くのしかかっていた。惨めな気持ちになったことも数えきれないほどだ。だが、私の傍にはいつも君がいてくれた。君が私を支え、慰めてくれた。この手紙に書かれていることは、だけど、違うんだ。私も初めて聞いた話ばかりだ。

まず、アリスの父親が一月に死んだそうだ。アリスの夫であるレスリーも異国の地で命を落としたらしい。つまり、彼女は自分を守ってくれる身内の者をいっぺんに失ってしまったということだ。そこで彼女はこう決心したようだ。新大陸に渡り、私たちと同じ信仰の道に身を捧げよう。彼女には二人の小さな娘がいるようで、その娘たちも連れて船に乗り込んだらしいんだ。だけど、彼女は様々な心労ですでに体調がかなり悪かったし、嵐の中を航海したため、こちらに到着した時にはもう身体がボロボロだったようだ。本人も自分が天に召されることは重々承知していたのだろう。到着してすぐ、穏やかに息を引き取ったらしい。ああ、神よ、もう一度、もう一度だけでいいから彼女の顔を見たかった」

だが、フレッチャーの目にはすぐ信仰の光が宿った。

「私にはなすべきことがある。アリスの夫の姉のグラフトン夫人という方がアリスに同行して海を渡ったんだそうだ。そのグラフトン夫人にアリスは遺言を残した。その遺言によると、アリスの最後の願いはこうだ。二人の娘を私に託したい。私は彼女の希望通りのことをしてあげたい。

明日、ボストンに向かうことにする。私がいない間、君たちが困らないよう、安全に暮らせるよう、万全の手配をしておくから、その点は安心してほしい。その子たちが大きくなれば、君も助かるはずだ。それから、我が友ウィンスロプ総督がインディアンの召使いを二人用意してくれるとのことだ。一人は今来た女の子だ。もう一人の男の子はアリスの娘二人と一緒にいるようだ。特に妹の方は愛想が良くて、インディアンの男の子がいろいろ楽しませてくれるのがうれしくてたまらないらしい」

心の中で様々な思いが渦巻くのを抑えつつ、皮肉まじりにマーサはこう答えた。

「インディアンの召使いが役に立つんだったら、それはいいことだわね」

こちらが面倒を見なければならない住人が一気に増えるだけではないのか。部屋などは足りるのだろうか。いろいろ考えなければならないことがある。

「何を言ってるんだ。マーサ、君は誤解している。インディアンだって同じ人間さ。今到着した女の子も、ウィンスロプの手紙によれば、類まれなる清き心を持った女の子だということだ。彼女はまだ十五歳。英語も完璧に話せるらしい。なんでも、彼女の部族ピクォート族に捕われていたイングランド出身の男から英語を学んだようだ。ボストンの仲間たちがピクォート族と交易する際、幼いにもかかわらず、見事に通訳の役割を果たしていたらしい。彼女の父親はピクォート族の族長の一人だ。私たちとの戦いでピクォート族の者たちは数多く殺され、住処を追われた。彼女は、母親や弟を含め、何人かの者たちと共に捕虜としてボストンに連れてこられた。彼女たちは兵たちにとって戦利品だった。なので、ある者たちは入植者の家庭に身請けされ、ある者たちは西インド諸島に奴隷として売られた。

まあしかし、奴隷として売り飛ばしたというのは恥ずべき話だ。旧約聖書にもある通り、我々は『自らの分をわきまえ、その労苦の結果を楽しむように定められている』（コヘレトの言葉 5：18）のだから。彼女の母親はモノカという名で、ある種威厳があり、同時に物腰も柔らかで、白人の交易者たちに対していつも親切に振る舞っていたので、白人社会でも評判の女性だ。モノカがボストンに連れてこられた時、ウィンスロプも彼女をできるだけ丁重に扱うべきと考え、彼女が以前白人たちに対して示してくれた厚情に感謝した。モノカはウィンスロプにこう答えた。『私と子供たちに不名誉な行いがなされないこと、それだけが望みだ』。ウィンスロプは彼女の子供たちを身請けし、子供たちを大切に扱うとモノカに約束した。モノカ自身は絶望し、死への道をどんどん突き進んでしまった。キリスト教の信者が総出で彼女に改宗し、神の道を選ぶように説得しても、彼女は一切理解しようとしなかった。彼女の主張はこうだ。『私たちにも魂があり、誇りがある。私たちが信じるのは大いなる神秘。私たちは皆大いなる神秘の子。皆、大いなる神秘に平等に愛されている。大いなる神秘は、あなたたちの神が必要とした本、聖書といったものなど、必要としていない』」

マーサは聞いた。

「それでは、そのモノカという女性は罪深いまま死を迎えたというの？」

「ああ、彼女は死んだ。心を入れ替えることもなかった。だけど、マーサ、我々の神の慈悲はそんなに狭いものではないんじゃないかな。この哀れな野蛮人の女性は、私の知る限り、無垢であり、良き行いに努めた女性だ。彼女もまた神に受け入れられたはずだ。使徒言行録でペテロも言っている。『どんな国の人でも、神を畏れて正しいことを行う人は、神に受け入れられるのです』」

マーサの心はすぐに慈愛の心で満たされた。

「そうね。あの一節こそ、闇夜を照らす灯火。厚い雲の縁を明るく輝かせる太陽の光だわ」

「よくわかってくれた。君は本当に優しい女性だ。だが、今話したことは胸の中に隠しておいた方がいい。こういう考え方を絶対に認めない人々もいる。さて、今ここに来る女の子の名前はマガウィスカだ。着ている服はインディアンのもの。これもウィンスロプの配慮だ。着たいものを着させてあげようということだ。私たちと同じ服を着るのはお気に召さないらしい」

ここで彼らの息子のエヴェレルとインディアンの女の子マガウィスカに目を移そう。

エヴェレルは家のドアを開き、インディアンの女の子を迎え入れようとしていた。彼女のことを手招きしているエヴェレルの顔には微笑みが浮かんでいた。マガウィスカは部屋に入り、エヴェレルの隣に並んだ。みんなの目が彼女に集まった時、彼女はじっと床を見つめた。マガウィスカ、そして彼女の案内人エヴェレルはいずれも、それぞれの人種固有の外見をしていた。

まずエヴェレル。年齢は十四歳。健康的な顔色をしていて、肌はつやつやしており、髪の毛は軽く巻き毛になっている。いかにも人生の朝を満喫しているかのように、希望と自信と喜びが彼の青くて鋭い、ハヤブサのような目に宿っていた。

人柄の良さを思わせる笑みが口許からはこぼれている。新世界での厳しい生活が彼の肉体にいい影響を与えているようで、全身の筋肉もしっかり鍛えられてきている。足取りは素早く、しなやかで、身体の動きには、恐れも恥辱も知らない少年期の自由さが溢れていた。好みの服の色は青で、彼の人柄にぴったりだ。袖は手首とひじの中間点あたりまで伸びている。全体として仕立ては今から見れば荒っぽく、袖や襟などの飾りつけにもそれほど上等な生地が使われていたわけではない。

次にマガウィスカの様子を見てみよう。年齢は十五歳ということだったが、年の割に背は高かった。ほっそりとした体つきで、その肉体には優美さが備わっていた。仕草には高貴さが漂い、動作は滑らかで、しかし、自分が由緒のある家柄の生まれであることをきちんと自覚しているのか、自由奔放ということではなく、慎み深さも感じ取ることができる。

顔つきはいかにもインディアンらしいもので、白人たちから見ても美人としか言いようがなかった。肌はきめ細かく、歯は真珠のように白く、表情には大人びたところや思慮深さがうかがえる。だが、生まれてから今に至るまでのことに思いを馳せていたのか、彼女の目には失望、落胆の色が浮かんでいた。編んだ髪の毛は額のところで分けられていたが、この髪型は当時マサチューセッツ湾周辺に暮らしていたインディアンの女性たちのものとは違っていた。小さな鳥の羽根を束ねて作った真っ黒な帯で髪の毛をまとめ、きれいに磨き上げた骨製のリングもうまいこと髪飾りとして使われていた。

着ている物でまず目につくのは鹿の毛皮のチョッキ。首周りの飾りは贅沢にできている。袖なしのチョッキなので、彫刻のモデルになれるような彼女の腕は素肌が丸見えだ。肩には紫色のマントをかけており、象形文字のような彫り物がされた幅広の腰のベルトも印象的だ。キルト風のスカートに使われている素材はマントと同じ、非常に高価で珍しいもののようだ。イングランドの交易商から手に入れた材料なのだろう。長靴下はどんな素材でできているのかよくわからないが、なかなかどうしてお洒落だ。エリザベス女王の宮廷に集まる貴婦人たちが身につけているレギンスのようなものも着用していたが、これまたお似合いだ。細い足にぴったりの靴にはビーズで飾りが施されていた。

彼女のファッションを頭の先からつま先までつぶさに観察してみれば、彼女が部族の長の娘であることが容易に納得できるだろう。彼女が発しているオーラは野性的でありながら、優雅さに溢れ、この若き野蛮人女性の高貴で美しい外見と見事に調和していた。

さて、物語に戻ろう。フレッチャーは、同情心と好奇心の入り混じった様子でマガウィスカのことをしばし観察していたが、すぐに目をそらし、暖炉のところに行ってうつむいた。先ほど愛する妻に心の内を吐露したアリス絡みの問題の方が、はるかに深刻な形で彼に重くのしかかっていたからだ。

マーサはといえば、心優しき淑女というよりは一人の主婦としてマガウィスカ問題を考え始めていた。

「困った旦那様。どうせなら森から雌鹿を連れてきてほしかったわ。鹿だったら畑を耕すのに使えるかもしれない。インディアンの女の子が役に立つのかしら。男の人は家事のことなんか全然わかってないのね」

だが、エヴェレルが「お母さん、話しかけてあげて」と口にしたせいもあって、すぐに家事のことは彼女の頭を離れ、純粋にこのインディアンの女の子が可哀想に思えてきた。彼女は優しくマガウィスカに語りかけた。

「マガウィスカ、大歓迎よ」

マガウィスカが頭を下げると、マーサは話を続けた。

「あなたにわかってほしいことがあるの。あなたがここに来たのは神の御心の賜物だということ。あなたは野蛮人たちの群れから離れ、私たちキリスト教徒の家庭に迎え入れられたのよ」

マーサはマガウィスカが頷くのを待った。しかし、マガウィスカは聞こえないふりをしているのか、それともマーサの話を受け入れるつもりがないのか、黙ったままだった。

ちょうどそこに召使いの女性が入ってきて、マガウィスカに畳みかけた。

「奥様がおっしゃっていることがおわかりにならないの？　日焼けした小娘さん、あなたは火あぶりにされるところを助けてもらったのよ。感謝なさい」

「ジェネット、やめろ」

すかさずエヴェレルが口を出し、手に持っていた弓矢の先で召使いを軽く叩いた。マガウィスカはジェネットの方に目を向けていた。曇り空から一筋の太陽の光線が射してくるように、ジェネットをきっと睨みつけていたのだ。だが、エヴェレルが口をはさんでくれたので、マガウィスカはすぐに目を下にやった。その目には涙が溢れていた。

「つらいお仕事はありませんからね」

再びマーサがマガウィスカに語り始めた。

「してもらいたいお仕事について、今何もかも説明するのはやめておくわ。いずれわかってくれると思うの。私たちの暮らし方の方がずっとずっと楽で、幸せに満ちているのよ。そうね、あなたたちの生活もオオカミやキツネよりはましだったのかもしれないけれど」

マガウィスカは爆発しそうになる思いを口にしかけたが、震える唇を固く結び、沈黙を貫いた。

するとエヴェレルが代わりにこう発言した。

「でもね、お母さん。インディアンが狩りをする時にはオオカミの獰猛さとキツネの賢さを両方持っていなければならないんだよ」

「はいはい、その通り」

マーサも決して意地悪をしたくていろいろ言っていたわけではなく、独りよがりな自説を初対面のインディアンの女の子に押しつけていただけだ。彼女はもう一度マガウィスカの方に目をやり、優しく声をかけた。

「ここまで来るの、大変だったでしょ?」

マガウィスカが初めて口を開いた。

「私の足は森の道に慣れている。鹿は山道で疲れない。鳥は空で疲れない」

自分の素直な想いをごく自然に表現した彼女の言葉を聞いて、フレッチャー家の人たちはどこか哀調を帯びたメロディを耳にしたような思いがし、心を打たれた。ただ一人ジェネットは「だから、野蛮人はいやなの。荒れ果てたところで暮らしている野蛮人たちのことなんか全然わからない」などとぶつぶつ言っていたが、マガウィスカの声を聞いてなぜだか気持ちが高揚したマーサはその気持ちを抑えつつ、ジェネットに外に行くように言った。窓の外にもう一人の召使いディグビーの姿が見えたからだ。ディグビーは連れを伴っていた。

フレッチャーの信頼も厚いディグビーがすぐに家の中に入ってきた。とても重要な情報を伝える大事な任務に携わっているという様子が彼の態度にはうかがえた。彼の連れは背の高い、痩せ細ったインディアンだった。彼は手に鹿の革でできた小袋を携えていた。

フレッチャーが声をかけた。

「ああ、お前か、ディグビー。町のお偉方は何を考えているんだ？　このインディアンをガイドにしてボストンに行けと言っているのか？」

「まあ、そういうことになりましょうか。ちょうどタイミングがいいと申しますか、皆さんから預かった物もございます。ボストンにいらっしゃる総督に送り届けてほしいとのことでございます。ただ、この品をご婦人方にお見せするのはいささか心苦しく、お気持ちを害されるのではないかと。この新世界では日常茶飯事となっております、ある習慣により生み出されたお品でありまして、ご婦人方にはまったく縁のないお品であります。その習慣と言いますのは人の頭の皮を剝ぐという習慣でありまして……」

「頭皮だと！」

フレッチャーは叫んだ。

「どういうことなんだ。説明しろ、ディグビー」

ディグビーの説明を助けようとしたのか、隣にいたインディアンの男が手に持っていた小袋を開け、乾いて縮まっている皮を取り出した。その皮には髪の毛と思しきものが生えていて、血痕もはっきりと見て取れた。インディアンの男はにっと笑い、自慢げにそのおぞましい戦利品を見せびらかした。驚きよりも憤りの気持ちに駆られ、皆ぶつぶつと文句を口にした。

フレッチャーはディグビーを叱責した。

「一体どういう了見でこんな男をここに連れてきたんだ？」

「ピンチョン様のご指示に従うしかなかったのであります。私たちキリスト教徒からすればあまりに忌まわしい品ではありますが、戦利品としてボストンに届けよというのがピンチョン様のご指示であります」

「戦利品だと？」

「これはピクォート族の族長の頭皮であるとのことであります」

すると、マガウィスカが心臓を短剣で貫かれたかのような叫び声をあげ、その戦利品を高々と持ち上げているインディアンの男にとびかかり、腕をつかんだ。

「私の父？　モノノット？」

マガウィスカは苦悶に満ちたかん高い声をあげた。

「彼女に返してやれ。早く返せ」

エヴェレルが叫びながらインディアンの男に飛びかかった。マガウィスカに対する本能的な同情の念をエヴェレルは感じたのだ。

「どうか、どうか落ち着いてくださいい、坊ちゃま。これはサッサカスの頭皮でありまして、モノノットのものではございません。ピクォート族には二人族長がいるようですな」

ディグビーがこう告げると、マガウィスカはインディアンの男の腕をつかんでいた手を離し、二人の間だけで通じるインディアンの言葉でこう聞いた。

「私の父は、私の父は生きているの？」

「ああ、生きているさ。今はモホーク族の族長と一緒に暮らしている」

マガウィスカは眉をひそめ、じっと考え込んだ。そしてすぐに腕に巻いていた飾りを外し、インディアンの男に手渡した。そして、再びインディアンの言葉で彼にこう話を続けた。

「私の願いを聞いて。あなたは狩場で良い獲物に出会うように願うでしょ？　小屋の中で日が昇るのを心待ちにすることもあるでしょ？　そして、いずれ死に際して大いなる神秘に身近に来てほしいと願うはず。今から言う私の願いもそれと同じくらい大切なの。この腕輪を父に届けてください。あなたの娘が白人の家で召使いにされたということも伝えて」

マガウィスカは一呼吸置いた。

「でも、あなたを信じていいの？　あなたは父の友であるサッサカスを殺した男」

「心配することはない。お前の言う通りにしよう。サッサカスは我らの森の中に生えた不思議な木だ。根を深く下ろし、しかし、その高さは誰よりも高かった。彼の影は我々を覆い尽くした。だから、私は彼を倒した。私は仲間たちのところには戻れまい。皆サッサカスのことを兄弟と呼んでいた。皆喜んで私に復讐の刃を向けるだろう。だが、娘よ、心配するな。約束は必ず守る」

フレッチャーは二人のやりとりを見守っていた。言葉はわからなかったが、半ば好奇心、半ば不快感をもって彼らのするに任せていた。頃合いを見て、彼は二人のやりとりをやめさせ、ジェネットにマガウィスカを別の部屋に連れていくように言った。

ジェネットはまたしてもぶつぶつ言いながら主人の命に従った。

「あのピクォート族の臆病者にはきっと報いがあるわ。手足の親指を切られたあのカナンの王アドニベゼク（旧約聖書　士師記　1：6）みたいにね」

フレッチャーは、インディアンの男が手にしていた戦利品を渋々受け取り、彼を家から出ていかせた。何とも嘆かわしいことではないか。我々が信じる宗教に照らし合わせれば、このような行いは恥ずべきもの以外の何物でもない。それを同胞が何の疑いもなく行っている。フレッチャーの心は重く沈んだ。

# 第三章

翌朝、フレッチャーはボストンに出発した。九日かけて無事に目的地に辿り着いたフレッチャーは、不承不承引き受けた用件も含め、用事を済ませ、今回想定外の旅をすることになった最大の目的の処理に取りかかることになった。

アリスの娘たちには二人付き添いの大人がいた。この大人たちもフレッチャー家の一員となる予定だった。

まず一人目はすでに名前が出ているグラフトン夫人。アリスの夫の姉だ。もう一人はクラドックという外国語教師。娘たちの家庭教師となるそうだ。グラフトン夫人は前述の通り未亡人で、年齢は五十過ぎ。女性にはよくあることなのかもしれないが、彼女自身は自分の年齢のことについて話題にすることはなかった。できれば触れられたくない話題なのだろう。

彼女は国教会の教えに忠実な信者だったが、国教会の熱心な信者たちに言わせれば物足りない。身のまわりにいる人たちの心の問題について自分たちは教え諭す立場にあると考えがちの年配の人々は、グラフトン夫人に向かっていろいろ忠告を与えようとした。だが、自分にいろいろ言ってくるお節介な人たちに対してグラフトン夫人はいつもこう言って返していた。

「信仰というものは多くの人たちの魂を救ってきたのでしょう？　私も大丈夫ですわよ。私の信仰のあり方は父から教わったもの。父にも私にも何の責任もありませんわ」

　信仰の問題にまじめに取り組んでいる社会であれば、このような発言は大いに問題になる。しかしながら、グラフトン夫人に対して考え方を改めるよう執拗に迫る者は現れなかった。なぜなら、実際のところ、彼女は信仰の問題よりも髪型をどうするかに夢中な女性だったからだ。信仰の道を熱心に突き進むより、ファッションの点で目立ちたい、これがグラフトン夫人だった。

　信仰の問題について考える時ですら彼女の頭にあるのはファッションことだけだ。聖人はクレープ織（縮織）でできた衣装を身につけるべきだとか、教会を司る者はガウンやサープリス、つまり白い上っ張りを羽織り、頭にはかつらをかぶるべきだとか、そんなことばかり考えていた。なので、国教会の信者にとっては異端の者であるピューリタンを批判する時も、ファッションの観点からの批判となった。すなわち、ピューリタンの女性たちの服装がひどいというのが彼女の主張だった。彼女に言わせれば、新大陸に渡った植民地の女性は、せっかく淑女として生まれ育ったにもかかわらず、女性らしさのかけらもない衣服を身にまとっているということになるのだそうだ。

　ただし、ピューリタンたちの側から言えば、彼女こそ異端の者だ。牧師兼物書きであったナサニエル・ウォード[*6]などは『アガワム〔スプリングフィールドに建設した植民地のことをピンチョンはアガワム植民地と呼んだ〕の素朴な靴直し』（一六四七）の中で「『エリザベス女王様は今週どういうお召し物を着ていらっしゃったの？』などという愚かなことを口にするご婦人方」が当時すでに誕生していたということを嘆いている。

　このファッション熱は感染症のようにあっという間に女性たちの間に広がってしまい、信仰心の篤い者たちは、牧師がこの問題をきちんと取り上げ、感染者に対して個別に叱責を加えるべきだと主張したらしい。何しろ、一般の女性のみならず教会関係者の妻までこの病に感染してしまったという噂も流れたほどなのだ。結局、教会関係者の間にまで感染症が広がったことで、この問題は慎重かつ秘密裏に処理される運びとなった。

この感染症を悪として深く嘆いたウォードの『アガワムの素朴な靴直し』にはこうある。

「私の考えでは、イングランド出身の男性にとってイングランド出身の女性がフランス風のお洒落に染まることは胸が痛むことなのだ。彼女がフードで頭を覆い、男性にすっと視線を送っても、彼は何も感じない。こういう女性が我々の植民地に五、六人いることは承知している。偶然見かけただけのことなのかもしれないが、一ヶ月後もまた彼女たちの姿を見かけることになるという気がしてならないのだ」

ファッション第一というあぶくのようにはかない世界に夢中になっていたグラフトン夫人のような女性が自らの意志で植民地に渡ってきたというのは、考えてみれば驚くべきことだ。ひいき目に見るなら、彼女は彼女なりに実に親切で、愛情豊かな女性だった。そう、感受性の強い彼女は、自分の弟の娘たちに対して惜しみない愛情を感じていたのだ。ファッション熱などといった軽薄な趣味に憑りつかれていた彼女ではあったが、姪っ子たちへの愛情は何物にも代えがたいものだった。

アリスが新大陸の荒野へ旅立とうと決意した時、そしてその決意が揺るぎないものだとわかった時、グラフトン夫人はアリスの決意を狂気の沙汰と感じた。いくらなんでも愚かな行為だ。だが、すぐに気持ちを切り替え、アリスがそう決心したのなら自分も彼女に自らの運命を託すしかないと前向きに判断した。

だが、新大陸に到着後、ボストンを離れ、さらに不便で危険な未開の地に移住せざるを得なくなったことについてはさすがに衝撃を受けた。それでも、状況によってはこうした宿命を受け入れるのが人間の定めだ。多くの人はいたずらに宿命にあらがうことはしない。グラフトン夫人もまた自分が陥っていく悲運に対する嘆きを心の中にしまい込み、アリスの娘たちと共にさらなる荒野へ足を踏み入れることにした。

アリスの娘たちの付き添いのもう一人、クラドックについては、自ら行動するタイプの人間ではなく、人任せで行動するタイプの人間だととりあえず紹介しておくにとどめよう。彼について興味のある読者はこの物語の中で彼の人となりについて随時判断していっていただきたい。

さて、フレッチャーはアリスの娘たちと対面し、いよいよ彼女たちを引き取ることとなった。かつて深く愛した女性の遺児であり、贈り物といってもよい二人の娘。

妹の方はメアリー。実に可愛らしい女の子で、強情な反面、はにかみ屋でもあった。フレッチャーが抱き上げようとしてもそれを嫌がり、伯母のグラフトン夫人の腕の中に逃げ込んでしまう始末。

一方、姉のアリスは大違い。フレッチャーが優しく、愛情溢れる視線を送ると、彼女はじっと彼の方を見つめ返してきた。その視線にはこちらを信用してくれている、愛情のようなものが感じられ、フレッチャーは愛しの女性、母親のアリスが目の前に蘇ったような錯覚を覚えた。そう、この子と母親はまさしく瓜二つ。フレッチャーはマーサに宛てて書いた手紙の中で、「異教の教えだが、霊魂の再生ということを僕は思い起こした。母親の魂が娘に宿っているとしか思えないのだ」と書いた。

姉妹に対する第一印象の違いは当然フレッチャーの行動に影響を与える。姉の方にわずかながらも心を強く惹かれたフレッチャーは、引き取った娘たちをどうやってボストンからスプリングフィールドに移動させるかで一計を案じた。

彼はまず妹のメアリーを家に送ることにした。同行するのはグラフトン夫人とマガウィスカの弟であるオネコ。これで安全にスプリングフィールドまで行けるはずと彼は判断した。アリスとクラドックは自分と一緒に少し遅れて出発することにした。二人の娘が別々に出発する直前、彼女たちは有名なジョン・コットン牧師[*7]の立会いの下、洗礼を受けた。そして、洗礼と同時に二人の娘の名前はピューリタン風に変えられた。姉はホープ、妹はフェイス。

メアリー（すなわちフェイス）たちを送り出した後、仕事が多少残っていたフレッチャーはボストンにとどまった。しかし、彼は体調を崩してしまったため、予定をはるかに超えてボストンに居続けることになってしまった。秋、冬、早春とだらだらと数ヶ月が経ち、ようやくスプリングフィールドに戻る見通しがついた。

スプリングフィールド近郊、フレッチャーが人里離れて居を構えたベセルのフレッチャー家は、今や人種や信仰の違う者たちが一つ屋根の下に住む大家族となってしまったが、予想していたよりも調和のとれた家庭空間を築き上げていた。すべて、フレッチャーの妻マーサのおかげだ。マーサは賢く、そして人あたりも柔らかく、一家の太陽となっていた。誰も特に意識したことも口にしたこともなかったが、マーサが静かに一家の中心に鎮座するようになっていた。

だが、決してすべて順風満帆だったわけではなかったようだ。フレッチャーがようやくボストンを出発し、ベセルに戻ろうとしていた時、マーサから一通の長文の手紙が届いた。

一六三八年　スプリングフィールドより。

愛する夫へ。

あなたからの手紙が届きました。あなたが記した日付から十四日後のことです。嬉しくて仕方がなかったわ。いつも通り、優しさに溢れるお手紙でした。

嫌な冬が去り、やっと春がやってきました。空気も甘く、本当に爽やか。この地方の冬はひどいものよ。気分がすっかり落ち込んでしまいます。私のことをいつも励まし、明るくしてくれる旦那様がいらっしゃらなかったので、落ち込み具合も十倍ひどかったのではないかしら。あなたが不在の間ここで私がしていたことなど大したものではないのに、あなたは褒めてくださいました。ありがとう。

あなたが送り届けた雛鳥さんのことはとても大切にしています。自分の気持ちが落ち込んでいる時もできるだけ明るく声をかけてあげようと思っています。ただ、やっぱりあなたにここにいてほしいの。あなたがご病気だったことはわかるのだけれども、どうしても帰ってきてほしかったの。でも、これではいけないわね。あなたも大変だったのだから、私も我慢しなくちゃ。あなたが家族の下に無事に帰ってこられるようお祈りしています。

こちらでいろいろあったのは事実です。すべて家の中に関わることだし、妻が責任を持つべきことだし、今まであなたにはお知らせしないようにしてきました。こういうことで夫を悩ませてはいけないということはよくわかっています。ですが、あなたももうすぐお帰りになるということですし、あらかじめお伝えしておきたいのです。許してくださいますよね。愛する妻の愚痴に付き合ってくださいませ。お話ししたいのはグラフトン夫人のことなのです。

あの方がここでうまくやっているとは到底言えません。あの方は宮殿で飼われている鳥か、そうでなければ野生の森を飛びまわっている鳥のようなものにしか思えません。あの方は未亡人ということで悪し様に言うことは控えたいのですが、あの方の普段の振る舞いに我慢し続けるのはもうつらいのです。

決して悪口、告げ口をしているつもりではないのよ。でも、あの方は私たちが心から信じている信仰を、そう何物にも代えがたい信仰を馬鹿にするのです。それどころか、時々国教会で使われている祈禱書を取り出してきて、声に出して祈りの言葉を読み上げたりもするのです。だから、とうとうエヴェレルが少しひどい悪戯《いたずら》をしてしまったの。

あなたもご存知の通り、エヴェレルはもともと明るい子だし、悪戯好きであるのは確かだわね。あなたなら大目に見てくれるはずだけど、エヴェレルがした悪戯についてお話ししておくわ。

数日前の晩のこと。嵐が激しくて、グラフトン夫人は怯えきってしまったの。私も怖かったわ。森の中を吹き抜ける突風の音もすさまじかったし、オオカミたちのぞっとするような遠吠えが聞こえたような気もしました。心臓がドキドキしたけど、心を落ち着け、私にしがみついている子供たちを守らなきゃと必死でした。でも、グラフトン夫人はひどいことになってしまいました。私たちが野獣どもの生贄になるべきだとか、野蛮人の叫び声が聞こえてきただとか、あらぬことを口走るようになってしまったの。そこでエヴェレルが悪戯を仕掛けてしまったわけ。

エヴェレルはグラフトン夫人の祈禱書を持ってきて、わざとらしく重々しく、「インディアンがもうそこまで来ているとしたら、インディアンに頭皮を剝がれそうになっている哀れな女性のための祈りの言葉が必要だね、早く見つけなきゃ」と言ってしまったの。可哀想なあの方は、恐怖でおかしくなっていたのね、祈禱書を慌ててつかんで、ページをめくり始めたわ。

手遅れだったけど、私は首を振ってエヴェレルをたしなめました。それから、グラフトン夫人に、インディアンなんかここに近づいてきていませんよと丁寧に噛んで含めるように教えて差し上げました。あの方はその時点でもう理性のかけらもなくなってしまっていたのかしら、恐怖を鎮めることもできずにいたのだけれど、ふとエヴェレルがこっそり笑っているのに気づいてしまったの。あの方は祈禱書でエヴェレルの耳のところを殴りつけ、えらい剣幕で部屋を出ていきました。

エヴェレルは悪戯がすぎたことを少しは反省しています。私も注意しておきました。でも、エヴェレルのことを褒めてあげたいという気持ちもあります。だって、祈禱書などという書き物にすがることがどんなにおかしなことか、エヴェレルはちゃんとわかっているみたいだから。やったことは間違っていたかもしれないけれど、エヴェレルは旧約聖書のヤコブのように世の中に立ち向かい、必ずや勝ち残ってくれると思うわ。

愛するエヴェレルのことについてはもう少しお話ししておきたいと思います。エヴェレルは間違いなく賢い子です。先生もおっしゃっていました。ラテン語を英語と同じように読み解くことができるそうよ。ギリシャ語も問題なしとのこと。

　それから、エヴェレルはピクォート族の娘マガウィスカのこともお気に入りのようで、様々なことを教えているみたい。あの子はいろいろ勉強していく中で、立派な男、英雄とは何かということを考え始めているのかもしれません。だから、自分自身、立派な男の人になるべく、彼女に接し、例えば英語を丹念に教えたりしているようです。

　マガウィスカの方もエヴェレルの教えをどんどん吸収し、英語はもうぺらぺらです。英語を自由自在に扱うマガウィスカを見ていると、考え方は単純極まりない子なのに、何だか崇高な女性が目の前に現れたような気がするのでびっくりです。マガウィスカの方でも、エヴェレルのことが気に入っているのか、彼女たちインディアンの習慣、彼女たちの間に伝わっている説話などをエヴェレルによく話しています。その話は私が聞いていても美しく、絵の中の世界のようで、若い男の子だったらすっかり心を奪われてしまうに違いないわ。

　エヴェレルがどうマガウィスカを教えているのか、お聞きになりたい？　あの子はマガウィスカに本を読み聞かせているの。例えばエドマンド・スペンサー[*8]の詩があの子の教材。あの子が教材にしているのはほとんど詩文の類で、困ったものね、全部あのお騒がせグラフトン夫人が持ってきたものだわ。

　でも、ああいう類の本をあの子が読むことをやめさせようとは考えていません。やめさせようとするとかえってやりたくなってしまうのが子供。それに無理にやめさせようとしても、こっそり母親の言うことを無視する可能性も高いと思うの。母親の言うことを心密かに無視するようになるくらいなら、ああいう何の役にも立たない本に手を出すのも仕方がないと私は考えています。心の中で母親を否定するようになってしまえば、あの子の心の中にある真理の泉、善き心、高貴な心が汚れてしまうに違いありません。

エヴェレルのことを少し書きすぎたわね。お伝えしたいことが別にあるのに、あの子の姿が目に入ってしまうとあの子のことしか考えられなくなってしまうの。では、お伝えしたかったことについてこれから書いていくことにします。

マガウィスカのことです。彼女の面倒はきちんと見ているつもりです。私はここのところずっと彼女に信仰の要となるものを教えようと思って、ジョン・コットン牧師の教理問答など、いくつか教材を使って読み聞かせています。なのに、彼女は一切受けつけないのです。

野生の世界で暮らしてきた人たちだから、こういう大切な教えに耳を貸さないということもあるのかもしれません。でも、マガウィスカはそういうのとは違うようです。私たちが大切にしている教えのことを毛嫌いしているみたいに見えます。絶対に認めないという態度があからさまで、古代ローマを憎んだ、ローマにとって最強の敵、カルタゴのハンニバルのことを私は思い浮かべました。白人と敵対している親の気持ちを大切にしているのかもしれません。

家事の中でもひときわつらい仕事をマガウィスカに頼むこともあるのだけれど、こういう時も彼女は私の言うことを聞きません。ジェネットと一緒に働くことも拒絶です。鹿と雌牛を一緒につなぐのはだめなのかしら。ただ、マガウィスカが私の言うことをまったく聞かないというわけではないのです。自分で納得できるかどうかが、彼女の行動の物差しになっているようです。とにかく、空高く飛んでいるような彼女の羽を切り取ることは無理。家事に縛りつけることも不可能だと思います。

私は時々思うの、これもまた神の御心によるものだと。森の中でずっと暮らしてきた女の子には私たちとは別次元の美しさが備わっているようです。彼女の声の響きには不思議な深さがあり、それはもう甘美なメロディにしか聞こえません。どんな弦楽器の音も彼女が発する声色にはかないません。けど、誤解はしないでね。ジェネットはエヴェレルのことをマガウィスカに心を奪われた小鳥さんと呼ぶことがあるけれど、私はそこまで彼女に魅入られたわけではありません。

それでも、彼女が美しいことは確か。まだ子供なのに、彼女の物腰を見ていると、旧約聖書の世界の魅力溢れるユディトや美しきエステルを思い起こさせるのです。このことをエヴェレルに話したら、あの子は「お母さん、それを言うなら、僕にとってはあの温和で優しい異邦人ルツのような存在だよ、マガウィスカは」と答えたわ。

あの子にとってはそうなのでしょうね。どうなのかしら。今はまだ二人とも無邪気な子供だからあそこまで仲良くなっても、何の問題もないかもしれません。でも大きくなったら……

私たちの家からマガウィスカは外に出して、二人を別々にした方がいいのかもしれません。決めるのはあなたですけど。まだ幼いうちだったら比較的簡単に二人を引き離すことができると私は思うの。でも、このまま放っておけば、二人は誰にも引きはがせないほど親密になってしまうかもしれません。後で無理やり二人を引き離そうとして、二人が絶望して破滅してしまうのが怖いわ。

女だから妙な考え方にとらわれてしまっているだとか、心配しすぎだとか、そう思わないでほしいの。エヴェレルのことを愛しているから、私はここまで考えているんです。愛がすべて。

人生の中でいろいろ考え、望み、感じるわけだけれども、それらすべての根っこに愛があるべきです。あの子に向けている愛情が過剰だ、歪んでいるとも思ってほしくありません。あの子たちの関係について妄想が膨らみすぎているのではないか、そういう風にも考えてほしくありません。ああ、あの異教の女の子は確かに魅力的なのよ。私も心惹かれる。

エヴェレルが傍にいない時、マガウィスカは落ち着きがなくなります。何か音がすると驚くし、頻繁に家のドアの方に視線を向けます。ドアが開くのを待ち焦がれているんです。そして、いよいよエヴェレルがドアのところに姿を現すと、安堵の表情が彼女の顔に広がる。これでいいのかしら、本当に心配です。女の勘。今すぐ何か起きるわけではないのかもしれないけれど、嫌な予感がします。でも、この問題については賢いあなたにお任せするわね。

それではエヴェレル以外の子供たちのことについてご報告します。女の子たちはみんなとても元気です。それから、あなたがボストンに向かった時にはまだ目も開いていなかった赤ん坊の坊やはと言いますと、びっくりするわよ。自慢の息子になること、間違いなし。いないいないばあで大はしゃぎするし、部屋の中を這い這いで行ったり来たりしています。この子は今までで一番発育が良くて、歯も二本見えてきています。

この子がオネコのことを大好きらしいの。オネコの姿が見えると、手をパチパチ鳴らして大喜び。オネコのような男の子は年下の子供たちに好かれるみたい。オネコが私たちの子供たちをあやしてくれるので、私も大助かり。

オネコはお姉さんのマガウィスカとは大違いで、明るく、気まぐれな男の子です。過去のこともこれからのこともどうでもいいみたい。マガウィスカが時々オネコとこそこそ話すこともあります。そうした時、オネコの顔が深刻になることもあるのだけれど、次の瞬間、表情は元通り。あのグラフトン夫人もオネコのことがお気に入りのご様子よ。あの方の姪御さんをオネコが上手にあやすから。

そういえば、この姪御さん、すいぶん甘やかされて育ってきたのではないかしら。フェイス（信仰）というお名前はあまりお似合いではないような気がします。引っ込み思案でおずおずしていて、信仰を貫こうという人がこういう性格を引きずっていたらちょっと困るのではないかと思います。その上オネコが甘やかすから、フェイスはわがままにもなっています。

オネコは森からお宝と称するものを拾い集めてきて、フェイスにプレゼントすることがあります。お宝というのは木の実や花や鳥の羽根のことよ。これらがばっちりフェイスのお好みなの。このお宝好きはエヴェレルも同じで、エヴェレルとオネコはよく一緒に、森で集めてきたものを利用して、小物作りをしています。二人が作った小物でテーブルの上はもういっぱいです。

さて、ここで子供たちのことから話題を変えますが、残念なお知らせがあります。召使いたちのことです。あなたがいない間に少しまずいことになっています。羊飼いがいないと羊はだめになるものなのね。

ディグビーは問題ありません。以前と同じで、よく働いてくれています。

問題なのはハットンです。付き合っている仲間たちが悪いらしく、神の教え、この地域のルールなどを踏み外し、トランプやダンスなどに興じているようです。あんまり派手に遊び呆けていたものだから、ハットンたちはピンチョンさんのところに連れていかれて、「鞭打ち二十回」の刑を受けてしまいました。その上ハットンはお酒を飲みすぎて、「酒飲み」という文字が刻み込まれた木の首枷を一ヶ月もつけさせられる始末。

次に困っているのが怠け者のダービー。先週の土曜日、荷車を押して村に出かけたのだけれど、そのままそこでだらだらしていて、お家に帰ってきたのは日が沈んで真っ暗になってから。月曜になって、ダービーもピンチョンさんに呼び出され、「鞭打ち十回」と申し渡されたのだけれど、まだ彼は若いし、許してほしいと私が手紙を慌てて送り、ダービーは罪を許してもらいました。一応ダービーは心を入れ替え、仕事はきちんと行うと約束してくれました。

少し怖い情報もこちらに届いています。なんでも、ここ数日、何人かのインディアンが近くの森に潜んでいるのが目撃されたとのこと。このインディアンたちの様子は決して友好的なものではなかったそうです。なので、村の人たちからは、当面ここを離れ、砦近くに住まいを移すべきだと言われています。

ただし、私自身はそれほど悪い予感がしているわけではありません。今ここで恐怖心に負けて、慎重な判断もせず、ばたばたとお引越しをするのは気が進まないのです。そう、悪いことなんか起こるはずはない……でもね、本当の本当を言うと、私もただの臆病な女。危険と人から言われれば怖いという気持ちにもなります。

虫の知らせがないと言いきることはできないの。やっぱり怖い。あなたがここにいてくれれば、寄り添っていてくれれば……早く帰ってきて、私を守ってほしいの。あなたが帰ってきてくれれば、私が感じている不安なんて全部消えてしまうし、私の愚かな判断をちゃんと直してくれるはず。そうです、やはり恐怖で押しつぶされそうです。いろいろ不都合が生じてあなたはなかなか帰ってきてくれないけれど、私たち、また会えるのかしら。こんなことまで不安に思うようになりました。

ただ、覚えていてください。私は、自分が果たすべき役割を全うすることはできないかもしれません。でも、夫を愛する気持ちは心に溢れています。旧約聖書に出てくるヤコブの妻レアの名前を出すのは失礼かしら。夫の心が自分に向かないことを嘆いたレアのような気持ちに私もなってしまうことがあります。私は選ばれた女ではない。愛されるべき女でもない。そういう想いにとらわれた時、私が感じている恐怖はますます激しくなります。夫が完璧に愛してくれること、それだけが妻の恐怖心を取り除くもの。このことをわかっていただけないかしら。

最後にもう一つお願いがあります。あなたがお帰りになった後、直接お話しすべきことだと思うのですが、面と向かって話すと気が引けてしまうかもしれないので、今この手紙に書かせてください。

エヴェレルのことです。特にあの子が受けるべき教育のことについてです。男の子の教育の問題は父親が考えるべきことだ、そうおっしゃるかもしれません。その通りです。女性が踏み込んではいけないことなのかもしれません。でも、聞いてほしいのです。

エヴェレルには今自然という恵みがもたらすもの以外、学び、成長していくための材料が不足しています。神がモーセの祈りを聞いて、イスラエルの民のために天から降らせたという食べ物マナ、こういう自然の恵みが大切だということは十分にわかっています。ただ、それだけでは足りないのではないかしら。あの子の持って生まれた才能を伸ばしていくためには、神の贈り物だけでなく、人からの教育も必要だと思います。

そう考えていた私のところに、幸いなことにとてもいいお話が飛び込んできました。神の御心によるお話だと私は思います。私の弟のストレットンのことはお話ししたことがあるわよね。この地上に残っている旧来の信仰や政治のあり方の中に数多く見受けられる誤りを照らし出し、正しい道を教えてくれる私たちの信仰を彼がまだ受け入れていないのは事実です。でも、まっすぐ育ってきたということも間違いありません。何といっても愛すべき人柄の持ち主です。「善きサマリア人のたとえ」にもあるように、信仰を同じくしない者たちの中にも正しい行いをする人たち、正しい道を邁進する古代ローマ軍の百人隊隊長ケントゥリオのような人たちがいるはずです。正しい行いを続けてきた弟のような人間のことを認めてやってもいいと思うのです。直接私たちの社会に入ってもらうということではなく、信頼できる仲間として認めることは可能だと思います。

エヴェレルの心に良き種をまいたのはあなたです。でしゃばるわけではないけれど、私も毎日祈りを捧げながら母親として精一杯あの子を育ててきました。こうした父親と母親の愛を踏まえて、今あの子は別の場所でさらなる成長を目指すべきではないかと私は考え始めました。具体的にはあの子をイングランドにいる弟ストレットンのところに二、三年預けたいと考えています。許していただけないかしら。あの子はきっとますます立派になって、あなたのところに帰ってくるはずです。私たち選ばれた者たちの社会に祝福と栄光をもたらすのも間違いありません。

あまりしつこくお願いするのは妻がすべきことではない、それはよくわかっています。心が弱いからくどくなってしまうし、こんなお話もありますね。嚙み切れないものを嚙み続ける人がいる。そう、だから、このことをしつこくお願いするのはやめておきます。あなたにすべてお任せします。

それでは今日はこの辺で、愛する旦那様。神の恵みがあなたと共にありますように。

あなたの忠実な妻より。

マーサ・フレッチャー

この長い手紙に目を通せば、マーサの人柄や心の内が多少なりともわかろうというものだ。家族に対する愛を誇張して表現しているわけではないのは一目瞭然。己のことは脇に置き、献身的に夫や子らを愛そうとしている、一人の信心深い女性の姿がよく表れている手紙だ。夫のことを信じきっているのか、自分の心の中に湧き上がってきていた恐怖の思いもすべて吐露している。こういう場合、普通の女性はここまですべて打ち明けることもないのではないかと思われるのだ。

なぜここまで素直に、自らが感じ始めている恐れの気持ちを夫に伝えようとしたのか。手紙を書きあげた前日の出来事が大きな要因になっていたのかもしれない。

フレッチャー一家が居を構えたベセルから少し離れたところに、インディアンの老婆が暮らしていた。名前はネレマ。彼女は、長年ピクォート族と同盟関係にあった部族の数少ない生き残りの一人だった。ピクォート族と共闘関係にあったこの部族は白人たちに壊滅的な打撃を受けたのだが、ネレマは生き残り、コネティカット川の周辺をさまよい、白人たちの新たな植民地スプリングフィールド近郊に住みつくようになった。

フレッチャー家とネレマの間ではささやかな交易も行われていた。ネレマはマーサに木の実やハーブを贈り、ネレマも好みの物を交換でもらい、この交易は日常的なものになっていた。

ある日、いつものようにマーサはネレマとささやかな交易、物品交換を行った。交換が終わると、ネレマは毛布を肩にかけ、自分の住処に戻る支度を済ませた。だが、帰ろうとしない。坐っているマーサの方をじっと見つめ、動かないのだ。最初、マーサはネレマの視線に気づかなかった。マーサは、自分が抱いている赤ちゃんを見つめ、寝息にじっと耳を傾けていた。無垢な子に心を奪われているその様子は実に神々しいものだった。

我に返ったマーサが赤ちゃんから目を離し、前を見ると、ネレマが鋭い視線をこちらに向けていた。穏やかだった気持ちにみるみる暗雲が立ち込めてきた。ネレマは眉をひそめ、口をきっと結び、小さな落ち窪んだ目にはダイアモンドのような光が宿っていた。

マーサは聞いた。

「どうして、そんな怖い顔をして私の赤ちゃんを見るの?」

ネレマは彼女の部族の言葉でぼそぼそと返事をした。

「マガウィスカ、彼女は何と言ってるの?」

マーサは目の前に立っているマガウィスカに聞いた。マガウィスカの様子も少しおかしかった。

「奥様、ネレマは赤ちゃんのことを花にたとえています。太陽の日の下、初めて咲いた花にです。この花には汚れなどない、だから今のうちに大いなる神秘の下に預けられるべきだとも言っています。そして、この世はとにかくむごい、先の尖った石ばかり、水はあまりに深く、空には黒い雲ばかり、そんなことも言っています」

マーサは答えた。

「マガウィスカ、この方はお年を召しているから、もう毎日があまり楽しくないのね。ネレマ、私の息子の姿を見て。ほら、エヴェレルが遊んでいるのが窓の向こうに見える。大暴れしてきたのね、顔が真っ赤だわ。森から枝をとってきたみたい。大喜びしているじゃない。あの子はまさに太陽の輝き。あの子にとっては、毎日が明るく、何もかもが幸せなのだと思うわ」

ネレマは大きくため息をついた。

「私にも子がいた。孫もいた。だが、みんな今はどこにいる？　私の子も孫も、あの子と同じように駆けまわっていたんだ。だが、イングランドの連中が斧で木を切り倒すように私の子も孫も打ち倒してしまった。もう私の血を引く者など一人もいない。嵐の精たちが我が家の上で暴れまわる時、私の子や孫が復讐を叫んでいる声が聞こえる。私に力があれば、あの子たちの代わりに復讐に立ち上がれるのに」

ネレマの声が熱を帯びてきた。仕草も激しいものになっていた。マガウィスカは優しい口調で、可能な限り穏やかにネレマの気持ちを通訳しようとしたが、ネレマの興奮ぶりはマーサにも明らかだった。マーサはすっかり怯えてしまい、赤ちゃんをぎゅっと抱きしめた。

その姿を見たネレマは口調を変えた。

「怖がらなくていい。私のことは怖がらなくていい。あなたが私に親切にしてくれたことはよくわかっている。あなたがくれたこの毛布はとても暖かい。一緒にここで食事をさせてもらったこともある。飲み物をもらったこともある。それに……」

ネレマは肩にかけていた毛布から腕を出した。その腕は細かく震えていた。

「こんな腕で復讐などできるはずないじゃないか」

彼女は言葉をとめ、部屋の中をぐるりと見まわした。そしてまた、マーサと赤ちゃんの方をじっと見つめた。

「あいつらは私の家族に容赦はしなかった。年寄りたちが言葉を交わし、女たちが歌を歌い、子供たちが大声で笑っていた、あの私の家庭はあいつらに滅茶苦茶にされた。でも、私はお前に危害を加えるつもりはない。助けることもしない。この地に復讐の嵐が吹き荒れる時、若い芽は抜き取られ、若い木々は根こそぎ掘り起こされてしまうだろう。そして、嵐が過ぎ去った後、そこには心地よい木蔭も実りもすべてなくなってしまうだろう」

マガウィスカがネレマの言葉を訳し終えた時、ジェネットが部屋に入ってきた。ジェネットはすぐに文句を言い始めた。

「何てことを言っているの。恥を知りなさい。この異教の魔女は預言者のような口の利き方をしてるけど、どうせ悪魔の書いた本でも参考にしているのでしょうよ。当たりっこありません。でも、念のため、村に連れていって牢獄に入れてもらうようにお願いしましょう」

「黙って、ジェネット」

マーサは口出ししてきたジェネットをたしなめた。ジェネットの言葉がネレマに伝わることを恐れたのだ。ネレマをこれ以上興奮させて、忌むべき言葉を言わせてはならないとマーサは考えた。だが、マーサ自身、不安と恐怖に押しつぶされそうになっていた。ネレマの様子は異様だった。自分の頭の中にある世界を実際に見、聞いているような話し方をするし、完全に幻に憑りつかれているような様子だったのだ。この姿こそインディアン、マーサにはそう思えた。

ネレマはさらに少しの間、わけのわからぬつぶやきを続けたが、突然話をやめ、マーサに挨拶もせず、家を出ていった。

ネレマが姿を消して、我に返ったマーサはネレマが自分の足許に何か置いていったことに気づいた。小さく丸められた物だった。調べてみると、ガラガラヘビの皮でできた小袋で、中には小さな矢とガラガラヘビの皮で作られた小物が入っていた。こういった意味ありげな品々を使って情報や意思を伝える慣習をインディアンたちが持っていることをマーサは知っていた。そこで、そういう慣習を当然熟知しているはずのマガウィスカに話を聞くことにした。

ところが、マガウィスカはすでに部屋からどこかに行ってしまったようで、ジェネットしかそこにはいなかった。日頃マガウィスカに対してあまりいい感情をもっていなかったジェネットはここぞとばかり悪口をまくしたてた。

「あらまあ、肝心な時に席を外すのね、あの子は。こういう時くらいしか役に立たないのに。ヘビの皮でできた小物に血まみれの矢、あの子が慣れ親しんでいるのはこういう物。ほうきと雑巾、私がよく知っているのはこちら」

「マガウィスカを呼んできてちょうだい」

マーサは静かな口調でジェネットに指示した。静かな物言いではあったけれど、ジェネットの悪口にはもうううんざりの様子だった。むろん、無神経なジェネットが気づくはずもなく、さらにまくしたてた。

「あらまあ、ご主人様、そう簡単におっしゃいますけど、できることとできないことがありますのよ、私にも。どこを探したらいいのか、まずわかりません。あっちに行ったかと思うとこっちにいる。ふわりふわり飛んでいる蝶々よりも気まぐれ。ああそう、じっとしている時がないわけじゃありません。エヴェレル坊ちゃまの靴を作っている時、それから暴れまわるインディアンが活躍しているお話を坊ちゃまにしている時は確かにじっとしていますわね。あっ、いた」

ジェネットは窓の外を指さした。

「ネレマと話しているようですよ。ほら、あそこ、ちょっと森の中に入ったところ。オークの低木の向こうに頭が見えます。あの人たちの動き、ほんと、野蛮人だわ。マガウィスカはこっちに戻ろうとしているのかしら。ネレマがマガウィスカを引きとめようとしている。二人は何をしてるの？　今度はマガウィスカがネレマに何か頼んでる。ネレマは首を振って断ってるみたい。あら、マガウィスカが手で目を覆っているわ。一体どういうこと？　あの子はネレマのところに行こうとしているんじゃないかしら。月明かりの下で鳥でも使って魔女の儀式をするつもりなんだわ、きっと。エヴェレル坊ちゃまが私の息子だったら、あの呪われた種族の悪賢い末裔たちと一緒に遊ぶなんて絶対に許しません。ライオンの住処か燃えたぎるかまどの火の中に息子を送り込む方がよっぽどましょ」

「ジェネット、言いすぎです。これ以上馬鹿げたことは言わないで。マガウィスカをここに連れてきてちょうだい」

ジェネットは渋々主人の言うことを聞き、マガウィスカを連れてきた。

マーサは驚いた。マガウィスカの様子が一変していたのだ。何か秘密を抱えているのか、目をそらす。その目をよく見れば、そこには恐れの色がありありと浮かんでいる。何か不吉なことが起こることを知ってしまったのか。すっかり落ち込んでいる彼女の足取りはいつもと違って軽やかではなかった。完全に気落ちした様子で、一歩二歩、マーサの方にマガウィスカは足を進めた。

「もっと近くに来て、マガウィスカ。いつも通りにして」

マガウィスカは小さく頷き、マーサのすぐ脇に来た。涙が溢れ、その涙は恩人であるマーサの膝の上にこぼれ落ちた。

「本当にあなたは私に優しくしてくれた。親を失った雛を暖かく巣に迎え入れてくれた母鳥のよう」

「わかったわ。それなら、ネレマが私の足許に置いていったこれにどういう意味があるのか、教えてくれるわね」

マガウィスカはぎくっと身体を震わせた。見る人が見れば、顔がさらに青ざめたのがわかったはずだ。ネレマが残していったヘビの皮でできた小物を受け取ると、マガウィスカはじっと目を閉じた。呼吸も荒くなり、胸が激しく動き始めた。

内心の葛藤をようやく少し落ち着かせることができたのか、マガウィスカは低い声でゆっくり話し始めた。

「私の父たちの呪いがかかった品々です。まず、この小袋は」

マガウィスカは小袋を開きながら言った。

「敵が密かに忍び寄ってきていることを伝える物。ガラガラヘビの皮でできているこの音が出る小物は、危険が迫っていることを警告しています」

震える手で小さな矢を取り出したマガウィスカは最後にこうつけ加えた。

「この矢が意味するのは死」

「では、なぜネレマはそんなにおぞましい品々をここに置いていったの？　敵が襲いかかってくるというの？　それとも誰かがどこかで待ち伏せしているの？」

「どちらもあり得ます」

マーサは質問を続けたが、これ以上の答えを得ることはできなかった。これでは不安が募るばかりだったが、マガウィスカは完全に口を閉ざしてしまった。どんなに頼み込んでも答えてくれない。もう自分だけでは手の打ちようがない、そう判断したマーサはエヴェレルを呼んだ。

ネレマがマガウィスカに伝えたことをもっと聞きだしてほしいとマーサは息子に頼んだ。エヴェレルは母親の願いをすぐ聞き入れたが、深刻な様子はうかがえなかった。むしろ遊び半分という様子で話し始めた。

「あのお婆さんはちょっと頭がおかしくなっただけじゃないの？　マガウィスカもつられて頭に血が上ったとか。それにね、お母さん、本当に僕らに危険が迫っているのなら、インディアンであるマガウィスカがそのことを僕らに伝える必要なんてないじゃないか。そうでしょ？」

同意を求め、エヴェレルはマガウィスカに視線を送った。マガウィスカは目をそらしたが、エヴェレルは彼女の真意がどこにあるのか考えようともせず、言葉を続けた。

「まあでも、お母さんをここまで怖がらせたのはまずいよね。ちゃんと罪滅ぼしはしないといけない。君と僕とで今夜からお母さんを守る警護役になろう」

マガウィスカは頷いた。陽気なエヴェレルの態度に完全に癒されたわけではないけれど、彼の提案で少し気持ちが穏やかになったように見えた。

一方マーサは息子の提案を丸ごとすぐ受け入れたわけではない。最も信頼のおける召使いであるディグビーに相談し、ディグビーが徹夜で警護に当たることになった。あと二人いる男の召使いたちにも、いざという時に備えてマスケット銃をいつでも使えるように準備させた。このような態勢を組んで生活をするのは、荒野に居を構える人たちにとってはごく日常的な出来事だった。いろいろ手配りが終わると、全員自分の持ち場に移動した。マーサも自分の部屋に戻り、「人の世には確かなものなどないと今日はあらためて思い知らされた」と日記に書きつけた。

マガウィスカと自分の母親の警護役を務めることにしたエヴェレルは彼女のことをじっと観察した。これはどうも冗談ごとではないということが、しだいにエヴェレルにもわかってきた。自分がじっと見つめているのにマガウィスカは上の空。落ち着いたそぶりを見せようとしているけれども、その態度はあまりにわざとらしい。母親が感じていた不安は正しかったのだ。そう確信したエヴェレルはマガウィスカの傍を離れ、ディグビーと一緒に警戒に当たることにした。

いっぱしの大人の男になったつもりのエヴェレルはディグビーと密かに打ち合わせを行った。もちろん母親には何も知らせずにだ。若気の至りで冷静な判断ができなくはなっていたが、さすがに母親をこれ以上不安にさせてはまずいと思ったのだろう。

# 第四章

フレッチャー家の住まいには正面と裏側に一つずつ玄関があった。いずれの玄関も屋根がついており、玄関自体ちょっとした小屋のような外観になっていた。裏口の玄関は台所に続いていたが、この裏口の玄関内の片隅に間仕切りされた狭い空間があり、寝室として使えるようになっていた。この寝室をあてがわれたのがマガウィスカだ。

エヴェレルが家の外に出てみると、ディグビーはこの寝室を玄関の外から監視可能な場所に陣取っていた。高く昇った月から射す光も明るく、ちょうど屋根の影となっている場所に身を隠していたので、敵が家に近づいてきても感づかれる恐れはなかったし、そこからは家の周りの空き地や森の周辺あたりもよく見えて、監視場所としては実に都合が良かった。

エヴェレルはいっぱしの騎士にでもなったような気分で武器を点検し、ディグビーの傍に腰を下ろした。ちょうどその時、マガウィスカの寝室の窓が静かに開く音が聞こえてきた。すぐにマガウィスカがそっと外に飛び降りた。エヴェレルが声をかけようとすると、ディグビーは静かにしろというサインを彼に送った。

マガウィスカは彼らに気づくこともなく、軽やかな足取りであっというまに森の中に入っていき、ネレマの住処がある方向へ走り去っていった。

「いまいましい小娘め」

ディグビーがようやく声を出した。

「あの老婆とよからぬことを考えているな」

「そんなはずないよ。あの子はそんな子じゃない、ディグビー」

ディグビーは頭をかきながら答えた。

「一体全体どうしてそういう風にお考えになってしまうんですかな？　あの連中は実に小賢しい。追いかけましょう。いいや、だめだ。森には近づかない方がいい。坊ちゃま、あの小娘の名を呼んでくだされ。きっと聞こえるはずですから」

エヴェレルはためらった。

「早くしてくだされ、坊ちゃま。聞こえなくなってしまいますぞ。こんな夜遅くネレマの住処に出かけて行くなどろくなことではないのですから」

「いや、きっとちゃんとした理由があるんだよ、ディグビー。僕にはわかる。声をかけるのはやめよう」

「大事なのは理性ですぞ」

ディグビーがささやいた。

「理性こそ万人の心を導く灯火、ジャック・オー・ランタン[*9]。坊ちゃまはあの小娘のことを信じすぎておられる。おや、あの小娘が戻ってまいりましたぞ。ご覧なされ、かささと音を立てている葉っぱを敵と勘違いしている。怯えきった鳥のようですな。こっちに来て、よくご覧なさい。地面に耳を当てている。あいつらはよくああいうことをします。あれっ、また行ってしまうぞ」

最後の言葉は叫びとなっていった。マガウィスカは再び森の中に飛び込もうとしている。

「あの小娘が誰かと連絡を取り合っているのは間違いないですぞ。神よ、我らを救い給え。あの野蛮人たちと事を構えるのはまっぴらごめんです。フランス人部隊と出くわす方がまだましです。あいつらは熊みたいなもの、理解不能です。神がお造りになったものとは到底思えません。天使でもなければ人間でもない、悪魔でもありませんな。ああ、今晩中に砦に助けを求めに行くべきだった。ネレマが残した妙な品があったのでここに居残ってしまいましたが、これは大失敗だったかもしれません。坊ちゃまのお母様と相談したのも間違いだったかもしれん。あのお方も所詮女性だから……」

「臆病風に吹かれてるんじゃないか、ディグビー？　恐怖のあまり知性が正しく働いていないように見えるよ。恐怖に直面したら、それに立ち向かい、危機を脱する方法を考えればいいだけだ」

「それはその通りです、坊ちゃま。臆病風に吹かれているわけではありませんぞ。恐れ知らずの坊ちゃまのような考え方をすることもご立派ですが、我々が直面している危機について正しく理解することも大切なのです。坊ちゃまは確かにお強い。痛みを恐れず、死をも恐れておられないようだ。いざ戦いになれば坊ちゃまが一番勇敢に戦われるのでしょう。私も坊ちゃまをお支えし、ここに立てこもる所存。坊ちゃまの勇気は我々にとって最大の武器ですが、そこに冷静さが少々欠けていることは十分ご承知おきください」

エヴェレルは頷いた。

「敵が襲撃してきた時には気をつけろということだね。よくわかった」

「ああ、坊ちゃま。今のままでは六年もしないうちにあなたの肌は血に染まってしまいますぞ。もっと慎重になってほしいという私めの言葉は坊ちゃまに届かないのですか？　坊ちゃまの心をなぜだかあのインディアンの小娘は奪い取ってしまった。なぜそこまであの小娘をお信じになるのです？」

「あの子に心を奪われてしまった？　もしそれが本当だとすると、それはあの子が正しく、清らかな心の持ち主だからだ。僕は信じているんだ。僕らに危険が迫っているのなら、あの子はそれを防ぐために動いてくれる」

「私めはそうは思いませんぞ。あの小娘はインディアン第一で行動するに決まっている。こういう諺があるのをご存知ですかな？　鷹は仲間の目を抉り出したりしない。まあ、あの小娘が良さげな人間に見えることは否定しませんがね」

「問題は、僕らの心に潜んでいる疑心暗鬼なんだよ、ディグビー」

「いや、そういうことではなく、とにかくマガウィスカとネレマの間で何かやりとりしているのは疑う余地がありません。ずる賢さという点ではピクォート族はインディアンの中でも抜きんでた部族だということをお忘れなく」

「抜きんでてずる賢いということは、感受性という点でも抜きんでているのではないかい？」

「そういう言い方こそずるい」

ディグビーは自分が正しいと思っていることをきちんと伝えられず、少々苛立ってきた。

「でもです。私めは絶対に坊ちゃまの言うことを認めませんからな。だって、私めはピクォート戦争の現場にいたのですから」

「それは承知しているさ。お前は話してくれた。あの戦いでインディアンたちが示したのはずる賢さではなく、毅然とした態度だったそうじゃないか。マガウィスカの兄の話もよく覚えているよ。マガウィスカは今の今に至るまで彼女の兄の死を悼んでいるよね。兄のことを思い出している時の彼女は本当に痛ましい。彼女の兄は若きライオンのように勇猛に戦ったんだろう？」

「おっしゃる通りです。ただ、ライオンではなく哀れな犬と表現すべきでしょうがね。問題は、結局彼は無残にも切り刻まれたということ。この一件があるからこそ、奴らは復讐に来ると私めは考えているのです。坊ちゃまは見たことがありませんかな？　マガウィスカはしょっちゅう弟のオネコに殺された兄の話をしている。オネコに復讐の念を植えつけようとしているのでしょう。残念ながらオネコは面白い子で、兄と違っておとなしいスパニエル犬でも血に飢えた猟犬でもないようですが」

ディグビーは何とかしてエヴェレルの考えを変えようとしたが、無駄だった。エヴェレルは心底マガウィスカのことを信じていたのだ。ただし、ピクォート戦争の話となると、ディグビーもエヴェレルもお互いすっかり夢中になってしまい、話はとまらなくなる。おかげで夜通し警戒に当たるつもりの彼らに眠気が襲ってくることもなかった。

戦場で過ごした時間が豊かな者よりもわずかしかない者の方がこうなりがちなのだが、ディグビーは自分の戦闘体験を人に聞かせるのが大好きだった。エヴェレルはエヴェレルで、冒険談、それも危険なエピソード満載の冒険談に心惹かれる年頃だった。ディグビーは次々に話を繰り出し、エヴェレルは夢うつつでディグビーの話に聞き入る。時間は瞬く間に過ぎていき、周りの風景も、聞こえてくる音も、すべてがディグビーの物語の一部と化していった。

「しっ。足音が聞こえませんでしたかな?」

ディグビーが我に返り、エヴェレルに尋ねた。

「今聞こえているよ。そんなに近くではない。マガウィスカが戻ってきたんじゃないかな」

「いや、違いますな。一人じゃない。子供の足音でもない。大人が何人かやってきている。あっ、アーガスも匂いを嗅ぎつけたようですぞ」

アーガスという名の年老いた番犬はドアの近くのマットで寝ていたが、ぱっと起き上がり、一声吠えた。見知らぬ人間がやってきた時にこの犬が必ず行う挨拶だ。

「しっ。アーガス、静かに」

エヴェレルがそう言うと、老犬は安心したのか、マットの上に再び伏せた。

「坊ちゃまがアーガスをおとなしくさせたのと同時に足音もとまってしまいましたぞ。いや、結構です。あのあたりに潜んでいるのが本当に敵ならば、こちらが警戒していることを思い知ったでしょうよ」

「もしあそこに本当に敵がいるなら……」

迫りくる危機がどんなものであれ、とんでもないことが起こるかもしれないことに恐怖を感じるのではなく、エヴェレルは冒険に乗り出す直前の高揚感に包まれていた。

「僕らはすでに敵の術中にはまっている可能性はないかなあ?」

「坊ちゃま、警戒中の敵を欺くのは結構簡単なことです。とにかく、音がしたのは間違いありません。むろん、オオカミがうろついているだけかもしれませんがね。あっ、いたぞ!」

ディグビーは大声を出し、前に飛び出すと森に向かってマスケット銃を向けた。

「やめろ」

エヴェレルはディグビーのマスケット銃を自分の銃の床尾で叩き落した。

「あれはマガウィスカだよ」

森の中から姿を現したのはまさしくマガウィスカだった。

ディグビーはどうにも納得がいかないようだ。

「見事に術中にはまってしまったようですな。男の影のようなものが見えたはずなんだが、気のせいだったのか……いや、確かにあのカバノキの向こうにインディアンの男が見えた。あの白い木です。あの木の向こうにいたはず……おかしいな。あれは絶対にマガウィスカでも影でもない。小道の向こうに木が連なっていて、カバノキがあって、あそこに人間の姿が見えた。なのに、あっというまに見えなくなってしまった」

「気のせいだよ、ディグビー」

「月明かりがわずかしかないというなら、まあそういうこともあり得ますがね。しかしです。私めはそれなりに訓練を積んできたと自負しております。この程度の暗さで女と男を間違えたり、影に騙されたりなどしませんぞ」

しかしながら、かく言うディグビーも、敵が本当に現れたのか、確信を持っているわけではなかった。だから、家の中にいる同僚たちに援軍を頼もうとはしなかったし、仮に本当に敵のインディアンが迫ってきているにせよ、その数は大したものではなかろうと高を括っていた。むろん、慎重な男ではあったので、その時点まで続けてきた警戒態勢を緩めるつもりはなかった。

「私めはここに残ります。坊ちゃまはマガウィスカのところに行って、情報を得てきてください。

奴らの企みを察知することができるかもしれません。何しろ、マガウィスカは私どもの姿に気づいたとたん、背を向けた。それはなぜなのか。それに、マントの下に何か隠したはず。何を隠したのか、是非聞いてきてほしいのです」

エヴェレルは渋々ながらディグビーの指示に従った。ただし、この時エヴェレルの頭にあったのは、ディグビーの疑念など妄想にすぎないとはっきりさせたい思いだけだった。

家に戻ろうとしていたマガウィスカにエヴェレルは近づいた。エヴェレルに視線を向けたマガウィスカは、彼の方に足を進めたように見えた。

「僕らは非常に重要な任務についていたのだけれど、君も同じ任務を果たそうとしていたのかな、マガウィスカ？　僕は自分の持ち場でじっとしていたけれど、君は馬に乗った見廻り兵のようだったよ」

「馬に乗った見廻り兵」だとか「重要な任務」だとか、エヴェレルの言葉遣いはマガウィスカには理解不能だった。そもそもこの時、彼女はエヴェレルと言葉を交わすこと自体つらく、押し黙ったままだった。

「見廻り中、敵を見かけなかったかい？　ディグビーも僕も、足音が聞こえたような気がしているんだ。敵の姿も見えたように思う」

「それはいつのこと？　どこで？」

マガウィスカは慌ててエヴェレルの話を大声で遮った。

「ついさっきのことさ。場所は森の縁のあたり」

「えっ、ディグビーが銃を構えた時のこと？　私を驚かそうとしてふざけていたのだと思った」

「違うよ、マガウィスカ。今僕らはふざけるような気分じゃない。僕の母、小さな妹や弟たちが危険にさらされている。そして、ディグビーは僕らの忠実な召使いだ」

「忠実？」

マガウィスカはエヴェレルの「忠実な召使い」という言葉に反応した。

「うん。あの人はまっすぐ道を進んでいく人。絶対に道をそれない。ディグビーには一本しか道がない。でも、でも……心の中に別の声はないの？　その声に従って生きていくべきではないの？」

マガウィスカの言葉は途切れ途切れになり、しまいにはわっと泣き出してしまった。このようにマガウィスカが感情的になることなど、これまで一度もなかった。いつもいつも自分を律し、気持ちを表に出さないようにしていた彼女が涙に暮れているのを見て、さすがにエヴェレルも当惑したが、彼女を信頼する気持ちが揺らぐことはなかった。

むろん、ディグビーのことも信頼できる人物として認めていたので、彼女のディグビーに対する不信感をそのまま受け入れるつもりはなかった。ただ、そのことをマガウィスカに言うつもりもなかった。彼女が抱いている不信感については、しばらく放っておこう。

マガウィスカの打ちひしがれた様子を見て、何か余計なことを言ってしまったのかとエヴェレルは自責の念に駆られた。その一方で、初めて見る彼女のその姿に心を打たれたのも事実だった。彼はこう思い始めていた。

「この子が話してくれた言葉を聞けば、この子がおかしなことをしていたわけではないことは明らかじゃないか。仲間たちが企てているのかもしれない復讐に加担したり、復讐をけしかけたりなんか、この子は絶対にしていない」

エヴェレルは実に寛容な心の持ち主だったので、ごく自然な気持ちでマガウィスカに同じ言葉を繰り返した。

「僕は君のことを信じている。絶対に信じている」

だが、この言葉はマガウィスカの悲嘆を和らげなかった。いや、彼女の様子は一段とおかしくなってしまったのだ。彼女は地面に倒れ伏し、マントで顔を覆い、痙攣したように泣き叫んだ。

自分が引き起こしたこの嵐を鎮める術《すべ》を失ったエヴェレルは仕方なくマガウィスカの傍に腰を下ろした。しばらくして、疲れきってしまったのか、黙って寄り添ってくれたエヴェレルの優しさに幾分心が慰められたのか、マガウィスカは落ち着きを取り戻し、マントから顔を上げた。

その時、何かがマントからこぼれ落ちた。マガウィスカは慌ててそれを拾い、マントの中に隠したが、エヴェレルの目をごまかすことはできなかった。それは間違いなく鷲の羽根。これが何か、エヴェレルはすでに知っていた。鷲の羽根、それはマガウィスカたちの部族が使っている紋章の一つで、彼はマガウィスカからこう聞いていた。

「鳥の長たる鷲の羽根から集めて作った羽根飾りこそ、私の父の羽根飾り」

さすがのエヴェレルの心にもさっと疑念が湧き起こり、そしてマガウィスカもエヴェレルの心の変化を鋭く見て取った。だが、彼女は何も言わない。何か言いたげな表情をしているのだが、その様子は困惑しているというよりもやはり悲嘆に暮れているようにしか見えなかった。

一方、エヴェレルは自分の心の中に芽生えた疑惑を抑え込み、自らの信念を貫き、マガウィスカを信じ続けようと心に決め、こう考えることにした。あの羽根はたまたま彼女の頭の上を飛んでいた鷲が落としたものに違いない。その羽根を彼女がなぜ隠そうとしたのか、そのことは考える必要はない。エヴェレルにはマガウィスカが悪だとはどうしても思えなかった。そして、さっき彼女への疑念が兆《きざ》した時、そのことが顔に出てしまったのかもしれない。このままでは彼女に信頼してもらえないと危惧したエヴェレルは、マガウィスカに声をかけ、今の自分の思いを伝えることにした。

「月がきれいだね。星々も月のお供えみたいで美しい。あの月や星々が僕らの家を見守ってくれているみたいだ。マガウィスカ、星には人間の運命に影響を及ぼす不思議な力があると信じている人たちがいる。どういう理屈で星に不思議な力があると考えているのか、それはよくわからない。僕にはあまり想像力がないから、わからないのかもしれない。でもね、そんな僕でも、月や星々は守り神だと思えるんだ。月や星々はああして高い空からじっと僕らを見守ってくれている。あの光が照らしているこの地上で、悪意ある者がうろついているとは、僕には思えない」

「そうね、とても穏やかな夜空」

物憂げな様子のまま、マガウィスカは答えた。

「でも、エヴェレル。人間というのは平気で穏やかさをぶち壊してしまう。あの晩も今日と同じだった。月明かりは眩しいほどで、本当に静かだった。そして、あなた方イングランドの人たちが寝静まっていた私たちの家々を襲った」

「君は今まで一度もその晩のことを話してくれなかったよ、マガウィスカ」

「そうよ、話さなかった。私たちは友情の鎖で結ばれた。その友情の鎖をどうしても壊したくなかった。だって、あなたの仲間たちが私たちにしたことを話してしまったら……」

「そんなこと、恐れる必要はない。たとえ恐るべき敵の話であっても、敵が堂々と行動していたのならそれをちゃんと認めようと僕は思っている。逆もそうだ。仲間が残酷な行いをしたのならば、それは酷い行いだと僕は判断する」

「わかった。なら、話す。もし復讐の時が来るとしても、それは原因があったから。原因もないのに復讐の時は訪れない」

マガウィスカはしばらく黙りこみ、大きくため息をついた。そして、ようやく彼女の物語が始まった。彼女の部族を見舞った悲劇をめぐる物語。それは当時白人たちの間で出まわっていた書物の類に出てくる話と重なりつつ、重要な場面で白人が語る話とは真逆の様相を呈していた。血生臭い事件に巻き込まれた当事者による証言がいよいよ始まる。

「私たちが暮らしていたのは丘の上。砦のように家々が集まっていた。眺めがよく、狩場もよく見えた。丘の縁をまわり込む形で流れていく川沿いの風景はあなたたちが言うお庭のようだった。夜になると、穏やかに流れる川の音が家の中にまで聞こえてきた。砦の周りには柵をめぐらし、守りを固めていた。柵は若い木で作られ、枝を使ってしっかりつなぎ合わせていた。敵は一人たりともこの柵の中に侵入することはできなかった。鷲が妻や子らを守るために丈夫な巣を作るのと同じこと。

サッサカスと私の父は、あの恐怖の夜、砦を離れていた。彼らは長たちの集会を砦から離れた場所で開いていた。若い男たちはカヌーに乗ってどこかに遊びに出かけていた。若者たちが戻ってくると、ダンスと宴会が始まった。そして、多くの者たちは疲れきり、深い眠りに落ちた。

私の母は子供たちと一緒に家の中にいたが、まだ眠ってはいなかった。なぜなら、私の兄サモセットが仲間たちと水遊びに行ったまま戻ってきていなかったから。何か悪しきものが近づいてきている。枕に頭を載せていた母はそう感じ始めていた。起き上がった母は私を起こし、小さい子供たちの傍を離れず、じっとしているように私に命じた。そして兄を探しに、静かに家を出ていった。大いなる神秘はありとあらゆる僕《しもべ》を介して私の母の耳と目に危機が迫っていることを伝えようとしていた。丘の向こうに沈みつつあった月は火の塊のようで、そこから射す月明かりもいつもと違っていたらしい。まるで火矢が目に飛び込んでくるような月明かりだったと母は話していた。そして、空気の中に満ち溢れていたのも死者の息吹。

母は柵の先、丘の下へ降りていった。すると、年老いたカシュマキンがいたので、息子に会わなかったか、聞いた。

『お前さんの息子は大丈夫じゃよ。仲間たちと寝ている。サッサフラス山の脇を通って戻ってきたようじゃ。あの道を通ることができるのは体力があって、素早く動ける者だけじゃからな』

『私の息子は大丈夫なのね。ではもう一つ聞きたいことがある。あなたは賢者なのだから、闇に閉ざされた未来のこともはっきり見通すことができるのでしょ？　私たちのところに近づいてきている悪しきものは何？』

母はカシュマキンに自分が感じた悪しき予兆について話した。

『わしにはわからん。闇が我が魂を覆い尽くそうとしているようには思えん。だが、周り中闇だらけなのは確かだ。死をもたらす矢がそこら中に突き刺さっているのかもしれん。モノカ、お前には今何が見えておるのじゃ？』

『今は何も見えない。青黒い空。私たちを見下ろしている星々。空気中に溢れていた死者の息吹も今は感じられない。今私の頰をそっと撫でていくのは赤子の息吹。水の精霊たちが川から空中に出てきて、柔らかく羽ばたき、私たちの住処を守ってくれているよう』

『お前の息子は今頃すやすや寝ているじゃろう』

　カシュマキンはぼそぼそと言った。

『わしの耳に届いたのは、子を甘やかしすぎている母親の戯言としか思えん』

『私の一家は臆病者ではない』

『それはわかっておる。獰猛なピューマも子を見つめる時は雌ジカのようなものじゃ』

　夜が更けてきたので、母はカシュマキンに家へ一緒に来ないかと言った。集会が開かれる時には、長の家に余分な寝床がしつらえられるのが常だったからだ。

『いいや、わしは外をぶらついておるよ。しばらくすれば朝が来るじゃろう。わしはいつも外で日の出を拝んでおる』

　カシュマキンは、日が昇り、暖かい光が射してくる光景を夢想した。そして、丘の連なり、真っ暗な谷間、川の流れ、昼間は青々としているトウモロコシ、灰色の古い岩で造られた家々に目をやった。二人が砦の方向に向かい、小さな入口の近くに来た時、カシュマキンが連れていた老犬が飛び跳ね、激しく吠え始めた。こちらに迫ってくる者たちの足音も聞こえてきた。

　カシュマキンは大声を出した。

『オワノックス（イングランド人）だ、オワノックスだぞ！』

　母もカシュマキンと一緒になって大声で叫び続けた。家々から飛び出してきた人々も次々に叫び、砦中が警戒態勢に入った。敵は一気に私たちの砦に迫り、侵入し、家々を包囲し、銃を撃ち始めた」

　マガウィスカの話がここまで進んだ時、それまで黙って話を聞いていたエヴェレルが言葉を差し挟んだ。エヴェレルはいつのまにかマガウィスカの話に完全に引き込まれていた。

「そんなに突然のことだったのかい？　女の人や子供たちが寝静まっている時を狙って、襲いかかってきたというのかい？」

「そうね。裏切り者がいたから。ウィクァシュという男が手引きした。あの男は残虐で、私たちの捕虜であったイングランド人の女の人に襲いかかった時、私の母は彼女を救ったことがある。あの男は私の父から食事を分けてもらったこともあれば、寝床を用意してもらったこともある。なのに、裏切った。

　襲いかかってきた者たちの中には、あの弱虫なナラガンセット族の連中もいた。でも、私たちの姿が見えるところまで来ると、震えあがっていた。顔は真っ白。白人と同じ。勇者サッサカスの名前を聞いただけで、怯えきってしまい、まるで弓弦なしの弓のよう。『奴は神だ。奴を殺せる者などいない』。あいつらは口々にこう話し、決して無理に寄せてこようとはしなかった」

「つまり、誇り高く戦ったのは、僕が前々から聞いていたことだけれど、僕ら白人だけだったということだね？」

「誇り高く戦った？　エヴェレル、あなたはどんな話を聞いてきたの？　私たちの仲間の戦士は皆敵に立ち向かった。襲いかかってきた者たちは数も多く、母や妻や姉妹や子供たちが隠れている家々を取り囲んでいたから、戦士たちはそれぞれ百人分の働きをする覚悟で敵に立ち向かった。みんな自分たちの命を投げ出し、家を守るつもりだった。

　ああ、あんな恐ろしい戦いの光景は見たことがない。今でもあの時の激しくも忌まわしい声や音が頭の中で鳴り響いている。銃声など、私はあの時初めて聞いた。白人たちのあのおぞましい叫び声。私たちの戦士の大声。小さい子供たちが泣き叫ぶ声。母親たちの嘆きの声。そして本当に怖かったのは、さっきまで聞こえていた声が突然聞こえなくなってしまった後の一瞬の静けさ。

襲いかかってきた者たちはいったん後ろに退き、柵のあたりまで戻った。すると、指揮官らしき男が新たな命令を出した。

『火をかけよ』

さらには、柵の入口近くで勇ましく戦っていた兄サモセット、母がこよなく愛していたサモセットに一斉に攻撃を仕掛けた。地面に倒れ伏し、血まみれとなった兄はよろよろと身を起こし、最後の力を振り絞って弓を引き、敵の指揮官に狙いを定めようとした。でも、その弓は刀でさっと切り払われた。

次に白人たちは家々の炉からまだ火がくすぶっている燃えさしなどを集め、家々に撒き、草をかぶせた。火はあっというまに燃え広がっていった。白人たちは忘れたのか。かつては私たちの家に招かれ、あの火で温もりを得、もてなしを受けたのではないのか。その火を使って私たちの家を燃やすというのは一体どういうことなのか。

燃えさかる家々を避け、敵たちは柵の外に引いていった。仲間の戦士たちは、敵の囲みを破り、みんなが炎から逃げ出すことができるよう戦い続けたが、その努力も空しかった。彼らは押し戻され、みんなの上に炎が迫った。ナラガンセット族の者たちは白人たちを煽り、獲物を目の前にしたオオカミのように吠え続けた。

やがて、パチパチと音を立てて燃えさかる炎の中に身を投じる者が現れ始めた。皆、勝利の雄叫びを上げ、堂々と炎の中に飛び込んでいった。柵をよじ登ろうとした者もいた。彼らは銃で撃たれ、弓矢で射られた鳥のように次々と柵の下に落ちた。これがあの現場で起きた殺戮の様子。白人たちは私たちの家々に襲いかかり、何百もの仲間の命を奪った」

「君はその修羅場からどうやって抜け出したんだい？　まだその時は捕虜になってなかったんだろう？」

「私たちの家の片隅に岩があって、その下に大きな穴が掘られていた。その穴の中に母はオネコと私、それから下の子二人を連れて潜り込んだ。下の子たちはその後死んでしまったけれど。

家はすぐに炎に包まれ、敵が遠ざかっていく音も聞こえた。岩の上、家を燃やし尽くす音が収まった頃合いを見て穴から出ていくと、あたりは酷い有様だった。あまりのことに声も出なかった。日が昇って一時間もしていなかったけど、私たちの家々はこのわずかな時間の間にすべて焼け落ちていた。まだ火がくすぶっているあちらこちらに、仲間たちの遺体が見えた。そして、柵の周囲には勇敢に戦い続けた戦士たちが点々と横たわっていた。彼らはもはや冷たく、言葉を発することもなく、力を失い、形の崩れた泥人形のような姿になってしまっていた……」

マガウィスカの言葉がとまった。あの惨劇を思い出し、言葉を失ってしまったのだろう。彼女はふと視線を上げた。目には力がこもり、何か見えない存在と会話を始めたように見えた。

そして、突然こう叫んだ。

「お母さんの魂だ。あっ、待って。私もお母さんのところに行きたい。戦いはもう嫌。あのおぞましい喚き声も、死をもたらすナイフも、もうたくさん」

エヴェレルの目からもどっと涙が溢れた。マガウィスカは再び話し始めた。

「母も弟たちもみんな口もきけず、呆然と立ち尽くしていた。ふと足音が聞こえてきた。にぎやかな声も聞こえてきた。父やサッサカス、そして彼らが引き連れていた仲間たちだった。ちょうど集会から帰ってきたところだった。丘をまわり込み、オークの茂みがあるところにさしかかると、父たちの目にも破壊された家々が目に飛び込んだようだった。父たちは私が今まで聞いたこともないような大声を上げた。泣き叫ぶ声、復讐を誓う声、様々な声が空気を揺らした。

やがて、皆の視線は父に向けられた。誰の目にも疑いと憎しみが込められていた。なぜなら、父はイングランドの者たちと友であろうとし、和平交渉や同盟交渉を行ってきたからだ。父はイングランドの交易者を保護していた。彼らから白人たちの捕虜となっていた仲間を引き取り、身内に返す窓口にもなっていた。今生き残っているのは、その父の妻と子供たちのみ。

父に対して『お前は裏切り者だ』という声が上がり、怒りに満ちたささやきが残された者たちの間に広がっていった。ついにはその怒りを拳《こぶし》に込め、死の制裁を加えようと手を振り上げる者が何人も現れた。しかし、父は一歩も動かなかった。

『待て、待て』

サッサカスが大声を出し、興奮した男たちの手を払った。

『モノノットに手を出すな。この男の魂は太陽のように明るく、一点の曇りもない。彼の胸の裡に我々に対する反逆の志があるというのは、あの太陽が黒いというのと同じだ。彼がイングランドの者たちに対してハトのような優しい心で接したのは、奴らが友人だと信じたからだ。今や奴らは敵だと彼も認識したはず。必ずや獰猛な鷲となって奴らに立ち向かう。いいか。モノノットに絶対に手を出すな。わかっているな。この男の身体には我が血も流れているのだ』

この時から父は変わった。妻や子供たちと話をしようとしなかったし、言葉も交わさなかった。

いつもある若者たちの一団と一緒にいて、話し合いをしたり、鬨《とき》の声を上げたりしていた。そっと敵を追跡することもあったようだ。仲間たちを束ねる者はサッサカスとなった。そして、私たちは一族が住んでいる別の村に向かった」

「君のお兄さんのサモセットの話が途中で出てきたけれど、手にした弓を切り払われたところで話が終わっていた。お兄さんは最後炎の中に飛び込んだの？　それとも柵のところで撃ち殺された一人？」

「どちらでもない。父が復讐の炎を燃やしているのは兄の死があるからだけど。あの時、砦の外にいた兄は敵の間をかいくぐり砦に戻り、数人の仲間を集め、身を潜めては不意打ちをかけるという形で白人たちに立ち向かっていた。すっかり苛ついた白人たちは兄たちに狙いを絞った。最後、兄以外の者たちは何とか逃げ出すことができたけれども、兄は大怪我をし、捕虜となってしまった。白人たちは兄に言った。

『命が惜しければ、別の拠点に案内しろ』

　もちろん兄は拒絶した。

　エヴェレル、兄はまだ十六回しか夏を迎えていなかった。私たちと同じで太陽の光をこよなく愛していた。あの時、兄の魂は傷つき、疲れきっていたはず。身体は、動物たちに踏みにじられたアシの茎のよう。雄々しかった心臓の鼓動も女のように弱々しくなっていたかもしれない。でも、兄の魂の中ではまだまだ炎が燃えさかっていた。お前の命とひきかえにお前たちの別の村を教えろと白人たちが再び迫った時、兄は迷いなく断った。すると、白人たちは容赦なく兄の首を刎《は》ねた」

　マガウィスカは一呼吸置いた。そして、エヴェレルの方に視線を向け、口角を歪めて奇妙な笑いを浮かべながら再び話し始めた。

「エヴェレル、あなたたちイングランドの人たちはよくこう言う。聖書とかいう、あなたたちの本の方が、私たちが心の中に刻み込んでいる言葉より優れていると。その聖書とやらは、慈愛、思いやり、赦しの心を教えてくれているはず。聖書の教えを信じているあなたたちにとって、捕虜となった年端も行かない男の子にあのような仕打ちをすることは当たり前なの？」

マガウィスカの非難は重い意味を持つ。キリスト教をこの世に広めるにあたって避けられない課題を白人たちに突きつけているからだ。

今も昔も、そしてあらゆる地域で白人たちはこの課題と向き合っている。すなわち、神聖なる教えがあり、一方その教えを伝える者たちがいて、この伝道師たちは時としてそもそもの教えに背く行いをしてしまうことがある。神の教えがもたらすはずのこの世の光を世界中にあまねく伝えようという強い意志が、いざ実際に異教の人々へ光をもたらそうとする時、逆に暗黒の雲となってしまう。この世の光が異教の人々を照らさない、その大きな要因となっているのは実は神聖なる教えを伝える者たちの行為なのだ。

エヴェレルは今まで実に丁寧に神の教えを学び続けていた。その彼をもってしても、マガウィスカの問いかけには容易には返答できなかった。彼女の疑問は至極もっともなものだったからだ。僕には答えることができない。でも何か答えはあるはずだ。僕のお母さんならきちんとした答えを用意できるに違いない。そう考えながら、エヴェレルはマガウィスカに話を続けるように頼んだ。

「私たちの部族は数も減り、散り散りになってしまったが、しばらくして他の部族の者たちも含め、再集結した。私たちは狩場や草地の広がる地域から追われ、暗い湿地帯を生活拠点とした。

すぐに私たちはイングランド人に包囲された。使いの者がやってきて、イングランド人を手にかけたことがない者の命は救ってやると言ってきた。私たちのところに集まってきていた他部族の者たちはその話を真に受け、拠点を離れた。倒れていく木から慌てて飛び立つ鳥のようだった。父は仲間の戦士たちを見まわした。戦士たちは父の決然とした様子を目の当たりにし、鬨《とき》の声を上げた。

父は使いの者に言い放った。

『こう伝えよ。我らはイングランド人たちを倒し、その血を盃に満たし続けてきた。お前たちにあるのは死のみだ』

使いの者はその場を離れたが、すぐに戻ってきた。今回は言葉が柔らかくなっていて、投降し、イングランド人の足許に弓矢や斧を投げ出すつもりなら許してやるということだった。父は仲間たちに向かって大声で聞いた。

『勇者たちよ。妻子が籠る家に火をかけ、餌食にした者どもの許しを得ようと思う者はいるか？　狩場から我々を追い払い、水上を行き来するカヌーを奪った者どもの許しを得ようと思う者はいるか？』

百人ほどの戦士たちが使いの者に狙いを定めた。

『わかったか。これが我々の答えだ』

父の言葉を聞いた使いの者は戻っていき、私たちの運命は定まった」

エヴェレルが言葉を挟んだ。

「サッサカスはどうしたの？　この時には仲間たちを見捨て、別行動をとっていたのかい？」

「見捨てた？　そんなわけないじゃない。彼の運命は私たちと共にある。でも、今までずっと、戦えば勝つという経験しかしていなかったので、洞穴に追い込まれたキツネのようになってしまった自分に耐えられなかったのだと思う。いったんは仲間を束ねるようになったサッサカスだったけれど、彼は自分だけの世界に引きこもるようになり、言葉を発しなくなった。すべて父に任せるようになっていった。

その日、聞こえてくる音といえば、私たちの拠点を守る柵となっていた木々をイングランド人が切り倒す音だけだった。やがて夜になり、彼らは近づいてきた。手に松明《たいまつ》を持っている彼らの姿が木々の間にはっきり見えるようになってきた。すぐ目の前までやってくると、彼らは一晩中銃を撃ち続けた。戦士だけでなく、女子供も容赦なく撃ち殺そうとした。カシュマキン老人も深手を負い、母の脇に横たわっていた。彼はサッサカスと父を呼び、こう告げた。

『この場を離れよ。妻や子供は見捨てよ。包囲網を突破せよ。そして、復讐の声を国中に広げるのだ。団結し、イングランドの者どもを海に追い落とせ。これは大いなる神秘の意志だ。大いなる神秘の声に従え』

大いなる神秘の声を伝えていたカシュマキンの身体は、しかし、すでに死の時を迎えつつあった。完全に黙した彼を見つめていた母は叫んだ。

『カシュマキンの言葉に従って！　ほら、あそこを見て』

母が指さす先に目をやると、森が分厚いカーテンのような霧で包み込まれつつあった。母は言葉を続けた。

『精霊の世界から私たちのお友だちが来てくれた。あの霧があなたたちを隠してくれる。いいわね、私たちのことは見捨てなさい。家の中にいれば私たちは穏やかな心の持ち主。でも、敵に捕えられたらあわてず騒がず、私たちは死を受け入れる。早く行きなさい。そして、必ず復讐してください』

サッサカスは呻《うめ》くように言った。

『我々は年老いた男と年老いた女の意見を聞かなければいけないのか？』

父は答えた。

『女が普段の役割を放棄し、男に意見をした場合、我々はその女の意見に従わなければならない。戦士たちよ、私についてこい』

父たちはいっせいに駆け出し、包囲網を突破したようだ。残された私たちからは何も見えなかった。聞こえてくるのは敵の叫び声だけ。父たちが森から飛び出した途端敵と出くわしたのか、叫び声は激しくなった。

『奴らが逃げた』

息を凝らし、遠くの音に耳をそばだてていた母は、苔むした石だらけの地面に身を投げ出し、そして私を抱き寄せ、頬ずりした。

『ああ、私の子供たち。せめて、あなたたちの代わりに私の命だけが奪われるなら……でも、死を恐れてはだめ。百人の長たちの血が、恐れ知らずの長たちの血があなたたちの身体に流れていることを忘れてはいけない。敵が近づいてきた。さあ、頭を上げなさい。部族の中で最も弱い者たちにも誇りがあること、強さがあることをあの者たちに見せてやりなさい』

地面に身を伏せていた私たちは立ち上がった。家族ごとにまとまっていた女と子供たちは、もはや避けがたい運命に身を委ねた。イングランド人が森を突き抜け、私たちがいた小高い場所に駆け寄ってきた。そして情け容赦ない殺戮が始まった。

私たちは誰もあらがわなかった。動こうともしなかったし、声も上げなかった。死にゆく子供たちの泣き声だけが聞こえた。ところが、私たちは無事だった。敵兵の中に母のことを知っている者がいて、母とその子供たちの命は助けるようにという命令が下りたようだった。私たちは警護の者たちの監視下に置かれた。

後はあなたもご存じね。こうして私たちの部族はずたずたにされ、私たちは他の捕虜数人と共にボストンに連れていかれた。そして、何人かは奴隷となり、縄で縛られ、売られていった。

ただ、あなたたち白人の中にも、大いなる神秘がもたらす暖かな光を心に宿している人もいないわけではない。人から親切にしてもらったことを、たとえその相手がインディアンであったとしても、忘れない人もいる。私の母、つまりモノノットの妻がかつて白人たちの保護者であり、友人であったことを覚えている白人がいた。その白人の命令により、母は捕虜ではあったけれども、一人の人間として丁重に扱われることになった。

だが、母の仲間たちが殲滅されたことに変わりはない。夫もはるか遠く、どこかの森に逃げ延びていった。夫たちは故郷を失い、邪悪な魂のはびこる僻地を彷徨《さまよ》い続ける。子らは捕虜となり、母の魂も破壊されていった。その後母がどうなったか、あなたもご存じのはず」

この戦いはピクォート族に壊滅的な打撃を与えた。そして、黎明期の植民地にとってもこの戦いは大きな意味を持つようになった。とりわけ、断固として戦いと死の道を選んだピクォート族の生き様は、インディアンに対するイングランド人の恐怖をいやが応もなく掻き立てた。

当時、直接この戦いに加わらなかった者にとっても一連の出来事はごく身近な、生々しいものと感じられていたようだ。そして、エヴェレルのような少年にとってはこの戦いは血湧き肉躍る冒険談の一つだった。しかし、エヴェレルが堪能してきたこの冒険談の語り手は、ピクォート族から見ればあくまで敵であり、征服者にすぎない。マガウィスカというピクォート族の生き残りの語り手が語った物語は、同じ出来事を扱っているにもかかわらず、彼が馴染んできた冒険談とは色合いの異なる、完全に未知の物語だった。

エヴェレルにとってマガウィスカは自然の寵児であり、彼女の感性は天が授けたとしか思えなかった。そのマガウィスカが語る物語はライオンと人間が登場する異次元の昔話や神話のようにも思えたが、彼はマガウィスカの話に完全に魅了されてしまった。一つの対象物をめぐって複数の彫刻家がそれぞれの観点から作業を行った場合、真理を見極めている者こそ、その対象物を彫刻する者としてふさわしい。

新大陸の先住民を殲滅したこの戦いについては、プリマス植民地第二代総督ウィリアム・ブラッドフォードの日記『プリマス植民地の歴史』[*10]に書きとめられた有名な言説が流布し、今なお我々はブラッドフォードが遺した言葉のみを真実として受け取っている。

「この時に殺された者は四百名ほどと思われる。何ともおぞましい光景だった。彼らは炎の中で焼け焦げ、彼らが流したおびただしい量の血潮は火を消す勢いだった。猛烈な悪臭が漂った。だが、これもまた勝利のための甘美な捧げ物なのだ。我々は神に感謝の祈りを捧げた」

ピクォート族との戦いについてはウィリアム・ハバードという牧師も有名な言葉を遺している。ハバードはピクォート族の勇気ある行為を書き記す時、それを野蛮人が示す獰猛さと評価し、絶体絶命の窮地に追い込まれた彼らが示した不屈の精神を犬にたとえた。

「多くの者たちが湿地帯で殺害された。むっつりと押し黙った犬のような有様で、彼らは自らの意志で殺されていった。気も狂っていたのだろう。皆一言も発さず、撃たれ、切り刻まれた。自分たちの力を奪い取っていた者たちに命乞いをするでもなく、彼らは死を選んだのだ[*11]」

　さて、こうしたブラッドフォードやハバードの記述に慣れ親しんできたエヴェレルも、マガウィスカという感性豊かな語り手の魔法に魅了されたのか、マガウィスカたちの悲劇について新たな世界観を獲得しつつあった。彼女たち野蛮人の家族はなす術《すべ》もなく森の奥地に閉じ込められ、自然の崇高なる力によってではなく、偶然そこに押し寄せてきた白人たちの圧倒的な軍事力、技術力、知識力によって滅ぼされてしまった。ハバードは当時現場にいた者たちの証言をこう紹介している。

「信頼すべき筋によると、早朝湿地帯に入っていくと、ピクォート族の者たちがあちらこちらで寄り添い、腰を下ろしているのが見えたという。白人たちはそれぞれ十発から十二発、弾を装塡し、一斉に銃撃を開始した。わずか数メートル離れた場所から彼らに銃口を向け、銃撃したのだ」

　エヴェレルはマガウィスカに話しかけずにはいられなかった。彼女の一族が勇敢に戦ったことを称え、惨めな境遇に突き落とされたことに同情を寄せ、エヴェレルは熱心にマガウィスカに語り続けた。マガウィスカはといえば、目に悲しみを湛えつつ、エヴェレルの言葉を素直に受け入れた。遠く離れていた友と再会し、いろいろと自分を褒めてくれるのを聞いているような気分だった。

　二人とも、話に夢中になっていたため、自分たちが寝ずの番をしていたことをすっかり失念してしまっていた。最初あったはずの不安感も重苦しさも今や消え去っていた。ふっと話が終わり、二人が立ち上がると、今までじっと黙っていたディグビーが持ち場から声をかけた。

「お子さんたち、寝る時間ですぞ。みんなよく頑張りました。朝も近い。ほら、あの木の上に明けの明星が見えますぞ。広い空に松明《たいまつ》を灯したようだ。エヴェレル坊ちゃま、お祈りを捧げる時に必ず神に感謝しましょう。私たちが無事であったこと、お母様もおっしゃっていたことですから。さて、少々お待ちを……」

マガウィスカの後についていこうとしたエヴェレルにディグビーはささやいた。

「あの娘は何か話しましたかな？」

「何をって？」

「おや、困った坊ちゃまだ。どうしたのです？　なぜ今晩一人で外に出たのか、坊ちゃまと一緒に見たあの娘の不可解な行動について説明してもらうはずだったじゃないですか。よもや何も話を聞かなかったのですかな？」

エヴェレルは困惑したが、まだあたりは暗闇に包まれていたので、動揺を隠し通すことができた。彼は任務を完全に忘れていたのだ。

「マガウィスカは何も言わなかったよ。でも、ディグビー、僕は確信している……」

「彼女は何も悪いことはしていない、そう言いたいわけですな。エヴェレル坊ちゃま、あなたはそれでいいかもしれないが、私めは納得できませんぞ。あの娘がこそこそしていたことに変わりない」

エヴェレルは何とかしてディグビーを説得しようとしたが、無駄だった。エヴェレルは諦め、無言で家に入った。一方、マガウィスカは静かにベッドに入ったものの、目がさえ、絶望的な気持ちに苛まれ、眠りにつくことができなかった。心は重く、これから果たさなければならない責務を思うと、気高い彼女の心はさらに狂おしくなるばかりだった。

この日の前日、ネレマはマガウィスカにモノノットと一、二名の部下が近くの森に潜んでいることを伝えていた。父はベセルのフレッチャー家に襲いかかるタイミングを探していたのだ。思えば、ネレマはすでに忌まわしき小物を使って、フレッチャー夫人にもこの事実をほのめかしていたことになる。

ただし、父の目的が正確に何なのか、マガウィスカにも見当がつかなかった。自分の子供たちを取り返すことだけを狙っているのか。それとも、フレッチャー家を皆殺しにするつもりなのか。おそらく後者だろうとマガウィスカは予感した。なぜなら、父たちが通ったと思われる道に血の痕跡を見つけたからだ。これは敵意を持ったインディアンが行う死の印なのだ。

マガウィスカがネレマに執拗に問い質《ただ》すと、ネレマはこう答えた。自分は何度も何度もモノノットに説明した。フレッチャー夫人はモノノットの子たちを実に親切に取り扱っていると。しかし、モノノットは聞く耳を持たなかったようだ。事がなるまでお前と会うことはない、そうネレマに伝えると、モノノットはあっというまに彼女の元を去ってしまったらしい。

最初マガウィスカはすべてをフレッチャー夫人に打ち明けようと考えた。だが、そうしてしまえば、夫人から他の白人たちに必ずや通報が行き、父は危険にさらされてしまう。当然のことながら、マガウィスカにとって、自分が愛し、守らなければいけない存在はまず第一に身内の人間たちだ。白人たちに蹂躙されたとはいえ、インディアンとしての誇りを彼女は決して捨ててはいなかった。

だが、彼女は逡巡した。友たちにまもなく振り下ろされる死の鉄槌を我がことのように思い、悩んだ。父を裏切らない範囲で何かできることはないか、必死に考えた。だから、父と森の中で出くわす可能性を信じ、夜中に家を密かに抜け出しもしたのだ。ディグビーが目撃した彼女の不可解な行動の真相はこれだ。

　まず、ネレマの家に行ってみたが、静まり返っていた。帰り道、ふと見ると、道端に鷲の羽根が落ちている。これは父の物だ。父はここを通ったのだ。そう確信した彼女は家の外で父を待ち続けることにした。父が現れたら、父に思いとどまってもらおう。ディグビーが誰かを見かけた、誰かの声を聞いたと言っていたが、そんなはずはない。武装しているとはいえ、たった一人の敵と出くわして背中を向ける父ではない。

　マガウィスカは無理だと知りつつ、願った。父の狙いは子供を救出することのみ。そうあってほしい。だが、それは望むべくもないことか。父の狙いは別にあるということはほぼ間違いない。そうだとしてもネレマがどうにかして父の復讐をやめさせてくれないだろうか。彼女はひたすら願った。

　マガウィスカはエヴェレルに嘘偽りない真実を伝えていた。彼女の父モノノットは、あの惨劇の後、人格が豹変した。かつてピクォート族が繁栄し、誇り高く大地を闊歩していた頃、モノノットは勇者としてよりも慈悲深く、心優しき人物として知られていた。ピクォート族が他を圧する強力な部族であったからこそ、リーダーである彼の人柄も高貴なものとなっていた。野生の世界でも、最強の生き物は他の生き物を攻撃したり、圧迫したりせず、保護者として君臨するものだ。

　もう一人のリーダー、モノノットと血を分けた兄弟であるサッサカスは野心家で、同盟している部族に対しても支配欲を隠さなかった。だから、イングランド人の侵略が始まった時、彼は自分と同じ者たちがこの地にやってきたことをたちまち悟り、あらゆる力、策謀を駆使してインディアン各部族を糾合し、危険極まりない侵略者に立ち向かおうとしたのだ。

一方、モノノットは、イングランドの者たちに危険な予兆を感じることもなく、敵愾心を持つ必要も認めず、暖かい心で彼らを迎え、平和的な関係を築く道を仲間に提唱した。二人の長が異なった意識を持っていたため、部族の者たちの行動も一貫性を欠き、白人たちから見ればピクォート族は信頼がおけない、すぐ裏切る連中ということになってしまった。実際、ピクォート族はイングランドの交易商たちを丁重にもてなす時があるかと思うと、突然友好条約を無視して彼らに襲いかかり、死に至らしめる時もあった。

ウィンスロプやハバードらが遺した記録に出てくるストーン、ノートン、オールダムの虐殺を巡る話は有名だ。[*12] 白人が助けられた事例についての報告もある。ウェザーフィールドでピクォート族の捕虜となった二人のイングランド人の女の子がモノノットの妻によって保護され、無事帰還を果たした話など、こちらの事例も枚挙にいとまがない。後者の事例に鑑みれば、神の創造物たる人間の魂から、それが仮に野蛮人の魂ではあっても、神の恩寵がすべて消え去ることはないということがよくわかる。つまり、暗い闇に閉ざされ、無知で堕落した生活を送っている野蛮人の魂の中にも慈悲の心は間違いなく宿っているものなのだ。

西アフリカを探検したスコットランド人、ムンゴ・パーク[*13]も同様の事例をいろいろ記録している。アフリカの荒涼とした大地を鬱々とした気分で歩き続ける中、彼もまた、黒人たちの魂の中に一輪の花が咲いているのを知り、心温まる思いがしていたようだ。

野蛮人の世界では、長たる者、部族の誇りと尊厳を体現した人物でなければならず、戦いに敗れるなど、もってのほか。敗北の恥辱をそそぐのに必要なのは、自らを破った者たちの血のみ。それができなければ、悪意ある者たちの非難の視線に耐え続けるしかない。

モノノットも生き残った者たちの胸の裡をよく理解していた。なぜイングランドの者たちに親切にしたのか。モノノットに対する彼らの思いは辛辣だ。そして、仲間たちの心の中で逆巻いていた不信と怒りがモノノットを極限まで追い詰めていたのだ。

彼の目には焼きついていた。仲間たちは無残に殺され、家や狩場から追われ、惨めな放浪生活を送るよりほかなくなった。妻は捕虜となり、そのまま死んだ。子らは捕えられ、敵の家で奴隷のように扱われている。サッサカスは奸計にはまり、命を落とした。

生き残ったモノノットには次から次へと悲劇が襲う。魂の極限状態に置かれたモノノットは決断を下した。子らを救う。そして、復讐の狼煙《のろし》を上げる。我が魂も再生するだろう。白人たちに叩きのめされ、散り散りとなった仲間たちの長として復活することも可能だろう。怒りに血をたぎらせ、部族の糾合を画策しつつ、彼は侵略者たちの駆逐を誓った。

# 第五章

家中の者が目を覚まし、祈りを捧げる時間になった。マガウィスカもベッドから起き上がり、祈りの場に加わった。しかし、心は千々に乱れるばかりで、彼女の顔には苦悶の表情が浮かび上がっていた。

マーサはマガウィスカの顔をじっと見つめた。彼女が何かを隠し、何かに怯え、悩んでいるのは明らかだ。これは間違いなく何か起きる。ディグビーからはマガウィスカの不可解な行動についての報告もあったので、事態は急を要する。そう判断したマーサはディグビーをピンチョンのところにやり、意見を求めることにした。一家全員を引き連れて、砦の中に避難すべきか。それとも、警護の者たちをベセルに派遣してもらうか。

常々、女性が不安を感じた時にはすでに危険が目前に迫っていると口にしていたディグビーは、自分自身、嫌な予感にとらわれていたので、マーサの判断を是とした。ディグビーは素早く準備を整え、砦に向かおうとした。ちょうどその時、使いの者がやってきた。彼がもたらした知らせは一家の者たちを大喜びさせる内容だった。なんと、一家の大黒柱であるフレッチャーがあと数時間で我が家に帰ってくるというのだ。

ついでながら、使いの者がもたらした知らせの中には、とりわけグラフトン夫人を喜ばせるものもあった。フレッチャーが家に持ち帰ろうとしていた荷物はすでにスプリングフィールドに到着済みだったのだが、その荷物の中に、グラフトン夫人がわざわざロンドンの店に注文したお洒落な帽子も入っているというのだ。

夫ともうすぐ会えるということがわかると、マーサもすっかり安心してしまい、ディグビーにさっき指示した件もすぐに先送りにしてしまった。良き妻であればそう考えるのもやむを得ないことではあるのだが、夫に相談することが何よりも大事なことだと思ってしまったのだ。

人里離れた一軒家で単調な日々を過ごしてきた家族の者たちはみんな、家の主人がようやく帰ってくるということで、有頂天になってしまった。中でも一番興奮し、おかしくなってしまったのがグラフトン夫人だった。姪っ子のホープ・レスリーとの再会に胸を弾ませていたのか、お洒落な帽子を何よりも心待ちにしていたのか、彼女がなぜあれほど興奮していたのか、よくはわからない。

昼ご飯が終わると、男の召使い二名は、主人に先駆けて到着済みの荷物をベセルに運ぶため、スプリングフィールドに向かった。男たちが出かけてすぐ、グラフトン夫人が妙なことを思い出した。なんでも、彼女宛に届く予定のお洒落な帽子を入れた包みには、スプリングフィールド在住のホルヨーク夫人に贈るつもりのお土産も入っているとのことで、その贈り物までベセルに持ってきてしまうのは大恥だというのだ。あらためて送り直すとなると一週間余計に時間がかかってしまうから、是非そのようにしたいとグラフトン夫人は願い出た。

「許していただけるのなら、馬を一頭用意していただけないかしら。お土産を荷物から出して、ホルヨーク夫人にお渡ししたいの」

夫が帰ってくるということで、ここのところずっと感じていたはずの不安な思いをすべて忘れ去っていたマーサは、心ここにあらずという有様で右往左往しているグラフトン夫人の姿にうんざりしていたこともあり、彼女の申し出をすんなり受け入れた。ディグビーに用意させた馬はしかし反抗的で、馬に慣れていないグラフトン夫人一人では前に進むこともできなかった。そのため、ディグビーに一緒についてきてほしいと、このわがままなご婦人は懇願する始末。

むろんのこと、ディグビーは家事全般について有能であり、家の中で何か困ったことがあればどんなことでも彼が手を打つことになっていた。だから、ディグビーがご婦人の馬のお供をするのもごく自然な流れなのだが、実は彼自身はこの家の中での自分の役まわりについて思うところはあった。自分は確かに間違いなく重要な存在ではあるのだろう。だが、機械の部品か何かのように扱われるのはいかがなものか。何でも屋ではないのだ。

ディグビーは誰にも聞こえないようにまずこうつぶやいた。

「年寄りが頭飾りで大騒ぎとは馬鹿馬鹿しい」

それからはっきりと声を出して抗議した。

「グラフトン奥様もご存知のはず。私めはご主人様からこう命じられております。男の召使いがいっぺんに家を空けることはしないでほしい」

しかし、玄関先でディグビーを見ていたマーサは、いつもと違って厳しい態度でグラフトン夫人の言う通りにするよう命じた。それでも、ディグビーは口答えした。

「いや、生死に関わるようなことであれば、私めもグラフトン奥様のご希望通りにいたします」

ここでディグビーはマーサにだけ聞こえる声で、こう続けた。

「あのご婦人はすでにいろいろとけばけばしい飾り物を持っているんですぞ。その上さらにけばけばしい飾り物を身につけたら、あのお利口なエヴェレル坊ちゃまやオネコが大いにからかうことになるでしょうな。年とったニワトリにクジャクの羽根やタンポポの花をくっつけて、こう叫ぶ。『派手好きグラフトン夫人やーい』」

「お黙りなさい、ディグビー。あなたらしくないわ。そんな悪戯《いたずら》を思いついて笑うなんて。もしあの子たちがそんなことをしたら、叱ればいいの。あなたは、主人の友人にもっと敬意を払うべきよ」

「来て、ディグビー。早く来て」

グラフトン夫人が金切り声を出した。

「本当に、ご主人様のお言いつけに背いてまでして、私めが家を離れてもよろしいのですか？」

自分の役目に忠実なディグビーはマーサに執拗に食い下がった。

「今回だけよ。もし、謝らなければいけないのなら、私が代わりに謝るから」

「しかし、奥様。私めがいない間に何か起こったら……」

「何も起きないわよ、ディグビー。主人ももうそこまで来ているのよ。あなたがいなくなると言っても、あと一、二時間で主人は戻ってくる。何も心配しないでお行きなさい」

さすがにディグビーも諦めた。マーサは梃子《てこ》でも動かない。普段は心優しい女主人が頑なに行くように命じるので、ディグビーは渋々グラフトン夫人の馬の脇についてとぼとぼとスプリングフィールドに向かった。

一方、家に残った者たちは上へ下への大騒ぎ。エヴェレルも浮かれて母親に語りかけた。

「もうそろそろお父さんとホープ・レスリーが到着する頃だよね。お昼ご飯の後、一時間砂時計をもう三回ひっくり返したよ。ねえ、玄関の外に出て、みんなで出迎えようよ。そうすれば、お父さんたちがニレの木のところに来るのが見えるから」

母親の顔に微笑みが浮かんだのを見て、エヴェレルは続けた。

「オネコ、手伝って。お母さんのロッキングチェアを運び出そう。あれっ、ちょっとがたがたしているなあ」

エヴェレルはロッキングチェアの足許を調整した。

「でも、このくらいのこと、今のお母さんは全然気にしないよね。ほーら、赤ちゃん、可愛い可愛い……」

エヴェレルは小さい弟をぎゅっと抱きしめた。

「お前も来なきゃ。本当は僕が先のはずだけど、今日はお前が最初にお父さんに抱っこしてもらうんだ」

エヴェレルはにこにこ笑っている弟を乳母車に乗せると、ロッキングチェアに坐った母親の隣に連れていった。そして、今度は小さい妹たちがホープを驚かせるために用意していたおもちゃの準備を手伝い、さらにフェイスが真っ先にホープの姿を見つけることができるように彼女に足場を作ってあげた。

「ありがとう。本当にありがとう、エヴェレル」

エヴェレルが作ってくれた足場によじ登るとまだまだいたいけなフェイスは精一杯のお礼をした。

「あなたがホープのことを知っていたら、誰よりも早くあの子に会いたくなるはずよ。ホープはみんなに愛されてるの。ホープがいるだけでみんな楽しくなれるはず」

季節は五月末、草原も森も麗しい表情を見せる季節となっていて、実に気持ちの良い午後だった。今年は春の訪れが遅かったが、それでもようやくこの地を吹き抜けた春風が自然の恵みをもたらし、草原や森の緑も一層色濃く、まばゆいものになっていた。コネティカット川も滔々と流れ、きらきらとしたその水面には凍てついた冬から解放された喜びが見て取れた。コネティカット川から分かれて勢いよく流れる小川にも自然の歓喜が溢れている。

広大な草原に点々と、この地で初めてイングランドの人間が耕した畑があった。この肥沃な大地にイングランドの人間たちは試しにトウモロコシの種をまき、どれだけ収穫できるか確かめようとしていた。トウモロコシが成長していく過程は、それぞれ人の目を楽しませた。母なる大地から若芽が地面を割って姿を現した時の緑の輝き。やがて芽は大きく成長し、金色の長い穂となり、豊かに育った葉はかさかさと風に揺れる。

フレッチャー家の建物の周囲の草地は、イングランド流の庭のようにこざっぱりと整えられていた。玄関先にはクローバーが敷き詰められ、遠くの草地につながっていた。そのクローバーのカーペットの上をニワトリなどが餌をついばんでいる。野生の鳥と違ってニワトリたちの動きは小さな美食家のようだ。ニワトリ以外にも小鳥たちがやってきて吟遊詩人のように可憐に歌っている。あたり一面に小鳥たちのさえずりが広がり、祈りの声が湧き上がっているようにも聞こえる。しかし、小鳥たちはただ吟遊詩人のようにさえずっているわけではない。小鳥たちはよく働く森の主婦で、餌を求め、森の中や家の近くを飛びまわっているのだ。

明るくはしゃぐ子供たちに取り囲まれた母親ほど美しい存在はない。幸福そうな母親の姿はどんな人の心も打つものだ。そして、この時のマーサは、久しぶりに帰ってくる夫との再会に際し、できるだけきれいな身なりにしようと妻として思ったのか、一人の女として思ったのか、とにかくいつも以上に身なりに心を配っていた。夫の前で美しくあろうとしない妻がどこにいよう。エヴェレルも、母親の帽子から垂れている精妙なレース飾りをそっと持ち上げ、思わずこう語りかけた。

「今日のお母さんは一段と美しいね。信じられないほどだよ。『荒れ地に咲いた一輪の花』、お母さんのことをそう呼んだ人がいるよね。ちびのメアリーの頬も真珠のように丸くてきれいだけれど、お母さんにはかなわないや。心が美しいからかなあ」

エヴェレルは母親の頬にそっと口づけした。

「お父さんも、もうすぐここに着くよ」

「まあ、エヴェレルったら、おやめなさい。恥ずかしいわ」

それでも、今の自分なら上流階級に属する誇り高き美女たちも羨望の眼差しで見るに違いないという思いもして、エヴェレルをぎゅっと抱きしめた。

「あなたがおべっかを使うとは驚きだわ」

「おべっかじゃないよ、お母さん。ほら、マガウィスカも元気を出して。お母さんを見てごらん。お母さんも今はこっちを向いてよ、マガウィスカに見せたいんだから。白い頬がとてもきれいでしょ」

「だめ、だめ」

マガウィスカはマーサの方に視線を向けたが、すぐ目をそらした。マガウィスカは相変わらず打ちひしがれている。

「沈みゆく夕日の輝きはあっというまに雲間に隠れてしまうもの」

この態度にはエヴェレルも苛つきを隠せなかった。

「もういい加減にしてくれよ、マガウィスカ。どうしてそんなに暗いことばかり言うんだ。悪しき予言をする鳥のような口ぶりだけど、それは君にはふさわしくない。いつもみたいに元気に話してよ。ジェネットのことなんか全然信じていないけれど、これじゃ、ジェネットの言う通りだ。ネレマが何か変な魔法を君にかけたとしか思えないよ」

「悪しき予言をする鳥、それはフクロウ」

マガウィスカは物憂げに答えたが、その言葉には誇りも感じられた。

「でも、フクロウは神聖なる鳥。私たちにとっては森の見張り番。危険が迫ってきた時、フクロウは叫ぶ。起きろ、起きろ、起きろ」

「マガウィスカ、今日の君は本当に優しくない。今君がぶつぶつ言っていたのに比べれば旧約聖書のエレミヤの嘆きの方がまだ明るい。お父さんが帰ってくるからみんな楽しくて仕方ないんだ。あの空も大地も一緒に喜んでくれてるみたいじゃないか。それなのに、君だけが暗くしている。もし君のお父さんが近くに来たなら、僕は君と一緒に喜びを分かち合うことができるよ」

マガウィスカの目から涙がさっとこぼれ落ちた。しかし、一言も発しない。マーサは二人の様子をじっと観察していたが、孤児の状態に陥ってしまったマガウィスカが自分の身の上とエヴェレルたちの身の上を比較し、涙しているのだと同情した。

「マガウィスカ、あなたは私たちのお友だちよ。召使いだとも思っていない。私たちと一緒に喜んでくれないかしら。私たちのことを愛してくれていないの？」

「愛してますとも」

マガウィスカは手をぎゅっと握り、はっきり言った。

「皆さんを愛しています。命を捧げるほどに」

マーサは微笑んだ。

「あなたの命はいいのよ、可愛いお嬢さん。笑ってくれればいいの。みんなが陽気に振る舞っている時、悲しげなそぶりは良くないわ。ほら、オネコのお手伝いをしてあげて。赤ちゃんたちとシャボン玉遊びをしてるわ。オネコったら、息が苦しくなっちゃったのね」

オネコはニコッと笑い、頭をかいた。そしてまた、シャボン玉を作り始めた。虹色の泡が次から次へと空中に浮かび、小さい子供たちは手を打って大喜びした。赤ちゃんも乳母車から手を伸ばし、すっかりご機嫌だ。

マガウィスカは両手で目を覆った。

「こんなに美しい家庭の風景、もう見ていられない。すべてもうすぐ終わってしまう」

マガウィスカがそうつぶやいた時だった。平穏な光景は一変した。三人のインディアンの戦士が森から飛び出してきて、この世の物とも思えぬ雄叫びを上げたのだ。

「お父さんだ、お父さん！」

マガウィスカ、そしてオネコは同時に英語で声を上げた。

フェイス・レスリーはオネコに飛びつき、しっかりとしがみついた。他の子供たちは母親の周りに大急ぎで集まった。マーサは赤ん坊をしっかりと抱きかかえた。自分の腕こそが城壁。だが、それはあまりにか弱い城壁。

マガウィスカは呻《うめ》き声を上げながら、両手を大きく開いた。父親たちを思いとどまらせようとしたのか、彼女は父親の足許まで駆けていくと、身を投げ出し、手を合わせた。

「あの人たちの命を奪わないで。助けてあげて。お母さんも子供たちも、みんなみんないい人ばかり。復讐するなら、本当の敵だけにして。あの人たちは別。あの人たちは友人よ、恩人よ。だから助けてあげて。あの人たちが殺されたら私も死ぬ。ねえ、みんなをとめて」

マガウィスカは金切り声を上げたが、父の手下たちは殺戮を始めていた。モノノットは沈黙を守ったままだった。身じろぎもせず、マガウィスカ、そしてオネコを見やった。炎のように怒りに満ちた父の眼をじっと見据え、マガウィスカは懇願を続けた。

「そうよ、あの人たちが私たちを守ってくれていたの。愛の翼で包んでくれたの。だから、やめて。助けてあげて。ああ、間に合わない……」

マガウィスカは父を説得するのをやめ、フレッチャー家の人たちの方に駆け寄った。父は一切語らず、まったく動じてない。復讐を遂行しようとする意志を抑える優しさが父の心の中に残っていないとは思えなかったが、今は目的を果たすことしか考えていないのだろう。

マーサ目がけて斧を振り上げたインディアンの前に身をさらし、マーサをかばいながらマガウィスカは訴えた。

「このままでは、この人を手にかける前に私を真っ二つにしてしまうことになるのよ！」

だが、この戦士はにっと笑うだけだった。この襲撃で自分が殺戮するのはか弱い母子だけ、しかしこの戦士は同情心など少しも感じていなかった。そして、勇気あるインディアンの少女が身を挺して殺戮を阻止しようとしていることに心を動かされる人間でもなかった。

「急げ、犬どもが戻ってくるぞ！」

仲間がそう叫ぶと、この男はマーサに斧を振り下ろした。しかし、その腕をマスケット銃が打ち抜いた。斧は男の手を離れ、地上に落ちた。

「しっかりして、お母さん」

エヴェレルはそう叫び、大急ぎで銃に再び弾を込めようとしたが、間に合わなかった。もう一人のインディアンが彼に襲いかかり、投げ飛ばし、銃をもぎ取った。そして、トマホークをこれ見よがしに振りまわし、エヴェレルの頭目がけて最後の一撃を加えようとした。するとモノノットの大声が聞こえた。振り落とされたトマホークは途中でとまった。

その隙をついてエヴェレルは逃げ出し、玄関ドアのところにかけてあるラッパを取りに走った。あれを吹けばいい、咄嗟に思いついたのだ。ラッパは警報代わりになる。エヴェレルは力の限り長く、強くラッパを吹いた。

スプリングフィールドでの用事が済んだグラフトン夫人一行は、馬にまたがり、帰宅しようとしていたところだった。遠くから聞こえてきたラッパの音に耳を澄ませていたディグビーは叫んだ。

「ご主人様のお宅だ。急ぐぞ、ハットン！」

邪魔な荷物を投げ捨て、ディグビーは馬を全力で走らせた。

エヴェレルのラッパの音は村中に達し、ピンチョンは武装した六名を引き連れ、ベセルに急行することにした。そのベセルでは悲劇がいまだ進行中だった。マーサは恐怖のあまり気を失う寸前で、赤ん坊を抱きしめ、言葉を発することも身動きすることもできないでいた。しかし、エヴェレルの勇気ある行動で束の間意識を取り戻したマーサは息子に向かって言った。

「逃げなさい、エヴェレル。お父さんのために逃げなさい、早く！」

「逃げるもんか！」

母親の傍に寄り添い、エヴェレルは答えた。

野蛮人は決断が速い。特に身の危険を感じた時はそうだ。モノノットは命じた。

「早くやってしまえ、戦士たちよ」

エヴェレルに腕を撃たれた男は憎悪をたぎらせ、壁伝いによろよろとマーサたちに近づいた。そして母親が抱きしめていた赤ん坊を無理やり奪い取った。マーサは声を限りに叫んだが、その瞬間彼女の胸をナイフが貫いた。

エヴェレルがあり得ない力で反撃し、殺戮者を追い込んだこともうマーサの目には入らなかった。いや、そもそもナイフが自分の胸を貫いたこと自体、愛する子を奪い取られたマーサは気づいていなかった。エヴェレルとマガウィスカがマーサのところに駆け寄り、抱きかかえようとした。しかしマーサの身体からは力が抜けていき、彼女はゆっくり床に倒れていった。

エヴェレルと格闘した男はマーサの赤ん坊を家の前の芝生に投げ飛ばしていた。モノノットの足許まで転がったその子は無傷のままだった。

赤ん坊はモノノットの顔を見上げた。子供が持っている本能がそう思わせたのか、モノノットの顔に慈悲の色が浮かんだように赤ん坊は感じた。その慈悲にすがるためにはこれしかないと本能的に思ったのか、モノノットの足に片手ですがりついた。もう一方の手をモノノットの顔の方に伸ばし、憐れみを乞うような姿勢を取った。言葉を発することができないこの子の精一杯の自己表現だった。

頑なだったモノノットの心がわずかに揺れた。足許で哀願している赤ん坊の顔を見ようと身をかがめた時、仲間の一人、モホーク族の戦士が赤ん坊を乱暴につかみ、頭の上でぐるぐるまわし、玄関の石の部分に投げつけた。だが、この子の願いは通じた。無垢なる者の声なき声が奇跡を起こしたのかもしれない。

「もういい、血は十分に流れた。兄弟たちよ、我が復讐によくぞ力を貸してくれた」

モノノットは大声でそう言った。

モノノットはオネコを見た。オネコは玄関先の片隅でフェイス・レスリーをしっかりと抱きしめていた。モノノットはオネコに命じた。

「彼女と一緒に来い」

エヴェレルは死んでいる母や妹たちから引き離され、森の中に引っ張られていった。マガウィスカは血生臭い光景に目をやり、苦悩と絶望故か、一声絶叫すると父の後を追った。

森の中から草地に出ると、モノノットはオネコが着ていた白人の服をびりびりと破り、投げ捨てた。

「お前たちが捕虜となっていた証しはこれですべて消えた。お前は我が部族の者たちが身につけるべきものを身にまとい、森に戻るべきだ」

そう言うと、モノノットは息子に毛皮を羽織らせた。

# 第六章

侵入者たちが去り、彼らの足音も聞こえなくなった頃、ディグビーとハットンはようやく家の近くまでやってきた。ハットンは手綱を引き、馬をとめ、つぶやいた。

「ふむ、大慌てで来たけど本当に何かあったんですかね？　さっきのラッパは悪戯《いたずら》でしょうよ。なんか頑張っちゃったけど、あんたはグラフトン夫人の装飾品を投げ捨ててきちゃったんだし、後でああだこうだうるさいこと言われますよ。静かなもんじゃないですか。土曜の夜のようだ。台所の煙突からはいつも通り煙が出ている。いい光景だ。こちとら、昼飯の途中で用事を言いつけられたのでお腹もペコペコ。ヤコブが兄エサウに飲ませたスープのような美味しいスープを飲みたいもんだ」

ディグビーは同僚のおしゃべりなど無視し、馬を進めた。一見すると穏やかな光景しか目に入らず、恐れの気持ちは和らいできてはいたが、完全に消え去ったわけでもなかった。

家に近づくにつれ、この静けさはただごとではないとディグビーは気づいた。不安が募る。そして、その不安が頂点に達する前に彼は悲劇の現場を目の当たりにしたのだ。

「ああ。奥様、奥様」

見えるのは死体ばかり。彼は慟哭した。

「奥様、お子さんたち。ああ、赤ちゃんまでも。神様、ご主人様を救い給え」

彼はフレッチャー家の人たちの亡骸に取りすがり、悲嘆に暮れた。

「誰一人、誰一人生きていない」

「いえ、一人だけ生き残ってますわ」

か細い声が聞こえてきた。隠れていた場所からジェネットが姿を現した。

「神様が救ってくださいました。でも、もう怖くて怖くて息ができない。私、寝室の煙突の中でパンケーキのように縮こまっていたのよ」

「わかった、もういい。頼むからお前の話はもうおしまいだ、ジェネット。いいか、エヴェレル坊ちゃまのことを私に教えてくれ」

しかし、ジェネットにははっきりとしたことがわかっていなかった。彼女が覚えていたのは、野蛮人が雄叫びを上げて襲いかかってきた時、家族全員が玄関先に集まっていたということだけだった。

「奴らが行ってしまったのはいつだ？　最後の音が聞こえてから、どのくらい時間が経ったんだ？」

「そんなこと答えられない。普通の人間だったら無理。ディグビー、頭の皮を剝ぎ取られるかもしれなかったのよ。どのくらい時間が経ったのかなんてわかると思う？　長い長い時間のようでもあったし、一瞬の出来事のようでもあったし……」

「馬鹿者めが」

ディグビーは吐き捨てるように言い、そこに落ちていたマスケット銃に目をやった。

「坊ちゃま、よくやりましたぞ。奴らに一発お見舞いしたんですな。この銃の在り処を知っているのは坊ちゃまだけ。よくおやりなすった。坊ちゃまは腕も確かだし、肝っ玉も太い。奴らは坊ちゃまを捕虜にしたに違いない。ハットン、追いかけるぞ。ジェネット、狩猟袋を持ってきてくれ。ハットン、銃をよく点検しておけ。マガウィスカ、オネコ、どこだ？　フェイス・レスリーもいないようだ。連れていかれたか」

最初驚愕のあまり動揺を隠せなかったディグビーだったが、もう冷静になっていた。そしていろいろ考えた末に一つの結論に達した。

「やはり、そうか。昨晩マガウィスカがおかしかったのは、こうなることを知っていたからだ。エヴェレル坊ちゃま、あなたはやっぱり騙されていたのですぞ」

ジェネットが頷いた。

「そうよ、私もそう思ってた。あの小娘はこうなることを知っていたのよ。マガウィスカもネレマもとっくに知ってたんだわ。奥様にはいつも言っていたのに。心に悪意を秘めている連中に優しくしすぎたから。哀れな奥様。でも、何も知らないままだったから良かったのかも」

ジェネットの言葉にむっとしたディグビーはハットンをせかした。

「準備はできたのか？」

「できましたぜ。できましたけど、これから二人きりで何をしようってんですかい？　それにどこまで追いかければいいのやら……」

「そんなに遠くには行っていない」

玄関先に点々と落ちている血の痕跡を指さしながら、ディグビーは答えた。だが、一家に忠実な召使いディグビーがどんなに口を酸っぱくして言っても、臆病者のハットンはのらりくらり議論を続けるだけで、ディグビーの説得に応じ勇気ある行動に移ろうとはしなかった。そこへスプリングフィールドから急行してきたピンチョンらが到着し、二人の間で交わされていた議論は終了となった。

ピンチョンはスプリングフィールド一帯を束ねる慈父のような存在だった。ベセルで起きた殺戮の現場に到着したピンチョンはフレッチャー一家に心底同情すると共に、新大陸という荒野がもたらす厳しい現実に思いをめぐらした。この荒野に足を踏み入れた者はこうした悲劇と隣り合わせで生きているということを忘れてはならない。しかし、スプリングフィールド一帯の植民地の責任者であるピンチョンにいろいろ思いに耽っている暇などない。殺された者、生き残った者、それぞれに対してまずは何をなすべきか、すぐに判断しなければならないのだ。

マーサと子供たちの亡骸は一つの部屋に収容された。そして、この荒野に海を越えてやってきた巡礼者たちが絶対に省略してはならない行為をきちんと執り行った。その行為とは丁寧な祈り。どんなに急を要する事態に巻き込まれても、神のご意志のみを絶対視する彼らにとって、祈るという行為を欠くことはあり得ない話だったのだ。丁寧に祈りを捧げた後、ピンチョンは敵を追跡する段取りをつけた。

さて、ピンチョンも生き残ったジェネットから情報を得ようとしたが、無駄だった。ジェネットが言い立てるのは、自分の命に関することばかり。今回神の恩寵にあずかり、命を救われた者はなぜだか不思議なことにジェネットだけだったわけで、彼女が自分のことばかり話すのも致し方ないことだったのかもしれない。

さすがのジェネットも、野蛮人が襲撃してきた時マガウィスカが思わず英語で「お父さん」という言葉を発したことくらいは覚えていた。当然、襲撃者たちのリーダーはピクォート族の長モノノットだ。だとすれば、モノノットは自分の子供たちと捕虜を連れてモホーク族の集落に向かうはずだ。そうピンチョンは考えた。なぜなら、この時点でモノノットらがモホーク族に匿われているという情報が届いていたからだ。ピンチョンたちはモホーク族の集落がある西に向かって追跡を行うことにした。

ジェネットは追跡隊の数が少ないように感じたが、ピンチョンは自信満々だった。捕虜は子供だし、襲撃者たちも先を急ぐことはできないはずと判断したのだ。そして、その読みは外れていなかった。襲撃者たちは開けた草地を避け、森の中を迂回しながらコネティカット川を目指していた。追手を避け、西に向かうため、できるだけ早くコネティカット川を渡ってしまいたいというのが彼らの狙いだった。

ピンチョンは連れてきた六名の中から五名選び出し、襲撃者たちの追跡にあたらせることにした。道案内はディグビーだ。フレッチャー家のことを心底心配しているディグビーが道案内にふさわしいことは一目瞭然だった。ディグビーは追跡部隊にコネティカット川への近道を教えた。そして自分はスプリングフィールドに向かい、渡河用のボートを手配することにした。ボートを使ってぐいぐい進めば、敵にすぐ追いつけると考えたのだ。一刻の猶予もならない、そう思い詰めているディグビーの指示の下、追跡隊は直ちに出発した。

ちょうどその時、彼らを見送っていたピンチョンの目にフレッチャーの姿が目に入った。フレッチャーは馬にまたがっていた。スプリングフィールドの村から続いている曲がりくねった道ではなく、森を抜けてきたようだ。ピンチョンはジェネットに指示した。

「お前のご主人のご帰還だ。だが、今日は家を見ない方がいいだろう。玄関先には血の跡も残っている。私はこれから彼を私の家に連れていく。ここには後から手伝いの者をよこす。お前はここに残って奥さんたちのご遺体を守っていなさい」

「冗談じゃないわ。こんなところに一人でいられるはずない」

ジェネットは泣きながら、馬にまたがりフレッチャーの方に歩み始めたピンチョンに取りすがった。

「家に戻れ!」

ピンチョンは怒鳴りつけた。ジェネットは後ずさりするしかなかった。これ以上怒らせるのは得策ではない。

フレッチャーはインディアンを二人伴っていた。インディアンは駕籠《かご》を担いでいて、その駕籠にはホープ・レスリーが乗っていた。ベセルの家が見えてくると、インディアンたちは歌を歌い始めた。ホープは歌詞の意味をインディアンに尋ねた。その答えを聞いたホープは駕籠の中で身を伸ばし、目に覆いかぶさっていた巻き毛を手で払い、手を叩き始めた。そして、インディアンたちと一緒に歌い始めた。

「お家だ。お家だ。長のお家だ……そして、このお家は私のお家でもあるのよね」

本当に明るい子だ。フレッチャーもほのぼのとした気持ちになる。イングランドの豪華な住まいを離れ、荒野の無骨な家に到着したというのに、この子は大喜びしている。ホープの笑顔に目をやったフレッチャーだったが、言葉をかけることはしなかった。

いよいよ自宅が大きく見えるようになってきて、フレッチャーの頭の中で不安な思いが兆《きざ》した。その不安感を口にしたのはホープだった。

「やっと妹に会えるわ。でも、なぜ出てこないの？　あなたのエヴェレルもどうしたの？　女の子たちは？　誰も迎えに出てこない」

異様な静けさだった。生きているものがすべて消え去ってしまったような沈黙があたりを支配していた。フレッチャーの動悸は高まるばかりだった。そして、なぜだか友であるピンチョンが馬を全速力で走らせてくるではないか。一体どうしたというのだ。

喜びや悲しみは表情によく出るものだが、精神的苦痛に見舞われていく時、身体は動けなくなり、麻痺してくるものらしい。そして、魂もまた何も感じ取れなくなってくるようだ。ピンチョンは部下を途中で待たせ、一人でフレッチャーのところまでやってきた。

ホープは駕籠を下ろすようにインディアンたちに言った。

「あのお家には妹がいるのよ。じっとしていられない」

インディアンたちは雇い主の命令に忠実だったので、ホープの指示に従わなかった。

「お願いだから、いい加減下ろしてよ」

インディアンの耳を軽く叩くと、悪戯《いたずら》でもするかのように駕籠から飛び降りた。

フレッチャーと向かい合ったピンチョンは手で顔を覆い、突然呻《うめ》き声を上げ始めた。フレッチャーは焦燥に駆られ、友に詰め寄った。

「私の家族に何かあったのか？　妻は、息子は、娘たちはどうしたんだ？　頼むから教えてくれ」

ピンチョンは説明しようとしたが、できなかった。この悲劇をやんわりと伝えることなど不可能だ。沈黙し続けるピンチョンにしびれを切らしたフレッチャーは、我が家に向かって進もうとした。胸を締め付けるこの不安感を払拭するためには、自分の目で確かめるしかない。自分の家に向かって馬を進めようとするフレッチャーを慌ててピンチョンが制止した。

「だめだ、だめだ。行ってはいけない。あそこには誰もいない」

涙にむせび、嗚咽しながら、ピンチョンは話し始めた。フレッチャーの身体から生気が失われていった。ため息はおろか、一切の音を発しない。石と化したフレッチャーは少女の金切り声でようやく我に返った。ホープだった。彼女はこっそり二人の大人に近づき、ピンチョンの話を聞いてしまったのだ。

「この子を君と一緒に連れていってくれ。私は我が家に帰る。もし君のところに息子が戻ったらすぐ教えてくれ。頼む、明日まで一人にしてほしい」

「いやよ、私も連れてって。お願いだから、一緒に連れてって。残されたのは私たちだけなのよ。あなたから離れるのはいや」

ホープは泣き叫び、懇願した。しかし、彼女には目もくれず、フレッチャーは家に向かっていった。ピンチョンは馬を下り、フレッチャーのことを追いかけようとするホープをしっかりと抱きしめた。

泣きわめいていたホープも、振り向きもせず去っていくフレッチャーの姿に諦めるしかないと悟ったのか、村に戻ることに同意した。村に帰ると、グラフトン夫人が彼女を待っていた。グラフトン夫人はグラフトン夫人なりに悲嘆に暮れていたのだが、沈黙の石と化し、あらゆる感情を消し去ってしまったフレッチャーと比べると、その嘆きはあまりに騒々しく、耳障りだった。

翌朝早く、何人かの男女を連れ、ピンチョンはベセルに弔問に向かった。玄関先にはジェネットが出てきた。彼女は自分の主人以外の人間の顔を見ることができて、大喜びだった。彼らの到着を待ちかねていたかのようにジェネットは話し始めた。

ジェネットによれば、フレッチャーは家に着くと家族の亡骸が収容された部屋に引きこもり、自分に一切構うなと厳命したらしい。

弔問客たちがざわめいた。一人がささやいた。

「彼をここに一人にしたのはまずかったんじゃないか？　どんなに信仰の篤い人間であっても、神が用意した過酷な試練に耐えきれるわけではない」

別の人間が続けた。

「ああ、ピンチョンからフレッチャーの話を聞いた時は胸がつぶれそうだった。フレッチャーは、失われた古代都市を覆い尽くす穏やかな湖面のように、落ち着き払っていたという。だがな、人間、本来、言葉を失うことなどあり得ない。心は千々に乱れ、絶望のどん底にあったのかもしれない」

丸々と太った女がみんなに声をかけた。

「まあまあ、旦那様たちは今朝は何も召し上がってこなかったのかしら？　お腹が空いているから、そんな悲しいことばかりおっしゃるのですわ。ホルヨーク奥様、ちょっとしたお飲み物とケーキが欲しいところですわね。召使いの方が持ってきてくださるとありがたいのだけれど……」

そう言うと、彼女はジェネットを見やった。話しかけられたホルヨーク夫人は、頭《かぶり》を振りながらこう答えた。

「無理無理。亡くなったここの奥様は慎ましやかな方だったのよ。ケーキを用意しているはずがないですわ」

この場で最もとりすました顔をしていた男が二人の女の間に坐っていたのだが、しわがれ声でホルヨーク夫人をたしなめた。

「いけませんな。このお宅は今悲しみに包まれているのですぞ。あなた方のご趣味を持ち込んではいけない。いや、このお宅を包み込んでいるのは悲しみだけではないかもしれない。罪の気配も感じますな。神の思し召しのあるところ、悪魔も何かしでかそうとする。傷ついている者こそ、その誘惑に引きずり込まれてしまうかもしれない。フレッチャーが自らを破滅させようとしていなければいいのだが……彼は誇り高き男だ。その彼が黙している。心根が真っすぐな者は逆に折れる時はぽっきり折れる」

この言葉に皆動揺した。何人かの者たちはピンチョンの周りに集まった。フレッチャーが閉じこもっている部屋のドアをノックしてみようという者もいた。ドアをこじ開けた方がいいのではないかと提案する者もいた。あれこれ議論をしていたちょうどその時、フレッチャーが部屋から姿を現した。

フレッチャーはピンチョンに聞いた。

「息子のことで何かわかったのか？」

「何もまだつかめていない。追跡部隊も戻ってきていないんだ」

弔問客たちはそれまで、悩める者の心情を思い、喧々諤々、難しい顔をしながら意見を言い合っていたのだが、フレッチャーを一目見た途端、彼の静謐な表情、荘厳なる姿に心を打たれた。

一方フレッチャーはそこにいた客たちに対していつも以上に丁寧な挨拶をした。彼の心を押しつぶしていた悲しみや苦しみの重さを理解できない者たちには、彼よりも弔問客たちの方が嘆き悲しんでいるように見えただろう。彼が尋常でないほど青ざめ、どんよりと曇った目には底知れぬ憂愁が潜み、身体の各所が固くこわばったせいか、動きが不自然なほどぎくしゃくしていることに気づく者はほとんどいなかった。

弔問客たちの反応は様々だった。ある者はわんわん泣き、ある者は好奇心を露わにしてフレッチャーの様子を窺った。哀悼の意を声高に表する者もいた。フレッチャーの姿を見て、あらためて衝撃を受け、沈黙を守るしかなかった者は少数だった。

フレッチャーは暖炉にもたれかかっていた。周りに集まった弔問客たちもしだいに落ち着きを取り戻し、いつしかフレッチャー同様押し黙った。死がこの家全体を支配してしまったのか、異様な静けさが訪れた。ピンチョンがフレッチャーにささやいた。

「さて、今回の件について少し私たちに話をしてくれないかな。今だからこそ語りたいという自分の想いを口にし、私たちを導く道標となってくれないだろうか。こんな恐ろしい体験をした君だが、心はよろめいていないということを見せてほしい。この荒野に家を建てたのも神の使命を果たすため。その結果訪れた試練にも神のご意志は潜んでいる。忌まわしい事件に巻き込まれ、絶望の淵に突き落とされた君の苦悩を人々に語ること、これはとても重要なことだ。君の体験談が神に選ばれた者たちの信仰をより強くするのだから」

フレッチャーは拷問台に乗せられたような気分がした。自分は殉教者として耐え忍ばなければいけないのか。頭を上げたフレッチャーはやっとのことで一言だけ発した。その一言は、キリスト教を信じる者が心の内を明かす時に最もふさわしい言葉。
「神の御心のままに」
彼はすぐに元いた部屋に引き返し、再び一人苦悶と向き合い始めた。弔問客たちはフレッチャーの姿に多かれ少なかれ圧倒されており、彼が部屋に戻ったことにより安堵の気持ちを抱いた。事件の被害者をその目にした者たちはあれやこれや語りたがるものだが、フレッチャー家に集まっていた者たちもご多分に漏れずそれぞれ感想を語り始めた。ある者は教訓を語り、ある者はひたすら同情の念を示し、またある者は信仰について夢中になって話した。

こうしてみると、人間とは悲しいものだ。悲劇に見舞われた隣人を癒そうと思っても、その人に適切な忠告を行い、その人を辛抱強く、温かく包み込む力を私たちは心に備えているだろうか。あるいは、自分自身が悲劇に見舞われたとして、自分を救う知恵と忍耐力を兼ね備えている人間がどれだけいるだろうか。

この時の弔問客たちが示した態度をただ批判するつもりはない。また、そもそもこのような悲劇が現実に起こったはずがないとお考えになる読者もおられようが、それは間違いだ。ここまで書きとめてきたような出来事は当時日常茶飯事だった。植民地時代初期の記録に目を通せば、こういったおどろおどろしい事件、無慈悲で残虐な野蛮人たちに何度も出くわすことになる。

入植者たちの子孫である私たちには神の恵みが代々伝えられ、今や私たちは平穏な毎日を送ることができるようになったわけだが、その神の恵みがこの大陸にもたらされた時代の過酷な状況を私たちは忘れつつある。これは危険なことだ。私たちの父祖である巡礼者たちは私たちのために生き、耐えたのだ。

海を越えて荒野に渡ってきた彼らは、自分たちのことをエジプトを背にしたモーセたちにたとえるようなこともした。他人に頼ることを良しとせず、自らの信仰心にすべてを委ねた。生まれ故郷、親たちの墓を捨て、楽な人生を歩むことを断念した者がいた。社会的成功が約束されていたにもかかわらず、その成功への道を選択しなかった者もいた。彼らはなぜそうしたのか？　この地上で自分たちのための楽園を開くため？　妻や子らと喜びの館を建てるため？　違う。彼らは決して自分たちのことを最優先させることはなかった。

彼らはあくまで悩める放浪者としてこの荒野にやってきた。神に選ばれた神の召使いとしての役割は重い。森を拓き、正義の光が大地の隅々にまで届くようにしなければならない。他人に虐げられ、踏みつけられている人々に対して彼らが当然持つべき信仰の自由、そして市民としての自由や権利を取り戻させることも重要な役目だ。神がお造りになったこの世の秩序は、人間の欲と冷酷さによってあさましいものに変わり果ててしまったが、その荒廃した大地を再び清らかなものにする使命も担っていた。

こうした彼らの苦労は報われたのか？　富を得ることができたのか？　何らかの栄誉に浴すこともあったのか？　家庭は常に愛に包まれ、暖かだったのか？　残念ながら、現世において彼らの苦労が報われることなど、ほぼ皆無だった。それでも彼らはこの荒野に骨をうずめる覚悟をしたのだった。

こうした確固たる信念を持った彼らにとって、野蛮人が密かにうろついていた森が多くの人々の力によって変貌していく様は、大いなる喜びとなっただろう。森の木々は切り倒され、村が建てられ、さらにはその村は巨大な都会へと発展していく。人々が歩きまわってできた小道を多くの人々が行き来するようになり、幹線道路が誕生していく。町や道路が整備されるにつれ、異端の者たちの犠牲を踏み台にしつつ、教会も各地域に根づいていくようになる。

約束の地がこうして成長していく裏で、彼らはひたすら困難に立ち向かい、死をも恐れなかった。信仰を異にするとはいえ、新大陸を目指した勇気ある探検家として有名なハンフリー・ギルバート*14はこう言っている。

「我が母国のために働かなければならない時、恐怖の故にか、死を身近に感じてしまうが故にか、自らが果たすべき責務から逃げようとする者がいるが、そういう者の生は無価値だ。死は避けがたい。だが、美徳の誉れは不滅だ」

こういった生き方を貫いている者たちに対して、狂信的な情熱を感じとる向きもあろう。しかし、その情熱はあくまで神の聖餐台に灯されたろうそくの炎から力を得たものだ。それ故、その情熱は決して衰えることはない。いや、それどころか、その情熱の炎はひたすら燃え上がり、その炎の中にいつしか神の似姿が立ち現れる。

さて、弔問客の集まったベセルのフレッチャー家をめぐる話はひとまずここまでとしておこう。なお、信仰心も篤く、魅力溢れる女性だったマーサたちの葬儀はしめやかに執り行われた。簡素な葬儀ではあったが、信仰を同じくする多くの者たちが参列した。

ベセルを襲撃したモノノットたちは追跡者たちより一時間早く行動を開始していた。捕虜がいたため、迅速に動くことはできなかった。下手をすれば追いつかれる可能性も高かったわけで、邪魔な捕虜は命を奪われても仕方がない状況だったが、森の地形を熟知している彼らはうまいこと追跡者たちをかわし続けた。湿地帯を巧みに抜け、小川の淵を辿り、狭い小道をぐんぐん進んだ。

一方追跡者たちの方はいかんせん森の地形に不慣れだった。いつもはインディアンに案内を頼んでいたのだから致し方ない。険しい山を登り、断崖に遮られ、沼地にはまった。

モノノットたちは一切言葉を発さず、一時間ほど一気に進んだ。そして、小休止し、以後の道のりを楽にするため、まず小さいフェイス・レスリーをモホーク族の男の背中に丈夫な帯でしっかりと括りつけた。オネコと引き離されたフェイスは泣き叫んだが、オネコと手を握ることを許されるとおとなしくなった。

モノノットの助っ人としてベセル襲撃に加わっていたモホーク族の男たちはさっきまでは獰猛な犬のような様子だったが、オネコとフェイスの仲の良さはもはや納得済みの様子で、二人が手をつないでいても何も言わなかった。だが、エヴェレルは別だ。特に彼に傷を負わされたサコという男は、痛みでうずく腕をさすりながら、エヴェレルを悪意のこもった目でじっと睨み続けた。

マガウィスカはサコの視線に気がついた。サコが突然復讐に走らないよう、彼女はサコとエヴェレルの間に身を置いた。むっつりとした顔で物思いに耽っていたモノノットは娘の行動を目に捉え、さっと手を上げた。そして怒声を上げ、イングランド人の少年から離れるよう、娘に命じた。マガウィスカは父の命令に従い、悲しげな表情で父親の傍に戻り、父にささやいた。

「お父さん、お父さん。私のお父さんはどこ？　モノノットは娘を取り戻したはず。でも、その娘は以前のお父さんを取り戻すことができないでいる」

さすがにモノノットも娘の愚痴を理解することはできた。表情が和み、父は娘の頭をそっと撫でた。マガウィスカは狂喜した。

「お父さん、目を覚ましたのね。なら、私の話を聞いて。お願いだから聞いて」

マガウィスカは歩き始めていたモホーク族の者たちをとめ、興奮したままモノノットにさらに語りかけた。

「なぜなの？　いつも高みを目指して飛び続けていたお父さんが、なぜ人の道を外れるようなことをし始めたの？　今日の今日まで、お父さんのナイフが無垢な者たちの血で汚れることはなかったはずよ。あの家は……」

マガウィスカはベセルの方角を指さした。

「あなたの子供たちを守ってくれていたのよ。お母さんは私たちを温かく包み込んでくれていた。私たちはあそこの子供たちと同じものを食べさせてもらっていた。なぜあの人たちの命を奪ったの？　なぜ息子さんを捕虜にしたの？　どうか、この人の命を助けてあげて。この人を返してあげてください。たった一人だけでも助けてあげて、お願い」

「一人？　あの時、白人どもはたった一人でも救ってくれたか？　我が部族の仲間たち、我が子らは皆殺しにされたのだ。突風が枯葉をすべて吹き飛ばしてしまったかのように、我が部族は根絶やしにされた。和やかな家々にはもはや人影もなく、何の音もしない。暖炉には野生の花がはびこり、道は雑草で覆われてしまった。マガウィスカ、お前は殺された兄のことを忘れてしまったのか？いいか、サモセットは死んだ。だから、この少年も死ぬ。この少年は自分の母親の傍らで実によく戦った。私は歓喜に震えたよ。この少年こそ、お前の勇敢な兄に捧げる生贄にふさわしい」

マガウィスカは父の決意が微塵も揺らいでいないことを知った。彼女はエヴェレルに目をやった。エヴェレルの辿る運命を思えば心が震えるばかりだった。彼女の脳裏に浮かぶのは燃えさかる火、振り上げられるナイフ。

モノノットが全員に出発を命じた時、マガウィスカは金切り声を上げた。

「娘よ、静かにするのだ。泣き叫ぶなど、子供か臆病者がすることだ」

マガウィスカはすぐにいつもの落ち着きを取り戻したのか、静かに答えた。

「そうよ、私は臆病者。お父さんが悪いことをするのはいや。相手が敵だとしてもその相手に悪いことをするのはいや。怖い。だから、私は臆病者」

モノノットの表情が再び緩んだように見えたので、マガウィスカは言葉を続けた。

「この子を返してあげて。そうすれば、この先楽に進めるわ。お母さんがいつも言っていたでしょ。『善き行いをしていれば日は沈まない』」

マガウィスカが思わず発した言葉はしかし逆効果を生んだだけだった。モノノットの復讐心に火がついてしまったのだ。

「ここでお母さんの言葉を口にするとは。それも、よりによってお母さんを死に追いやった者たちの仲間の命乞いをするために……忘れたのか？　お母さんが葬られているのは敵の村の中だ。もう言うな。いいか、はっきり言っておく。あの少年に話しかけることも禁止だ。お前の妙な親切心のせいで私の復讐心はより研ぎ澄まされた」

もはやどうにもならない。マガウィスカは決めた。とりあえず父の命に従ったふりをしよう。彼女は手を胸に置き、首《こうべ》を垂れた。

エヴェレルはこの一部始終をじっと見つめていた。マガウィスカが自分のために説得に励んでいることは理解できた。父と娘のやりとりはピクォート族の言葉で行われていたのだから、詳細はわからなかったが、マガウィスカの必死さは十分に伝わってきていた。ただ、この時のエヴェレルは自分の運命についてはもうどうでもいいという心境だったのだ。何も感じていなかった。彼の耳には、死にゆく母の息遣い、惨殺された妹たちの助けを求める絶叫がいまだ鳴り響いていた。頭が割れんばかりだ。希望も絶望も今の彼には無縁のものだった。

一行は再び歩き始め、当初進もうと思っていた進路を変え、コネティカット川の川べりに向かった。誰からも見えない地点を選び、川を渡ることにしたのだ。慎重に夜になるのを待ち、完全に暗くなってから、彼らは隠れていた川沿いの茂みからカヌーを出した。マガウィスカはそっとエヴェレルに近づき、誰にも気づかれないようにささやきかけた。

「私たちが辿っている道をよく見ておいて。私たちは日の沈む方向、西を目指して進んでいる。道を曲がる時の目印もある。例えば枯れ木、小枝を切り払った太い枝。木の幹に矢じりを突き刺すこともある。とにかく注意して道を見ておくこと。逃げるチャンスは必ずあるから」

彼女はエヴェレルに視線を向けず、低い声で話しかけていたが、モノノットは娘が何か話しているのに気づいた。しかし、娘をたしなめるために彼女の方を向いたモノノットは声をかけずに済ませた。娘は先程と同じ姿勢のまま、沈黙を守っていたからだ。気のせいだったのか。

カヌーはあっというまに対岸に着いた。一行はカヌーを陸に引き上げ、木々の隙間に押し込んだ。白人たちをまくことに成功したと判断した一行は、この地点で野営することにした。もちろん、細心の注意を払い、川べりの人目につかない場所を選んだ。地面は柔らかな草で覆われていたが、ヤナギ、スズカケノキ、ニレの木の枝が密生し、さながら小さな砦のような場所だった。

オネコは吹き溜まりから枯葉を集め、さらに柔らかいシダの葉も使って、フェイスのためのベッドと枕を作ってやった。見事な出来で、木の精も休息に使えそうだ。モホーク族の者たちもオネコの愛情溢れる作業に心をほだされたのか、すりつぶしたトウモロコシを手荷物から取り出し、カエデ糖の粒とかき混ぜ、オネコに渡した。フェイスはオネコからその食事を受け取った。その態度はおずおずとしたものではあったが、親鳥から餌をもらっている小鳥のような仕草だった。

次にオネコは大きな葉っぱと小枝を使ってカップを作り、泉から水を汲んでフェイスに渡した。泉から湧いた水は草地を流れ、ちょろちょろと川に流れ込んでいた。澄んだ水はまるで水晶のように輝いている。食事が終わると、オネコはフェイスをベッドに寝かせ、優しく身体をさすりながら、子守唄を歌い始めた。

他のインディアンたちもすりつぶしたトウモロコシと干し魚を口にし、身体を休めた。エヴェレルは何も口にしなかった。普通の精神状態であれば、少年というのは、疲れきったらお腹がすいて、どんなものでも美味しくむしゃむしゃと食べてしまうものなのだろうが、インディアンから食べ物を勧められても、地面に横たわったまま起き上がろうともしなかった。

彼は絶望の淵に沈んでいた。だが、いくら惨めな気分に打ちひしがれたとはいえ、まだ十五歳の少年、疲労困憊したエヴェレルはすぐに眠りの世界に引き込まれていった。その世界の中でなら、絶望も悲嘆も忘れ去ることができるだろう。

インディアンたちも一人また一人と眠りについた。いや、一人だけ眠らずにいる者がいる。マガウィスカだ。マガウィスカは一人離れた場所で、マントをしっかりと身体に巻きつけ、木に寄りかかり、腰を下ろしていた。寝ているようにも見えたが、そうではなく、考えごとに耽っていた。エヴェレルの両側にはモホーク族の者たちが寝ていて、彼を逃がそうとすれば、すぐに目を覚ましてしまうだろう。しかし、情愛豊かなマガウィスカは望みを完全には捨てていなかった。きっと方法はあるはずだ。

マガウィスカは慎重に夜が更けるのを待った。全員の眠りが深くなったのを確認すると、マガウィスカは音を忍ばせ、そっとエヴェレルの頭のところに近寄った。そして、エヴェレルの耳に口を近づけると、マガウィスカは彼の名を呼んだ。耳許で自分の名前をささやかれると、眠っていてもはっとするものだ。エヴェレルもすぐに目を覚ました。意識もすぐに覚醒した。マガウィスカはもう声を出すのをやめていたが、彼女の仕草を見、エヴェレルは彼女の意図を察した。逃げなさい。

生き延びたいという本能は時として理性を麻痺させるものなのかもしれない。エヴェレルの頭の中に希望の灯がともった。逃げることができるかもしれない。気が急《せ》いてくる。お父さんのところに帰れるかもしれない。スプリングフィールドからもそう遠くないはずだ。こいつらにしても、日が昇っていつまでもこのあたりをうろついてもいられないだろうから、逃げ切ることは可能だ。三十分もあれば、追いつかれないところまで行ける。

エヴェレルは注意深く、ゆっくりと身体を起こした。あたりは静かなままだ。エヴェレルはフェイスの方に目をやった。できれば彼女のことも助けたい。だが、マガウィスカは首を横に振った。エヴェレルもすぐに理解した。余計なことをすれば、こちらも危うくなる。

密生した木の枝からこぼれる月の光が寝静まっているインディアンたちを照らしている。エヴェレルは周囲を見まわし、どこから歩き始めたらいいか、探った。少しでも彼らの身体に触ってしまったり、枯葉を踏んで音を立ててしまったりすれば、一巻の終わりだ。そう考えを巡らしているエヴェレルの足首をモホーク族の一人がつかんだ。彼はまだ眠りこけていたのだが、偶然その時何か寝言を言いながら寝返りを打ち、手がエヴェレルの足首にかかってしまったのだ。

エヴェレルは息をのみ、声が出るのを何とか抑えた。エヴェレルにもインディアンが寝返りを打ったただけだとわかっていた。足首をつかんでいた手の力もしだいに弱くなっていく。エヴェレルとマガウィスカは見つめ合い、にやりと笑った。

その時、オールを漕ぐ音がいきなり聞こえてきた。ものすごい勢いだ。エヴェレルもマガウィスカもじっと耳をそばだてた。ボートはどんどん近づいてきているようだ。声も聞こえてきた。

「そこじゃない。もう少し先だ」

エヴェレルは歓喜のあまり飛び起きた。しかし、やはり物音に気づいたモホーク族の男が彼の足をしっかりとつかみ、ナイフを取り出し、エヴェレルの胸に突きつけた。これ以上動いたり、声を出すようなことをしたら、刺す。モホーク族の男の顔にはそう書いてあった。

弱き生き物たちは本能的に注意深い。インディアンもこの程度のことで大騒ぎはしない。モノノットも配下たちも、あくまで慎重に行動した。あたりの木々に溶け込むように身を潜めた。

すぐそこまで近づいてきたボートは動きをとめた。木の枝が覆いかぶさっている川面を進むことができなくなったようだ。

「だから言ったじゃないか、ディグビー。ここに突っ込んでいくのはいくらなんでも無理だ。それに、このあたりは奴らの縄張りだ。こんなところで奴らと戦うのは危険だしな。こんな少ない数で奴らを探しまわっていたら、奴らの方がぞろぞろ巣穴から這いずり出てきて俺たちに襲いかかってくるぜ」

「そうだろうな」

ディグビーは決然とした様子で答えを返した。

「だがな、ローレンス、わしらも六人いるんだ。それも勇敢な男ばかり。みんな熱心なキリスト教徒じゃないか。神はわしらと共にある」

「それはそうだがな。だが、そもそもこの追跡を命じたのは神なのか？」

「当たり前だ。これはわしらの義務だ。ローレンス、神に命じられた以上、わしらはやり遂げるしかない」

ローレンスは黙り込んだ。すると別の一人が言い始めた。

「ディグビーさんよ、お前さんはこれが神の命令だと言う。でも、俺たち全員の命を懸ける必要が本当にあるのか、俺にはわからん。無事に森を抜け、戻ることができたとしてもお前さんから『ありがとよ』と言われるだけじゃないのかね。確かにここまではうまいこと奴らを追いかけてきたような気がする。だが、今は川の上だ。足跡も消えた。この先の森の中、奴らは巧みにすり抜けていくに違いない。俺たちには追いつけん。よぼよぼの年寄ネコがピューマを追いかけるようなもんだぞ。もう戻ろう。こんなやばい仕事は諦めようぜ」

ボートの向きを変えようとした仲間たちをディグビーは懸命に制した。

「待ってくれ。みんな、待ってくれよ。みんながみんな、気が乗らないってわけじゃないんだろう？　この程度のことでびくびくして逃げ出すだと。そんなことでいいのかい？　ジョン・ウィルキン、お前はピクォート族をやっつけたあの戦いに出ていたじゃないか。故郷の畑で草取りをしているような感じで次々に敵を倒したんだろう？　奴らを追いかけまわすことなんぞ、何ていうことないはずだ。

ローレンス、お前は帰ればいいさ。家に帰って息子を抱きかかえ、神に感謝するんだな。命を奪われず、助かりました。神にそう報告すればいい。ああ、帰りたいなら、みんな帰るがいいさ。そしてベセルの家に行け。子供たちを失った父親がお前たちのことを待っているよ。彼にこう伝えたらどうだ。『森の中を進むのが怖かったんです。いくらあなたの子供を助けるためとはいえ、私たちにも家庭があるんです。妻や子供がいるんです』。だが、わしは行くよ。命ある限り、エヴェレル坊ちゃまをお救いするまでは家には戻らん。神のご加護もある。もしもだ。もしもこの中にわしと一緒に行ってくれる者がいるというなら、その者の意思は尊重してほしい」

名指しされたローレンスは答えた。

「いや、別に俺は戻ろうと言ったわけじゃない」

先程声を上げた男が続いた。

「わかったよ。みんなが行くって言うなら俺も行くよ」

「よっしゃ、神様もわしらを見ていてくださる」

ディグビーは元気を取り戻した。

「わかってるさ。さっきはみんなの根性を確かめただけさ。それに、わしと同じ気持ちになれなんて、そんなことは言うつもりもない。わしは、ご主人様のお宅が殺戮者に襲われたのをこの目で見てしまった。あんなにお優しかった奥様がどうして……エヴェレル坊ちゃまもわしにとってはかけがえのないお方なんだ。とにかく、先を急ごう。ここからでは岸に上がれない。土手が急だ。もう少し進んで上陸だ」

「待て。岸に寄せろ」

一人が大声を出した。

「道のようなものが見えるぞ。いかにも上陸できなさそうなところを奴らは選んでるんじゃないか？」

ディグビーたちがすぐそこまで近づいてきたのを知って、エヴェレルは息をのんだ。こちらで何かささやけば聞こえるはず。でも、少しでも声を出したら自分は殺される。悪夢にうなされているような気分だった。声を出したいのに出せない。救いの手がそこにあるのに身動きできない。

「これは違うな。これはサギの足跡だ」

追跡者たちの一人が言った。その通りだった。インディアンは非常に慎重で足跡を残すようなへまはしない。

「もう少し先に小さな入江があったはずだ。そこで上陸して、奴らの足跡を探そう。足跡が見つからなかったら、ディグビーの旦那に後は任せよう」

ディグビーがすぐに答えた。

「わしらが進むべき方向は一つさ。とにかく西へ向かえばいい。コンパスもあるから問題ない。狩猟者たちが言っていたが、この先、フーサトニック渓谷までは誰も住んでいない[*15]。あの渓谷にいるインディアンはわしらと友好的な関係にある。渓谷に着くまでに何の痕跡も見つけられなければ、追跡はおしまいにしよう」

追跡者たちは全員大声で賛成し、入江に向かって全力でオールを漕いだ。オールの音が遠ざかるにつれ、エヴェレルの心は重く沈んでいった。だが、希望がすべてかき消えたわけではない。若さ故、エヴェレルは元来楽天的で、必ず脱出する機会は訪れるはずといろいろ作戦を練り始めた。

一方マガウィスカはエヴェレルとは真逆の思考に身を苛まれていた。エヴェレルは絶体絶命だ。

父の決意は揺らぐはずもない。だったら今大声で叫べばと思いもする。そうすればエヴェレルの命は助かる。だが、父の命は危機にさらされる。どうすればいいのか。悶々としている間にボートは遠く離れ、何の音も聞こえなくなってしまった。マガウィスカは地面に突っ伏した。

読者の中には、この時インディアンたちは追跡者たちに奇襲をかけることができたのではないかとお考えになる方もおられるだろう。だが、モノノットは違う判断をした。まず、追跡者たちの人数が自分たちよりも多かった。自らの娘や息子を連れていて無謀なことはできない。安全なところまで逃げ延びることが最優先。追跡者たちと一戦交えるなど愚の骨頂。とにかくできるだけ追跡者たちとの接触を避け、逃げる。これがモノノットの判断だった。

インディアンたちは少し話し合い、朝までこの場を動かないことにした。追跡者たちの動きを確認し、彼らをかわし、目的地まで先行することは容易だと考えたのだ。

# 第七章

インディアンたちがどういう行程を経て目的地に到達したのか、ここでは細かく述べない。彼らが森の中の道を知り尽くしていることなど、最近刊行されている人気小説その他の文献でも紹介されており、広く知られることとなっている。すでに読者の皆さんにとってお馴染みの逸話について無駄に多言を弄する必要もあるまい。この物語ではモノノットたちのその後の行程についてはごく簡単に紹介するにとどめる。

追跡者たちが去った後、モノノットたちは森の中に入り、先を急いだ。躊躇することなく進んでいくその様は、旅行者が馬車に揺られて景色を楽しみながら広い道を進んでいるようにも見えた。しだいに松林がなくなっていき、あたりは丘陵地帯となり、高い山々も目に入ってくる。

モノノットたちはコネティカット川の川べり、切り立った崖際を進んだ。春の大雨で水かさを増していたコネティカット川は丘の間を轟々と流れていた。ある地点からはコネティカット川の支流を辿ることにした。山の中を流れるその支流の幅は狭かったが、何キロにもわたってこの川は切り立った山間部の狭い空間を物凄い勢いで流れ落ちていた。泡立ち、逆巻く川の流れを動とするなら、静かにそびえ立つ雄大な山並みは静。

この荘厳なる風景の中、インディアンが「山の喉」と呼んでいる場所にさしかかると、道幅がぐっと狭くなった。急勾配の両岸の断崖に生えている木から伸びる枝は複雑に絡み合い、川を覆い尽くす緑の天蓋となっていた。自然界の事物すべてに生き生きとした魂の存在を感じ取ることのできるマガウィスカの目には、森が身をかがめ、川の奏でる音楽に耳を澄ませているように見えた。

この支流の源流域まで達すると、モノノットたちは再び森の中に足を踏み入れた。じめじめした谷間の地を抜け、何も生えていない丘の頂を越え、なだらかな坂道を何キロか下り、出発から三日目、フーサトニック川がようやく目に入ってきた。あたりは丘陵地帯と草地が入り混じっている。

ここまで長く厳しい行程だったが、実はモノノットたちはエヴェレルの不屈の闘志に驚嘆していた。エヴェレルが見せる反骨魂は野蛮人たちにとって畏怖すべきものとなっていた。悪を超越する存在を崇めることの多い彼らは、今まさしくそういった存在を手に入れ、喜びに打ち震えていた。何しろ、エヴェレルは一言も発さず、ただ耐えに耐え、痛みなどまったく感じていないような振舞いを続けていたのだ。

モノノットにとって今やエヴェレルはどんな生贄にも優る存在と化していた。ただし、自分の息子の復讐のために捧げる生贄を手にしていることに喜びを覚えつつ、モノノットはその生贄が姿を消す恐れがあることも重々承知していた。何しろ、今まで二回、エヴェレルはマガウィスカの協力で逃げ出す寸前までいっていたのだ。その謀略をここまでは防いでいたが、いつまでも大丈夫とは言えない、復讐を先延ばしするのは危険だ。そう判断したモノノットは翌日自らの宿願を果たす決意を固めた。

フーサトニック川沿いの渓谷周辺の風景は今までとは異なっていた。谷があり、山があり、川があり、この地域全体が爽やかな空気に包まれていた。さっきまで小雨が降っていたのか、西の水平線に雲が浮かび、沈む太陽を覆い隠そうとしている。雲間から射してくる太陽の光は木々の上の方、そして山々の頂上に伸び、地表近くはしだいにくすんだ色に沈んでいった。自然が偶然織りなしたこの奇跡の風景を画家が目にしたなら、彼はすぐに絵を描き始めたかもしれない。

フーサトニック川は緩やかにカーブを描き、奥に続いていた。所々川幅が狭くなり、水は岩盤の上を勢いよく流れている。一方、川幅が広いところでは水面は鏡のようだ。川岸に生えている草木や花々を縫ってそぞろ歩く恋人たちもかくや、川もゆったりと流れている。そう、当時この渓谷は静寂に包まれ、自然の美を堪能することができた。今では渓谷を流れる川沿いに水車小屋や工場が建てられ、実に騒々しい。水面に映るのもそういった無粋な建物ばかり。

橋だって架けられていなかったのだ。当時この渓谷で人工物の気配を感じるとしたら、インディアンの使う小さなカヌーだけだった。インディアンはカヌーを使って川を行き来し、使わないカヌーは雑然と川岸にあげていた。

インディアンは自然を支配しようとはしていなかった。彼らは自然の従順なる僕《しもべ》であろうとした。自然の法に従い、自然の法を破ることなど決して考えなかった。トウモロコシを育てる畑を選ぶ時も、ここここそ豊かな土地と自然が教えてくれた場所にだけ畑を作った。山の頂にある木々を切り倒し、あたりを荒れ果てた土地にしてしまうようなことも決してしなかった。必要な木を切り倒す時も、自然の秩序を乱さないよう、できるだけ静かに作業を行っていた。

過去に思いを馳せるときりがなくなるものだ。しかし、教養ある者、いつまでも夢想に耽っているわけにはいかない。残念ながら滅亡へと向かうしかなかったあるインディアン部族のことを称讃し、同情するだけでは事は済まない。

物語を進めることにしよう。フーサトニック川に辿り着いたモノノットたちは川沿いに進み、円錐型の丘の周りを通過した。丘の中腹あたりには長く尖った岩があり、カブトムシのようにも見えた。これも長い時間をかけて自然が造り上げた芸術の一つだ。丘の上にはアメリカシャクナゲが生い茂り、花が真っ盛りだった。そこかしこにマツ科の木々も見えた。葉が枯れている部分もあったが、春芽吹いた若葉は生き生きとしている。こうした自然の息吹を感じる感性はインディアンにもあるはずだ。モノノットたちも、人目につかない草地を選び、しばし足をとめ、周囲の景色に目をやり、うっとりとしていた。

エヴェレルの目には村も見えていた。少し先の松の木々に囲まれた場所に村があり、家々からは煙が上がっていた。夕餉のひと時を迎えるのか、村の風景は平和で、我が家のことを思い出したエヴェレルの目に涙が浮かんだ。オネコはアメリカシャクナゲの花を摘み、フェイスの飾りにしてあげた。

モノノットは陰鬱とした目つきで一本の松の木をじっと見つめていた。嵐にやられたのか、立ち枯れしたその木は自らの美と生命力を奪い去った自然の驚異に対して敢然と立ち向かい、大地に屹立していた。葉をすべて失ったこの木こそ、部族の者たちを皆殺しにされた長そのものではないか。モノノットにはそう思えたのだ。

「マガウィスカ、見るのだ。この木はもうすぐ倒れてしまう。根をやられ、枝が枯れつつあるこの木が死の歌を口ずさんでいるのが聞こえるか？」

「お父さん、そんな悲しい歌に耳を澄まさないで。その木は朽ち果てていくのを悲しんでいるだけ。

ほら、あそこを流れている川の流れは心地よい調べを奏でている。あの川がもたらす水の恵みが年老いた木にも力を与え、花々を育てる。川の歌は幸せの歌。あの永遠なる海に流れつくまで、川は優しく歌い続ける」

「マガウィスカ、幸せという言葉を私に使うな。我が故郷の家々を燃やされてから、幸せは私とは無縁のものとなった。我が部族の魂はこの枯れた木と共にある。我が息子サモセットはあの岩がいいと私の心に語りかけてきた。あの岩こそ、生贄が捧げられるべき岩」

モノノットは岩からエヴェレルへと鋭い視線を向けた。モノノットの意志が変わらぬことを理解したマガウィスカだったが、それでも最後の嘆願をした。胸の前で両手を強く握り、言葉は一言も発することなく、苦悶の表情を浮かべ、父の目を見つめた。しかし、父は拒絶した。

「無駄だ。私の意志は固い。ここですべて済ませる。なぜだ？　愚かな娘だ。なぜ、イングランド人の少年に心を寄せる？　村を焼かれた時、私は誓った。敵の息子の命を助けることは金輪際しない。天も私の誓いをお聞き届けになった。だからこそ、この少年は私に委ねられたのだ。我が息子、お前の兄の命を奪った者たちへの復讐の証しとして、この少年は生贄とされる運命にあるのだ。お前の願いを入れてこの少年を助けるなどということはあり得ない。目を覚ませ。お前の母と同じ目で私を見るのだ。お前の母と同じ耳で私の言うことを聞け。私は自分の誓いを絶対に守る」

モノノットは娘にこう告げることで最終的な決断をした。そして、明日を待たず、すぐに復讐を決行する腹積もりになった。そうせよというお告げを聞いたような気がしたし、この少年を助けても構わないという弱い気持ちが頭をもたげることを恐れもした。

モノノットは自分の決意をモホーク族の者たちに伝え、少しだけ相談した。話し合いの最中、インディアンたちはこれ見よがしに斧を振りまわし、時折エヴェレルの方に酷薄な視線を向けた。エヴェレルも彼らの意図を瞬時に察知した。マガウィスカの方に目をやり、何か訴えかけようとしたエヴェレルだったが、マガウィスカは何も言わない。

「僕、死ぬの？」

マガウィスカは身を震わせ、エヴェレルに背を向けた。とうの昔に死を覚悟していたエヴェレルだった。ただ、殺されるのは少し先のことだろうと思っていたので、あまり意識もしていなかった。というよりも、ベセルの我が家での惨劇を思い起こすのがあまりにつらく、いっそのこと殺されてしまいたいとの思いがあったのも確かだ。

だが、ついに死は避けがたくなった。さすがに背筋も凍る思いにエヴェレルは包まれた。感覚が失われ、恐怖に伴うはずの心の苦しみも感じ取ることができなくなっていた。シェイクスピアの『尺には尺を』にはこのようなことが書かれている。踏みつけられた哀れな甲虫も、巨人の死に際しての苦しみを身をもって体験する。だが、この時のエヴェレルはこういった死に際しての苦しみを感じることができなくなっていたのだ。時間の感覚も失われた。過去も未来もない。永劫の時の流れが今この一瞬に凝縮してしまった。

モノノットが一行に向かって先に進むぞと命令を発し、あらゆる感覚が麻痺したエヴェレルも現実に引き戻された。マガウィスカはおやっと思った。復讐を果たすのを先延ばしにしたのかしら？　絶望的な状況を一時でも回避でき、マガウィスカは大きく呼吸をした。そして、わけを聞こうと父親の方を見たが、モノノットは何も言わなかった。一行は沈黙を守ったまま、目前にある村に向かった。

当時、この渓谷には白人に友好的な部族が暮らしていた。この部族の者たちは主に農業に従事していた。ハドソン川とコネティカット川という大河川の中間点くらいに位置する山間部を彼らは生活拠点としていた。山に囲まれて生活していたため、彼らはいわゆる敵対勢力とはぶつからず、平和に暮らし続けていた。

むろん、彼らも、狩猟を生業《なりわい》としているインディアンからイングランド人のことは耳にしていた。イングランド人が攻撃的で、インディアンに対して敵意を持っていることも聞いてはいた。だが、その時点では彼らにとってイングランド人の脅威は遠い世界の話だった。新聞などを通して、遠いアジアでイングランドとどこかの国が戦争しているという話を知ったとしても、実感を伴わない。それと同じだったのだろう。

ともかく、彼らとて情報は得ていたのだ。スプリングフィールド、あるいはオルバニーにあるオランダ人の砦にまで足を延ばしたインディアンから、イングランド人の皮膚の色は臆病者の皮膚の色をしていると教えられていた。男が女に尽くし、妙な言葉を話しているということも知っていた。だが、このような情報を得ても白人に対する関心など深まりはしない。無知であるが故、非常に危険な連中がうろうろし始めたのかもしれないとは、一切考えなかった。だから、ピクォート族の長であるモノノットがイングランド人の捕虜を連れてこの村に現れたこの時、彼らは初めて白人との関わり方について現実問題として考え始めることになった。

彼らの村は、一面に広がる草地の中、あたりから十五メートルほど高くなっている台地の上に位置していた。その台地は八百メートルほど向こうまで広がっている。モノノットたちが風景に見とれていた地点は、この台地の片端にあたるところで、台地の反対側は草に覆われ、村の者たちが遊びに興じたり、集会を開いたりするにはもってこいの場所となっていた。

家々は台地の上に点在していた。草地の上に建てられている家もあれば、松林の縁から顔をのぞかせている家もあった。台地の際、あるいは渓谷の北側、高い山の蔭になっている部分などにも家が建っていた。渓谷の北側に高い山がそびえていたため、村全体が寒風にさらされることはあまりなかったようだ。

小屋といっていい彼らの家だが、実に簡単な構造になっていた。広さや備品の数など、多少の差異はあったが、どの家も造りは基本的に同じだ。しなやかな材質の木材を集めてきて、天井の一点を中心にして円錐状に木材を組み立てる。少々怠け者で、家造りの技術が乏しい者は組み立てた木材の上に木の枝と筵《むしろ》のようなものをかぶせていたが、家造りに長けていた者は木材の上に木の皮を上手に貼り合わせ、立派な屋根にしていた。

いくつかの家には小さな畑代わりの庭があった。植えられているのはマメ類やカボチャなど。インディアンの言い伝えによるなら、こういう野菜の種は彼らの神「大いなる神秘」がもたらしてくれたもので、鳥たちが運んできたらしい。

夕暮れ時、モノノットたちは村へ続く道を進んでいった。道といっても、多くの人が同じところを歩いてできた自然の道だ。村の女たちはまだ鍬を使って畑仕事を続けていた。男や子供たちは草地で遊んでいた。川で上等なマスを獲ってきた男が獲物を縄で縛って、村に戻ってきた。山で七面鳥や雉《きじ》を獲ってきた者も戻ってきた。二人がかりで角も立派な鹿を運び込んできた者たちもいた。森で獲った極上の獲物だ。

この村の者たちは、周辺地域で同部族の者たちが姿を消した後もこの地に残り続けたようだ。渓谷が美しかったせいもあるのだろう。姿を消した仲間たちは西方の地域に移住したという言い伝えも残っており、今でも夏になると西の方角に巡礼の旅をする者たちがいるそうだ。彼らにとってエルサレムとでも呼ぶべきその地にはすでに別の部族の者たちが暮らしているのだが、その部族の者たちも、夏になるとやってくる巡礼者たちの姿に遠い昔を思い起こし、哀愁を覚えるそうだ。

モノノットは部族の長の家に向かった。長の家は草地にあった。家から出てきた長はモノノットを歓迎した。そして、本当にめでたいという様子で、彼らの復讐の成功を喜んだ。モノノットはベセルに向かう途中で自分たちの旅の目的をこの渓谷に住む者たちにも伝えていたのだ。

モノノットと長はひっそりと手短に相談を行った。彼ら一行が誰の家に泊まるのかの相談だった。話し合いの結果、モノノットとエヴェレルは長の家に残ることになった。それ以外の者たちは長の姉の家を宿とすることになった。

マガウィスカはすぐに父の意図を悟った。ここでモノノット及びエヴェレルと離れてはいけない。エヴェレルを逃がすことができるとしたら今日の夜しかない。いろいろと考えをめぐらしたマガウィスカは、父親と一緒にいさせてほしいとモノノットに頼み込んだ。しかし、モノノットも即座に娘の思惑を読み取り、娘の要求を断固として拒否し、あっちに行けと強く命じた。マガウィスカは執拗に父親に食い下がったが、エヴェレルが制止した。

「マガウィスカ、もういい。あっちに行っていいよ。僕には僕の運命がある。それに君とは必ずまた会える」

「そんなこと、あり得ない。あなたは死ぬのよ」

「だから、死んだ後の話さ。死んだ後、僕らはいずれ再会できる」

もはや死は避けがたいと悟ったせいなのか、エヴェレルの口調はいたって穏やかだった。

「マガウィスカ、僕は大丈夫。僕の代わりに怖がる必要なんかない。頭を切り替えれば怖さも消える。僕はもう怖くないよ。すべて終わった後、僕のことを忘れないでいてくれればそれでいい」

「でも、私の心をじりじりと燃やすこの炎をどうしたらいいの？」

マガウィスカは両手で自分の頭を抱え込んだ。

「お父さん、どうしてそんなに石頭になってしまったのよ？」

長の家の入口に立っていたモノノットは娘の方にいったん目をやったが、すぐにエヴェレルに向かって一緒についてこいという仕草をし、家の中に入っていった。エヴェレルもモノノットの後ろに続いた。入口の筵が下り、マガウィスカとエヴェレルは完全に引き離された。

あの子はずっと僕の哀しみ、苦しみに寄り添ってくれていた。自分の命を犠牲にしてまで僕の命を救ってくれようとした。様々な思いがエヴェレルの頭に一気に溢れ、エヴェレルは涙をこぼした。自らの死を覚悟したとはいえ、心は弱いもの。涙も出る。今や彼と共にあるのは神のみ。そう、神が共にいる。エヴェレルは満たされた気分で祈った。神はどんな祈りにも耳をお貸しになるはずだ。そうだ、もっと子供の頃、自信満々で祈りの言葉を捧げたこともあれば、渋々祈りの場に同席したこともある。今まで祈りを捧げてきた様々な場面が走馬灯のように頭の中を駆け巡った。

お母さんはよくお祈りのことで僕を説教した。うんざりだったよ、あのお説教。聖書の一節を暗記しなさいと何度も言われたことがある。でも、僕は上の空で森や野原で遊ぶことばかり考えていた。エヴェレルの脳裏に母から暗記しなさいと言われた聖書の一節が次から次へと蘇った。エヴェレルの心は落ち着き、彼自身、なぜ自分がこの期に及んで心の平穏を取り戻したのか、不思議でならなかった。もしかするとお母さんや妹たちのおかげなのかもしれない。

自分が助かる可能性が一パーセントでもあれば、助かりたいという希望にすがりつき、身悶えしたかもしれないが、エヴェレルにはそんな可能性があるとはまったく思えなかった。ただ一点、父親のことを思い起こすと、エヴェレルの心も沈むしかなかった。遠く、ホーホーと鳴くフクロウの鳴き声が聞こえてくる。あと聞こえてくる音といえば、長の家の入口のところでのっしのっしと歩き続けているモノノットの足音だけ。

マガウィスカたちが向かった長の姉の家は、小さなオークの木で三方を囲まれていた。正面入口付近には食用の植物が植えられていた。家の中には病気でやつれ果てた老婆が一人いるだけだった。老婆は筵の上に寝ていた。マガウィスカたちが家の中に入ってくると、老婆はかすかに頭を上げ、フェイス・レスリーの姿を目にとめると、小さく叫んだ。どうも精霊界から死のお迎えがやってきたと勘違いしたらしい。マガウィスカ一行から説明を受けた老婆は納得し、できる範囲で精一杯歓迎の意を表した。

家には一通りの備品が備わっていた。部屋の真ん中にある囲炉裏には少しだけ薪が燃えていた。煙は屋根の一部に空けられた穴から外に出ている。屋根の上には筵がかけられ、風が吹き寄せてくる側、家の側面に垂れ下がるように紐でうまいこと括りつけられていた。

この家には、老婆が長年にわたって収集してきた品々が多数あった。寝床として使える筵は部屋の片隅に山積みとなっていた。壁には様々な飾りつけが施された動物の毛皮がかけられていた。鳥や花の形が編み込まれたかごには、乾燥させた果物や薬草、トウモロコシ、豆などが入っていた。カバノキの樹皮でできた桶のふたを開けると、発酵性の飲み物がこぼれそうになるほどいっぱい入っていた。この飲み物は、木の根っこや香りの強い果汁などをいろいろと混ぜ、煎じて作ったものらしい。木製のスプーンやお椀その他、台所用品は、いかにも自然と共生しているインディアンらしい、シンプルかつ機能的なものになっていた。

マガウィスカたちは老婆の指示に従いながら、夕餉の支度を整えた。短時間でごく簡単なものしか用意できなかったが、お腹を空かせていた者たちには十分満足のいくご馳走となった。そして、マガウィスカとモホーク族の一人を除いて、全員すぐに筵の上に横になり、眠りこけてしまった。

マガウィスカは老婆の足許に坐っていた。この家に入ってきてからずっとだ。一言もしゃべらず、一切動こうとしなかった。彼女は起きているモホーク族の男をちらっと見ては、苛々した表情を浮かべた。彼の任務は明らかだ。マガウィスカの突発的な動きを阻止すること。彼は家の玄関となっている筵のところに木のベンチを置き、そこに坐り、パイプで煙草をくゆらせていた。桶に入っていた飲み物をヒョウタン状の器になみなみとつぎ、時々それに口をつけながら、静かに監視を続けた。

突然、老婆が苦しげに呻《うめ》き始めた。ひっきりなしに大きな声で唸るようになったため、さすがにマガウィスカも自分が抱えている苦悩をひとまず忘れ、老婆のために何かしてあげなければと思った。老婆は囲炉裏の中、薪と一緒に並んでいる瓶を指さした。その瓶の中では薬となる液体が煮え立っている。老婆はその液体をスプーン一杯飲ませてほしいとマガウィスカに頼み、こう言った。

「この薬は、眠りの精が暮らしている植物をいろいろ集めて煎じたものじゃ」

液体を口にした老婆はあっというまに深い眠りについた。ぐっすり眠り続けた老婆だったが、一、二度かすかに目を覚まし、寝言を発した。マガウィスカの耳にもその寝言は届いた。

「ヨタカだ。耳を澄ませ。あの古いオークの木にとまっている。生贄の岩の隣。なぜだ？　なんだか、ちっとも楽しそうな鳴き声じゃないぞ。あのヨタカは悪しきことを知らせしようとしておるのか？」

今のマガウィスカにとって、何もかもが悪しき予兆だ。どんな音がしようが、彼女にとっては死を伝える鐘の音。静けさの中伝わってくるかすかな物音にも死の調べが潜んでいる。夜はゆっくりと更けていく。心の痛みは増すばかり。おとぎ話の中に迷い込んでしまったのか、心臓の鼓動もはっきり聞こえてくる。だが、この悩ましい夜の時間も終わりへと向かい、夜明けが近づいた。鳥たちがさえずり始め、朝日が家の隙間から射してくる。

その時、マガウィスカの耳に妙な音が聞こえてきた。大勢の者たちが整然と、ゆっくりと歩みを進めている足音だ。マガウィスカはこの家に入ってから初めて声を上げ、モホーク族の男に外に行かせてほしい、少なくとも外をのぞかせてほしいと頼んだ。しかし、彼は首を横に振るだけだった。子供のおねだりに付き合うつもりはない、そんな素振りだった。

その時、外の騒々しさに目を覚ました老婆が「苦しい、死にそうだ」と呻《うめ》いた。部屋の中を明るくし、空気を通す必要がある。モホーク族の男も慌てて玄関口の筵を取り払うべく、外に出た。マガウィスカはとっさに昨晩のことを思い出した。瓶に入っている煎じ薬を片方の手のひらに少し垂らし、モホーク族の男が使っていた器にさっと注いだ。煎じ薬は煮えたぎっていたが、マガウィスカに迷いはなかった。熱さも感じなかった。中に戻ってきた男が器に入った飲み物を一息で飲み干したのを見て、マガウィスカは喜びのあまり声が出そうになった。この薬が効けば、この男は眠りこけてしまうはず。

次にマガウィスカは外を見やった。足音が近づいてきていたはずなのに、誰もいない。老婆の家からは緩やかな下り坂が続いていたが、人影がない。下り坂の向こうは小さな木立になっていて、さらにその向こうには丘と生贄の岩がかすかに顔をのぞかせている。夜明けからまだ間もないので、明けの明星も丘の頂上付近でぼんやり輝いていた。美しい星だ。他のどの星も輝きを失った今、この星はマガウィスカの心に何か訴えかけてくるようだった。

「あなたは約束の星。あなたはただ一人そこで輝き続けている。そして、まもなく地上を太陽の光があまねく照らすことを伝えようとしている。あなたのおかげで私にも希望の光が届いている。その希望の光はクモの糸のように細いけど、それでも私は負けない。希望があることを絶対に信じる」

そうマガウィスカがあらためて決意を固めた時、先ほど彼女の耳に届いていた足音の主たちの姿が見えてきた。先頭はモノノットだった。この渓谷の長も一緒だ。二人の後ろにエヴェレルが続いた。しっかりとした、堂々たる足取りだった。両手を胸のところで組み、頭は若干後ろに傾いていた。天上の世界に目をやっているようにマガウィスカには思えた。そして、エヴェレルの後ろには渓谷に住む者全員がいた。並び順は年齢、そして今まで積み上げてきた功績により決められていた。

生贄を捧げる時には通常顔を塗ったり、儀式用の飾りを身につけたりするものなのだが、誰もそういう準備はしていなかった。とにかく急いで事を済ませようとしているのだろう。マガウィスカは再び絶望に包まれるのを感じながら、こちらに進んで来る者たちに視線を送り続けた。

一行が木立の中に入るといったん彼らの姿は見えなくなったが、すぐに姿を現し、くねくねと続く狭い上り坂を登っていく。道の両側にはアメリカシャクナゲが生い茂っている。上り坂にさしかかっていたため、一行の足取りはゆっくりとしたものになっていたのだが、マガウィスカの目には雪崩のような勢いで前に進んでいるように見えた。このままここに閉じ込められているわけにはいかない。

マガウィスカは突然入口に向かって突進し、家から逃げ出そうとした。しかしモホーク族の男が彼女の腕をしっかりとつかみ、彼女がいた場所に押し返した。そして、落ち着き払って再び入口に腰を下ろした。マガウィスカは彼の足許に跪《ひざまず》き、泣きながら嘆願した。しかし、彼はまったく表情を変えず、彼女の言葉に一切耳を傾けなかった。

上り坂を進んでいた一行の先頭が生贄の岩に到着したのが、マガウィスカにも見えた。一行は生贄の岩の周りを取り囲み始めた。マガウィスカは再度モホーク族の男に泣きついた。彼は前と同じ返事しかしなかった。ただ口調がおかしくなってきていて、目にこもる力も弱々しい。薬が効いてきたのか。

もう一刻の猶予もならない。天はマガウィスカに味方した。眠り薬は確実に効いてきたようだ。このまま彼を眠りにつかせなければいけない。これ以上興奮した態度で彼に接し続けるのはまずい。マガウィスカは自分の感情をぐっと抑え、筵に身を投げ、マントを頭にかぶった。

さて、生贄の岩に集まってきた一行に話を移そう。

みんな、モノノットの行いは正義に則った必要不可欠な儀式だと信じていて、その正義の儀式を見届けるため、ここにやってきていたのだ。この部族の者たちにとって最も聖なる場所である、この生贄の岩の周囲に腰を下ろし、一行の者たちはピクォート族の長モノノットが語る悲劇に耳を傾けた。誰もが打ち沈んだ表情をしており、視線もほぼ下に向け続けていた。だが、我知らず今日のもう一人の主役エヴェレルに目を向ける者たちもいた。

エヴェレルは立ち尽くし、ひたすら死を待っていた。その様子は少年とは思えない威厳に満ち、落ち着きが感じられ、今や英雄あるいは聖人のような風格すら漂わせていた。野蛮人たちの群れに取り囲まれているにもかかわらず、表情はあくまで凜としており、神々しさも感じられる。もはや地上に産み落とされた人類を超越した存在になっていたのかもしれない。

その場に集まっていたインディアンたちにも複雑な思いが湧き起こっていた。死が目の前に待ち構えているにもかかわらず、堂々とした態度を崩さない少年の無言の圧力に感じ入る者もいた。この少年を生贄にするのはやめさせた方がいいのではと考え始める者もいた。むろん、そうは言いつつ、正義を貫かなければならないのは確かだし、自らに芽生えた個人的な思いを表立って発言する者は一人もいなかった。私たちが法に忠実なのと同じことだ。

残酷な考え方をする者たちも当然多数いた。そういう者たちはモノノットの話を苛々した様子で聞きながら、斧を振りまわした。エヴェレルに向かって斧を投げつけようとする者まで出てきた。モノノットは制止した。

「待ってくれ、それは私の仕事だ。この少年は我が手で殺す。私が一撃でこの少年を殺す。我が息子も一撃で殺された。この少年には長の血が流れているのだろう。あの白人どもと同じ皮膚の色だが、心根は違うようだ。白人どもは我々に謝意を示したこともあったが、それもあの霧のようなものだった」

モノノットは山の頂上から静かに流れ落ちてくる霧の靄《もや》を指さした。

「いろいろな約束もしたはずだが、それもまた霧のようなものだった」

モノノットはすぐ脇に立つ松の木から枯れ枝を折り、粉々にした。

「この少年は自分の母親のために戦った。鷲が子を守るため戦っているようだった。私はその様子を少し離れたところから見ていた。足を切られ、血が噴き出した時も、一言も発しなかった。痛さをこらえたのだろう」

モノノットは生贄を称えた。古代の人々が生贄を花で飾ったのと同じだ。そして、斧をエヴェレルの頭の上に振り上げ、勝ち誇ったように叫んだ。

「見よ、この少年は微塵も恐れていない。我が息子も同じだった。白人どもが剣を目の前に突きつけ、父の居場所を吐かせようとした時、息子は決して奴らの言いなりにならなかった。兄弟たちよ、私は仲間たちから女の心の持ち主だとからかわれた。見るがいい。私はこのイングランド人の少年の血を最後の一滴まで奪い取ってやる。残った肉と骨は犬やオオカミの餌だ」

モノノットはエヴェレルに合図を送り、生贄の岩に顔をつき、跪くよう指示した。下を向いていれば、自分に振り下ろされる斧の軌道を見ずに済む。おぞましい惨劇の場面だが、モノノットにも慈悲の心がかすかに残っていたのかもしれない。

エヴェレルは静かに跪いた。命乞いなどしなかった。すべて神のご意志に任せ、両手をしっかり握って祈りを捧げた。ただし、声は出さなかった。いや、出せなかった。

ワーズワースが『逍遥篇』という詩の中で歌った魂の在りようが、その時のエヴェレルの心を正しく写し取っている。

「彼の精神は、祈りや讃美歌だけでは届かない、静かな霊交の中へとうっとり引き入れられ、彼を造った力に対する感謝となった」

ちょうどその時、広場の周りに繋っていた木々を通して一筋の太陽の光がエヴェレルを照らした。その光線は彼の額や髪の毛を明るく照らし出した。神秘的な光景を目の当たりにしたインディアンたちは、生贄が受け入れられた証しと考え、狂喜した。沸き起こる歓声は空気を揺るがせた。エヴェレルは前に屈み、額を岩に押しつけた。モノノットは斧を振り上げた。その斧が振り下ろされる寸前、マガウィスカが生贄の岩の反対側から飛び出してきた。

「やめて！」

マガウィスカは腕を精一杯伸ばした。斧はエヴェレルの首目がけて振り下ろされる。そこにあったのはエヴェレルを守ろうとした者の腕。マガウィスカの片腕が切り落とされた。エヴェレルは無傷のまま。切り落とされた片腕は崖の向こうに転がり落ちていった。

モノノットは立ちすくんだまま、よろよろとしていた。一切の感覚が失われてしまったようだ。他のインディアンたちは咆哮しながら生贄の岩に駆け寄った。

「下がって！　この人の命は私の身命を賭して買い取ったもの」

マガウィスカは絶叫した。

「エヴェレル、逃げて。何も言わなくていい。いいから、早く逃げなさい。あっちよ、東を目指して逃げるのよ」

あっという間の出来事だ。極限状況に追い込まれていたエヴェレルは、この短い時間の流れの中で、激しく感情を揺さぶられた。身体が麻痺し、動けない。ただ、自分を助けてくれたマガウィスカに対する感謝の念、尊敬の念を意識に上らせることだけはできた。立ち上がってじっとマガウィスカを見つめるエヴェレルは動こうとしない。

「だめ。それじゃ、私は無駄死によ」

絶望を隠さない彼女の大声を耳にし、ようやくエヴェレルは目を覚ました。マガウィスカの身体をしっかりと抱きしめると、エヴェレルは脱兎のごとく駆けだし、姿を消した。

誰もエヴェレルを追いかけようとしなかった。マガウィスカが正しい。誰の心にもそんな思いが巻き起こっていた。

「全力で走るのよ」

誰もマガウィスカを邪魔立てする者はいなかった。エヴェレルの解放は何らかの奇跡がもたらしたものだ。誰もがそう感じていた。エヴェレルに対して冷淡だった者たちも含め、マガウィスカの行いに皆度肝を抜かれ、こう考えるしかなかった。おそらく彼女は超自然的な力に導かれ、支えられている驚異の存在なのだ。手も足も出ない。

だが、今こうしてマガウィスカがエヴェレル救出のために現れたのは奇跡でも何でもなかった。マガウィスカが飲ませた眠り薬が効き、彼女の監視役は意識を失った。老婆の家を抜け出したマガウィスカは考えた。このまま真っすぐ父親の目の前に飛び出していくのはまずい。周りにいる者たちをかきわけ進まなければならないし、すぐに追い払われてしまうだろう。いや、突き飛ばされるだけだ。こうなったら、生贄の岩の向こう側にこっそりまわり込み、岩山をよじ登り、岩の上に飛び上がろう。

躊躇はなかった。それが可能かどうか、考えることもしなかった。エヴェレルを助けたいという決然たる意志があるだけだった。いや、意志というより本能のみが彼女を支えていたのかもしれない。鳥が初めて飛ぶ空をぐんぐん進んでいくように、山に住む山羊が子らを連れて断崖絶壁を越えていくように、彼女は岩山をよじ登っていった。

岩山には足場となりそうな裂け目がところどころ走り、手でつかめそうな草も生えていたので、一見登りやすいようにも見えた。だが、実際には裂け目は鷲がかぎ爪を差し入れる程度の幅しかなく、草も小鳥がやっとこさ止まっていられる程度の丈夫さしかなかった。それでも、死をも超越した愛の力で、絶望的な救出劇を何とか成功させるため、マガウィスカは岩山を登りきり、生贄の岩の上に飛び乗ったのだ。

# 第八章

そして、七年が経った。
以下にお示しするのはホープ・レスリーがエヴェレルに送った長文の手紙の一部だ。彼は今イングランドで暮らしている。ホープはベセルに残っていた。この七年間、表向き特に目新しいことは起きなかった。淡々と時は流れていた。

親愛なるエヴェレル。

あなたがここを旅立って今日でまる五年。そして、今日はあなたの誕生日。みんなであなたのお誕生日をお祝いしました。でも、本人がいないのだから、嬉しい気分と寂しい気分が半々。これはお父様の言葉よ。
今朝は、お父様をびっくりさせてあげました。仕掛けは一枚の絵。下手だけど、いっぱい時間をかけた自信作です。森の中の空き地、カバノキの下で少年が一人まどろんでいます。物蔭から痩せたオオカミが少年に飛びかかろうとしています。でも、森の中にはもう一人男の人がいて、オオカミに銃を向けています。この絵をこっそり暖炉のところにかけておきました。

お父様は朝のお祈りをするために部屋に入ってきて、初めてこの絵に気づきました。いつものことだけど、お父様は一言もしゃべりませんでした。お祈りはとても大切なお勤めで、古《いにしえ》の神殿で行われたのと同じくらい真剣に行われなければなりません。ですから、みんな黙ったまま、いつも通りの場所に坐り、お祈りを始めます。

私の席はお父様の隣。あのクッションが置いてあります。あなたのクッションも、私とは反対側のお父様の席の隣に置いたままです。マクベスは自分の席に自分が殺害した友人バンクォーの亡霊を見て恐れおののいたらしいですが、恐怖心ではなく愛の心を持っていればその場にいない人の姿をこの目で見ることができるようです。私にはあなたの姿が見える気がするのです。普通の人には見えないのよ、一種の千里眼ね。心の目を研ぎ澄ますとあなたの姿が目に浮かんでくるの。

お父様は、私がこっそりかけた絵を見て、昔の記憶を思い起こしたかもしれません。お父様は『出エジプト記』の一節、あまり心打たれることもない一節なのだけど、主がモーセに幕屋建設を指示したことに関連する第二十六章の一節を読んで、何度も溢れる涙をぬぐっていました。ジェネットもそれなりに信仰心を持っている人なので、お父様が『出エジプト記』の一節に出てくる幕屋の建設材料の中に何か涙を流さなければならない理由があるとでも考えたのか、材料の名前が出てくるたびに咳払いしたり、頷いたりしていました。

でも、お父様が聖書を読むのをやめ、お祈りを始めると、みんなの様子も変わります。いつも通り、お父様はあの時のことを語り始めました。インディアンに奪われてしまったフェイスのこと。すっかり寂しくなってしまった家のこと。ただ一人逃げてきた息子のこと。お父様の言葉はとぎれとぎれでした。みんなの目にも涙が浮かんできました。ディグビーは声をあげて泣き始めました。グラフトンさんもそうです。

グラフトンさんはいまだに私たちのお祈りの仕方を嫌っていますが、時計が鳴って時間を教えてくれても、じっとしたままでした。でもね、この間、お祈りの時間が終わりそうになった時、グラフトンさんはこれからは自分流にお祈りさせていただくわとおっしゃっていました。

さて、お祈りが終わると、ディグビーさんがはしゃぎ始めました。私の絵に大喜びだったのです。

「これぞまさしく私がエヴェレル坊ちゃまを見つけた場所です。あのジャケットを着ている男が私ですね。このジョン・ディグビーが絵に登場するとは、いやはや誰も想像しないでしょう。まあ、エヴェレル坊ちゃまがカバノキの下で眠りこけているのを最初見つけた時、坊ちゃまはこれほど青い顔をしてはいませんでしたし、腹ぺこという風でもなかったのですが。この絵は末代まで残ります。私が死んだ後も、あの森が消え去ったとしても、エヴェレル坊ちゃまのお子様たちにとってこの絵は歴史物語そのものになるはずです」

お父様はディグビーさんが喜びのあまりおしゃべりになっているのをとめませんでした。お父様は私を抱き寄せ、キスをし、こう言っただけでした。

「お前の心の中にはエヴェレルの姿がはっきりと残っているんだね」

クラドック先生とグラフトンさんは私の絵が上手だとほめてくださいました。でも、クラドック先生とグラフトンさんは言い合いを始めてしまったのです。絵にまつわる様々な知識を私に授けたのは自分だとクラドック先生が言えば、実際の描き方を教えたのは自分だとグラフトンさんも譲りません。お二人の力が大きかったのかどうか、正直なところそれほどでもと思ってしまうのですが、お二人のことを悪く言うつもりはありません。

なぜ絵が描けたのか、私が思い起こしているのはジョセフ・ライトの《コリントの乙女》[16]という絵です。弱いランプの光を利用し、壁に映った恋人の横顔の影の輪郭を筆でなぞっているコリントの乙女と私の気持ちは同じだったのだと思います。

エヴェレル、そしてお父様を愛する気持ち。私をつき動かし、絵を描かせたのはこの気持ちだけです。もちろん、こんな素人の絵にもグラフトンさんの影響があったことは確かです。フランスのパリでいろいろ絵の勉強をなさったグラフトンさんが毎日のようにフォンテーヌブロー宮殿に通い、有名な絵描きたちの絵を鑑賞していたという話はあなたも覚えているでしょ？

あらあら、これでは手紙じゃなくて新聞ね。自分のことばかりお知らせしているみたいで申し訳ありません。今日はエヴェレルの誕生日なのだから、私の話はもうおしまい。

そういえば、この間、グラフトンさんが自分の家の紋章が刻み込まれた豪勢な銀食器を食卓に並べました。今まで一度もお披露目してこなかった食器です。お父様は少し笑って言いました。だって、私たちのお家の壁は木材がむき出しで、テーブルも椅子も松の木で作ったものですもの。そこに銀食器を並べてもね。

「これでは私たちはフン族のアッティラ王だね。無骨な我が家にローマ風のお洒落な食器の登場だ」

そうしたら、名家の出であることを誇りにしているグラフトンさんはクラドック先生とまたまた議論を始めてしまいました。テーマは、若い人たちはどの程度まで虚栄心を持っていいものか。そもそもグラフトンさんとクラドック先生は、つい最近まで、教会と政治の問題についてよく議論していたのです。その議論が終わったかと思ったら、今度は別の議論が始まってしまったわけ。

お二人の議論のことをお父様に話したら、お父様はこう話していました。私は今のまま誰とも仲良くしていけばいいそうです。どちらかの味方にならなければいけないとか、考えなくていいそうです。

クラドック先生は自分でも知らないうちに相手を怒らせてしまうようです。どんな生き物でも嫌いな物があるでしょ？　先生はついついその嫌いな物を持ち出してきて、相手をカンカンにさせてしまうのです。だから、毎日三回はグラフトンさんからひどく怒られています。ディグビーさんも時々先生と話をします。そして、クラドック先生の身なりを少し変えさせることに成功しました。先生が頭に載せている小さなかつらにブラシをかけたり、首の襟を黒いものから白いものに替えたり、まあそれだけなのですけど。着る物にうるさいグラフトンさんも納得してくれたようで、「学者さんのわりにはまともだわね」と太鼓判を押してくれました。

グラフトンさんに関しては、本当、あなたがこちらにいなくて良かったと思います。私たちも以前よりは多少分別がついてきたのでしょうけれど、やはりあなたと一緒にいたら私もグラフトンさんの行動には、以前と同じで、笑いがとまらなくなると思います。グラフトンさん、相変わらず、毎日えんえんと髪飾りの形を工夫しているし、ジェネットの話では、しょっちゅう何かお洒落関係にお金を使おうとしているみたいです。ジェネットはジェネットで、毎日毎日嫌味ばかり言っていて、少しうるさいです。イングランドにいい鎮静剤があったら、送ってくれませんか。彼女に飲ませてあげたいです。

明日は、川沿いに新しくできた入植地を訪ねます。ノーサンプトンという名前がつきました。少し遠いので疲れてしまうだろうし、危険がないわけでもないのでお父様は私を連れていきたくなかったようなのですが、私はどうしても行きたいとお父様にお願いしました。お父様も渋々許してくださいました。

グラフトンさんはもちろんまだ大反対しています。グラフトンさんが不安に思うのももっともです。こんなことを言われたりもしました。

「こんなこと、お嬢様がなさることではありません。少なくともイングランドではこんな冒険まがいのことにお嬢様が加わるなんて、聞いたこともございません」

私はこう言い返しました。

「小さな冒険に挑戦する資質はイングランドの女性でも少しは持っていると私は思います。その資質を心の奥底に隠しているだけです。この新しい世界ではその資質を大いに開花させることができるし、そうしなければいけないと思います」

グラフトンさんはいつもの調子で反論しました。

「イングランドでは、実行する必要のない能力、理解する必要のない能力は自らの資質として開花させる必要なんてございません」

でも、これまたいつものことなのですが、私にこう言い渡して、グラフトンさんは自分を納得させていたようです。

「はいはい、ホープ、あなたは変わった女の子だから仕方ないわね。ご自由になさい」

あなたもご存知のように、グラフトンさんは私と意見が合わない時は「変わった女の子」の一言でおしまいです。

私の保護者役をいつも喜んでしてくださるクラドック先生は、私に同行したいと申し出てくれました。あなただったらこの申し出に大笑いしたでしょうね。か弱き姫を守る騎士か何かの誕生だと大騒ぎしたはずです。でも、私にとっては、先生は私の巡礼の旅に付き添ってくれる申し分のない従者なのですよ。

それでは、この手紙の続きはノーサンプトンから帰ってきてからということで。なお、ノーサンプトンはここから三十キロほどです。

十月二十五日　異端の者を公職につけてはならないという十月五日付のお達しがボストンから届きました。

エヴェレル様。

私たちはインディアンたちが踏み固めた川沿いの道を進み、特に何の問題もなくノーサンプトンに到着しました。ノーサンプトンは森の片隅にあるごく狭い平地です。

同行していたホルヨークさんはノーサンプトン一帯の景色を眺めたくなったようで、インディアンのガイドを雇い、お父様と一緒にある山に登ることにしました。草原の中にそそり立っているその山の頂上に行くためには急勾配の坂を登っていくしかありません。でも、あそこまで行けば大海原のようにうねる森林地帯を目にすることができそうです。

私はその山の頂上付近に目を凝らし続けました。今は十月、秋の透明な空気の中、山の頂上付近は天国のように青く、明るく見えました。私もあそこに行きたい。絶対に行きたい。銀色の三日月に手を伸ばす子供のように、私はあの山に夢中になってしまいました。あそこに行けないならわんわん泣いてやる。そんな気持ちになってしまったのです。

お父様は結構あっさり私のわがままを聞いてくださいました。クラドック先生だけが反対しました。それでも、私が思いきって山登りをしようという気になっているのに、自分一人がしりごみしているのは恥ずかしいと思われたのか、大変そうだけどあそこまで登るのは意外に楽しそうだとお考えになったのか、とにかく一緒に登ってくれました。

そして、全員山の頂上まで登りきりました。誰も怪我などしませんでした。頂上からの眺めは予想通り素晴らしく、私は思わず手を叩いていました。私以外の皆さんはじっと黙ったまま風景に見とれていました。

あなたは秋の森の明るさを覚えていますよね。イングランドに生えている木々の葉はくすんだ色をしているとよく言いますが、こちら新世界はまだまだ育ちざかりなのかしら、葉っぱの色合いも様々で、その上明るく輝いていて美しいことこの上ないです。先週までは森は全体としてエメラルドのような色合いでしたが、今はもう違います。鮮やかな花々がそこかしこに咲き乱れているのも目に入ってきます。

なぜこんなにあっというまに風景が変化してしまうのか。哲学者なら自然の移り変わりの過程の問題として考察するのでしょう。でも、私が思うに、その考察の結論は、太鼓の音の秘密を調べるために太鼓を割ってみるようなちょっと頭の良い少年が導き出す答えと大差ないのではないかしら。私なら、考察するのではなく、詩人の声に耳を傾けるだけにしたいわ。自然が暖かく包み込んでいる無数の魂は「さすらっています、どこまでも。月より速く、どこまでも」。

これはシェイクスピアの『真夏の夜の夢』からの一節ね。無限に広がる森に目に見えないものの存在を感じ取ることができない人は鈍いし、心も冷たい人だと思います。

この山の頂から見ると、コネティカット川沿いにある美しい渓谷の数々は、自然を大きな大きな顔にたとえるならば、自然が微笑みを浮かべた時にできる皺のよう。そして、コネティカット川が流れていくその先は、遠い地平線の彼方。この広大な風景を愛でてきたのはインディアンだけなのかしら？　私はとめどもなく考え続けていました。

その時、思いつきにすぎないようなことは普段口にしないホルヨークさんがお父様に向かってこんなことを言い始めたのです。

「なあ、フレッチャー。古《いにしえ》のローマ人は、国のため遠い異国の地で散った者たちの功績を称えるために記念の礎を建てたそうじゃないか。僕らもそういうことをしたらどうなのだろう？僕らが来るよりも前から、神の名においてこの荒野を神聖なる大地にすべく働いた先人たち、自由と信仰に命を捧げた先人たち、彼らの魂に思いを致す場所が必要なんじゃないかな」

私たちは二時間ほどこの山にいました。ホルヨークさんとお父様は将来村を建てるべき場所などについて話し合っていました。インディアンが住んでいる家々が一つの目安になるようです。森のことを知り尽くしているインディアンは、本能的に耕作に適した土地を嗅ぎ当てるとのこと。点々と建っている彼らの家と家の間には、太陽の光が遮られないところ、川の水が利用できるところなど、耕作に適した豊かな土地が広がっているらしいのです。

お二人が話し合っている間、私は山の頂上付近に石がピラミッド状に積み上げられているのを見つけました。周りにはインディアンが生贄として捧げたらしい生き物の骨などが散らばっていました。自然の中で生き、自分より位の高い者の存在を知り、その者を崇めてきたインディアンは、こういう生贄の儀式を日常的に行ってきたのでしょう。

私はこの無骨な祭壇を指差し、ホルヨークさんにこう聞きました。

「この場所では神の教えにかなうような儀式が行われたことはないのかしら？」

ホルヨークさんは首を横に振り、私はほとんど何もわかっていないといったような仕草をしました。

「ここで行われている儀式はすべて神とは無縁のものだよ」

お父様はこう言いました。

「しかし、まもなく時代が変わる。目の前に広がっているこの渓谷にもこの山の頂にも、神の息吹が広がっていくはずだ」

「そうだな、この山も神のものだ」

「じゃ、この山をホルヨーク山と名付けたらどうかしら？」

こう私がふざけたら、少し怒られたけれど、私のアイデアはなんと採用されてしまったみたいなのです。以後、ホルヨークさんはこの山のことを口にする時、必ずホルヨーク山と呼ぶようになりました。

この山の頂で私の感覚は研ぎ澄まされ、周囲の風景に完全に魅入られてしまいました。森の深奥からは何か力に満ちた音が聞こえてくるようです。大海原を揺らす波の音のようです。優しい音も聞こえてきます。小鳥たちがさえずる声が空気をかすかに震わせます。リスが飛び跳ねると葉っぱがかさかさと音を立てます。鳥が飛び立つ羽音も耳に飛び込んできます。どこかで牛を飼っているのか、牛の首につけた鈴の音が聞こえてきたと思ったら、インディアンが飼っている犬がわんわん吠えています。

岩にもたれ、耳を澄ましている私にお父様が「帰るよ」と声をかけてくれました。ディグビーさんも一緒にいたのですが、ディグビーさんにこう指示していました。

「この子が下りていく時、十分気をつけてくれたまえ。クラドック先生のことも頼む。手をつないでやってくれないか」

可哀想に、クラドック先生、疲れきってしまっていたみたいです。自分が一人で山を下りられるかどうか、他の人たちが心配していることに先生は気づいていなかったみたいで、私は助けてあげようと思いました。私は先生とディグビーさんの間に入り、手をつなぎました。

「こうやって下りていくと、私たち、鳥になったみたい」

先生もほっとした様子でこう言いました。

「ああ、ホープ・レスリーお嬢様。何と楽しいことをお考えになるのでしょう」

先生はすっかり若々しく、元気になってしまいました。先生の付き添いはディグビーさんにお任せした方が良かったのかもしれません。

でもね、先生は私の言葉で元気になったみたいで、ディグビーさんの後を追いかけて山を下りていきました。ただ、お年なのね。息をきらしながら、途中の岩にしがみつきながら下りていきます。若い馬の速度に追いつこうとして、足の骨が折れそうになっている年寄り馬のようです。筋肉もこわばって、痛みが走り、思わず声も出てしまうようで、つらそうです。道の途中で私は突き出た岩によじ登って、渓谷を名残惜しそうに眺めまわすふりをしましたが、これはもちろん先生に休憩時間を持ってもらうためでした。

しばらくすると、ホルヨークさんとお父様はずいぶん先に行ってしまいました。ごつごつした岩だらけの下り坂が終わりかけたところで、ディグビーさんが私の手を取って岩を乗り越えるのを手伝ってくれました。そして、その岩を先に越えていたクラドック先生には足許は大丈夫か、ディグビーさんが聞いてくれました。葉っぱなどに覆われ、見えなくなっている場所に裂け目がないかどうか、念のための確認です。

先生はあたりを覆っている葉っぱを手で払いました。するとたまたま葉っぱの下にガラガラヘビがいたのです。とぐろを巻いていたガラガラヘビは驚いて飛び上がり、先生の手に嚙みつきました。ガラガラヘビが何か音を出したのが聞こえました。勝利を告げるメッセージだったのでしょうか。先生の顔はあっというまに青くなっていきます。先生は地面に倒れ、叫びました。

「私は死すべき罪人だ」

ディグビーさんはガラガラヘビを追い払いました。私は岩から飛び降り、先生に傷口を見せるように言いました。先生は手の甲を嚙まれていました。毒を吸い出してあげると先生に言ったのですが、先生は手を引っ込めてしまいます。近寄ってきたディグビーさんに先生はこう話しました。

「ディグビーよ、お嬢様は私の手から毒を吸い出してくれると言うんだ。本当に天使のような方だ」

「何ですと？　ホープお嬢様、自殺の罪を犯すおつもりですか？　たとえ年寄りの紳士の命を救うためとはいえ、それは許されることではありません。先生が命を落とすとしてもそれは神様のご意志がなせることでしょう」

　毒を口で吸いだしても危険はないということを私は口を酸っぱくしてディグビーさんに伝えました。だって、ガラガラヘビに嚙まれた場合、毒を口で吸い出し人の命を救うというお話を私は何度も本で読んだんですもの。毒を口で吸い出してもまったく問題ないと本にも書いてありました。

　ディグビーさんは、そんなたわけた話、どこで読んだのかと私に聞いてきました。私もその本の名を出すしかありませんでした。その本はグラフトンさんが持っている本で、『十字軍の奇跡』といいます。ディグビーさんにとってはこのような本、何の価値もないようで、やれやれといった顔でこう言いました。

「聖書以外の本など、私は信じません」

　私は何度もディグビーさんに頼みました。先生の生死に関わることなので必死でした。ようやくディグビーさんも私の訴えに耳を貸そうという気になってきたようです。

「何というお方だ、このお嬢様は。よくもまあそこまで粘れるものです。そういえば、イタリアにこんな諺がありましたな。唇は、心を蝕む毒も、傷口に入り込んだ毒も吸い出せる」

でも、結局、ディグビーさんの気持ちは変わりませんでした。首を振って、こう言うのです。

「いやいや、だめだ、だめです。諺など、美辞麗句にすぎませんから。さあ、クラドック先生、行きましょう。気をしっかり持ちなされ。砦まで行けば、ちゃんとした治療を受けられるはず。余計なことをあれこれ考えてはいけません。あなたのようなお年寄りのために若い女性の命を危険にさらすなどもってのほかです」

クラドック先生もこう言い返しました。死の恐怖を乗り越えたのか、堂々たる態度でした。

「若い女性の命を危険にさらすですと。ディグビー、私は仮に百回生を享けたとしても、このお嬢様の命を犠牲にして生き永らえるつもりなどない」

「わかってますとも、クラドック先生。先生はそんな方じゃない。あなたが正しい心の持ち主であることはよくわかっております。妙なことを口走ってしまい、申し訳ありませんでした。このお嬢様が死の淵に立とうとなさるのでついつい無礼なことを申し上げてしまいました」

私たちは全速力で砦に向かいました。しかし、誰も助けてくれません。助けられないと言うのです。

私はネレマのことを思い出しました。あの人はガラガラヘビの毒に効く解毒剤のようなものがあると言っていたはず。私はそのことをお父様に話しました。お父様はすぐに馬を支度するように命令し、私たちは大急ぎで砦を離れ、家に向かいました。

家に到着したのは六時間後。この六時間の間にも毒の影響は広がるばかりでした。先生の傷口は真っ赤になり、恐ろしいほどです。腕も全体が腫れて、紫色に変色してきました。クラドック先生を見守る人たちも希望を失いつつありました。

私はディグビーさんとジェネットを連れてネレマの家に向かいました。ネレマの機嫌が悪い場合には、私以外の誰が頼みに行っても彼女はこちらに来てくれないでしょう。だから、私が行くしかなかったのです。

ジェネットは例によって「異教の魔法使いのおばあさん」を罵るだけ。ですから、この期に及んでもこんなことばかり言っていました。

「悪魔の力を借りて生き延びるなら、死んだほうがまし」

私はジェネットに言いました。

「あなたがガラガラヘビに嚙まれた時には、あなたの思い通りにさせてあげる。でも、今は私の思うようにさせて。先生に命を授けてくださった神様もそう望んでいるはずよ」

もう真夜中近くだったのですが、ネレマは家の入口に坐っていました。私は彼女に用件を伝えました。すると、彼女はこう言ったのです。

「お嬢ちゃん、落ち着きなさい。お前が来ることはわかっていた。ちょうどお前を待っていたところだ」

不思議な話といえば不思議な話。彼女にはこういうところがあるのですよね。こういう話をして相手を驚かすのが好きなだけなのかもしれません。ジェネットがぎくっとしているのを見なかったら、私などは特に気にもとめないことなのですけど。それはともかく、ネレマは家の片隅にあった容器から薬草を選び、鹿革の袋に詰め、私たちと一緒にベセルまで来てくれました。

家に帰ってみると、クラドック先生は意識も混濁しているようで、変な痙攣も起こしています。お父様の話では、まもなく先生は死んでしまうのではないかということでした。グラフトンさんに至っては、先生のベッドの脇に跪《ひざまず》き、天に召される人のための祈りを捧げ始めていたのですよ。

ネレマは、私以外の人間は部屋を出るように言いました。誰かが一言でも声を発したら彼女の治療はうまくいかないというのが、彼女の言い分でした。お父様は自分の部屋に入っていきました。祈るしかないからだそうです。グラフトンさんも渋々自分の部屋に入りました。ジェネットは離れようとしませんでしたが、最終的にはネレマに部屋を追い出されてしまいました。

エヴェレル、正直なところ、私も部屋を出たかったんです。だって、クラドック先生があんなに苦しんでいるのをもう見たくなかったから。でも、ネレマの思い通りにしなければいけないと私は決心しました。私は、ネレマに命じられた通り、ランプを持って、先生が寝かされているベッドの頭のところに立ちました。

ネレマはまず羽織っていた毛布を脱ぎ捨て、中に隠していた杖を取り出しました。その杖にはヘビの皮が巻きつけられていました。ネレマが服から肩の部分を外に覗かせると、そこにもヘビの入れ墨があります。そのヘビの入れ墨を指差し、私にこう言いました。

「これはわしらの部族の印だ。怖がることはないぞ、お嬢ちゃん。これは名誉の印だ。大地を這いまわるヘビの仲間の王の毒を抜き取った最初の人間こそ、我が部族のご先祖様。わが父祖たちはこの話を伝え続け、祭りのたびに歌ってきた。そして、その名誉ある部族の最後の生き残りがこの婆。それが敵の家で敵の命を救ってやらんとは」

ネレマは黙り込みました。心ここにあらずといった様子です。クラドック先生がひときわ大きな声で呻《うめ》いたので、ようやくネレマは我に返りました。

ネレマは先生の身体の上に屈み込み、呪文を唱えました。それからいろいろ工夫して先生に煎じ薬を飲ませることに成功しました。相当強い煎じ薬だったようです。そして、同じ薬を傷口と腫れあがった腕全体に塗りつけていきました。こういう治療を続ける一方で、ネレマは例のヘビの杖を振りまわし、象形文字のようなものを空中に書くようなこともしていました。自分の身体を信じられないような角度で曲げながら、腕を振りまわすのです。まるで、彼女の肩に刻印されているヘビが彼女に乗り移り、身体をくねらせているようにも見えました。

彼女の動きは激しく、顔から汗が雨のようにしたたり落ちます。時々、疲れ果て、身体が麻痺してしまうのか、動きをとめますが、すぐに馬が走り出すような勢いで飛び上がり、髪の毛を振り乱し、さっきと同じ動きを繰り返すのです。

どのくらい時間が経ったのでしょう。心配でたまらなかったのと、ネレマの治療に恐怖を感じていたこともあって、正確な時間がもうわからなくなっていました。ふと先生の様子を見ると、明らかに良くなっています。呼吸も楽そうになっていますし、苦悶に満ちていた顔の表情もだいぶ穏やかになってきています。身体全体、快方に向かっているように見えました。

ネレマが私にささやきました。

「もう大丈夫。この男は墓から帰ってきた。婆がもう少しこの男に付き添うから、お前はお休み。おやおや、頬が真っ青じゃないか。さぞや疲れたのだろう。それとも少し怖かったかな？」

私は嬉しくて嬉しくて疲れなど感じていませんでした。だから、一緒にいたいとネレマに言ったのですが、ネレマはベッドに行きなさいと仕草で示しました。仕方ないので自分の部屋に戻ろうとした私がドアを開けると、そこにはなぜだかジェネットがいて、私は彼女にぶつかってしまいました。ジェネットはドアの鍵穴から中をこっそり覗いていたのです。

こんなこと告げ口するなんて、嫌な女だと思わないでね、エヴェレル。ジェネットがいるのに気づいた時、最初彼女の顔をはたいてやろうと思ったのは確かよ。でも、私は怒りをぐっと抑えて、こんなこと人生初めてだったかもしれないけれど、気持ちを落ち着かせ、ジェネットに私の部屋に来るよう、丁重に頼みました。今落ち着いてこの人を説得しなければ、この人は妙なことを絶対にする、そう思ったからです。明かりの中に浮かんだジェネットの顔を見れば、彼女が余計なことを考えているのは明らかでした。ネレマの運命は自分が握っていると強く思い込んでいる顔でした。

ジェネットはこう言いました。

「もうたくさんです。よりによってご主人様のお宅であんなおぞましい儀式が行われるなんて。お嬢様は天国に行くことが赦されたお方なのですよ。悪魔の使いにそそのかされるようなことは絶対になさってはいけません」

「黙りなさい、ジェネット。落ち着いて、クラドック先生が助かったことに感謝なさい。ネレマが先生を直してくれたのよ。悪魔が人を治療するわけがないじゃない」

「いいえ、お嬢様」

目を吊り上げて、ジェネットは言い返してきました。

「あまりのことに目が見えなくなってしまっているのですよ、あなたは。モーセのような奇跡を起こす魔術使いはこの世に存在しません。暗闇に生まれた者たちは光に生まれた者のふりをするだけです。私はいつもそう言ってきました。ご主人様の奥様が亡くなった時も、私はそう言ったんです」

「それはつまり、あの時も今もあなたは間違っているということ。ネレマは魔女ではありません」

「魔女じゃないですって？」

フクロウのような声でジェネットが叫んだので、お父様に聞こえてしまうのではないかと私はひやひやしました。

「じゃ、ネレマは聖書を読めますか？　ジョン・コットン牧師の教理問答が読めますか？　読めるはずがないじゃないですか。それがだめというなら、グラフトンさんがぺらぺら読み上げているお祈りの本をあの女に渡してみればいいのよ」

「ジェネット。あなた、完全におかしいわよ。ネレマが字を読めないこと、わかってるでしょ？」

「字が読めたとしても同じことですわ。字をまじめに覚えるつもりなどないでしょうし、聖書の言葉に耳を貸そうなんて、絶対に思わないはずです。お嬢様、もう一度だけ言わせていただきます。奥様のことをお忘れなのですか？　あのお方も私の言うことに耳をお貸しにはなりませんでした」

エヴェレル、許してくださいね。私がちょっと興奮してしまったために、ジェネットもあなたのお母様の話を持ち出してしまったのだと思います。

私は諦めてジェネットに部屋を出るように言いました。ジェネットは、自分を律することができていない私を懲らしめようと考えたようです。古代ユダヤのソロモン王が語ったという、自意識過剰な、おしゃべり好きの愚者のよう。彼女はすぐにお父様の部屋に行き、ネレマの治療の過程をお父様に報告しました。もう夜遅い時間なのに、私はお父様に呼び出されました。

私を連れに来たジェネットと一緒にお父様の部屋に向かう途中、ジェネットは私にこう耳打ちしました。

「ご主人様はお嬢様のことを大変可愛がっておられますけど、ご主人様の目を曇らせるようなことは慎んでくださいませ」

私は返事をしませんでした。ただ、心の中で、ネレマのためにできるだけのことをしようと固く誓ったのです。お父様の部屋に入ると、嬉しいことにお父様はジェネットを部屋から出しました。ジェネットのような目下の者と議論するより、目上の方と議論する方が私には楽なのです。

お父様は私を招き寄せ、坐るように言いました。私はお父様のすぐ脇に行って坐ったので、お父様の目を下から直に見ることができました。お父様の様子は厳粛で、私は怖気づいていたのですが、お父様の目を見たら少し安心しました。優しい目をしていたからです。そう、あなたの目と同じです。

私は自分の心の中に芽生えていた不安な気持ちを鎮め、お父様に言いました。

「クラドック先生の治療が成功したのは良い知らせだったはずです。それなのに、ジェネットのせいで暗い話になってしまいました。お父様の顔が深刻そうに見えるのも、ジェネットのせいなのね」

「私の顔が深刻に見えるとしたら、それは呪術師が悪魔の呪文を唱えたからだよ。魔除けの儀式が、このキリスト教徒の家の中で、キリスト教徒の娘の目の前で行われたことが問題なのだ。しかし、ジェネットも事実を正確に報告したわけでもなかろう。すぐ興奮する人間だから理性に基づいた観察をしていたわけではないと私は考えている。我が家が呪術師に汚されたはずはないと私は信じている。さあ、ホープ、正直に、正確に、何が起きたのか、話しておくれ」

私は正直に話しました。私が話している最中、お父様は一言もしゃべりませんでした。ただし、時折深いため息をついていました。私が話し終わると、お父様はこう言いました。

「この奇妙な治療をどう理解すればいいのだね？」

「聖書のルカによる福音書にある百人隊長の僕《しもべ》の命をイエスが救った話（ルカによる福音書 7：1-10）と同じです」

「こらこら、そういう乱暴なたとえ話はしてはいけない。そんなことをしては、お前の罪が重くなってしまう。これは魔女と我が家に関する問題なのだよ」

「ネレマは魔法を使ったわけではないわ」

「キリスト教徒に改宗したインディアンから話を聞いていなかったら、お前の話を素直に信じただろう。でも、私はこういう話を聞いたことがある。インディアンは悪魔に身を捧げた呪術師なんだそうだ。そして悪魔と会話し、悪魔と公然と同盟を結んでいる」

「そういう話は私も聞いたことがあります。でも、あの人たちはそもそも無知で迷信深いのよ。キリスト教徒に改宗したからといって、その人たちがかつての自分たちに対して言っていることを正しいと簡単に信じてしまっていいのかしら」

エヴェレル、私はあなたがよく話してくれた話を思い出していました。山にも、谷にも、空気にも、木々にも、そして小さな川の流れにも人には見えない魂が宿っているとマガウィスカは信じているのよね。そして、善き人間はそういった魂と交信できるとも信じている。

私はこの話を持ち出して、お父様に言いました。

「自然に潜む魂とも交信できる善き人間を信じることはできないのでしょうか？」

お父様は厳しい顔をして私を見つめました。

「お前は魔女の存在を認めないのかね？」

私は答えないようにしました。変な答えをしてしまえば、ネレマと魔女を結びつけてしまうことになりそうな予感がしたからです。

お父様はテーブルの上にあった聖書のページを次から次へとめくりました。そして、ありとあらゆる種類の魔女や魔術師が出てくる場所を指摘しました。私は天上界の窓という窓が開いていくような妙な錯覚を覚え、頭がくらくらしてきました。でも、何とか理性を取り戻し、魔女の存在についてはあまり考えたことがないと口ごもりつつ答えました。でも、あなたにはいつも言っていたことですが、善き魂と聖なる預言者がいる限り、悪しき魂がこの地上に現れることも赦されておかしくないとお父様に伝えました。

お父様の顔が厳しくなりました。じっとわたしを見つめ、聖書を閉じました。

「お前を責めてはいけないようだ。責められるべきはこの私だ。私はお前をほったらかしにしてきた。お前はきちんと導かれることもなく、自分の心の赴くまま自由気ままに物事を考えてきた。私はお前をちゃんと教育すべきだった」

お父様は私にキスし、ベッドに戻るよう言いました。ドアを開け、私を見送ろうとしたお父様に私は聞きました。

「私も黙っているから、ジェネットもネレマのことは人に言うべきではないですよね？」

「もういいから、寝なさい。この問題にはもう関わってはいけない。とにかく寝なさい。朝のお祈りが始まるまで静かにしていなさい」

言うことを聞くのは嫌だったのですが、これ以上反抗することはやめました。部屋に戻り、窓を開けました。ネレマが治療を終え、この家を出ていく足音が聞こえてくれれば一安心だと思ったからです。でも、ネレマが出ていく様子はありませんでした。寝ることもできず、気持ちを落ち着かせるため、私はこうしてあなたに手紙を書いているのです。

ああ、ネレマが可哀想です。彼女が魔女だということで判事たちのところに連れていかれたら、大変なことになってしまいます。ジェネットは頑固で意固地だからどうしようもありません。ネレマが絞首刑になったら大喜びするのでしょう。ネレマはちっとも悪くない。誰からも信用されず、一人ぼっちの可哀想な人です。涙がこぼれて仕方がないので、手紙もびしょびしょ。こんなことだったらネレマを呼びになんか行かなければ良かった。私が悪いんだわ。

でも、愚痴ばかり言っていてもだめですね。とりあえず寝てみることにします。

翌日になりました。予想通り、ネレマは朝早く判事たちのところに連れていかれました。この地域の代表者三人、ピンチョンさん、ホルヨークさん、チャパンさんの前にネレマは引き出されました。そして、なんと、ネレマが問われた罪はクラドック先生を魔術で治したことだけではなかったんです。またしてもジェネットです。ジェネットがここ七年間の間に起こった忌まわしい出来事をすべてネレマのせいだと言い立てたので、罪が増えてしまったのです。

私も証言をするように言われました。でも、ネレマの不利になるようなことは言うつもりはありませんでした。判事さんたちが私を見る目はとても厳しいものでした。ホルヨークさんがこう言いました。

「くれぐれも気をつけなさい、ホープ・レスリー。旧約聖書に出てくるバラムのようなことをしてはいけない。預言者バラムは途中で道を間違ってしまったのだよ」

私は答えました。

「私は人を呪うくらいだったら人を祝福したいのです。仮にそのことによってお前は道を間違えたと言われてもです。ネレマはいけないことはしていません。私と同じ、無実です」

こんなことを発言してしまうなんて、どこから勇気が湧いたのでしょう。私にもわからないのです。ただ一つ言えるのは、臆病者は真実とは無縁の存在で、勇気ある者にこそ真実が宿ると思うのです。でも、ピンチョンさんは私の話など仮説として無視したかったようです。

「お嬢さん、あなたに意見を求めているわけではないのだよ。あなたの意見は我々にとって鳥のさえずりにすぎない。この場を出ていきなさい。後は我々に任せるように」

私は裁判が行われている部屋を退出する時、ネレマの傍を通り、私の心を示すため、彼女の手を握りました。彼女がこうつぶやいているのが聞こえました。

「あんまりだ、あんまりだ」

私は握った手を離すことができませんでした。彼女は皺くちゃの顔で私の手をじっと見ているようでした。私の手に涙が落ちてきました。不条理にあえぐ彼女の目からこぼれた涙でした。

私の退出後続いた裁判で、ネレマの罪は死刑に相当するものと宣告されました。ただし、スプリングフィールドで行われる裁判では刑罰を死刑にするか、鞭打ちにするか、追放にするか、決定する権限は与えられていなかったので、ボストンでの裁判にネレマの運命は託されることになりました。そして、ネレマはピンチョンさんのお宅の地下室に収監されました。まだ、スプリングフィールドには公式の牢獄がありませんので、こういう処置になったのです。

さて、実はディグビーさんもこの裁判に出席するように求められた一人でした。ディグビーさんはネレマを処分しようというこの一連の動きについてずっと反対の意思を表していたので、裁判の場でその点を咎められたのです。ピンチョンさんはディグビーさんに対してきつい調子で、神のご意志と正義を体現している行政を批判するようなことをしてはならないと申し渡しました。

「秩序を哄笑する者に対して神は何種類かの災いをもたらすのだ。ある者は悪魔に心を奪われるであろう。ある者は我々に匿われるチャンスを得るかもしれないが、ある者は野蛮人の囚われ人になるだろう」

厳重注意を受けたディグビーさんですが、ピンチョンさんの言うことを守り、おとなしくするつもりなどなかったようです。

エヴェレル、あなたがここにいてくれたらと何度思ったことでしょう。エヴェレルはこの地を離れ、イングランドで学ぶべきだとお父様に手紙で切々と訴えたお母様が少し恨めしいです。でも、仕方がないですわね。お母様の最後の願いでしたから。お母様の最後の願いだったから、お父様もあなたをあなたの叔父様であるストレットンさんのところに預ける決心をなさったわけですものね。

でも、どうしてもこう考えてしまうのです。あなたがここにいてくれたら、ネレマを助ける方法を考え出してくれるはず。だって、ネレマが死んでしまったら、あなたはもうマガウィスカと接触する手立てを失ってしまうのよ。私も可愛い妹フェイスと二度と会えなくなってしまう。ネレマはこう言っていたのです。マガウィスカもフェイスも、モホーク族の村でモノノットと一緒に安全に暮らしているそうなのです。

モホーク族は大変恐ろしい部族だそうです。大西洋沿岸に住んでいて、キリスト教に改宗した人たちもいる部族の人間が言うには、「我々はヒツジ、彼らはオオカミ」だそうです。何ということでしょう。あの優しくて臆病なフェイスがそんな獰猛な部族の人たちと一緒にいる。そんなこと考えたくもありません。気が狂いそうです。自分が幸せに包まれて暮らしてきたことはよくわかっているのですが、私は本当の意味で幸せなのかしら。総督のウィンスロプさんが軍の司令官に捜索を要請してくれ、力を尽くしてくださったのですが、情報はほとんど集まらず、捜索の成果は上がりませんでした。

でも、ネレマは自分を信じるように言っていたのです。なぜそう言うのか、ネレマに確かめたこともあります。すると、彼女は空を指差し、自分には秘密の手段があるという仕草をしていました。空の精霊が力を貸してくれているということだったのでしょうか。たぶん、あれは違いますね。本当は遠くにいる獰猛なモホーク族の人たちとこっそり連絡を取り合っていて、そのことを隠したかったのだと思います。今日のお話はここまでです。

エヴェレル、人生には悲しいことと楽しいことが入り混じっているのですね。あなたが大好きなシェイクスピアが喜びのシーンと悲しみのシーンをきちんと描き分けているのも、本当の人生がそうだからに違いありません。昨日は嫌なことばかりでしたが、今日は心の底から笑うことができた一日となりました。可哀想なネレマのこともほんの少し忘れてしまいました。

クラドック先生が、ヘビに嚙まれた後初めて、自分の部屋から外に出たのです。先生は玄関先に歩いていきました。私はグラフトンさんとそこに坐っていたのですが、慌てて立ち上がり、先生の手を取りました。先生がここまで元気になって、私は嬉しくてたまりませんでした。私が嬉しそうにしているのを見て、先生も目に涙を浮かべていました。先生はあたりに目をやりますが、ぼーっとしている様子です。

でも、これは、あなたもご存知の通り、いつものことですね。先生は何か考え始めてしまうといつもぼーっとしてしまいます。ただ、まだ完全には良くなっているわけではありませんので、顔色も悪く、ふらふらしているように見えました。

私は先生に椅子に坐るように言いました。なのに、先生は手を優雅に波のように振って、私の申し出を断りました。先生はおもむろにポケットから紙を出し、こう言うのです。

「私はあなたに伝えたいことがあります。ここにしたためておきました。ベッドに伏せっていた時にいろいろ考えたことをラテン語にしてみたものです。私は毎日毎日ラテン語を学び続けてきました。その成果でもあります。あなたは私のために本当によく考えてくれましたし、私の命の恩人です。天使なのです。私は死のすぐ傍まで連れていかれましたが、あなたが助けてくれました。私を死に導こうとしたのは地を這いまわる、ずる賢いヘビ。アダムとイヴを騙したヘビは、悪魔の心を宿した存在です」

先生はこの長い前置きを終えると、用意してきた文章を読み始めました。ラテン語で書かれたものですから、私にはちっともわかりません。先生が読んでいる間、私はずっとにこにこしていましたが、もちろん先生の言葉がわかっていたからではありません。そのあたり、先生はどう思われていたのかしら。私がご自分の言葉を理解していると勘違いされていたかもしれません。グラフトンさんも小声で「難しいことを勉強しているくせに、それをそのまま聞かせようなんて、本当に頭のいい人と呼んでいいのかしら」とつぶやいていましたが、その声も先生には届いていないようでした。

しかし、文章を読み始めてからまもなく、先生の膝が震え始めました。椅子に坐らず、立ち続けていたためでしょう。教室で教えるのと同じように、人にものを伝える時には立っていなければならないと判断されたのだと思います。ともかく、さすがに先生も、私が用意していた椅子にしがみつき、床に跪《ひざまず》きました。先生の話がようやく終わりました。でも、先生はさっと立ち上がることができません。もともと先生は太目で、動きも鈍かったのですが、今回の件で体力もなくなり、身体も固くなっていたのでしょう。

私はディグビーさんを呼び、先生を支えてもらうことにしました。それから私は部屋に戻り、こうしてあなたに手紙を書いているわけです。ベセルでの様々な出来事、退屈ではないですか？　以上、グラフトンさん曰く、「学者の愚行」についてでした。

さて、また新しい一日が始まっています。昨日は村で集会があり、私も話を聞きに行きました。突然嵐が襲ってきて、集会の間中、そして集会が終わった後も天気は大荒れでした。そのため、ピンチョンさんの奥様が自分の家で雨宿りしなさいと言ってくれました。

ピンチョンさんのお宅で夕食をいただいた後、ピンチョンさんがテーブルに残っていた食べ物を全部皿に載せ、召使いの女性に渡すのが目に入りました。その時、ピンチョンさんは暖炉の上の方にしつらえてある小さな食器棚から大きな鍵を取り出して、召使いに渡しました。召使いは部屋を出、そしてすぐに戻り、鍵を元あった場所にしまいました。

しばらくすると、ディグビーさんが私をベセルに連れて帰るためにやってきました。ですが、まだ雨が降り続けていましたし、ピンチョンさんたちは一晩泊まっていきなさいと私におっしゃってくださいました。ディグビーさんによれば、特に急用もないということでしたので、私はピンチョンさんたちの好意に甘えることにし、ディグビーさんには一人で帰ってもらうことにしました。

朝になりました。ぐっすり寝ていた私はピンチョンさんのお嬢さんたちに起こされました。お嬢さんたちの顔には怯えが見えました。お嬢さんたちの話によれば、まず、朝早く、ボストンから急使がやってきたということでした。届いた知らせは、ボストンでの審理を経て、スプリングフィールドにおけるネレマの裁判結果を支持するというものでした。つまり、ネレマの死刑を認めるという連絡が届いたのです。

早速、ネレマを閉じ込めていた地下室にピンチョンさんが向かい、死刑の宣告を下そうとしたのですが、なんと、ネレマは姿を消していたのです。地下室のドアは固く締められていました。ドアの鍵はいつもの場所にあることが確認されました。ところが、魔女は跡形もなく消え去っていたのです。

私は大慌てで服を着替えました。興奮と喜びと、ああ、何て言ったらいいのかしら、とにかくいろいろな気持ちが湧き起こり、私は震えていました。私が居間に入っていくと、家族の人やご近所の人たちが集まって、話し合っているところでした。なぜネレマが姿を消してしまったのか、いろいろな意見が飛び交っていました。私も意見が出てくるたびに驚いてみせました。誰かがネレマを逃がしたのではないかということは誰一人考えていないようでした。いいえ、ピンチョンさんだけは私に視線を向けました。じっと探るような顔色で私のことを見たのです。でも、そのことには誰も気づいていないようでした。

台所あたりから地下室のドアにかけて硫黄の臭いがしていたと言っている人もいました。家から少し離れた地面にわずかだが焦げ跡のようなものがあったと証言する人もいました。人間ではない者が忍び込んできた確かな証拠だとその人は言っていました。ご近所で一番賢いと噂の男の人は、そういえばここのところ悪魔のささやきがいつも聞こえてきて、召使いたちが怖がっているという話をしていました。でも、ご自身は悪魔のささやきを耳にしたことがないそうです。

とにかく、今回の件で不安はいろいろ高まりましたが、人々の信仰心は決して揺らぐことはありませんでした。ネレマと悪魔が親しい関係にあるということが立証されただけでした。ネレマが魔女でないことを信じていたのは結局私だけでした。

昨晩、私は夢を見ていたのです。あれは夢の中の出来事です。少なくともあなただけは、私がネレマと共謀して悪を成したわけではないことを信じてください。

昨晩、私はネレマと、ピンチョンさんのお宅の庭の隅、ニレの木の下に立ち、話をしました。枝の間から月明かりが漏れてきます。月明かりはネレマの顔を照らし、ふと見ると彼女の顔は涙で濡れています。

「お前のことは決して忘れない。敵の手で殺されるところをお前が助けてくれた。朝になれば必ず太陽は昇る。ホープ・レスリー、お前は必ず妹に会える」

ネレマは東の方向を指差し、そう言います。

「でも、ネレマ。私の妹ははるか彼方、西の方の森にいるのよ。私がそこまで行けるとは思えないわ」

「婆が行く。この婆が這ってでも行く」

この夢の結末はどうなるのでしょう。いずれ本当に妹が私の前に現れて教えてくれるかしら。

さて、ピンチョンさんのお宅から私はベセルに帰り、今回の件について家族に話しました。お父様は落ち着いて聞いておられました。鳥かごから鳥が一羽逃げ出した、そんな話を聞いているかのような雰囲気でした。ジェネットは、ピンチョンさんのお宅で飛び交った意見と同じ考え方をしていました。「悪魔の類が地下室のドアを開けたんだわ」、確かそんなことをまくし立てていました。ディグビーさんは、いつも通り、ジェネットの戯言などに動じず、「あの無実の老婆は、天使が助けてくれたのでしょうよ」と言い放っていました。

一週間が経ちました。ネレマが姿を消した晩のことに関してある噂が流れ始めました。その噂によれば、あの晩、ディグビーさんの姿が見えなくなり、そしてジェネットが使っている食料貯蔵室がなぜだか荒らされていたということになっています。ボートが川を進んでいく音も聞こえたようです。そのボートの漕ぎ手は、できるだけ音を立てないよう、慎重にオールを漕いでいたそうです。

ネレマの裁判に関わっていた判事さんたちはベセルにたびたびやってきて、お父様と密談を繰り返していました。皆さんが何を話し合っていたのかは、これからのお話の中でわかってくると思います。

昨日、お父様が私を書斎に呼びました。お父様はいつもの冷静さが完全に失われているように見えました。私に声をかけるのをためらっているのか、なかなか言葉をかけてくれません。ようやくお父様が口にしたのはこういうことでした。ボストンで暮らしているウィンスロプさんの奥さまのところで私を育てたいとの申し出があちらからあったようで、お父様もその申し出を受け入れることにしたのだそうです。

私はボストンには行きたくないとお父様に言いました。私はベセルで幸せに暮らしていて、とても満足しています。絶対にボストンなどには行きたくないのです。

「それに、私がいなくなってしまったらお父様やグラフトンさんはどうなさるおつもりなのですか？」

「グラフトンさんはお前と一緒に行くことになっている。それに、ずっとお前を私の傍に置き、自由に育てすぎてしまったのかもしれない。私はこの荒れ地での使命を一人でやり遂げなければいけないんだ。今後、私が進んでいく道には一輪でも花を自由に咲かせてはいけないと、そう私は誓った。そうしなければ私は罪深い存在となってしまう」

「でも、神様がこの荒野の中でお父様にお示しになった道のすぐ脇に、神様は花も植えようとしているのではないでしょうか？　私がその花だとしたら、今更引き抜かれ、どこかに捨てられるのは嫌です」

お父様は私にキスをしました。

「わかっているさ。お前は神様が私に授けてくださった大事な宝物だ。だが、お前は、神様が私に試練を与えようとして授けてくださった宝物だ。お前のことが気がかりで自らの使命を成し遂げることができなければ、私はやはり罪深い人間ということになる」

お父様は一呼吸置き、さらに言葉を続けました。

「私がずっと心に言い聞かせてきたことがある。人生は戦いということだ。人はこの世を戦いながら生き抜いていく。お前にはまだわかっていない。そして、そのことを私はお前に教えることができなかった。私には無理だったようだ。グラフトン夫人でもそれは無理なのだろう。だから、ウィンスロプのご夫人にお前を任せたいと考えた。あの方だったら、お前を正しい信仰の道に必ずや導いてくれるに違いない。それにあの方の姪のエッサー・ダウニングというお嬢さんが素晴らしい女性だそうだ。お嬢さんが進んでいる信仰の道、それは細くて孤独な道なるのだろう。お前もお嬢さんに倣ってその細き、正しい道を歩んでいってほしいと私は考えている」

ピューリタンの教えに忠実な方たちは、私のような人間に対しては、こうやって指南役をつけようとされるみたいです。でも、私には魅力的な考えには思えません。何より、私はベセルという土地が大好きなのです。お父様のことも心からお慕いしているのです。エヴェレル、あなたはとっくにわかっていますよね。私はこの場所とお父様が大好きだから、この場所を離れるのは絶対に嫌なのです。

「お前は行かなければいけない。あれこれ小言を言うつもりもない。お前はここを離れなければだめだ。お前にも私にもそれしか選択肢はない」

「なぜここを離れなければいけないの？」

「質問は禁止だ。これは決められたことだ。来週スプリングフィールドを出発し、ボストンに向かう。その準備をするようにグラフトンさんにも伝えなさい。ピンチョン氏と彼の召使いたちが同行してくれるそうだ。さあ、もう行きなさい。お前がここにいると私の心が乱れる。私を一人にしておくれ」

私はお父様の書斎を出ました。涙をずっとこらえていましたが、もうとまりません。お父様の命令をグラフトンさんに伝えました。ボストンに行けるということで、グラフトンさんは大喜びです。私もなんだかこれは楽しいことなのかもしれないと思い始めました。ウィンスロプさんの奥さんといえば信仰でがちがちの方で、そのお血筋の姪の女の子もさぞや信仰深い方なのでしょう。会うのが恐ろしくて仕方なかったのですが、物は考えよう、会うのが楽しみにもなってきました。それに、ここにいるよりボストンに行った方が、あなたが帰ってきた時すぐに会えますものね。

そう、もうまもなくすればあなたはこちらに帰ってくるのです。あなたをもっと早く連れ戻すべきだったとか、お父様の家のことに首を突っ込んで余計なお世話をいろいろ言う人がいましたけれど、お父様はお母様の希望を叶えるために頑として人の言うことを聞きませんでした。本当に良かったと思います。

グラフトンさんもあなたに伝えたいことがあるそうで、私の手紙に自分からのメッセージも加えてほしいと言うのですが、お断りしました。このところの出来事を、それもあまり嬉しくもない出来事をつらつらと書きとめてきたこの手紙に余計なメッセージをつけ加えたくないのです。

それでは、エヴェレル、さようなら。

友であり、妹でもあるホープ・レスリー

以上がホープがエヴェレルに送った手紙だ。

次に紹介するのは、グラフトン夫人の手紙である。ホープに自分の希望を断られた夫人が仕方なく書き上げた手紙だ。

エヴェレル・フレッチャー様。

今大急ぎでお手紙をしたためております。ホープが自分の手紙に私の言葉を書き加えるのはご免だと言うので、致し方なく私もお手紙を書くしかなくなりました。

先日いただいたお手紙によれば、ひどい風邪にかかってしまったとのことですが、それはおそらく私たちがイングランドにいた頃、国王陛下の戴冠式のすぐ後に私たちみんながかかった風邪と同じ種類のものだと思います。あの時、私は母方の大叔母であるペニヴェール夫人からお薬をいただきましたのよ。この薬がよく効くお薬だったのです。処方箋を同封しておきましたので、是非お使いになってください。

ホープは、この処方箋が届く頃、まだあなたの風邪が治っていないとしたら、それは慢性の病気なのかもしれないと言っています。まあそれでしたら、リンカーン夫人に相談されるのが一番です。慢性の病気も含め、いろいろな病気に効く薬の処方箋集をあの方はお持ちです。その処方箋集にはお料理の作り方もいろいろ紹介されていてとても便利な本ですのよ。確か、慢性の病気に関する処方箋はスモモのプディングの作り方が出ているページのすぐ後、本の真ん中あたりだったと思います。

あなたもだいぶ大人になったはずです。子供の頃は、こういう貴重な処方箋集のような本をずいぶん馬鹿になさっていたけれど、いろいろな本の価値をきちんと理解できる大人になられたと私は信じています。

こういうことを申し上げるのは失礼にあたるのでしょうが、ホープは自分の考え方を決して曲げません。子供の時からずっと同じです。昨日もそうでした。少し熱があるみたいでしたので弱いお薬を飲んでもらおうとしたのですけれども、だめでした。あの時と同じ。あの子とあなたが子供の頃、二人で悪戯《いたずら》して、せっかく用意したハッカ茶を窓の外に投げてしまったことがありますね。あのハッカ茶は胸が痛み始めた時に効能を発揮するお薬でしたのよ。若い子だからということはあるでしょうけど、人の考えをあそこまで無視するのはいけないことです。

　ホープに言わせると、お薬なんて全然必要ないそうです。健康ということにも関心ないですって。あの子、あなたがイングランドに出かけた時より少し痩せてきているのです。今もう十七歳。それなのに、相変わらず子供っぽい顔つきで、頬は丸くて桃のよう。

　お薬のことに関して無関心なのはよくないことです。確かに胃腸は丈夫なようです。ですが、だからこそ、予防的な意味でお薬を使えばいいんです。それほどきついお薬ではなく、まったく身体に害を及ぼさないお薬を使うこともできるんですから。お医者さんのパントン先生がおっしゃっていたことを思い出します。

「健康な人ほど薬に偏見を持ちがちだ」

　その通りなのですわ。お願いです。ホープにお手紙を書く時、今お話ししたことをあなたの方から伝えてあげてくださいませ。私があれこれお説教するより、あなたから一言言われた方があの子にとってはいい薬になるはずです。

　エヴェレル、私自身の身体のこともお話ししておきます。ボストンに行くように言われた時には必ずや健康を害すると心配していたのですが、今私はとても健康です。この何年かの中でも一番身体の調子がいいのです。急なお引っ越しでしたので、バタバタしてしまって、朝晩飲むお薬を持ってくるのも忘れてしまったのに、おかしな話です。

それから、エイミー夫人にお礼を伝えてくださいませ。ご夫人とあなたのおかげでいいお買い物ができました。お洋服の袖の切り込みが少し深すぎるような気はいたしますけれど、結構なお品でした。ガウンはちょっと色が暗すぎたかしら。でも、このことはエイミー夫人にお知らせしてはだめですわよ。あの方がいろいろ考えてくださって、色をお決めになったことはよくわかってますから。朽ち葉色と呼べばいいのかしら、この色は少しシルクのガウンには不向きのようです。とにかく、このお話はあなたと私の間の秘密ですから、いいですね。ホープはこの朽ち葉色のガウンを見て、森に落ちている枯葉を色の名前にするのはあまりいいことではないと思ったようですけど。変な子。

私は年は取っていますけれど、年寄りっぽい恰好はしたくないのです。もっと明るい色のシルクのガウンが欲しいわ。明るい茶色のガウンが一番ね。この手紙にホープの髪の毛を同封しておきますが、彼女の髪の毛の色が私の理想の色。見ればわかると思います。ところどころ金色が混じっていて、太陽の光が射しているようでしょ？　でも、全体的には茶色。見つけるのは難しいかもしれませんが、必ずこの色のガウンが見つかると信じています。是非探してくださいませ。

あら、言い忘れていたわ。先日送っていただいた懐中鏡、たいへん重宝しています。お心遣い、感謝しています。あなたがホープに贈ったヘアバンド、とても美しかったです。色も本当に素敵。不思議なことに、あの子の目の色ととてもしっくりくるのです。ご存知でしょうが、光が当たるとあの子の目の色はくるくる変わります。イングランドにいた頃、エイミー夫人もおっしゃっていたことがあります。この子の目は黒くて、くりくりしていて、悪戯《いたずら》さんね、きっと。妹のフェイス（ああ、どうか神様、あの子を救い給え）は、レスリー家の人たちの目に特徴的な青い色をしていました。

ヘアバンドのことですけど、本当にあなたのセンスは最高ですわ。でも、ホープときたら、毎日毎日ずっとあなたから贈られたヘアバンドを頭につけているのです。いくら素敵な飾りでも毎日身につけていたらだめです。見ていて飽きてしまいます。それはね、あのヘアバンドをつけていると、髪の毛が本当にいい具合で垂れ下がるので、可愛いのです。でも、平日も日曜も、とにかく毎日あの子は同じヘアバンドばかり。せっかく私が作ってあげた髪飾りになど見向きもしません。そうそう、この髪飾りの生地を送ってくださったエイミー夫人にお礼を伝えてください。せっかく女王様が身につけていたものとそっくりなデザインにしてあげたのに、無視なのですよ。

もう少しだけ私の話を聞いてください。私のお友だちに私のことを伝えてほしいのです。私がイングランドを離れてから、お知り合いがどんどん亡くなっています。どうか私は元気だと伝えてください。

それでは、お元気で。

エヴェレル様。

あなたに幸がありますように。

バーサ・グラフトン

追伸　あなたが正しいキリスト教徒のお宅で生活なさっていることが、私にとっては一番の喜びです。あなたは風変わりなお方がお好きですが、今の環境ならそういう変な方たちと知り合う機会もないでしょう。

可哀想なクラドック先生のことはホープから伝わっていると思います。あの方、心も少し病まれたようですが、今は心身ともに快方に向かっております。

同封した処方箋があれば、本当に熱も風邪もすぐに治ってしまいますからね。

# 第九章

前章で引用したホープの手紙をお読みになった読者の皆さんは、もう少し丁寧な状況説明が必要だと思われたことだろう。

ホープは、ネレマにかけられた疑惑について、一切根拠のないことだと信じていたし、だからこそ向こう見ずにもネレマを助け出す決意を固めた。若者の心の中にはこういう感情が芽生えがちなものだが、ネレマの裁判を仕切っていた年長者の厳粛な態度に反感を持ったホープは、ネレマは無実だと公然と口にし、年長者たちの決定に対する非難をもほのめかしてしまうことになった。

こういう年長者批判は、当時、前代未聞の出来事だった。若者は年長者より劣っている存在であり、その若者が年長者に口答えするなど、あり得ない話だったのである。彼女が犯してしまった罪は明らかだった。だが、若さ故そういう罪を犯したということで情状酌量され、いくつか注意を受け、ホープは裁判の場からの退出を許された。だが、彼女を育てていた者に対しては執拗に追及が行われた。つまり、フレッチャーがホープを甘やかしたから、ホープはそういう不敬な態度をとるような女性になってしまったと。

そう、周囲の人々はフレッチャーを責め続けた。ホープを正しい道に戻すための方法がいろいろと提案され、議論された。どんな方法を選択するにせよ、肝心なのは彼自身なのだとフレッチャーはたえず言われた。結果、ホープにとっては厳しい対応がとられることになるわけだが、それでもなぜだか運がいいことに、いやこれも神のご意志だったのだろう、ホープの希望、つまりネレマの解放という願いは無事にかなえられることとなった。

ネレマの裁判の場から退出した後、ホープはピンチョンの家に連れていかれた。これからネレマがどうなるのか、はっきりとはわからなかったが、ネレマの裁判に関してボストンから正式な通達があることはホープも承知していた。ホープは細心の注意を払って周りを観察し続け、情報を入手しようと試みた。そして、ついにネレマが閉じ込められている部屋の鍵の在り処を確認した。まさか家中の人間がネレマを助けるなどとは誰も思っていなかったのだろう。その鍵は誰でも簡単に手にできる場所に無造作に置かれていた。

ホープはすぐにネレマを逃がす手立てを思いついた。何とも大胆な、危険極まりない、そして当然のことながら法的には違法な行いだ。しかし、ホープは一人で考え抜き、無実なる者の権利はあらゆる権利に最優先すると結論付けたのだ。そして、このような行いをして自分自身が危機に陥る可能性もあったわけだが、そのことについては彼女は一切考えもしなかった。

さらに都合のいいことに、ディグビーがホープを連れ戻しにピンチョンの家にやってきていた。ホープはディグビーと相談し、深夜、家の者たちが寝静まるとこっそりベッドを抜け出し、ネレマが閉じ込められている部屋に向かった。そして鍵を開け、ネレマを連れ出し、待っていたディグビーに引き渡した。ディグビーは事前にカヌーを用意していて、ネレマを川の対岸まで連れていった。そして、フーサトニック川沿いにある渓谷まで行くというネレマのために食料を渡し、そこでネレマと別れた。

前章で引用したホープの手紙にも書かれていたように、人の命を救ったにもかかわらず捕えられ、死の恥辱を与えられることになっていたネレマは、まさか自分を助けてくれる人間が現れようとは考えてもいなかったため、ホープたちに心底感謝した。ディグビーのカヌーで川を渡る前、ネレマはホープに対して、老い先短い人生だが、必ずや彼女の妹フェイスを見つけ出し、連れてくると何度も繰り返した。早く行かないと人に見つかるわよとホープがせかしても、ネレマは同じことを約束し続けた。そして、ようやく向こう岸に渡った時、ディグビーに対しても、ネレマはこう預言者のような言葉を残した。

「彼女は妹に会える」

若者は正しい行いをすれば必ず目的を達成することができると信じがちなものだ。ホープも、か弱い老婆にすぎないネレマが神秘的な力を持っていると思い込んでいたし、彼女が妹を見つけ出してくれることを信じて疑わなかった。ただ、この時のホープにとってはネレマ救出が最重要課題。ネレマの約束が実現するかどうかより、自分たちの試みが成功に終わったことが嬉しくてたまらなかった。

ベッドに戻ったホープは、翌朝、ピンチョンの娘に起こされ、ボストンからの急使の到着、そしてネレマの失踪について聞かされることになる。このあたりの経緯についてはホープの手紙にも詳しく書かれている。そして、ホープは普段やり慣れていない役まわりを演じ始めることになる。心の内の感情を隠し、何も知らないという風を装い、周りにいる人たちと同じようにネレマの失踪に驚愕するふりをした。ホープの演技は決して上等なものとは言えなかったが、彼女の周囲にいた人たちは皆自分たちが推理したことを言い募ることに夢中で、彼女の不自然さに気づかなかった。

いや、一人だけ気づいていた。ピンチョンだ。彼は彼女の様子を一目見、妙だと思った。いつものホープなら、ネレマが逃げ出したと聞けば素直に喜ぶはずだ。なぜだ。ネレマの逃亡に関わっているから、ああやって目をそらしたり、妙に押し黙ったりしているのか。おや、迷信深い発言をしている者の顔に目をやり、笑みをこぼしているようにも見える。

ピンチョンはホープの関与を確信したが、この時点では誰にも口にしなかった。彼自身、実は慈悲深い人間で、ネレマを死刑に処するという判断をしつつ、力なき老婆の逃走に喜びを感じていたのも事実だったのだ。ただし、一人の老婆の命を奪わずに済んだことに対する安堵の気持ちを心に秘めながらも、すべてを許すわけにはいかなかった。裁判の途中で異例の発言を行った、軽はずみで向こう見ずなホープを、秩序に従う従順な女性に変えなければならない。それもできるだけ早く手を打つ必要がある。

彼はホープを公の場で裁くのではなく、彼女の育ての親であるフレッチャーと個別に話し合いを行い、今後の対応を決めるという手段をとった。ピンチョンの提案はこうだった。

ホープは、一時的でもいいので、フレッチャーの元を離れ、より厳格な躾《しつけ》を施す必要がある。フレッチャーの家にいる限り、ホープは甘やかされるばかりで、秩序を顧みない大人に育ってしまう。フレッチャーは同意した。ホープは、二、三ヶ月の間、ボストンに送られ、ウィンスロップ夫人の元で育てられることとなった。

ウィンスロップ夫人といえば、夫のウィンスロップが総督の地位にあることもあって、ニューイングランド植民地における信仰生活の理想の形を体現する女性として知られていた。ただし、この場では歴史上有名になった人物たちについてはさっと触れるにとどめておこう。有名人たちは多くの肖像画を遺しており、彼らや彼女たちに思いを馳せる者は飽くことなくそういった肖像画を見つめていればいい。

現在活躍されている若い女性たちの中でも、ホープほど完全なる教育と完全なる躾が試みられた女性はいないかもしれない。たとえて言うなら、山を流れる小川を運河に変えようという試みがなされたのだ。山を流れる小川は岩や断崖を軽々と飛び越え、自由に流れ続ける。水の動きも柔らかで、実に愛おしい。一方、運河は人間の手によって掘られ、形を整えられ、実用最優先で流れる方向が決定される。

外観、特にファッションの観点から言うと、パリの流行を追いかけている昨今の女性とは違って、ホープは当時みんなが着ているのと同じ服装を好み、絹やモスリンコットンの服を身につけていた。みんなと同じとはいっても、もちろん彼女流の工夫をしたり、少し古い時代のお洒落を取り込んだりはしていた。ファッションに関してはグラフトン夫人があああした方がいい、こうした方がいいと何かにつけ口出ししてきたが、ホープは言うことを聞かなかった。

すでに触れたようにピューリタンの社会でファッションは重視されていなかった。だが、もし仮にファッションが崇め奉られる社会があったとしても、ホープのような女性をその社会の枠組みの中に押し込めることは、やはり許されることではなかろう。古代ギリシャの彫像が今風の様々な衣装を無理やり着せられていたらどんな姿になってしまうか、想像すればすぐにわかることだ。

ホープの身長は同年齢の女性たちの平均くらいで、体形は華奢な方だった。もちろんごく健康で、田舎で規則正しい生活を続けていたせいなのか、ギリシャ神話の青春の女神へーベーのような美しい体つきだった。山や谷を走りまわるのが大好きで、動きはリスのように敏捷で、足取りは鹿のようにしなやかだった。

顔立ちについて細々述べることは無意味だろう。その美貌を表す言葉はなかなか見つからない。魂の美しさがそのまま発露していたのではないだろうか。どうしても情報が欲しいという読者のために、ホープの瞳の色が放つ不可思議な美について触れておこう。

彼女の瞳は灰色、青色、赤色、黒と様々な色に変化する。それは瞳に当たる光の加減によるものだったのかもしれないし、あるいは彼女の心の動きを示すものだったのかもしれない。ふさふさした髪の毛は茶色で、額の上の方で軽くウェーブがかかっていた。口許にはいつも微笑みを浮かべていた。まだ人生の重さなどについて深く考える機会もなく、悩みもほとんどなく、ひたすら青春を謳歌している彼女の陽気さが表情に自ずと現れていたのだろう。何か少しでも楽しいことを思いついてしまうと、彼女は顔をほころばせていた。無垢が故、何事にも人生の楽しみを見出してしまうようだ。

厳格なピューリタンの家庭で教育を受けた十七歳の娘がホープのように自由奔放で陽気な気質を持ち続けることができるとは、通常は考えられない。ホープはあくまで例外的な存在だった。これまでずっと彼女は自由に、甘やかされて育てられてきた。誰からも何の制約も受けず、自分の心を自然に任せて育み続けた彼女は、まるで熱帯地域で育った花や果実のような芳醇な愛の心を持つに至った。

生まれてすぐは実の母親の優しさに包まれ、母の死後は謹厳なピューリタンであるフレッチャーのところに送られたホープ。しかし、フレッチャーは自らを律する時は極めて厳しい態度で臨む人物であったにもかかわらず、ホープのことを実の娘であるかのように感じており、母親のような愛情でホープを包み続けた。

グラフトン夫人もホープのことを甘やかし続けた。彼女の場合、それはもちろん愛情のなせる業ではあったのだが、それと同時に、係累のない姪の面倒を見ているという虚栄心を満たすため、ひたすらホープに関わり続けていたとも言える。ホープの家庭教師をしていたクラドックにとっては、彼女は書物の中で哲学者や詩人たちが美徳について語っている言葉をそのまま体現している女性だった。そして、古いしきたりや考え方にとらわれている人々にとっては、ホープはあくまでレスリー家の遺産を相続する女子相続人として受けとめられ、尊敬されていた。いずれにせよ、ホープは羊の群れの中で可愛がられている子羊のような存在だったのだ。

ホープが、あの時代蔓延していた偏見とは無縁の自由人であったことはすでに述べた通りだ。持って生まれた知恵と才能が豊かであったのは間違いない。彼女が愛した人々、彼女が幼少の頃から共に過ごした人々、みないろいろな信仰の持ち主だった。

ホープの父親はイングランド国教会の信者だった。当時の王党派の人間らしく、陽気な側面も持ち合わせてはいたが、教会の儀礼を遵守することを絶対視していた。その父親の目を盗み、ホープの母親は時折ホープを連れて、ピューリタンたちの集会に参加していた。だから、ホープはかなり早い段階からイングランド本国で弾圧されていたピューリタンたちの情熱的な姿を直接目撃していたことになる。

幼い頃に受けた印象はやがて形となり、一つのものの考え方へと変貌していく。いろいろと思索に耽る年頃となり、ホープもグラフトン夫人が文句を言っているのを気にするようになった。グラフトン夫人は、異端であるピューリタンたちの特異性について様々なことを口にした。ホープも、しだいにピューリタンたちが絶対に正しいのか、疑念を持つようになった。

ホープは、この世の決まりごとにがんじがらめになっている普通の人間なら決して行わないことだが、羽を大きく広げ、空高く舞い上がり、地上の各宗派が定めている囲いや戒めを超越し、自らの信じるままに飛び続けようと思った。彼女の信仰は自由そのものだった。あくまで無私のものであった。誰が見ても、彼女の信仰は本質的には間違ったものではない。彼女が求めた信仰は一定の枠にはめ込めるようなものではなく、持つべきお手本を一切持たない、彼女独自の信仰だった。

ホープのような女性をめぐる物語は麗しくも可憐な花を主人公にしているようなもので、読む者皆、主人公の女性の虜《とりこ》になってしまう。残るのは甘い読後感のみ。ホープにも間違いなく欠点はあったが、そこに目を向ける読者はそういないと思う。

さて、話を進めよう。読者の皆さんに思い起こしてほしいのは、ホープがエヴェレルに手紙を送った月のこと。ホープは十月に手紙を書き、そして五月になった。約半年経ったわけだ。イングランドから二隻の船が大西洋を渡ってやってきて、ボストンに停泊した。何人かの乗客が船からボートに乗り換え、町に向かった。その中に二人の男性の姿があった。お互い初対面の様子だった。

一人はまだ若く、人あたりもよく、知性もあるようで、優しげな雰囲気を漂わせていた。周囲の風景が一変していることに興味をそそられたらしく、あちらこちらに目をやっていた。

もう一人はもう少し年上で、三十代半ばに見えた。人生の中で荒波にもまれたのか、ひどい体験を繰り返してきたのか、顔つきは陰鬱だった。目の色は黒く、周囲に突き刺すような視線を送っていた。眉間をぴくぴくさせながら寄せている、その様子からは落ち着きのない胸の裡がはっきりと見て取れる。何か真剣に考えているらしいその表情の中で、口許だけはだらしない有様で、口をぽかんと開けていた。顔色も妙だった。気難しい顔つきをしているくせに、陽気な美食家のように血色はいいのだ。鼻には特に目立つ特徴はなかった。

この男の顔は、こんなたとえが有効かどうかわからないけれども、安っぽい時計の文字盤のようだった。古くからの観相学では分析不能だが、昨今流行の骨相学、精神と頭蓋骨の対応に注目するこの科学に照らし合わせるなら、この時計の文字盤のような風貌は格好の分析事例となり得たはずだ。だが、植民地時代、骨相学はまだ未知の学問であり、彼の風貌から彼の人となりを判断しようとする人もなく、彼を知ろうとする者はその行いを見ていく中で彼の人間性を探っていくしかなかった。

背筋を伸ばし、堂々とした様子の彼の立ち姿を見れば、世慣れた人間のような印象はある。着ている物を見れば、彼がピューリタンであることを誰も疑わないだろう。髪の毛は以前は伸ばし放題にしていて、女性の髪の毛のようにも見えていたのではあるまいか。その上、ピクォート戦争後、植民地でも流行り出した害毒の一つである髪飾りまでつけていたのかもしれない。

ともかく、今ここに登場したこの男の髪の毛はさっぱりと整えられていた。髪型を含め、いかにもピューリタン風の装いに身を固めていたとはいえ、彼の様子には一種優雅さも見て取れた。信仰生活の中でその優雅な一面を抑圧してきたと見ることは可能だ。服の素材も上等で、貧相なところはなかった。短くまとめた髪の毛も黒々としていて、額の白さと好対照をなしていた。

襟元からは喉も見えていたが、醜いこぶがあるところは見えないよう上手に隠していた。この一箇所をのぞき、誰が見ても彼の身なり、外見に特に欠点は見当たらなかった。ただし、ピューリタン社会の規範に照らし合わせるなら、彼の姿は、我々の時代の人たちが見れば、このところ活躍している質素なクエーカー教徒に似ていると感じられたかもしれない。

二人の男を乗せたボートは、潮の流れも都合よく、風をきり、ぐんぐん町に向かって進んでいった。町は植民地の中心地として急成長している最中だった。二人の男は水先案内人と言葉を交わしていた。特に年長の男は、ウィンスロプ総督が再選されたかどうか、気にしていた。案内人が答えた。

「おお、ウィンスロプ総督に神のご加護があるといいな。彼こそ、再び舵取りを行うにふさわしい人物だ」

男はさらに聞いた。

「彼は誰に対して宣誓を行ったのかね？　国王陛下に対してか、それとも議会に対してか？」

「陸のことは知らん。国王陛下が勝った時には絶食したよ。議会が優勢になった時には喜んだものさ。こういうのを宣誓と言うのかね。そういや、総督選挙の時、町の子供たちは言ってたな。お偉いさんたちは誓いの言葉を述べる時、良心の呵責を感じていたそうだ。そして、チャールズ一世に絶対の忠誠を捧げるという言葉は省いたそうだ」

二人の男のうち若い方が口を挟んだ。

「なら、国王陛下の旗は海に捨てよう。今から議会の旗を掲げよう。まあ、五、六年前からこうなることはわかっていたよ。そういえば、以前あの砦に国王陛下の旗を掲げるかどうかで議論があった」

若い男は、ボートが滑り込んでいく湾内にある砦を指差した。

「あの時はみんな渋々国王の旗に忠誠を誓った。だが、みんな内心では抵抗していたはずなんだ。だって、あの旗に描かれている模様はローマ教皇からの贈り物だろ。偶像崇拝が見え隠れするあの旗は過去の遺物にすぎない」

年長の方の男が答えた。

「渋々とはいえ、皆の行為は称讃されるべきものだ。総督の振る舞いも見事だ。聖書の教えと世俗の支配者に対する務めを同時にこなそうとしたわけだ。まさに聖書の教え通り、カエサルの物はカエサルに」

今度は案内人が発言した。

「その通りかもしれん。総督は聖書の教えをよく知っとる。わしらがロープの扱いに慣れておるのと同じじゃ。総督はどんな天候の時にも巧みに船を導く水先案内人じゃよ。タバコを吸ってても特に目くじらを立てんしな。おっ、いい風だ。もうすぐ港に着くぞ」

そう言うと、案内人は好物のタバコを取り出し、口にくわえた。

若い男が少し残念そうに言った。

「総督たちが自分たちの思いを公然と話しまくっているのだとしたら、ちょっとがっかりだ。議会と心を同じくしているのはわかるけど、イングランド本国を出国した時のことを思い起こしてほしい。みんな、イングランド国王のくびきを逃れることを理由にしていたわけだよね。何よりも信仰の自由を求め、地上の快楽を振り捨てこの地に渡ってきたはずだ。もっと心を穏やかにして、信仰の自由を得られたことを喜ぶべきだ」

年長の男が答えた。

「穏やかにねえ。穏やかな社会を望む者は多いが、真に穏やかな社会など、どこにある？　考えてもみろよ。国王陛下がまた力を盛り返したら、この地にいる人たちに与えた特権をすべて剥奪してしまうかもしれないのだよ。国王陛下のおかげでこの地を得られた者たちがそんなに簡単に国王陛下に対する忠誠心を捨ててしまっていいのかね」

「確かに国王が権力を取り戻す可能性はあるよ。それでも、僕らはこの地で生きていく権利を守りぬかなければならない。そもそも、この地で生きていく権利をイングランドの国王が与えるとか与えないとか、そんなことあり得ない。この地は国王のものではなく、僕らが先住民から買い取ったり、合法的に征服したりして得た土地なんだ。この大陸の空白の住所を埋める権利は僕らにしかない」

　若い男の返答を聞いた年長の男は、軽く頭を下げ、微笑んだ。

「よくわかったよ。君はピューリタンの教えに忠実なんだね」

「ああ、僕の感情も考え方もピューリタンと共にある。でも、他の考え方をする人たちの幸せにも敏感でいたい。いろいろな考え方をする、それぞれの人たちの英知も尊重したい。大事なのは穏やかさ、平和だよ。フォークランド子爵[*17]があんなに熱心にみんなに求めているのも平和の心だ。真に国を愛する者なら当然だろう。平和が友となり、水先案内人となって導いてくれれば、僕らは順風を受け、いい潮の流れに乗り、安全に港に着くことができる。でも、戦いがこの船を導くとするなら、僕らの行く先にあるのは嵐と難破のみ。仲間も敵もみんな命を落としてしまう」

　若い男は話を続けるのが面倒になったのか、視線を陸に向けた。早くあそこに上陸したい、彼の気持ちはそれだけだった。だが、年長の男の方はまだまだ話を続けたいようで、若い男に聞いた。

「この町のことを君はよく知っているようだね。僕はここに来るのは初めてだ。僕はあちらこちら放浪し続けている旅人さ」

最後の台詞に特に意味はないようだったが、若い男は年長の男に対して初めて関心を示した。

「ここそ我が家」

イングランドでさんざん耳にしてきた偽善的な物言いに辟易していた彼にとって、旅人の登場は新鮮だったのかもしれない。

「私の知り合いにお願いして、あなたをおもてなしいたしましょうか？」

若い男の丁重なる申し入れに対して、年長の男の方も礼儀正しく頭を下げた。

「神に仕えている者たちの家族を知ってはいるのだよ。ウィルソン先生はこちらの教会でまだ教えていらっしゃいますかね？」

「いいえ、残念ながら今はもうここを離れられたかと。あの方がおられれば確かにあなたを歓迎してくれたはず。でも、あの方がおられなくても、ボストンでは皆さんがあなたのことを温かく迎え入れてくださいますよ。コットンさんが今は教会の牧師を務めているんだっけ、水先案内人さん？」

「ああ、そうですな」

水先案内人は横目で二人を見た。

「あの子は何ていう恰好をしているんだ？　あれは蝶か？」

若い男は水先案内人が見ている方向に目をやった。そこには男の子がいた。男の子はボートの縁に坐り、杖で波を叩きながら遊んでいるようだった。

水先案内人の声が聞こえたのか、男の子はふと頭をあげたが、すぐに目を波に戻した。一瞬目に入った男の子の顔は実に美しいものだった。年の頃は十五くらいか。瞳の色は黒く、優しそうな目つきをしていた。肌の色を見ていると南国生まれなのかもしれない。髪は巻き毛で額の上で分けられ、こめかみから首へと伸びていた。口許を見てみると肌は滑らかで髭剃りなどしたこともないのかもしれない。

水先案内人を含め、船乗りたちが一斉に嘲りの声をあげたのは、この男の子の服のせいだった。チョッキの襟や袖には豪華な刺繡がされ、頭には羽根飾りのついたスペイン風の小さな帽子をかぶっていた。

「あの子はあなたのお付きの者なのかな？」

若い男が年長の男に聞いた。

「ああ、そうだ。私の召使いのようなものだ」

年長の男は答えたが、若干狼狽しているようだった。だが、すぐに毅然とした態度に戻り、言葉を続けた。

「水先案内人の忌憚のない発言から考えるに、私の召使いの衣装はいささか奇妙なのかな？」

若い男は微笑みつつ答えた。

「まあ、そうだね。節約を旨とする我々の植民地の法に照らし合わせるなら、いささか華美にすぎるかな。あまりよろしくないかもしれない」

「ローザ、聞いたかね」

年長の男は召使いに言った。召使いの少年は頷いたが、顔は上げなかった。

「以前にも言ったはずだ。そういう派手な格好をしていると首にせざるを得なくなる」

年長の男は若い男の方を向き、声を低くし、同意を求めた。

「私の召使いはヨーロッパ大陸で育ったので、ああいう贅沢に慣れ親しんでしまったのさ。しばらくすれば、あの子も私の言うことを聞いてくれると思う。今まで甘やかしてきたもので、矯正するには時間がかかってしまうかもしれないがね」

若い男は、しかし、これ以上追及しようとは思っていなかった。

「いや、何か言われるとしても、さほどのことは言われないんじゃないかな。慎重な考え方をする人から見れば、これはあくまで子供がしていることで、そんなに責める必要もないことだよ」

若い男はそう言いつつ、彼にとっては今何よりも目を凝らしたい岸壁の方に視線を送った。

「おや、あそこに見えるのは新しい集会場の塔だな。以前集会場があった建物は草の屋根に土の壁だったなあ」

「わしも覚えていますぞ」

水先案内人が割り込んできた。

「この荒野にやってきた最初の船にわしは乗っておった。何週間にもわたって、信者たちはオークの木の下で集会を開き、祈りを捧げたものじゃ」

現在ボストンのワシントン通りにジョイ小売店のビルが建っているが、当時はその場所に教会があった。この教会を中心にして町が広がっており、多くの家はこの教会の周辺に集まっていた。なお、この教会は、ボストンが建設されたショーマット半島の中央部に位置している。ボストンは本土と狭い地峡でつながった奇妙な形の半島に建設されたため、町自体特異な形状をしていたが、人が集まるにつれ、整備された都会へと変貌していった。

　大西洋から静かな入江に入った奥の方、二つの丘に挟まれた場所に今では波止場ができ、通りも整備され、立派な商店も建っている。ショーマット半島の北に位置するこの場所に、当時は風車小屋があった。海抜十五メートルほどの場所だ。海に向かって緩やかな下り勾配になっていて、下った先には砲台が据えられていた。二つの丘は町へと連なり、ところどころトウモロコシが育てられていた。半島の岸沿いは切り立った崖になっていて、自然の要害となっていた。

　丘にも砲台が設置され、当初牧師の名前をとってコーンヒルと名付けられていたこの丘は後に「要塞丘」とも呼ばれるようになった。この丘の高さは四十メートルほどで、市街地の脇にそびえ立っていた。エドワード・ジョンソンの記録によれば、「三つある丘は高くそびえ立ち、外敵の侵入を見張るには最適の場所だった。いざとなれば狼煙《のろし》が上がり、銃が発砲され、町の人たちに危険を知らせた[*18]」。

　ショーマットという言葉は泉を意味する言葉のようで、インディアンたちはこの地域をこの名で呼んでいた。ショーマット半島を代表するトリマウンテンは、現在ビーコンヒルと呼ばれている丘で、ジョンソンの記録にも出てくる三つの丘の一つだ。三つの丘のうち一番東にある丘は、ジョン・コットン牧師の名前をとって、コットンヒルと呼ばれたりもする。

　ボストンの地形に関するお話はここまでとし、ボートに乗っている人たちへ話を戻そう。

　ボートは着岸間近だった。友人との再会を楽しみにしている人々が波止場に集まってきていた。若い男もあちらこちら目をやりながら探していたが、彼が会いたいと思っている人の姿は見つけることができなかった。用意していた挨拶の言葉を頭の中で反復し直した後、気持ちを落ち着けようとした。

「ずいぶんと町も変わってしまったようだ。ボストンに転がっている石ころだって、僕にとっては馴染み深いものだったはずだが、今こうして見てみると誰一人僕を待ち構えてくれている人はいないみたいだ。それとも、昔風車小屋に忍び込んだ時みたいに、誰か物蔭に隠れて僕のことを驚かそうとしているのかな」

ボートに乗っていた人々は、風車小屋に続く波止場に上陸した。若い男は年長の男に、これからウィンスロップ総督のところに行くと告げた。そこに行けば自分を出迎えてくれる人がいることも伝えた。

「僕と一緒に来ないかい？　総督は優しいから、いろいろ手配してくれると思うよ」

年長の男としてもこの申し出は実にありがたく、召使いの少年と少し相談し、若い男の申し出に従うことにした。召使いの少年は一緒に行くが、とりあえず総督の家の外で待機することになった。若い男と年長の男は古い付き合いがあるような様子で腕を組み、総督の家に向かった。

二人が歩き始めてすぐ、角を曲がったところで、二人の若い娘が家から出てくるのが見えた。娘たちには男たちの姿が目にとまらなかったようだが、娘たちに気づいた若い男は勢いよく足を踏み出した。

「いた、いた、やっと見つけた」

若い男は興奮して大声を出した。

「あの髪の毛、きっとあの子だ」

若い男は娘の一人を見つめた。麦わら帽子から黄金色の巻き毛が顔をのぞかせている。

年長の男がからかった。

「そういう結論の出し方は合理的とは言えないな。女性はいろいろ手管を使って化けるものだよ。髪の毛に色を付けるなんて、よくあることさ。宮廷に出入りしている淑女たちが召使いに買い与えたかつらをつけているのを何度も見たものだ。今では様々な色合いの化粧品がいくらでもあるんだ」

「そうかもしれないけれど、あの子の髪の毛の色は特別なものに見えるよ。シェイクスピアもそういう台詞を使っていなかったっけ？」

「自分の言葉で表現するべきだね。特に劇はまずいだろう。それはともかく、私の言葉が気に障ったのなら許してほしい。ついつい年長者として意見したくなってしまったんだ」

「ある程度年上だったらちゃんと言うことを聞きますよ、僕は。そんなことより、僕はとにかく嬉しくてたまらないんだ。あっ、ごめんなさい。あの子たちに追いつきたくて、早足になってしまった。でも、なんでまあ、あの子たちはあんなに早く歩くんだ？　ヘルメスのように翼のついた靴でも履いているのかなあ？」

「ふむ、あの歩き方は確かになかなか魅力的だ」

年長の男が多少上ずった声で呟いたが、若い男は懸命に娘たちを追いかけていたので、耳に入らなかった。男たちはようやく娘たちの声が聞こえるところまで追いついた。

「それは確かにその通りね」

聞こえてきたのは背の低い方の娘の声だった。どうも、もう一人の娘に忠告を受けて、それに対する返答のようだった。

「エッサー、あなたの言う通り。あなたはいつでも正しいわ。賢者ソロモン王のよう。でもね、私はマリーゴールドのドライフラワーを作ったり、グラフトンさんのために絹で刺繍したりする生活にすっかり慣れてしまっているの」

「ホープ・レスリー！」

若い男が大声で呼び、前に走った。名前を呼ばれた娘は振り返り、歓声を上げた。

大喜びで若い男に飛びついた娘は男の首に腕をまわし、しっかりと抱きしめた。若い男、つまりエヴェレル・フレッチャーもホープを強く抱きしめた。

次の瞬間、ホープは顔から首にかけてすっかり紅潮させた。路上で喜びを爆発させた気恥ずかしさ、またなによりホープにとってのただの幼馴じみだったエヴェレルがすっかり男らしくなったのにどぎまぎしたのだ。ホープは気恥ずかしさを打ち消そうと、大声を出した。

「本当に驚いたの」

その様子が可憐だったので、エヴェレルと一緒に来ていた男も思わず笑ってしまった。エヴェレルはホープの顔をじっと見つめた。子供の頃の思い出の中の顔と見比べているようだった。

「うん、初めて会った時と同じ顔だ。ディグビーが僕を助けて、家に連れ帰った時、あの時のことだよ。そうだ、ディグビーは元気にしている？　お父さんは元気？　グラフトンさんやウィンスロプさんたちはどうしてるの？」

「はいはい、皆さんお元気ですよ。でも、今はここにいる私のお友だちダウニングさんをご紹介しないと」

「君、ダウニングのお嬢さんなんですか？　まさかここでお会いするとは」

エヴェレルはそう言いつつ、ホープの隣にいた娘の方を見た。その娘はずっと横を向いていたし、ベールをかぶっていたので、顔をよく見ていなかったのだ。

ホープは友だちの腕をとった。ホープは友だちの手が震えているのに気づいた。でも、そのことを口にはしなかった。そして、余計なことには触れず、エヴェレルが聞きたがった彼の友だちの消息などについていろいろと返答し続けた。

エヴェレルの父が今はベセルを離れ、ボストンにいることも伝えた。これはエヴェレルの望みでもあったので、父の決断を聞いて彼は心から喜んだ。あそこはどうしたって忌まわしい場所だ。それに、あそこにいたらホープが危険なことに巻き込まれる可能性も高い。

「僕に届いた手紙によると、まだ君の妹やマガウィスカから何の連絡もないそうだね」

「そうなの。でも、私は信じている。妹と必ず再会できる。ネレマの約束は私にとって間違いのない預言なの」

一行はウィンスロプ総督の家に着いた。エッサーはホープの腕を離し、自分の部屋に入ろうとしたが、思わずよろけてしまい、たまたまそこにあった椅子にへたり込んでしまった。エヴェレルが突然帰ってきて、みんな大喜び。大変な騒ぎになってしまったのを避けたくて、彼女は部屋で一人きりになろうとしていたのだ。でも彼女の伯母は彼女の顔色の悪さに気づいてしまった。

「あらまあ、どうしたの？　すっかり疲れきってしまったのかしら。顔色が真っ青よ」

ホープは、エヴェレルがエッサーのことを心配そうに、でもこっそりと見つめているのに気がついた。勘の鋭いホープは想像力も豊かで、二人がこれからどういう風に会話を交わしていくのか、いろいろ予想し、楽しみにしていたのだが、その後二人の間では何のやりとりも行われなかった。

一方、ウィンスロプ総督は、エヴェレルが自分の連れの男について書いた紹介状に目を通した。その男はフィリップ・ガーディナーと名乗っていた。

若い娘二人はやがて自分たちが一緒に使っている部屋に入っていった。

# 第十章

娘たちは二人きりになった。二人とも、しばらくの間、一言も発しなかった。気まずい空気が漂った。最初に声をかけたのはホープの方だった。

「エッサー、あなたの心の内を隠してもだめよ。私を迷路の中で迷わせるようなことをしても、私はあなたが落としてなくした鍵を必ず見つけて、迷路を抜け出すわ」

「ホープ、鍵って何のこと？　そんな風にからかわないで」

「わかった。ちゃんと真面目に話す。では、なぜあなたは、エヴェレル・フレッチャーとイングランドで会ったことがあると私にまったく教えてくれなかったの？　私は何度も何度も彼のことについて話してきたのに」

「彼と会ったことがないとは言ってないわ」

「私はこう思うの。あなたは礼儀正しく、信心深い女性よ、エッサー。年配の方たちもそうおっしゃっている。あなたの行動も言葉も、女性たちの見本となる聖書そのものなの。私のようないい加減な娘とは違うの」

「私にあなたを騙すような心があったとするなら、どんなに文句を言われても仕方がないわ。でも、私は騙してもいないし、嘘も言っていない。フレッチャーさんが来ることも知らなかったし」

「だとしたら、あなたがおかしくなったのは身体の調子が悪かったせいなのね？　それとも神経が昂ってしまったの？　あんなに顔を赤らめたのはそういうことだったのね？　ベールで隠れていたけれど、あなたの顔は真っ赤だったのよ。火がついたのかと思った。でも、今はもう落ち着いている。なんだか悲劇の真っただ中の女神みたい。目を上げて、私を見て。目を閉じないで。あなたのまつ毛、大理石の彫像を覆うシダレヤナギのよう」

「ああ、ホープ・レスリー。罪深いことかもしれないけれど、大理石の彫像が私のこの冷たい心を押しつぶしてくれたらどんなにいいかしら」

ホープはエッサーの言葉にぎょっとした。友がここまで苦しんでいるとはまったく思っていなかったのだ。友の心臓の鼓動が聞こえるような気がした。青ざめていた口許からは完全に血の気が引いていた。ホープはエッサーを強く抱きしめ、優しくキスした。

「ごめんなさい、ごめんなさい、エッサー。あなたを傷つけるようなことを言ってしまった私を許して。もうこのことは二度と聞かない。絶対に聞かない。あなたが楽しそうにしていても寂しそうにしていても、あなたはあなた。その理由を聞き出そうなんて、もう絶対にしない」

「ホープ、あなたは本当に優しい人。でも、もう気がついているのでしょ？　私が隠しごとをしていること。気がついているなら、きちんとそう言って」

ホープは思わず悪戯《いたずら》っぽい笑みを浮かべて答えた。

「わかったわ。私、グラフトンさんのおかげでいろんな本を読んできたの。そういう本には恋の兆《きざ》しのことがいっぱい出てくるの。だから、私、そういうことに詳しくなってしまったのよ」

「そんなことに詳しくなってどうするの？　でも、あなたを批判する資格は私にはない。あなたが本の中で覚えたことを私は現実の世界で体験中だから。本当は足を踏み入れてはいけなかった世界なのに、私は今その世界にどっぷりつかっているの。あなたにいずれすべてばれてしまうと思う。あなたが少しからかってくれたから、ちょっとだけ罪の意識も軽くなったわ」

ホープは友だちの話に興奮してきてしまった。本来優しい心の持ち主なのに、友が抱えている心の秘密を知りたいという欲求が募ってしまう。もうすぐ、友だちが恋の告白をしてくれるかと思うと、なぜだかわくわくしてしまう。同時に、罪の意識にとらわれている友だちに心から同情もしていた。だが、何はともあれ、こういった感情の機微に触れることについて第三者がどんなに詮索しても完全に本人の気持ちを理解してやることなど、およそ不可能なことだ。

「さて、エッサー。私が牧師になるからあなたは罪を告白する者になりなさい。告白を受ける者としては一番ふさわしくない人間だけど、この私が話を聞いてあげるわ。そして赦しも与えましょう」

「だめだめ、ふざけちゃだめよ。罪の告白というのは最も神聖な儀式です。話を聞いてくれるなら、真面目に聞いて。そして私のこの弱い心を憐れんで」

そう言うと、エッサーは話を始めた。ただ、彼女自身、気持ちが激しく揺れ動いていたので、話の内容は所々意味不明だった。話を端折ってしまった箇所もあった。なので、ここでは話を整理して、エッサーの言葉としてではなくお伝えすることにしよう。

エッサーはエマニュエル・ダウニング[*19]という男の娘だった。ダウニングはウィンスロップ総督の妹と結婚し、総督が遺した有名な日記にも頻繁に名前が出てくる。また、総督の良き友でもあったようで、最終的にニューイングランドに家族を連れて渡ってきた。

エッサーは心優しく、慎ましやかな娘だった。ピューリタンの教えを徹底的に教え込まれたため、骨の髄までピューリタンの教えに忠実だった。聖化と義認といった神学上の問題について誰かと議論できるようなタイプの女性ではなかったが、実際の信仰生活において彼女ほど誠実にピューリタンの教えを体現していた女性はいなかった。当時論争になった神学の用語を使うなら、彼女は実世界での言葉と行いによりその救いが保証されている、神に義と認められている、つまり義認されている女性とみなされていた。

通常若い女性というものはある程度は自分の身を飾ることに夢中になるものだ。エッサーは違った。エッサー自身、美しく純粋な娘だったが、信仰する教えに従い、ごく簡素なものしか身につけなかった。自己の欲望をすべて否定し、神の教えに従う彼女の耳にはいつもこういう声が聞こえていたのかもしれない。身を飾り立てる女性は聖母マリアのような女性には決してなれません。髪の毛の色はしっとりとした茶色。頭の後ろでしっかりと髪の毛を結んでいるので、頭の輪郭もくっきりとわかる。顔色はどちらかというと青白い。肌はきめ細やかで、彼女の顔の美しさを際立たせていた。

エッサーはホープより頭半分背が高かった。美の女神ヴィーナスよりも背が高いのかもしれない。だが、ホープにせよヴィーナスにせよ、ピューリタンの社会で褒め称えられるような理想的な存在ではなく、そしてエッサーに対してもその外見の美しさについて賞讃の声が上がることはなかった。その社会で一番価値あるものとみなされたのは魂の美しさだった。仮に堕落し、汚泥にまみれた世界であったら、その世界を統べ、浄化するために降臨するのがエッサーのような女性なのだろう。

彼女こそ神に近い女性であった。

エッサーは十九歳という若さに似合わず、家事やお祈りなどのお勤めをさぼるようなことは一切しなかった。しかし、若くて美しい女性であれば、青春時代を彩る様々な誘惑にさらされるのはどうしようもないことだ。信心深いエッサーにも、胸をときめかせ、同時にその胸のときめきを罪と感じてしまうような出会いが待ち受けていた。エヴェレル・フレッチャーがエッサーの父のところにやってきたのだ。エヴェレルは二ヶ月ほどダウニング家で過ごすことになる。

それまでは、数年間叔父にあたるストレットンの一家と一緒に暮らしていた。ストレットンは穏健な思想の持ち主で、エヴェレルの心に根づいた信仰のあり方、政治的な信条に介入し、徹底的に改善を迫ることはせず、彼の自由にすべて任せていた。だから、エヴェレルは国教会の教えに染まることもなく、かといってピューリタンの教えに忠実に従う道を邁進するわけでもなかった。

エッサーは最初エヴェレルと出会った時、ショックを受けたものだ。何しろ彼はとんでもなく明るく、自由気ままだったからだ。彼女が知っている若い男たちは決して多くはなかったが、その知り合いの男たちは皆陰気で真面目くさっていて、エヴェレルが醸し出す雰囲気とは正反対だった。だが、エッサーはエヴェレルに心を奪われた。抗しがたい魅力があったのだ。素直で、自分の気持ちに正直なその態度が彼女には眩しかった。自分とエヴェレルでは性格が異なっていることは重々承知していたが、同じ若者、お互いに引きつけあう部分もあった。

最初、エッサーはエヴェレルとできるだけ一緒にいようとしていただけだったが、しばらくすると、いろいろな用にかこつけ、エヴェレルがいなくても、彼が好きな場所をうろうろするようになった。極地の冬の凍てつく寒さが終わり、春を告げる太陽が昇ってきたような心持ちに包まれた。

若者特有の明るさを無理に抑え込み続け、すっかり冷えきってしまっていた魂がようやく目覚め、活発に活動し始めたのだ。あくまで信仰に忠実なエッサーにとって、その春は極地に訪れた奇跡の春だった。

エッサーは自分の心に訪れた変化を嚙みしめていた。今まで想像もしなかった感情が芽生えつつあった。恋こそすべてかもしれない。そう感じつつ、エッサーは、自分がなぜ変化したのか、そこを突き詰めて考えようとはしなかった。やはり、どうしても戸惑いの気持ちの方が強い。

しばらくして、召使いの女性から声をかけられた。ちょうど、月明かりの下、エヴェレルと散歩をしてきた帰りのことだった。

「牧師様が今日いらっしゃいました。そして、私にこうお尋ねになりました。『お嬢様は最近よく遅い時間までどこかに行っておられるようだけれども、どうしたのかな？ いつもならお祈りの部屋におられると思うのだが、変だね』。『昨晩は雨でした』と、とりあえずお答えしておきました。すると牧師様は、『以前は嵐があってもお祈りの部屋におられたと思うんだが』とお答えになりましたもので、私からはもう何もお答えすることができませんでした。牧師様と議論するわけにはまいりませんので。牧師様は少し黙っていらっしゃいました。それから、お嬢様の讃美歌の本を手に取られました。本から紙が一枚落ちました。その紙には詩が書かれていたのでしょうか、牧師様は微笑みを浮かべてこうおっしゃいました。『ジュディー、お前のご主人様は讃美歌で詩を作っているようだね』」

「牧師様はその詩をお読みになったの？」

顔を真っ赤にしてエッサーは召使いに言った。何しろあの詩は感情の赴くまま書き散らした、人には到底見せられないような代物だったからだ。

「はい、お嬢様。お読みになられました。少し厳しいお顔になられましたが、何もおっしゃいませんでした。その代わり、私の方を向いて、お尋ねになりました。『ジュディー、お前のご主人様はいつもいつも祈りに身を捧げ続けていたものだ。いや、今でもきちんと祈り続けていると思うがね』。私は牧師様にあなた様のご両親が先週家を空けていたことをお伝えし、ご両親の代わりにお客様を迎え、おもてなしされていたため、いつもほどはお祈りに時間をさけなかったのではないかとご説明しました」

「ジュディー、私のために言い訳をしてくれたのね」

「お嬢様のようなお優しい方のために尽くすのは当然のことです。何も答えることができないようでは犬と同じです」

ちょっとした出来事、ちょっとした言葉が人の心の扉を開く重要な鍵になることが時々ある。信心深い娘は突然目が覚めた。そして、自分が浮かれて罪深い夢の世界に迷い込んでいたと自覚した。もし彼女に、エヴェレルの気持ちについてもよく考えてみようという心の余裕があったなら、彼女もおそらく夢うつつだった自分の心を許すことができたはずだ。だが、エヴェレルの気持ちについて考えるゆとりもなく、エッサーは自分の心の奔流を無理やりせきとめ、ただただ自制しようとした。結果的に、彼女の心に残ったのは荒れ果てた空虚な思いのみ。本来なら命輝く、美しき未来も展望できたはずなのに。

当時、信仰にいくら忠実であっても、男と女の間の愛情まで否定すべきだと考える人はいなかった。いや、人の世で男女間の愛情が消え去った試しもなく、人は無数の愛の物語を紡ぎ続けてきた。

人生の荒波を知らぬ女性にも、一途な妻として夫に思慕の念を言葉にし、打ち明ける権利はある。「あなたにどんな運命が待ち受けていようと、私はあなたと一緒に耐えていきます。どんなに恐ろしい荒波が打ち寄せてきても、無数の危難に見舞われようとも、私はあなたと一緒です。死も恐れはしない。私が恐れていることはただ一つ。あなたと引き裂かれることだけ」

むろん、男女間の愛が否定されるべきものではなかったとしても、ピューリタンの社会では信仰こそすべて。信仰に忠実でなければならないのは当然の前提だった。信仰生活ときちんと一致する形で愛情が育まれているか、たえず監視されてはいた。自らの感情に対しても細心の注意が払われていた。だからこそ、エッサーも自らの心の中をあらためて見直す気持ちになってしまったのだ。よくいえば信心深い、しかし実際のところは迷信深いと言い換えることもできる精神性を持っていた彼女は自らの感情の動きにおののき、数日間にわたって自分を責め続けた。そして、ついには体調を崩し、重篤な状態になってしまった。

熱にうなされながら、彼女は祈り続けた。信仰に背を向けた自らの魂が再び清らかになり、一心に信仰に向かえるよう、彼女はひたすら神に祈った。もうまもなく彼女の祈りが通じると思えた頃、彼女の身体は極限まで弱り、本人も医者も死が近いことを覚悟した。

ここに至って、彼女は一つの決意をした。それは信仰に基づく意志だと彼女は考えていたが、むしろ女性としての本能がなせる業だったのだろう、彼女は自分の想いをエヴェレルに伝えた。この死の床からエヴェレルに訴えれば、若さに任せ自由気ままに過ごしている彼を救うこともできるだろう。彼女はそう考えた。

エッサーは母親に頼み、エヴェレルを枕許に呼んだ。そしてしばらくの間二人きりにしてくれるよう、周りの人に頼んだ。みんなが部屋を離れた後、エッサーは心の丈を彼に伝えようとした。いつもの自分だったらできなかったことをエッサーはやり遂げようとしたのだ。

最初エヴェレルはエッサーが理性を失ったのではないかと思った。エヴェレルはエッサーの気持ちを落ち着かせ、部屋を出て、介護の者を呼びに行こうとした。エヴェレルがしようとしたことを察知したエッサーは彼を必死にとめた。もう一時も無駄にできないのだから話を聞いてほしいとエッサーは懇願した。

エヴェレルはエッサーのベッドの脇に膝をついた。そして、エッサーの手を取ったが、その手は燃えるように熱い。エヴェレルの心は彼女への憐れみの想い、悔恨の想いで溢れ、流した涙が彼女の手を濡らしていく。彼女の話を聞いたエヴェレルは、彼女が語ってくれたことを大事にすると固く約束した。だが、彼女が自分に対して抱いているのと同じ感情を自分自身も持っているかどうかについては一言も口にしなかった。何しろ、彼女は今や死の床についているのだ。純粋な彼女に対して、不誠実なことは一切漏らしてはならない。

二人が一緒にいた時間はわずか数分だった。彼女は最後の力を振り絞り、肘を使って上半身を立たせていた。そして、わずかな時間で力を使い果たした彼女は後ろに倒れ、意識を失った。死が目前に迫っている。彼女の友人たちが周りに集まってきた。

エヴェレルは自分の部屋に戻った。自分の意思とは別だったが、感受性の鋭い彼女に対して自分がし続けた行いについて思い起こせば、苦い思いしかしなかった。彼女はこの地上よりも天国にこそふさわしい女性なのかもしれない。だが、エッサーが天国に召されるのはまだ先のこととなった。心の重荷を下ろしたせいなのか、彼女はゆっくりと回復していった。罪の意識をある程度浄化することができ、また、若者固有の回復力のおかげもあって、彼女の病は克服されたのだ。

エッサーはエヴェレルと会うことはもうしなかったが、人の口からエヴェレルの消息を耳にすることとなった。彼女の状態が回復するまで彼女の家にいたエヴェレルは、その後、叔父ストレットンのところに行ったということだった。

秋が来た。エッサーの父親はウィンスロプ夫人に呼ばれ、娘を連れてボストンに渡ることにした。航海をすることで、まだ完全には体調が戻っていない娘に新鮮な空気を吸わせ、健康体を取り戻させることができるかもしれない。そういう判断もあった。

ボストンに渡ったエッサーはホープ・レスリーと巡り合った。エッサーが沈思する女性であるとするなら、ホープは軽やかに舞う女性。共通点など、ほぼまったくなかったが、そのためかえってお互いに魅力を感じたのか、大の親友になっていった。いつも考えすぎてしまうエッサーのことをホープがからかえば、笑ってばかりいるホープの明るさをエッサーがたしなめることもあった。だが、どんなに性格が異なっていても、二人は仲良しで、いつも一緒にいた。そして、一緒にいる二人はそれぞれの魅力をさらに輝かせていた。

ホープはよくエヴェレルのことを話題に出していた。彼女の子供時代の楽しい思い出の中にいつもエヴェレルがいたからだ。ホープもうら若き十七歳の乙女。夢見ることも多い彼女は、これからの生活の中でもエヴェレルと一緒に楽しい思い出を作り続けることができると漠然と信じていた。自分の思い出の中のヒーローのことを楽しそうに語るホープの話に、エッサーは心穏やかに耳を傾けていた。しかし、エヴェレルとの一連の出来事についてホープに語ったことは一度もなかった。彼との思い出はあの病の時に消え去ったはず。だから、ホープに伝える必要はない。そう信じていた。

　だが、そのエヴェレルが突然姿を現したのだ。エッサーが動揺していることに、勘の鋭いホープは気がついた。致し方なくエッサーはすべてをホープに告白した。つらい思い出が蘇り、涙が流れ、何度も言葉が途切れた。話が終わると、エッサーは後悔の言葉を口にした。

「自分の魂をじっと観察し、正しい道に進ませる方法をきちんと身につけていれば、私もこんな苦悩を味わうこともなく、救われたはずなのに」

　目に浮かんでいた涙をぬぐいながら、ホープはエッサーに語りかけた。

「エッサー。私泣いているけど、悲しい話だからではないのよ。雲の中に迷い、道を見失った人には霞しか目に入らないかもしれないけれど、私には見えているの。あなたの前にちゃんと道はある。道の先にあるものも私には見える。これからは私を信じて。私が道先案内人になる。私はあなたほど賢くないし、良い人間でもないけれど、足取りだけはしゃんとしているつもりよ。エヴェレルもわかっているはず。自分がどうしなければいけないのか、ちゃんとわかっていると思う。あなたが病気の時、あなたに憐れみを感じたか、あなたに感謝したか、いずれにしてもあなたに気持ちを伝えていたのではないかしら。あなたがニューイングランドに渡ったことを知って、あなたのところに来ようと思って、エヴェレルはここに来たはず。予定を早めてここに来たのよ、きっと。あなたがいることがわかったからここに来た。絶対にそういうこと。何もしゃべらなくていいの。あなたも笑っているじゃない。同じこと、考えているんでしょ？」

　ホープの理屈は、そうあってほしいという自身の希望とごちゃ混ぜになっていたが、ともかく友の言葉を聞いて、エッサーの顔はすっかり明るくなった。

そこへジェネットがやってきて、夕食の時間だと伝えた。そして、エヴェレルが連れてきたフィリップ・ガーディナーも食事を共にすると付け足した。

「ガーディナーさんのお洋服、素敵でしたわね。エヴェレル坊ちゃまがあんなにいい方を連れてこられるなんて、信じられません。悪戯《いたずら》三昧だったベセルの時と同じで、相変わらず大笑いばかりしてらっしゃいますけど。ホープお嬢様も同じ。安息日でもおしゃべりに夢中になったり、笑ってばかりというのはいかがなものでしょう」

ジェネットは今度はエッサーに向かって言った。

「お堅いばかりなのもねえ。それはともかくエヴェレル坊ちゃまの髪型、変です。グラフトン様がお持ちの珍奇な本に出てくるような髪型にしか見えません」

ホープがたしなめた。

「お黙りなさい、ジェネット。エヴェレルの黒い髪を勝手に刈り込んだりしないでね。それは罪深いことよ」

「はいはい、罪深いことです。すぐそうやって話をそらしてしまうんですから。フレッチャー様や総督、ガーディナー様のような髪型、正しい信仰の持ち主の殿方の髪型にすることが罪深いことになるわけですね」

「ジェネット、あなた、賢いからわかるはずよね。信仰を大事にしている人は悪口を言ったりしないものよ。はい、もうその話はおしまい。グラフトン伯母様のところに行って、私の青いベストとネックレスを取ってきて」

そう口にしてすぐ、ホープは思い直した。その青いベストはエヴェレルが自分に贈ってくれた髪飾りに似合う洋服。今エッサーの話を聞いたのに、エヴェレルの贈り物に合わせて服を選ぶのはいけないことかもしれない。

「ジェネット、青いのではなくて、ピンクのベストにして。それとルビーのネックレスね」

ジェネットは言いつけにしたがったが、衣装にこだわるのは間違ったことだとぶつぶつ言っていた。

ジェネットのような人間はどこにでもいる。罪を指摘することこそ正しいことだと勘違いしている人のことだ。正しいことを言っていたとしても、とかくこういう人たちには誰しも卑しさや嫌悪を覚える。作者としてもこういう人間を物語の表舞台にあまり出したくはないのだが、彼女はフレッチャー家の物語とは切っても切れない関係にあったので、無視することもできないのだ。退屈極まりない人物であったとしても、世間にはこういう人物が必ずいるもので、致し方ない。

エヴェレルの母であるフレッチャー夫人も、ジェネットが一見すると熱心なピューリタン信者に見えたので、彼女を重用していた。きちんとした信者を召使いとして使うことは植民地生活で非常に重要なことだった。フレッチャー夫人のようなお人好しは、言葉や外見にすぐ騙されてしまう。

もちろん、ジェネットにも長所はあった。信仰のあり方としては形式的にすぎたけれども、家事に関しては非の打ちどころがなかった。そして、家事能力の高い召使いは、ニューイングランドの植民地生活では欠くことのできない存在だったのだ。長年にわたってフレッチャー家で働いたため、今やジェネットの立場はかなり高いものになり、主人たちにもずけずけと物を言うようになった。

特に子供時代から面倒を見ていたエヴェレルやホープに対しては遠慮容赦なかった。ホープの優しさ、美しさは天賦の資質だったが、その資質を目の前で見せられると、ジェネットはいちいち文句を言いたくなってしまうのだ。すぐに人に吠えたがる犬と同じだ。

若くて美しい女性は身づくろいも早い。お客様も同席する夕食の席に備えて、いつもより入念に用意をしたが、グラフトン夫人が部屋に迎えに現れた時には、ホープもエッサーも準備万端整っていた。グラフトン夫人が二人の娘に声をかけた。

「こんな機会はめったにないのですよ。イングランドから紳士が二名もいらっしゃるとは、何て素晴らしいことでしょう。お二人とも素敵なお召し物で、私も安心しました。どんな時でも自分を美しく見せるというのは、女性の務めなのですよ」

「伯母様、ちゃんと務めを果たしましたでしょ？　いつも通りやっただけですけど」

グラフトン夫人は無邪気に答えた。

「そうね。習慣にすればいいだけのことね。朝起きたら何を着るか真っ先に考えなければいけない、そう私は子供の時からずっと言われてきました。だから、今ではそのことがすっかり習慣となっています」

ここでエッサーが発言した。

「人間にはもっと大事なことがあるのではないかしら」

ホープはグラフトン夫人の他愛もない考え方に同調してもいいという気分だったのだが、エッサーの発言を聞いて、とりあえずこの話題は終わらせることにした。ホープはそっとエッサーに耳打ちした。

「エッサー、お説教することでもないわ。それは牧師様のすること。それに今日はお説教を聞く日でもないわ。今日みたいな楽しい日には奴隷も自由になるし、お馬鹿なことを考えてる人も自由にいろいろ言っていいのよ」

ホープの詭弁を聞いて、エッサーは正論を続けるつもりになったが、ちょうどその時夕飯の準備が整ったというベルの音が鳴った。ホープとエッサーは腕を組んで、グラフトン夫人の後を追い、食堂に入った。入る直前、ホープはもう一度エッサーにささやきかけた。

「いいわね、今日は楽しい夕食にしなければいけないのよ。悲しげな表情を見せてはだめ」

女友だちに優しく言われ、エッサーの顔色は多少良くなった。

エヴェレルと女性たちは食堂のドアのところで出会った。彼の天真爛漫な明るさは周囲すべてを輝かせた。エヴェレルはグラフトン夫人にまず丁寧に挨拶した。以前会った時とちっともお変わりがないと褒め、夫人を喜ばせた。ある年齢を過ぎた女性に対しては容姿に変化がないことを伝えてあげるのが一番だ。

次にエッサーと向かい合ったエヴェレルは、一瞬気まずい表情を浮かべたが、すぐににっこり笑い、お元気そうで本当に良かったと声をかけた。そして最後に挨拶を交わしたホープとエヴェレルは、すぐに会話に夢中になってしまった。昔の思い出話、近況報告、そしてこれからのことと、話は尽きなかった。相性の良い二人なので話は弾み、まるで二人して歌でも歌っているように見えた。

# 第十一章

さて、このあたりでウィンスロップ総督の家と住人たちのことについて話をしておこう。

ウィンスロップの家はボストンの中心街、ワシントン通りに面して建てられていた。家の前には庭があり、庭の芝生が、今現在オールドサウス教会が建っている場所まで続いていた。家の裏には広大な広場があり、いくつか小屋が建てられていた。

上手な物語作家だったら魔法の杖を使って二百年前の生活の仔細について目に浮かぶように描き出すこともできるのだろうが、私にはその技量がない。技量はないが、できるだけ丁寧にウィンスロップの家について描写してみよう。まずは、ピューリタンたちが建てた家について記された当時の記録から引用を一節。

「主だった家々には立派な応接間があった。壁には絵画がかけられ、ランプも高級なものだった。庭を見渡す窓際の椅子にはビロードの座布団が置かれていた。大小の居間、書斎など、どの部屋にも大きな鏡が据えられ、床にはトルコ絨毯が敷かれていた。調度品として他に目につくのは、飾りカーテンや絵画、地図、真鍮製の時計など。寝室のベッドには羽毛の布団が敷かれ、暖房器具も完備しており、快適そのものだった。食料貯蔵庫には様々な食材が保存されており、ワインやワイングラス、プルーンやマーマレードも常備されていた」

この一節を読むと、ピューリタンたちが相当に豪勢な生活をしていたようにも思え、にわかには信じがたい話に聞こえてしまうかもしれない。だが、ボストンに現存している彼らの家々を見てみるなら、実際かなり大きな家に彼らが暮らしていたことは一目瞭然だ。ピューリタンたちは必ずしも困窮した冒険家、あるいは暮らしに行き詰まった放浪者ではなかった。

ウィンスロプもイングランド本国に土地を持ち、そこから多額の収入を得ていた。彼の仲間の中には貴族の出身の人間もいたし、宗教者としての美徳だけでなく豊かな資産に支えられて植民地に渡った者も数多くいたのだ。新大陸の気候は厳しく、植民地建設に困難が伴うのも当然で、初期の入植者たちが生活の糧を得るのに大変な苦労をしたのは事実だが、彼らの過酷な生活ぶりに後世の者たちは尊敬の念を抱く。ボロボロの衣服を身につけていた入植者たちこそ、本来は聖人の名にふさわしい。

ここでお披露目している物語は、ウィンスロプ総督に関連して記された様々な記録、文書には記載されていない出来事を扱っている。無私の精神で植民地の発展に力を尽くしたウィンスロプのことは多くの方がすでにご存知のことだろう。彼の家に伝わる彼の肖像画を信じるなら、彼はどちらかというとほっそりとした体形で、背は高かったようだ。瞳は黒く、眼差しは穏やかだった。額は少し隆起していて、強い信仰心を持った意志の強さを感じさせる。髪の毛及びあご鬚は長く伸ばしており、色は黒かった。容貌は表向き謹厳実直そのものだが、紳士らしくも優雅な振る舞いをする、礼儀正しい人物として知られていた。

ウィンスロプの妻も当時の社会で確固たる地位を占めていた女性だった。既婚未婚を問わず、多くの女性たちに女性の生きるべき道について教えていた。妻は夫に従わなければいけない、夫は妻にとって王とも仰ぐべきご主人様なのだ。こういった価値観を敬虔なるわが父祖たちは持ち続け、妻たちもそういった考え方に微塵も疑いを持たなかった。

そうはいっても、ウィンスロップ夫人が教え、自ら体現していた理想的な妻というのは、決して夫に対して奴隷のように従う妻を意味するものではなかった。奴隷のように夫に対して媚びへつらうような態度を示すのは望ましいことではなかった。適切なたとえではないかもしれないが、妻は夫にとって御しやすい馬になるべきだとされた。ちょっと手綱を引いただけで夫の意図を感じ取ることができる、それが理想の妻だった。そして、夫が手綱を取り落としてしまったとしても、妻は自分の知恵を使って前に進まなければいけない。

女性には踏み越えてはならない一線というものがある。ウィンスロップ夫人は女性の領域を一歩も踏み出さず、しかし社会の中で確かに一目置かれ、彼女自身、自分の生き方に大いに満足していた。ただし、総督である夫が偉くなったからといって自分も偉くなるわけではないと心に言い聞かせているようだった。ともかく、彼女が人に親切にする時、その振る舞いには公の行いをしているという雰囲気があった。親切な行いの中身ではなく、自分は親切な行いをしなければならないという自覚の方が彼女にとっては重要であったのだろう。

ウィンスロップ家には子供も多くいたが、この物語とは直接関連がないので、ここでは詳しく触れない。これで、ウィンスロップ家にまつわるお話はおしまいだ。本題に戻り、ウィンスロップ家での夕食の場面に戻ろう。

食堂のテーブルは準備万端整っていた。人目を引いたのは、メインとなるテーブルとは別に用意されていたサイドテーブルだった。そこにはジョッキやグラス、陶器なども並べられていたが、明らかにメインテーブルと比べてみると見劣りがした。こちらのテーブルはどうも主役たちとは別のお客様用のテーブルらしかった。

　すぐに謎は解けた。召使いがウィンスロップ総督のところに夕食の準備が整ったと伝えに行くと、家とは別の建物でインディアンたちと公務をこなしていたウィンスロップが四名のインディアンを連れて食堂に入ってきたのだ。一人はミアントゥノモー[*20]、ナラガンセット族の若きリーダー。後は相談役の仲間二人と通訳を務める一人。

　インディアンが挨拶の仕草をしたので、ホープはエヴェレルの方に視線を向けた。

「エヴェレルったら、どうしたの？」

　エヴェレルの顔は真っ青になっていた。

「何でもない。大丈夫」

　みんなに見られるのが嫌なのか、エヴェレルは窓際に移動した。そして、追いかけてきたホープに言った。

「インディアンたちから逃げ出したあの時から今日まで、一度もインディアンの顔を見ていなかったんだ。お母さんが死んだ時のことを急に思い出しちゃって」

　ウィンスロップはインディアンたちが着席したサイドテーブルのところに行き、腰かけた。他の者たちはメインのテーブルについた。そして、召使いの者たちも含め、静かに頭を垂れ、手を組み、祈りの言葉を捧げた。

　食前の祈りが終わり、いよいよ食事を始めようとした時、家の者たちは気がついた。インディアンたちは立ったままだった。ウィンスロップは通訳に向かって穏やかな口調で説明した。誤解があるようだが、これはタバコを吸う儀式のようなものだ。だが、インディアンたちは動かない。ミアントゥノモーは立ち位置を変え、下を向き、あからさまに不快の念を表した。ウィンスロップは立ち上がり、通訳のところに行き、なぜそういう態度をとるのか、説明を求めた。

「長は言っている。長が求めているのはこういう扱いだ。かつてナラガンセットの長がイングランドの人間にしてやったのと同じ扱いだ。長は言っている。かつてイングランドの人間がやってきた時、長はイングランドの人間と同じ席に坐り、同じものを食べた」

ミアントゥノモーをなだめなければいけない。そう判断したウィンスロップは早口で通訳に言った。

「長に言ってほしい。私が間違っていた、許してほしい。これからちゃんとした席を用意する。長がしてくれた親切なもてなしについては私も話を聞いている。大変なもてなしだったそうではないか。我らの友人であるロジャー・ウィリアムズ[*21]からも聞いている。彼は長のことも、長の家族のこともよく知っていると言っていた。長の家族の者たちは、白人に部屋を譲り、小屋の外で寝たという話も聞いている」

ロジャー・ウィリアムズから聞いた話を持ち出したのは、インディアンに対して自分の誠意を見せるためであったが、一方、食事を準備した召使いに対してもきちんとした指示を自分が出さなかったことについて詫びる姿勢を示すためでもあった。何しろ召使いは自分に不手際があったらしいことは承知しつつ、何が問題なのか、よくわからず、困惑した顔をしていたのだ。

インディアンたちが使うサイドテーブルに載るものが片付けられ、家の者たちと同じ食事が並べられた。誇り高きミアントゥノモーも大いに満足したようで、今度はウィンスロップの右隣にすぐに坐った。連れのインディアンたちも納得し、席についた。

エヴェレルは並べられている様々な食材に目をやり、ウィンスロプ夫人に声をかけた。

「私がイングランドに行っている間にずいぶん変わったものですね。以前は、父と二人で呼ばれた食事の席で出てきたのは貝のスープ一杯だけ。でも、その時のご主人は、食材が足りないのを十分に補うだけの心の優しさをお持ちでした。とても親切にしてくれて、こんなことをおっしゃっていました。『海の幸、砂の中に潜む宝物を口にすることができるのですから、本当にありがたいことです』」

ホープは、ウィンスロプ家の人たちがエヴェレルに対してどういう感情を心に秘めているのか、わかっていた。エヴェレルが真面目に話しても、どうしても軽はずみな話に感じられてしまうようなのだ。そこで、エヴェレルの言葉に続いてすかさず発言することにした。

「これからもいろいろ変わっていくのかしら。十年くらい前ですと、食卓に肉や木の実が並べばとても満足していたそうですけど、その話を今聞くと信じられないような気にもなります。総督様はお優しいから、貧しい人たちには小麦粉や肉を分け与えてくださいますし、助けを求める船がやってきた時にはパンを焼いてお配りになりました。あの船の名前、ライオン号でしたっけ？　それとも祝福号？　どちらでしたっけ？　クラドック先生」

クラドックはホープの向かい側の席に坐っていた。クラドックはホープから声をかけられるといつも心が穏やかになった。心優しい聖人にそっと抱きしめられたような思いがするのだ。

だが、この時は突然話を振られたので、小心者のクラドックはびっくりしてスプーンとフォークを取り落としてしまった。その上、急に身体を動かしてしまったため、ちょうどクラドックの席にまわってきていた召使いの肘にぶつかってしまい、召使いが運んできたスープがクラドックの顔や首、肩にかかってしまった。あらあらというささやき声、忍び笑いなどが聞こえてきた。召使いはウィンスロプ夫人の指示でナプキンを持ってきて、クラドックに渡した。

しかし、クラドックはといえば、スープがかかったことよりも、ホープに返事をすることの方が大事だったようで、委細構わず返事をした。

「はいはい、あれはライオン号です、ホープお嬢様。祝福号は総督が所有されている船の名前です」

ホープの隣に坐っていたフィリップ・ガーディナーが低い声でホープに話しかけた。

「祝福されるべきは船ではなく、他におられると思うのですが」

彼の真面目そうな顔つきには不釣り合いな、気障《きざ》な言い方だった。こういう物言いに慣れていないホープは意味がわからず、きょとんとした顔をガーディナーに向けた。ガーディナーの方も、なぜそんな顔をされるのかわからず、当惑の表情を見せた。

「何とおっしゃったんですか？」

ガーディナーの向こう側に坐っていたグラフトン夫人は、彼が放ったお世辞の意味をホープに伝えてやることにした。

「この方がおっしゃったのは、あなたこそ祝福されるべきということですわよ」

自分のお世辞を平易な言葉に言い直されてしまったガーディナーは多少動揺したが、すぐに気持ちを切り替え、別の台詞を探し始めた。今度は騎士のような礼儀正しさを狙うのはよそう。

そんなことを考えていたガーディナーに対して、夕食の席を取り仕切っていたウィンスロプ夫人からお皿を変えましょうという声がかかった。夫人はさらにお肉料理として七面鳥にするか鹿肉にするか聞いた。七面鳥は肉も柔らかく、絶妙の味付けを施したのでお勧めとのことだったが、鹿肉の方もインディアンの友人からもらったもので最良の肉質だと太鼓判を押した。しかし、ガーディナーは両方とも遠慮した。ヨーロッパの人間にとっては物珍しいタラの頭の料理でもうお腹がいっぱいになっていると夫人に説明した。

ホープが言った。

「でも、お魚料理だけで良いのかしら。あなた、ローマの方？」

こう問われたガーディナーの顔に妙な表情が浮かんだ。実はホープの一言は彼の急所、弱みを抉っていたのだが、このことは物語が進むにつれ明らかになっていく。それはともかく、ガーディナーは表情を変えず、巧みに話題をそらし、こう返事した。

「節制、禁酒は堕落した、迷信深い教会専用の決まりごとではありません。食欲を我慢するのも禁欲のあるべき姿の一つでしょう」

堂々たる大食漢の役割を引き受けたクラドックが話し始めた。

「食を断つのは場合によっては素晴らしいことです。特にそのことで恩恵を被ることができるのならばです。フィリップ様のお顔の色は何の問題もなし。だとしたら、このまま食を我慢するのが理に適っておられるのでしょう」

おべっかを言われたガーディナーはクラドックに軽く会釈した。

クラドックは次に隣に坐っていたエッサーに話しかけた。

「ところで、あなた様はどうなさったのです？　私が差し上げたものにもまったく手をつけていらっしゃらない」

ホープは非難するような目でクラドックを睨みつけた。先生、人の足を踏みつけるようなことはしない人でしょ、あなたは。

エヴェレルの父親がエッサーの方を見て、心配そうに声をかけた。彼女が真っ青な顔をしていて、物憂げな様子でいることに初めて気づいたのだ。

「エッサー、大丈夫なのかい？」

「大丈夫ですわ」

「何とか大丈夫ということではないのかしら？　エッサー」

ウィンスロップ夫人はさらに言葉を続けた。

「エッサー、あなたはいつもカナリアが食べるくらいしかものを食べませんわ。でもね、若い女性が何も食べないというのはいけないこと。ダ・ヴィンチが言った空気を食べるカメレオンのようになってはいけないのよ」

「では、エッサーはワインを飲めばいい。私がご一緒してもいいでしょうか？」

エヴェレルがそう言いだした途端、ホープは大慌てで彼の発言をとめようとしたが、代わりにエヴェレルの父親が彼を叱責した。

「何を言い出すんだ」

「フレッチャー君」

ウィンスロップも驚いて大声を上げた。

「僕は何かいけないことをしゃべってしまったのかい？」

エヴェレルはホープに聞いたが、ホープはショックのあまり口もきけなくなっていた。総督がエヴェレルにこんこんと説いた。

「言い訳しようもないほどひどいことをしたわけではない。我が家ではお酒を飲むことを禁じているのだ。そのことを君は知らなかったようだね。もう十年になるかな。我が家を見倣う形で、当地の裁判所も四年前、つまり一六三九年に『人間を通常の状態から逸脱させてしまう』として禁酒のお達しを出した。イングランドでは規範意識の薄い方々がいまだにお酒をたしなんでおられるようだが、こちらではもう飲めなくなっているのだよ」

「お許しください。そのことはよくわかりましたが、皆さん、お酒をたしなむなどという大した罪でもない習慣について法律で定めるなどというのは、風車に突撃したドン・キホーテのように思えるのですが」

「少しでも意味のある習慣であるなら、それは確かに罪のない習慣と言える。よく考えたまえ。お酒を飲むことに少しでも意味があるかね。さて、そのことはいい。私の姪、エッサーの健康状態について心配してくれた時、君は心にもないようなことを口にしてエッサーを慰めようとしたわけではなかろう。理屈っぽいことを口にして愛情を伝えたわけでもあるまい。愛する気持ちを伝える時はありのままの心の内を口にするものだ。そうすべきだ。君は今どうすべきだと考えている?」

エヴェレルの耳には、総督の言葉が空疎に聞こえた。それこそ、理屈っぽい。だが、この夕食の席についている若者たちにとっては総督の意図は明白なのだろう。エッサーの顔は紅潮し、エヴェレルも何か発言しないといけないと思ったものの、なかなか言葉が出てこない。動揺している二人を見て、ホープが助け船を出した。

「エッサー、エヴェレルは中世の騎士じゃないわよね。あなたの伯父様がエヴェレルの足許に試合用の槍を置いたとしても、エヴェレルにはその槍は使えない。エヴェレル、あなたも愛する女性にかける言葉をいつも準備しているわけではないでしょ？」

ホープの言葉に反応してエヴェレルがようやく言葉を発しようとした時、ウィンスロプがきっと睨みつけ、たしなめた。

「これは大事な問題なのだ。軽々しい発言は慎みたまえ」

この一声で、ホープが一瞬明るくした部屋の空気が再び重くなった。

その後、夕食の時間は淡々と過ぎていき、これといった会話は交わされなかった。食事が終わると、同席していたインディアンたちも部屋を出ていったが、長のミアントゥノモーはもう何の自己主張もすることなく、静かに退出していった。他の者たちもそれぞれ部屋に戻った。

ウィンスロプはエヴェレルの父親を伴って書斎に入っていった。部屋に入ると、ウィンスロプはお気に入りのパイプを吹かし始めた。彼にとって数少ない贅沢な趣味で、節約を心がけながらもパイプだけは日々楽しんでいた。そして、手紙の山に目をやると、一通取り出し、フレッチャーに渡した。

「それは、君の息子がダウニングから預かってきた手紙だ。読んでみたまえ。ある問題について彼なりの意見が表明されている。君にとっても、我々全員にとっても興味深い指摘が書かれている。こういう問題に関しては、普通なら遠まわしな、曖昧な言い方をする人間が多いが、ダウニングは単刀直入な指摘をしてくれるので、なかなか参考になるよ」

ダウニングは手紙の中で重要な問題について自分の意見を述べていた。フレッチャーも真剣な態度で手紙を読み進め、やがて音読し始めた。

「フレッチャーの息子が植民地に戻る。きっとみんなのために役に立つ人間になるはずだ。才能に溢れ、教養豊かな好青年だ。フレッチャーに関してはずいぶんひどいことが言われていた。そう、自分の子供を国教会の家族に預けるなど、とんでもないことだというわけだ。私もそういう蔭口を聞いて心から傷ついた。だが、私は思うのだ。若者が母国に戻ることはいいことだ。ピューリタンとしての心根は決して揺らぎはしない。むろん、厳格なピューリタンの仲間たちが言っていることも理解はできる。彼は巡礼者にしては多少外向的、社交的な傾向が強すぎる。

ウィンスロップ君、彼はできるだけ早く生涯の伴侶を持つべきではないだろうか。もちろん相手は我々と同じ教会のメンバーでなければいけない。信心深い妻がいれば、不信心な夫も正しい道を歩んでいくことができる。私はすでに手を打った。目的を果たすためには当然の第一歩だ。私は彼を我が家に呼び、この夏、二月ほど一緒に過ごした。嬉しいことに、彼は我が娘エッサーと殊の外仲良くなったようだ。自分で言うのもおこがましいが、我が娘は清らかな魂を内に秘めている」

ダウニングの手紙はさらに続いたが、主たる内容は、この物語の中でもすでに述べた、エッサーが深刻な病にかかった時のことだった。この時、たいへん短い時間ではあったが、彼らは二人きりで濃密な時間を過ごした。そのことについて、二人は誰にも話さなかったが、皆、エヴェレルの献身によりエッサーは奇跡の回復をしたと信じていた。

ダウニングはこう手紙を続けていた。

「私の期待通りに事が進んでいるとは思えるのだが、不安がないわけではない。だから、頼む。君に何とかしてほしいのだ。どうもレスリー氏のお嬢さんの父方の親族たちが彼のことをお気に入りのようなのだ。そして、彼らはレスリー氏のお嬢さんと結婚し、彼女をイングランドに連れ戻してほしいと彼に頼み込んでいるらしい。だが、問題は、レスリー家の親族たちの依頼がなかったとしても、この結婚はあり得るということなのだ。こちらに届いている噂によれば、レスリー氏のお嬢さんは優美さには欠けるらしい。しかし、エヴェレルはそんなことはまったく気にしないだろう。その上、お嬢さんは大変美しいとのことだ。若者は女性の美しさに弱い。所詮塵か埃のような要素にすぎないのだが、若者は女性の美しさを第一義に考える。

お嬢さんには財産も多く譲り渡されているようだが、まあ、この点は問題なかろう。彼は物欲に惑わされるような男ではない。だが、こう口にする者はいる。すなわち、万が一、二人が結婚したとして、あれは金目当てで父親が結婚させたに違いない。フレッチャーが後ろ指をさされる可能性もある。フレッチャーの家は経済的にそれほど恵まれているわけではないという噂すら流れているのだ。

どうか、聞いてくれ。私はフレッチャーのことを固く信じている。自分の息子があのお嬢さんと結婚することをフレッチャーは決して認めはしないと確信している。持参金目当ての結婚を認めたら、彼の心の平安は間違いなく乱される。君が頼みの綱だ。君こそ丘の上の町[*22]。君こそ植民地の道標となる男だ。いろいろあるとは思うが、罪深い行いは避けられるはずだ。どうも妙なことを書いてしまったのかもしれないが、フレッチャーも含め、みんなには私の真意を理解してほしい。

私がこの話を進めたい理由、すべてを君に託したい理由はもう一つある。レスリー氏の妻が子らを伴って植民地に渡ろうとした気持ちはよくわかるし、尊重したいとも思う。母親の願いが通じて、娘が正しい道を進み、植民地の一員として立派に成長しているのなら、問題はないのだ。だが……」

手紙の一言一言がフレッチャーの心に突き刺さった。手紙を投げ捨て、席から立ち上がり、部屋の中を二度三度行き来した。そして、ようやく意を決し、再び手紙を手に取ると、一番胸に応えた箇所を読み直した。

ウィンスロプは、フレッチャーが手紙を熟読しているのをじっと見つめていた。しかし、しばらく凝視し続けると、友へのいたわりの気持ちが芽生えたのか、ウィンスロプはそっと視線を外した。フレッチャーは手紙を読み終えると、テーブルに肘を載せ、手で顔を覆った。激しく動揺しているのは明らかだった。額やこめかみの血管は大きく膨れ上がり、今にも破裂しそうに見えた。テーブルにはぽたぽたと涙がこぼれた。ウィンスロプはフレッチャーの腕に手を載せ、優しくさすった。言葉で同情の意を示すのはこの場では不可能だった。

心の葛藤で一言も発することのできなかったフレッチャーは、すぐに自分の気持ちを抑え込み、ウィンスロプにしっかりとした声で話しかけた。

「今日は自分の弱さを見せつけてしまい、申し訳ない。心優しい君のことだ。この心の弱さも恥ずべきこととは思うまい。私の心の弱さを知っている神が私に試練を与えているのだろう。私は子供の時から愛情に包まれ生きてきた。地上の喜びにこだわり続けてしまったのがいけなかったのか？　神ではなく、神がお造りになった創造物、地上界のことばかり考えていたから、私を楽しませてくれる、愛する者たちを私は次から次へと奪われてしまうというのか？　確かに私は昼も夜も、エヴェレルとホープ、二人の子らが結ばれ、そして私と共に暮らしてくれればどんなに幸せだろうと考え続けてきた。それは過ちなのか？　許されざることなのか？　ホープは、あの子は母親に生き写しなんだ。私にとってかけがえのない存在だ。彼女には愛が溢れ、私のすさんだ生活を温かく満たしてくれる。私の心奥深くまで慰めてくれる」

「それはわかるよ」

ウィンスロプが答えた。

「ああ、友よ。これはもうどうしようもないことなのか？」

一呼吸入れてフレッチャーは続けた。

「二人が子供だった頃のことを思い出してみてくれ。両親の感情を本能的に引き継いだように、二人はいつも一緒に過ごし、親しくしていたではないか。それを無理やり引き離すのは正しいことではないと思う」

「確かに正しくはない。だが、幼い頃の愛情は形を変えていくものでもある。自然の流れで愛し合う形から一歩進んだ愛の形もある。神が教える正しい愛の道へと導くのが我々の務めだ。これから大きく成長していく若者たちを正しく教え諭すことこそ、この地に神の国を実現する第一歩となる。『君こそ丘の上の町』と手紙には書かれてあるが、それは違う。私も若者たちの情熱を羨ましく思うこともあるのだ。いいかい、違う角度から考えてみよう。君がいろいろ心配していることがあっさり解消する可能性もある。ダウニングからの手紙をよく読めば、君の息子と彼の娘エッサーとの間には細やかな心の交流があったことがわかる。ホープもエヴェレルと結ばれることを夢想していたかもしれないが、あの子はあの子で自分の友が幸せになれるのなら、友のために何でもする子だ。ホープとエッサーは、性格は正反対だが、心はしっかり結ばれている」

「君が我が子らのことを熱心に考えてくれていることはわかる。ただ、ホープにいろいろ押しつけるのはどうなのだろうか？　『恩寵の契約』により、彼女は神から無償で救済を約束されている。その上、善き行いをすることによって、神から救済されていることを証明しなければならない、つまり『業の契約』をこなさなければならないというのは、ホープにとって酷ではないだろうか？そして、それをうまくこなすことができないとわかれば、ホープは誰よりもそのことを罪と感じる」

ウィンスロプは、ホープやエヴェレルを愛するあまり、フレッチャーが行きすぎたことを言い始めたのを感じ、口を挟んだ。

「いいかな、友よ。若者たちはちゃんと正しい道を歩むものだ。子供は普通善き行いをすることに神経を使う。だが、ホープは少し違う。そういうホープでも、女性は女性だ。緩やかに自分の務めを受け入れていく。それが女性の美徳というものさ」

「魂がこもっていなくても美徳といえるのかい？」

フレッチャーは、過保護な親のような口ぶりで言い続けていた。自分自身が非難されるならいくらでも耐えられるが、自分の愛する子らがとやかく言われるのはもはや我慢がならないようだった。

しかし、ウィンスロプも信念の人。正しい行いをしていると信じている時、友の心に鞭打つことをいささかもためらわない。

「子を愛しすぎるのは危険だ。君が甘やかすから、ホープは法を破り、罪人を密かに解放するなどというとんでもないことをしでかした」

「その件は疑いにすぎないだろう？　立証はされていない」

ウィンスロプは口許に笑みを浮かべながら答えた。

「そう、疑いだけだ。立証しようともしなかった。なぜだか、わかるかい？　君が思い悩んでいるのを知っていたからだ。罪を犯した可能性のある若者たちの今後について考えたからだ。だから、我々は見て見ぬふりをした。そして、これからもあの罪について深入りするつもりはない。今この話題を持ち出したのも、あの自由気ままな娘を注意深く見守っていく必要があるということを言いたいがためだ。どうだろう、私はこう思うんだ。あの子は誰かと結婚させ、夫の管理下に入った方がいいのではないだろうか？」

ウィンスロプはフレッチャーの返事を待ったが、返事はなかった。

「実は、将来を嘱望されている若者が今日私にホープのことで話をしに来た。彼はホープを妻に迎えたいという気持ちを持っているようだ」

「誰だ？」

「ウィリアム・ハバードさ。彼はイングランドで学問を積んできた思慮深い若者だ。よく学び、信心深い、立派な男だ」

「確かに立派な青年のようだ」

フレッチャーは落ち着きを取り戻し、答えた。

「しかし、ホープにとってはどうだろう？　あの子は学問好きの男性を好むようには思えない。生真面目な青年を見ると、ホープのような子は悪戯《いたずら》心でいろいろ振りまわしたくなるのではないかな」

結果的に、ホープは、その後牧師として活躍し、歴史に名を遺すことになるウィリアム・ハバードと結ばれることはなく、彼女自身、歴史の表舞台に登場することもなくなったのである。

ウィンスロップはしばらく黙考し、そして再び話し始めた。

「気まぐれな子だ。確かにいい相手を見つけるのは難しい。そうだ、フィリップ・ガーディナーはどうだね？」

「フィリップ・ガーディナーだと。今日来たばかりじゃないか。それにホープの父親といってもいい年恰好だぞ」

「あの子には年上の男性の方がいい。それにホープの父親というのは言いすぎだろう、せいぜい四十代だ。彼の出自は問題ない。いいご家庭の出だそうだ。彼はイングランドの内戦でピューリタン側に立って戦い、危ういところで一人の牧師に命を救われたらしい。そして、手を血で汚すのはもうこりごりだということで、この大陸に渡ってきたそうだ」

「その話はすべて確かなことなのか？」

ガーディナーの身元について十分慎重に調べているわけでもなかったウィンスロップは、フレッチャーにその点をずばり指摘され、少し顔色を変えた。

「言葉遣いや振る舞いを見ていれば、その人間が立派な人間であるかどうかはわかるものではないだろうか。それに、彼はきちんとした紹介状も携えている」

「誰からの紹介状だ？」

「ジェレミー・オースティン。我々の植民地の味方だそうだ」

「君はその人間のことを知っているのか？」

「知らない。だが、名前を聞いたことはあるような気がする」

このような説明では、フレッチャーとしても完全には納得できないのも当然だ。だが、それ以上追求することはやめた。その代わり、もっと気になっている点についてウィンスロプを問い質《ただ》すことにした。

「何にせよ、ホープとその男を結婚させるなんて、話を急ぎすぎているだろう」

「もちろん、正式な提案ではないさ。ガーディナーはホープの美しさに心を打たれたらしい。ガーディナー自身、大変容姿は整っている。普通の女性たちなら大喜びだろう。そこで思いついたのさ。何ともいいタイミングではないかね。我々が困り果てている時に、彼はこの地にやってきてくれた。まるで送り込まれてきたような気さえする。こんな言い方をすると気を悪くするかもしれないが、君のところの野生の鷹にどうにかして私は足緒を括りつけたい。真面目な話、私はこの地にいる子羊たちを正しい道に導き、ちゃんと守ってやりたいと思っている。そして、そのためなら何でもする。君もそのことには反対するまい」

「私の愛する人々の魂が救われることなら、私は一切反対しないよ。息子も最後は私の言うことを聞いてくれる。何か欠けている若者だとも思わない。だが、息子も私も非難され続けた。息子をイングランドに送ったことも非難された。それが間違いだったとは私は考えていない。私は愛する妻の最後の願いをかなえてやっただけだ。ところが、妻の願いをかなえたことにより、私はたった一人残された我が子を奪われようとしている。モーセに従わず、エジプトに残り続けた人々に、イングランドで安穏と暮らしている人々に、荒野で艱難辛苦を耐えている人間をあれこれ批判する資格はないはずだ」

フレッチャーの気持ちは再び昂り、立ち上がった彼は、無私の精神で友のことを考えているウィンスロプの部屋を足早に出ていった。

二人とも普段は寛大な精神の持ち主だったが、いつのまにやら必要以上に物事をややこしくし、悩む羽目になってしまったのだ。若者たちの自然な心の動きを尊重することがどうしても彼らにはできなかった。悩ましいこと、面倒なことを自ら背負い込むことこそ、若者たちを導く立場にある大人の義務だと二人は判断していた。

慈悲深い父親として大きく手を広げ、若者たちを守ろうとするあまり、自然な空の輝きも美しさも失われていくことに気づかない大人がいる。残るのは、地上に這いつくばって生えている苦い野草のみ。そこでは豊かな果物を実らせる木々は育たない。

だが、いいだろう。私たちはピューリタンたちが行おうとしていたことを広い視野で考える必要がある。彼らの頭上に大いなる光が射しているのは明らかだ。身につけている衣服に多少の汚れがあることには目をつぶるべきだろう。

# 第十二章

この新大陸で安息日の習慣はピューリタンらによって開始され、今も多くの人々によって遵守されている。ピューリタンは、土曜日、日が沈むと一切の仕事を停止する。正直なところ、今現在は当時ほど厳密に安息日の習慣を守っている人々は少なくなっているが、ニューイングランドの片田舎では当時とほとんど同じ形で安息日を過ごしている人々もいるようだ。

それでは、当時人々が土曜日から安息日の日曜日までどのように過ごしたのか、じっくり見てみよう。

土曜日の午後になると、皆いつも以上に忙しくなる。一週間ぐずぐずと仕事を進めてきた人たちも大慌てで仕事を完了しようと右往左往している。母親たちは針仕事を大急ぎで片付けると、安息日に備えて家の中をきれいに掃除する。日が暮れるにつれ、慌ただしく働いていた人たちも落ち着きを見せ始める。やがて、日が完全に沈み、あたりは静けさに包まれる。家々はもうきれいさっぱりとしている。通りを歩く人は一人もいない。

安息日を迎える晩だというのに、いつも通りただ寝てしまうという人もいないわけではない。一週間に一回はたっぷりと寝ないと身体が持たないという考え方もあり得るが、それだったら、ゆっくり寝るのは日曜日の晩にすればいいだけのことだ。

翌朝、あたりは静けさに包まれる。聞こえてくるのは牛やニワトリの鳴き声、小鳥のさえずりだけ。やがて、教会の鐘が鳴り、老いも若きも家を出、集会所に向かう。笑っている者は一人もいない。誰もが厳粛な顔つきだ。牧師の家族は無論のこと、医者や商人たち、職人、肉体労働者たちも全員、目一杯着飾っている。

集会所の席は平等。金持ちが優遇されることもなく、貧しい者が引け目を感じる必要もない。集会所に集まった人々は小声で挨拶を交わす。元気のいい腕白坊主が大声で笑い始めたら、誰かがたしなめる。

「いいかい、坊や。今日は日曜日だよ」

誰もが真面目くさった顔をしている中、教会の執事がふっと頬を緩める瞬間を目にすることもある。執事は笑いをこらえながら、こう言う。

「あの男が面白いことを言うから、思わずクスリと笑ってしまったではないか」

教会から一キロ近く離れた所から、農夫の一家が大きな馬車でやってくる。何とも微笑ましい情景だ。特に娘たちは明るく、知的で、とてもよく躾《しつ》けられている。白いガウンを身にまとい、丈夫な靴を履き、頭には麦わら帽子をかぶり、手には扇子や傘を持っている。身なりを整えた若い男たちも馬車から降りてくる。上着は青色で、ボタンは黄色。この一家も含め、皆一つの教会の一員、同じ場所で祈りを捧げる。共同体全体と価値観を共有できない者が現れたなら、彼は放浪者のような存在だとみなされる。別に村人たちもその者を監視するわけでもなく、説教するわけでもなく、遠い小川のほとりに隠遁している者がたまたま村の中に入ってきたというような接し方をする。

一日が終わりを迎える頃、子供たちは窓のところに集まる。教理問答書から目をそらし、西の空に目を向ける。なのに、太陽はなかなか沈まない。山蔭にゆっくりと落ちていった太陽から発せられた最後の光線が東の山の頂を射し、そしてようやく夕闇があたりを包み始める。

するとと、子供たちははしゃぎ始め、床を飛び跳ねる。家の外に出て、散歩を始める娘がいる。草地に集まる若者たちもいる。歌を歌い始める子供たちもいる。内気な娘は家の中にとどまり、許婚《いいなずけ》がやってくるのを待ち焦がれている。贖罪の一日が終わり、この夕べのひと時を誰もが心ゆくまで楽しんでいるのだ。

さて、安息日にまつわるお話はここまでとし、物語を進めよう。ウィンスロプとフレッチャーの間で話が交わされてから八日経った。表向き、ホープの周辺で何か変わったことが起きたわけではなかったが、彼女の運命を左右する出来事が起きる下地は徐々に仕上がりつつあった。

ホープはエッサーとエヴェレルが結ばれるよう、最大限の努力をした。ただし、あからさまな行動は避け、自然な振る舞いを心がけた。エヴェレルと一緒にいる時はいつも生き生きとし、実に楽しそうにしていたが、実の妹であるかのような態度でエヴェレルに接しようとした。

一方で、エッサーのしとやかさ、慎ましさが引き立つよう、注意を払った。散歩している時など、エッサーがエヴェレルと隣り合って歩けるように気をつかい、自分はフィリップ・ガーディナーと一緒に歩くことにした。ガーディナーは世慣れていて、社会の仕組みについての知識も豊富だった。しかし、時として彼女に対して必要以上におべっかを使うので、ホープは辟易していた。ただ、ホープの知らない国や文化についての話だけは彼女もお気に入りだった。

土曜日の黄昏時のことだった。フレッチャーがウィンスロプ夫人の部屋を訪れると、息子が坐っていた。一人でじっと考えごとをしているところだった。さっきまで一緒にいたホープがエッサーの美点について詳しく論評していたことを思い起こしていたのだ。友のことを懸命に話していたホープの表情が愛おしく、彼女が熱弁をふるっていた肝心の論点のことはあまり頭に残っていなかった。

父親は息子に語りかけた。

「今夜は集会所で特別な話があるらしい。みんなで集まり、信仰について語り合う集会を週一回開催するということが決定された。お前も来るよな」

「集会所がどうしたって?」

エヴェレルはたった今夢から覚めたような顔つきで答えた。開いていたドアの向こうをホープが通り過ぎるのがちょうど目に入った。彼女は帽子をかぶり、マントを着て、ちょうど家を出るところだった。

「ああ、はい。話を聞きに行きますよ」

エヴェレルは自分の帽子を引っつかむと、ホープに合流した。しかし、家の外に出るところで、ホープはエヴェレルをたしなめた。

「あなたは私とではなく、エッサーと一緒に行きなさい。私はコットンさんのお宅に伺って、グラフトンさんを呼んでこなくちゃならないの」

「一緒に呼びに行っちゃいけないの?」

「だめ」

ホープはそれ以上何も言わず、足早に目的地に向かった。

「ホープの様子が変だが、どうしたんだ、一体？」

フレッチャーは息子に問いかけた。二人とも、ホープの顔色が紅潮し、目には涙を浮かべていたのに気づいていた。

「わからないです。さっき話していた時にはにこにこ笑っていたんですが」

「ホープは感情で生きている女の子だからなあ。涙を流しても、その涙が乾かないうちに顔に微笑みを浮かべることができる子だ。感受性が豊かということだ。だが、その感受性豊かな性格は少し直した方がいいのかもしれない。可愛さに目がくらんで、甘やかしすぎてしまったようだ」

「無垢な人間は無垢なままでよいのではないでしょうか。甘やかしすぎがいけなかったというのはどういうことですか？」

「彼女はもう少し厳しい環境の中できちんと躾けられるべきだということだ」

フレッチャーは家の外を見まわし、ドアを閉め、息子に向かった。

「エヴェレル、お前はいつも私の言うことをよく聞いてくれた」

「これからもそうですよ、お父さん」

エヴェレルは軽い気持ちでそう答えた。だが、それが実はだんだん困難になっていくことについてはまったく考えてもいなかった。

「自分の力をあまり過信してはいけない。お前にもすぐわかる。自分の力がいかに弱いものであったか、思い知る時が来る。お前もわかっていると思うが、ホープは、子供の時と同じような気持ちで、お前のことを愛している。ホープの感情を今以上に育ててしまうようなことはしてはいけない。つまり恋愛感情はいけないということだ。いいか、父親の名誉、お前自身の名誉をきちんと守るんだぞ。もし、約束を違えて……」

「ちょっと待ってください、お父さん。ちょっと待って、わけを聞かせてください。ホープとの関係をこれからどうしようとか、僕は考えたこともない。ホープの感情を育ててはいけないなどと言われても何のことだかよくわからない。恋愛感情はいけないって、どういうこと?」

エヴェレルの眼差しは真剣そのものだった。フレッチャーは父親としてしっかり答えようと思ったが、よくよく考えれば、自分が口にしたことに正当性を持たせる理屈はさして見当たらない。

フレッチャーは正直な気持ちを息子に伝えることにした。ホープとずっと一緒に暮らしたい。そう願い続けてきたことをまず話した。次に、彼女の財産目当てで自分がホープと暮らし続けているという噂が流れていることも話した。

エヴェレルは笑い出した。

「誰がそんなことを言ってるんですか? お父さんがそういう人でないことは皆さんご存知でしょう。僕だって、財産を持っている女性と結婚したいとはちっとも思わない」

「お前がそんな人間でないことは、私だってよくわかっている。だがね、私たちは後ろ指をさされるようなことは絶対にしてはならないのだ。ウィンスロプもよく言っていることだが、私たちは慎重の上にも慎重を期して悪を遠ざけなければいけない。世の中にはえてして疑い深く、他人が私利私欲にまみれていると考えがちな人々がいる」

「では、そういう人たちからも賞讃されるような人間になるには、僕たちも彼らと同じような考え方をした方がいいのですか?」

「こらこら、そういう口の利き方をするべきではない。むろん、誰だって悪の誘惑には弱い。だが、今はそういうことを言っているのではない。私が言いたいのはこういうことだ。私たちは、自分たちの望みと公共の望みのどちらを優先すべきか。場合によっては自分たちの個人的な望みは抑えるべきなのだと。この荒野に新世界を建設するという偉大なる使命に携わっている私たちは、個人的な思いを表に出してはならない。私たちの世代が新世界の土台を作った。子供たちは、その土台の上に立って、新世界を正しく発展させていくために生きていかねばならない。結婚を考える時もそのことをよくよく考えなければいけない」

「それだから、どんなに美しく輝いている宝石も、家造りのための素材、ごく普通のレンガの一つとして壁に塗りこまれなければいけないということですか？　それが、家造りを始めた人たちの意志というわけなのですね。ついでに、ガーディナーのこと、お父さん、あまりお好きではないようですが、僕の方からの説明が足りていないだけかもしれません。それから、僕たちのことですが、僕たちは機械の部品ではありません。お父さんのことを愛し、尊敬しているからこそのお願いです。僕たちのことを一人の人間として考えてください」

「大事なのは従うということだ、エヴェレル」

「わかっています。してはいけないということをするつもりはありません」

「では、今までも私はきちんと父親の役割を果たし、お前も自分の義務を正しく果たしてきたと言えるのか？」

「そうですね。今までお父さんは本当に優しくて、僕もそれに甘えて、いろいろ縛られることには嫌な顔ばかりしていました。確かに、お父さんの言うことを完全に守ってきたわけではないです。でも、これからはお父さんの言う通りにしようと……」

そこにウィンスロプ夫人が急に入ってきた。おかげで、エヴェレルは父親ときちんとした約束をしないで済んでしまった。エヴェレルにとっては運が良かったと言えなくもない。ウィンスロプ夫人は二人を連れて集会所に出かけるつもりだったのだ。

「さあ、一緒に行きましょう、エヴェレル。エッサーが道案内してくれるわ」

エッサーはウィンスロプ夫人の後ろに隠れていた。エヴェレルが近づくと、エッサーは少し後ずさりした。男性を誘うのは恥ずかしい行為だと思ったようだ。エヴェレルはエッサーの動きに気がついた。だが、そのようなそぶりは見せず、ウィンスロプ夫人に自分の腕を差し出した。

「エッサーに案内してもらうまでもないですよ。さあ、一緒に行きましょう」

ウィンスロプ夫人がエヴェレルの申し出に従い、彼の腕に手をまわしたのを見て、フレッチャーがエッサーに腕を差し出した。フレッチャーはいろいろとエッサーに話しかけたが、彼女は恥ずかしそうな様子で、下を向いているばかりだった。思わず、フレッチャーはエッサーとホープを比べてしまった。エヴェレルの気質を思えば、息子がホープを好むのは当たり前だった。

「あれはゴートンの一味[*23]ですか？」

エヴェレルは、兵士たちに連れていかれる囚人たちを指差した。ウィンスロプ夫人が答えた。

「そうです。主人たちは来週にも裁判を開くそうよ。あの方たちも私たちの教えにきちんと耳を傾ける機会を得られるわけですわ」

「裁判が始まる前でも、いろいろ説教されるのではないのですか？」

エヴェレルが言った。

「あの方たちも最初は私たちの話を聞くのはお嫌でしょう。でもね、教会でのお説教が終わった後、あの方たちが正しい道を歩むということであれば、自分たちのお考えについて話をする機会は与えられるのではないかしら」

ウィリアム・ハバードによれば、このゴートンという男、商品を法外な値段で売りつけるような罪を犯したこともあるそうなのだが、この時は仲間たちと共にロードアイランドからボストンに連行され、政治向き、教会内双方の問題で裁かれる予定になっていた。現代の歴史学者によれば、ゴートンはマサチューセッツ湾植民地の行政、教会の仕組みに逆らい続けた男ということになっている。

ゴートンたちは教会の中に連れていかれた。そこにはすでに裁く者たちが列席していた。最後にウィンスロプ総督が登場した。いつもは武器を携えた従者と一緒だったが、この日は家族の者たちと席についた。ホープ、グラフトン夫人、ガーディナーはすでに席についていた。ホープはずっと席を立ち、エッサーの隣の席に坐り直した。そして、ホープはエッサーにささやいた。

「見て、エッサー。傍聴席のあそこ、隅っこに立っている男の人。ランプの近くにいる人よ」

「見えるわ。でも、あの方がどうしたの?」

「あの男の人、私の方をじっと見つめているの。目がギラギラしている。なんだかとても怒っているみたい。早く今日の集まりが終わらないかしら。どのくらい続くのか、知ってる?」

「たぶん長くなると思うわ。でも、退屈するほど長くなるわけじゃなくてよ」

エッサーの口ぶりには友だちを叱責する意思が明らかに込められていた。

「長くなるのね」

ホープは絶望的な気持ちになっていた。

「ウィーラーさんのお説教はいつも永遠というテーマについて。そして、ウィーラーさんのお話も永遠に終わらないの」

「ホープったら」

友だちの軽口に驚きつつ、エッサーはホープをたしなめた。

集会が始まった。さすがのホープも神妙な顔に戻り、エッサーと共に讃美歌を歌い始めた。しかし、それも束の間、彼女は別のことを考え始め、黙り込んだ。

説教を始めた牧師の話が半分も行かないうちに、ホープは苛々し始めていた。その様子に気づいた者もいたが、別に叱りつけるようなことはしなかった。みんな、ホープのこのような態度にはもう慣れっこで、わずかに憐れみの感情を持つだけだった。だが、この時のホープはただ牧師の話に退屈していただけではなかったのだ。誰にも言えない、秘密の用事をホープは抱え込んでいて、この時の彼女はそれ以外のことに思いを馳せる余裕などなかったのだ。

一方、ホープのことをじっと見つめる若い男が集会場にいたのも事実だ。ほとんど少年のようなその男は何かとても大事なことをホープに言いたくて仕方がないようだ。牧師様の説教に熱心に耳を傾けているふりをしているけれど、私の方ばかり見ている。なんだかおとぎ話に出てくる登場人物のような態度ね。なぜあんなに決然とした表情をあの人はしているのだろう。

「ねえねえ、エッサー、もう九時は過ぎたわよ。ずいぶん遅くなっちゃったわ」

「静かに。まだ八時くらいよ」

ホープは声を出してため息をついた。そして、仕方なく、牧師の話を聞くふりをした。無限に続くように思われる話でも必ず終わりはやって来る。牧師の説教もようやく終わった。だが、ホープにとって不幸なことに集会はまだまだ続いた。この場に連行されていたゴートンが、罰を受ける前に言いたいことをすべてぶちまけたくなったのか、立ち上がり、発言を始めてしまったのだ。

所詮自己満足でしかないのだが、彼は自分の主義主張について熱烈に語り続けた。教会のあらゆる儀式も牧師という制度も皆人間がでっち上げたものにすぎない。これが彼の主張の骨子だった。あくまで独りよがりな主張ではあったが、ホープにはゴートンが情熱溢れる魅力的な人間のように思え、なぜだか彼の話に引きつけられてしまった。ゴートンの話が終わると、五、六人の者たちが立ち上がり、ピューリタンが遵守している神学上の教えを次から次へと繰り出し、ゴートンを論破しようとした。

ホープは再びエッサーに声をかけた。

「もう我慢できない。ウィンスロプ夫人にお願いしてお家に帰るわ」

「じっとしていなさい。コットンさんがお話しになるのを聞かないの？」

ちょうどコットンが立ち上がり発言するところだった。コットンは聴衆に教会の約束事について話した。

「牧師の説教が終わった後は、個人個人、意見を述べることは控えなければならない」

そして、コットンは、これ以上の議論はまた別の機会に行うこととする、もう九時近くでもあるし、正しいキリスト教徒はもう自宅に帰るべき時間であると述べた。ホープも他の人たちも、最後の祈りの時間が来たと思い、腰を上げかけた。だが、コットンの話は終わっていなかった。コットンは、ウィーラー牧師の説教の内容に関連し、会衆に次のように申し渡した。

「華美な衣服、豪華な装身具を欲しがるご婦人方の問題については、以前、ウィーラー牧師がお話しになった。贅沢なものを身につけたいという欲望は今やこの地にも蔓延しつつある。ウィーラー牧師は、一部のご婦人が批判を耳にし、心を入れ替えられたことに満足しておられる。そういう方たちにとってはもう贅沢なものは不要となっており、今まで身を飾っていたベールも今では家の中で蝶の羽のようにたなびいているだけだ。節約し、簡素な生活を送ることこそ、キリスト教徒が求めるべき真の優雅さだ。ということで、我々は以下のように決定した。すでに入手している贅沢な衣服、装身具についてはぼろぼろになるまで使いきること。新たに贅沢品を入手することは禁じる」

こうして今後の贅沢は取り締まるという方針が示された後、集会は散会となった。

ウィンスロップ夫人はエヴェレルに小声で話しかけた。これから病気で伏せっている隣人の家に夫婦でお見舞いに行き、それから家に帰る。なので、エッサーを家に送ってほしい。エヴェレルはホープの方をちらっと見やったが、すぐにエッサーに対して腕を差し出した。

ホープはといえば、秘密の用事を果たすべく、席を離れ、人混みを抜け出し、一人きりになろうとした。ところが、そのホープの姿を目ざとく見つけたウィンスロップ夫人はこう声をかけた。

「レスリーさん、ガーディナーさんが送ってくださるようよ。腕を差し出しているじゃない」

さらには、グラフトン夫人もホープに話しかけてきた。新しいガウンを知人から借り受ける約束をしたかったグラフトン夫人は、知人が来るまでホープに少し待っていてほしかったのだ。

ホープはつぶやいた。

「まずいわ。こんなところでのんびりしていられないのに」

「確かにこんなところにいるのは嫌ね。でも、ちょっとだけ辛抱して。明日あの人のところに新しいガウンが届くらしいのよ」

「はいはい。では、お一人でお待ちになってね。私はガーディナーさんと行くわ。クラドックさんが伯母様と一緒に帰ってくださるはずよ。ねえ、クラドックさん、伯母様をよろしくね」

クラドックが答えた。

「承知しましたよ。気になさることはない。私も、やりたくないことはやりませんですから」

グラフトン夫人もさすがにかちんと来たようだ。

「いいえ、送ってくださらなくても結構ですわ。ホープ、おわかりよね。クラドックさんは夜は視力が弱くなるの。でも、どうぞどうぞ、もうお行きなさい。私は一人で帰りますから。クラドックさんもお心遣い感謝するわ」

クラドックは、心ならずも自分の言葉がご婦人を傷つけたことを悟った。そして、ホープにすがるような視線を送ったのだが、彼女は自分が今考えていることに夢中で、クラドックの視線に気づかなかった。いつもだったら、このお人好しのクラドックが少しでも困っていたら、すぐに助けてあげるホープだったのだが、この日は違った。

「伯母様、わかりました。一緒に行きましょうね。でも、お一人がお嫌なのなら急いでいただけませんか？」

ホープのいつもと違う様子にグラフトン夫人も動揺し、自分に大事な用事があったことも忘れ、おとなしく彼女の指示に従った。ガーディナーがグラフトン夫人の身支度を手伝い、一行は家路についた。

グラフトン夫人の足取りはゆったりとしていた。それが優美さに溢れる歩き方だと彼女は考えていたのだ。それにひきかえ、ホープは風のように進んだ。グラフトン夫人はホープをたしなめた。

「なぜ、そんなに急ぐの？　ここがイングランドだったら、皆さん、こう思うわよ。まるで森の中で鹿を追っかけているみたい」

ホープは急ぐ理由について一言も話さなかった。

「そういう歩き方はよろしくないわ。大人の女性がするような歩き方じゃない。みっともないわ。ホープったら、聞いているの？　そんなに急《せ》かさないでよ。ガーディナーさんも変だとお思いよね」

ガーディナーは、ホープがこんなに急いでいるのは自分のせいなのではないかと焦り始めていたところだった。自分の誇りが傷つけられたようで、実は悔しくてたまらなかった。かろうじて気持ちを抑え込んだガーディナーは冷静を装い、こう口にした。

「本当にこのお嬢様の足取りは速いですね。見えない羽でも背中についているのではないかと思いましたよ」

ホープは月に視線を送りながら、答えた。

「思い起こさせていただいて感謝しますわ、ガーディナーさん。空高く舞い上がるため、私はちょうど羽を広げたところ。皆さんは地上に残っていていいのよ」

ホープはガーディナーの腕を離すと、すっと前に進み、角を曲がり、そして姿を消した。

ガーディナーが何を感じ、何を考えたのか、今はこれ以上の言及は避けておこう。ともかく、悔しそうに唇を噛む様は、扱うべき商品を失い、途方に暮れている商人のようだったが、この時点で彼はすべてを失っていたわけではない。少なくともホープの伯母であるグラフトン夫人の心は巧みにつかんだのだ。グラフトン夫人はホープにこんなことすら言うようになっていた。ホープがピューリタンの人間と結婚しなければいけないのであれば、相手はいずれ判明する。彼がピューリタンとはまったく無縁の人物であることはガーディナーにすべきだと。だが、彼がピューリタンとはまったく無縁の人物であることはいずれ判明する。

一人きりになったホープは、ふと、自分の後ろを追いかけてくる足音を聞いた。後ろを振り返ってみると、あの少年のような若い男だった。集会所で自分のことをじっと見つめていた、あの男だ。ホープも女性だ。ぞっとした。でも、すぐに気持ちを抑え、歩みをとめた。

若い男はすぐ傍までやってきた。そして、一言も発さず、ホープの顔をじっと見つめた。若い男の顔は美しく、彼の顔を見たホープの心の中にはなぜだか憐憫の情、不可思議な感情が湧き起こった。ホープは思った。なぜ黙っているのかしら。彼女は若い男の顔を見つめながら、聞いた。

「道に迷ったのですか？」

「道に迷った？　確かに私は道に迷ったようです」

ぎこちない彼の言い方、物憂げな様子を見ているうちに、道に迷ったという彼の言葉には別の意味があるような気がしてきた。でもそのことはおくびにも出さず、ホープは聞いた。

「あなたは外国の方かしら？　道がおわかりにならないのであれば、私がご案内いたしますわ」

「あなたに道を教えた者は誰なのですか？　あなたに本当に道案内ができるのですか？」

「私の道案内が必要ないということなのであれば、失礼してもいいかしら」

「ちょっと待って」

男はすがるようにホープの腕をつかんだ。

「あなたはとても良さそうな人。親切そうな人。きっと私を助けてくれるはず」

そう口走ったかと思うと、若い男はわっと泣き出した。

「ああ、違う違う。私を助けてくれる人などいない」

ホープもさすがに異変に気がつき、目の前に突然現れたこの不幸そうな人物のことが心配になってきた。

「あなたは誰なのです？　どういうお方なのでしょう？」

「私が誰ですって？」

つらそうに男は答えた。

「フィリップ・ガーディナーの奴隷、いや召使い。ガーディナーが使う呼び名ならなんでもいい。ああ、そんなに憐れみのこもった目で見ないでください。私はご主人様のことを愛しているのです。いや、愛していました。私はあまりに無知だったのです。どうか、おやめになってください。本当にそういう目で見られると、また涙がこぼれてしまう」

「でも、どうか泣かないで、話を聞かせていただけませんか？　何かできることはないかしら？　私もずっとここにいるわけにはいきませんので」

「あなたにできること？　そんなもの、ありません。私を助けられる人などいないのです。ただ、お嬢様、あなたご自身が十分にお気をつけになって」

この奇妙な一言にホープも警戒心を持った。

「どういうことでしょう？　何のことをおっしゃってるの？」

男は慎重にあたりを見まわし、ホープの耳に唇を近づけ、こうささやいた。

「私のご主人様のことを愛したりはしないと約束してください。あの人のことを信じてはだめ。あの人は騎士のような態度であなたに愛を誓うでしょう。十字架をかけてあなたに愛を誓うでしょう。でも信じてはいけません」

ホープは、若い男が疲れのせいか何かで妙なことを口走っているだけなのではないかと思い始めた。これ以上この男に付き合う必要はないとも思い始めた。

「すべて、わかりましたわ。あなたのおっしゃる通りにします。でも、私はもう行きますわ。もっとお話があるのでしたら、また私のところまでいらしてください」

「これ以上お話しすることなどありません」

男は悲しそうに頭を振った。

「何もない。ただただ、私を憐れんでほしい、それだけです。私にはあなたが天使のように見える。だから、ひたすら私のことを憐れんでください。でも、私のことは誰にも話さないでください。いえ、私のことはもう忘れてください」

男は膝をつき、ホープの手にキスをした。そして、立ち上がると、そそくさと立ち去っていった。あまりのことに、彼の姿が見えなくなるまで、ホープは呆然と彼を見送るしかなかった。この奇妙な出会いがどんな意味を持つことになるのか、ホープにもいずれ理解できるようになるのだが、この時点では彼女にはさっぱり事情がわからなかった。そんなことよりも、ホープはとにかく行かなければならないところがあったのだ。

ホープは教会に隣接した墓地の南東にある柵を乗り越え、教会の敷地に入っていった。天高く月が昇り、春風のせいか、巨大な雲が次々と流れてゆく。月明かりに照らされた場所、暗闇に包まれた場所が刻々と変わり、あたりは幻想的な風景に包まれていた。普段だったら、こんな夜中にたった一人でいるのだから、ホープもびくびくしたに違いない。地面を走る小動物も、妖怪か何かに見えたかもしれない。しかし、この時のホープには大事な目的があった。そのこと以外は眼中になかった。もうすぐ約束の場所のはず。

月明かりを頼りに、目的地を目指すホープは立ちどまった。身の丈ほどある塚に屈み、芝生に頭をうずめた。再び視線を天空に戻すと、手をぎゅっと握りしめ、ホープは声を出した。

「お母様。許されることなら、今蘇って、私の傍に来て」

じっと祈りを捧げたホープは再び立ち上がり、周囲を見まわした。

「あの木の茂みのところに行くまでは、何も知ることはできないのね。あそこが約束の場所だわ」

ホープは目的地である木の茂みに着いた。胸が高鳴り、目の前がかすんだ。ホープは思わずよろけ、傍にあった墓石にすがりついた。

だが、ホープの話はとりあえずここまでとしよう。彼女は誰と何の約束をしていたのだろうか？

# 第十三章

ホープ・レスリーがなかなか帰宅しないため、ウィンスロップ家に集まった人たちは大騒ぎになっていた。動揺していなかったのはジェネットくらいのものだった。ジェネットに言わせれば、月が出ていればすぐ興奮し、家を飛び出すのはいつもホープがやっていること、心配する必要はないということらしい。しだいに流れゆく雲が分厚くなり、月明かりも途切れがちになっていった。そして、いつしか春の嵐が襲いかかってきて、大雨となり、雷鳴も轟くようになった。

ウィンスロップは、ホープはきっとどこかで雨宿りしているのだろうと判断し、家の者たちには夜のお祈りを始めるように言った。しかし、フレッチャー家の人たちはホープを探させてほしいと頼み込み、家を飛び出していった。クラドックもフレッチャー家の人たちの後を追った。グラフトン夫人は、クラドックが役に立つとは思えないなどと皮肉を言ったが、クラドックは委細構わず嵐の中へ飛び込んでいった。一時間ほど経って全員戻ってきたが、誰もホープを見つけることはできなかった。

エヴェレルはみんなの報告を聞くと、再び家の外に駆け出した。すると、ドアの外にホープがいるのに気づいた。エヴェレルは大声を出して彼女に声をかけた。

「良かった、本当に良かった。どこにいたの？　みんな心配していたんだよ」

エヴェレルは、ホープがガーディナーのマントで身体をくるんでいるのに気づいた。ホープが無事に帰ってきて大喜びだった彼の顔からすっと笑顔が消えた。

エヴェレルはホープをじっと見つめた。何か言いたそうにしたが、思っていることを口にすることはしなかった。一方ホープは、エヴェレルが発した質問に答えるでもなく、また、エヴェレルが何を思ったのか詮索するでもなく、マントを脱ごうとした。

「エヴェレル、手伝って」

ホープは不機嫌そうに見えた。エヴェレルはマントの紐をほどこうとするが、うまくいかない。

「もう、何してるの？　こんがらがっているじゃない」

ホープは紐を引きちぎり、家の中に入ろうとした。エヴェレルは気づいていなかったのだが、ドアのところには彼女をここまで連れてきたガーディナーもいて、そのガーディナーにホープはマントを手渡した。

ホープが説明してくれることを期待していたエヴェレルは彼女を見た。しかし、ホープは、家の中に入ってみんなに気づかれることがいやだと思ったのか、エヴェレルの期待していたような説明は一切せず、ただ彼にこう頼み込んだ。

「どうかお父様や皆さんにはこう伝えるだけにして。私は雨でびしょ濡れなので、すぐ自分の部屋に戻った。服を脱ぎ、すぐに寝たいと言っていた。お願いね。おやすみなさい、エヴェレル」

そう言うと、エヴェレルの返事も待たず家の中に入ったホープは、居間には向かわず、階段を駆け上がって自分の部屋に逃げ込もうとした。だが、ちょうどその時、誰かが居間のドアを開けたため、ホープの目論見は失敗に終わった。フレッチャーがホープに声をかけた。

「ここにおいで。今までどこに行っていたんだね？」

ウィンスロップもホープに話しかけた。ただし、厳しい口調ではなかった。

「いいかい、ホープ。ここにいる皆さんに是非説明をしてほしいのだが」

次はグラフトン夫人の番だ。

「ホープ、こちらに入ってきなさい。そして、ウィンスロップ夫人にきちんと謝りなさい。こんな騒動を起こして、しょうがない子。でも、何か理由はあるのでしょ？　ガーディナーさんと私を置いてきぼりにして、ほんとにお転婆なんだから」

彼女のところに近づいてきたエッサーに、ホープはささやいた。

「お願い、エッサー。あなたが私の代わりにお詫びをしておいて。私はびしょ濡れで、それにもう疲れきってるの。どんなお詫びの仕方でも構わないわ。あなたの好きにして」

「だめよ、ホープ。あなたが直接お詫びしなさい。ウィンスロップ伯母様もご機嫌斜めよ。あなたがちゃんと謝りなさい。伯母様もそれを待っているはずよ」

ホープも諦めた。思い通りにならず、もうじたばたしても仕方ないと腹を括ったのか、上りかけた階段をそそくさと下り、居間に入っていった。皆、もの言いたげな様子だ。しかし、集まった人たちが納得いくような説明はできないとホープは承知していた。

クラドックが声を上げた。この時のクラドックは、エヴェレル以上にホープに同情的だった。

「はいはい、もういいじゃないですか。お嬢様は顔色も悪い。びしょ濡れですし、もう解放して差し上げましょう」

ホープはクラドックの言葉にすがった。

「そうなの、クラドックさん。私、びしょ濡れ。こんな姿で居間に入りたくなかったんです。ウィンスロプの伯母様、こんな姿で本当にごめんなさい」

ウィンスロプ夫人は落ち着いて答えた。

「そうですわね。なぜ、そんなにびしょ濡れになってしまったのか、それをまずは教えていただけないかしら。あなたのような娘が安息日を迎える晩に九時過ぎまで一人きりで外にいたわけも教えていただきたいわ」

こうした問いかけをうまいことをきり抜けるだけのテクニックをホープは身につけていなかった。本当のことをごまかすにはそれなりにテクニックがいるものだ。ホープは、彼女なりにこの場をしのぐ手はないか、思いをめぐらした。なぜ今日こんな時間まで出歩いていたのか、本当のところを言うことは絶対にできない。しかし、嘘をでっちあげることも自分にはできない。

ホープはウィンスロプの方を見やり、微笑みを浮かべた。脇で様子を窺っていたエヴェレルは、この微笑みを見れば厳粛なるウィンスロプの心も和らぐかもしれないと思った。

「私はこの植民地の法にすべてをお任せしますわ。望むことは特にありません。私は罪を犯したのでしょう。でも、今日私がすぐに帰らなかった理由を説明しなければならないとしたら、それは私の良心、私の心を裏切るという罪を犯したことになります。そして、これ以上の罪はないと私は思うのです」

さすがのウィンスロプも、身内の者からこのような議論を向けられるとは想定していなかった。ホープの堂々とした態度に心を動かされもしたが、それ以上にやはり強いショックを受けた。

グラフトン夫人はおろおろしてこうつぶやくように言った。大好きなホープを何とかかばわなければならない。

「まあまあ。安息日を迎える晩に総督のように冷静に考えをまとめることができる方はそうそうおられないわ」

クラドックもグラフトン夫人に言葉を合わせた。

「そうですとも、そうですとも。正しく信仰を持ち、才能ある方にとっても、これはいささか悩ましい問題を突きつけられたのではないでしょうか」

話題がそれそうになった様子を見て、ウィンスロップが釘を刺した。

「クラドックさん、あなたはお優しいから、きちんと考えなければいけないことを避けようとされておられる。今日のような夕べこそ、聖なる時間として使わなければなりません。本当の優しさとは何か、本当の信仰とは何か、我々は丁寧に考える必要がある」

そして、こんどはホープの方に目を向け、こう諭した。

「私にはお前に申し聞かせる義務がある。いいかい、ホープ・レスリー。お前はいくら何でも自由すぎる。法と秩序を守ろうとしないし、この家のルールにも無頓着だ。今のままでは、お前をここまで慈しみ、育て上げてきたフレッチャーが人からそしられることになるのだよ」

ウィンスロップの訓戒をじっと耐えるように聞いていたホープは床に目を落としたままだった。しかし、フレッチャーのことに話が及んだ時、彼女はきっと目を上げた。ホープは、自分の父親代わりになってくれたフレッチャーのことを心の底から愛していたからだ。顔には一瞬怒りの表情が浮かんだ。ふと見るとエヴェレルがこちらを見ている。彼は窓際に立っていた。ホープは心の中で呟いた。

「エヴェレルも、私が悪いことをしたと思っているのね」

ホープはフレッチャーに抱きつくと、ほとんど声にもならないような弱々しい声でこうささやいた。

「あなたに不名誉をもたらすようなことは何もしていないわ。信じてほしい」

「わかっているさ。お前のことは信じなければいけないといつも考えている。そして、お前が私を裏切ったことなど一度もない。だが、人から注意を受けて、かっかするのはいけないよ」

「私は自分がいくら責められたって、かっかしたりしないわ。自分がどのように思われても、激しく叱られたりしても、それは構わない。でも、私が何か間違いをしたとして、それでなぜあなたが責められなければいけないのですか？」

暗澹たる空気が家中を覆い尽くしてしまったが、ウィンスロプ夫人が皆をなだめた。

「はいはい、ホープ。良心に誓って間違いをしていないのであれば、誰も責められることもないわ。主人が言わないから私が言うわね。今日のことはもういいです。明日からきちんとなさい。それに、もう、本当に可愛そう。この子、さっきからずっとびしょ濡れのままなのよ。もう解放してあげましょう」

そして、召使いに命じた。

「ホープの部屋の暖炉に火をつけてあげて。ベッドもできるだけ暖かくなるようにしてあげてね」

ウィンスロプ夫人は、こういった場面でホープをただひたすら責め続けるのはよくないと考えたのだ。ホープは夫人に感謝の意を伝え、さらにいろいろ準備してもらわなくても構わないと言った。

そして、みんなにおやすみなさいと言うと、そそくさと自分の部屋に向かった。

エッサーは、しばらく迷った末、おどおどとした様子でみんなに話しかけた。

「あの子もわかっていると思います。伯母様はお優しいから助けてくださったのね。あの子、何か止むに止まれぬ事情があって、誰かのことをかばっているのではないかしら。あの子は、ああいう言い方しかできないけれど、あの子だって、自分が守らなければいけないルールはちゃんと守り続けてきたと私は思います」

「その通りですよ。そう、その通り。あなたは本当に素晴らしい方だ、ダウニングのお嬢様」

クラドックが大声を出し、そして、今度は小さな声で付け足した。

「エッサーお嬢様、あなたには人を見る目がおありです」

グラフトン夫人がクラドックの言葉に反応した。

「ふん、そんなことは当たり前です。エッサーお嬢様がおっしゃったことは当然のことです。皆さんだっておわかりのはず。ホープが悪いことなどするはずがありませんわ」

思わず失笑しそうになったウィンスロップは言葉を返した。

「皆さん、彼女が何かしたのか、何もしなかったのか、そのことはもうあまり詮索するのはやめましょう。確かなことが何もわかっていない段階で、義務だとか行いだとか、あれこれ言っても仕方ないことです」

グラフトン夫人は自分の考えにはしっかりとした根拠があるのにと思ったのだろうが、この場では沈黙することにしたようだ。一方、エヴェレルも彼の父親も一言も発さなかった。いろいろ思うことはあったのだろう。ウィンスロップ夫人はその様子を察し、もう時間が時間だから皆さんお休みになった方がよろしいでしょうと告げた。

階段に向かっていたエッサーにエヴェレルが駆け寄り、話しかけた。

「一つだけ聞いておきたいんだ」

エッサーはエヴェレルの方にふり返った。いつもは青白い顔をしている彼女の顔にさっと光が射したようになった。

「友人のためにああいう風に弁明したのは何か知っているからなのかな？　それとも、これも心の広い君の信仰が故の優しさ？」

「信仰です。でも、私、別に心が広いわけではないですわ」

彼女が何か知っているのではないかと勘繰っていたエヴェレルはがっかりし、すぐにエッサーから離れた。

「信仰か」

エヴェレルは考え始めた。

「周りが見えていなくても信仰は可能だ。でも、いざ周りが見えてきてしまったらどうなんだろう」

シェイクスピアの『オセロ』の中でイアーゴがオセロを騙す時に使ったデズデモーナの浮気の偽証拠であるハンカチは、「宙に浮くほど軽いもの」だった。しかし、エヴェレルは、イアーゴの嘘に騙されて愛するデズデモーナを殺害したオセロのような嫉妬深い人間ではなかった。ガーディナーと結ばれることにもなるのかもしれないホープに対するエヴェレルの想いは恋慕の念というよりは、神聖なる愛情だった。その想いは実に気高く、純粋なものだった。

「ホープはいつも純粋で、人に嘘をつくようなことはしないし、何でも話してくれる。おどおどすることもない。でも、今日はなぜあんなに妙な態度をとっていたのだろう？　ガーディナーとどこかで偶然出会ったのなら、はっきりそう言ってくれればいいのに。でも、ホープのことをあれこれ詮索したり、ホープに何か説明してほしいと願ったり、こんなこと、本当はしてはいけないんだよな。ホープが僕に感じている愛情はおそらく子供の時と同じまま。そういえば、今日エッサー・ダウニングのことでホープが話しかけてきたけれど、なんであんな言い方をしたんだろう？　『エッサーにもし兄弟がいたらね、あの子は自分の友だちとその兄弟を結婚させようと思うはずだわ。あの子は決して堅物というわけではないのよ。分別があるの、堅苦しい子でもないわ。内気だけど』

僕がホープのことを愛しているのをホープも気づいている。うん、それは間違いない。だが、僕は別の女性を愛すべきだとも考えている。そう、頭ではそう考えている。ただ、それは無理なんだ。それはできない。ホープこそ僕の希望。僕の生きる目的。僕の気持ちは高まることはあっても、誰か別の女性に向けられることなどあり得ない。誰かが書いていた。女心は移ろいやすい。女はとんでもないことを考え出すもの。

ガーディナーという男も怪しい奴だ。根無し草の貴族のくせに、ホープと出会ってから、いつもいつも彼女のことばかり見ている。それに彼女にあからさまなおべっかばかり言っている。彼女を見る目つきには邪《よこしま》な気持ちが見え隠れしている。それなのに、ホープは下手に勇気があるから、あんな男とでも二人きりで歩いてしまう。あんな男と一緒にいたら、いずれひどい目に遭うはずなのに。あいつにはホープを心から愛することはできない。彼女の外見の美しさに心を奪われているだけだ。いや違う、彼女の財産だ。彼女の財産を狙ってるんだ。お父さんも話していたじゃないか。

僕らがホープと一緒に暮らしていることを、彼女が受け継いだ遺産を狙ってのことじゃないかと噂している人たちがいるって。僕は彼女の財産のことなんか考えたこともない。裕福な女性など、興味ない。心根が一番大切に決まっている。だからこそ、ホープが一番素敵なんだ。彼女の心は神々しいほどに清らかだ。財産のことなどどうでもいい」

とりとめもなくエヴェレルは考え続けた。愛する人がいるからこそ、様々な想いが胸をよぎる。エヴェレルは情熱的である一方、公正無私な精神の持ち主だ。この晩、思いもよらない事態が出来し、エヴェレルといえども不安が募り、心の平安も失われたが、それでも彼は正しく、真摯に考えぬこうとした。

エヴェレルがこうしていろいろと思い悩んでいる一方、エッサーはホープと直接話をしようと考えていた。ホープの部屋に入り、ドアを閉め、エッサーはじっとホープを見つめた。言葉は発しなかったが、その表情を見れば、ホープに説明を求めていることは明らかだった。しかし、ホープも声を発しない。ただひたすら、びしょ濡れの服を脱ぐことに専念し、すぐに着替えが終わった。

エッサーは部屋に備え付けの呼子を取り出し、ドアを開けて、ジェネットに部屋に来るよう呼子を吹こうとした。もちろん、いろいろ片付けてもらうためだ。

「エッサー、お願い、今日はジェネットの顔を見たくない。呼ばないで。ジェネットにぐずぐず言われるのは嫌なの」

「わかったわ」

エッサーは静かにドアを閉めた。

「ジェネットに片付けをしてもらおうと思っただけよ。あなたは余計なことに心を奪われているから、こんなに散らかっていても平気なんでしょうけど」

「そうよ。ジェネットの声を聞くくらいだったら、散らかっている方がはるかにまし。私はね、エッサー、常にきちんとはしていられないの」

「きちんとすることは確かに楽しいことではないわ」

そう答えるエッサーの声は少し震えていた。

「でもね、あなたが少しだけでもきちんとすることで、あなた自身が救われるのよ。みんなも困らない」

「今はそういう言い方をしないで、エッサー。それはあんまりな言い方だわ」

ホープは枕に顔をうずめ、目から流れ落ちる涙を隠そうとした。

「私は今本当に悩んでいるの。苦しんでいるの。あなたがきちんとしすぎていると責めたのではないのよ。言い方が変になっただけ。今はもう心がはちきれそうでしょうがないの。とにかく、今はお説教は嫌。私の気持ちをわかって」

「そんなに苦しいのなら、私に話してほしいわ」

エッサーは、ホープが身を投げ出したベッドの脇に跪《ひざまず》き、ホープに腕をかけた。

「あなたと悩みを分かち合いたいのよ。私は心からそうしたいの」

「心から？　そんな簡単なことではないのよ。みんな、私の秘密を知りたがる。でも、このことは誰にも言えない。絶対にできない。総督も伯母様も、みんなわかってたはずよ。エヴェレルだってわかってたはず。私が何の理由もなく、こんな夜中に出歩くわけがないじゃない」

ホープは肘をついて上半身を起こした。

「そうよ、エヴェレルならわかってくれると思ってたのに。私が秘密を守ろうとするのにはそれだけの理由があるということくらい、エヴェレルならわかってくれるはずなのに。他の人たちなんかどうでもいい。それなのに、それなのに。エヴェレルの馬鹿。エヴェレルなら私のすべてをわかってくれると信じてたのに」

ホープが他の誰よりもエヴェレルを攻撃するのを見て、さすがにエッサーも気分を害したようだった。エッサーはいつも以上に厳粛な言い方でホープを諭した。

「いいかしら、ホープ。お友だちのことをとやかく言うのは結構ですけど、最後はこうあるべきよ」

「どうあるべきなの？」

「良心に従って、相手を赦すこと」

「良心？　私は今とても冷静に、良心に従って発言しているつもり。だから、先生も総督もお友だちも、とにかくみんな、私のことをじっと監視する必要はないのよ」

「ホープ、それは言いすぎだわ。そんな勝手なことばかり言っていてはだめ。私たちは年配の方たちに従うべきなのよ。あの方たちの教えを聞いて、あの方たちに導いてもらうのが一番なの」

「エッサー、あなたは生まれつきの牧師様ね」

ホープはため息まじりに呻《うめ》いた。

「そんなに怖い顔をしないでよ。あなたの気持ちを損ねたのなら、これからずっとあなたのお説教を聞き続けることにするわ。でもね、わたしはどうしてもあなたの考えには同意できないの。年配の方たちの教えにただ従うだけではいけないと私は思う。それでは全然自分の頭を使っていないことになるわ。いろいろな教えを継ぎはぎしているだけでは、かえっておかしなことになるのではないかしら。あの方たちに導いてもらうといっても、私は機械じゃない。すべて年配の方たちの思い通りに動く機械に私はなれない」

偶然出てきたたとえ話に満足したのか、ホープは笑みを浮かべた。

「でもね、フレッチャーさんの言うことには私は絶対に従う。だって、あの方は私を思い通りにしようなんてしないもの。エッサー、そんな顔しないでよ。私、魔女じゃないのよ。魔女よりはちょっとはましでしょ？　さあ、おやすみのキスをしましょう。それから、私のためにお祈りをしてちょうだい。あなたのお祈りが私にはとても大切なことなの」

いくぶん憂いを含んだ声ではあったが、ホープは真剣な面持ちでエッサーに頼んだ。エッサーは頷き、ホープのために祈ることにした。

ホープとしては、自分は間違ったことはしていないという思いが強く、人からあれこれ言われるのに我慢がならなかったのだ。だが、ホープの振る舞いが子供じみていることは認めるしかなかろう。エッサーのように信仰に忠実な者からすれば、言葉を発する時はあらかじめ考え抜いた上でなすべきだし、何か行動を起こす場合もきちんとその意味について判断を下してから行動すべきなのだ。

# 第十四章

ホープが周りの人たちの心配をよそに常軌を逸した行動をとり続けていたことにはもちろん理由があった。読者の皆さんにはそろそろ真相を告げた方がいいだろう。

第十二章、安息日を迎える土曜日の晩、集会にみんなが向かう前、ホープはエヴェレルと会っていた。その場でホープはエッサーの美点についてエヴェレルにいろいろ語った。その様子には少しもわざとらしさはなく、心底エッサーのためを思っての熱弁だった。その後、ホープは部屋に戻ろうとしたのだが、玄関先にインディアンの娘が立っているのに気がついた。娘は召使いにこう頼み込んでいた。

「お宅のお嬢様たちにめったにお目にかかれないような靴をお見せしたいのです」

娘の声のただならぬ美しさにホープは心を奪われた。娘を観察してみると、驚くべきは声だけではなかった。態度は堂々としているし、表情には優美さが溢れている。王家のお姫様じゃないかしら。マントを頭からかぶっているので、実は顔はよく見えなかったのだが、そのマントがどんなにみすぼらしいものであったとしても、生まれながらの高貴さは隠し通せるものではない。

娘の方もホープに気づいた。そして、じっと視線を向けてくる。

「どうかお嬢様、この靴を試してもらえませんか？」

「あら、確かに素敵な靴ね。いただこうかしら」

ホープは娘に近づき、娘が肩にかけていた靴を手に取ってみた。召使いはその場を離れた。その様子を見て、娘はホープの手を優しく握り、尋ねた。

「お嬢様のお名前を教えていただけませんか？」

「私の名前？　ホープ・レスリー。あなたは誰なの？」

ホープの声は上ずっていた。頭に閃《ひらめ》いたことがあったのだ。娘は一瞬ためらった後、あたりを慎重に見まわしてから小声で言った。

「ホープ・レスリー、私の名前はマガウィスカ」

「マガウィスカ？　あっ、エヴェレルを呼ばなきゃ」

ホープは大慌てでエヴェレルを呼びに行こうとした。

「だめ。静かにしてください」

娘は少し声を大きくした。ホープがそのまま行ってしまったら自分は逃げ出すという仕草も見せた。ホープは行くのをやめ、もう一度マガウィスカに近づいた。

「あなたは本当にマガウィスカなの？」

ホープの声は震えた。あまりに突然のことで、疑い、望み、不安、様々な思いが頭を渦巻いた。頭からかぶっていたマントを脱いで、ホープに顔を見せるという手段もあったのかもしれないが、娘はそうしなかった。自分が野蛮人だから自らの姿を見せたくなかっただけのことだ、そう考える人もいるかもしれない。娘は胸元からネックレスを出してきた。ネックレスには髪の毛と金貨が括りつけられていた。

「これがわかりますか？　あなたも同じようなものを持っていませんか？」

ホープはネックレスをつかみ取ると、唇に当て、そして大声を出した。

「妹のね、妹のよね」

「そうです、あなたの妹のものです。聞いてください、ホープ・レスリー。あまり時間がないのです。私はここに長居はできません。今晩九時に墓地に来てください。松の木の茂みの少し向こうあたり。そこで、あなたの妹のことを話します。このことは誰にも言わないでください。私と会ったことも話してはいけません。一人で来てください。心配はありませんから」

「心配なんかしてないわ。でも、早く妹のことを教えて」

マガウィスカはホープに黙るよう、自分の唇に指を置いた。その時、玄関のドアが開いた。現れたのはウィンスロプ家の召使いではなく、ジェネットだった。マガウィスカはすぐに気がつき、その場を離れた。年を重ねてきたとはいえ、ジェネットの風貌はあまり変わっていなかった。声だけがますますやかましくなっただけだ。

「ウィンスロプ夫人がお呼びですよ。靴はまたの時にしなさいとおっしゃっています。安息日にお買い物はいけませんよ」

ジェネットが小言を言っているのを無視し、ホープはマガウィスカを追いかけた。もう少し事情を聞きたくて仕方がなかったのだ。

「待って、お願い。あなたの靴を買わせて」

その言葉に呼応するかのように、グラフトン夫人が家から出てきてマガウィスカに声をかけた。

「そこのインディアンの娘さん、私にも靴を見せてもらえないかしら」

こうなっては、マガウィスカも戻るしかない。下手をすれば素性がばれてしまう恐れはあった。マガウィスカはマントを深くかぶり、顔が見えないようにした。そして、持ってきていた靴を玄関先に放り出した。その間も太陽の光線が自分の顔にあたらないよう最大限工夫していた。

ジェネットが何かぼんやりと思い出しかかっていることにマガウィスカは気づいた。ジェネットは放り出された靴を手に取り、眺めつつ、彼女の方にもちらちら視線を送っていた。マガウィスカが思わず侮蔑的な目でジェネットのことを見返すと、ジェネットは驚いたのか、持っていた靴を落としてしまった。ジェネットはむせたふりをして咳払いをすると、家の中に入ろうとした。しまったとマガウィスカは思った。ばれたのかもしれない。しかし、ジェネットも靴に興味があるようで、家の中には入らず、再び靴を見始めた。

ホープはグラフトン夫人とジェネットの背後に立ち、指を合わせて両手を握りしめ、懇願するようにマガウィスカの方を見つめ続けた。グラフトン夫人はいつも通り品定めに夢中だった。

「これはウィンスロプの奥様には向かないわね。このお宅ではこういう靴を使うこともお認めにはならないわ。でも、私は欲しい。そのことはわかってくださると思う。ううん、わかってくださらないといけない。私が欲しいと思わなかったのならそれはそれで構わないの。私はいろいろなお品を見てみたいのよ、お買い物は私の気晴らしなんだから。これ、本当にいいお品ね、ホープに履いてほしいわ。ガーディナーさんが昨日おっしゃっていたわよ。足許もお洒落しなければって。この靴はおいくらなの？」

ホープが答えた。

「知らない」

「えっ？　変な子ね。お買い物をしているのに、お値段も聞いていないの？」

　グラフトン夫人は品物の靴からインディアンの娘に目をやった。そして、すっかりたまげてしまった。インディアンといえば、卑屈で憂鬱そうな態度をしているのが普通だと思っていたのに、この娘は毅然とし、優美さにも溢れている。手にしていた靴を思わず取り落としたグラフトン夫人はホープにささやきかけた。

「お買いなさい。お値段なんか気にしなくていいから、とにかく一足お買いなさい。この子の仲間たちとは仲良くしていた方がよさそうよ」

　ホープ自身は買い物のことなどどうでもよかったのだが、このままではマガウィスカの素性がばれてしまうかもしれないと思い、ジェネットに財布を取りに行かせた。

「財布はかごの中か、タンスの中よ」

　それからウィンスロップ夫人への伝言も頼んだ。集会所に行く前にコットンさんの奥さんのお宅に行ってヒアシンスを見る約束になっていること、時間があまりないことをジェネットに伝えてもらったのだ。ジェネットが家の中に戻ると、グラフトン夫人が心配そうに言った。

「それはいいことだけれど、一人でお出かけになるのはあまりよろしくないのではないかしら。私が誰かに声をかけてくるわ」

　そう言うとグラフトン夫人は家に入っていこうとした。彼女がドアを開け、家の中が丸見えになった。マガウィスカの目にエヴェレルの姿が飛び込んできた。エヴェレルは窓際の椅子に腰を下ろし、物思いに耽っている。その姿を見て、マガウィスカは思わず小さな叫び声を上げてしまった。

そして、すぐにまずいと判断したのか、散らばっていた靴を大急ぎでかき集め、一足だけホープの足許に残し、駆け足で家を離れていった。

ホープはマガウィスカが叫び声を上げたのに気がついた。グラフトン夫人はマガウィスカを呼びとめようとした。

「お待ちなさい、お代がまだよ。あらまあ、もうあんなに急いで。角を曲がってしまったわ。私たちがお代を払わなかったからといって、あの子、おかしなことを考えたりはしないわよね。どう思う、ホープ？」

グラフトン夫人の相手をしているといつまでも時間がかかりそうな予感がしたので、ホープは黙ってその場を去り、自分の部屋に戻った。その代わりジェネットが再びやってきて、グラフトン夫人の疑問に付き合い、いろいろ考えを述べあった。

グラフトン夫人には直接言わなかったが、ジェネットはあのインディアンの娘に胸騒ぎを覚えていた。どこかで会ったことがあるのではないかしら？　だが、マガウィスカがあっというまに走り去ってしまったので、すぐにどうでもよくなってしまった。森に住む者は森を好む。旧約ヨブ記に出てくる「町の雑踏を笑う野生のろば」のような連中に構っている暇はないと思ったのだろう。

グラフトン夫人やジェネットのことはさておき、一人部屋に戻ったホープに話を戻そう。

これまであえて考えようとしてこなかった妹のことを急にマガウィスカから告げられ、ホープは幼子のように泣きじゃくった。そして、何度も何度も口に出して妹の名を呼び続けた。頭は完全に混乱し、何を信じていいのか、希望を持っていいのか、冷静に考えることはできなかった。

しかし、何といってもホープはホープだ。いつものように前向きに考え始めた。ホープは彼女なりに控えめな考え方をしようと心がけてはいたのだけれども、太陽のように明るい娘であるのは致し方なく、今回の件についても自分の願いはすぐに叶うのではないかと思い始めたのだ。今晩のうちに妹に会える。ホープはそう考えた。ベセルの惨劇で引き裂かれた姉妹の絆は元通りになる。また二人で心を通い合わせることができる。

ただ、今はのんびり考えている時間はない。何しろ、これから集会所に行かなければならないのだ。そして、その後だ。集会が終わってから、どうにか工夫してみんなから離れ、マガウィスカと会わなければならない。自分がインディアンに襲われるかもしれないとか、自分の秘密の行動がばれるかもしれないとか、ホープは一切考えなかった。彼女は怖いもの知らずだったし、さっき会ったインディアンの娘がマガウィスカであることも微塵も疑っていなかった。エヴェレルが教えてくれたマガウィスカの姿とあの娘の姿は完全に一致していた。

さて、集会に向かう時、ホープが一人でいそいそと家を出、集会中はその場を早く抜け出したくて焦っていた様子については、すでに紹介した通りだ。集会に行く時間までホープは何度も帽子の紐を結んだりほどいたりしていた。出かける時には、一緒に行こうというエヴェレルに冷たい態度をとった。エヴェレルにもどうしても事情を説明することはできなかったのだ。

予想外の出来事もあったものの、とにかくホープは約束通りマガウィスカと再会することができた。マガウィスカは一人だった。妹の姿など、そこにはなかった。マガウィスカは、墓地の隅、墓標として刺さっている一本の棒に跪《ひざまず》き、祈りを捧げていた。お墓に埋められている人物に思いを馳せているようで、手には小さな何か道具のようなものを持っていた。マガウィスカの傍らには貝殻が置かれ、その道具を貝殻の中の液体か何かに浸していた。何らかの儀式を行っていたのだろう。

その姿を見たホープはマガウィスカに声をかけることはしなかった。妹がいなかったのは残念だったが、今目にしているマガウィスカの様子は真剣そのものだ。邪魔してはいけない。神聖な営みに没頭している彼女の周囲には犯すことのできない荘厳な空気が漂っていた。嵐が近づいてきたせいか、闇に覆われた空間を時折稲妻が走る。背の高い木々も暴風で大きく揺らいでいる。風が強まっているにもかかわらず、漆黒の闇の中、マガウィスカは祈り続けている。マントが風ではためいてしまうので、ホープは手でしっかり押さえつけた。しばらく待つしかない。

ホープが来たことに、マガウィスカは気づいていなかったわけではない。だが、今は大切な祈りの時間だ。誰にも邪魔させない。祈りの言葉をささやきながら、彼女は儀式を続けた。そのささやきはこの世のものとも思われないほどに甘美で、まるで目に見えない精霊が声を出しているような印象があった。

ようやく儀式が終わった。マガウィスカはしばし墓標に首《こうべ》を垂れた後、立ち上がり、ホープの方を向いた。雲間から射してきた月の光がホープの顔を照らした。彼女の顔は涙でくしゃくしゃになっていた。マガウィスカが声をかけた。

「いらっしゃったんですね。お一人？」

マガウィスカは周囲を見まわした。

「一人で来ると約束したわ」

「はい、私もあなたを信じていました。そして、これからも信じ続けます。あなたがネレマに良いことをしてくれたから」

「それじゃ、ネレマは無事にあなたたちのところに着いたのね」

「はい、そうです。ネレマは疲れきり、ふらふらになって、ほとんど死にそうになって、私の父の小屋に這って入ってきました。生の時間はあとわずか。ネレマは白人に対する呪いの言葉を口にしました。でも、あなただけは祝福していました。息絶える寸前、あなたとしたという約束を果たすよう、ネレマは私に頼みました」

「なら、あなたは約束を果たしてくれるのね？　マガウィスカ」

はじかれたようにホープは声を上げた。

「いいえ。ネレマもそういう約束はしなかったはず。私もその約束は果たせません。今親の元で静かに暮らしている小鳥を返すことなどできません。他の川の水と混ざってしまった水を泉に返すようなこともできません」

「そういうたとえはやめて」

冷静な顔はしていたものの、ホープの心は混乱していた。静かに話し続けるマガウィスカの態度に焦りは募り、身悶えするような思いで問いかけた。

「どういうことか、教えて。妹はどこなの？」

「彼女は無事です。近くにいます。会うこともできます、ホープ・レスリー」

「いつ？　どこで？　あの子のことを今度抱きしめたら、もう絶対に離しはしない。これからはずっと一緒」

かすかに微笑みを浮かべつつ、マガウィスカは答えた。

「あなたの腕が妹さんを引きとめることはもうできません。私たちの住む谷で育ったユリはイギリス人のお宅の庭に移すことはできません」

「お願いだから、わかるように言って。私の妹はまさか……」

ホープはその後を口にすることができなかった。マガウィスカはホープの代わりに言葉を続けた。

「そうです、ホープ・レスリー。妹さんはオネコと結婚しました」

「そんなこと、あり得ない」

ホープはナイフで胸を抉られたような思いで叫んだ。

「私の妹がインディアンと結ばれた？」

「そうです、インディアンと結ばれたのです」

マガウィスカも大きな声を出した。その声には白人たちに対する誇り、そして蔑みが滲んでいた。白人に踏みにじられてきたことへの反骨の思いが溢れていた。

「妹さんが結ばれたのはインディアン。最も強き者の血を引き継いだインディアン。森の中で一番すばしこいインディアン。友に対しても、敵に対しても自らの背を向けたことのないインディアン。大いなる神秘が命を与えたインディアン。オネコはその命を決して汚すことなく、いずれ大いなる神秘にお返しするはずです。あなたはまさかこうお考えですか？　妹さんがインディアンと結婚したから、あなたの血も汚されたと」

ほとばしる怒りはやがて静まったが、ホープはといえば、泣きじゃくるばかりだった。絶望に引き裂かれ、意味がとれる言葉はごくわずかだった。

「ああ、私の妹……愛するお母様……」

さすがにマガウィスカの心にも同情の思いが芽生えた。インディアンとしての誇り、白人への怒りではなく、目の前で泣きじゃくる白人の娘に対する憐れみが生まれたのだ。マガウィスカはなだめるように言った。

「そんなに泣かないでください。妹さんは私たちと暮らしていますが、とてもうまくやっています。みんなに大事にされています。妹さんはみんなに可愛がられている小鳥です。冷たい風が吹いてきても妹さんには当たらないようにしているし、太陽の光がきつい時は日蔭にかくまっています。妹さんをきつく叱る者はいません。私の父親のモノノットも妹さんを自分の本当の家族のように大切にしています。そして、オネコ。オネコは全身全霊をかけて彼女を愛しています。まるで彼女が善なる精霊そのものでもあるかのように思っています。妹さんは幸せになっているのです」

「ここには私の母が埋葬されているの」

マガウィスカの言葉を聞いていなかったかのような調子で、ホープは話し始めた。

「母はこの荒野に子供たちを連れてやってきて、そして死んだ。母は子供たちの運命をキリストに託したはず。妹をキリスト教徒の家に返して」

マガウィスカは哀調を帯びた声で言った。

「ここには私の母のお墓もあります。あなたはこのように考えることはできないのですか？　大いなる神秘はこの聖なる墓地をいつも見ていてくださる。ここは善き人、平和を愛した人が眠る場所。大いなる神秘は分け隔てなどしません。どんな人でも大いなる神秘の子供。あそこにあるあなた方の神殿に集まっている人も、森の木蔭に集い、大いなる神秘に祈りを捧げる人も、みんな大いなる神秘の子」

マガウィスカの言うことにも一理ある。ホープも彼女の言い分に耳を貸す気になった。マガウィスカは続けた。

「どうか、聞いてください。あなたが口にしたキリスト教徒の家。妹さんはそこに属してもいます。フランスという国からやってきた聖なる人物の前で、妹さんは十字を切るという儀式を行いました。妹さんは十字架に祈りを捧げたのです」

「ああ、神様」

ホープは歓喜した。それがたとえカトリックの儀式ではあれ、妹がキリスト教徒であれば構わない、そう思ったのだ。マガウィスカはホープの胸の裡を推し量りつつ、言葉を続けた。

「あなたが喜ぶのも当然でしょう。理想のものとは違う灯火であったとしても、妹さんはその灯火を頼りにすればいいのですから。ですが、私の考えは違います。大いなる神秘は誰にとっても導きとなるもの。太陽が照らす昼間でも、月明かりしかない夜の森の中でも、私は大いなる神秘の存在を身近に感じるのです」

マガウィスカは胸のところで両手を組み、さらに熱く語り続けた。

「大いなる神秘は今ここに、いいえ、目が覚めている時はずっとこの頭の中に確かにいるのです。あっ、でも、時間を無駄にしてはいけませんね。あなたは妹さんと会う必要があります」

「いつ、どこで?」

「そのことをお話しする前に、私たちのやり方で約束をしていただきます」

そう言うと、マガウィスカはさっきまで祈りを捧げていた墓標、それは彼女の母親の墓だったのだが、その墓標に刻んだ鷲の絵を指差した。この鷲こそ部族の象徴だった。

「この鷲の前でこう約束してください。私と会ったこと、私ともう一度会う約束をしたこと、このことを絶対に誰にもしゃべらないと」

「約束します、約束します」

「それでは、今日の日から数えて、五回目が昇り、日が沈んだら、私は妹さんを連れてまたここに来ます。しっ！」

マガウィスカは突然話すのをやめ、あたりを注意深く見まわした。彼女の視線と頭の動きを見て、ホープは軽い調子で言った。

「風が吹いただけよ」

「裏切ったりはしないですよね。私の身の安全は若いあなたにかかっているのですよ」

半ば試すようにマガウィスカは言った。

「あなたの身の安全？　なぜそんなに気をつけなければならないの？　堂々と私たちの家に来たらいいのに。私があの総督さんにきちんと話をしてあげる。何も問題ないはずよ。総督さんを説得できれば、みんな、総督さんの言うことは聞くから」

「あなたはわかっていないのです」

「いいえ、わかっています。マガウィスカ、あなたこそわかっていない。なぜ私の言うことを聞いてくれないの？　囚人のように扱われることを恐れているの？　みんな、そんなことはしないわ。あなたのことは丁寧に扱ってくれるはず。フレッチャー家の皆さんはあなたのことはよく知っているんだから、あなたによくしてくれるに決まっているじゃない。特にエヴェレルは……」

「エヴェレルがわたしによくしてくれる？　あの人が私のことを覚えているんですか？　あの人の心の中にインディアンが入る場所がまだあるんですか？」

マガウィスカは複雑な思いを感じ始めたようだった。インディアンとしての誇り、あるいは諦念が心の中を渦巻いていたのだろう。

「マガウィスカ、エヴェレルはあなたのことをよく覚えているわ」

この話題でマガウィスカを説得しようとホープは決めた。

「今朝のことよ。エヴェレルはこう言ってたわ。インディアンのガイドが必要だから、マガウィスカ、あなたを探し出したいって」

マガウィスカはマントで顔を覆い隠した。

「エヴェレルの話では、この広い世界の中であなたほど善い人はいない、あなたほど高貴な人はいないそうなのよ。あなたが無事だと聞いた時、エヴェレル、本当に大喜びだった。あなたの話を何度も何度も聞かされた。だから、私、あなたと会った時、すぐにこの人こそエヴェレルのマガウィスカだとわかったわ」

「もう言わないでください、ホープ・レスリー。もうそれ以上は言わないでください」

自分が恥じらっていると思われたくなかったのか、マガウィスカはマントから顔を出した。

「私は父に約束したのです。母のお墓の前でも同じ約束をしました。私が約束を破ったら、あの空が私に罰を下すはずです。ですから、エヴェレル・フレッチャーのことはもう話さないでください」

「では、最後にもう一言だけいい？　マガウィスカ。妹と本当に会えるんだったら、エヴェレルと一緒に行ってはだめ？　これは彼のためでもあるし、私のためでもあるし、何よりもあなたのためよ。お願い、そうさせて」

熱弁をふるうホープの顔をちらっと見ると、マガウィスカは暗い笑顔を浮かべつつ、頭を横に振った。

「あなたのことを知っている人はみんな言っていました。あなたの言うことを完全に拒むのは難しい。あなたはどんな年寄りの心も安らかにしてしまう。それどころか、みんな、あなたの言うことを聞いてしまう。でも、私は学びました。どんなに心が乱れても拒まなければいけないことは拒む。たとえ親鳥が巣に戻ってくるように甘い声を出したとしても、自分に目的があるのなら、どんなにつらくても羽を広げて飛び続ける。ただ、ああ、そんなこと言うのは簡単」

マガウィスカは視線を下に落とし、言葉を続けた。

「自分でもよくわからないのです。さっきエヴェレルの姿が目に入った時、私は子供のように叫んでしまいました。父が知ったら顔色を変えたでしょう。ホープ、もうそういう目で見るのはよしてください。あなたは一人で来ること。いいですか、その約束ができないのであれば、あなたは二度と妹さんとは会えません」

マガウィスカの決然とした態度を見て、ホープも自分の願いが聞き入れられそうもないことを悟った。

一人で行くと約束したホープはマガウィスカと次回会う段取りの相談をした。マガウィスカはこの町に再び忍び込むこともやむを得ないと考えていた。ただし、その場合、今度はフェイス・レスリーを同行させなければいけないので、フェイスを完璧に変装させる必要があった。なので、できれば町にフェイスを連れてくることは避けたかった。マガウィスカの心の中には、今のありのままのフェイスを見てもらう必要があるという思いもあり、フェイスに白人の着物を着せることには反対だった。

ホープは繊細な神経の持ち主だった。正直なところ、白人の姿をしたフェイスしか見たくなかった。しかし、今日マガウィスカと会うだけでもこんなに神経を使った。マガウィスカがフェイスを連れてくる時はもっと慎重にならなければならない。自分の周りには、あの信心深いエッサーをはじめ、多くの人たちが監視の目を光らせている。

そこまで考えて、ホープはふとディグビーのことを思い出した。あの人なら信頼できる。あの人はいつも私を助けてくれた。ディグビーは今、町から五キロほどのところにある港の沖合に浮かぶ島でウィンスロップ家の庭園の管理の仕事をしていた。ウィンスロップ家の人たちもよく休暇に訪れている島だ。ただし、島で生活しているのはディグビーの一家だけだった。あの島だったら、ディグビーは一晩秘密の会合の場所を提供してくれるはずだ。あそこなら、誰にも邪魔されず、妹とじっくり話ができる。

ホープがこの考えをマガウィスカに伝えると、彼女も黙って賛成してくれた。細かい段取りを決める前、ホープは念のために言った。

「もしかしたら、私は妹に私と一緒に暮らしてほしいと頼んでしまうかもしれない。その時は許してね」

「それは構いません。でも、それは無理だと思います。彼女と私の弟はそれはそれは仲がいいんです。二人で一つの命。それに、妹さん、私と違って、あなたに話しかけることも、あなたの言葉を理解することもできないのですよ。妹さんが私たちのところにやってきた時、妹さんはとても小さかったのです。その時以来、妹さんはインディアンの言葉しか聞いていません。水は乾いてしまうもの。火打石にも打った痕跡は残りません」

意気消沈したホープの様子を見て、マガウィスカは慰めた。

「言葉を理解できなくても、妹さんの顔を見れば、妹さんが本当に善い人であることはすぐにわかるはずです」

次に会う時の段取りをいろいろ詰め、別れ際、マガウィスカは頭を下げ、ホープがまとっていたショールにキスをした。その様子は東洋風の礼儀正しい挨拶に似ていた。

それから、マガウィスカは懐から香草を取り出し、母の墓標に捧げた。そして、地面にひれ伏し、熱心に祈り始めた。ただし、一言も発するわけではない。大地そのものに命を感じているのか、マガウィスカは大地と直接交信しているようにも見えた。母への祈りが済むとマガウィスカは立ち上がり、マントを深くかぶり、その場を去っていった。

一方、ホープは呆然としながら立ち尽くしていた。向こうに歩いていくマガウィスカの姿を眺めながら、ホープは思った。

「どうしてこうなってしまったのかしら？　私たちはこうなる運命だったの？　あの子の母親と私の母親が二人を引き合わせたのかしら。私たちは不思議な絆で結ばれている」

しかしながら、こういう場所でのんびり考えごとをしている場合ではないとホープもすぐに気がついた。マガウィスカと会うことばかり考えていたので、襲いかかってきた嵐のことには無頓着だったのだ。押し寄せてきた雲が月を覆い、雨粒が激しく地面を打ち始めた。彼女はランプを持ってきていなかったので、道もよくわからなくなってしまった。夜空を貫く稲妻の光、そして向こうに見えるコットン家の窓から漏れるろうそくの灯りを頼りに、豪雨の中、家に向かった。

ホープが急ぎ足で歩き始め、木の茂みを通り過ぎたあたりで、彼女は枝がガサガサするような音を聞いた。誰かがそこにいるようだ。声も聞こえたような気がする。ホープは立ちどまり、意を決して音がした方に向かった。

「誰かが私たちのことを見ていたのかもしれない。あの子を裏切るわけにはいかないのよ、私は」

ホープがこう考えた瞬間、耳をつんざくような雷鳴が轟いた。周囲も巨大な照明に照らされたようになった。さすがのホープも怖くなってきた。誰かいたのかもしれないという思いは捨てきれないものの、この嵐の中、本当に誰かが自分たちの近くで聞き耳を立てていたのか、確認するのは無謀な気がしてきた。仕方がない、もう家に帰ろう。

墓地の柵を飛び越えたところで、ホープはガーディナーと出くわした。

「レスリーお嬢様」

稲光の中、ガーディナーは声をかけてきた。

「ここであなたと出会えるとは思わなかった。私のコートを羽織ってください。この雨でひどく濡れてしまっているではないですか」

「いいえ、いりませんわ。あなたのコートはだぶだぶで、邪魔になるだけです。もうびしょ濡れですし、このままお家に帰ります」

ホープはガーディナーを無視して歩き出そうとしたが、ガーディナーはホープの腕をつかまえた。そして、自分のコートを彼女にかけた。

「嵐が来るとわかっているのにこんなところに来るなんて、いいことではありませんよ、レスリーお嬢様」

ガーディナーは問い質《ただ》すように聞いたが、ホープはもちろん何も答えなかった。

「おわかりですか？　今日は安息日の晩。何か特別な用事でもありましたか？」

「いいえ」

「違う？　総督のご家族の方たちは厳しい人たちばかりとお聞きしておりますが、あなたもその一員であるべきでしょう。よほどのご事情がない限り、このようなことをなさってはいけない」

「関係ないわ」

「関係ない？　面白言い訳をされる方だ。あなたは怖いもの知らずのようだが、やはり危険は避けるべきだ。もし私にその力があるのであれば、私は一生をかけてあなたをお守りしたいと考えております。愛があれば可能なはず」

「無駄なおしゃべりはおやめになって、ガーディナーさん。この嵐の中で話すようなことではないでしょ？　あなたの言葉はあられのように地面に落ちるだけだわ」

「あなたが口にされる言葉は私の耳を突き抜けるだけではなく、心をも突き刺します」

ガーディナーは苛立たしげに唇を噛みつつ、言葉を続けた。

「ですから、あまりきついことは言わないでいただきたい。私の心が沈むような言葉はおかけにならないでほしい」

「あられは地面に落ちるとすぐ解けてしまうもの。私の言葉も同じよ」

相変わらずぶっきらぼうにホープは答えた。この時点で二人はウィンスロプの家の前に着いてしまったので、ガーディナーもこれ以上は何も言えなかった。

稲妻がまた光った。あたりが一瞬明るくなり、門柱にもたれかかっているガーディナーの召使いの姿が闇夜に浮かんだ。召使いの少年は必死に主人とホープの話を聞き取ろうとしているようだった。帽子を手につかみ、髪の毛は暴風の影響で顔や首に巻きついていた。だが、少年はそんなことは気にせず、一心不乱に二人の話に耳を澄ましていた。

その姿に驚いたホープとガーディナーは思わず後ずさりしたが、ホープがすぐに「どうしたの?」と声をかけた。その声にかぶせるようにガーディナーがきつく叱った。

「こら、ローザ。こんな嵐の中で私を待つ必要はない」

「嵐なんか平気です。そうね、嵐が来てるのね。でも、私には関係ない」

ローザは必死に答えた。ホープに自分の声を聞き取ってほしかったのだ。さっき、二人で話したでしょ、私に気づいて。しかし、ホープはそのまま家に入ってしまった。

さて、この晩なぜマガウィスカがホープの前に姿を現したのか、少し説明をしておこう。

マガウィスカの父モノノットは白人たちと平和的な関係を築くことを仲間に提唱したが、白人たちによるピクォート族の虐殺により、彼は部族の指導者としての地位を失い、その後、ひたすら白人たちへの復讐だけを考え続けていた。

ベセルでフレッチャー家を襲った程度では彼の復讐心は満たされなかった。この件はたんに娘や息子絡みの私的な問題の解決にすぎなかったからだ。インディアンもさすがに一つの目的を完全に果たすことが可能だとは考えはしない。目的遂行のためなら何事もいとわないという揺るぎなき信念の持ち主だったとしても、完璧なる目的遂行が不可能であることくらいわかっている。

しかし、モノノットは違っていた。復讐を遂げるという意志に揺るぎはなかった。目的を完遂することにのみすべてを捧げた。東洋の国にもこういう生き方をする人間がいるらしい。それは狂気としか言いようのない代物だが、神がかり的に強固な意志と評価することはできる。モノノットが口にしたこと、命じたことは必ずなされなければならない。

ただし、目的達成のために息子のオネコを使うことは考えなかった。この強すぎる父親にとって息子は気まぐれで、弱い。この息子は好きにさせておこう。ベセルでさらってきた白人の女の子に夢中になっているならそれはそれでも構わない。その代わりマガウィスカが父親の相談役となった。

彼女はいつも父親の傍らにあり、父親を支えた。父親の心を焦がし続ける復讐心についても、悩みつつ、理解に努めようとした。そして、父親の心の中に実は潜んでいる鬱屈とした思いにも気づき始めた。私が父を支えなければいけない。マガウィスカはそう心に決め、復讐の権化と化した父親の忠実なる僕《しもべ》となろうとした。マガウィスカは仲間たちの中で大いなる神秘のお告げを伝える聖職者としての役割を果たしていた。エヴェレルに対する秘めたる思慕の念、愛する母のかけがえのない思い出などは忘れることにした。すべては父のためだ。

一六四二年から翌年にかけて、インディアン各部族は白人に対して激しい抵抗を試みた。ヴァージニア植民地ではイギリス人の殺害が相次いだ。ニューヨークのオランダ植民地でもインディアンがたびたび襲いかかってきた。この物語の舞台であるニューイングランドの植民地でも、インディアンたちの中で不満が高まりつつあるという不気味な噂が広がり、常時警戒態勢がとられるようになっていた。

こうした危機的状況はモノノットにとって実に都合が良いものとなった。この事態を利用して我が目的も完遂されると判断した彼は、ニューイングランド地域のインディアン各部族の力を糾合しようと試みた。まずはナラガンセット族の長であるミアントゥノモーに声をかけた。この長はモヒガン族の長のウンカスとはあまり仲が良くなかったが、白人と対決するという大いなる目的があるのなら、私怨を忘れ、インディアン各部族のリーダーとして持ち前の力と技量を発揮してくれるに違いない。そう判断したのだ。

モノノットは自らの思いの丈をミアントゥノモーにぶつけた。ウィリアム・ハバードも、この時のモノノットについてこう語っている。

「彼には彼なりの正義があり、その言葉は示唆に富み、それと同時にその弁舌の様は雄弁そのものだった。彼には揺るぎなき信念があったのだろう」

ミアントゥノモーもモノノットの言葉に打たれ、彼の計画に賛同することとした。

インディアンたちが策謀をめぐらしているとの噂はボストンにも届いた。ウィンスロプはミアントゥノモーを裁判所で証言させるため、彼を召喚した。その際、自宅での夕食の場に彼を招待したのだが、この時のことについてはすでに第十一章で触れた。しかしながら、ミアントゥノモーはイギリス人から何を問われてものらりくらりとかわし、本心を明かさなかった。そのため、白人たちの疑念は払拭されることはなかった。ハバードの言葉を借りてこよう。

「彼の言葉は油のように滑らかだったが、その心に剣を帯びていることを多くの者が悟った」

これだけ大胆かつ緻密な計画を立てているモノノットにすれば、家族の存在は足手まといでしかなかったはずだが、彼は家族を伴って行動し続けた。マガウィスカは彼にとって必要不可欠な存在となっていた。そして、オネコと彼の妻である白人の少女が彼と行動を共にすることも許していた。なぜか。ネレマが死の間際に伝えた遺志をモノノットも尊重することにしたのだ。ネレマの命を救ったホープ・レスリーとネレマの間で取り交わされた約束、つまりホープたち姉妹の再会が実現するまでは、自らが企図した計画を実施することはしない。そう、モノノットは考えた。

仮にインディアン各部族が一致結束して戦うことができれば、モノノットの計画も成功裏に終わり、イギリス人たちはアメリカ大陸から駆逐されていたことだろう。だが、この大陸は広い。インディアン各部族も各地に点在して生活していた。その上、つまらぬことで抗争を繰り返し、長い間に蓄積された部族間の憎しみはそう簡単には一掃できなかった。それぞれの部族は確かに勇敢で、戦闘力も高かった。しかし、白人と戦うための戦術は持ちえなかった。策謀をめぐらすことには長けていたが、その謀略も所詮浅知恵の産物。

話が脇道にそれた。モノノットたちのことに話を戻そう。モノノットは、マガウィスカがホープたち姉妹の再会を果たすために行動することを許可した。彼女がうまく立ちまわることができれば我が計画もうまくいくと、そう考えたからだ。

マガウィスカはネポンセット川という川のほとりでモノノットたちと別れ、ボストンに向かい、ホープ・レスリーと密かに会うことにした。当時、ボストンにインディアンの娘が現れても特に驚かれることはなかった。ボストンのあちらこちらでインディアンたちは遊んだり、魚を獲ったり、工芸品を作ったりしていた。それが日常的な風景だった。

だが、少なくとも自分がマガウィスカだとばれないよう、彼女は細心の注意を払った。いつもは髪の毛をより合わせ、編んでいたが、その髪の毛をほどき、額に撫でつけた。ボストン近郊に住んでいるインディアンたちの格好を真似たのだ。マントで身体全体を覆い、父もお気に入りの衣装を隠すようにした。黄昏時ということもあり、日も陰ってきていて、彼女の姿が特に目立つということもなかった。そして、その後、すでに述べたように、マガウィスカはホープと会い、密談を交わすこととなった。

# 第十五章

ガーディナーはウィンスロップ総督の厚意もあって、ダニエル・モードという教師の家に間借りしていた。ホープと別れたガーディナーは致し方なくモードの家に向かった。召使いの少年はむっつりと押し黙ったまま、主人の後を追った。

主従は無言のままだった。モードの家に帰り、自分たちの部屋に入った後、少年は召使いとしての日常業務すら放棄した。少年は座布団に身を投げ出し、手で顔を覆った。主人の面倒を見ることもなく、何事か考え続けているようだった。暖炉の火も弱々しくなっていた。ガーディナーは暖炉の燃えさしを使ってろうそくに火をともした。それから、机の上に散らかっていた筆記用具を整理した。すぐ傍ですすり泣いている少年のことなど眼中にないようだった。ガーディナーはペンをとり、手紙を書き始めた。

親愛なるウィルトン君。

君はこう言っていた。なぜニューイングランドに行くのかと。

その時は答える時間がなかった。いや、答えなど見いだせるものかと君は今でも考えているだろう。だが、自分の行動の動機についてきちんと説明できる人間などいるのかね？　行動を起こしてしまった時点でちゃんとした動機を認識できている人間などいるものか。人間は気まぐれで愚かな存在だ。ところがだ、その動機というものを私は見つけてしまったのだ。このニューイングランドで。

負けるとわかっている勝負事をするのはもうご免だ。ネズミだって、住処としている家が崩れそうになったら、それを事前に本能的に察知して、逃げ出すというじゃないか。私だって、議会との抗争で押されつつある国王陛下が忠実なる僕《しもべ》たちを数多く必要としているこの時期に陛下の下を離れることとなり、忸怩たる思いだ。

ウィルトン君、笑わないでくれたまえ。私だって良心の呵責を感じることはあるのだ。バレッティ神父がよく言ってたじゃないか。堕天使ルシファーも天を追放された時、自らの心を苛む良心の存在に気づいた。自分をルシファーになぞらえるのも何だが、とにかく私も良心の呵責を感じる時はあるのだ。

私の人生はこのところ不運続きだ。運命の女神が国王陛下にツキをもたらしてくれるようになるまで、私は身を引くつもりだ。で、私はなぜこんな所に来たのか？

我が友トマス・モートン*24はこう私信に書いたそうだ。

「国王ウィンスロップは様々な発明を行った。奇想天外な布告。悪意に満ちた説教、結婚、儀式の数々」

私信を暴露するのはよくないことかもしれないが、聞いてくれたまえ。トマス・モートンのことは聞いたことがあるだろう？　この地にも素晴らしい住処、楽園が誕生したことがある。マウント・ウォラストンという土地だ。そこでは皆陽気に、楽しく過ごしていたものだから、メリーマウントという別名がつき、すっかり有名になった。

モートンは『ニューイングランド・カナン』という本を書いたが、そこに出てくる支配階級の行きすぎた聖人君子ぶりは評判になったはずだ。彼はひたすら自由を愛する男だった。それ故、結果的にその聖人君子たちの命によりマウント・ウォラストンを追われることになる。追放された彼は一度はイングランド本国で国王陛下の支援を受ける寸前にまで行った。だが、彼の敵たちがいろいろと画策したため、その目論見はうまくいかなかった。それからというもの、彼は敵たちにあの手この手で復讐を試みている。『ニューイングランド・カナン』の中でも皮肉たっぷりの詩を挿入したりしている。しかし結局のところ、その程度の復讐では心は満たされなかったに違いない。

今や彼も年老い、貧困に悩むようになり、覇気を失ってしまった。この間の冬、嫌なことを忘れたかったのか、失われた自らの財産や権限を回復したかったのか、彼は再びこの大陸にやってきた。彼はこの地に着くとすぐに私に手紙を書いてきた。自分たちの仲間の権利は回復されれ、あのメリーマウントで自分は再び王となる、仲間にならないか。私を支えてくれる者もいる、自分の財産と権限を相続する者もいる、一緒に暮らそう。そう彼は伝えてきた。ピューリタンたちの無益な儀礼に飽き飽きしてきたところだったし、この際、新しい生活に身を委ねるのもいいかと思い、彼の申し出を受けようと私は考えた。

ところが、モートンはメリーマウントに再び君臨するどころか、逮捕され、牢獄に入れられてしまった。いろいろ聞いてみれば、彼はもはや正気を失っているらしい。ウィルトン君、私のことを笑ってくれてもいいよ。そんな者の口車に乗った私は本当に愚かだったが、完全にしくじったわけでもない。まだ私にもいい目が出るチャンスはあるということさ。

確かに私はモートンと付き合ったことがある。だが、この地でそれを知る者はいない。彼が私とのことを口走ったとしても、誰も信じないだろう。何しろ、この地で私は聖人たちの兄弟ということになっているからだ。モートンも言っていたよ。自分たちのところに来る時にはピューリタンと同じ格好をしてこいと。あいつらがいる場所を離れたら、身なりも自由にすればいい。だから、今、私は徹底的にピューリタンのふりをしている。着ている物も、言葉遣いも、生活の仕方もすべてそうだ。君が見ればさぞや驚くことだろう。それとも、こう言うかな。いつまでそんなみすぼらしい身なりをしているんだい?

答えはある。私は今生きる目標を見つけたのだ。一人の娘だ。私はその娘にすっかり心を奪われてしまった。もう夢中だ。その娘はあのウォルター・レスリー卿のただ一人の遺産相続人だ。バッキンガム公ジョージ・ヴィリアーズがフランスに進軍した時にレスリー卿が勇敢に戦った話は有名だ。

若くて美しい娘がこんなピューリタンの社会にいて、無駄な時間を過ごし、祈りばかり捧げ、教会に行って説教ばかり聞いているなんて、もったいない話だ。ここで暮らす気難しい連中から彼女を解き放ち、国王陛下の下に返すというのは素晴らしい行いではなかろうか。この地でもこの娘に恋い焦がれている若者はいる。そんな青二才の坊やから彼女を引き離し、我がものにするということこそ、騎士らしい振る舞いだと思わないかね。

ウィルトン君、それに驚くべきことに私にツキがまわってきたようなのだよ。ようやく勝利の女神が私に微笑んでくれる。総督を含め、娘を保護している者たちからの信頼を私は得ている。彼女の伯母や召使いからは美男子として崇められている。ただ一点、どうしてもうまくいかないことがあるのだ。この荒れ果てた土地にローザという娘がついてきてしまったのだ。君ならイスラム教徒の天女でも連れていったのかと言うだろう。私に言わせれば、この娘こそ、もったいぶったしゃべり方しかできないピューリタンどもの召使いにふさわしい娘だ。そう、今、このローザという娘は少年のふりをし、私の召使いということになっている。

こんな娘のことなど見捨ててしまえばいいと思うかもしれない。だが、できない。私以外ローザを守ってやれる者はいない。彼女を愛おしく思う、あるいは憐れに思う気持ちが完全になくなってしまったわけでもない。モートンの関係者も言ってたんだ。彼女ならメリーマウントできっと役に立つ。だから、彼女が男に変装してでも私についていきたいと言った時、断ることはできなかった。

ローザは不思議な娘だ。子供じみたことをするかと思えば、立派な大人の女にも変貌する。彼女は狂わんばかりに私のことを愛してくれる。あらゆることを犠牲にして私に尽くしてくれる。ただ、変なこだわりがあって、スペイン風の帽子を手放さないのだ。その恰好だけはやめてくれと何度頼んでも、これだけは言うことを聞かない。その帽子、豪華な留め金に羽根飾りがついていて、こんなものをいつも身につけているのは女王陛下の召使いだけだ。謹厳実直なピューリタンの家で働くおとなしい召使いには決して見えない。

幸いなことにローザはいつもふさぎ込んでいるので、どこかに出かけて余計なことを口走る心配はない。ただ、彼女を見かけた人間はいつも怪訝な表情を浮かべる。注意は必要だ。疑いが何かをきっかけに大きく育ち、真相がばれてしまうということはよくあることだ。いくら男物を身につけていたとしても、顔をよく見ればローザが女だということはすぐわかる。

シェイクスピアの『十二夜』にはこんな場面があった。

「つややかでルビーのように赤いお前の唇は女神ダイアナを凌駕する。そのか細い声色は少女のように高く、澄みきっている。すべてが女役を演じる少年俳優そのものだ」

ローザのことがばれたら、ここの住民のことだ、とんでもない罰を私たちに下すだろう。ローザは人前で鞭打たれ、私は耳をそがれ、牢獄に入れられてしまうだろう。死刑も免れない。古代ユダヤではそんなしきたりもあったんじゃないか。

しかしまあ、なぜそんな危険を冒《おか》してまでと、君は思うだろう。ウィルトン君、さっき書いた娘に私は魅入られてしまったのだ。君もあの娘を一目見れば、私の気持ちが理解できるはずだ。こんなみすぼらしい扮装をしなくて済む時は必ず来る。その時まではローザには細心の注意を払ってほしい。

だが、ローザは、私が別の女に乗り換えることだけをひたすら恐れている。彼女は心の病にかかっている。嫉妬と疑いだけが彼女を支配している。いつも苛々していて、ちょっとでも感情が激するともう涙がとまらない。心の中で燃え上がっている炎のせいで彼女の美しさは純度を増したともいえるが、一方でその美しさは破綻の際にある。ただ、何より、私自身、ローザから離れられないのだ。

しかし、彼女をどう扱っていいのかはまったくわからない。危機的状況だ。すべて運命に任せるしかないのだろう。ローマ神話の主神ジュピターも運命にはあらがえなかった。自分の人生を思い通りにするなど、不可能なことだ。天空に煌《きら》めくあの星々が我々の運命を支配している。星々こそ神意と表現してもいいのかもしれない。だが、こんな思考の迷路でぐずぐずと思い悩んでいること自体、許されることではないのだろう。私は十字架を身にまとい、聖なる墓地を守る騎士になればいいだけのことだ。カトリックの教えに従い、金曜日は肉も食さない。

そういえば、この地に着いた初日、私はこの禁を犯す寸前だった。その日は金曜日で、食事の席で私が魚ばかりに手をつけるので、レスリー家の人たちは無邪気なのか悪戯《いたずら》なのか、私をからかっていた。自分がカトリックであることがいきなりばれてしまうかと思い、焦りを感じたが、ピューリタン風の衣装を身につけていたので素性はばれずに済んだ。騎士のごとく鉄の鎧を身につけていたら、すぐにばれてしまったのだろうね。

君にしろ私にしろ、黄金郷を夢見る時期はとうに過ぎた。現状、あの娘を手に入れることができるかどうか、その可能性について詳しく話すつもりはない。今まではそれなりにうまいことやってきたつもりだが、そんな虚栄心も今晩くじかれたよ。あの小悪魔は私に何の関心も見せない。本心からそうなのか、何か見栄を張っているのか、そこのところは不明だ。

良き女性は愛する男を持つべきだ。人気者には彼を崇拝する者たちがつきものだ。そういう者たちが一人もいない人気者など、この世に存在しない。

実は、私にはライバルがいる。だが、幸いなことに彼には別の許婚《いいなずけ》が与えられている。周りにいる賢い連中の差し金だ。彼はなんだかんだ言って自分に課された義務に忠実な人間だ。自分が真に愛している娘との結婚は潔く諦める。この地をがんじがらめにしている秩序にあらがうことは絶対にしない。本当に私はついている。

ちなみに、私のライバルの許婚《いいなずけ》だが、まだ若いのにもうほとんど聖人と言ってもいいような娘で、女とは思えない。愛と美の権化だ。だが、この娘は私の好みではない。彼女の笑顔は、極地の雪原に差し込む太陽光線のように冷ややかだ。完璧なる美徳ほどつまらぬものはない。上品ぶった娘を見るとムズムズする。城塞都市のような娘は大嫌いだ。このような娘に近づくと、番兵の怒鳴り声が聞こえてきそうだ。異状なし！

一方レスリー家のお嬢さんはどうも軽はずみで向こう見ずだ。信仰でがちがちの指導者たちに対しても恐れ知らずの言動をする。そのくせ、私が好むようなスリル満点の冒険は軽蔑しているようだ。いいところのお嬢様だからだろうか。

ウィルトン君、私は大胆なる野望を持ったわけだよ。そういう娘の心を射とめようと私は決意した。できるだけ卑怯な手段はとりたくないと考えてはいるが、状況によりけりだ。実のところ、あの娘が時折見せる視線の鋭さは鷹のようだ。ぞっとする。ミルトンの『失楽園』でアダムとイヴを誘惑しようとしていたサタンの正体を暴いた天使イシューリエルの聖槍を突きつけられたような思いをしたこともある。

あの娘はすでに私の正体に気づいているのかもしれない。私が愛人を袖にしていることを責めるかもしれない。そうなれば何でもするさ。あの娘を我がものにするためなら、いくらでも知恵を絞るつもりだ。

今ちょうど、古い知り合いが近くの港に持ち舟を停泊させている。なかなかいい帆船だ。この知り合いだが、今私が親しく付き合っているピューリタンどもに言わせれば、この地の法令を守らぬ不届き者とのことで、相変わらずならず者で鳴らしているようだ。ならず者と言っても、我々はルールに縛られずに自由に生きると口走っただけにすぎないようなのだが、この偽善者ばかりの社会でそんなことを口にするのは大変勇気のある行為と言わざるを得ない。それはともかく、貴重品を密輸するなら、この知り合いに頼めばいい。

今育ちつつある私の野望はいずれ熟す時を迎えよう。時が来たら、私は偽りの衣を脱ぎ捨て、美しき花嫁を連れ、国王陛下の下に向かう予定だ。その時国王陛下の権威が失墜していたなら、それは致し方ない。頼るべき場所は必ず見つかる。それでは、親愛なるウィルトン君、今日はこの辺で。

ガーディナー

ここまで書いたところで、ガーディナーはローザの頭が自分の肩に乗っかっているのに気づいた。自分の手紙の特に最後の一段落をローザが目にしてしまったのは間違いなかろう。かっとなったガーディナーはローザを殴ろうとした。だが、すぐにローザのかん高い、狂ったような笑い声がガーディナーの耳に飛び込んできた。怒りは恐怖に変わった。

「ローザ、ローザ、静かにしておくれ。そんな大声を出したら、この家の人に聞こえてしまう」

ガーディナーは懸命にローザをなだめた。だが、ローザはガーディナーの言葉など一切耳に入ってこないようだった。手をぎゅっと握りしめながら、うわごとのように繰り返した。

「もう死んだほうがまし」

「静かにしろ、本当にどうしようもない子だ。お前が女だとばれたら、私たちは殺されてしまうぞ」

「殺されてしまう？　構わないわ、殺してほしい。こんなに苦しんでいるんだから、殺されてしまうのが一番楽。これだけ恥辱を受け、罪を犯し、絶望の淵に落とされ、嫉妬に悶え、もう死ぬ以外に道は残されていない。なぜ死んではいけないの？」

あまりの迫力にガーディナーもたじたじだ。

「ねえ、教えて、なぜ死んではいけないの？　私が生きていても誰も私のことなんか心配してくれない。私が死んだとしても誰も泣いてくれない」

「耐えてくれ。耐えておくれよ、ローザ」

「耐えるって、私はもう十分に耐えました。もう疲れきったの。こんな嫌な世界、もうごめんだわ。ランフォードさんが私をあの修道院に置き去りにしてくれたら、私も幸せだったのかもしれない。ランフォードさんは私のことをちっとも愛してくれなかったし、あの修道院を離れてから、私のことを愛してくれた人は一人もいない。カナリアを飼っていたことがあった。あの子はいつも私の傍にいて、歌ってくれた。ランフォードさんが怒り狂っている時も、あの子が慰めてくれた。本当にあの女の人は狂っていたわ。あなたと同じ。あなたは私をあの女の人のところに預けて、海を渡ろうとしたのよね」

「お前はお前の意志で私について、ここまで来たじゃないか」

「何も知らない子供は、誰かがにこっと笑ってくれたら、何の疑いも持たず、その人に抱きついてしまうもの。たとえその人が自分の命を狙う暗殺者だったとしても。あなたは私のことを愛していると言ってくれた。だから私はあなたを信じた。私のことを永遠に愛してくれるとあなたは言ったのよ、だから信じたのに。私のことを本当に愛してくれたのはあのカナリアだけ。この荒れ果てた世界で、私は一人ぼっちなんだわ。死んだ方がいいじゃない」

ローザはガーディナーの足許に崩れ落ちた。心が完全に崩壊し、彼女はむせび泣いた。

「本当にこれから私はどうしたらいいの？　どこか、逃げ込める場所はあるのかしら。どこに行っても、みんな眉をひそめるだけよね。軽蔑するだけだわ。そんな人たちのところに逃げ込めっこない」

邪悪に染まりつつあったガーディナーの心にもローザに対する憐憫の情が湧き上がってきた。ローザも若くて美しい娘だ。その娘が這いつくばり、苦悩に耐えているのだ。心が動かないわけがない。ガーディナーはローザの頭を優しく撫でた。

「憐れな子だ。少なくとも神はお前と共にある」

ローザは気づいた。この人の心にも善き心は残っている。ガーディナーが流した涙がローザの頬に落ちた。ローザはずっと閉じていた瞼を開いた。その眼差しには喜びの色が浮かんだ。

「あなたは私のことを愛してくれているの？　私が憐れだから泣いているだけじゃないわよね？　私のことをまだ愛してくれるの？」

自分が以前の優しさを取り戻したと勘違いし、ローザが自分に心を戻してくれると直感したガーディナーは、この流れを利用しようとすぐに思い立った。ガーディナーはローザをそっと抱きしめ、彼女が落ち着きを取り戻すと、約束させた。二人のため、これからは一層慎重に行動しよう。二人の幸せのため、二人の安全のため、二人の生活のため、自分たちは周りの人たちの詮索を受けるようなことはしてはならない。

　それから、ガーディナーはローザに、モートンのところに行くという希望は捨てたと告げ、さらにホープ・レスリーに関する話はほんの冗談だと説き聞かせた。このくらいのことを書かないと旧友も喜ばないからと無理やり屁理屈もつけた。そして最後に、次にイングランドに向かう船が出ることになったら一緒に帰ろうと何度も約束した。

　ローザは信じた。信じたいと思った。ガーディナーが再び優しく接してくれたことが嬉しかったからだ。そして、注意深く行動しようというガーディナーの言葉に従うと約束した。ただし、もうすでに自分がホープと会い、すべてを告白する一歩手前まで行っていたことについては打ち明けなかった。

# 第十六章

ホープがマガウィスカと会った日の翌週、ウィンスロップ家にはいつもと違う空気が流れていた。日頃冷静沈着なウィンスロップも落ち着きを失っているように見えた。ぼんやりと物思いに耽る時間が増えた。時折ガーディナーを自分の書斎に招待し、密談を交わすこともあった。普段は注意深いウィンスロップだったが、なぜかこのガーディナーに関しては、慎重に人柄を見極めることもなく、はなから信頼できる人間と決めつけてしまった。ウィンスロップは役人たちとも私的な会合を何度も設け、何か重要なことが話し合われていることは第三者にも明らかだった。

植民地の重要案件について彼が話し合いを行う時、いつもは妻も同席させていた。妻は相談相手として十分に信用できると彼は確信していたからだ。彼女が機密事項を漏らすなどとは考えていなかった。だが、今回だけは違った。曖昧な話はするものの、核心については妻に一言も漏らさなかった。人間、先のことを完全に見通すことは不可能だ。船の舵取りをしている者が思いがけない見落としをすることもあるだろう。何かを目標にして行動していて、予想だにしない出来事に翻弄されることもままある。ウィンスロップにも先のことは完全には見通せていなかった。

一方、ウィンスロップ夫人は姪っ子であるエッサーの婚約のことに夢中だった。エッサーとエヴェレルのことをいつもにこやかに眺めながら、幸せな気分に浸っていた。そのため、夫が何か秘密の相談をいろいろな人たちと行っていることについてはほとんど気づいていなかった。例の罪人ゴートンを信奉している者たちでも見つかったのだろうぐらいに思っていた。あるいは、この植民地でまた妙な信仰の仕方をする者たちが現れて、夫たちが対応策を検討しているのかもしれないと想像していた。いずれにせよ、女性というものは恋愛以上に関心をそそるものはないようで、彼女もその例外ではなかったのだ。

ウィンスロプ夫人はエッサーのことを心底気に入っていた。実はエッサーの父親は娘が新大陸に渡ることに反対していて、その理由としてかの地で娘が理想の結婚相手を見つけるのは難しいと指摘していた。それ故、エッサーの婚約はウィンスロプ夫人にとっては名誉の出来事でもあった。エッサーの父親の危惧は的外れであったことを証明できたと彼女は心から喜んだ。

ウィンスロプ夫人はまっすぐな人間だった。えこひいきのようなこともめったにしなかった。ただ、エッサーのこととなると、無意識のうちに彼女に肩入れするようなことばかりしていた。特にホープの蔭で目立つことが少ないエッサーだったので、彼女が人の注目を浴びるよう、あれこれ工夫していた。

ホープは、ご承知の通り、明るく、いつも元気いっぱい暮らしていたので、ウィンスロプ夫人に一度ならず注意を受けていた。若い娘は慎ましく、ひたすらおしとやかでなければいけない。ウィンスロプ夫人は固くそう信じていた。ホープから事の真相を聞き出すことは相変わらずできなかった。そもそも、若い娘として当然示さなければならない年長者に対する尊敬の念も、ホープからはあまり感じ取ることができない。ウィンスロプ夫人から優しく諭されても、ホープはほとんど聞く耳を持たないのだ。

ウィンスロプ夫人がこんこんとお説教をしている真っ最中、ホープは大口を開けてあくびをしてしまったこともある。ウィンスロプ夫人が自分の娘時代のことについて模範例として得々と語った時は、日が沈む光景の美しさに心を奪われ、どこかに走り去ってしまったこともある。ホープの態度が無礼だったことは確かだ。しかし、ウィンスロプ夫人の小言は本当に小言で、あまりに些細なことばかりだったので、彼女自身、しばらくすれば、自分が何をホープに諭していたのか、忘れてしまっていた。

ホープにひきかえ、エッサーはみんなの尊敬を一身に集めていた。いつも控えめで、ウィンスロプ夫人の言うことは何でも聞いた。それに、ホープが胸を締め付けられるような思いで過ごしたこの一週間に限っていえば、ウィンスロプ夫人でなくとも、ホープよりエッサーの方が愛らしい存在であったことは間違いない。

ホープがなぜこれほど悩ましい姿を見せていたのか、誰もその真相を知らず、エヴェレルですら、ホープのことを誤解し始めていた。同年齢の友人たちに対しても冷たい素振りをし、周りのことに一切関心を示さないあの態度は何なんだ？　裕福で、美人で、そして今までずっと気ままに過ごしてきて、それであんな嫌な態度をとるような人間になってしまったのかもしれない。しばらく前まで、あれだけ理想的な女性に思えていただけに、エヴェレルの失望の色は濃かった。

エヴェレルがどうしても気になったのが、ホープのガーディナーに対する態度だった。いつ見ても、ガーディナーはしつこくホープに付きまとっていた。ホープ自身は、そんなことを意識すらしていなかったし、適当にあしらっていただけだ。だが、今のエヴェレルにはホープがガーディナーと嬉々として付き合っているように思えてならなかった。

ホープ自身は、頭の中にあるのはたった一つのことだけだったので、自分の振る舞いがエヴェレルに不審の念を抱かせていることに気づきもしなかった。以前だったら、こういう時はエヴェレルが寄り添ってくれ、優しく接してくれたのに、どうも違う。エヴェレルはどうしたんだろう。ホープはエヴェレルの心の内がまったく読めなかった。ホープもエヴェレルも、ますます冷たい態度をとるようになり、エヴェレルはとうとうこう結論付けた。ホープは自分のことを忘れたいのだろう。

エヴェレルはホープのことをもうきっぱり諦めようと決意した。自分が向かうべきはやはりあの優しいエッサーのところだ。物静かで、安らぎを与えてくれるエッサーこそ、理想の女性ではないか。清らかで、慎ましやかで、献身的な彼女こそ、僕が愛すべき女性だ。

もちろん、エヴェレルの判断は根拠も浅はかな、間違ったものだったわけだが、ホープの心は千々に乱れるばかりだった。妹と本当に再会できるのだろうか。予期せぬことが起こって、会うことができなくなるのではないか。それに、もし再会できたとして、やはり私は妹を白人社会に戻すべきではないのだろうか。それとも、マガウィスカの言葉通り、そんなことはできないのだろうか。さすがに自分一人では判断できないから、マガウィスカとの約束を破って、誰かに相談すべきなのかもしれない。

だが、あの時のマガウィスカの姿がふっと目に浮かぶ。あの子は嘘はついていない。こちらがよからぬことを企てたとしても、そんなことはお見通しのはず。何度も何度もホープは自分を責めた。あんな約束をするなんて、軽はずみだった。自分の周りには親切で賢い人たちが大勢いる。この人たちの助けも借りず、自分はあんな大事な約束を一人でしてしまった。エヴェレルが以前と同じような態度で優しくホープに接していたなら、ホープはマガウィスカとの約束を破り、真実を彼に話していただろう。だが、ホープはマガウィスカとの約束を固く守り続けた。こうした極限的な精神状態の中で、ホープの毎日はゆっくりと過ぎていった。そして、ようやく約束の日が来た。

その日、ホープは例の島にあるウィンスロプ家所有の庭園にみんなで遠足に行こうと提案していた。再会を切望し続けてきた妹と密かに会うのに、あそこほど都合の良い場所はない。ホープはそう信じていた。ちょうど植民地全体が休日になるし、人目につくことはまずないだろう。だが、都合が良いと考えていたのは彼女だけではなかった。ウィンスロプも、場所といい日取りといい、実に都合が良いと考えていたのだ。だからこそ、この遠足はぜひ実現させようと先頭に立って準備していたのだ。

さて、いよいよ出発という時になって、いろいろ些末なことで予定の出発時刻が過ぎてしまい、ホープの苛立ちは募った。そこへ、今回は同行しないことになっていたウィンスロプ夫人が現れ、ためらいがちにこんなことを言い始めたのだ。

「私も、若い方たちのお邪魔はしたくないのよ」

ホープが聞いた。

「何かおっしゃりたいことがおありなのですか？」

ウィンスロプ夫人はホープのきつい物言いに動じるような女性ではなく、慎重に言葉を選びながらこう答えた。

「今日は何かが起こりそうな気がするの。海の上の島へ渡るというのがちょっと心配なの。この大地の上でなら、神様はいつも私たちをちゃんと守ってくださるのだけれど」

ガーディナーが言葉を挟んだ。

「しかし、奥様が大西洋を渡られた時も恐怖心はおありだったのではないでしょうか？」

「いいえ、あの時は別です。正しい目的に向かって、夫と手を取り合って海を渡ったのですから」

「ちゃんとした準備ができていないとでもおっしゃるのかしら」

ウィンスロップ夫人が遠足を延期した方がいいと提案しようと思っていることを察知したホープは慌てて言った。

「準備は整っているのでしょ。それはわかっています、ホープ。私の話を途中で遮らないでね。今ガーディナーさんにお返事している最中よ。義務感に駆り立てられて海を渡ることとお遊びで船に乗ることは別物です」

「おっしゃる通りです」

こう答えればこの話は終わるだろうとガーディナーは計算していた。だが、ウィンスロップ夫人は諦めなかった。

「その違いについて細々とお話しする必要はないわね」

たまらずホープは叫んだ。

「ないです、まったく！」

「ホープ」

ウィンスロップ夫人はびっくりし、そして視線をエヴェレルに向けた。エヴェレルはエッサーの隣に立っていた。

「エッサーの父親に対して伯母として私はとても責任を感じているのです。エッサー、私は昨日嫌な夢を見たの。もしものことがあったら……」

「伯母様がそんなに私のことを心配してくださるのなら、私はここに残ります」

エッサーはそう言うと、帽子の紐をほどき始めた。そして、ホープに言った。

「私のことでごめんなさい。早く行って」

自分の密やかなる計画を着実に遂行することしか、ホープの頭にはなかった。満足げにエッサーに頷くと、ホープはグラフトン夫人の手を取り、家を出ようとした。エヴェレルはやれやれといった顔をしてホープを見つめると、一人ため息をついた。

「どうして、こんなに変わってしまったんだろう？　自分が楽しければそれでいいというわけだ。自分勝手すぎる。大切な友だちががっかりしていることもわからないんだろうか？」

エヴェレルは、冷淡なホープの代わりに自分が優しさを示すことにした。

「奥様、エッサーのことは私に任せていただけないでしょうか。十分に注意しますので、エッサーが危険な目に遭うはずはありません」

その一言で、ウィンスロプ夫人の不安は払拭された。

「エヴェレル、あなたがしっかりと面倒を見てくれるなら、何の心配もないわ。心配しすぎだったわね。エッサー、あなたも行きなさい。エヴェレルがずっと傍にいてくれるから、もう安心。神様もあなたのことを守ってくれるはずよ。変な夢を信じちゃいけないわよね。エヴェレル、船に乗る時はエッサーに必ずショールを身につけさせてね。あなたのことを信じているわよ」

ウィンスロプ夫人の言葉に謝意を示すため、エヴェレルは頭を下げた。エッサーはエヴェレルの優しさに心を打たれた様子だった。恥じらいつつ、そっと彼の方に熱い視線を送った。それはそうだろう。男性の男らしい振る舞いに女性は自ずと心を熱くするものだ。男性もそのことを本能的に理解しているから男気を見せる。

「あら、ホープ、おとなしくなってしまったわね」

ウィンスロップ夫人は意味ありげな笑みを浮かべ、ホープに話しかけた。

「ウィンスロップ家の一族には浮かれて大騒ぎするような人はいないのよ。真面目さこそ、この植民地で一番大切なこと」

ホープの腕にブレスレットをつけてやっていたグラフトン夫人は、思わずそのブレスレットを落としてしまった。ウィンスロップ夫人の言葉は彼女に対する半ば叱責のようなものだったが、ホープの心には届かなかった。ホープの心を占めていたのはたった一つのことだけだったし、そのことで胸はもういっぱいになっていたのだ。

その時、ガーディナーがホープにさっと近づき、腕を差し出した。実に巧みな動きだった。このガーディナーの動きに救われる形で、ホープはようやく出発することができた。出発してしばらくすると、グラフトン夫人が先ほどのウィンスロップ夫人の嫌味に対して文句を言い始めた。自分自身がひどく批判されたような気がしていたのだ。

「浮かれて大騒ぎするような人はいないですって。ホープが笑うことを忘れてしまうことの方が心配。こんなところにずっと押し込められていていいのかしら。ガーディナーさんはどう思われますの？　笑うことは非難されるようなことですの？　どういうこと？」

ガーディナーは紳士ぶった態度を崩そうとはせず、重々しく発言した。

「奥様、私はこう考えておりますよ。神学者の方々はこういう理屈付けをなさっておられるのでしょう。すなわち、笑うということ、つまり顔の筋肉を激しく動かしてしまうということがなぜ起こってしまうのか。それはアダムが犯した罪故起こること。そして、あの方々はこういう説も唱えておられるはずです。聖書の中で笑うことに言及している箇所はない。ウィンスロップ夫人もこうお考えなのでしょう。自分の家はこの地上界における天国のようなもの。神学者の方々が否定される笑いは自分の家にはふさわしくない」

いつもホープに対して好意的な立場をとり続けてきたクラドックがガーディナーに聞いた。ガーディナーがもっともらしくしゃべった言葉に込めた皮肉にはまったく気づいていないようだった。

「いやこれは驚きです、ガーディナーさん。一体どんなことを材料にしてそういうご意見を組み立てられたのでしょうか？　私も神学についてはは大昔のものから最新のものまでずいぶん勉強してきたつもりでおりますよ。中でも一番お偉いジョン・カルヴィン先生の神学は丁寧に学んだものです。かのジョン・コットン牧師と同じです。『私は毎晩寝る前にカルヴィンの本に目を通す』。そういう私にとって、あなたがご披露なさった笑いに関する神学論は初耳なのです。私の考えでは、私たちが目新しいものに飛びつきがちであるのを神は戒め、私たちを守ってくださっています。

さて、幼子の笑い声ほど心地よく、愛らしい音声はありませんし、その笑い声こそ天国にふさわしいと私は考えております。ベセルで暮らしていた折、私はホープお嬢様が大笑いされるのを何度も目にしてきました。こういう言い方はまずいのかもしれず、神も赦してくださらないのかもしれませんが、私にはこう思えて仕方ありませんでした。ホープお嬢様の笑い声は無垢が生んだごく自然なものであり、お嬢様をこの世に遣わした神の御心も慰めるものなのではあるまいか」

いつも自分の味方をしてくれるこの心優しき先生の素直な気持ちを聞かされ、秘密の計画以外のことは考えたくなかったホープも心打たれた。思わず知らず、クラドックと腕を組んだ。ガーディナーもなぜかクラドックの言葉に感動し、思わずこう口走っていた。

「私が少年時代笑いこけていた時も、神様は喜んでくださっていたのでしょうか？」

「ガーディナーさん、誰でもいいというわけではないのですよ。罪人の笑いなど、心温まるものではありませんから」

クラドックの指摘が図らずもガーディナーの心の奥底を抉り、ガーディナーの表情が固まった。その様子を見た心優しきクラドックは驚いてしまい、悄然としてしまった。ホープが助け船を出した。

「ガーディナーさんが罪人だとおっしゃったわけではないですよね？」

「そうです、そうでございますとも。ガーディナーさんはきちんとお仕事をされておられるでしょうし、そういう方は心も正しいに決まっております。ただし、私たちは心弱く、日々、罪人になる可能性はあるのです。ガーディナーさん、お許しください」

ホープは悪戯心《いたずら》を起こした。

「その通りだわね。クラドック先生がお持ちの神学の本にも書かれてあるのでしょ？『ローマの信徒への手紙』にもあるように、正しい者はいない。一人もいない。全世界が神の裁きに服する」

ガーディナーが言い返した。

「そんなありがたいご託宣を今口にされるとは。若くておきれいなお嬢様のお言葉とも思えません。愛の歌を歌うトルバドールの歌声に耳を傾けることもなく、流浪の騎士の夢物語に夢中になるでもなく、神について探求し続けておられるのか。それではまるでお師匠のクラドック先生と同じですな。あなたの深淵なるお言葉はダイアモンドのように輝いておりますよ」

たまらず、グラフトン夫人が大声を上げた。

「ホープが神学を勉強しているはずがないでしょ。おかしなことを言い出さないでください。ホープが口にする神学など、聖書や祈禱書の孫引きですわよ。祈禱書嫌いのピューリタンの方たちは違うとおっしゃるけれど、聖書と祈禱書は両方携えるべきもの。そういえば、今朝、朝食の時、ウィンスロプさんは妙なことをおっしゃってたわね。あら、ガーディナーさんはいらっしゃらなかったんでしたっけ。息子さんはいっぱい本をお持ちなんですって。で、その本の中に聖書と祈禱書を一緒に綴じているものもあったらしいのだけれど、その本の祈禱書の部分だけ、ネズミに齧られてミンチ状になったとウィンスロプさんはおっしゃったの。不思議なことに、その祈禱書以外の本は全部無事。祈禱書を食料にするとは何と立派なネズミなのでしょう。私はそう思いました。でも、その話を聞いていた皆さんはどうも様子が違う。私とは違うことを考えていたみたい。ホープ、あなたもそうよ。いつもならこういう話を聞いたら笑い出すのに、今朝は一言もしゃべらなかったわ」

「ごめんなさい。全然聞いていなかったの」

「嘘でしょ。ロビンがちょうどパンを持ってきた時のことよ。私がお茶をおかわりした時。そうそう、エヴェレルがエッサーにバラのつぼみをどっさりあげていたでしょ。気がつかなかったの？」

「そうだったわね」

ホープの顔がぽっと赤くなった。そうだ。あの時、私の心に何かがちくっと刺さった。友だちが愛されているのを目撃したから？　違う。そうじゃなくて、子供時代を思い出したからだ。あの頃はエヴェレルはいつも私のことばかり見ていた。いろんなことをしてくれた。いつもわくわくしていた。そんな子供時代が急に頭の中に蘇り、ホープは胸が締め付けられるような思いがしたのだ。ホープの顔が紅潮したのをガーディナーは見逃さなかった。そして、すぐに真相を突きとめにかかった。

「ホープお嬢様はバラのつぼみのこと、お気づきだったんでしょう？　バラのつぼみといえば、愛の印。愛する気持ちを伝えるものです」

心の奥底に潜んでいた想いは何かをきっかけにして突然表に出てしまうものだ。たとえ、それまで自分自身でもそんな想いが心の中にあることにまったく気づいていなかったとしてもだ。ホープはエッサーの婚約を喜んでいた。彼女の幸せを願っていた。いつも通り、エッサーが幸せになれるよう、自分にできることは何でもしようと決心していた。ところが、今この瞬間、違う想いが芽生えた。友だちの幸福がいよいよ確かなものになる現場を自分は目撃したのだ。なぜこんな想いが芽生えたのかもさっぱり理解できなかったが、ホープの心には喪失感が広がっていた。

ホープの目には涙が溢れてきた。若いというのに自分の気持ちを抑え込んでいたホープ。頭でいろいろ考え、誇り高く生きようとし、いつのまにやらそもそもの自分の感情を抑え込んでいたホープ。これも、十七世紀という時代を生きた娘の宿命なのか。今だったら、教育の仕組みも整ってきており、女性もいろいろ人間の行動や心について学ぶこともできる。だが、あの時代、心の動きなど、人々にとってはただひたすら謎でしかなかった。

ホープはすっかり動揺してしまった。自分の気持ちが周囲の人に気取られてしまったからではなく、自分の中に思いもよらない感情が潜んでいることを初めて自覚したからだ。子供の頃からエヴェレルのことが大好きで、しかしその感情はいつしか大人の恋愛感情へと成熟していた。これまではまったく意識していなかったのに、今この時、ホープは自分がエヴェレルを愛していることを知った。

ホープはガーディナーの発言に対して反応を示さないようにしたが、多少鈍いグラフトン夫人もさすがにホープの動揺に気がついた。

「何、情けない顔をしているの？　あの嵐の晩以来、風邪でも引いたのかしら ね、ガーディナーさん」

ガーディナーは思わせぶりに答えた。

「心の病のような気がしますが」

グラフトン夫人はホープに話しかけた。

「熱があるの？　寒いの？　お薬をちゃんと飲まなきゃだめね。朝は薬草入りのお茶を欠かさず飲むこと。夜は鎮痛剤ね。このところ食事も進まなかったみたいだし、それではだめ。ホープはお薬のことを全然信じていないのです、ガーディナーさん。でも、今年の春にもお話ししたように、お薬を飲めば全身の血液が浄化されるのよ」

ホープの顔がますます赤くなったのに、ガーディナーは気がついた。

「ホープお嬢様の顔色をご覧ください。お嬢様の身体を流れる血液はすでに清らかなものなのではないですか？」

グラフトン夫人の親切もガーディナーのおべっかも、ホープの心には届かなかったが、取り立てて反論することもしなかった。この場ではおとなしくしておくべきだろう、そうホープは判断したのだ。おせっかいではあっても他人が示してくれた優しさは優しさだ。あれこれ口答えするのは控えるべきだとさすがのホープも考えた。

経験豊かな大人であれば、そんな若者の決意を見て、ふっと笑みをこぼすかもしれない。奨励されるべき態度ではないにせよ、何でも自己中心的な考え方をしてしまう若者が多少なりとも自我を抑えようと努力しているのだから。私欲をなくすための道は遠く、険しい。だが、努力しているのだから温かく見守ろう。いずれそんな若者も高く天空を飛翔できるようになる。

波止場に着き、ボートに乗り込む頃にはホープの気持ちも落ち着いた。そして、今日初めて自覚してしまった恋慕の念を覆い隠すように、エヴェレルに対して殊更明るく振る舞うようにした。だが、エヴェレルはといえば、相変わらず筋違いのことで頭を悩ませていた。ホープがいろいろ感情を昂らせているのはガーディナーのせいだろうと、エヴェレルは決めつけていた。だから、ホープに対して今まで通り自然に接することはできなかった。

一行は島に上陸すると、島に一軒の住居に向かった。ディグビーが生活している、小ぢんまりとした家だ。

ディグビーは大喜びでエヴェレルを迎えた。今でもエヴェレルの忠実な召使いであるつもりのディグビーは、次から次へと彼に質問を浴びせかけた。そして、話題は思い出に変わり、ディグビーは昔話をいろいろ披露した。エヴェレルはじっと耳を傾け、そんな二人の様子に心が和んだホープとエッサーも、ディグビーの話に付き合った。一方、他の者たちは島の中を散策することにした。

みんながその場を立ち去ると、ディグビーが言った。

「エヴェレル坊ちゃまとホープお嬢様がお子さんだった頃のことが昨日のことのように思えますぞ」

「あの頃の僕らは幸せいっぱいだったよね、ディグビー？」ため息まじりにこう言うと、エヴェレルはホープの方をちらりと見た。ホープは何の表情も浮かべなかった。ディグビーの話を聞いても、あの頃二人の間で自然と育まれた愛情を思い起こしてくれないのか。

ディグビーが答えた。

「幸せいっぱい？　その通りでございますな。お二人とも本当に可愛らしかった」

今目の前にいる若者たちが自分の言葉に感情を震わせ、様々な想いを引き起こしていることなど露知らず、ディグビーは言葉を続けた。

「あんなに可愛らしかったお子さん方を私めは知りませんぞ。若い方々の人生は四月の気候に似てますな。日が射したかと思うと急に雲が垂れ込めてしまう。私めの倅たちもいつもは明るく、幸せに暮らしているのに、今はイングランドにいて、いろいろ小競り合いに巻き込まれているらしい。牧師様たちもおっしゃっているが、若者たちはすぐそういうことになってしまうらしい。しかし、あなたとホープお嬢様は違う。あなた方にはいつも日が射している。ベセルではとんでもないことが起こりましたが、それからというもの、お二人はお二人とも輝いておられる。人生にはいろいろなことが起こりますなあ。あの頃は坊ちゃまがマガウィスカと一緒になるのではないかとすら思っておりましたぞ。いやいや、これは言いすぎだ。お許しくだされ。マガウィスカは所詮インディアンの娘ですから」

「そんなことはないさ、ディグビー。あの子は本当に素敵な子だった。僕が今生きているのもすべてあの子のおかげだ。確かに僕はあの子を愛したかもしれない。白人とインディアンの間に存在している高い壁のことなんか、意識しなくなっていたかもしれない」

「何とも言えないところですが、おそらく一緒になるのは無理だったのではないでしょうかな。物事はあるべき方向に進むもの。ホープお嬢様がやってこられて、これでエヴェレル坊ちゃまの人生もいい方向に向かわれると、私めも安心したものです。むろん、マガウィスカはがっかりするかもしれませんが、それは致し方ない。こうなるよりほかなかったのですから。お母様も悲しい最後になってしまわれましたが、あのこともそうだったのでしょう。お父様もそうですし、皆同じ。人生は一定の方向に進んでいくものです」

ディグビーはディグビーなりに考え続けてきたことを素直に伝えた。愛するエヴェレルがホープと結ばれること、それがディグビーにとってはエヴェレルにとって一番幸せなことであり、ごく当たり前の結論だったのだ。だが、この独りよがりなディグビーの指摘はそこにいた若者たちの虚を衝く形となった。ディグビーが饒舌だったので誰も口を挟むことすらできなかった。誰も一言も発しないので、ディグビーはさらに言葉を続けた。

「一本の木も初めは小枝のようなもの。いつのまにやら大きく育つんですな。エッサーお嬢様、エヴェレル坊ちゃまの結婚式の話か何か、聞いてはおられませんかな?」

エッサーは黙ったままだった。ディグビーは若者たちの顔を見まわした。誰もが困ったような顔をしている。さすがにディグビーも自分が余計なことを話題にしていることに気がついた。慌ててお詫びの言葉を連ねた。

「いやいや、これはいけませんな。どうも耄碌してしまったようで、申し訳ない。こういう話題に若い皆さん方が神経質になられるとは思いもよらなかったもので。余計なおしゃべりがすぎたようで、本当に申し訳ない。うちの婆さんが、いや私めの妻がですな、変なことを言う。昨晩など、三度も私めのことを起こしまして、しきりに訴えるんですな。葬式の夢を見た。葬式の夢を見たということは結婚式がある前兆なんだそうで、それでついつい私めも結婚式が近くあるんじゃないかと思い込んでしまったと、そういうわけなんで。エッサーお嬢様、本当に結婚式はないのでしょうかな？」

エヴェレルは目をそらし、向こうを向いてしまった。エッサーはもじもじしながら帽子の紐をいじったり、肩にかけていたショールをはずしたり、エヴェレルからもらったバラのつぼみを手の中で押し広げたりしていた。二人とも何か言いたいことはあるのだけれど、自分たちの口からは言えない、そんな素振りにも見えた。

自分の出番だ、ホープはそう思った。自分には自分なりの誇りもある。純粋な乙女は往々にして自分の心の広さを素直に人に見せようとする。これぞ、乙女が心に秘めた誇りだ。

「ディグビー、あなたがエヴェレルの結婚について心配するのはごく当たり前のことよ。もうすぐ、本当にもうすぐエヴェレルは結婚すると思う。ただ、あなたは一つだけ勘違いをしてるの。二人はそのことをあなたに伝えるつもりはないようですけど」

ホープはそう言うと、エッサー、そしてエヴェレルに視線を送った。エッサーの顔から血の気が引いた。ホープはエッサーの脇に駆け寄り、手を取り、次にエヴェレルを招き寄せ、彼の手にエッサーの手をのせた。ホープはエッサーを抱きしめると、彼女の頬に口づけし、家を飛び出した。ディグビーもすべてを了解した。半ば驚き、半ばがっかりという気分で、ともかくここにいてはまずいと判断し、ディグビーも家の外に出た。

取り残された二人はいたたまれない気分で佇んでいた。エヴェレルはひたすら困惑していた。一方エッサーはといえば、予想外の展開に圧倒され、不安、希望、そして羞恥心がいっぺんに押し寄せてきたような思いがしていた。エヴェレルにはエッサーが浸っている感情が手に取るようにわかっていた。この子は、自分が恥をかいたと思うと身を地の底に埋めてしまってても構わないと本気で考える子だ。あれこれ迷っている場合ではない。自己犠牲の精神を発揮する時だ。それにこれはもう運命なのだろう。手をつなぎ合った自分が今幸福感に満たされていることを、エヴェレルはエッサーに伝えた。

エッサーは、自分自身が錯綜した感情にがんじがらめになっていることに当惑していて、エヴェレルの言葉、そして彼の真意を正しく理解することができなかった。エヴェレルが今とつとつと語っている言葉は、よくよく考えると筋が通っていないものだったのだが、愛情と誠意に溢れる愛のささやきともとれたのだ。エッサーはほんの一言二言しか返せなかったが、手は汗でじっとり濡れてしまっていたし、頬も紅潮していた。第三者から見れば、エッサーはあくまでエッサー、いつも通り冷静な態度を崩していないように見えたかもしれないが、エッサーの心臓が早鐘を打っていることはエヴェレルにはよくわかった。

いずれにせよ、ホープがとっさに本能的に示した優しさは、エッサーとエヴェレルの関係を一歩進ませるきっかけとなった。エッサーが体現する類の女性の優しさ、フレッチャーとウィンスロップの間に成立している男の友情、その他この世界には人々を見守り、心を支えてくれる要素がいろいろあるが、今回の場合はホープの個性がエッサーとエヴェレルのためには一番効果的であったと言えるのだろう。

難しい状況にある友たちが幸福になるために自分がとった行動が時として大間違いであったということもあるわけだが、この時のホープは自分が失敗する可能性についてはまったく考えず、いつも通り自分の本能に基づいて行動し、そして、今一人きりになって、一定の達成感も味わっていた。これで、このところすっかり失われてしまった心の平安を取り戻すこともできるかもしれない。ホープはそう思い、心を鎮めようとしたが、いつしか目には涙が溢れてくる。残念ながら生き別れになった妹との再会が近づき、そのことを思えばどうしたって心は震えてしまう。

島の東端に、小高い丘に囲まれた場所があった。園芸好きにはたまらない場所だ。何種類かの果樹が植えられ、葡萄の蔓も豊かに伸びている。ホープはこの場所に逃げ込んでいた。誰にも気づかれず、誰からも干渉されず、この場所なら安全だ。ふと足音が聞こえた。ぎょっとしたホープの前に現れたのはガーディナーだった。

「やっとお会いできた。ずっと探していたのです。恥ずかしながら、愛する二人が語り合っている場所をお邪魔してしまいましたがね。いやあ、あのお二人、実にお幸せそうでした。お二人の顔はもう輝いておられましたよ。ところで、この葡萄の木の下で何をなさっているのですか？」

「木を見ていただけよ。蔓が垂れ下がっているでしょ？」

「確かに垂れ下がっておりますね。このままだとこの木は死んでしまう。あなた方植民地の方たちは大変賢いわけですから、寒冷であまり豊かでもないこの土地で葡萄を育てることがいかに難しいことくらい、おわかりだと思うのですが。この厳しい気候の地に美しい花は育たないものです」

ガーディナーは最後の言葉に殊更力を込めた。むろん、ホープに対して特別なメッセージを送ったつもりなのだ。だが、ホープはガーディナーの浅はかな狙いは見透かしていて、まともには付き合わなかった。

「こういう価値ある植物の栽培をあっさり諦めてしまう方がいいのかしら。真に賢い人々はちゃんと実験を続け、可能性を追求するものだと思います」

「おっしゃる通りです、ホープお嬢様。ウィンスロプ総督も顔負けの正論です。ちょっと笑ってしまって申し訳ない。お見事でした。エッサーお嬢様から何かヒントをもらったのでしょうかな？　凜として冷たい印象すらあるあの方でないと、本来暖かい土地でしか育たない植物をこの土地で育てる意味について的確な指摘をすることはできないと思いまして。おやおや、そんなにきつい顔はしないでいただけませんか。以前アルプスの山岳地帯を散歩した時、見かけたのですよ。万年雪に覆われた場所のすぐ近くに青々とした草地が広がり、美しい花々が咲き乱れていたのです」

「そのお話とエッサーのことと何か関係があるのかしら」

ホープの声は冷淡だった。

「私の親友のことについてあなたが無知なのは別に驚くことでもありません。正しい預言者が触れた大地からしか清らかな泉は湧き出しません」

そう言いつつ、ホープも親友のことでこの相手にいろいろと話すのはまずいのではないかと思い直し、少しだけ口調を柔らかくした。

「彼女は心から人を愛することのできる人。友と真の友情を育んでいくことのできる人。そんな彼女でも心が弱くなることもあってよ」

「すべて、おっしゃる通り。あなたのお考え、表現の仕方、古いフランスの詩と同じです」

ガーディナーはフランス語を使ってその詩を朗々と詠じ始めた。詩の朗読が終わると膝をつき、ホープの手を取り、再び詩の一節を繰り返した。愛の告白だった。ガーディナーの突然の告白にホープは思わず身を固くした。驚き、困惑し、しかし何より不快感を催した。

ちょうどこの時、エヴェレルが通りかかった。ホープとガーディナーの姿を目にしたエヴェレルは顔を真っ赤にして、足早に去っていった。ホープもエヴェレルに気がつき、自分を取り戻した。こんな男の安っぽい台詞に動揺している場合ではない。

「そういう台詞はここぞという場面でお使いになるべきですわ、ガーディナーさん」

そう言うと、ホープはガーディナーの手を振りほどいた。

「さっきの詩は別の方に捧げてね。あなたにふさわしい方がきっとおられるわ。あなたも紳士でいらっしゃるのでしたら、私のことをちゃんと知っておいていただきたいの。私はどなたかを自分から誘うようなこと、したことなどありません」

屈辱だ。仕掛けがうまくいかなかったガーディナーは立ち上がり、ホープが去っていくのを黙って見送った。ホープの心に少しでも火をつけることができたのなら、彼もそれはそれで満足したのだろう。だが、先ほどのホープの様子は、彼が一度も目にしたことがなかったものだった。落ち着き払い、自分の甘い台詞に何の関心も寄せなかった。許しがたい。今までならどんな女でも口説き落とすことができたのに、完璧に虚仮《こけ》にされた。

自分自身に対しても苛立ちを感じた。手順を間違えた、こんなことでは自分の目的は果たせない。エヴェレルとエッサーの婚約が確実なものとなり、自分のライバルは消えたと安心してしまった。後はあの娘の心をこちらに向けるだけ。自信満々だった。自己愛の強いガーディナーのような男は手前勝手な、楽天的な考え方しかしないものなのかもしれない。ガーディナーはぼんやりとしながら、目の前にあったバラの花を手に取り、花びらを一枚一枚抜いていった。そこにグラフトン夫人がやってきた。ホープが不注意で落としていったブレスレットを拾い上げると、グラフトン夫人はガーディナーに声をかけた。

「あらあら、ここにどなたかいらっしゃったのね。もちろんお相手はわかります。でも、なぜそんな暗い顔をされているのかしら」

いつもならたちどころに仮面をかぶることのできるガーディナーだったが、さすがにこの時は無理だった。人の良いグラフトン夫人はしかし、そんなことには無頓着でガーディナーを慰めた。

「ガーディナーさん、女心は移ろいやすいものよ。皆さん、おっしゃっていること。いい時もあれば悪い時もある。あの子がこちらを向いてくれるのを待てばいいの」

ガーディナーは心優しき夫人に感謝の意を込め、頭を下げた。

「ところで、ガーディナーさん、そのバラの花びらをどうなさっているの？　それって、エヴェレルが子供の頃にやっていたことと同じ。何か決める時にそういうおまじないをするのって、どうなのかしら」

自分の想いの丈をこの夫人にわかってもらうのもいいかもしれないとふと思ったガーディナーだったが、思いとどまった。手にしていたバラを捨てると、もう一本バラの花を摘み、グラフトン夫人に手渡した。

「自分の想いを伝えるのもいけないことなのでしょうか？　せめてそのくらいあの方に許していただきたいものです」

グラフトン夫人はひざを折って礼儀正しくお礼のお辞儀をすると、こう言った。

「あなたのことを見ていると、亡き夫のことを思い出しますのよ」

　ガーディナーは姿勢を正した。

「そのようなことをおっしゃっていただけますのは本当に光栄なことです」

「ガーディナーさん、我が亡き夫は優美な男性として有名でしたのよ。本当に素敵な旦那様でした。私に面倒が起きないよう、いつも心を配ってくださいました」

　こぼれてきた涙を拭いて、グラフトン夫人は言葉を続けた。

「女性に少しよそよそしくされたからといって、力を落とすことはないのです。我が亡き夫はいつも言っていました。『決して望みを失うな』。我が亡き夫が私の前に現れた時、私の周りには何人もの殿方が集まってきておりましたので、夫は彼らと競い合わなければならなかった。でも、あなたは違うでしょ。ここにいるのは頭の固いピューリタンたちばかりなのですよ。あら、ごめんなさい。あなたもピューリタンでしたわね。あなたは何か雰囲気の違う方なので、そのことをすぐ忘れてしまうの。ごめんなさい」

　図らずもグラフトン夫人はガーディナーの素性を暴いていた。ガーディナーは多少焦りつつ、グラフトン夫人の口が堅いとも思っていなかったので、思いきって自分の素性を彼女に明かすようなことはしなかった。ただ一言だけ日頃思っていたことを口にした。

「彼らは熱狂的すぎるのです」

「そうね、本当にそうだわ。なんであんなに熱心なのかしら」

「私は間違えないようにしたいと思っています。正しい教えにすがるのみです」

「その通りですわ。あなたのことを私は信頼しています。そうそう、女の子は移り気なものなのよ。

特に若い子は。悪いことじゃありません。我が亡き夫に私が愛の印を返してあげるのにもずいぶん時間がかかったものです。おわかりになる？　女の子が仕掛ける悪戯《いたずら》みたいなものね。あなたも少し勉強された方がいいですわ」

人の良い夫人の話にガーディナーも飽き飽きしていたのだが、そういう様子は微塵も見せず、紳士的な態度をとり続けた。

「女性の愛の表現が摩訶不思議なので、男性は女性の本心をつかむことができないわけですね」

「あなたはおわかりになっていないのかもしれません。いいわ、教えて差し上げましょう。話は長くなるけれど、時間はたっぷりあるわね」

グラフトン夫人は話し始めた。だが、すぐにガーディナーが自分ではなく別の人間たちに視線を送っていることに気がついた。ずっと向こう、ホープが歩いていた。一緒にいるのはエヴェレル。二人は何か熱心に話し込んでいるようだった。

ガーディナーは焦っていた。あの二人が真剣に話し合っている。これはまずいことになるかもしれない。何とか阻止しないと。それにこちらには大事な使命もあるのだ。グラフトン夫人の戯言に付き合っている暇はない。

「ガーディナーさん、私の話は耳に入っているのかしら？」

「聞いておりましたよ」

ガーディナーはグラフトン夫人の顔を見つめながら後ずさりしていった。そして、胸に手を当て、丁寧に挨拶をすると、ホープの姿が見えた方に急いでいった。

「あの方らしいわね」

グラフトン夫人はそうつぶやいた。

ちょうどその時、クラドックが木の茂みをかき分け、近づいてきた。

「どうなさったの、クラドック先生」

クラドックはウィンスロプの指示を伝えに来たと答えた。町に戻るのにちょうど良い潮の流れになった。今すぐ船に乗って町に戻る。グラフトン夫人はこういった上からの命令を煩わしいといつも感じていたが、根が分別のある女性だったので、無理に命令にあらがうようなことはしなかった。グラフトン夫人はクラドックと腕を組み、指示された場所に向かった。

一方、ガーディナーはすぐにホープとエヴェレルに追いついた。それに気がついたホープはあからさまに嫌そうな顔をした。そして、ボートが停泊している場所とは別方向に進む道を指差し、自分についてきてほしいとホープはエヴェレルに仕草で伝えた。その間中、ボートからは大声で早く来いという声がかかっていた。

ガーディナーがこの時考えていたこと、そして実は密かな任務を帯びていたことについては後ほどお話しする。今はとにかくホープの行動に注目し続けよう。

先ほどホープはガーディナーにつれなく接し、屈辱感を味わわせたわけだが、エヴェレルと面と向かい合っているホープの表情は一変していた。

「それじゃ、君は今晩この島に泊まるつもりなのかい？」

「そうよ、そのつもり」

「で、ディグビーと一緒にガーディナー氏のおもてなしをするということなんだろう？」

「何を言い出すの、エヴェレル」

エヴェレルの意外な発言にホープはひどく傷ついた。

「そういうことなのでしょう？　ホープお嬢様」

「ホープお嬢様？　どうしてそういう言い方をするの？　意地悪。二人きりでいる時くらい、昔と同じように話しかけてよ」

「こっちだってそうしたいさ、ホープ。心の奥底ではそう思っている。でも、もうそれは許されないと思う。うん、もう無理なんだ。僕は君の本当の兄として語りかけなければいけない。だから、これだけは言っておくよ。神様も赦してくださるはずだ。僕の将来は定まってしまった。君の振舞いがその一因となっている。君が後押しをしてくれたから、僕も決心した。それはいい。僕は自分のことについてはどんなことでも受けとめることができる。でも、あのいい加減な、怪しげな男と君が結ばれるのをこの目で見ることだけは許せない」

エヴェレルが何を考えこんでいたのか、ホープはようやくすべてがわかった。私はエヴェレルに愛されている。私もエヴェレルを愛している。手の届くところにあったはずの幸せを、私は軽薄にも自分の意志で手放してしまった。ホープは眩暈《めまい》を感じ、歩みをとめた。ショールで顔を覆い、すぐ傍に立っていた木にもたれかかった。

動揺したホープを見て、エヴェレルはまたしても完全に思い違いをしたまま言葉を続けた。

「ホープ、君が君らしくなくなるのを、僕はこれまで少しずつ何とか理解しようと努めた。あの安息日の晩、君がなかなか帰ってこなかった時も、どうせあいつと会っているんだろう、なんで隠すんだろう、いろいろ思ったけれど、何も言わないようにした。あいつはウィンスロップ総督から全面的な信頼を受けているからどうしようもないとも思っていた。でも、あいつと君のこと、お父さんは喜んで認めたわけではない。どうしようもなくて、認めただけさ。僕は信じていた。純粋な君のことだから、あんな男の戯言を受け入れるはずがない。あいつはただの偽善者だ。誠意など持ち合わせてはいない。ちゃんとそう教えてあげるべきだったかな？　でも、そんなこと、男としてできなかった。嫉妬に駆られているとは思われたくなかった。君とずっと一緒にいようとしていた僕はよく怒られたさ」

　動機が不純、そう言葉を続けようとしたエヴェレルだったが、やめた。

「まあ、それはいいさ。誰がどう言おうと構わない。自分の正直な気持ちを伝えておくよ。ホープ、僕は君の行動がきっかけで自分が幸せになれるはずの道を諦めた。でも、君は君が幸せになる道をしっかり歩んでいってほしい」

　ホープは理解した。自分は妹に会いたい一心で、誰にも相談せず、秘密の計画を遂行中だ。それがかえってエヴェレルの誤解を強めている。だが、もう手遅れだ。今すべてを打ち明けるわけにはいかない。そんな時間もなければ、きちんと納得してもらえる自信もない。このまま、自分で決断してしまった道を進むだけだ。友情、愛情、すべてが自分の決断により今危機に瀕していることは間違いない。

　エヴェレルはまだ言葉を続けていた。

「僕の信念には反することだったけれど、僕はずっと考えていたよ。君が消し去ってしまった幸せな将来って、本当はどういうものだったのだろう？　どんな夢を見られたんだろう？」

「夢よ、すべて夢」

　ホープは大声でエヴェレルの言葉を遮った。ショールを投げ捨て、涙に濡れた顔をエヴェレルに向けた。

「ほら、みんなが呼んでいるわ。過去のことはもう忘れて。未来よ、未来のことを考えて、エヴェレル。あなたには素晴らしい未来が待っているはず。いっぱい幸せになれるのよ。自分を大事にして。そして……」

ホープは一瞬言い淀んだ。

「そして、エッサーを大事にしてあげて」

そう言うと、エヴェレルに背を向け、ホープは走り去っていった。エヴェレルはホープの姿を目で追った。ほとばしる想いをぶちまけ、いまだ気持ちは熱く火照ったままだ。

「あの子は天使だ。でも、もっと女性らしい弱さがあってもいいじゃないか」

エヴェレルはその場を動かず、気持ちを静めた。そして、どうにかこうにかいつも通りの落ち着きを取り戻した。これなら、エッサーたちと顔を合わせても自分が興奮してしまったことを気取られないだろう。

ボートが停泊している場所からやってきたガーディナーがすれちがい、こう言葉をかけた。

「皆さん、お待ちかねだよ」

エヴェレルの確信はさらに強まった。

「で、あいつがあの子とここに残るんだ。結局そういうことか」

エヴェレルはさらに意固地になった。ホープはガーディナー如き男の求婚の言葉を受け入れたのだろう。

「あんな軽い男の言葉、幻にすぎないのに。あの子は純粋な心の持ち主だ。虚栄心に満ちたあいつがあの子の心を勝ち取るなんて、あり得ないことだ」

エヴェレルはエヴェレルなりにホープを愛しているが故にこんなことを考えてしまうわけだが、彼の自信は揺らいでいた。あの男が一緒に島に残ることをホープは良しとしている。そうとしか見えないからだ。エヴェレルはボートに急いだ。なぜガーディナーがホープと島に残るのか、情報が欲しかったのだ。しかし、残念ながら何の情報もなかった。みんな、エヴェレル同様、事情が呑み込めず、いろいろ詮索している最中だったのだ。

心優しきクラドックはただただ驚いていた。グラフトン夫人は、自分がひいきにしているガーディナーの幸運を祈りつつ、自分の姪の無作法に頭を悩ましているふりをしていた。動揺を隠せないような顔をしながらあれこれ説明をつけようとする夫人の言葉は、それでも周りにいる人たちに状況を理解するためのかすかなヒントにはなった。

エッサーはずっと下を向いていた。目には涙がいっぱいだった。先ほどの思いもかけない親友の行為もあり、エッサーの胸中は複雑だった。

# 第十七章

　さて、みんなが様々な思いで自分のことを考えていることなど露知らず、ホープは一人きりになれる場所を探し続けた。自分の気持ちをとにかく落ち着かせたい、ただその一心だった。

　兄と妹の間で交わされる愛情はあくまで精神的なものであると人は言う。これが真理なのかどうかは問うまい。エッサーはエヴェレルのことを想うあまり、自分の感情を抑えつけ、時として報われない愛の形に耐え忍んでいるようにさえ見えた。これも男女の間で交わされる愛情表現の一つの姿なのだろうとホープは考え、自由奔放にエヴェレルと接することのできる自分はエヴェレルに対して恋愛感情など持っていないと思い込んでいた。エヴェレルと私は兄と妹。

「もう少し気分が落ち着けば、ベセルにいた頃と同じ気持ちでエヴェレルに接することができるはず。エッサーのこともエヴェレルのことも私は大好き。あの二人が幸せになれれば、私も幸せになれるに決まってる」

　こういう考え方に対して、いくらなんでも無垢すぎると冷笑を浮かべる向きも多かろう。だが、他人の幸せを一途に祈る気持ちは至高のものだ。ホープの崇高なる祈りについてあれこれ文句をつける必要はあるまい。

物思いに耽っていたホープは、ディグビーが呼ぶ声で我に返った。ホープは少し顔を赤らめた。いけない、この島で私はしなければいけないことがあるじゃないの。そのことをすっかり忘れてしまっていた。ディグビーは夕食の準備ができたことを伝えた。ホープはディグビーと家に向かいながら、自分がこれから行うことについて彼だけには相談することにした。

「ねえ、ディグビー、あなただけに話しておきたいことがあるの。質問は受けつけません」

「それは少々きついですな。ですが、ホープお嬢様、あなた様のためなら私めはどんなことでもいたします」

「ありがとう、ディグビー。今晩、この島で私はお友だちとこっそり会う約束をしています。会っている間は誰にも邪魔されたくないのです。だから、お願い。奥様には私が月明かりの下で散歩をするのが好きだとか、島の海岸に打ち寄せる波の音を聞きに行ったのだろうとか、何か適当なことを言っておいてね」

「承知しましたぞ。あなたがそういうことがお好きなのは、私めはよくわかっております。ですが、妻にとっては摩訶不思議なことでしてな。もっといい口実が必要だと思います」

「うーん。では、私は人とは違うことばかりしたがる人間なんだと伝えてあげて」

ディグビーはくすりと笑った。

「それでようございます。それで妻も納得してくれるでしょう。ホープお嬢様、いつもあなたに申し上げておりましたが、あなたにはあなたの生き方がございます。純粋なあなたのことだ、あなたの生き方が間違っているわけではないのでしょう」

「ディグビー、私がちょっと頑固だと思ってらっしゃるのね？」

「いやいや、そうではありませんぞ。誰もが自分の思い通りの生き方をしたいと思っているのです。この荒れ果てた大地にやってきたのも我らの意思。町で暮らしておられるお偉いさん方たち、総督がその中でも一番お偉い、皆さんは本当に立派な社会をきっちりと造り上げなさった。それでも、私めはあの方たちにそう言いたくなることがあるのです。自分はイングランド国教会の主教たちから逃げてここに来たわけじゃない。神を信じる同志たちと一緒にいたい。ただそれだけの理由でここに来たんだ。心の中でこう思っている人間も実は多い。ホープお嬢様、あたりを気にしなくても大丈夫ですぞ。私めが常に注意を払っておりますから。

さて、思想も意思も皆自由。少し前、エリザベス女王がイングランドを治められていた頃、議会の者たちは女王様の前にひれ伏していたものです。我々社会の底辺にいる貧しい者たちは神にひれ伏すだけですんで、その点、我々の方がましだったのかもしれませんな。時は移ろいました。新しい考え方が生まれ、人を縛る鎖も足枷も破壊されました。そして、皆自由に振る舞うことができるようになった。ありがたいことです。

おやおや、しゃべりすぎましたかな。お嬢様の小鳥のさえずりのようなお声を聞いておりますと、こちらもついつい話が弾んでしまいますな」

ホープは今余計なことを考える余裕などなく、いつものようにディグビーのおしゃべりに興味津々という顔で返答することもできなかった。ただ、根っから心優しいホープは、暗い顔をすることだけは避けていた。

ディグビーの家に着くと、子供たちもいた。ホープはにこやかに子供たちと接し、ディグビーの妻が話す子供たちの話に耳を傾けた。ディグビーの妻が用意してくれたミルクとお菓子を美味しく味わった後、三十分ほど昔話に花を咲かせた。話題は友人やディグビー家の子供たちの将来の話に変わっていった。

　突然ホープが慌てたように椅子から立ち上がった。

「ディグビー、月が昇ってきたのかしら。東の方が明るい気がする」

「まだですよ。もう少しですから」

　ディグビーはホープに優しく言った。

「それでは、私、少し外に出て、散歩してきますわ。ああ、ベッツィー、あなたは坐ったままでいいのよ」

　ディグビーの妻は私もお供すると言い張った。夜風にあたるのはあまりいいことではないし、今は晴れているけれども遠くで雷鳴がしている。海鳥たちも一日中海岸に降り立って群れている。東の海岸に打ち寄せる白波も物凄い音を立て始めている。どう考えても、この時間に散歩に出るのはよろしくないというわけだ。

　もちろんホープは聞く耳を持たなかった。すぐここに逃げ込めるんだから危なくないと言って、コートに身を包み、家を出ていった。

　ホープは島の西側にそそり立っている崖沿いに歩いていった。崖の下は二、三メートルほどの幅の平らな岩盤状の海岸になっていた。岩場の一箇所だけ、入江になっているところがあり、小さなボートなら船着き場として使えそうだった。

　岩場を進んでいくと、ふと人影が見えたような気がした。妹たちはもうここに着いているのかしら。ホープは歩みを早めた。しかし、誰もいない。今度は石が転がる音がした。誰かが駆けてきたのかと思ったが、これも思い違いだった。ホープは岩場に腰かけて待つことにした。怖さなど微塵も感じなかった。後はもう妹と会うだけなのだから。

月の光が明るかった。雲一つない。目の前の海が眩しいくらいだ。海の向こうに見える島々も宝石のように輝いている。それどころか、遠くにあるはずの本土の町並み、本土の山々などもぼんやりと見える。今やいろいろな書籍の中で挿絵として描かれ、有名な風景となったボストンの遠景が、この晩、ホープの目の前に浮かび上がっていた。

別の機会にこの場所を訪れていたら、ホープもこの美しい夜景にため息を漏らしたかもしれない。だが、ホープはただひたすらじりじりとした思いで待ち人たちの到着を待った。神経を研ぎ澄まして周りに注意を払っていた彼女も少し疲れてきた。待っても無駄なのかもしれない。絶望感が押し寄せ始めた。

ふと、オールを漕ぐ音が聞こえてきた。次の瞬間、カヌーが入江に入ってくるのが見えた。ホープはカヌーに駆け寄り、船上に目を凝らした。妹がいた。妹はインディアンの服を着ていた。オネコの肩に優しく抱かれている。

ホープの中で何かが死んだ。一気に心が沈み、今まで体験したことがないほど暗澹たる気持ちに包まれた。妹に飛びついて抱きかかえようと思っていたはずなのに、足は前に動かない。ホープは後ろに下がり、崖に頭を押しつけた。目をそらし、手を胸に押しつけ、感情をどうにか抑え込もうとしているようだった。

マガウィスカがそっとホープに声をかけた。

「ホープ・レスリー、妹さんの手を取ってあげてください」

マガウィスカの傍らにはホープの妹がいた。ホープは目も上げず、おずおずと手を伸ばした。しかし、妹の手と自分の手が触れた瞬間、ホープの中で抑え込まれていた感情が解き放たれた。ホープは妹の身体に腕をまわし、きつく抱きしめた。妹の顔に頬ずりし、泣きじゃくった。

ホープは、子どもの頃、妹のことをメアリーと呼んでいた。メアリーはホープの腕の中で、姉のなすがままになっていた。目はうっすらと涙で濡れていたけれども、気持ちが昂っているというよりは、ただただ当惑しているようにしか見えなかった。そして、ホープが身体を離すと、メアリーはオネコの方を見た。

ホープはもう一度メアリーを抱きしめ、それからメアリーの顔をしげしげと見つめた。記憶の中に刻み込まれている妹の顔と比べていたのだ。

「間違いなく私の妹。絶対にそうよ」

ホープは何度も妹の頬にキスした。

「メアリー、お母様の膝の上に一緒に坐った時のことを覚えていないの？　お母様が亡くなった時のことも覚えていないの？　お母様は私たちにこのネックレスをくださったのよ。私たちに最後の口づけをしてくださったのよ」

メアリーはマガウィスカの方を見た。姉が何を話しているのか、意味を伝えてもらおうと思ったのだ。

「こっちを見て、メアリー。私に話しかけてよ」

「英語、話せない」

メアリーは答えた。メアリーが使える英語はこれだけだった。メアリーは英語を忘れている。直接言葉を交わすことができなくなっている。このことは前もってマガウィスカが教えてくれていたことだった。だが、ホープは興奮のあまりそのことを完全に失念していた。だが、これが悲しき現実だ。今目の前にいるメアリーと自分は直接言葉を交わすことができない。自分たちの間には越えがたい溝ができてしまった。ホープは手を握りしめ、呻《うめ》いた。

「どうしたらいいの？　何を話せばいいの？」

マガウィスカがホープに近寄り、優しく慰めた。

「私に通訳をさせてください、ホープ・レスリー。心を静めてください。妹さんは急流に漂い、押し流されていく鳥の羽根のようなものなのですから」

「わかったわ。でも、約束してね。私の言葉をありのまま伝えてほしいの」

ホープの言葉はマガウィスカの自尊心を刺激した。

「私たちは真実こそすべてと考えています。心配しないでください。あなたの言葉はありのまま、すべて妹さんにお伝えします」

「ごめんなさい。あなたのことはもちろん信じているのよ、マガウィスカ。本当に許してね。私、何を言っていいのか、何をしていいのか、わからなくなってしまっているの」

そう言うと、ホープは妹を近くの岩場に誘い、そこに腰を下ろした。ホープにとって最も近しい者であるはずの妹が、今や生活環境のせいではるか遠い存在になってしまったのだ。メアリーが着ている服は、どうひいき目に見ても、白人の目から見れば奇妙であり、品がなかった。こんな野蛮でお粗末な服を着ていなければ、メアリーは誰がどう見ても白人だ。

ホープは仕草で妹にコートを脱ぐように伝えた。そのコートは鳥の羽根とイラクサを織り込んで作ったもののようだった。メアリーはコートを脱ぎ、全身をホープに見せた。動物の革でできた服を身にまとったその肢体は、子鹿のようにしなやかだった。ガラス玉の飾りを誇らしげに身につけているのも印象的だった。これではまるでインディアンそのものではないか。コートを脱げばメアリーが白人であることを確認できると思っていたホープだったが、目の前にいる妹はまごうことなく野生の世界を生きる俊敏なインディアンだった。

あまりのことに身も心も震えながら、現実を受け入れられないホープは悪あがきをした。今度は自分が身にまとっていた白いコートを妹に羽織らせようとした。しかし、メアリーは姉の意図を瞬時に理解し、頭を振り、そっと白いコートを姉の手に戻した。それを見たオネコは思わず勝利の叫びをあげた。ホープはマガウィスカに言った。

「私の言葉を妹に伝えて。私はあなたに白人の服をもう一度着てほしかったの。あなたは親から引き離され、捕虜となっただけなのよ」

マガウィスカはにやりと笑いはしたが、ホープの言葉をそのままメアリーに伝えた。メアリーの返事はこうだった。

「私はイングランド人の服はきらい」

「それじゃ、妹にこう聞いて。あの日のことは覚えているの？　ベセルでインディアンたちが家族に襲いかかった日のことよ。まるでオオカミが羊たちに襲いかかるようだった。お母さんと幼い子供たちが殺され、あなたが連れていかれた日のことを覚えているの？」

「彼女はこう言っています。よく覚えていると。あの時私を助けてくれたのがオネコだと」

ホープは執拗に聞き続けた。

「これも聞いて。子どもの頃、一緒に遊んだこと、一緒に本を読んだこと、これは覚えているの？お母様から神様のお話、私たちの罪を贖ってくださったイエスのお話をしてくれたことは思い出せるの？」

「覚えてはいるそうです。でも、はるか昔のかすかな記憶のようです。遠い山の頂に見え隠れする霧のようなものらしいですよ」

「じゃ、こう話してもらえないかしら。もしあなたが私と一緒に来てくれるなら、私は自分のすべてをあなたに捧げます。あなたが健康な時も病気の時も、いつでも面倒を見るつもり。私があなたの母となり、姉となり、友となります。今は天国に召されたお母様も願っているはずよ。私たちの神様のところに戻ってきてほしいの」

メアリーは頭を強く横に振った。そして、胸にかけていた十字架を手に取り、唇につけた。ホープの提案も懇願も、メアリーはまったく受け付けなかった。ホープはすっかり落胆し、メアリーの肩に頭をうずめた。しばらくするとホープは顔を上げ、メアリーと見つめ合った。ホープがかぶっていた帽子は脱げ、茶色の髪の毛が首にかかっていた。

しっかりとメアリーを見つめるホープの顔に赤みが増してきた。熱意が再び蘇ってきたのだろうか。死の運命を免れない人間にいたわりの視線を向ける天使のような姿にも見えた。

一方、メアリーは魂の抜けたような、青白い顔をしていた。このように空っぽになってしまった人間を救うのは無限の優しさだろう。ホープはメアリーの膝の上に手を置いた。ホープはキラキラと輝くダイアモンドの指輪をしていた。メアリーが自分の指輪に見とれているのに気がついたホープは、指輪を抜きとり、メアリーに手渡した。

「マガウィスカ、妹に伝えて。あなたが私と一緒に来てくれたら、こういう宝石をいっぱいあげる。宝石は本当に美しい鳥の羽根のよう。決して枯れることのないお花。私が持っている宝石は全部あなたのものよ」

「本当にその話を伝えていいのですか？」

マガウィスカは半ば軽蔑したような顔つきで聞いた。彼女自身はこういったものに何の魅力も感じていなかったからだ。ただ、もしかするとメアリーがこういったものに心が惹かれるかもしれないという不安は少しあった。メアリーが姉から手渡された宝石を手の中で転がしたり、月の光を反射させたり、すっかりご機嫌になっていたからだ。

「心こそ宝石。正しく、美しい魂こそ真の宝石。その石のようなはかないもので妹さんの気持ちを引きつけようという、あなたのお気持ちをそのまま妹さんにお伝えしていいのですか？　あなたはもっと正しい考え方をなさる方だと思っていました、ホープ・レスリー」

「どんなことでもしたいの、マガウィスカ。どんなことをしてでも妹を取り戻したいの。私の言った通り伝えて」

マガウィスカはホープの言葉をメアリーに伝えた。ホープは妹の手を握りしめ、懇願するようにメアリーの顔を見つめ続けた。メアリーはためらいを見せた。オネコの方を見、マガウィスカの方を見、そして姉の方を見た。メアリーの手が震えていることにホープは気づいた。この晩初めて、メアリーが自分からホープに身体を寄せ、頬ずりをした。ホープは狂喜した。

「私のお願いを拒んでいないのね。一緒に来てくれるのね」

メアリーはホープの叫び声を聞き、姉が言わんとしていることを感じ取った。そして、大急ぎで指輪をはずそうとした。

「持っていていいのよ、それはあなたのもの」

泣き叫ぶようにホープは言葉を続けた。

「どうしてもまたお別れしなければならないとしても、それは持っていて。その指輪があなたにとっての私となるから」

その時突然松明《たいまつ》の光が崖の上に見えた。海岸を照らしているようだった。オネコが立ち上がり、言った。

「これはまずいぞ。もう行った方がいい。約束はもう果たした」

オネコは岩場に落ちていたホープのコートを拾うと、彼女に渡し、別れの時が来たことを教えた。

「もう少しだけ待って、お願い」

ホープは叫んだが、オネコは空を指差した。いつの間にやら空は厚い雲で覆われようとしていた。マガウィスカも言った。

「お願いですから、行かせてください。私の父も待っているのです」

ホープはこの時初めて気がついた。マガウィスカたちが乗ってきたカヌーにはもう一人インディアンの姿があったのだ。その男は岩場で繰り広げられた出来事には何の関心もないような顔をしつつ、大儀そうに自分の子どもたちがカヌーに戻るのを待っていた。

「モノノットも来たのね」

ホープは背筋が凍った。ベセルでの惨劇はモノノットの名前と共にホープの心に刻み込まれている。だが、いろいろ考える暇はなかった。カヌーの中にいた男が急に立ち上がり、叫んだのだ。町の方を指差している。そちらの方に目をやると、連なる松明《たいまつ》か何かの光があたりを煌々と照らしながら、町の波止場に下りていくのが見えた。インディアンたちはホープに視線を向けた。

「何でもないと思うわ。夜港に入ってくる船のためにいつもああして照らしているのじゃないかしら。ちょうど、どこかの船が到着するところなのよ。私の話を信じて」

いくらホープが信頼に値する人物だったとしても、はっきりと説明のつかない事態に対して警戒心を抱くのは当然のことだ。オネコは自分たちの言葉でマガウィスカに言った。

「もう時間がない。このままでは僕の白い小鳥が捕えられてしまう」

「そうね、行かなきゃ。お父さんの命が危ないわ」

オネコはカヌーに飛び乗り、メアリーに来るように叫んだ。ホープはマガウィスカに頼み込んだ。

「もう少しだけ時間をちょうだい」

ホープは二、三歩岩場を進むと、跪《ひざまず》き、妹のために祈りを捧げ始めた。その様子を見たメアリーは姉の意図を理解し、そして同時にこれで姉とは永遠の別れになると思ったのか、ホープに近づいた。ホープの祈りが終わると、メアリーは姉の胸の中で泣き続けた。時がとまった。

突然インディアンたちが大声を出した。マガウィスカはメアリーの腕をつかんだ。ホープもすぐに気がついた。いつの間にやら武装した人々が大勢乗っているボートが現れ、あっというまに岩場に接岸した。

逃げる間もなくマガウィスカとメアリーは捕えられた。来たのはウィンスロプの配下の者たちだった。妹を取り戻したことになったホープだったが、この時、彼女の頭に真っ先に浮かんだのは安心感でも何でもなく、自分の友人たちに対して行われた陰謀を憎む思いだった。

ホープはオネコが乗っているカヌーに駆け寄り、叫んだ。

「オネコ、私は知らなかったのよ。こんなこと、私は知らなかった」

ホープが叫び終わる前に、オネコはホープの腕をつかみ、カヌーの中に引きずり込んだ。そして、英語を使って大声で伝えた。

「メアリーにひどいことをすれば、この姉に同じことをする」

そして、あっというまにカヌーを漕ぎ出した。その勢いはあまりに早く、追跡は不可能だった。オネコがホープを拉致し、逃走し、残された者たちは立ち尽くすしかなかった。

石のように固まっていた彼らは、崖から下りてきたガーディナーの一声で目を覚ました。状況を把握したガーディナーは、すぐにボートを出し、オネコらを追いかけようと熱弁をふるった。だが、彼の提案に頷く者は一人もいなかった。

「日が出なければ危ない、海も荒れつつある。追いかけても無駄だ。嵐が来ているじゃないか。今から追いかけていくのは極めて危険だ」

ガーディナーは諦めなかった。ここまでは計画通りだったのに、このままではまずい。ガーディナーはみんなをけしかけた。ウィンスロプ総督の不興を買うぞ。今一緒にホープを助けに行けば高額の報酬を支払う。集まっていた人々をガーディナーはあの手この手で説得しようとしたが、誰一人ガーディナーの言うことを聞かなかった。

説得を諦めたガーディナーはディグビーを探しに行くことにした。ディグビーは嵐が来ていることをホープに伝えるため、ちょうど海岸近くまで来ていたところだったので、すぐに会うことができた。早口で事情を説明するガーディナーの話を聞いたディグビーは大声で言った。

「ああ、小舟でもあればお嬢様を追いかけられるんだが、わしのボートはちょうど今朝町に修理に出してしまったんじゃ。どうしたらいいかの？　風はこっち向きに吹いているか。これでは湾を越えていくのは厳しい。嵐もひどくなっている。どうか、神様、お嬢様をお救いください」

雷が落ち、ディグビーの嘆きはさらに増した。

「人間には何もできん。しかし、神様のなされようも……」

ホープが巻き込まれた運命の悪戯《いたずら》を前にしてこのような気持ちになるのも致し方のないことだろう。

「どうしてあの方たちはいつもいつもひどい目に遭ってしまわれるのだろう。姉妹が再会し、別れる、ただそれだけのこともお赦しにならないのか」

ディグビーが思わず漏らした嘆きを耳にしたガーディナーは、ホープの切ない想いの一端を初めて認識した。ホープにしてみれば、自分が巻き込まれたこの不幸についてこの男だけには知られたくなかったはずだ。

ガーディナー、そしてディグビーは捕虜を連れたウィンスロプの配下たちと合流した。配下たちはディグビーに家まで連れていってくれるよう依頼した。ホープのことで頭がいっぱいのディグビーはマガウィスカには気づかなかった。マガウィスカもディグビーに気づかなかった。マガウィスカは、自分にしがみつき、子供のように泣きじゃくるフェイスの泣き声も耳に入っていないようだった。

自分の誠意を裏切った企みに対する怒りがマガウィスカの心を覆い尽くしていた。聞こえてくるのは荒ぶる風の音、そして雷の轟きだけ。それらの音が父親の死を警告しているようにマガウィスカには思えた。嵐は一時間ほど続いた。来た時もあっというまだったが、去る時もあっというまで、すぐにあたりは静かになった。総督の配下たちは早速捕虜を連れて島を離れ、彼らを総督に送り届けた。

ウィンスロプと彼が信頼を置いている同僚らがウィンスロプの家で配下たちの到着を待っていた。使いの者たちの知らせによれば、全員無事に島におり、嵐のため島で一晩を明かすということだったので、みんな安心して配下たちの帰りを待っていた。あれやこれやウィンスロプらが小声で話をしている間、エヴェレルは部屋の片隅、庭を眺めることのできる窓際、エッサーの隣に坐っていた。その場所は大きな煙突の蔭になっているところだったので、恋人同士が人の視線をあまり気にせず二人きりでいられた。

暖かくなってきたので、窓は開けられていた。夜空に煌々と輝く月が恋人たちを照らしていた。空気は水気を帯び、しっとりとしていて、若い恋人たちが甘い気分に浸るには最適の晩になっていた。だが、エヴェレルは落ち着いた気分にはなれないでいた。ふっと窓の外を見たり、エッサーの顔に視線を送ったり、今日起こったことを思い出したりしていた。

一方、エッサーはエヴェレルとのことでホープに後押しされた幸福感に満たされ、いつも以上に美しく見えた。エヴェレルもそのことはよくわかっており、それだけにしとやかでありながらも聡明な目をしたエッサーに対して、虚ろな愛の言葉などささやけはしないと自覚していた。どんな言葉を口にしても空虚な偽りの言葉になってしまう。

エヴェレルの父、フレッチャーも複雑な気分でウィンスロプ夫人の相手をしていた。自分の姪であるエッサーがエヴェレルと婚約する決断をしたことに全面的に賛同すると、ウィンスロプ夫人はフレッチャーに何度も語りかけていた。

突然外で音がし、ウィンスロプの配下たちが帰ってきた。リーダーの者がウィンスロプのところに歩み寄り、小声で報告した。報告を聞いたウィンスロプはただならぬ反応を示し、エヴェレルの方を向いた。

「エヴェレル、こっちに来なさい」

それから配下たちに整列したままでいるように指示し、さらに一言命令した。

「マガウィスカ、前に出なさい」

「マガウィスカ？」

エヴェレルは叫ぶと、ウィンスロプらがいるところに飛び出してきた。マガウィスカは後ずさりし、目をそむけた。

「神様。マガウィスカじゃないか、マガウィスカ！」

彼にとっては決して忘れることのできない女性の姿に、彼は絶叫した。マガウィスカはしかし相変わらず一言も発さず、ふらふらと壁際に足を進め、壁に頭を押しつけた。

「これはどういうことなのですか？」

エヴェレルは少し向こうにいるフェイス・レスリーの姿も確認し、さらに配下たちを見まわした。

「これはどういうことなのでしょうか？」

エヴェレルはいささか傲然とした態度でウィンスロプに聞いた。ウィンスロプの返事もまた実に冷たい口調だった。

「このインディアンの女性は我々が捕虜とした者だよ」

「つまり、私は謀略にかかり、罠に落ちた捕虜ということなのですね？」

「マガウィスカが捕虜だって」

エヴェレルが大声を出した。

「そんなことが許されるわけがない。公正さという点からも人道という点からもそれはおかしい。お父さん、ウィンスロップ総督、本気でこんな侮辱を彼女に与えるんですか？」

フレッチャーは、マガウィスカの背後に隠れるようにしていたフェイス・レスリーを前に連れ出そうとしていた。息子ほどには驚きも興奮もしていない様子だった。

ウィンスロップはエヴェレルの発言をまともに受けつける気などなかった。

「エヴェレル、自分の行いに自覚を持ちたまえ。そんなに興奮してはならない。一人一人の思いよりも公の利益が優先されることくらい、君もわかるだろう。この若い娘には、我々と戦うため、インディアン各部族を糾合する使いの役割をしている疑いがある。公の利益に関わることに余計な口出しをし、公の利益に反するようなことを口にするとはずいぶん勇気のあることだ。君の判断はあまりに幼い。神の英知についてよく考えることだ。神の英知こそ、敵に対する不安を拭い去ってくれる唯一の知恵だ。さあ、この捕虜を牢獄に連れていけ」

ウィンスロップは配下たちに指示した。

「それから、バーナビー、お前は捕虜をしっかり見張るのだ。そして、次の指示を待て」

「どうか、どうか、このような正義にもとることはおやめください。せめて、あなたの家に彼女をいさせてほしい。それの方が確実に彼女を見張ることができる」

だが、ウィンスロップは配下たちに指示通りに動くよう促すだけだった。

「頼むから待って。お願いだから、彼女をここにいさせてください。どの部屋でもいいです。僕が四六時中しっかり見張ります。この気高い女性を牢獄に入れるなんて、そんなひどいことをしては僕らの名誉も傷つけることになってしまうのではないでしょうか？」

フレッチャーが息子を諭そうとした。彼もまた抑えがたい気分になってきていた。

「頼むから息子よ、聞いてくれ。確かに我々はこの娘に感謝しなければならないことはある……」

「その通り、君たちは感謝すべきだ」

フレッチャーが息子に同調しかけていることに気づいたウィンスロプが言葉を挟んだ。

「だが、我が友よ、きちんと考えるべきだ。君の息子の命が救われたことと公の利益を守ることと、話の次元が違うのだ」

エッサーはこの一部始終を真剣に見つめていた。そして、勇気を振り絞り、総督が支配している空気を打破すべく、エヴェレルの肩を持つことにした。

「マガウィスカに部屋をお貸しになってもいいのではないかしら。ホープの部屋と私の部屋をお使いになって。片方の部屋を見張りの方がお使いになったらどうかしら」

「ありがとう、エッサー。本当にありがとう」

どんなことでも乗り越えてみせる気になったエヴェレルは力強く言った。しかし、ウィンスロプは若者たちの提案を頑として受けつけなかった。ただし、若者たちの行動はまったく無意味であったわけでもなかった。マガウィスカがエヴェレルに向かってこう言ったのだ。

「あなたは暗闇に閉じ込められた私にとって一筋の光明。あなたは誠実で、感謝の気持ちもしっかりと持っている」

そして、マガウィスカはウィンスロプの方に向き直り、堂々とした態度で告げた。

「私を牢に連れていきなさい。あなたの捕虜である以上、どこにいたって同じこと。ただ、一つだけ、エヴェレル・フレッチャーのために教えてあげましょう。エヴェレルが自分の魂よりも大事に思っている彼女が、もし彼女が今晩無事に生き延びていればの話ですが、彼女のこともあるわけですから、私の身の安全も保障すべきです」

「ホープのことかい？」

エヴェレルは再び大きな声を出した。

「ホープがどうしたって言うの？　何が起こったのさ？　マガウィスカ、君は何の話をしているんだ？」

「彼女もおとりとして利用された鳥だったのよ。彼女も網に捕われました」

マガウィスカは落ち着いた声で答えた。

きちんと説明してほしいというエヴェレルの要求に応え、総督は簡単に事情を説明した。周囲にざわめきが広がった。

全員がホープの話に夢中になり始めているのを見計らい、ウィンスロプはマガウィスカを連れていくように指示した。怯えきり、泣きじゃくっているフェイスと引き離されたマガウィスカは予定通り牢獄に連れていかれた。一方、エヴェレルと父親はホープ救出のために力を貸してくれるよう、ウィンスロプを説得し続けた。

さて、このあたりで、ホープはどうなったのか、目を転じることにしよう。

# 第十八章

カヌーに無理やり乗せられたホープは恐怖と絶望の淵に沈んでいた。突然、オネコが大声で父親に訴え始めた。父親の方は息子の訴えに対してぼそぼそと低い声で何か返事をしていた。ただ、きちんと自分の意見を息子に伝えているようには見えなかった。ホープに聞き取れたのはマガウィスカという名前だけだった。

オネコは何度もマガウィスカの名前を出した。その時のオネコの顔には復讐心がたぎっていた。マガウィスカを奪い取った企みに対する怒りがオネコを支配しているのだとホープは思った。そしてこの企みの筋書きを描いた人物、この企みを身をもって遂行した人物、それが自分であり、自分こそオネコが怒りをぶちまける対象になるとホープは覚悟した。私は復讐の生贄となるのだろう。

ホープは今までインディアンの残虐性について様々な話を聞かされてきたし、自分でもいろいろ空想に耽ったこともあった。それが今現実のものとなる。そして、残虐な野蛮人といえば目の前にいるインディアンの長こそその代表格だ。時折落ちる稲妻の光の中で、オネコの父親の姿が闇夜にくっきりと浮かび上がった。ホープは気がついた。この男は怒りで身体を震わせている。この男は決して許してくれない。ホープは思った。わかってくれるとしたらオネコだ。

自分は何も知らなかったのだとホープはオネコに訴え、憐れみを乞うた。オネコは決して冷酷な人間ではない。自分の妻の姉を必要以上に責め立てるようなことをするはずがない。ホープはそう信じていた。しかし、オネコはこの人質にはちゃんと使い道があるという結論に達していた。ホープに対して優しい態度で接するつもりなどなくなっていた。彼女も今晩の謀略を企てた一人だと確信していたのだ。だから、ホープがどのように話しても聞く耳を持たなかった。ホープに対して何も答えず、オネコはひたすら懸命にオールを漕いだ。暴風雨の勢いが増す中、カヌーを前に進めようと奮闘し続けた。

町がどんどん遠ざかっていくのを、ホープは暗澹たる気持ちで呆然と見つめた。真っ暗闇の中、ビーコンヒルの丘で焚かれている篝火《かがりび》に照らされ、町はぼんやり赤く見えていた。島から完全に離れたわけでもなく、友人たちはまだそこにいる。だが、救いの手が伸びてくるとは思えなかった、ディグビーの家も見えた。窓から漏れてくる明かりも見える。向こうに見えるキャッスル島の見張り塔からも人が出てきたようだ。土砂降りの雨の中を進んでいく松明《たいまつ》の群れがかすかに見える。

ホープはオネコの狙いがわかった。島々の間を抜け、ボストンの港からの追跡をかわすつもりなのだろう。だが、神もやすやすとはオネコの願いをかなえようとはしない。嵐は激しくなる一方で、ホープはつくづく思った。人間の希望も恐れも、つまりあらゆる人間的な感情は神の前では無に等しい。

暴風の勢いはさらに増し、闇も深くなっていった。時折闇夜を稲妻が引き裂いた。オネコは最大限の努力をしたが、とうとうオールを海に落としてしまった。後は運命を天に任すだけだ。こうして荒々しい大自然に翻弄された彼らだったが、モノノットはまったくひるんでいなかった。吹きすさぶ風の中、轟く雷鳴の中、泰然自若、石像のように彼はどっしりと腰を下ろしたままだった。もはや恐怖も不安も消え去った。荒れ狂う自然の中、今まで体験したこともないような感覚をホープは味わっていた。人生の中でこういう経験をする人間はほとんどいないだろう。人間同士の営みの中で絶望の淵につき落とされたホープではあったが、大嵐に巻き込まれたことによる恐怖は感じていなかった。

ホープが乗っていたカヌーはまだボストンの町からは完全には遠ざかっていなかった。稲光も激しさを増し、荒波にもまれるカヌーの姿を照らし出すにようになっていた。モノノットの堂々とした姿、オネコのしなやかな身体がはっきり見える。私たちに気づいてくれる人もいるかもしれない。ホープは淡い期待を持った。

だが、次の瞬間、大波がカヌーを襲い、ホープは現実に引き戻された。自分は嵐の海の上で死の危険にさらされているのだ。ホープは一瞬気を失った。再び大波が襲いかかってきて、モノノットはひっくり返り、意識を失った。オネコは叫び、父親を抱き起こそうとした。父親の心臓の音を確認しながら、オネコは父親の身体中をさすり、温めようとした。父親が息を吹き返す努力をオネコは続けた。

そのうち、嵐が収まってきた。雲間から月明かりが漏れるようになり、運よく風と潮に乗り、カヌーは小さな島に流れ着いた。オネコはカヌーを飛び降り、大急ぎで父親を浜辺に運び、草地に横たえた。そして、再び父親の身体をさすり始めた。何としてでも父親を甦らせようとするオネコの懸命な姿を見て、ホープも心を打たれた。ホープもモノノットのところに歩み寄り、手をさすり始めた。

突然、オネコは絶叫し、父親の上にまたがり、抱きしめた。希望を失ったのか、それとも希望が出てきたのか、それはわからなかった。ホープは立ち上がり、二人を見つめた。モノノットは意識を失ったままだ。オネコは父親を助けるために夢中になっている。ホープはふと気がついた。今なら逃げ出すことができるかもしれない。

ホープはカヌーを見た。自分は非力だけれど、カヌーを押し出すことぐらいできるかもしれない。カヌーでこの場を離れさえすれば、たとえ海が荒れていたとしても安全な場所まで流されていく可能性はゼロではない。だが、どう見ても海の上は危険だ。ようやくその危険から逃れることができたというのにまたもやその危険に身を晒すというのは愚かな考えなのだろう。

ホープは考え直した。ここは島だ。誰かが住んでいるかもしれない。オネコの隙をついてそっと逃げ出し、オネコがほんの少しの時間でもそのことに気がつかなければ、誰かの保護を受けることができるかもしれない。迷っている暇はない。そう判断したホープは明るくなっていく暁の空に一度目をやり、祈りの言葉を捧げた。オネコが自分に注意を払っていないことも再度確認し、ホープはその場から駆け出した。

後ろから追いかけてくる足音が聞こえたような気もしたが、ホープは決して後ろを振り返らず、よろめくように走り続けた。いくぶん上り坂になっているところにさしかかると、地面に突き刺してある松明《たいまつ》の灯りが見えてきた。さらに進んでいくと、男が一人、松明の脇に寝そべっているのが見えた。その先の草地にも数人の男たちが寝ころんでいた。皆寝ているようだった。

慎重に音を立てないよう歩みを進めていったホープは、その男たちが船乗りであることを知った。それも、ボストンの社会に反抗し、無秩序な生活をしている一味、すなわち悪名高きチャドロックの船の乗組員のようだ。

ボストンの住民たちは彼らのことを毛嫌いしており、彼らが町に入ることすら禁じていた。そこで、町で生活することを許されなかった彼らは、人が住んでいないこの島を見つけ、ここをねぐらにし、自由気ままに自堕落な日々を過ごしていた。そのねぐらにホープは偶然足を踏み入れてしまったのだ。そして、今ホープの目の前に広がっているのは、バッカスの酒宴が繰り広げられた翌朝の光景だった。寝転がっている男たちの周りには、酒瓶、ジョッキ、ごみなどが散らかっていた。

昨日の日中は暖かだったので、何人かの男たちはコートを脱ぎ捨てていた。その後嵐が来たはずなのに、そんなことはお構いなしでコートも身につけないまま宴会を続けていたのだろう。酩酊したとはいえ、稲妻は眩しかったのかもしれない。うつぶせになり、顔を地面につけて寝ている男もいた。今まで見たこともない醜悪な光景にホープは身震いした。

一人の男がのそりと起き出した。そしてホープの方を見上げた。ほとんど夢うつつの状態で彼女の姿を見ていたので、彼にはホープの姿が霧の中でおぼろげに浮かんだ人影のようにしか見えなかったようだ。

ホープはその男の傍らで立ち尽くしていた。男が間抜けそうに笑い、何かぼそっとつぶやいた。ホープは一瞬自分の存在が気づかれたのかと思い、どきりとしたが、男は寝言のようなことを口にしただけだった。

「イングランドの旗だ。いいか、ハンス、イングランドの旗をマストに釘付けするんだ。イングランドの旗だぞ、いいな」

男の声はしだいに消え入り、ふっと笑みを浮かべると、再び寝入ってしまった。

こんな男たちと一緒にいるのはまずい。オネコのところに戻って彼の捕虜になっていた方がましかもしれない。そうホープが迷っているうちに、別の男が起き出した。あの男の寝言で起こされたのか、さすがに寝すぎたのか、この男はもそもそと起き上がると、ホープの方を見た。そして、目をこすり、彼女の姿が夢の中のものなのか、現実なのか、確認するようにじっと彼女を見つめた。

ホープは逃げ出そうとしたが、あまりの光景に驚愕していたこともあって、一歩も動けなかった。それに今逃げたとしてもすぐ捕まってしまう。ホープは男に助けを乞うことにした。彼女は震える声で呼びかけた。

「どうか聞いてください。あなたに助けてもらいたくて、私はここに来ました」

「おいおい、こいつ、しゃべったぞ」

ホープが最後まで言い終わらないうちに、男は大声を上げた。

「女だ。みんな、起きろ」

男たちが次々と起き出した。立ち上がった者もいたが、全員寝ぼけた顔をしていた。完全に目を覚ましていたのはみんなを起こした男だけだった。ホープはもう一度声をかけた。

「もしあなたが男らしいお方なのなら、どうか私を助けていただけないでしょうか。私をボストンに連れていってください。報酬はあなたたちのご希望通りになると思います」

頭がはっきりとしていた唯一の男がホープの方に近づいた。

「あんたに報酬を払ってくれる奴なんているのかね」

「どうか、お願いですから、ちゃんと聞いてください」

男はどんどん近づいてきた。目には悪意がこもっている。

「助けて！」

ホープは絶叫すると、海辺に向かって走り出した。虚を衝かれた男は、すぐに仲間たちに声をかけ、彼女を追った。ホープは感じ始めていた。死んでしまった方がましかもしれない。向こうに見える逆巻く波に身を委ね、死んでしまった方がいいかもしれない。

風のように駆けていくホープだったが、男たちが追いついてきた。先頭の男がホープをつかまえる寸前、その男は躓《つまず》き、派手に転んだ。手にはホープのコートをつかんでいる。ホープはコートを脱ぎ捨て、さらに逃げようとした。

男が罵っているのが聞こえた。どうも立ち上がれないようだ。後ろをふりかえると、他の男たちとの距離も開いているようだ。もしかすると逃げきれるかもしれない。ホープは力の限り走り続けた。海辺に着くと、ボートが見えた。

石積みの幅の狭い波止場に立てられた柱にボートは係留されていた。波止場に着いたホープはボートに駆け込み、係留していたロープをほどき、オールをつかむと、海へ押し出した。潮の流れは強く、ボートはホープの意志に従うがごとく沖へと流れ始めた。ホープを追いかけてきた男たちも海辺に着いたが、もう間に合わない。彼らは唾を吐いたり、喚いたり、大笑いしたりしていた。

神様が助けてくれた。ホープはそう思い、膝をつき、熱心に祈り始めた。ところが、そのボートに乗っていたのはホープだけではなかったのだ。ホープは気がついていなかったのだが、ボートの船底、乱雑に積まれていた衣類の下で一人の男が寝ていたのだ。この男は昨晩の嵐をしのぐためボートの中にいたようなのだが、今の今まで寝込んでいたのだ。

男は目覚め、祈り続けるホープの姿をきょとんとした顔で見つめた。彼はイタリア人だった。島にいた男たちの一味だったが、彼らほど荒みきってはいなかった。嵐がやってきた時も、これは自分たちへの懲罰だと感じ、仲間たちが繰り広げていた酒宴の場を離れ、一人ボートの中に身を隠していたのだ。嵐が去り、ほっとした男はそのままその中で寝込んでしまった。だから、今目覚めたばかりのこの男は不思議な感覚に包まれた。天罰のように嵐がやってきて、その嵐が去った後、熱心に祈りを捧げている女性が目の前にいる。男はホープのことを天からの使いだと思い込んだ。

ホープは身につけていた帽子などを失くしていたため、髪の毛はごく自然な形で首から肩にかけて伸びていて、優美な雰囲気を醸し出していた。着ている物も白いドレスに青色の絹の肩掛け。聖なる女性にしか見えなかった。昨晩繰り広げられた様々な出来事の中でホープも疲れきり、血の気も失せていた。いつもは生き生きとしている頬の色も青白い。その彼女がひたすら祈りを捧げているわけだから、そこには自ずと神秘的な空気が生まれる。

カトリック教徒の男は声を上げた。

「マリア様だ！」

男はホープの足許に跪《ひざまず》き、十字を切った。

「ああ、神様、天国への門が開いたのですか？　この地上で最も慈愛に満ち、最も純粋な存在であるマリア様。この罪深い僕《しもべ》をどうかお救いください」

男はイタリア語でしゃべっていたが、ホープはかろうじて彼の言っていることが理解できた。男の表情は真剣そのもので、彼が信心深いことも間違いないことのようだ。ホープは男の勘違いを利用してやろうと一瞬考えたが、彼が心から祈りを捧げているのを利用するのは間違いだとすぐ思い直した。ホープは男の勘違いを正そうと思い、とりあえず拙いイタリア語で話しかけた。

「私はあなたが思っているような者ではないのですよ」

「マリア様ではない？　誰よりも尊いマリア様ではないとおっしゃるのですか？　それでは、あなたは殉教者の方か聖女の方なのですか？」

ホープは首を横に振った。しかし、男は納得せず、いろいろな聖なる女性の名前を挙げ、ホープに確認し続けた。

「私はそのいずれの女性でもないのですよ」

ホープは思わず微笑んだ。

「それでは、あなたは私だけの特別な聖女様だ。聖なる殉教者の方だ」

男は再び跪き、十字を切った。

「あなたは、こんなに罪深い私、アントニオ・バティスタのため、遠く甘美なるイタリアからこの荒れ果てた土地、異端のイングランド人たちが住む土地までやってきてくれたのですね」

ここまで自分のことを信奉してくれるのなら、この男に自分の運命を託すのも一つの方法だろうとホープは決心した。先ほどまでは、カトリック教徒の男が自分のことを聖女だと思い込み、祈りを捧げているのを利用するのはひどい行いなのではないかとびくついていたわけだが、この期に及んで迷っている場合でもなかろう。

「アントニオさん、あなたが信心深くて私はとても嬉しく思います。あなたはあのひどい仲間たちとも別行動をとっていたのですしね。あなたがあの方たちと一緒になって大騒ぎするような方でしたら、あなたに神様の救いがもたらされる道は閉ざされたかもしれません。

さて、アントニオさん、私はあなたのことを信じてお願いしたいことがあるのです。どうか私のために力を貸してください。このオールを漕いで私を町に連れていってください。私にはしなければならないことがあるのです」

「おお、あなたはこの世で一番祝福されたお方。あなたは天国へ向かおうとされているお方。あなた様がおっしゃることでしたら、私は何でもいたします」

男は胸元から象牙でできた小さな箱を取り出し、ふたを開けた。中には亜麻布が入っているようだ。

「ただ、その前に一つだけお願いしてもよろしいでしょうか。聖なるあなたと出会えた証しを何かいただけないでしょうか？」

聖なるホープは思わず微笑んでしまった。しかし、ホープは男の願いを聞き、上品な仕草で箱を受け取ると、ブレスレットをはずし、箱に入れた。このブレスレットには小さなダイアモンドが十字の形で飾り付けられていた。

「これをあなたにお贈りします。どうしても使う必要がある時は、どなたか上手に細工できる人に頼んで、ダイアモンドをはずしてもらいなさい。上手に取り出せば、十字の形もきれいに残るはずです」

男はうやうやしく箱を手に取った。彼にとっては神様からの贈り物がこの箱の中に収められたのだ。箱を胸元にしまい込み、男は何度も手で十字を切った。忘我の境地で祈り続ける男を見て、ホープは約束通りにしてほしいと優しく指示を出した。

男は慌ててオールをつかみ、力と技術のすべてを駆使して町へと向かった。そして、二時間もしないうちにホープが指示した波止場に到着した。ホープは町に向かう前に男に話しかけた。

「本当にありがとう、アントニオ。あなたに神様のお恵みがありますように。それから、これは大事なことです。あなたが私と出会ったことは、あの悪いお仲間たちにはお話しにならないように。私のことを話題にしたら、あの方たちはあなたがとても大事にされているものを馬鹿にし、大笑いするはずです。このことを打ち明けていいのは信心深い人だけですよ」

男は素直に頷いた。そして、ホープが立ち去っていくのをじっと真剣なまなざしで見つめ続けた。どんな状況にも順応できるしなやかさをホープが持っていたからこそ、彼女はこの危機を乗りきることができたのだ。それでも、男が夢うつつな状態から覚めたら追ってくるかもしれないという危惧はあったし、男と別れた後、さすがのホープも疲れきり、これ以上はもう何も起こってほしくないと切に祈った。

今日は本当にいろいろなことがあった。驚かされることばかりだった。次から次へと絶体絶命の危機が襲いかかってきた。服はびっしょり濡れていて、ずっしりとした重さがあった。歩みを進めるものの、もう一歩も足を運べないと何度も思った。眩暈《めまい》も感じるようになった。何か幻覚にとらわれているような気もする。地面に引きずり込まれそうだ。

誰か力を貸してくれる人が近くにいないか、目をこらし、耳をすましたが、通りには人気《ひとけ》がなかった。疲れきったホープは歩みをとめ、倉庫の入口の階段に腰を下ろした。目を閉じ、うつむいた。頭がずきずきと痛むので、その姿勢が楽だったのだ。ふと気がつくと誰かが声をかけてきた。

「どうしたのですか、お嬢様。一人でお散歩ですか？　顔色がひどく悪い。頭が痛いのですか？それとも、胸が苦しい？　でも、あなたに罪はないですよね」

ホープが見上げると、そこにはガーディナーの召使いが立っていた。思えば、この人物とは何度か顔を合わせている。でも、妹と再会するという自分の使命のことばかり頭にあったので、最初に話をした時のこともあまり覚えていなかった。覚えているのは、この人物の目の色だけ。この人はなぜだか鋭く、怒ったような目つきで自分のことを見る。

二人の目が合うと、相手は目をそらした。頬も赤らんでいる。声色も妙に低く、目つきも暗い。いつもは派手な服をきちんと着こなしているのに、今日はぞんざいだ。ホープは疲弊していて、相手の着こなしがいつもと違うことにはそれほど注意が向かなかったが、相手がやつれ果て、不幸そうな様子であることはわかった。と同時に、相手が短剣を握っているのに気づき、どきりとした。

「怖がらなくていいのですよ、お嬢様。罪がなければ死を恐れることもないでしょう。罪深い人は死を恐れないようですが、そういう人が天の光を浴びながらこの地上を歩み続けていることが何より罪深いことです。この短剣は主人の物です。この短剣を使って私があの方の目の前から姿を消しても、あの方は悲しみもしないでしょう」

そう言いながら、ガーディナーの召使いはむせび泣いた。

「なぜ、あなたが姿を消さなければならないの？　彼がそんなにひどい人間なら、彼の元を離れ、お友だちのところに帰ればいいのに」

「お友だち？　お金持ちで、幸せいっぱいのご家庭で暮らしていれば、お友だちもいるでしょうね。私にはこの広い世界にお友だちなど一人もいません」

「可哀想な人」

ホープの頭にはこの召使いに対する憐れみの感情しか浮かばなかった。この召使いとガーディナーの関係は一体どうなっているのだろうとホープは初めて思いをめぐらした。

「では、ひどい主人から離れて、神様にすべてを任せてみたらどうかしら」

「私はとっくに神様から見捨てられています」

「そんなこと、あり得ないわ。神様が人を見捨てるはずがない。哀れな人、罪深い人、人間はそういう人たちから目をそむけるけれど、神様は違う。神様はそういう人たちにも赦しと心の平安を与えるものです。神様の御心は本当に広いのですよ」

「その通りかもしれない。罪深い人も罪深い考えを改めるのでしょう。でも、私にはそれができないのです。私は罪深い愛に身も心も任せてしまっているのです。主人が優しい目で見てくれたり、優しい言葉をかけてくれたりすると、それだけで私の身体は麻痺し、この罪深い愛から逃れることができなくなってしまう」

「何をおっしゃっているのかしら？　どうやって、あなたがご主人を愛することができるの？　なんでそんな埒もないことをおっしゃっているのかしら？」

「私たちは誰かを愛するものです」

召使いは消え入るような声で答え、首《こうべ》を垂れた。

「あの方が私を愛してくれた時期もあったのです。あの方以外、私を愛してくれた人は一人もいない。私は母と過ごした思い出がないので、母親の笑みも涙も知らない。父のことも知らない。私のことを愛してくれた唯一の人であるあの方にしがみついているのはおかしなことなのでしょうか？」

召使いの目は真剣だった。ホープが励ましの言葉を口にするのを待っているようだったが、ホープは無言だった。召使いは滂沱《ぼうだ》の涙を流しながら、話を続けた。

「そう、埒もないことです。罪深いことです。懺悔しようと思ったこともあります」

召使いは胸元からロザリオを出してきた。

「マリア様に祈ったこともあります。でもだめだった。ちっとも心は休まらない。すぐに頭がおかしくなり、変なこと、恐ろしいことを考えてしまうのです。あなたを憎みもしました。私に憐れみをかけてくださる天使のようなあなたをですよ。そして、昨日、ガーディナーがあなたの手を取ってボートに乗り組むのを見た時、輝き、楽しげに波打つ海原をあなたと彼が一緒に進んでいくのを見た時、私はこう思ったのです。この短剣をあなたの胸に突き刺したいと。私が惨めな境遇に陥ることは構わない。でも、とにかくあなたは彼と暮らすべきではない。私はそう強く願っています」

「あなたのおっしゃってることがさっぱりわからない。何をおっしゃってるのかしら？　とにかく、今、私はもうへとへとで疲れきっているの。申し訳ないのですけれど、もうあなたのお話にお付き合いするのはとても無理です。よろしければ、明日いらしてください。あなたが抱えておられる悲しみ、つらさ、すべてお聞きします。何かお手伝いできることもあるかもしれません」

「明日？」

召使いは、立ち上がろうとするホープの服をぎゅっとつかんだ。

「あり得ない。昼日中、あんなに豪勢なお宅にお邪魔するなんて、できっこありません。それに、もう幸せそうに暮らしている方たちの顔を見るのは嫌。あの方たちは本当につまらないことばかり私に質問してくるし、それにいちいちお答えするのももう飽き飽きなんです。どうか、もう少し付き合ってください。話はすぐ終わりますから」

ホープにはもう考える気力も、相手の言葉に耳を貸す意欲もすべてなくなっていた。身体を動かそうとするとやはり眩暈《めまい》がする。周りのものがゆらゆら動き始め、ホープはローザの腕の中に倒れ込んだ。

召使いローザが本当に復讐心の塊と化していたのなら、これはまたとない機会を得たことになる。しかしながら、ローザの場合、その狂おしいほどにまで燃え上がった嫉妬の念は復讐とは結びつかない、ある意味純粋な魂の叫びだった。心は千々に乱れ、正常な精神状態ではないローザだったが、しだいに落ち着きを取り戻し、本来の人間的な優しさを取り戻していった。

ローザはホープの身体を慎重に支え、ホープの冷えきった頬に口づけした。その瞬間、ローザの心に不思議な戦慄が走った。なぜか歓喜の想いが身体に溢れ、天使のように純粋な気持ちになるのをローザは感じた。

足音が聞こえてきた。フレッチャー親子の姿が見えた。総督の指示でホープの捜索に加わっていた人たちも一緒にいた。エヴェレルがまずホープに気がついた。エヴェレルは飛ぶように駆けよってきて、ホープの真っ青な顔を覗き込んだ。ぐったりとしている彼女の姿を目の当たりにしたエヴェレルは大声を上げた。周りに続々と人が集まってきて、ローザに事情を聞き始めた。

ホープは疲れきっていて、気を失っただけだとローザは説明した。ただし、ここまでの細かい経緯については何も言わなかった。エヴェレルは自分のコートでホープをしっかりと包み込み、父の力も借りながら、近所の家まで彼女を運んだ。そして、総督の家までホープを連れていくための馬車の手配も済ませた。

# 第十九章

　ここまで一気に話を進めてきたが、一部、説明をはしょった箇所もある。賢明なる読者の皆さんはそういった箇所についてもおおよその事情は推察してくださったことと思う。例えばガーディナーはこの嵐の晩にどんな役割を果たしていたのか。

　あの安息日前日の晩、集会所から帰る途中で自分の腕を振りほどいて走り去っていったホープがどこに向かうのか、ガーディナーは気になって仕方がなかった。ホープの無作法の原因を突きとめ、自分の気持ちを納得させたかったのだ。ホープの魅力にぞっこんになっていたこともあって、ガーディナーはホープの後を慎重に追い、彼女が墓地に入っていくところ、そしてあろうことかインディアンの娘と会って話をしているところを目撃することとなった。

　ガーディナーは音を忍ばせて木蔭の中を進み、ホープとマガウィスカが交わしている話が聞こえるところで身を潜めた。そして、二人の話のほとんどを耳にしてしまった。この大陸に来て間もないガーディナーも、インディアンたちが何か陰謀を企んでいることは話に聞いていた。だから、マガウィスカがホープとの面会を秘密裏に行うために万全を期しているのを知ると、インディアンたちの陰謀の一端を自分がつかんだのだと信じ込んだ。ガーディナーは考えた。これは植民地にとって有益な秘密情報だ。総督に注進するのが正しい道だろう。だが、そんなことをすれば、ホープが気を悪くするかもしれない。ホープに嫌われてしまえば、彼女を我がものにするという自分の計画に支障をきたす可能性もある。いや、大丈夫だ。

ホープのマガウィスカに対する態度は渋々としか見えなかった。妹と再会するという絶対的な条件があるため、マガウィスカの言う通りにしなければならない。だが、ロマンティックな彼女のことだ。人から押しつけられた約束事であっても、その約束事を頑なに守ることに彼女は情熱を傾けるに違いない。そこで自分の出番だ。秘密を知った自分が、ホープの自尊心を傷つけず、うまいこと彼女の妹を奪還することに寄与できれば、彼女は永遠に自分に対して感謝し続けてくれるのではあるまいか。

ガーディナーはしだいに自分に酔いしれ、自分がホープの妹奪還に力を貸すことができれば得るところが大きいと結論付けた。ホープに対しては、自分は彼女の幸せだけを考え、行動したと言い募ればいい。総督は、インディアンの陰謀を暴いた自分の行動を植民地の安全と繁栄に貢献するものと信じてくれるだろう。そこで、翌朝、ガーディナーは密かにウィンスロプたちと会見の場を持ち、自分が知り得たことを彼らに開陳した。

「安息日前日の晩、家に戻ろうとした時、ホープお嬢様が一人で墓地に入っていくのを見かけたのです。誰か亡くなったお友だちのお墓参りでもするつもりなのかと思いました。でも、ずいぶん遅い時間でしたし、変だとは思ったのですが、何しろあのお嬢様は一途に思い詰めると時間のことなどお構いなしです。ともかく、お嬢様が危ない目に遭ってはいけませんから、お嬢様の邪魔にならないところでお守りしようと近づいたわけです。そして、木蔭に隠れて見守っていたところ、なんとホープお嬢様はインディアンの女と待ち合わせをしていたのです」

そして、ホープがマガウィスカと交わしていた会話の内容を、ガーディナーはウィンスロプたちに詳細に伝えた。

マガウィスカにとって不幸だったのは、ガーディナーがもたらした情報が、あるインディアンがすでにウィンスロプらに密告してきた話と一致する部分があったことだ。この裏切り者のインディアンはミアントゥノモーのお気に入りの側近だったが、ちょっとしたいさかいをきっかけとして罰を受け、部族を飛び出した男だった。自らの部族に対して復讐を誓ったこの男はボストンに赴き、ウィンスロプの元を訪ねた。そして、ミアントゥノモーが実はウィンスロプらの味方をするつもりはなく、害意すら抱いていることを教えた。彼の密告によれば、ミアントゥノモーをそそのかしたのはピクォート族のモノノット及びマガウィスカということになっていた。

モノノットがお得意の雄弁なる演説をもって各部族を見事に糾合したという彼の話は、事実の一端を伝えていた。ただ、彼は様々な憶測を加え、植民地に反旗を翻すインディアンたちの数や力について過大な情報をウィンスロプに伝えた。ウィンスロプたちは彼の話を信じた。長らく敵対していたピクォート族が白人たちとの戦いに敗れ、滅んだのを見たナラガンセット族の者たちは、白人たちの侵略に対して決していい感情を持っていないはずだ。恐れを感じていたとしてもおかしくない。おそらく、白人に対する敵意をいつ露わにするか、時期を探っていただけのことなのだろう。ウィンスロプらはこう考えていたのだ。

コネティカットの植民地からもつい最近連絡が来ていた。複数のインディアン部族が一斉に蜂起するという情報を入手したとのことだった。こういった一連の出来事もあり、ガーディナーがもたらした話は信憑性を帯びることとなった。ただし、身内のことでもあり、ウィンスロプは慎重に事態に対処することとした。

ミアントゥノモーもかつてはイングランドの人々のことを友人として扱い、素直に同盟関係を築いてくれた。実際、ウィンスロプはミアントゥノモーについてこう書き記している。

「彼は賢く、頭脳明晰だ。そして、正義や公正についても正しい認識を持っており、同時に創意工夫に満ちた精神の持ち主でもあった」

こういう人物を相手にして外交交渉を行っていくわけなので、植民地側としてもいたずらに挑発的な態度をとることは避けるべきだという判断もウィンスロプにはあった。ピクォート族の人間であるマガウィスカを捕えることで、ミアントゥノモーの真意を探り、インディアンたちの蜂起を事前に食いとめることも可能になるかもしれない。彼らがホープと妹の再会の場面を利用して何が何でもマガウィスカを捕え、無慈悲に取り扱おうとしたのも、そういうウィンスロプの判断に基づくものであった。

ホープとマガウィスカたちが島の海岸で落ち合った時、ウィンスロプの配下たちはすでに周囲に潜んでいた。そして、島に残り、ホープの後をつけていたガーディナーの合図で一斉にマガウィスカたちを取り囲み、マガウィスカとフェイスを確保したのだ。

ガーディナーは今や植民地の中で確固たる地位を占めるようになっていた。植民地の指導者らはガーディナーのことを神が授けてくれた貴重な人材だと認識するようになった。ガーディナーも実に巧妙に立ちまわり、注意深く行動した。彼にとっては異教徒の支配するこの地で、いかに策謀をめぐらそうとも、ちょっとした油断で偽善に満ちた自らの正体はすぐばれてしまうだろう。今回信じられないような好機を得たガーディナーは知恵を絞り、お人好しな植民地の人々を見事手玉に取ったのだ。ガーディナーはほくそ笑んだ。ホープを我がものにするという目論見は実現間近だ。

さて、ホープは何はともあれ無事に帰ってきたわけだが、ウィンスロップ家に集まった人々の反応は人それぞれだった。

ウィンスロップ夫人は前日の晩にすでにあれこれ頭を悩ませすぎたせいもあって、この日は多少落ち着いて見えた。ホープの無事な姿を見ると、鎮静作用のあるお茶を一口飲んで寝室に戻った。グラフトン夫人は最初長らく行方不明になっていたフェイスを取り戻すことができたという知らせに狂喜していたが、愛するホープのやつれきった姿を目の当たりにするとすっかり打ちひしがれてしまった。クラドックはおろおろと階段を上がったり下がったりしていた。手をぎゅっと握りしめ、お仕置きで鞭を打たれた少年のように涙をこぼしていた。

フレッチャーは愛するホープの姿をじっと見つめ続けていた。一言も話さず、顔には苦悶の色しかなかった。彼はホープのことを実の娘以上に愛していたのだ。彼が目に涙を浮かべているのに気づいた者もいた。フレッチャーの親友であるウィンスロップは友の悲愴な姿に、内心、自分たちが仕組み、実行した計画について悔悟の念を抱いた。あれだけ我慢強い男がここまで悲しみと苦悩を露わにするとは。

ジェネットはせわしなく動きまわり、何かしようとするのだけれど、結局何も手がつかなかった。ただ、頭の中ではこんなことを考えていた。

「お嬢様が事情を説明してくれるのには少し時間がかかりそうね。お嬢様はいつも自由気ままに過ごされてるから、とうとうこんなことになってしまったんだわ」

実際、ジェネット以外にもその場に集まってきた人の中にはこうした内容のことをささやき合っている口さがない者もいたのだが、エッサーはそういうひそひそ話には一切耳を傾けず、ホープのために必要なことをてきぱきとこなし、看病に努めた。放心状態だったエヴェレルも医者の手配などをするため、家を出た。

意識を失ったまま眠り続けるホープは高熱を発した。熱にうなされ、意味不明なうわごとを繰り返した。その状態が三日も続き、皆ホープが次の瞬間息を引き取ってしまうのではないかとひやひやし通しだった。

この三日間、エッサーは夜となく昼となくホープの看病を続けた。ホープの傍から片時も離れず、エヴェレルが様子を聞きに来る時だけ、ホープの枕許を離れた。この痛ましい場面で、エッサーの身に備わっていた優しさはいかんなく発揮されることになった。エッサーはホープの看病をし、彼女のために祈り続けた。エッサーの顔色はいつにも増して青くなり、目も虚ろに見えた。だが、ホープに少しでも良い兆候があるといろいろ教えてくれるエッサーの様子を見ているうちに、エヴェレルはこんなに美しいエッサーの姿は初めて見たような気持ちになっていた。

四日目の朝、ようやく熱が引き、うわごとも止んだ。意識を失ってから初めて静かな眠りについたようだった。せっかく静かに眠ることができるようになったのに物音を立てて起こしてしまってはいけない。エッサーはそう思い、身じろぎ一つしなかった。

ふと気がつくとドアの向こうでエヴェレルがいつものように歩きまわっている音がする。ドアの前を行ったり来たりし、時折息をひそめて中の様子を窺っているのだ。エッサーは全身全霊を傾けてホープのために尽くしていた。今の今まで、自分のことには考えが及ばなかった。少しでもエヴェレルのことが頭に浮かぶと、自分がいけないことをしているかのように思い、一人で顔を赤くしていた。

「いけない、何ということでしょう。友だちがこんなに苦しんでいるのに、自分の幸せについて考えてしまう。本当に優しい人間ならそんなことあり得ないのに」

だが、こんなことでくよくよする必要などない。こんな想いにとらわれたのもほんの一瞬ではないか。エッサーがひたすらホープのために身も心も捧げていたことは誰の目にも明らかだった。

ただ、今、ドアの外でうろうろ歩いているエヴェレルの足音を聞いて、エッサーに別の想いが芽生えてきた。

「今日は、あの人、ずっとこんな調子ね。ホープのことを話す時、エヴェレルは本当に必死で私にいろいろと聞こうとする。ちょっとでも不安を口にすると、顔は真っ青。私の身を案じてくれるようなことも口にしていたかしら？　こんなこと考えてはいけないの？　いいえ、自然なことよね。よく覚えていないけれど、こういうことは言ってくれた。『愛するエッサー、君はここを動かないの？　誰か別の人にたまには看病を代わってもらってもいいんじゃないかな。ジェネットに相談しちゃだめだよ。ウィンスロップ夫人なら、こういう時どうすればいいか、一番よくわかっているはずだ。すべて、君の判断に任せるけど、ね、愛するエッサー』。そう、『愛するエッサー』と言ってくれたじゃない。でも、あの人はホープの心配ばかりしている。ホープと運命を共にしているみたい。もし私が今のホープみたいになった時、あの人はこれだけ心配してくれるのかしら。あっ、いけない、また余計なことを考えてしまった。罪深いことだわ。あの人の優しさを確かめたいなんて、そんなこと頭に思い浮かべるだけでも死に値する」

本来清純なエッサーは自分の心に浮かんでは消える様々な想いに戸惑い、思わず立ち上がった。するると、彼女が羽織っていたガウンが絡み、椅子が倒れてしまった。倒れた椅子はホープが寝ているベッドの脇に据えられていた小さなテーブルにぶつかり、テーブルの上の薬の小瓶やコップ、スプーンなどが床に落ちた。静まり返っていた病室の中でけたたましい音が鳴り響いた。

驚いたエヴェレルは思わずドアを開けた。眠っていたホープも目を覚まし、ゆっくり起き上がった。自分が今どんな状況にいるのか、わけがわからないという顔をホープはしていた。自分の身に降りかかった様々な出来事がおぼろげながら頭の中に蘇り、混乱していたのだ。しかし、まもなく彼女にも事態が呑み込めてきた。ゆっくりと目を閉じると、ホープは再び横になった。

「神様、お救いくださり、感謝します」

そうつぶやくホープの目からは涙がこぼれた。静かに喜びを嚙みしめていたのだ。エッサーは歓喜のあまり、立ち尽くしていたエヴェレルのところに駆け寄った。

「ねえ、もう大丈夫よね。ホープは三時間くらいぐっすり寝たのよ。私がそそっかしいことをしてしまったから、起こしてしまったけど。お父様のところに行って、教えてあげて。あなたが何も言わなくてもあなたの顔を見れば、お父様もすぐわかるわ。ほら、早く行って」

エヴェレルもようやく歓喜の叫びをあげた。

「エッサー、君は天使だ。お父さんも心の底から君に感謝しているよ。僕だって……僕も一生をかけて君にこのお返しをするつもりだ」

熱意溢れるこの言葉に、エッサーは初めて心が満たされるのを感じた。だが、信仰のためにすべてを捧げているエッサーはすぐに喜びを抑え込んだ。

「感謝すべき相手は神様です」
エヴェレルはエッサーの手を取り、口づけした。エッサーは静かにドアを閉め、ホープのところに戻った。

「妹はここにいないの？　ここにいるんでしょ？　あの晩に起きたいろいろな出来事は夢のようにしか思えないの。妹はここにいるのよね？」

「いるわよ。大丈夫、安心なさい。でも、今は身体を休めることが一番大事。妹さんの顔を見るのはまだ早いわ」

「それはわかってる。でもね、エッサー、マガウィスカがどう扱われているのかも知りたいの。私と約束したから、マガウィスカは来てくれたのよ。ひどいことはしていないわよね？　ちゃんとしてもらっているわよね？」

エッサーは返事をためらった。ホープの唇は震えている。きっと不安なんだろう。返事次第ではショックを受け、また倒れてしまうかもしれない。エッサーはあえて曖昧な答えをすることにした。生まれて初めてのことだった。伯父であるウィンスロプのやることは絶対に正しい。そう思うしかない。その上でホープを少しでも安心させるのが自分の役目だ。

「大丈夫よ、マガウィスカは正当な扱いを受けています。もう質問はだめ。ゆっくりお休みなさい」

こうして天使の如き優しさに包まれたホープは安心して再び眠りにつくことになったわけだが、一方、自らの企みに邁進するあまり落ち着いて眠ることができなくなっていた人物がいる。その男の行動を少し追ってみよう。

ホープが回復した翌日の晩、その男ガーディナーの姿は町の牢獄にあった。ガーディナーは看守のバーナビー・タトルに会うと、トマス・モートンが収監されている部屋に入る許可証を見せた。その許可証には総督の署名がされていた。

「これが許可証だ」

「それはわかりますですが、こんな時間にこんな場所で紳士をお迎えすることはあまりありませんもので」

「ためらうことなどないさ、タトル君。任務を持っている者にとっては時間も場所も意味はないのだよ」

「そうですか。なんだか大事な御用がおありのようで。では、まずは私の部屋に行きましょうか。こんな我が家でも少し先の家からはお祈りを捧げる声が聞こえてきますし、結構なものなのでございますよ」

バーナビーはろうそくを灯そうとしてもたもたしていた。要領を得ないその様子を見ながら、ガーディナーは看守の様子をじっと観察した。看守といえば、筋骨隆々、神経も図太い人間がつく仕事かと思っていたのだが、この男は違う。バーナビー・タトルはどちらかといえば小柄で、体つきも弱々しく、顔色もそれほどよくない。

「看守は長いのかい?」

「来る十月の十日、朝八時を持ちまして六年ちょうどとなります。それまでは総督のお宅で働かせていただきました。総督が私のことを信頼できるし慈悲深い男だと認めてくださいまして、このお仕事をいただいたのでございます」

「慈悲深さというのは君の仕事に必要なものかね？」

「必要ないとお思いですか？　こういう場所にこそ必要なのだと私は思いますが。ここニューイングランドの植民地に私たちは神に導かれてやってきました。牢獄に収容される者も、イングランド本国では罪と問われない罪を犯した者ばかりです。私が看守になってからというもの、つまり次の十月で六年間ということになりますが、盗みや殺人の罪でここに収監された者はごくわずかです。ですが、神の教えを信じない者たちは死をもって罪を贖うしかありません。次の集会の折にコットン牧師がこのことについてお説教なさるはずです。ここに収容されている罪人たちは主に悪魔にそそのかされ、神の道を踏み外した者たちです」

ガーディナーは呻《うめ》くように言葉を返した。

「人間は様々な形で堕落の道を歩むものだ。ひとたび立ちどまることができても、いつのまにやら新たな堕落の道に歩みを進めてしまう。さあさあ、話はもういい。時間がどんどん過ぎていってしまう。連れていってくれたまえ」

看守はガーディナーを連れて牢獄内に入っていった。狭くて長い廊下の両脇にドアがあり、そこに狭小な囚人部屋があるようだった。突然看守がガーディナーの腕をつかんだ。

「ほら、聞こえてきたでしょう？　ゴートンたちが祈りを捧げている声ですよ。彼らはこうして時々お祈りの時間を作っているんです。何時間も神に救いを求めている時もあるんです。あの祈りを聞いていると、道を踏み外した者たちだけれど、私など涙が出て仕方がありません。恩赦ということも考えてやっていいんじゃないでしょうかね」

「連中が自らの誤った考え方を捨てない限りそれは無理なんじゃないかね。まあ、連中が所有権を主張しているインディアンの土地を譲れば話は別かもしれない」

ガーディナーはあざ笑うように言った。鋭い人間だったらこの嘲りにおや？ と思ったのだろうが、人のいい看守は何も感じなかった。廊下の一番奥まで行くと、看守は鍵束から一本を選び出し、ガーディナーに言った。

「ここは先日連れてこられたインディアンの娘が入っている部屋なのですが、その奥にもう一部屋、小さな部屋があります。そこにモートンはおりますよ」

「ありがとう。では君はもう行ってくれていいよ。私はそのインディアンの娘にもちょっと話しておきたいことがある。内密の話だ。ご承知の通り、あの娘は頑固で少し言い聞かせることがあるのだよ」

「そうなのかもしれないですね、皆さんそうおっしゃるから。ただ、ここにいる娘はずいぶんと控えめで、静かにしておりますよ。キリスト教徒の女性と同じです。内密のお話ということでしたら、わかりました、鍵はあなたにお預けしましょう。ろうそくもどうぞ。御用がある時はドアの上にかかっているロープを引いてください。ロープにつながっているベルが鳴る仕掛けになっています。それからもう一言だけ。モートンの部屋に入る時は十分に注意してください。モートンは時々悪魔に憑かれたように喚き散らすことがあります。メリーマウントでやっていたのと同じなんでしょうかね、とんでもない騒ぎを起こすこともあります。大声で歌ったり、踊ったり、それはひどいものです。一日中赤ん坊のように泣いている時もあるし、こんな所に閉じ込めておくより、ロンドンにある病院に連れていった方がいいんじゃないかと私は思うんですが」

「君が看守とは意外だね。ずいぶんと優しいことを言う」

「そんなことはありませんよ。ですが、どんな仕事でも憐れみの気持ちを持つことは大事だと思います」

ガーディナーは真正直なこの看守と語り合い、さすがに己を恥じた。

「とにかく私は中に入って彼らに会わなければ」

看守はドアを開け、ろうそくと鍵をガーディナーに手渡した。部屋の中ではマガウィスカがゆっくり歩きまわっていた。部屋に入ってきたガーディナーの姿を見ると立ちどまり、かすかに声を出した。そして、すぐに目をそらし、がっかりした様子で再び歩きまわり始めた。

ガーディナーはろうそくをかざし、部屋の中を照らした。それほど狭い部屋ではなく、窓は格子窓になっていた。ベッドもあった。三本足の腰掛の上には手のつけられていない食事が置かれていた。

「か弱い女性の部屋としてはまあまあのところと言うべきかな」

マガウィスカは一言も発しなかった。というよりも、彼にまったく注意を払っていなかった。

「あの勇敢な若者エヴェレル・フレッチャーが何もしないとはね。自分の命を身を挺して救ってくれた女性、片腕を犠牲にした女性がこんな場所に押し込められているのに。彼にお前と同じくらいの高貴な心があるのなら、町に火をつけ、牢獄の壁をぶち壊すことだってできるはずなのだよ」

マガウィスカは低い声で何か言おうとしたが、結局しゃべらなかった。

「彼はお前をここに置いたままで平気さ。お前が死のうと構わないのだろう」

エヴェレルに対してため込んできた悪意をガーディナーは一気に吐き出していた。そして同時に、無垢な娘の心を自分がいたぶり続けていることを冷静に自覚もしていた。

「あのがちがちのキリスト教徒たちに何を望む？　奴らから死を賜るのがお前にとっては一番幸せなことかもしれない。何しろ、あの若者は今頃ニヤニヤ笑いながら愛する女と踊っているんだろうから」

「誰とです？」

初めてマガウィスカが口をきいた。

「あの娘だよ。お前を捕まえるためのおとりの役割を見事果たしたあの娘さ」

「ホープ・レスリーなの？　まさか、お父さんも捕まったの？」

「いやいや、お前の父親と弟はうまいこと逃げたさ」

「本当なの？」

マガウィスカはガーディナーの顔を見据え、真剣な表情で迫った。

「信じられない」

ガーディナーはマガウィスカがホープと密会していた時のことを思い出した。そういえばあの時この娘はカトリック教徒のことを話していた。ガーディナーは胸元奥深く、衣服の下に隠していた十字架を取り出し、唇で触れた。

「この十字架を見ろ。十字架のことはお前も知っているな。この十字架の前で偽りを成すことは死を意味する。誓う、私は本当のことを話している」

マガウィスカはガーディナーから離れた。そして、コートを手に取り、肩にかけ、部屋の中をまたうろつき始めた。ガーディナーの方には目をやらない。ガーディナーは嫌な予感がしてきた。せっかくここまでこっそりやってきたのに、このままでは目的を達成できない。だが、すぐにいつもの狡猾さが蘇ってきた。悪人は揺らぐことのない高潔さ、美徳の存在を信じない。この娘を騙すことは可能だ。そう信じてガーディナーは言葉を続けた。

「いいかね、その気になればこんなところを出て、森の中で自由な空気を吸うことができる。こんなベッドではなく、お前たちが大好きな木の葉っぱが敷き詰められた自然のベッドの上に寝そべることができるんだ」

マガウィスカは何の反応も示さなかった。ガーディナーの話を聞いているのかさえわからない。

「大自然に包まれた世界に戻り、自由を満喫したいのじゃないかね、お前は？　それができないから嘆き悲しんでいるんだろう？　戻りたくないのか？」

「戻れるの？　捕えられた鳥が巣に戻ることができるの？」

ようやくマガウィスカは足をとめ、ガーディナーに問いかけた。

「じゃ、私の話を聞くんだな。お前がどうしたらここを抜け出し、敵の手から逃れることができるか、これから教えてやる」

そう言うと、ガーディナーはマントの中に隠していた縄梯子や工具などを取り出した。

「これを使えばそこの窓の格子を壊すこともできるはずだ。そして、この梯子、これがあれば下に降りられる」

「教えて。その道具の使い方を教えて」

歓喜に満ちた目でマガウィスカはガーディナーを見た。ガーディナーは道具の使い方を教えた。それから窓の格子を壊す時は気づかれないよう十分に注意するようにとつけ加えた。

「明日の夜十二時までには格子を壊すことができるだろう。その時間であれば町の連中も寝静まっているはずだ。ここを抜け出したら、お前がこの町に連れてこられた時に上陸したあの場所に行け。そこにボートを用意している。お前を無事に届けるため密かに人も集めておいた」

「わかったわ。で、あなたの要求は何？　私のようなインディアンの娘を助ける以上、何か見返りを求めるはずよ」

　ガーディナーは答え始めた。さすがのガーディナーも自分の目論見が醜悪であることは認識していたので、すらすらと答えることはできなかった。そのくせ、見栄を張るかのように言葉を飾り、自分の真意をごまかそうとした。

「実は私はある若い女と暮らしている。この女はろくに考えることもしない女なんだが、私のことを愛しているなどと言ってイングランドから私に無理やりついてきてしまった。お前たちは森の中に住む人間だ。自然と共に生きている人間だ。だから、我々の世界を支配している困ったルールについてお前に説明してもわかりはしないだろう。だが、一応言っておくと、そのルールのせいでこの女は女としてこの土地にいてはまずいことになっている。私と彼女は正式に結婚していないからだ。だから、彼女には男の着物を着せ、男のふりをさせている。そして私の召使いということにしてある。だがね、もう私はこの女にうんざりなんだ。そこでだ。お前を自由にしてやる代わりにしてもらいたいことがある。逃げる時にこの女も連れていってほしい」

「その女の人は同意しているのね？」

「いや、そんなわけないだろう。彼女は若い。どんな世界でも生きていけるはずだ。お前の思い通りにしていいぞ。ただ一つ、彼女をこちらの世界に戻すことだけはお断りだ」

「でも、その人が行くのを嫌がったらどうするの？」

「どうしたっていいさ。ただ、危害を加えるのだけは勘弁してくれないかな。弟のところに連れていけばいいだろう。何かに使えるんじゃないか」

ガーディナーはマガウィスカの顔色が変わっていることに気づき、さらに言葉を続けた。

「お前も、お前の弟もこんな女は必要ないというなら、遠く西の森にでも連れていってくれ。そこにはカトリック教徒の神父もいるはずだ。その人に預けてもらってもいい。そうすればカナダにある植民地に彼女を連れていってくれると思う」

マガウィスカはガーディナーから渡された道具を床に落とした。さっきまでは希望の道具だったのだが、こんなものを手にしていること自体汚らわしい。

ガーディナーは慌てて言葉を足した。

「いいか、よく考えろ。私の頼みは大したことではないぞ、女を連れていくだけだ。それでお前は自由になれる。ここにいたらお前は必ず死ぬ。それでもいいのか？　私の言う通りにしろ」

「あなたは誤解している。あなたのように真っ黒な心を私も持っていると思っていたの？　自分の命を助けるためにそんなひどいことをするなんて。悪こそ命を削るもの。この世界を支配している大いなる神秘が禁じている悪を行うことこそ死につながる。あなたのように汚れきった魂を持つ者には大いなる神秘の教えは届かない。あなたに死の意味なんかわかっていない。命のこともわかっていない。大いなる神秘が形を成したものが命。その命を正しく使い、そのまま使いきることができる者にのみ、大いなる神秘は静かな湖のような清らかな死後の世界を与えてくれる」

ガーディナーは視線を床に落とした。負けた。自分をじっと見据えるこのインディアンの娘の魂に一点の曇りもないことがガーディナーにもよくわかった。自分は完全に負けた。最後にもう一度だけマガウィスカの方に卑屈な視線を送ったが、それはまるで天高く上った眩いばかりの太陽の光を見上げるサタンのような目つきだった。

惨めな気持ちに押しつぶされながら、ガーディナーはマガウィスカが床に落とした縄梯子や道具を再びマントの中に隠した。そして、看守を呼ぶためドアのところにぶら下がっているロープを引っ張ろうとしたが、今回牢獄を訪問した口実としてトマス・モートンに会うと看守に話していたことを思い出した。このまま立ち去るわけにもいくまい。旧友に一目会い、様子を窺っておくのもいいかもしれないと思い直したガーディナーは、モートンの部屋に続くドアに向かい、鍵を開けた。

老人は汚い小部屋の片隅に小さくうずくまっていた。衣服はぼろぼろで、布切れの残骸を身にまとっているような姿だった。髪の毛も伸び放題で顔の下にまで垂れ下がっていた。ただし、目だけは暗闇の中でらんらんと輝いていた。あまりの姿にガーディナーは立ちすくんだ。

「これがあのモートンだと。勇敢な騎士であり、そして人生の楽園を享受した男、あのモートンがこのざまなのか」

突然老人がガーディナーに飛びかかった。身の動きは軽く、ネコのようにすばしこかった。

老人はガーディナーをぐいと部屋の奥に引きずり込むと鍵を奪い、内側から鍵を閉めると、窓から鍵を投げ捨てた。ガーディナーが携えてきたろうそくもはたき落としてしまった。部屋の中は真っ暗闇だ。ガーディナーは自分がこの人間とは思えないような化け物に監禁されたことを知った。どうしたらここから脱出できるだろう。この部屋のドアの向こうにいるマガウィスカに頼むしかない。すぐにマガウィスカにドアのところにぶら下がっているロープを引っ張るよう頼もうとしたが、思いとどまった。そんなことをすればこの狂った老人が何をしでかすかわかったものではない。

ちょうどこの時、マガウィスカは窓の外で物音が聞こえたような気がした。窓に近づいてみると、暗闇の中、窓の外に梯子が立てかけられているではないか。耳をすますと、梯子を上ってくる足音がする。

ところが、今度は自分が収容されている部屋の奥のドアの向こうから物凄い音がしてきた。中にいる人間たちが格闘しているようだ。

「助けてくれ！　殺される。ベルを鳴らせ」

ガーディナーの叫び声が聞こえてきた。が、すぐに物音はしなくなり、あたりは静寂に包まれた。再び窓の外に神経を注ぐと、話し声が聞こえてくる。

「下りてきてくだされ、エヴェレル坊ちゃま。どうか後生ですから下りてきてくだされ」

「しっ、静かに。ディグビー、僕は下りるつもりはないよ」

「でも、叫び声が聞こえてきたじゃないですか。看守たちがすぐにやってきますって」

「静かにしてくれ、ディグビー。もう声は聞こえないじゃないか」

エヴェレルはするすると梯子を上り、マガウィスカが収監されている部屋の窓際に着いた。

「あの人だ。あの人はやっぱり助けに来てくれた」

マガウィスカは喜びのあまり大声を上げそうになったが、かろうじて声を発するのをやめた。窓の外ではエヴェレルが何か道具を使い、鉄格子を外し始めている。ただ、奥の部屋からは再びガーディナーの大声が聞こえてきた。

「殺されそうなんだ。どうか、頼むからベルを鳴らしてくれ！」

ガーディナーに襲いかかっているらしい老人はさらに大きな声で喚き散らしている。だが、すぐに奥の部屋の騒ぎは静まり返る。一方、外にいるディグビーも必死のようだ。

「看守たちが来ますって。もうここを離れなきゃだめですよ、エヴェレル坊ちゃま」

「しっかりしろよ、ディグビー。僕は逃げ出すつもりはない、死んでも嫌だ。あと一本格子を外せば彼女を逃がすことができるんだ」

「何おっしゃってるんですか。松明《たいまつ》が近づいてきてます。あなたが捕まったら、彼女はもうおしまいですぞ」

エヴェレルも目が覚めた。確かに今自分が捕まってしまったらおしまいだ。マガウィスカの命を救う道は完全に閉ざされる。くそっ！ と叫ぶと、エヴェレルは今回の試みは断念することにした。そして梯子を滑り降り、ディグビーと共に逃げ去った。

すぐに看守たちがやってきて、そのうち二名がエヴェレルらの後を追った。残った一名はエヴェレルが落としていった工具を拾い上げ、ぶつぶつつぶやいた。

「バーナビーは何をしてるんだ？ 眠りこけていやがるな、あいつ」

エヴェレルが決して恩知らずなどではなく、今でも自分のことを真摯に考えてくれていることを知り、先ほどガーディナーからあれこれ吹き込まれていたマガウィスカはすっかり安心した。しばし忘我の境地で幸福な想いを噛みしめ、自分が絶望的な状況にいることも忘れた。

だが、またしてもガーディナーが叫び声を上げ、マガウィスカも我に返った。そして、助けを求めている人を見捨てるわけにはいかないと思い、ドアの上のロープを思いきり引いた。すぐにランプと鍵束を手にしたバーナビーがやってきた。ガーディナーがモートンに拘束されたことを知ると、彼は大急ぎでガーディナー救出に動いた。慌てて鍵を取り出し、奥の部屋のドアを開けた。

中に踏み込むと、モートンがガーディナーに馬乗りになり、肘で胸をぐいぐい押しつけているのが見えた。口にはマントの裾を突っ込まれ、ガーディナーは叫び続けることもできず、半ば息もできなくなっていたのだ。看守が入ってきたのを見たモートンはすぐにガーディナーの上から飛びのき、元の位置に戻り、ニヤニヤ笑いながら意味不明なことをぶつぶつ言い始めた。自分がしでかしたことなど、もうすっかり忘れてしまったようだった。

ガーディナーはモートンの部屋を飛び出し、虎の檻を閉じるようにばたんとドアを閉じた。そして、バーナビーに向かって罵詈雑言を浴びせかけた。言葉だけでは飽き足らないと思ったのか、バーナビーの胸ぐらをつかみ、激しく彼の身体をゆすった。その間も汚い言葉を使ってバーナビーのことを罵り続けた。あの男があんな悪魔のような化け物だとなぜ教えてくれなかったのか。ガーディナーの怒りはなかなか収まらなかった。

マガウィスカが止めに入ったのだけれども、ガーディナーの怒りは収まらず、今度はマガウィスカに向かって怒鳴り始めた。

「クソいまいましい。このインディアンのアマはすぐここにいたくせに何もしやがらなかった。俺が死んでも構わないと思ってたんだろ」

呆れ果てたマガウィスカは一言も返さず、静かに軽蔑の視線を向けた。なぜガーディナーがこれほど興奮して当たり散らしているのか見当もつかず、おろおろしていたバーナビーも落ち着きを取り戻した。ランプでガーディナーの顔を照らし、様子を観察しつつ、説明し始めた。

「あの男も静かな時はあるのです。時々変貌する。ただ、あんまりひどいお言葉を使われるのは何とも……」

「つべこべ言うな。私が叫んでいるのが聞こえたはずだ。なぜ来なかった？　何をしてたんだ？」

「ロッキングチェアに揺られて居眠りしていましたよ。ただ、ちゃんと自分に言い聞かせていました。いいか、バーナビー、ベルが鳴ったら起きなきゃだめだぞ。そしたら、本当にベルが鳴ったもので、それでこうしてここにやってきたわけです」

ようやくガーディナーの興奮も収まってきた。そしてすぐに我に返った。こんな醜態を見せてしまっては、せっかく考え続けた計画に支障をきたすかもしれない。すぐに仮面をかぶり直さなければ。

「いやいや、バーナビー君、もういいんだよ。君のことは許そう。こちらもひどいことを言いすぎたようだ。こんなに狂暴な囚人を預かっているのに君が眠りこけていたことは誰にも言わない。今日のことを報告したら、総督のことだ、別の人間に看守の仕事をまわすに違いない。だから、いいかね、バーナビー君。私が取り乱したことも誰にも言わないでくれ。ここにいる人たちにあれこれ心配されるのはちょっと耐えられないのだ」

「それは結構でございますよ。あなたに言われるまでもなく、総督は私の代わりを用意しているはずですがね。私も年ですし、ご覧の通り、看守にしては貧弱ですから。ですから、私のことなど、どうでもいいのです。ですが、あなたのことは誰にもしゃべりません。あのようなひどい言葉にじっと耳を貸すことができるのはよほどの聖人でなければ無理ですし。ですが、なんであんなにすごい言葉が次から次へと出てきたのでしょう？」

神妙な顔をしてガーディナーは答えた。

「若気の至りということさ。だがね、私を拘束したあの憐れな囚人も神の裁きを受けるんだろうか？」

「どうなんでございましょうかね」

バーナビーはガーディナーと部屋の外に出ていった。

「それぞれの人間に対していろいろ評価を加えるのは空しいことかもしれません。あなただって、突然大騒ぎされました。誰でも正しい道から転落することはあるものでしょう。私はこう考えるべきだと思います。誤った道に進んでしまった友人に対しては、ただ傍にいてあげるだけでなく積極的に手を伸ばしてあげるべきではないか。その友人を軽蔑するのではなく、微笑みかけてあげるべきではないか」

牢獄を出たガーディナーは足早にその場を去っていった。看守の一言一言がさすがのガーディナーにとっても重く響いたのだ。どこにでもいるようなあの看守と自分とを見比べてみれば、どちらが善人かは明らかだ。教養豊かでも何でもなく、他のピューリタンの連中同様頑迷なまでに己の信仰に忠実なのが玉に瑕だが、あの男は善人そのものだ。偽善にまみれ、表向き立派で賢い人間を装い続ける自分とはまるで違う。本物の硬貨は使い古され、色がくすんでも本物であることに変わりない。偽の硬貨は一見キラキラと輝いているが、少しひっかけば偽物とすぐばれる。

自分自身が収監された罪人であるかのような気分でガーディナーは牢獄を立ち去った。自らが犯した罪について考えぬくことによって良心に目覚める場合がある。自分が正体を隠してこのピューリタンの中に潜伏していることにガーディナーもうんざりしてきたところだった。

この地にやってきた当初、ガーディナーは実は新鮮な思いがしていたのだ。狂信的な連中とはいえ、夢のような世界をこの荒野でピューリタンたちは築いている。そんな錯覚にとらわれた。そして、自らを偽ってピューリタンの社会に紛れ込み、うまいこと立ちまわることもでき、そんな自分に彼は酔いしれていた。そこに現れたのがホープ・レスリーだ。彼女に一目惚れし、心を奪われたガーディナーは彼女を我がものとする決意を固めた。自分に自信が持てず、優柔不断な生活を続けてきた自分がここまで思い詰めるとは、自分でも不思議だった。

ホープに想いを寄せ、動き始めたガーディナーはいくつか障害があることにすぐ気づいた。何よりもホープが彼にまったく関心を示さないことがきつい。虚栄心に満ちたガーディナーは、自らの女性経験も踏まえ、彼女の冷淡さは自分に対する無関心とは違うと思い込もうとした。恥じらっているだけ？　いやこの娘固有の気まぐれが引き起こしている態度にすぎないのだろう。いやいや冷たくされているはずがない、思いすごしだ。この娘は絶対自分のものになる。

もう一つ、ホープがエヴェレルのことをどう思っているのか。これについてもガーディナーはいろいろ確かめようとしたが、よくわからないままだった。通常の女性が男性に抱く愛情の想いとは違うようだと自分を納得させるしかなかった。

ホープという娘はそもそもどういう娘なんだ？　謎のままだ。この地ではピューリタンの教えを忠実に守っているエッサー・ダウニングの方が人気がある。そのエッサーとエヴェレルが結ばれるのだからもはやライバルはいない。仮にホープとの結婚を望む者が他にいたとしても、この地で暮らしているほとんどの男はピューリタンの教えにがんじがらめなので、ホープのように自由奔放に想像力を羽ばたかせている女性についていくことなどできはしないだろう。

その点、自分は大丈夫だ。ピューリタンの教えに忠実そうな顔をすることもできるし、それとは正反対の面も彼女に見せることができる。陽気で勇敢な騎士のような態度もとれる自分は手品師みたいなものだ。いかにもピューリタンらしい謹厳実直な側面はかなぐり捨て、中世ヨーロッパの騎士のように自由気ままに愛や詩について語ることだってできる。ただし、自分の本性をホープに明かすのが危険な行いであることは間違いない。しかし、躊躇している場合ではない。連中を騙すのは簡単だった。だが、思いもかけないことで自分の正体が暴露される可能性もゼロではない。何よりもこの地まで付きまとってきたローザの存在が厄介だ。

ガーディナーに運命を狂わされてきたローザについては、読者の皆さんもある程度事情が呑み込めてきたかと思うが、彼女がこれまで辿ってきた半生について少し丁寧にお話ししておこう。

ローザはイングランドのさる高貴な家庭の生まれだった。母親はフランス人の女優でそれなりに人気のあった女性だった。だが、母親はローザを生んですぐにこの世を去り、ローザは聖ヨゼフ修道会に預けられることになった。だが、今度は父親が病に倒れた。父親は死の床で苦しみにあえぎながら、妹であるランフォード夫人にローザの面倒を見てくれるよう懇願した。夫人は兄との約束を守り、孤児となったローザを修道会の施設から引き取った。

夫人はローザと自分とのつながりが世の中に知られるのを恐れ、徹底的にローザを隔離した。夫人が支配する狭い世界の中でローザはしだいに美しい女性へと成長していった。ローザを人目につかないようにしていたとはいえ、夫人がローザと暮らしていた家には時代の先端を行っていると自称する派手な男たちがよく集まってきた。その一人がガーディナーだった。

ガーディナーはランフォード夫人に取り入るべく彼女の家にやってきていたのだが、やがてローザに心を奪われるようになった。涙もろくてうぶなくせに、なかなか気の強いローザの性格にガーディナーは魅了されていったのだ。ランフォード夫人もローザの存在が目障りになりつつある頃だった。だから、ガーディナーがローザに接近しても邪魔するようなことはしなかったし、ガーディナーが後にローザに語ったことを信じるならば、夫人はむしろ積極的にガーディナーにローザを託そうとしたようだ。

だが、ガーディナーが語ったことが本当であるかどうかは疑わしい。何しろこのことをローザに伝えたのは、彼のローザに対する愛情が薄れ、世間知らずの彼女もさすがにガーディナーの本性が見えてきた頃のことだったからだ。ガーディナーの愛を本物だと信じきっていたローザを振りきるために、ランフォード夫人からお前を押しつけられたなどと口走ったガーディナーに対して、ローザも生まれて初めて男の裏切りを知った。

この厄介極まりないローザからガーディナーは恐るべき告白を聞かされた。当初はホープとの関わりを黙っていたローザだったが、嫉妬に狂った彼女はホープ・レスリーに自分の悩みや苦しみを相当程度伝えたということをついにガーディナーに告白したのだ。これは早急に手を打つ必要がある。ローザを何とかしなければならない。そこで思いついた計画が先ほどマガウィスカに持ちかけた提案だった。

だが、その計画はマガウィスカの拒絶によってもろくも崩れ、自ら墓穴を掘ったガーディナーはこの失敗がどういう結果を生むのか、心底不安になっていた。幸せというものの本質を知らず、世の中をどう渡るかしか考えてこなかったガーディナーにとって、こういった失敗はひどくこたえた。

さて、ガーディナーの奸計を打ち砕いたマガウィスカに話を移そう。ガーディナーが口にしたエヴェレルへの悪口に動揺したマガウィスカではあったが、今やエヴェレルへの信頼は揺るぎない。さっき助けに来てくれた時、無事に自分のことを連れ出してくれれば、それが一番だったかもしれないが、助けに来てくれたこと自体が何より嬉しかった。一瞬でもエヴェレルのことを恩知らずかもしれないと思った自分が恥ずかしい。

マガウィスカのエヴェレルに対する想いは女性特有の優しさに発するものだったのかもしれない。エヴェレルのことを純粋に信じ、彼の魅力を心で感じ取っていたのだろう。自分のことだけを愛してほしいとか、自分のために何かしてほしいとか、そういう想いは強くなかった。

彼女は自らの命を投げ出し、彼の命を救おうとした。自分の命を投げ出しても構わないという気持ちにごく自然になっていた。彼は自分に対して多くのことをしてくれた。知識という書物の扉を開いてくれた。もともといろいろ考えることが好きだった彼女にとって、自分に生まれながらにして備わっている感覚が教えてくれるもの以上のものがこの世にあることは新鮮な驚きだった。はるか昔の出来事、遠方の地の出来事、すべてが自分を魅了した。

何よりも嬉しかったのは、エヴェレルが自分のことを尊重してくれたこと。インディアンの女性ということで差別するわけでもなく、誇り高き自分の価値観を素直に認めてくれた。大いなる神秘の前ではインディアンも白人も平等であることを認めてくれた。たまたま勝利を収めることになったイングランドの人々が無知なインディアンの祈りを奪い去った事実も認めてくれた。

# 第二十章

エヴェレルがマガウィスカを救出しようと牢獄に忍び込んだ日、そしてガーディナーがマガウィスカを密かに訪れた日の翌朝、ボストンのあちこちでいろいろな会話が交わされた。

誰かが牢獄に潜入した件はもちろん多くの人々の関心を集め、異端者ゴートン一味の裁判が先日行われていたこともあって、侵入者はゴートンを密かに信奉している者たちだったのだろうという噂がもっぱらだった。何しろその裁判で言い渡された刑が執行されるちょうどその日の未明に騒動が起きたからだ。牢獄に潜入するなどという暴挙を犯す以上それなりの理由があるはずで、よもやインディアンの娘を救出するために牢獄に忍び込んだ人間が仲間内にいるとは誰も考えなかった。マガウィスカがインディアンの蜂起に関わっているのかどうか、植民地のリーダーたちはマガウィスカに尋問することを巧みに避けていた。インディアンの蜂起についていろいろ彼女から証拠があがってしまうと、そのことを人々に隠し通すことはできない。噂に尾ひれがついてとんでもない話が植民地中に拡散してしまう恐れもある。特に女性や子供たちは極度に怯えることになってしまうだろう。

そんな判断もあって、マガウィスカを牢獄に収監するにあたっても慎重に対処した。あくまで彼女の安全を確保するための一時的な収監とし、また、罪人として責め立てるようなこともせず、丁重な扱いを心がけた。しかし、簡単には誰とも面会できないよう、一般の家庭ではなく牢獄に閉じ込めておくことにしたのだ。特にようやく取り戻したフェイス・レスリーとマガウィスカが接触することだけは絶対に避けたかった。せっかく救出したにもかかわらず、フェイスがインディアンの仲間たちの元に戻りたがっていることが誰の目にも明らかになっていたからだ。

ところで、誰かが牢獄に潜入した件についてウィンスロプだけは他の人々とは見解を異にしていた。ただし、そのことを公にはせず、看守のバーナビー・タトルにのみ指示を出し、対策を打った。マガウィスカを収監していた部屋を変更し、地下牢に彼女を移したのだ。ただし、部屋を移した以外は彼女の処遇に変化はなく、看守の態度が苛烈になったわけでもなかった。

なお、ボストン中で噂になっていたゴートン一味は牢獄から引き出され、各自別々にボストン郊外の村に連れていかれた。その後、彼らはそれぞれの村で厳重に監視されながら暮らすことになったが、ゴートンを信奉する生活態度に変化はなく、結局はイングランドに追放されることになった。

ウィンスロプが密かに動いたのはもちろんエヴェレルに対する疑念があったからだ。だが、ウィンスロプも決して冷たい人間だったわけではなく、自分の親友の息子であり、自分の姪であるエッサーの許婚《いいなずけ》でもあるエヴェレルに対して自分が疑いを持っていることは胸に秘めておくことにした。ふだん植民地の運営に関して細々としたことまで打ち合わせを行っている同僚たちにも、この件は相談しなかった。

さて、ホープに話を戻そう。生まれつき丈夫だったせいか、若さ故か、あるいはエッサーの献身的な看護のおかげか、ホープは順調に回復し、わずか二日で家族と一緒に食堂で夕食をとれるようになった。

　ホープはエッサーに付き添われて食堂に入ってきた。食堂にいた者たちはみんな立ち上がり、歓声を上げた。皆口々にお祝いの言葉を発した。エヴェレルはさっとホープのところに歩み寄り、何かしゃべろうとしたが、なぜだかうまいこと話すことができなかった。ホープは黙ってエヴェレルに手を差し伸べたが、彼女は彼女でなぜだか想像以上にどきどきしてしまい、まだ青白かった頬が真っ赤になってしまった。言葉も出てこない。

　だが、みんなそれぞれ夢中になってホープに話しかけていたので、この時二人の間を行きかった微妙な心のざわめきについては誰も気がつかなかった。いや、一人だけ感受性豊かな人間がいつもと違う二人の様子を見抜いていた。エッサーだ。

　夕食が終わるとウィンスロプが一言挨拶した。

「ここに集った者たち誰にとっても愛おしく、大切な存在である娘の命を救ってくださった神に我々は心より感謝を捧げます。海の上、陸の上で危機に直面し、さらに病に倒れた娘をお救いになったのはひとえにあなたのお力です」

　ウィンスロプ夫人はホープに楽にするように言い、一番居心地の良い席を勧めた。ホープは遠慮し、窓際の椅子に腰かけた。そして、フェイスにこちらに来るよう仕草で伝えた。

　フェイスは姉の言うことを聞いて黙って窓際に来た。だが、その態度はごく淡々としたものだった。ホープはようやく落ち着いて妹と向かい合うことができ、胸がいっぱいだったが、フェイスの方は特に感情を表すこともなかった。ホープはフェイスの頭を撫で、頬にキスし、そしてウィンスロプに対して問いかけた。

「この子に何をしてあげたらいいと思いますか？」

「実際、困っている。私にもわからないのだよ。家族の者たちの話ではフェイスは昼も夜も窓のところをうろうろしているそうだ。鳥かごに閉じ込められた鳥が外に出ようとバタバタと羽をかごにぶつけているのと同じなのかもしれない。窓の外、遠い向こうのことしかこの子は考えていないのだろう」

グラフトン夫人が話に割り込んできた。

「私もいろいろやってはみたんです。この子が喜びそうなことは何でもいたしました。でも全部無駄だった。この子が子供の頃に遊んでいたおもちゃも見せてあげました。そうよ、ホープ、あなたが大切にとっておいたものよ。あなた、いつもこの子が使っていたおもちゃを見ては泣いていたものね。この子も最初はしげしげとおもちゃを見ていました。たぶん昔の記憶がちょっとは蘇ったのではないかしら。表情も少し変わったの。でもね、おもちゃの中に小さなかごが混ざっていてね、そのかごには鳥の卵の殻を数珠つなぎにした飾りが入っていたの。これ、ベセルにいた頃オネコからもらったものだったのね。私ですら覚えていたのだから、もちろんこの子もすぐわかったみたい。他のおもちゃは全部放り出して、わんわん泣き始めてしまったわ」

フレッチャーも話に加わってきた。

「可哀想な子だ。子どもの頃オネコにあれだけ懐《なつ》いてしまったのだから……」

父親の傍に立っていたエヴェレルはその場を離れ、部屋の反対の隅に行ってしまった。ホープは思わず額に手をやったが、ふと気がつくとエッサーがじっと自分の方を見つめているのに気がついた。

「エッサー、私、まだすっかり元気になったわけでもないみたい。ずっと静かなお部屋にいたからかしら。ちょっと疲れちゃった」

グラフトン夫人はホープの言葉が耳に入らなかったようで、先ほどのフレッチャーの言葉に異議を唱えた。

「可哀想って、何をおっしゃってるのかしら。馬鹿げたお話です。あんなインディアンの坊やと出会う前にいろいろお気に入りになったものがあったはずでしょ。あんなくだらないものが一番大切だなんて。ホープ、この子が正気を失ったのはなぜなのか、わからないの？　私は大切にしていたイヤリングも全部見せたわ。あなたが結婚する時にプレゼントしようと思っていたダイアモンドもこの子にあげようとした。でも、この子、ほとんど見向きもしないの。なぜなの？　そのくせ、自分が身につけている忌まわしい青色のガラス飾りは触らせようともしない。これ、どう見たってインディアンのもの。私、許せません。あなたが持っている服を着せようとしてもだめ。インディアンの汚らわしい服を着たがるのよ」

「伯母様、この子の好きなようにさせてあげたらいいんじゃないかしら。この子は今インディアンの感情を持っていると思うの。東洋風の衣装に心惹かれているのかもしれない」

「東洋風の衣装？　あなたまで変なこと言い出すんだから。このままでいいの？　色もバラバラの貝殻飾りを首に巻いているのが許せるの？」

グラフトン夫人はフェイスが羽織っていたマントを脱がせ、彼女が身につけていたネックレスをホープに見せた。

「私は虹色模様のこのネックレスをこの子にあげたのよ。でも、絶対に身につけようとしない」

「どうしてもお答えしなければいけないのであれば、こうお答えしますわ、伯母様。私はこの子が好きなようにすればいいと思います」

「あなたはやっぱりおかしな子ね。では、エッサー・ダウニングお嬢様、あなたはどうかしら？　私がこの子にあげたのは七色に輝くネックレス。黄色、オレンジ、赤、きれいな宝石ばかりよ。クラドック先生が一つ一つ宝石のラテン語名を調べてくれたわ。見て、こんなに美しいのに。でも、お馬鹿なこの子は汚い貝殻がいいらしいの。さあ、いい子だからそのネックレスは外しなさい」

そう言うと、グラフトン夫人はフェイスのネックレスに手を伸ばそうとした。フェイスはすぐにグラフトン夫人の意図を察知し、手でネックレスを守った。絶対に外させるつもりはないようだった。

ホープは妹のネックレスの先に何かぶら下がっているのに気がついた。ホープのところからしか見えないようで助かったが、それは十字架だった。これが他の人たちにばれると非常にまずい。妹はますますみんなに攻撃される。ホープは慌ててグラフトン夫人をとめた。

「もう許してあげて、お願い。今日は彼女の好きなようにさせてあげて。この貝殻飾りにこだわるわけがきっとあるのよ。宝石よりも貝殻の方が好きでも構わないじゃない。とにかく、今日はもう許してあげて。着る物もネックレスもこの子の好きなようにさせてあげて」

「はいはい、わかりましたよ、ホープ・レスリーお嬢様」

ホープは少し微笑んだ。

「いけませんわ、伯母様。私、お嬢様じゃないでしょ。お嬢様になれるかどうかは私がすっかり元気になってから考えてね」

「あら、ごめんなさい。そんなに深い意味があってお嬢様って呼んだわけじゃないのよ」

本当はまだまだ言いたいことはあったのだが、可愛い姪の微笑みを見たらグラフトン夫人も矛を収めるしかない。

「でもね、それはエッサーだったらお洋服のことも装飾品のことも普段から特に気にしていらっしゃらないけど、あなたは違うじゃない？　妹があんな恰好をしているのに平気なのが不思議だったのよ。ずいぶんあっさり彼女の好きにさせてなんて言うから。だって、お洋服と装飾品があればどんなにつらくても明るい気持ちになれるはずでしょ。でも、そういえばここニューイングランドはそういう場所じゃなかったわね。不思議でしょうがないわ。皆さん、変。お洋服に気を使ってらっしゃるご婦人がいないんですもの」

「そんなことを言うと、ホープの母親を馬鹿にすることになってしまわないかな」

フレッチャーがたしなめた。

「アリスも見かけの美しさなどには特に注意を払っていなかったはず。あなたも、よくそうおっしゃってたじゃないですか」

「見かけの美しさなどという言葉、私、口にしたこともございません。見かけの問題じゃありません。あなたがイングランドを離れてから、アリスはとても質素な身なりしかしませんでした。本当に可愛そうだった。フランスからヘンリエッタ王妃様がイングランドにいらっしゃった折などいいチャンスだったのよ。皆さん、最新のお洋服を楽しんでらっしゃった。アリスだってそうすれば良かった。でも、あの子、ずっとふさぎ込んでいたんだから。私のお友だちに旦那様、息子さん、娘さん、義理の娘さんと、次から次へと亡くされた方がいらしたの。それもたった一週間のうちに。

その上、自分が使っていた馬車がロンドン橋から落ちて、御者も含め、馬車に乗っていた人たち皆さんお亡くなりになったの。信じられないようなお話でしょ？　でも、あの方はアリスとは大違い。お洋服があの方の心を癒してくれたらしいの。あの方はお葬式のたびに喪服を変えられていたわ。気分が晴れるとおっしゃってました」

グラフトン夫人の熱弁を聞いていたホープはすぐに気づいた。夫人は自分の話に酔っている。自分が物語の主人公になっている。

「伯母様、そのお友だちは伯母様とよく似てらっしゃるのね。でもね、あの日、もし私が命を落としていたら、伯母様、どうしたのかしら？　喪服に凝れば悲しみを癒すことができたのかしら？」

「そんなことないわ、絶対にそんなことない」

そう、ホープは死の危機に瀕していたのだ。あり得たかもしれない話に心をかき乱されたグラフトン夫人は涙を拭きながらホープに寄り添った。

「そんなことないから、ホープ」

そして、ホープにだけ聞こえるようにささやいた。

「お洋服のことを否定してばかりいるこの場所にあなたを置いているのがもう耐えられないの、私。私たち、もう十分教えられた通りにお祈りをしてきたわ」

部屋の中はすっかり暗くなった。ろうそくを灯すように言われた女性陣はあたふたと準備を整え、テーブル周辺が一番明るくなるようにした。支度が整うとウィンスロプはホープに話しかけた。

「さてと。話ができるようならで構わないのだが、お前が奇跡的にインディアンの手から逃げ出すことができた経緯について少し丁寧に話してもらえないかな。お前がエッサーに話したことはこちらにも伝わっているんだが、ちょっとまだよくわからないことが多い。神がお前をお救いになった経緯について私たちはどうしても知っておきたいのだ」

フレッチャーはホープの身体を心配した。いや、それ以上にホープが持ち前の正直さを発揮してすべて語り尽くしてしまうことを恐れた。

自分はホープから直接細部に至るまで話を聞いている。ホープには好きなように話させた。言いたいことを全部言わせた。しかし、あの話をそのままウィンスロプにぶつけてしまえば、ホープはまた一段と評価を落とすことになるに決まっている。だから、話はまたいずれということにしようとホープに持ちかけたのだが、ホープは毅然として話すと言った。

「彼女は親切な友人たちが自分の行いを許してくれると信じているはずです。こんな結果になったのも私との約束があまりに軽はずみだったからです。彼女もそう理解しているはずです」

ホープはマガウィスカという言葉を避けながら説明を始めた。なぜなら、フェイスが隣に坐っていたからだ。ウィンスロプもそのことはすぐ察知し、うんうんと頷き、話を続けさせた。

「実は、私、あまりよく覚えていないんです。いつ終わるとも知れない物語に巻き込まれたような気分だったので。最初、いろいろ悩んでいたのだけれど、作り笑顔をしていました。でも、どんなに頑張っても隠しごとをしていたわけですから、皆さん、私のことを変だと思っていらしたでしょうね。そうですよね、ウィンスロプ奥様？　奥様はいつも私に注意してくださっていました。奥様の言葉を大切にしてこなかった私のことをどうか許していただけませんか？」

ウィンスロプ夫人は心底驚いた。このようにしおらしく、慎み深い答え方をするホープの姿は今まで一度も見たことがなかった。ホープにこんなところがあったとはちょっと信じがたい。でも、生来心の優しい夫人は感動し、彼女を許すことにした。

「ホープ、あなたの話を聞いたら、許すも許さないもないわ」

ホープは次にウィンスロプに語りかけた。

「あなたのお庭を私たちの秘密の待ち合わせ場所に使ってしまって、本当にごめんなさい」

「いいんだ、君のような若い人たちはもっと道を外れたことをしてしまう時もあるかもしれない。それでも、私は許す。若者が過ちを犯すことはよくあることだ」

ウィンスロプは慈愛のこもった表情をしていた。彼は本来優しさに溢れる人物だった。時に人に対して厳しい叱責を行うのも職務柄やらねばならぬと信じて彼がやっていることだった。

「えっ、それでは皆さん、私を許してくださるの？　本当に許してくださるのですか？」

ホープは部屋中を見まわした。ほんの一瞬ではあったが、エヴェレルの顔を見た時、その無表情な顔つきに目が釘付けとなった。エヴェレル以外の誰もが優しい顔でホープを見つめていた。誰も一言も発しなかった。

フレッチャーはそっとホープの手を握った。これなら大丈夫だ。まさか自分を押し殺してこんなに優美におしとやかに話し始めるとは思わなかった。ホープは話を続けた。

「エッサー、ディグビーさんのお宅で別れた後、あなたとはもう一度会うことはできなかったわよね？」

「もう少しだけ大きな声で話してくれないかな」

ウィンスロプが注文をつけた。

ホープも自分の声が弱々しくなっていることを自覚していた。ディグビーの家で自分が遂行しようとしていたことを思い出すとやはり動揺してしまう。ホープは自分の気持ちを落ち着かせるため、精一杯明るく、しっかりとした声で発言することにした。

「エッサー、あなたはとても幸せそうにしていたけれど、私はガーディナーさんにしつこく付きまとわれていたのよ。あの方の振る舞いは紳士的だったとは言えません。今後あの方とは関わりを持ちたくないという気分になりましたもの」

「それは違うのではないかな、ホープ」

ウィンスロプが口を挟んだ。

「私たちの友人であるガーディナー氏に対してお前は感謝すべきなのだよ。攻撃するのはおかしい。紳士的に振る舞うことよりも大事な義務が大人の世界にはある。紳士的な振る舞いなどというものはたいていの場合見かけの問題にすぎない。どんな格好をしているとか、何を着ているとか、その程度の問題だ」

グラフトン夫人がしばらく前に言っていたことを皮肉ったウィンスロプは笑みを浮かべた。

「ガーディナー氏はフェイスを助けるにあたってホープを幸せにできるかどうかもよく考えておられたはず」

「ガーディナーさんは私のことを誤解なさっています。それも変な誤解。私の心を第一に考えてくださるなら、私のことを信じてくれた人を可哀想に牢獄に閉じ込めるなんて、そんな恐ろしいことを思いつくはずがありません」

皆言葉を発することができなくなった。ウィンスロプ夫人がエッサーにささやきかけた。

「ホープは知ってるの?」

「はい、ホープはすべて知っています」

ホープは続けた。

「このことについて話を続けるのは、私もまだつらいのです。すっかり元気になったわけでもないですし」

そして、ホープはオネコに拉致され、マガウィスカの姿を見失ってから後の出来事について淡々と話し続けた。

ホープのことを聖女と勘違いしたアントニオのくだりになった時、それまでギリシャ語で書かれた本に目を落としていたクラドックは本を脇に置き、ホープの話に引き込まれるかのように自分の椅子を彼女の傍に寄せていった。しまいにはホープの目の前にまで椅子を移動し、両手を組み、身体を前方に傾け、彼女の話に聞き入った。口をぽかんと開け、ホープの物語の世界に酔っていた。

そして、ホープがアントニオの誤解をうまいこと利用したところに話が及ぶと、ホープがアントニオにイタリア語で話したという言葉を流暢に発音してみせた。すっかり有頂天になってしまったクラドックはのけぞり、大笑いを始めた。普段のクラドックからは想像もできないような姿だった。気持ちを落ち着かせるとクラドックは周囲にいた人たちに向かって問いかけた。

「イタリア語をこの子に教えたのは誰ですかな？　私じゃなかったですかな？」

「そうね、先生、あなたが教えてくれました」

答えたのはホープだった。そして、クラドックの手を優しく握った。

「あなたにとっては私は厄介な生徒だったと思いますけど」

「いえいえ、とんでもないことでございます。あなたはいつも優秀な生徒でおられましたよ。頭の回転も速く、実に素晴らしかった」

　そう言うと、クラドックは元いた場所に椅子を戻し、目を閉じ、いつもの低い声でいつも通り言葉を選んで話し続けた。

「若かりし頃、私はイタリアのパドヴァという町で暮らしたことがあるのです。ただひたすら貧しく、こんなところで暮らしても何の意味もありはしないと嘆いてばかりの日々でございましたが、まさかこんな形であの町での暮らしが役に立つ時がこようとは」

　こう言うとクラドックは突然泣き始めた。先ほど大笑いした時と同じくらい激しくむせび泣くその姿は異様だった。もはや老境の域に達したクラドックは教え子の体験談に心を激しく揺さぶられた。理性で感情をコントロールすることが不可能になっていたのだろう。様々な感情が襲いかかってきてもうどうにも対処することができなかった。

　さて、ホープの話はまもなく終わった。ガーディナーの召使いと最後に出会った件については最小限の説明にとどめた。召使いは主人を探して家を出ていたらしく、実際そうであったわけだが、ともかくガーディナーの召使いとは偶然会っただけという話にしておいた。

　ウィンスロプがホープに話しかけた。

「本当に危険がいっぱいだったわけだ。あの強靭な敵からよく逃げ出せたものだ。お前が雌鹿のように足が速いとは知らなかった。何はともあれ神に感謝することとしよう。お前もすっかり真面目な態度が身についてきたようだ。ただ、一点、見逃すことができない話があった。これだけはきちんと話しておく必要がある。残念ながらお前は重大な過ちを犯したんだよ。とっさの出来事とはいえ、十字架の飾りを相手に与え、祈りを捧げたことは赦されるべきことではない。それは悪しきカトリック教徒のする偶像崇拝そのものだ。十字架を拝む対象とするのは誤りだ」

「十字架にお祈り？　そんなつもりであの人に言葉をかけたのではありません。ただ、ああいう風に言うのが一番いいと思っただけです。そんなにひどい過ちではなかったと思うのですが」

「私もそれほどひどい過ちだとは思わないよ」

フレッチャーが助け船を出した。フレッチャーは今はもうホープのことが愛おしくてたまらず、彼女が批判されることに耐えられなくなっていた。

「善きカトリックの教えとして聖人に祈りを捧げるという行為は確かにある」

「それはそうだが、ホープがしてしまった行為によりカトリックのその船乗りはますます迷信深くなってしまったのではないかな？」

「そうは思わないな。彼の迷信を利用したのも適切な判断だと思う。使徒パウロも難破して辿り着いたマルタ島の人々に『この人は神様だ』（使徒言行録　28：6）と呼ばれた時、特に何も言わなかったじゃないか」

ホープを擁護するためとはいえいささか迂遠な方法をフレッチャーがとったのに対して、ウィンスロプもすぐには反論しなかった。友人からの言葉が途絶えた隙をついて、フレッチャーはエッサーに話しかけた。

「エッサー、この地で理想的な女性といえば君だ。もし君がホープの立場だったらどう行動したのかい？　君の答えを聞きたい。ホープは間違っていたのか、そうでないのか、君の言葉を聞いて考えたい」

ホープも続いた。

「ねえ、エッサー、お願いだから答えて。なぜ返事してくれないの？　善悪の判断に関して人に尋ねなければならないのなら、私はあなたを選ぶ。あなたが私のお手本とすべき女性なのよ。他人に厳しい忠告をする資格があなたにはある。あなたはとても優しい人だけど。だから、お願い、あなただったらどうしたの？」

「私だったらどうしたかって……わかりません」

やっと口を開いたエッサーはそれしか言葉を発しなかった。

「それではエッサー、聞き方を変えるわね。私はどう行動するべきだったの？」

すべきことがあるなら、どんな事情があるにせよ、すべきことから逃げてはならない。エッサーは常日頃そうありたいと考えていた。だから、この場でもホープの言葉に答えることが自らの責務だと決心した。

「あなたは神様にすべてをお任せになるべきだったのではないかしら。結局、神様はこうしてあなたをお救いになったのだから」

「その通りね、エッサー。あなたの言う通りだわ」

ホープは親友の言葉を素直に受け入れ、これ以上の議論は避けようとした。エッサーがエヴェレルに視線を送っているのに気づいたからだ。

一連の議論が続いている最中、エヴェレルは腕を組み、部屋の中をせわしなく歩きまわっていた。エッサーの方にはほとんど目をやっていなかった。そして、エッサーがようやく自分の意見を述べた時、失望の表情を浮かべ、部屋の奥に引っ込んでしまった。あのエヴェレルの姿をエッサーに見せてはいけない。ホープはそう思い、この話をおしまいにした。

グラフトン夫人が苛々した様子で椅子から立ち上がった。フェイスの腕をとり、自分たちの部屋に戻るわよという仕草をした。部屋を出ていく間際、夫人はこう発言した。

「私はめったに聖書から引用してお話ししたりはいたしません。なぜなら、前にも申し上げましたように、聖書から自分に都合のよい所を抜き出してきて自分に都合のよいお話をするのはあまりよろしくないことだと思うからです。でも、今日は言わせてもらいます。祭司がいただくお供えのパンを空腹だったダビデが食べたこと、イエス様は悪いことだとしていません。ホープが生き延びるために選んだ手段も神の御心にかなった手段のはずです」

この言葉で勝利を確信したのか、グラフトン夫人は満足げな様子で部屋を出ていった。ウィンスロプも自分の書斎に戻ろうとした。それを見たホープはウィンスロプを追いかけ、部屋に残った人たちに少しだけ失礼しますと謝った。もちろん非難の声をあげた者などいなかった。

書斎に入ったウィンスロプはドアを閉め、椅子に腰かけ、ホープにもゆったりとした大きな椅子に坐るよう勧めた。先ほどまでと同様、ホープはおとなしいままだった。突然ホープはがくっと膝をつき、震え始めたかと思うと、ウィンスロプの膝の上に突っ伏した。ウィンスロプはそっとホープの頭に手をやった。

「一体どうしたというのだね。この家の中で誰かに跪《ひざまず》いてもらうのはあまりよろしくないことだ。本当にどうしたのだい？　ホープ、ちゃんと説明してくれないかな」

ホープの打ちひしがれた姿を目の当たりにしたウィンスロプの言葉はあくまで優しかった。

「暴君であれば人を跪かせようが、私は決して暴君ではないつもりだ」

「はい、あなたがそういう人でないことはよくわかっています」

ホープは立ち上がり、両手を固く握りしめ、ウィンスロプに懇願した。

「ですからお願いです。あの可哀想なインディアン、私の友人を何とか助けてください。私の願いをどうかお聞きになってほしいのです」

「やれやれ、ともかく落ち着いて話しなさい。彼女をどうしたいと言うのだ？」

「どうしたい？　私の友人はいい人です。それなのに、今、死刑囚が閉じ込められる牢獄にいます。明日裁判が開かれるのでしょう？　そして、死刑が宣告されるに違いない。どうして私が落ち着いていられるでしょう。私が原因で彼女はこんな目に遭っているのですよ」

「それで、何かできることがあるのかね？」

ウィンスロプは諭すような落ち着いた物腰で言葉を返した。ホープはくじけそうになったが、諦めなかった。

「彼女を釈放していただけませんか？　あなたなら命令できるはずです。お父さんのところに返してあげて。お父さんが生きているかどうかはわからないけれど」

「軽率な発言は慎みなさい、ホープ。私は王ではない。この新世界、選ばれた者たちで構成された世界に王は必要ないと神は定められた。古い世界では王は必要だったんだろうがね。ともかく、私は王ではない。一つの声でしかない。自由気ままに恩赦を命じることなど私にはできない。そもそも、なぜ恩赦などということが可能だと思うのだね？」

「なぜって、彼女の権利のためです」

「おやおや、先ほどまでの慎み深い態度はどこへ行ってしまったのかい？　お前もずいぶん大人になった。みんな感心していたと思うよ。苦難を乗り越え、病に打ち勝ち、お前の魂も鍛えられたに違いない。そう思ったのだが」

「はい、私は慎み深くなったのです。その私が気高いマガウィスカのために発言することをあなたは許してくださると私は信じています」

「ふむ、理屈が通っていないわけでもない」

ウィンスロプは優しく微笑みながら言葉を続けた。

「坐りなさい。彼女の権利と言っていたようだが、少し説明してもらえないかな。私としても、あの憐れな娘のことについてはいろいろと知っておきたいのだよ」

できるだけ感情を押し殺し、ホープは答えた。

「まず、思い出していただきたいことがあります。あなたが以前おっしゃっていたことです。私たちイングランドの人間はモノノットの家族に対して多くの恩義を感じている。その恩義に対してこういう報い方をしていいものでしょうか？」

「ベセルで起こったあの虐殺ですべて帳消しになったと思うのだがね」

「それはそうかもしれませんが、それとは別に私たちは彼女に恩義を感じなければならない出来事があったはずです。すべて帳消しというわけではないのではないでしょうか？」

「なるほど、お前が何のことを言っているのかはわかった。野蛮人にしては実に崇高な行いだったね、あれは。フレッチャーがあのことで我々も慈悲深くすべきと考えるのなら、それはもっともだ。当事者であるエヴェレルも同じだろう。エヴェレルが若さに任せて公正な裁きをと訴える必然性もある。いや、実際二人はずっと私にそう言い続けてきたよ、特にエヴェレル。この件について決定権を持つ者にすべて任せてほしいものなのだがね」

ウィンスロプが意味深な言い方をしたことにホープは気がついた。自分がエヴェレルにそそのかされてこんなお願いをしていると思われたのかもしれない。

「エヴェレルとは、あの晩島のお庭で話をしてからずっと会っていません。今晩顔を合わせたのが初めてです。エヴェレルの指示で私が今話をしているとは思わないでください」

「そんなことは思いもしなかったよ。お前はいつも自分の心に従って発言する子だ。さてと、お前たちにはこの際厳重に注意しておこう。まあ、特にエヴェレルに対しての注意ということになるのだが、お前たちはもうこの問題に首を突っ込んではいけない。お前たちは二人とも個人的な感情でピクォート族についていろいろ考えているようだが、間違った考え方をしている。ピクォート族は常に我々イングランドの人間に対して敵対的だった。モノノットとその娘はインディアン各部族に対して我々に歯向かうよう画策し、我々の仲間が暮らしている村々を攻撃するよう促した。これはおそらく間違いないことだ。そして、だからこそ彼らは裁かれなければならない。個人的なレベルでの恩義など問題にならんのだよ。ともかくあの娘は裁かれなければならない。その後だ。もし本当に正当な理由があり、可能であれば、恩赦ということも考えてよかろう」

ホープは立ち上がった。初めは何とかなるのではないかと思っていた彼女だったが、希望は失われた。身体はふらつき、唇も震える。

「おやすみなさい」

ウィンスロプはホープの手を握り、慰めるように言った。

「そんなに思い詰めてはいけないよ。すべて神の御心に任せなさい。暗闇の中でも必ず光が射してくるはずだ」

ホープは重い足取りで部屋に戻った。

「やっぱり神様にすがるしかないの？」

幼少の頃からホープは願いごとはすべて叶うものだと思っていた。むろん、子どもの頃の願いごとなど他愛ないものだ。だが、ずっと甘やかされているばかりではやはりまずい。厳しい体験も積まなければならない。ホープも生まれて初めて、世の中には個人の思い通りにはならないことがあるということを身にしみて感じた。マガウィスカの過酷な運命に関しても、自分は坐して待つのみ。自分には何もできない。

「やれることはすべてやった。でもだめだった。やるべきことは他にないの？」

深刻な面持ちで思いをめぐらしていると、突然エッサーが部屋に入ってきた。ホープが寝込んで以来、二人は同じ部屋で過ごしていたのだ。

最初、ぼーっとしていたホープはエッサーがどんな様子でいるのかまったく意識できなかった。だが、すぐに気がついた。いつものエッサーではない。意味もなくタンスや引き出しを開け閉めしている。抑えがたい感情をごまかそうとしているかのようだ。だが、何をしても無駄だったのか、エッサーは椅子にへたり込み、狂ったように泣き始めた。

恋人との間で何かあった若い娘はよくこういう状態になる。ただ、ピューリタンとして厳しく躾《しつ》けられ、いつも控えめなエッサーがここまで感情を爆発させたことは一度もない。大げさに言うなら、惑星が軌道を外れてどこかに飛び出していきそうな勢いだった。ホープは慌ててエッサーに寄り添い、優しく抱きしめた。そして、何があったのか聞いたのだが、エッサーはホープの腕を振り払い、目をそむけた。

「なぜそんなことするの？　信じられない。私、何かしたかしら？」

「そう、あなたが原因。ううん、私が原因。違う、みんな悪い。もう何もかも嫌」

「何を言っているのかわからない、エッサー。私、あなたに何もしてないと思うの。お願いだからどういうことか教えて。あなたを傷つけるようなことを私は今まで一度もしてないはずよ」

「ホープ、あなたは本当に残酷。私の心をめちゃめちゃにしたわ」

「そんなわけないわ。お願いだからきちんと説明して。私が本当にあなたのことを傷つけてしまったのなら、私がいけないと思う。でも、何をしたのかちっともわからないのよ。知らずにあなたのことを傷つけていたのなら謝るから教えて。あなた、いつも言ってたじゃない、友情に代わるものはないって。何か言ってくれなきゃわからないわ」

ホープが再びエッサーを抱きしめようとしたが、エッサーはその手を振り払った。

「私はひどい仕打ちを受けたわ。子ども扱いされたのよ」

「どういうこと？　いつの話？　誰がそんなことしたの？」

「質問はしないで、ホープ。私も答えるつもりはない。私はもう誰かに振りまわされるのは嫌」

ホープは泣き出した。

「エッサー、何ということ言うの。あなたは私にとってたった一人の大事な大事なお友だちなのよ。こんなこと耐えられない」

その後三十分ほど沈黙が続いた。エッサーはハンカチで顔を覆ったまま椅子に坐っていた。ホープは部屋の中をうろうろ歩きまわっていた。なぜこんなことになってしまったんだろう？　ホープはただひたすらそのことばかり考え続けた。そして、事の真相に近いところまでホープは行きついていたのだが、その推測をさらに突き詰め、真相を見抜いてしまうことは本能的に避けていた。

ようやくエッサーが落ち着きを見せ始めた。ホープはエッサーに歩み寄り、様子を窺った。ただ、言葉をかけることは避けた。エッサーは椅子から立ち上がり、ホープの足許に跪《ひざまず》くと、彼女を抱き寄せた。そして、祈り始めた。声は小さかったが、口調はしっかりとしていた。感情的になり、嫉妬の念に憑りつかれた自分の気持ちを落ち着かせるための祈りだった。ホープと自分が神に赦され、真の友情を結び、永遠に愛し合い続けることができるよう、エッサーはひたすら祈った。祈りが終わると、エッサーは立ち上がり、ホープの身体に手をまわした。

「ひどいことをしてしまったわね。私、興奮して本当に罪深いことをしてしまった。でも、今はもう何も言わないで、ホープ。今度話すから」

先ほどまでとはうって変わって毅然とした態度で話すエッサーを見て、ホープも彼女の言う通りにしようと決めた。

「わかったわ、エッサー。さあ、もう寝ましょう。あんまりいい夜じゃなかったし、寝るのが一番。ただ、一言、これからもずっと私のことを愛してくれると言って。それから、キスもね。お願い」

「うん、あなたのことを愛する気持ち、それは変わらない」

エッサーの声は少し震えていた。部屋に戻る前に起きた出来事が彼女に重くのしかかっているのはやむを得ないことだった。

「たぶん、今まで以上にあなたのことを愛するようになると思う。でも、今はもうこれ以上しゃべらせないで、ホープ」

二人は服を脱ぎ、寝る準備を始めた。だが、何を思ったか、エッサーが再び話し始めた。感情を一切押し殺したような声で、そしてホープの方には顔を向けないまま、エッサーは驚くべきことを話し始めた。

「エヴェレルがね、私に助けを求めてきたのよ。マガウィスカをこっそり助ける手伝いをしてほしいんですって」

　ホープは思わず大声を出した。

「マガウィスカを助ける？　今晩やるの？」

「今晩か明日の晩らしいわ」

「うまくいくと思ってるの、エヴェレルは？」

「そういうことをお手伝いするのはよくないことだと私は考えた、ただそれだけよ」

　エッサーは感情を見せないまま答えた。下手な答え方をすればホープがいろいろ勘繰り、次から次へと質問してくると思ったので、あえて突き放すような言い方をしたのだ。

　二人は布団の中に入った。だが、ちっとも眠れない。お互い相手のことが気になって仕方がない。目が冴えたまま時間が過ぎていく。心にさざ波が立ち、二人は同じ部屋の中にいるのに遠く離れてしまったかのような気分になっていた。ホープは我慢できなくなった。エッサーの布団の中に潜り込み、彼女に抱きついた。そして、エッサーの胸の中でホープは深い眠りについた。

　ところで、エッサーに何が起きたのか、少し触れておく必要があるだろう。事の発端はこういうことだ。

　その晩、ウィンスロップ夫人はいろいろ気を利かせて、エッサーとエヴェレルが二人きりになれるようにした。エヴェレルはマガウィスカを助けるためにあれこれ試したわけだが、いずれもうまくいかず、苛立ちを募らせているところだった。そのエヴェレルにとって、エッサーと密かに話をする機会を得たのは好都合だった。

なぜ好都合だったのか。ウィンスロップ夫人が考えたように、ようやく恋人同士が静かに二人きりで過ごす時間をもらえて嬉しかったということではない。マガウィスカ救出を手伝ってくれる助っ人としてエッサーが一番適切だと考え始めていたエヴェレルにとって、彼女と相談する機会を得たことは実に幸運なことだったのだ。エッサーが手伝ってくれれば誰かに不審に思われることは少なくなるだろうし、自分の計画がたとえ失敗に終わっても彼女をきつく叱る人はいないはずだ。そのことをエヴェレルがエッサーに直接伝えると、エッサーはこう言った。

「どんな結果が待ち受けていても私は恐れはしない」

「絶対に大丈夫さ」とエヴェレルは答えた。

ただ、自分がこの計画に命を懸けていることはエッサーに悟られたくないとエヴェレルは考えていた。エヴェレルは自分の計画について詳細にわたって熱心に説明をし始めた。慌てたエッサーは彼の説明を中断させた。

心から愛する男性のためにその男性が気にいらない女性に敢えてなろうとすることほど、女性にとってつらいことはないのかもしれない。エッサーは心の底から深くエヴェレルのことを愛していたし、その気持ちはいささかもゆらぐことはなかった。ピューリタンの教えに反していないことであれば、どんな犠牲を払ってでも自分はエヴェレルのために行動しようと考えていた。そう、ピューリタンの教えに反しなければ。

信仰にすべてを捧げるという大前提がエッサーにはある。エッサーにとっては信仰がすべてなのだ。その大前提に基づいて彼女は地上のあらゆる出来事に対処しようとしていたのだから、今回のエヴェレルの行動は非常に悩ましいものとなった。

エヴェレルが思いとどまるよう、エッサーはいろいろなことを口にした。だが、愛するエヴェレルへの遠慮もあって明瞭な言葉で自分の意思を伝えることができず、エヴェレルもエッサーが何を言っているのかよくわからなかった。エッサーははっきり言うことにした。

「牢獄に収監されている人と上に立つ立場の人との問題について第三者が関わっていいという教えは聖書にはないわ」

「教えが聖書にない？」

エヴェレルは驚きを隠せなかった。困惑するしかなかった。

「聖書から引用を持ってこられない事柄に関しては、慈悲深い行動をとってはいけないということ？　正義に則った行為も許されないと君は考えているの？」

「慈悲や正義に関わることについて、聖書には溢れるほどいろいろなことが書かれています。その場にふさわしい適切な記述をいつもきちんと引用することはできないわ。ただ、今回の場合、私たちは絶対に間違ってはいけないと思うの。『ペトロの手紙一』にこういう一節があります。『主のために、すべて人間の立てた制度に従いなさい。それが、統治者としての皇帝であろうと、あるいは、悪を行う者を処罰し、善を行う者をほめるために、皇帝が派遣した総督であろうと、服従しなさい』（『ペトロの手紙一』2.13-14）」

「でもエッサー、体制に抵抗することを良しとする教えも聖書の中には書き込まれているに違いない。だからこそ、イングランドにいる僕らの仲間たちは王に対して戦いを挑んだんだろう？　前例はあるんだ。本当の良心というものは心の叫びから生まれるものだ。聖書に盲目的に従うことが良心だとは僕は思わない」

「エヴェレル、私の判断を鈍らせるようなことは口にしないで。イングランドで戦った皆さんも神様の御心に従っていたはずよ。聖書の教えにも忠実だったに違いないわ。でもね、あの方たちのことを私たちの前例にしてはいけない。とにかく、神様の僕《しもべ》として選ばれた方たちがお決めになったことに歯向かうのは罪だと思います。私たちはあの方たちの下で暮らすことを赦されているのよ。素晴らしいことじゃない？」

エヴェレルはエッサーを説得し続けたが、エッサーは決して彼の言うことを認めようとしなかった。理性に訴えかけても、泣き落としに出ても、彼女には信仰という絶対的な行動基準があるので、頑なにエヴェレルの訴えを退け続けた。

青春を謳歌している若者にとって完全なる美徳は時として鬱陶しい存在でしかない。とりわけ、自分が当たり前だと思っている価値観をあっさりと否定するような美徳は実に厄介だ。エヴェレルはエッサーのことを決して馬鹿にしたり、不当に批判したりすることはしなかった。あくまで冷静に、落ち着いて彼女を説得しようとした。だが、頑ななエッサーを前にして、自分と彼女の間には深い深い溝があることを確信した。エヴェレルは話の途中でマガウィスカの名前も出してみた。

「君がマガウィスカのことをよく知っていたら、君だって僕の願いを拒絶することなどできないはずなんだけどな」

「エヴェレル、あなたを愛している人たちは別にマガウィスカのことを知る必要はないんじゃない？　あの方を救うために自分の命を犠牲にしても構わないと感じる必要もないと思うわ。あのね、でも私はマガウィスカのことはよくわかっているつもりよ。だって、毎日あの方のところに行っているんですから」

「ありがとう、エッサー。でも、そのことをなぜ今まで僕に言ってくれなかったの？」

「伯父との約束があったから。あなたにだけは絶対に口外しないことを条件にして会わせてもらっていたの」

「なぜそんな条件をつけたのか、僕にはさっぱりわからない。くだらない」

「そんなことない。伯父はあなたのことをよくわかっている。あなたがマガウィスカを助けようと思っていることくらい、百も承知なのよ。その計画に私が乗せられるのを未然に防ごうとしただけです」

エヴェレルは心の中で思った。

「ウィンスロプさんは、エッサーが僕の計画を阻んでくれると思っているんだろうな」

だが、そのことは口にせず、エッサーにこう聞いてみた。

「マガウィスカのところを何度も訪れたというのは何か理由があったんだろうね。たんに可哀想だからという理由で行ってたわけじゃないんでしょ？」

「そうよ、伯父が言ってたの。もしマガウィスカが異教の教えを捨てるなら、父親のことは忘れ、ここでピューリタンとして暮らすというなら、彼女の過去の過ちを許してやるのが我々の務めだって。自分がそんな大事なことをマガウィスカに言って聞かせることができる人間だとは、私、思っていません。でも、心を込めて祈って、愛ある務めを果たすことができたらいいなと思って、マガウィスカのところに通ったの。この世での生と死、永遠なる命のこと、私はあの方に教え、祈り、私の言う通りにしてほしいとお願いしたわ。でもね、エヴェレルル。あの方、ちっとも私の話を聞いてくれないのよ。死のことなんか、少しも恐れていない。死んだ後、永遠に救いを得られないという話も信じてくれない」

エヴェレルの反応はエッサーにとって予想外だった。エヴェレルは多少困ったような顔はしたが、自分の努力が報われなかったことに対して驚きもしないし、失望の色も浮かべていない。それどころか、エヴェレルはあっさりとこう結論付けた。

「それでわかっただろう？　マガウィスカを救う道は一つだけなんだ。君自身が直接目撃したんだからよくわかったはずだ」

「もうこれ以上は同じことを言わないで。私には守らなければいけないものがあるの」

震える声でそう言うと、エッサーは部屋を飛び出した。しかし、とっさに今の態度は冷たすぎた、もう少し穏やかに自分の気持ちを伝えておこうと思い直し、部屋に戻ろうとした。そんなエッサーの足音にエヴェレルは気づかず、ドアの方に背を向けたまま、こうつぶやいた。

「ああ、ホープ・レスリー、自由奔放な君だったら僕の話をどう受けとめてくれただろう？　そもそもなんで僕らは引き裂かれなければならなかったんだ？」

エヴェレルに気づかれないよう、エッサーはそっとその場を離れた。そして、自分の部屋に戻り、ホープの前でいつもの自分とはかけ離れた姿をさらすこととなったのだ。

この時のエヴェレルのことを大人気ないと批判するのは筋違いというものだろう。ホープに言い寄る姿をこれ見よがしに人に見せつけていたガーディナーの奸計にはまり、マガウィスカのことで頭がいっぱいだっただけのホープの心情にエヴェレルが想いを寄せることができなかったことが一つ。ウィンスロップ夫人が無邪気にエッサーとエヴェレルとを結びつけようといろいろ心を配ったことも一つ。そして、ホープが自分の気持ちの奥底に潜むエヴェレルへの想いについてつぶさに顧みることなく、エッサーとエヴェレルの仲を不用意に取り持とうとしたことも一つ。いろいろなことが絡み合って、自分の意思とは無関係にエヴェレルはエッサーと結ばれる道を歩んでしまっていた。二人が許婚《いいなずけ》となったことは公表され、みんなが心から喜び、了承することとなってしまった。そして、ちょうどその時点でホープらと島に出かけ、そこの庭先でホープとガーディナーが親しく言葉を交わしていると勘違いしたのが運の尽き。エヴェレルは自ら迷宮に入り込んでしまった。ホープがガーディナーに惹かれているのは一時の気の迷い。自分が子供時代から愛していたホープは必ずや自分のことを愛しているはず。そう信じることもできたはずなのに、様々な状況が彼の判断を狂わせた。

純情可憐で信心深いエッサーとの婚約が成立してしまい、エヴェレルが進むべき道は一本になってしまった。エヴェレルもその道を進もうと男らしく決心した。その道にホープは存在しない。幼少の頃に育んだ愛情は思い出の中に封じ込めるしかない。過去のことは忘却の彼方に放逐するしかない。だが、過去の甘い記憶をすべて忘却の川レーテーに投げ捨てることができる者などいようか。

ホープが帰還したものの瀕死の状態で寝込んでいた頃、マガウィスカ救出という計画をエヴェレルは実行に移すことは避けていた。というより、忘れていた。それはごく自然なことで、さすがにエヴェレルもホープの健康状態が一番気がかりだったのだ。そして、ホープのことを心配し続けるエヴェレルの様子を不審に思った者も一人もいない。二人が幼馴染みであったことは誰もが知っていることだったからだ。

ホープの健康が回復すると、エヴェレルは早速マガウィスカ救出のための活動を再開した。ウィンスロプにマガウィスカの釈放を懇願したり、密かに牢獄に忍び込み、マガウィスカを救い出そうとしたり、いろいろ試みたが、何一つうまくいかなかった。

# 第二十一章

　マガウィスカの裁判が行われる当日となった。いかにも夏らしい青々とした空が広がり、燦々と陽光がボストンの町並みに降り注いでいた。

　長い人生、意気消沈し、鬱々とした気分に陥る時は必ずある。明るい日の光はただ眩しいだけ。己を取り囲み、言葉もなくじっと睨みつけてくる圧倒的な権力を前にしては、もはや目を閉じるしかない。権力を持っている者たちは栄光に包まれ、弱りきった己は卑屈な姿勢で耐えるしかない。あまりに明るい陽光は力を失った目にとっては暴力的な存在でしかない。

　今のエヴェレルがまさしくそうだった。希望を失いつつある彼はボストンの町中をあてもなく彷徨《さまよ》っていた。鐘の音が聞こえてきた。いよいよマガウィスカの裁判が始まるのだ。エヴェレルは裁判が行われる建物に向かった。中に入るとそこにはもう大勢の人々が集まっていた。

　裁判が行われる部屋の一方の端は一段高くなっていて、裁判官となる者たちの席が用意されていた。彼らの相談役となる者たちの席も設けられていた。一般の傍聴人が坐れる席はわずかしかなかった。フレッチャーとガーディナーはその一般傍聴人用の椅子に腰かけていた。

　エヴェレルは立見席の中に紛れ込んだ。誰か知り合いの姿を探そうとする様子もなく、ただ力なく視線を泳がせているだけだった。

「来たぞ」

誰かが発した声にエヴェレルもようやく我に返った。マガウィスカが部屋の中に連れてこられたのだ。彼女の脇には一人の男が付き添っていた。

中年にさしかかったくらいの年齢であろうか、目には思慮深い色が湛えられていた。人生を厳しく律して過ごしてきたせいなのか、顔色はそれほど良くなく、体つきもほっそりしていた。ただ、この人物が愛と慈愛に溢れていることは誰の目にも明らかで、この人物のことを知らなかったエヴェレルもこの人は慈悲深い牧師なのだろうとすぐにわかった。

エヴェレルは隣に立っていた男に聞いた。

「あの方はどなたなのですか？」

男は驚いたような顔をして振り返った。

「あの方がどなたって、ご存じないんですか？　あの方こそニューイングランドに遣わされた使徒様ではないですか。まあ、あのお方はそういう呼び名はお嫌いのようですけど」

エヴェレルも「ニューイングランドに遣わされた使徒」の名前は知っていたが、顔を見たことはなかったのだ。

「エリオットさんですか。父の友人です。あの方ならマガウィスカによくしてくれるんじゃないか……」

最後の言葉は独り言だ。

「エリオット牧師があのイスラエル王アハブの邪悪な妻イゼベルの側に立つなんて、信じがたい。

なんかあの女、女王様気取りじゃないか。憎らしいほど堂々としている」

確かにマガウィスカには罪人としての卑屈さなど微塵も感じられなかった。恐れを感じている風でもなく、この場の雰囲気に圧倒されている様子もなかった。視線は下に向けたままだったが、背筋を伸ばし、ゆったりとした足取りで歩を進めていた。その姿は威厳と自信に満ち溢れていた。

実はウィンスロプから白人の衣装を身につけるようにと勧められていたのだが、マガウィスカはにべもなく断っていた。彼女はインディアンとしての誇りを決して失っていない。牢獄に収監されている間脱いでいた装飾品や靴、貝殻細工で縁取られた紫色のマントをすべてしっかりと身にまとい、彼女はこの場に現れた。ネルソン提督が完璧な軍装に身を固め、最後の決戦に臨んだのと同じことだったのだろう。

マガウィスカは被告席に導かれた。一瞬マガウィスカの顔が引きつったように見えた。エリオットに席に着くように勧められたが、彼女は毅然とした様子で頭を横に振った。エヴェレルの心は感動に震えた。周りに立っていた人たちをかき分け、マガウィスカの被告席のすぐ脇まで進んだ。

二人は目を合わせたが、一言も言葉は発しなかった。だが、暗かったマガウィスカの顔は一気に明るくなった。目には涙も浮かんだが、それ以外には特に外見に変化はなかったので、彼女の心の動きを察知した人はいなかった。二人は低い声で言葉を交わした。エヴェレルがこうした行動に出ることは誰にも想像できたことだし、言葉を交わす程度のことは特に問題もない。誰も注意を与えるようなことはしなかった。

いよいよ裁判が始まった。裁判官席に坐っていたリーダー格のウィンスロプがまず立ち上がり、エリオット牧師に対してこれから進行する裁判への力添えをお願いする旨要請がなされた。そして、エリオット牧師による説教が開始された。

エリオットはまず敵と共存することも神の御心の一部であることを力説した。彼は牧師として通常の説教を行う時も平明体の語り口を使うことが多く、この裁判の場でも実にわかりやすい言葉遣いで、野蛮なインディアンに対して恐れの感情や警戒心を抱く必要はないこと、根拠のない誤解がそういう感情を引き起こしていることを指摘した。

さらにエリオットの説教は続く。異端の憐れなインディアンが折に触れ我々に親切な行いをしてくれたことを我々は忘れてはならない。正しい法体系を持たない者たちにも法に従って生きる精神は宿っているのだ。神に選ばれた者としてこの大陸にやってきた我々ではあるが、我々は決してこの地の先住民である異端の者たちを殲滅するためにこの地に遣わされたわけではない。我々の使命は神を信じる者たちの土地を広げ、神を信じない者たちを神の僕《しもべ》、神の子にすることにこそある。

エリオットはマガウィスカの母親のことにも言及した。彼女が植民地の人々と親しく接し、慈悲深い行いをしてくれたことは広く知れ渡っていた。マガウィスカ自身の勇敢なる行いのことにも触れた。マガウィスカが自らの身を犠牲にして白人の子の命を救ったこと。家族の者たちの命を奪われ、たった一人の子しかこの世に残すことを許されなかった父親の、そのたった一人の子の命を救ったこと。

次にエリオットは聖書からいくつか事例を挙げた。モーセの後継者ヨシュアはエリコを攻めた際、自分の斥候二人を匿ってくれた遊女ラハブに恩返しをする形でラハブの父たちの命を救った。また、古代イスラエルの王ダビデの逸話も取り上げた。自らの命を狙い続けたサウルが死んだ後、サウルの息子であるヨナタンの息子メフィボシェテに対してダビデは恵みを施した。

エリオットはモノノットのことに話を進めた。神は彼にすでに鉄槌を下された。彼はもはや冷静に考えることもできず、ただあちらこちらの部族の元を放浪し、復讐を説いてまわっているが、まったくうまくいっていない。もう赦そうではないか。神の教えに基づいて赦しを行えば、その光がこの荒野の丘から近隣の世界に広がっていく。正義と公正、慈悲の心がこの裁判で行われることを祈るという言葉で、エリオットの演説は締めくくられた。

エリオットの演説が終わると、聴衆はマガウィスカの方に視線を送った。先ほどまでは軽蔑の念、好奇の念しかなかった人々の心に温かい感情が流れ始めていた。目に涙を浮かべている者もいた。むろん、ガーディナーの反応は違った。マガウィスカに有利な方向でこの裁判が進むことは彼にとってはまずいことだった。彼は隣に坐っていた裁判官の一人にささやいた。

「あの方の役割はお祈りをすることだったはず。妙な流れになっていませんかね」

「確かに妙な流れだな。きわめて妙だ」

彼も機嫌を悪くしているようだった。

「エリオット牧師はどうも野蛮な者たちに対して同情心を抱きすぎる。だが、大丈夫。我々が正しい道に引き戻す」

自分たちの考え方は絶対に間違っていないという自信の表れか、余裕しゃくしゃくの様子だ。

ウィンスロプが立ち上がり、マガウィスカの罪状の概要について陳述し、証拠を提出した。その落ち着いた話しぶりを耳にすれば、彼がどういう決着を目指しているか、概ね知ることはできた。マガウィスカに対して冷酷な審判を下すつもりはないのではないか。エヴェレルも少しだけ気持ちが落ち着いてきた。

次にガーディナーが証言台に立った。ガーディナーこそ、今回の一連の事件で植民地のリーダーたちを支えた功労者だった。彼がマガウィスカとホープの密談を立ち聞きしたことがすべての始まりだった。その結果マガウィスカを捕えることができたことはすでに述べた通りだ。そして、この裁判の場で彼が証言することにより、恐るべき陰謀を計画しているというマガウィスカの罪状は明らかになるはずだった。

ガーディナーが証言台に立つと、マガウィスカが今日初めて視線を上げた。マガウィスカはガーディナーの目をしっかりと見つめた。ガーディナーも見返したが、すぐに気後れし、視線をそらした。

その時、ガーディナーの召使いが入ってきた。ローザは人混みをかき分けて進み、ガーディナーにイングランドから届いたばかりの手紙の束を手渡すと、証言台近くの階段に腰を下ろした。ガーディナーはウィンスロプの席のテーブルの上に手紙の束を置いた。そして、じっと下を向いたまましばらく立ち尽くしていた。様々なことに思いをめぐらしているように見えた。

この裁判は普通の裁判とは様相が違う、想定からはずれている。ガーディナーはとんでもないものと関わりを持ってしまったことを自覚し始めていた。ピクォート族という呪われた一族の娘マガウィスカに関わってはいけなかったのだ。エリオット牧師の説教が果たした役割は大きかった。この場の空気を一変させた。ウィンスロプもあくまで公正な裁判を行うつもりのようだし、マガウィスカに対して慈悲を施す意思がその陳述には見え隠れしていた。

自分は植民地のリーダーたちから絶大の信頼を得ている。そう確信していた。だからこそ、先日牢獄でマガウィスカと密かに取引をしようとしたことをマガウィスカが暴露するようなことは絶対にさせない自信もあった。万が一暴露されたとしても、それは復讐心に燃えている野蛮人の娘がでっち上げた作り話にすぎないと言い逃れるつもりだった。だが、この場の雰囲気ではそううまくはいかないかもしれない。いや、これは非常にまずい状況になっているのではないか。ガーディナーは底知れぬ不安を感じ始めていた。

この裁判で証言するにあたって、当初ガーディナーはマガウィスカに対する個人的な感情は抜きにして行うつもりだった。この裁判はホープを我がものにするための計画の一環にすぎなかった。だが、様々ななりゆきの中でマガウィスカと深く関わってしまった。マガウィスカが無罪放免ということになれば、今度は自分が正式に告発されてしまうかもしれない。彼女がいろいろ証言する可能席は高い。ローザと自分の関係はこの植民地では厳罰に値する。その上、今まで自分がずっと素性を隠し、詐欺的な行いを続けてきたことも白日の下にさらされてしまうかもしれない。そうなったらもうおしまいだ。

ガーディナーは運命を呪った。なんでこんな馬鹿馬鹿しい事態になってしまったんだ。いつのまにやら絶体絶命のピンチではないか。

マガウィスカが自分からローザに視線を移したことにも気づいていた。賢い女だ。今現れた人物が牢獄で話題になった自分の愛人であることもすぐに見抜いたに違いない。ローザがここに現れたこと自体、神の意志を感じざるを得ない。彼女は神が遣わした証人なのだろう。この危機をどうしのぐか、ゆっくり考えている暇もない。一番確実なのは裁判官たちの心の中にあるマガウィスカへの偏見を煽り立てることだろう。彼女の証言はすべてでたらめであるという印象を持ってもらえればそれでいい。こんなことを続けてはいけないという声も心の中にはある。だが、今は迷っている場合ではない。計画通り証言していくことにしよう。

　ガーディナーは、マガウィスカとホープが密会していた場面から証言を開始した。

「あの安息日前日の晩のことです。レスリーお嬢様を総督のお宅の途中までお送りし、すぐに我が家に帰ろうと私は考えていました。何しろひどい嵐でしたので、近道をしようと考え、墓地を通り抜けることにしました。墓地の敷地に入ったあたりで嵐の最中声が聞こえたような気がしました。立ちどまった瞬間、稲妻が周囲を照らし、私はマガウィスカが濡れた地面に跪《ひざまず》いているのに気づきました。マガウィスカは例のまがまがしい動きをしていました。そうです、身体を魔物のように激しくくねらせる呪術の儀式を執り行っていたのです。彼女はイングランドの人間に対する復讐を遂行すべく、悪魔に祈り続けていたのでしょう。あのようなおぞましい儀式、敬虔なキリスト教徒の皆さんのお耳に入れるべき話ではございません。詳細にわたってお伝えすべきでもないでしょう。ただ、あの雷鳴轟く晩にあの女の呪いの姿を目撃した者の心情は是非皆さんに察していただきたいと思うのです」

　しめしめ、思惑通りだ。傍聴人たちが恐れと怒りに満ちた視線でマガウィスカの方を見始めたことにガーディナーは気づいた。多くの人々が自分の話を信じ始めている。インディアンが悪魔の子だという考え方は下流階級の人たちだけに蔓延していた考え方ではない。インディアンが悪魔と親しく交わっているという俗説は今でこそよほど無知な人たちでなければ信じもしないが、当時はごく一般的な考え方だった。

　傍聴人たちはガーディナーが伝える異様な証言内容に引き込まれていった。マガウィスカに対する評価、心証も明らかに悪い方向に傾いていった。彼女の数少ない友人たちは落胆するしかなかった。だが、マガウィスカ自身は毅然としたままだった。インディアンとしての誇りをいささかも失っていなかった。だから、動揺した様子は見せず、一切の感情を表に出さなかった。

ガーディナーの証言が終わると、裁判官は白人に内通したインディアンによる証言を紹介した。ガーディナーの証言内容と合致し、マガウィスカの有罪を確信させるその証言内容に傍聴人たちは熱心に耳を傾けた。

すべての証言が出尽くした。ウィンスロプはおもむろにマガウィスカに何か発言することはあるかと聞いた。エリオット牧師がマガウィスカにささやいた。

「慎ましやかに話すのだ。そうすれば裁判官たちの心に届く」

エヴェレルも話しかけた。

「僕らの法のことはよくわかっていないと言うんだ。自分の代わりに証言してくれる人間が必要だと要求するんだ」

マガウィスカは二人に頭を下げ、感謝の意を示した。そして、裁判官たちの方に目をやり、話し始めた。

「私はあなた方の囚人です。あなた方が私の命を奪うというならそうすればいい。しかし、あなた方に私を裁く権利はない。私たちはあなたたちの支配の下にあったことなど一度もない。私たちはあなた方の支配を決して認めない」

裁判官の一人が答えた。

「そのような弁明をすれば命が助かるとでも思っているのかね。まあそれにしても誇り高き娘だ。だがね、君たちは図らずも聖書の言葉がこの世でなされたことを身をもって知ったはずなのだよ。

『エレミヤ書』にはこうある。『わたしの僕《しもべ》ヤコブよ、恐れるなと主は言われる。わたしがお前と共にいる。お前を追いやった国々をわたしは滅ぼし尽くす』(エレミヤ書 46:28)。君の仲間たちはどこにいるのだね？」

「私の仲間？　みんながどこにいる？」

マガウィスカは天井を見上げ、低い声で言った。

「私の仲間たちは遠い遠い南西の島々にいます。あの楽園なら敵の唸り声も聞こえませんから。まさか私があの島々に行くのを恐れているとでも思っているのですか？」

一瞬部屋は静まり返った。人間の力でこの娘の意志を変えることはできない。誰もがそう感じていた。

ガーディナーは先程発言した裁判官にそっと話しかけた。

「何とも信じられない話ですね。野蛮人が戯言を口にしているにすぎないのに。あの娘、どうも神々しく見えてしまうようだ」

ガーディナーの言葉にこの裁判官ははっとなり、再び発言した。

「このピクォート族の娘は物事の正しさについてきちんとした教育を受けていない。だからこそ、逆にこうして堂々と異教の教えを開陳するようなことをしているのだろう。さて、君はご存じないのかね？」

裁判官は聖書を手にとった。

「この聖書にのみ真理は記されている。将来のことを教えてくれるのもこの聖書のみだ。この世の理《ことわり》を教えてくれるのもこの聖書だけなのだよ」

「その本にあなた方にとって正しい話が書かれていることは知っています。あなた方のようにいろいろな種類の人間たちが混ざっている人々にはそういう本も必要なのでしょう。ですが、大いなる神秘は自らの子らの胸の中に直接正しい話を刻み込んでいます。私たちにその本は必要ないのです」

「この娘はサタンの末裔だ、我々の敵でしかない。神によって選ばれた民の平和な生活を害する悪者であることは明白だ。断罪する以外道はない」

興奮した裁判官の言葉を遮って、別の裁判官が言葉を差し挟んだ。理性と柔和さを見せつけるかのようなゆったりとした口調だった。

「彼女の証言を聞こう。極刑を言い渡すにはまだ十分な証言を得ていないと私は考える。この娘は自分なりの真実に基づいて行動しているように見える。総督、この娘に聞いてほしい。この娘は罪状を認めるつもりなのかな?」

ウィンスロプはこの要請に従い、マガウィスカに問いかけた。

マガウィスカは答えた。

「認めもしないし、否定もしない。私は狩人によって林に追い込まれ、弓矢で射られる寸前の鹿のようなもの」

ガーディナーは先程とは別の裁判官にささやきかけた。この裁判官もガーディナーの思惑通り動いた。ガーディナーのささやきに煽られるような形でこう発言したのだ。

「この娘は犬のように頑固だ。ピクォート族は皆頑固で知られておる。ピクォート族をこの地から根絶やしにしなければ我らの心の平安は得られまい」

だが、ウィンスロプがこの裁判官の発言を静かに遮った。

「あなたのおっしゃる通りだとは思います。しかし、この件については我々はキリスト教徒としてもっと慎重に扱うべきではないでしょうか？」

そして証言記録を開き、声を大きくし、ガーディナーに向かって問いかけた。

「今日あなたがお話しになったことと以前私があなたから伺った話、若干相違があるように思えるのです。例の安息日前日の晩のことなのですが、あなたがホープと別れた後、マガウィスカが怪しい振る舞いをしているのを目撃したという話は今日初めて聞いた話です。以前はそのような話をなさらなかったはずです」

これはガーディナーにとって想定内の質問だった。

「真実を何もかもすべてお話しするという宣誓をあの時行ったわけではございません。それにあの時点ではこの娘が確実に捕えられるという保証もなかったわけでして、この植民地を守るために尽くされている方々に対して必要以上に不安を煽るようなことは言いたくなかったのです」

ガーディナーはウィンスロプに向かってうやうやしく敬礼し、敬意を表した。だが、ウィンスロプはいささかも表情を変えず、ガーディナーの発言の最初の部分について説明を求め始めた。

「ガーディナー氏に伺いたい。あなたはあの時宣誓されなかったとおっしゃいました。そういえば、今日も証言を行うにあたって真実を証言するという宣誓をされておられない。我々の植民地では、同じ信仰の持ち主である教会員に対して特に必要が認められる場合を除いては裁判の証言にあたって宣誓を求めることはありません。ここでマガウィスカに問いたい。今これからガーディナー氏に真実を証言するという宣誓を行ってもらおうと考えるのだが、いかがだろうか？」

エヴェレルがマガウィスカにささやきかけた。

「そうしてもらうべきだよ、絶対に」

マガウィスカは頷き、ウィンスロプに同意の意志を伝えた。

ガーディナーは即興でマガウィスカが呪術の儀式を行っていたなどと証言し、裁判官、傍聴人の感情を意のままにしようとした。まさかこの場で宣誓を求められるとは思ってもいなかった。真実というものがこれほど権威を帯びるのも信仰に基づいた共同体社会だからだ。そんな世界とは無縁に生きてきたガーディナーにとっては落とし穴だった。だが、今自分の証言の信憑性について疑義が申し立てられた以上、宣誓をするかどうか迷っている場合ではない。つかつかと証言台に戻り、片手をあげ、型通り宣誓を行った。

マガウィスカは依然として一言も発することなく、落ち着き払っていた。自分の運命がどうなるかなど特に意識もしていないように見えた。しかし、一貫して自らを偽り、他の人々を惑わし続けているガーディナーの姿を見ているうちにマガウィスカは義憤を覚え始めていた。インディアンの社会では罪には報復すべしという教えがあり、マガウィスカもその教えに忠実であろうと決断した。そして、胸元に隠していた十字架を取り出した。それに気づいたエヴェレルは誰にも聞こえないようにマガウィスカをとめようとした。

「しまうんだ。そんなことをしたらおしまいだ」

マガウィスカは強く首を振り、高々と十字架を上げた。

ウィンスロプが制止した。

「その忌まわしい偶像を下ろしたまえ」

裁判官の一人がつぶやいた。

「やはりこの娘はカトリックの魔物に憑りつかれていたんだな。フランスのカトリック教徒どもが西部の森に教えを広めているというのは本当のことだったようだ」

マガウィスカはウィンスロプの命令など聞こえていないようだった。皆が驚きの視線を送っていることにも気づいていないようだった。マガウィスカはガーディナーをきっと睨み、言い放った。

「この十字架はあなたが落としていった物です。私が閉じ込められている牢獄にあなたが来た時のことです。あなたはこう言いました。この十字架の前で偽りを成すことは死を意味する。そして、あなたはこの十字架に唇を当てた。さあ、あの時と同じようにしなさい。そして、私に関するでたらめの証言を取り下げなさい」

「彼女は何の話をしているのかね？」

ウィンスロプはガーディナーに聞いた。

「一体何のことやら」

ガーディナーの顔は紅潮し、しゃべり方もしどろもどろ。堂々と自分の意見を表明することができないでいるのは明らかだった。

「何のことやらわかりませんが、この異教の女がですよ、この女がこの法廷で私のことを侮辱しやがって。いや、わけのわからぬことを口走り始めているんでしょう。悪いのはこの女だ。お咎めなしのはずがない。裁判官の皆さんたち、高潔なるあなたたちにこう求めたい」

少しだけガーディナーも落ち着いてきて、しっかりとした口調で言葉を続けた。

「この女を黙らせていただきたい。このままではここにお集まりの皆さんに誤解されてしまいます。

この女は罵詈雑言をはいている。私は皆さんの信頼を得てきたはずです。あなた方と共にあろうとしたこの私にひどい言葉が浴びせかけられたのです」

皆静まり返った。そして、皆マガウィスカに視線を送った。マガウィスカはガーディナーに対して反論をするのだろうか。裁判官たちも聴衆と同じ気分になっているようだった。ガーディナーに対して当初好意的な感情を持っていた彼らの胸の裡で微妙な変化が生じていた。

エヴェレルが立ち上がった。そして、マガウィスカを罪人だとする証言に対して彼女自身に弁明の機会を与えるべきだと訴えた。しかし、エリオット牧師がエヴェレルの腕に手をかけ、耳打ちした。

「我が友よ、待ちなさい。私が話した方がいいと思うよ」

そして、エリオット牧師はエヴェレルの代わりに話し始めた。

「囚人にも自由に話をする機会は与えられるべきでしょう。彼女に証言してもらい、そしてその証言にどう意味を付与するかは英邁なる裁判官の皆さんにお任せするしかありません」

そう言うと、エリオット牧師はガーディナーを睨んだ。

「真実は何か、それを知ることが今最も必要なことです」

ガーディナーはすぐに異議を唱えた。

「罪人が神に選ばれた方々の心を惑わせるような発言をすることが許されていいのでしょうか？私は確信していますよ。あの女は私に十字架に誓えと言いました。そんな指示に従う必要はないと裁判官の皆さんはお考えのはず。先ほど私はきちんとした形で宣誓を行いました。何故今度は十字架などという偶像を使って宣誓を行わなければならないのです」

「エリオット牧師、君が言いたいのはそういうことではないですよね」

ウィンスロプが言った。

「そうです、そのようなことが問題なのではありません。偶像をこの地に持ち込むことはむろん神が禁じられています。ローマのカトリック教会が行っている布教により、正しいとは到底言えない教えが蔓延し、もはや迷信と呼ぶしかない信仰に憑りつかれてしまっている人間が増えていることは周知の事実です。それはともかく、ある人間がその偶像を本当に使うのかどうか、糾明する権限は私にはない。その必要もありません。ここにいるインディアンの娘はこの偶像がガーディナー氏の物だとはっきりと証言しました。さらには、ガーディナー氏が自分の言葉に偽りがないことを証明するためにこの偶像を使ったと証言しました。もしそれが事実であるなら、本日ガーディナー氏が証言された内容を信じていいのか、考え直す必要が生じているように思われます。それ故、ここにいる娘に自らが問われた罪状に関して証言することは許されるべきです。いや、証言してもらわなければなりません」

エリオット牧師の発言を受け、裁判官たちはひそひそと今後の手はずについて話し合いを始めた。

ガーディナーは針の筵に坐らされた気分だった。いつのまにやら自分の席が被告席に変貌してしまった。これから裁きが言い渡されるのだろうか。心臓の鼓動が早鐘のように鳴り始めた。眉をしかめ、唇を固く閉じ、マガウィスカ、裁判官たちへと目を走らせた。そして、最後にローザに目をやるともう視線を動かすことができなくなった。ここに破滅の元があったのだ。ローザは最初に腰を下ろした場所から一歩も動いていなかった。帽子を膝の上に載せ、その帽子の中に顔をうずめていた。

何人かの裁判官はマガウィスカに証言させることに強く反対していた。自分たちに熱心に尽くしてきてくれたガーディナーを罪人が告発するなどあり得ない。それが彼らの主張だった。彼らはまたこういう推測もしていた。すなわち、ガーディナーを貶めることで自分に何か有利な状況が生まれることをマガウィスカは狙っているのだろう。

ウィンスロップは何も積極的な主張は行わなかった。その代わり、何か偽りが行われているのであれば、我々は先入観を排し、慎重の上にも慎重を期して真実を求めなければならないと発言した。そう言われればそうするしかない。ウィンスロップは真実究明のための審理を再開した。そして、マガウィスカが先ほど指摘した牢獄内での出来事について状況説明を行うよう彼女に促した。

ここでこの日初めてマガウィスカはためらいを見せた。何か思うところがあるらしい。エヴェレルが小声で言った。

「マガウィスカ、怖がらずに話せばいいんだよ」

マガウィスカははっきりとした声で話し始めた。

「私は話すのが怖いのです。獲物をつかんで飛んでいる鷲を弓矢で狙っている狩人が感じるような、そんな恐れを感じているのです。今私が話せば、無垢な犠牲者の心を傷つけてしまうことになりはしないか」

ウィンスロップが語りかけた。

「たとえ話はやめてもらえないかな、マガウィスカ。私たちにわかるように話してくれたまえ」

「では、私の願いを是非聞いてください。そこに坐っている可哀想な娘さんをこの場から退席させてあげてください」

そう言うとマガウィスカはローザを指さした。法廷にいた全員がマガウィスカが指さした人物に目をやった。

自分に注目が集まっていることに気づいたローザは顔を上げた。あたりを激しく見まわす彼女の顔にいかにも女性らしい巻き毛がまとわりついた。みんな自分のことを好奇の目、猜疑の目で見ている。ローザの顔色が変わり、唇が震えた。怖いものに出会った子供が母親の胸に飛び込むように、ローザはガーディナーのところに駆け寄った。そして、ガーディナーの服の中、あるいは足許に我が身を隠そうと思ったのか、彼にしがみついた。

ガーディナーは激しく動揺し、自分の感情を制御できなくなった。

「あっちに行け！」

そう叫ぶとガーディナーはローザを蹴った。

「何てことをするの」

「恥を知りなさい」

あちらこちらでざわめきが起こった。

ローザはよろよろと立ち上がり、額に両手を当て、虚ろな視線で周囲を見まわした。もはや理性を完全に失ってしまったようだった。だが、呆然としていたのも束の間、ローザはだっと駆け出し、聴衆の間をかき分け、部屋を出ていった。

こうしたローザの挙動を目撃すれば、マガウィスカが先ほど何を言おうとしていたのか、ほとんどの人たちが感づいた。だが、この時点ではっきりしたことは召使いの少年だったはずの人物が本当は娘だったということだけだ。ガーディナーにとっても完全にまずい状況になったわけではない。

焦燥感に包まれながら、しかしもう少し時間をもらえればこの危機的状況を切り抜けられるのではないかとガーディナーは頭の片隅で考えた。ガーディナーはさっと立ち上がり、厚かましくも純潔無垢な様子を装い、語り始めた。

「紳士淑女の皆様にとって今起こったことは奇怪千万なことでありましょう。実はあの憐れな娘のことについてはあえて説明を避けてきたのです。あの娘の素性を明かすのはあまりに可哀想だ。そう考えておりました。本日審理の対象となっている罪人が何か言いたいことがあるようですが、あの娘に是非ご配慮いただきたい。本日はあの娘に関する審理は避けていただきたいのです。総督、この件については個人的に説明する機会を私にいただけないでしょうか。総督に直接、本日罪人が悪意を持って話題にしたあの娘の件についてご説明し、またあの娘が不可解な行動をとったわけについてお知らせしたいと考える次第です」

ウィンスロプは重々しい口調で返事した。それは決してガーディナーの不安を一掃するようなものではなかった。

「この状況については確かに説明が求められるべきだと私も考えます。あなたが私に行うという説明が十分に納得のいくものでなければ、公開の場でご説明を願いたい。ともかく、本日のマガウィスカに対する裁判はこれ以上先に進めるわけにはいかないでしょう。本件がガーディナー氏の証言にすべて依存しているわけではないにせよ、氏の証言にかなりの程度影響されることは間違いないのです。このような事態に立ち至ったことはまったくもって遺憾であり、恥じ入るしかありません。本来であれば罪人の有罪無罪は迅速に決定されるべきだったのでしょうが、お詫びのしようもない。本日ご出席の裁判官の方たちの中には明日の朝にはご出立しなければならない方もおられます。一ヶ月ほど裁判を延期するということでよろしいでしょうか？」

マガウィスカが口を開いた。少し苛ついているようだった。

「そういうことであるならば、私にもお願いがあります。今この場で死刑を宣告してください。あと一ヶ月も牢獄に閉じ込められるなんて、耐えられない……」

彼女は首《こうべ》を垂れ、涙ながらに訴えた。

「年老いた我が父のことを思えば私はこう願うしかないのです。もう私の魂を自由にしてください。彼の証言などどうでもいいじゃないですか」

マガウィスカがガーディナーを指さした。

「あなたが歩んでいる道に若草が生えてくるのはいつのことになるのでしょう。嘘ばかり口にするあなたから真実が語られるのはいつのことになるのでしょう。私があなた方の敵であることはもう明らかなのに、この人から裏付けをとる必要があるんですか？　私自身が言っているのですよ。私はあなた方の敵です。日の光と影は決して交わらないもの。白人がやってきてインディアンは消える。私たちのことを攻撃してきた人たちのことを友人と思えと言うのですか？　にこにこしながら握手すべきと言うのですか？　冗談じゃない。私を自由にしてくれたなら、私の命を助けてくれたなら、もちろん私はあなた方に感謝します。父モノノットの元に帰してくれたなら、私は心から感謝します。でも、再びあの牢獄に戻すなんて。あそこは生きている者、感覚を持っている者、思考する者にとって墓場です。日の光も届かない。星の輝きも見えない。天の息吹きもまったく感じられない。ただあるのは闇。ひたすら闇。

さあ、私に死刑を言い渡しなさい。あなた方の中にもインディアンに捕われ、火やナイフで脅され、死の恐怖におののいた人もいるのでしょう。その人が感じた恐怖以上の恐怖を私に与えなさい」

一気にまくし立てたマガウィスカは言葉をとめ、ウィンスロプの足許ににじり寄った。そして、身体にまとっていたマントを脱ぎ捨て、ウィンスロプの足許に跪《ひざまず》いた。当然片腕を失ったその姿がそこにいた人々の目にさらされることになる。皆息をのんだ。たった一人エヴェレルだけは思わず目を閉じ、低く呻《うめ》いた。

マガウィスカは再びウィンスロプに懇願し始めた。

「あなたは私の亡き母に約束したはずです。お前の子らに優しくすると。さあ、どうか死を私にお与えください。そうでないのなら自由をお与えください」

エヴェレルが前に飛び出し、大声で叫んだ。

「自由だ。自由をこの人に！」

聴衆たちも同じ気持ちになっていた。冷静だったのは裁判官たちだけだった。

「自由だ」

「解き放て」

ウィンスロプが立ち上がり、静かにするよう手を振った。だが、言葉が出てこない。彼もまたそこにいた人たちと同じくマガウィスカの訴えに心を打たれていたのだ。何とか自分の責務を全うすべく、ウィンスロプは後ろを向き、こみ上げてくる涙をさっとぬぐった。

その時、この裁判の間中ずっとマガウィスカに対して厳しい姿勢を崩していなかった裁判官が立ち上がり、怒鳴り始めた。

「この馬鹿者たちが。どうしたというんだ？　何のためにここに集まったんだ？　正義の裁定が下されるのを邪魔しているのが何者なのか、よく考えろ。お前たちの前にいるこの娘は、あちらこちらにいるインディアンどものところに出かけ、我々に対する復讐をけしかけた張本人ですぞ。悪魔の所業ではないか。この女は、我々選ばれた者たちが守るべき教えを侮辱もした。悪魔と公然とつながっている輩《やから》ではないか。この女の外見、言葉に騙されるな。お前たちの判断を狂わせようとしているだけだ。こんな女に力を貸すことは悪魔に力を貸すのと同じことだ。いいですかな、皆さん」

この裁判官は今度は同僚に向かって発言し始めた。

「特に君だ、ウィンスロプ君。直ちにこの混乱状態を収束させなさい。裁判は延期だ」

ウィンスロプは頷いた。そして、威儀を正し、しかし優しくマガウィスカに声をかけた。

「さあ、立ちなさい、マガウィスカ。お前の願いを聞き入れることはできない。だが、お前の母親と交わした約束のことはよく覚えている。だから、できる限りのことはする。必ずそうする」

立ち上がろうとするマガウィスカの耳にエヴェレルがささやいた。

「僕もだ。絶対に助ける」

意気消沈していたマガウィスカだったが、一瞬にして顔に生気がみなぎり、言葉を返した。

「エヴェレル・フレッチャー、私が閉じ込められている部屋は必ずしも暗いだけではないのです。あなたの優しさを思い出す時、その時だけは別」

罪人と罪人を擁護する者とのやりとりを不適切と判断した裁判官らが罪人を直ちにこの場から連れ出し、牢獄に戻すよう指示した。マガウィスカが出ていくと、そこにいた人たちは妙な気分に陥っていった。皆それぞれに相反する思いや感情に揺れていた。信仰に従えば彼女は赦されるべきではない。だが、一人の人間として考えるならば彼女は赦されるべきだ。

なお、ガーディナーの件に関しては、その日の昼食後ウィンスロプの自宅でウィンスロプと彼が面会するという段取りが組まれた。

# 第二十二章

母国イングランドにおいてもこの植民地においても昼食は十二時ということになっている。それは今でも同じだ。そして、質素に暮らすことが厳しく求められているこの植民地で食事もまた実に慎ましいものであった。それは総督の家であろうと例外ではない。他の職業についている人々の家庭と同じく、ウィンスロプたちもそれほど贅沢な食事はとらなかった。

ここでウィンスロプ家の内部の造りについて少し話しておこう。居間のすぐ隣には食料や食器を貯蔵する小部屋があった。倹約を旨とする主婦たちにとってはなくてはならない部屋で、小部屋といっても十分な広さが確保されていた。この小部屋のドア、居間から見える側にはガラスがはめ込まれているのだが、ドア全体に緑色のカーテンがかかっていた。実はカーテンに隠れているガラスが割れていて、ただ急いで修繕する必要もないということで、カーテンで隠していたわけだ。

この小部屋にはもう一つドアがあって、台所とつながっていた。そのドアからジェネットが小部屋に入ってきた。ウィンスロプ夫人に用事を頼まれていたのだ。時間はもう二時近く、昼食後に設定されていたウィンスロプとガーディナーの面会時間が迫っていた。居間は片付けられ、静まり返っていた。小部屋にいたジェネットの耳に居間に入ってきたホープとエヴェレルの話し声が聞こえてきた。部屋の中が寒いわけでもないのに二人はわざわざドアを閉めたようだ。

疑い深く、抜け目ないジェネットはすぐにこれは何かあると直感した。そこで、自分が小部屋にいることが気づかれないよう慎重にドアに近づいた。ホープとエヴェレルも立ち聞きされるのを警戒しているのか、自分たちが入ってきたドアから遠い位置にある、ジェネットが聞き耳を立てている小部屋に続くドア近くに移動した。むろんこの部屋の中に誰かいるなどとは思ってもいなかったのだろう。

二人は興奮した様子で熱心に話し合っていたが、声は低く抑えていた。ジェネットはドアに耳を当て、二人の話を何とか聞き取ろうとした。ドアの向こうにカーテンがかかっているので若干聞き取りづらかったが、それでも二人の話は耳に入ってきた。一枚のドアを隔てて密談を交わす者、そして盗み聞きをする者それぞれが自分の行為に没頭していた。

ちょうどその頃、ガーディナーがウィンスロプ家の近くまでやってきていた。これからどう弁明し、この危機をどう切り抜けるか、そのことしか頭にないガーディナーの気分は当然決して良いものではなかった。裁判が終わってからの短い時間の中でガーディナーは必死に物語を作っていた。この物語をウィンスロプに何が何でも信じ込ませ、さらに彼の口を通じてこの植民地の人間たちに信じさせなければならない。とにかくウィンスロプとの面談を乗りきるしかない。目前に控える山場のことでガーディナーの頭はいっぱいだった。彼が仕立て上げた物語の大筋はこういうことになる。

まずはローザが男の格好をしていたことを自分が黙認してきたことについて、ウィンスロプの理解を求める。次にローザと自分との関係についてこう説明する。自分が愚かであった頃に出会ったローザとは確かに恋人関係にあったこともある。しかし、自分は正しい信仰に導かれ、ピューリタンとなり、ローザはイングランドにある宗教施設に預けた。そして、自分はこの植民地に渡る決意をし、ロンドンから旅立ったのだが、驚いたことにローザが男の服を着て自分が乗っていた船に忍び込んでいた。

彼女の若さと魅力に惑わされたのは事実。自分が結婚してもいない娘を引き連れて植民地に渡ることが絶対に許されない罪だとは考えなくてもいいのではないか。そう自分に言い聞かせてしまった。ともかく、船上にいる時、彼女の素性を人に伝えることは避けた。連れが実は若くて美しい女性であることを人に知られたくなかった。植民地に着いた時には、彼女を公共の施設に預けるのが自分の義務だと考えはしたのだが、彼女のことが憐れで仕方がなかった。良心の呵責を感じたのは確かだ。自分の弱い心につけこんできた悪しき者の誘惑だったのだろう。自分が犯してしまった罪を公の場で問われるべきだったのだろう。

もう一つお話ししなければいけないことがある。実はローザはフランスでカトリック教徒として育てられた娘だ。自分は彼女を正しい信仰の道に転向させることができる、そうしなければいけないと考えた。むろん、今となっては驕り高ぶった考え方だったと反省している。要するに自分は彼女に対して父親として接し、父親として愛してしまったのだ。だが、ローザは頑なに自らの信仰を守ろうとした。彼女が公の場で罪に問われるのは忍び難く、ローザをできるだけ皆さんから隔離しようと考えた。

そして、牢獄でトマス・モートンに会う用事ができた時、あることを思いついた。一つ、マガウィスカにローザの扱いを任せよう。そこで、マガウィスカと話をし、もしマガウィスカが寛大な処置を賜り、自由を得たら、ローザをモントリオールにあるカトリックの修道院に連れていってほしいと頼んだ。ローザが子供の頃に世話になっていた修道院と同系列の修道院だ。ガーディナーは自分にまったく罪がないと主張するつもりはなかった。ローザが赦されざる信仰を持っていることを黙認したことは確かに罪だ。だが、それ以外に罪を犯したわけではない。そういう筋書きにしてしまえばいいと判断していた。

マガウィスカが裁判の場で持ち出してきた十字架の件についても対応策を練っていた。自分が牢獄でモートンに襲われた際に思わず落としてきてしまった十字架をあの娘が裁判の場で突然提示した時には本当に焦った。あれでウィンスロップは自分に対する疑念を持ち始めた。この件についてはこう釈明するしかない。あの十字架はローザがカトリック教徒であることをマガウィスカに言って聞かせるためにローザから取り上げてきたものだ。

こうしてウィンスロップを説得するための物語を何とかひねり出したガーディナーだったが、人間の心の機微、この世の理《ことわり》に精通している人ならもっと上質な筋書きを描くこともできたのかもしれない。ただ、この程度のでっち上げでガーディナーは当座の不安をしのぐことができた。

ガーディナーはウィンスロップ家の玄関口にある階段に足をかけた。約束の時間よりは少し早かった。ホープの姿を一目見ることができたらという想いがガーディナーにあった。あの日、島で話をして以来、ガーディナーはホープと会っていなかった。ホープは自分にとって希望の星だった。どんな危難に見舞われようとも彼女の存在が自分を明るい未来へ導いてくれるように思えた。

玄関を抜け、居間のドアを開けてみると、ホープがエヴェレルと熱心に話し込んでいる。ガーディナーに気がついたホープはただ軽くお辞儀をしただけだった。一言も言葉をかけようとはしなかった。ガーディナーは例によって健康を回復して本当に良かったとべらべらとまくし立てたが、ホープは何も言わず部屋を出ていってしまった。

この大陸に到着する時は一緒だったエヴェレルとガーディナーだったが、もはやこの時点では犬猿の仲としか言いようがなかった。一触即発、あからさまな喧嘩にならなかったのが不思議なくらいだった。ガーディナーと二人きりになってしまったエヴェレルは部屋の中を少し歩きまわると、帽子を引っつかみ、外に出ていった。

エヴェレルが家の外に出ていくのを見計らって、ジェネットが例の小部屋からおろおろとした様子で出てきた。

「ああ、ガーディナーさん、何ということでしょう。どうしてあの方たちはあんな話をしていたのでしょう。あんなことを思いつくなんてどうかしてる。恐ろしいことだわ。総督はどこにいらっしゃるのかしら？　あの方にお伝えしなくちゃ。でも、ガーディナーさん、まずはあなたにお話しした方がいいわね。総督とあなたは仲良くしてらっしゃるから」

「そうだといいのですがね」と言いつつ、ジェネットの様子がただごとでないことを知ったガーディナーは居間のドアを閉め、ジェネットのところに行った。これはどうも面白い話を聞かせてもらえそうだ。

ジェネットはガーディナーにぐっと近寄り、自分が盗み聞きしたホープとエヴェレルの会話の内容を伝えた。最初、ガーディナーは表情を変えなかった。だが、すぐにこれは貴重な情報を手に入れたと気づき、密かににんまりとした。これは使える。ガーディナーはジェネットから少し離れ、深刻そうなふりを装い、考え始めた。そして、ジェネットに語りかけた。

「ジェネットさん、この件については私たち二人だけが知っている秘密ということにしておきましょう。あなたがおっしゃる通り、エヴェレル君はとんでもない罪を犯そうとしている。しかしですよ、実際に行動に移さない限り罪は罪とならない」

「どういうことでしょう？」

罪深い計画を立てること、この計画を実行に移すこと、二つは違うとガーディナーは説明し、ジェネットもある程度は納得した。だが、やはりそれでもすぐウィンスロプたちに報告すべきではないのか。ジェネットは迷った。

ずっとフレッチャー家の人たちと一緒に過ごしてきたジェネットはエヴェレルだけにはある種違和感、嫌悪感を持っていた。エヴェレルが幼少の折から、彼は何かと自分の領域を犯し続けてきた。家の中を自分の思い通りの形にしておきたいのにエヴェレルは自分の考えを無視し、馬鹿にしてきた。それにエヴェレルはしょっちゅう一家の者たちを信じられないような事件に巻き込む。これが何より許せない。

ガーディナーにもジェネットの胸の裡は見えた。だが、今この話がウィンスロプらに伝わってしまってはまずい。この話はうまいこと利用しなければ。

「もちろん、いずれにせよエヴェレル君はそれほどひどい罰を受けることはないのではないでしょうか？」

「そこなんです。皆さん、甘いから。あんな恐ろしい計画を立てていて無罪放免になるなんて、許せない。計画を実行させてしまった方がいいんじゃないかしらね。若さにかまけているあの方にはそろそろお灸をすえた方がいいと私は思いますよ。向こう見ずで怖いもの知らずのホープ・レスリーもそう。痛い目に遭わなきゃ、あの二人。でも、少し待った方がいいとあなたはおっしゃる。本当にそれでいいんでしょうか？　何か問題が起きたら心が痛むと思うんですけど」

自信満々な様子でガーディナーは答えた。

「はいはい、大丈夫ですとも。私がきちんと対処しますから。さて、少しだけお手伝いしていただけませんか。まずはペンとインクをお貸しください」

そう言うとガーディナーはジェネットに小銭を渡した。

「あなたの信仰をより高めてくれる書籍を買う足しにしていただければと思います。そういえばイングランドから何冊かいい本が届いたようですよ。『聖人のための食事、罪人のための炎』、確かこんな名前の本もありました」

この思いがけない贈り物をジェネットはうやうやしく受け取った。

「あらまあ、ありがとうございます。そうなんですよ。そういう本がここではなかなか手に入れられなくて。乾ききった土地には雨が必要なんです。もうこのままじゃ気が滅入ってしまう」

ジェネットは頼まれたペンとインクを出しながらガーディナーに向かって愚痴をこぼし続けた。

「このことも言っておかなきゃ。エヴェレル坊ちゃんは何かと私のことを無視するんです。本当に馬鹿にしている。坊ちゃんがイングランドからここに帰ってきた時も、お土産をもらえなかったのは家族の中で私だけ。そんな物、別にいただかなくても構わないんですけどね。それに、ディグビーにも言ったけれど、坊ちゃまの婚約をお祝いした時も、出席していた女の人全員に挨拶していたくせに私のことは無視。本当にひどい」

ガーディナーはジェネットからもらったペンで短い手紙を書いていたところだったので、ずっと下を向いていた。だから、身勝手なジェネットの愚痴をにやにや笑いながら聞いていたのだが、ジェネットはそれに気づかなかった。いや、そもそもガーディナーはジェネットの愚痴などほとんど耳に入っていなかった。さすがにジェネットもガーディナーが自分の話に関心を抱いていないことに気づき、黙り込んだ。

それでも、ジェネットは十分満足していた。若い主人エヴェレルに対して日頃の鬱憤を晴らす機会がようやく訪れた。それも自分は何かこっそりと悪いことをしているわけではなく、良心に従ってエヴェレルに一矢報いることができるのだから恥じることもない。自らの知恵、そして義務に忠実な心がもたらした勝利だ。

ガーディナーは胸を撫でおろしていた。ウィンスロプとの面会時間前で本当に良かった。ガーディナーはウィンスロプに短い手紙を残した。手紙の要点を列挙するとこんなところになる。

約束通りウィンスロプの家までやってきた。きちんと説明をするつもりだった。疑いを晴らす自信もあった。ところが突然体調が悪くなった。おそらくいろいろなことがいっぺんに起こったからだと思う。とりあえず今日のところは自宅に戻った方がいいと思う。面会は翌日まで延ばしていただきたい。自分に対する処置も翌日まで待ってもらえないだろうか。

そして、ガーディナーはこの手紙をテーブルの上に残し、ウィンスロプ家を出ていった。感慨深いものがあった。もう二度とここに来ることはあるまい。

# 第二十三章

人の世に運不運はつきもの。これは遥か昔より人間が経験してきたことだ。人生の節目節目で人あるいは家族は今後進むべき道について選択をする。その選択次第でその後の人生が喜びに包まれるものになるか苦悩に苛まれるものになるか決まってしまうようにも思えるが、実は人知を超えた運に左右されているだけのことなのかもしれない。

マガウィスカの裁判があった日、裁判が終了した後も波瀾万丈の一日となった。そのため、この日の出来事はフレッチャー家の人たちに代々語り継がれていくこととなる。

フレッチャー家の人たちを含め、ウィンスロプ家に身を寄せていた人たちはウィンスロプの意志、考え方、希望に完全に沿う形で普段は落ち着いた生活を送っていた。しかし、この日は違った。まずエッサー・ダウニングは家にこもりきりだった。様々な人たちがウィンスロプ夫人の部屋に慌ただしく出入りしていた。ウィンスロプ夫人自身もいつもの穏やかな自分を見失っているようで、あたふたと家中を歩きまわっていた。ウィンスロプは部屋の中を行ったり来たりしながらフレッチャーと話し合いを行っていた。

エヴェレルはこっそり家を離れていた。一応召使いには父親たちに宛てた伝言を残していた。明日まで家には戻らない。

ホープはグラフトン夫人と一悶着起こしていた。退屈していたグラフトン夫人はエッサーのために用意した結婚祝いのアクセサリーをホープに見せ、自分が大好きなお洒落関係の話題に彼女を巻き込もうとした。ホープは逃げようとしたが、グラフトン夫人はその真珠をつなげたアクセサリーをホープの髪の毛にかけ、話を続けた。

「これを見たらエッサーさんも心穏やかじゃなくなるかもしれないわね。だって、ホープの頭にかけた方が可愛く見えますもの。あなたの髪の毛にはウェーブがかかっているでしょ。エッサーさんの髪の毛はちょっと滑らかすぎるのよね」

ホープの気持ちが異様に昂った。エッサーは彼女にとって何物にも代えがたい大切な存在だった。ホープはグラフトン夫人を無視し、家を飛び出し、庭に向かった。ウィンスロプの家にいるとホープは息苦しくなる時がある。何かの拍子に理性を失い、唐突な行動をとってしまうのも彼女にしてみれば当然のことだったのだ。

日が暮れ、夕食も済んだ。表面上は皆落ち着きを取り戻したようだった。夜のとばりが下り、皆いつものように居間に集まってきた。ホープはクラドックの部屋で彼と過ごしているようだった。フェイスはドアの近くに置いてあったクッションの上に坐っていた。何も考えていないように見えたが、なぜだか落ち着きがない。初めてここに連れてこられた時の衝撃を引きずったまま、完全に希望を失っているようだった。

他の女たちは針仕事に勤しんでいた。エッサーは身動き一つせず、機械のように針を動かしていた。ただ、グラフトン夫人はエッサーが同じ箇所を十二回も縫っていることに気づき、指摘したばかりだった。これ以上グラフトン夫人からあれこれ言われるのは嫌だなとエッサーが思っていると、ドアを叩く音がした。

召使いが玄関に行ってみると、見知らぬ若者が立っていた。若者はウィンスロプが招き入れるのを待とうともせず、ずかずかと中に入ってきて居間のドアを開けた。そして、部屋の中をぐるりと見まわすと、ウィンスロプに視線をとめ、うやうやしく頭を下げた。

若者はずいぶんとみすぼらしい恰好をしていた。難破した船の乗組員がやってきたのではないかと思った者もいた。目はきらきらと輝いていたが、顔色は病的なまでに悪かった。いかにも船乗り風な毛糸の帽子を目じりに届くほど深くかぶり、怪我を隠しているようにも見えた。実際、帽子には乾いた血の塊もこびりついていた。

身にまとっているのは厚手のコートだったが、これまた薄汚れ、あちらこちら破けていた。腰には革のベルトを巻き、首には木綿のハンカチーフを巻きつけていた。これは間違いなく船乗りだ。ちなみに足許を見れば靴も履いておらず、裸足だった。

ウィンスロプが声をかけた。

「どなたかな？　何か御用でも？」

若者は英語ではない言葉で返答した。早口で声質も低かったが、話し方ははきはきしていた。若者の声を聞いたとたんフェイスが飛び上がった。だが、すぐに坐り直し、さっきと同じ表情に戻った。

ウィンスロプは若者の顔を探るように見つめた。

「フレッチャー君、この若者が話しているのはイタリア語のように思えるのだが。クラドック先生ならおわかりになるかもしれない。先生はイタリア各地の言語にお詳しい」

そして召使いに声をかけ、クラドックを呼びにやらせようとした。しかし、召使いはこう答えた。

「クラドック先生でしたらほんの少し前にお出かけになりました。ホープお嬢様とご一緒です」

「ホープと外出？　どこに行くと言っていたんだね？」

「わかりません。お嬢様はお友だちのお家に行くとおっしゃってました。少し遅くなるとのことです。ジェネットさんにも伝えておくようにと言われました」

「よくわからない」

ウィンスロプは時計を見ながらつぶやいた。

「もう九時になるというのに。まあいい、あの子のことを信じることにしよう」

フレッチャーの心情をおもんぱかっての発言だった。

「あの子は森に棲む鳥のような子だ。時々危なっかしいことをするが、本能的に的確な行動をとる。心配することもなかろう」

グラフトン夫人がすかさず噛みついた。窓の外を見やりながら大声を出した。

「信じることにするですって。こんな時間に外に出ることをお許しになるの？　驚きですわ。それに一緒にいるのはクラドック先生ですよ。まったく頼りにならない。でも、もうどうしようもありませんわね。まさかまた島に渡るわけでもないでしょうし。オオカミたちに襲われることもたぶんないはず」

「あのオオカミたちはこの近くまではやってきませんよ」

フレッチャーが答えた。

ウィンスロップは物乞いのような姿にも見える突然の来訪者に再び目を向けた。どうも若者は食べ物と一晩の宿を欲しているようだった。あいにくウィンスロップ家に空いている部屋はなかった。だが、ウィンスロップの方針として、宿を乞う者、貧しい者を拒むことはしていなかったので、台所に簡易ベッドを設置し、泊まってもらうことにした。もちろん食事も振る舞った。若者は与えられた食事を貪るように食べ尽くした。

ウィンスロップ家の手厚いもてなしに対して若者も最大限の感謝の意志を仕草で示した。身振り手振りのみならず、言葉でも感謝の意を示しているように見えた。相変わらず早口の低い声で若者は何かしゃべっていた。ウィンスロップ家の人たちの顔をしっかり見つめ、何度も頭を下げるので、当然ありがとうといったようなことを言っているのだろうと皆思っていた。

ウィンスロップは手を振り、若者の言葉を遮った。

「わかった、わかった」

それから若者に向かって、召使いに台所に連れていってもらうよう、仕草で伝えた。

さて、この若者が誰で、何を目的にしていたのか、今はまだ明らかにせず、ホープに話を戻そう。夕食が済んだ後、ホープはクラドックの部屋に行った。クラドックがイタリア語で書かれた本について語る話にホープは熱心に耳を傾けた。クラドックも大喜びだ。

「ホープお嬢様、ここで大切なのはですね」

開いていた本の難解な箇所を指さし、クラドックは丁寧に説明し始めた。

「この場面で主人公は娘を救いに行くかどうかためらっているのです」

「待って、待って、クラドック先生。先生は私にお説教でもするつもりなのかしら。先生から教わったことがあるわ。何が起こっているのか、本当は事情がわかっていないのに、知らないうちにその場で一番しっくりくる言葉を発してしまうことがあるって。でも、それが祝福されるべき言葉なのか、呪われるべき言葉なのか、それは不明なんでしょ？　ローマの人たちのお話だったかしら」

「はいはい、そうでしたね。そんなお話をしたこともございましたね。覚えていてくださって光栄です。ですが、先ほどの私の話、どこがお説教なのでございましょう？」

「今私の助けを必要としている友だちがいます。その友だちを助ける義務が私にはあるということを思い出させてくれたからよ。あのね、実はあなたの力も必要なの」

「私の力？　お友だちを助けるんでしたら、喜んでお助けしますよ。死んだ妻エウリュディケを追って冥府に出かけたオルフェウスにでもなりましょうぞ」

クラドックの大げさな物言いに思わず笑みがこぼれたホープはこう告げた。

「私たちがしなければならないのは、オルフェウスがやろうとしたこととはちょっと違うの。でも、とにかくあまり時間がないのよ。コートを着て、クラドック先生。召使いの誰かに私たちが出かけることを伝えてくるから」

「コートですと。まもなく夏ですよ。夜とはいえ外もかなり暑いはずです。ここにいても、私、汗ばんでいるんですが」

「外に出れば結構涼しいはずよ」

ホープがコートにこだわる理由はもちろんあったわけだが、そのことを今クラドックに伝えるわけにはいかない。とにかく大人用のコートが必要だったのだ。

「さあさあ、クラドック先生、早くコートを着て。すぐ出かけなきゃだめなの。誰にも気づかれたくないし」

　もとよりクラドックはこのお嬢様の指示にあらがうような人物ではなく、もうつべこべ文句を言うこともなくコートを着始めた。ホープは台所に駆けていき、召使いに用件を伝え、自らも帽子をかぶり、ショールを羽織った。そして、二人は誰にも気づかれることなく家を出ていった。

　クラドックは有頂天になっていた。何しろ大好きなホープが自分を信頼に足る人間と認めてくれ、助力を求めてきたのだ。大げさに言うなら地の果てまでお供するつもりになっていた。ただ、外に出たホープが事の真相を語り始めるとクラドックも動揺せざるを得なくなる。

「本当にあなたは素敵な先生だわ。細々と詮索することもなく、私を助けてくださるなんて、本当に素敵な方。私がこれから話す話を聞いてもきっと私に力を貸してくださいますよね？　私たちはこれから可哀想なマガウィスカのところに行きます。つまり牢獄ね」

「はいはい、あのインディアンの娘さんですね。皆さん、あの方について協議してらっしゃるんでしたね。もちろん、会いますとも。異教徒の娘さんですが、あの方の心に届くようなお話はできると思いますよ。もちろん、ウィンスロプ総督の許可は得ておりますかな？」

　囚人と面会するなど、クラドックにとっては初めての体験だったが、然るべき手続きが必要なのだろうくらいのことは認識していた。

「クラドック先生、そういうものは必要ないと思うの」

「おやおや、少々お時間をいただけるのでしたら、私が戻って許可を得てまいりますよ」

　人のいいクラドックはホープが手続きを忘れただけのことだと勘違いした。

「いいの、いいの。先生、そんなことしなくていいのよ」

ホープはクラドックの手を取って言った。

「もうこんなに遅いんだし、早くあの憐れな娘さんのところに行きましょう。それに、あなたが今戻ったらウィンスロプの奥様やグラフトンさんがうるさいこと言うに決まってる。私に任せて。看守のバーナビー・タトルには私が話すから。用事が済んで家に戻ったら私が謝るわ。謝らなければいけないならね」

「いやいや、それはまずいことではないでしょうか。この老いぼれも困ってしまいますですよ。こういうことに関しましてはあなたのようなお若い方ではなく、私めのような年長者の方が多少は経験と知恵がありますから……」

クラドックはさらにぶつぶつと何か言っていたが、結局、どんどん先に進んでいくホープの後ろを黙ってついていくことにした。

二人は誰にも見咎められることもなく牢獄に着いた。そして、バーナビーが詰めている建物のドアを何度もノックしたが、看守は現れない。焦り始めたホープはドアが開くか試してみた。鍵はかかっていなかった。ホープはドアを開け、中に入った。

バーナビーは自己流の祈りの儀式を行っているところだった。妻と死に別れ、娘も嫁いでしまったため、バーナビーはこの建物で一人暮らしをしていた。ホープが家に入ってきたのに気づいたバーナビーは親しげに会釈した。そして、一緒に祈りの席についてほしいと椅子を指さした。祈りの儀式はちょうど終盤にさしかかっており、後は讃美歌を歌い、自作の詩を詠唱するだけだった。ホープは頷き、静かにバーナビーの儀式に加わった。バーナビーの詠唱をホープも繰り返し、祈りは続いた。

「さて、おしまいです。ホープお嬢様、こんなところですが、ようこそおいでくださいました。それに讃美歌の詠唱にもお付き合いいただき、素晴らしいお声を聞かせてもいただき、光栄です。クラドック先生は讃美歌を歌うのは少々苦手とされておりますか？」

「いえいえ、声を出して歌うのは苦手かもしれませんが、心の中でしっかり歌っておりますよ。今もちゃんと最後まで歌っておりました」

「自己流の儀式なのですが、心を込めて毎日行っているのです」

バーナビーは暖炉の中で消えかかっていた残り火をかき集めた。

「どうぞこちらに来てお坐りください。お嬢様、まだ病み上がりで顔色がお悪いようだ。おや、クラドック先生も同じですね。そのお年で夜歩きはあまりよろしくないのかもしれません。まあそれはともかく、お越しいただいて嬉しく思います。あなたにお越しいただけるだけで明るい気持ちになれます。娘が結婚して以来になりますかね。本当にお久しぶりです。そういえば偶然今日娘から便りが届きましてね。お読みしましょうか？」

バーナビーは眼鏡を取り出し、レンズを拭き始めた。

「娘の手紙はなかなかの物でしてね。我が家の者たちは代々書き物が上手なようです。じいさまなどは本を一冊書いておりましてね」

ホープは椅子から立ち上がった。

「そうなんですか。おじいさま、きっと長生きされてもう一冊くらいお書きになるんじゃないかしら」

「まあまあ、坐っていただけませんか。娘からの手紙をお聞かせしなくては」

「ありがとう、バーナビーさん。でも、娘さんからのお手紙はじっくりお家で読みたいわ。持って行ってもいいかしら。もう時間も遅いし、そうしていただけませんか？」

「もちろん、それで結構でございます。あっ、クラドック先生はご存じなかったかもしれませんが、ホープお嬢様にはいろいろお世話になっているのですよ。妻が死の床に就きました時も、いつも傍にいてくださいました。感謝の申し上げようもないのです」

「だって、あなたの奥様は私のお母様の召使いだった人よ。恩返しするのが当たり前じゃない」

「はい、その通りでございますよ。私もお世辞を言っているわけではありません。私、そういうことは苦手ですし。でも、ホープお嬢様、あなたは何の私心もなく、誠心誠意人に尽くすことのできるお方です」

「バーナビーさん、今そんなに褒められても困るわ。とにかく、今日ここに来たのにはわけがあるんです」

「はいはい」

「あなたにしかお願いできないの。私はここにいるインディアンの子に会いたいのです。あの子のところに連れていって。あの子にちょっとお話ししたいことがあるだけだから」

「はい、承知しました」

これもまた職務と思ったのか、いつもと同様、バーナビーはおとなしくホープの指示に従った。

「準備できました。さて、総督の許可証はお持ちですか？　見せていただければ、すぐ出かけられます」

ホープは高を括っていた。バーナビーは自分に絶大な信頼を寄せているので、総督からの許可証を見せるようになどといった無粋なことは言わないと踏んでいたのだ。ここは何とかしなければいけない。ホープは平静を装って返事をした。

「あら、バーナビーさんは私のことをよくご存じのはずですよね？　許可証なんて必要かしら」

「まあ確かにそんなもの必要ないのかもしれません。王様がどこかを訪れた時に許可証をいちいち見せるなどという話、聞いたこともございませんしね。ただ、王様ではない人、そうですね、例えば政治に関わっている人だとしても、私は許可証を見せるように言うしかないのですよ」

思わぬ展開にホープはせわしなく部屋の中を歩きまわった。こんな調子で時間が経ってしまうと計画は台無しだ。クラドックもホープから課せられた任務の重さに押しつぶされそうになっていたこともあって、おどおどしながら口を挟んだ。

「ホープお嬢様、私も足が速いわけではございませんが、十五分もあればウィンスロプ総督のところに行って、必要な手続きをとってくることができると思うのですが」

バーナビーも相槌を打つ。

「そうですよ、それがようございます」

「だめなの。それではだめなの、クラドック先生。先生、行っちゃだめよ。バーナビーさんがこんなことも許してくださらないなら、この話は終わりだわ。いいです、もう結構です。今後、あなたに何かお願いすることはやめます、バーナビーさん」

ホープはそこにあった椅子に腰かけ、絶望のあまり泣き崩れた。こんな姿を見せられてしまうと、さすがにバーナビーも心を動かさざるを得ない。自分にとって天使のような存在だった人間が自分に対して不信を叩きつけたのだ。自分は職務に忠実なだけで間違ったことをしているわけではないのだが、だからといってこの人の願いを無下に断るのもいかがなものか。

「わかりました、わかりました」

バーナビーはためらいつつも、鍵の束を取り出し、ホープの願いを叶えてやることにした。

「お嬢様、涙をお拭きください。わがままな子にもそれなりの理屈はあると言いますしね。男性は女性の涙に弱いともよく言います。はい、あなたにも何かお考えがおありなのでしょう。私はあなたのことを信じておりますから」

「ありがとう、本当にありがとう、バーナビーさん。あなたが私につらく当たるなんて、そんなことないって信じてた」

「神様はいつも私たちを見守ってくださっているのですよ。いいですか、お嬢様。あなたもエッサーお嬢様を多少は見習った方が良いかと思います。あの方なら絶対に許可証なしで面会などということはなさいません。何か行動を起こす前にまずはよくお考えになることです。これからは必ずそうしてくださいませんか。私も今回だけは職務に違反することをして差し上げますが、これっきりにいたしましょう。まあ、私たちは生きていく中でよく間違いを犯してしまうわけですが」

心優しきバーナビーの忠告にホープもさすがに考えざるを得なかった。このまま他人を巻き込んでしまっていいのか。私がやろうとしていることはこの人たちにとっては罪でしかない。

だが、ホープは弱気を振り払い、このまま計画を決行する決意を固めた。この人たちが犯す罪は大した罪ではない。何より、今一番大切なのはあの人を助けることだ。

「ほら、あの娘の声が聞こえますよ」

バーナビーがホープに話しかけた。

「讃美歌を歌っているわけではないんでしょうがね」

マガウィスカは歌っていた。もちろん白人たちにはわからない、自分たちの言葉で歌っていた。その歌声は哀調を帯び、ホープたちの心を震わせた。この人は本当に気高い人だ。ホープにはそうとしか思えなかった。この人をこんな暗闇に閉じ込めておくことは絶対に許されるべきことではない。

「バーナビーさん、神様を讃えている歌声のようにも聞こえるわ」

マガウィスカが収容されている部屋に着くとバーナビーは黙って鍵を開け、ドアを開いた。バーナビーがかざすろうそくの弱々しい灯りが暗闇に包まれた室内を照らした。

マガウィスカはベッドの上で毛布を身にまとい、坐っていた。そして、ホープたちが部屋の中に入ってくるのを見ると、歌をやめた。ただ、それ以外はこれといった反応を示さなかった。ホープはバーナビーからろうそくのランプを受け取った。

「どのくらいの時間、この人と話していいのかしら？」

「十分です」

「えっ、たった十分？　もうちょっと時間が欲しいのだけど」

「いえ、十分きっかりでお願いします。今日あなたがなさっていることは疑問だらけなのですよ。ご自分の置かれている立場をよくお考えになった方がよろしいです」

「わかりました。そのことはこれからちゃんと考えることにします。じゃ、もう私たちだけにして、お願い」

「はいはい、それはもちろん結構でございますとも。とにかく正しい行いをなさってください、お嬢様。クラドック先生を伴っていらっしゃったことはご立派でした。まあ正直を申せばクラドック先生がどういう風にお役に立っていらっしゃるのか、よくはわからないのですが」

「そのことはもういいですから。お願い、もう出ていっていただけませんこと。この十分はとても貴重な時間なんです」

バーナビーが出ていくと、ホープは慌ただしく準備に取りかかろうとした。とにかく急がなくちゃいけない。もたもたしている場合ではない。だが、クラドックはここまで連れ込まれてしまっても依然迷い続けていた。

「何かお祈りとかしてから作業に取りかかるべきではないですかな？」

「だめだめ、そんなことしている暇はないわ。私が言った通りにして。こんな真っ暗なとんでもない場所に閉じ込められているお友だちを急いで助けなきゃ」

ホープが決然とした意志を示したのでクラドックも迷いを捨てるしかなかった。クラドックの様子に一安心したホープはマガウィスカに声をかけた。

「マガウィスカ、立ち上がって。あなたを助けに来たの。私のことをどうか信じてね」

マガウィスカはまったく動かなかった。

「お願い、時間がないの。マガウィスカ、私の言うことを聞いて。私の言葉、聞こえてる？　黙っていたらわからないわ」

「あなたは私のことを一度裏切った、ホープ・レスリー」

マガウィスカは顔を上げることなく、こう答えた。ホープは大急ぎでそれは誤解であることを説明した。すべて、ガーディナーの企みだったこと。彼が張り巡らした謀略のせいでマガウィスカを裏切ることになってしまったこと。自分の意志でマガウィスカを裏切ったわけではないこと。ホープは切々と説いた。

「では、ホープ・レスリー」

闇の世界に閉じ込められ、屈辱を味わい続けてきたマガウィスカはさっと立ち上がり、毛布を脱ぎ去った。

「あなたの魂は絶対に汚れてはいないのですね？　エヴェレル・フレッチャーの誠も信じていい話なのですね？」

ホープはさらにいろいろ説明しようとも思ったが、とにかく今は時間がない。

「あなたは本当にいろいろな人の気持ちを考えることのできる方なのね。でも、今は自分のことに集中して。時間がないの」

ホープは持ってきたリボンをマガウィスカに渡した。

「それで髪の毛を結んでね。それからクラドック先生のかつらを頭にかぶって。着ている物も先生と交換して」

「いやです、そんなことできません。この方をこの暗闇に残していくなんて」

「そんなことを言っている場合じゃないのよ、マガウィスカ。あなたは自由になるの。先生は大丈夫、心配ないから。エヴェレルも待っている。早く、急いで。それから、先生もお願い。早くかつらや帽子、靴、洋服、全部脱いで。脱ぎ終わったらそこのベッドに潜り込んで毛布をかぶっていて」

クラドックは後ずさりし、壁際によろめいた。目を閉じ、耳を手で覆い、絞り出すような悲痛な声をあげた。

「本当にこんなことをしてしまっていいのですかな。本当に……」

「いいのです、クラドック先生」

ホープはクラドックに近づき、優しく手を取り、両手で握りしめた。

「あなたが罰せられることはありません。何も心配しなくていいのよ」

「おわかりいただけませんか、ホープお嬢様？　これは私のような年寄りには本当にきつい。人殺しにナイフを突きつけられたような気分なんです。私はもう老い先短い。なのに、なぜこんなことに関わらなければいけないのでしょう。それに、偶像崇拝者であるインディアンの娘のためにキリスト教徒として正しい行いをしているとはやはり到底思えないのですよ」

「言いたいことはそれだけですか、クラドック先生？　お答えしている暇はないんです。明日、先生がおっしゃっていることが間違いであることはご説明しますから」

そう言うと、ホープはクラドックの頭からかつらを剝ぎ取り、マガウィスカの頭にかぶせ、不自然に見えないよう工夫した。クラドックもマガウィスカもホープのなすがままだったが、クラドック同様マガウィスカも決して納得してホープに身を任せているわけではないようだった。

クラドックにしてもホープの言葉に逆らうことなどついぞしたことがないので、このような非常識な事態に立ち至ってもホープにあらがう術《すべ》もなかった。クラドックは心底ホープのことを信頼していたし、畏怖の念すら抱いていたからだ。だが、今回の非常識な振る舞いはどう考えても天の法に背いた行いだ。黙っているわけにはいかない。クラドックは再びホープに意見することにした。

「お願いです。話をお聞きください。焦って行動すると身の破滅を招きますよ」

「先生、足を上げてもらえませんこと。靴を脱がせてあげますから」

クラドックは足を上げ、忠告を続けようとしたが、ホープが遮った。

「先生、もう片方の足も上げて。そう、それでいいわ。さあ、マガウィスカ、自分の靴を脱いでこれに履き替えて。早く、お願い」

クラドックも聖書を引用しながら忠告し続けたが、ホープの耳にはまったく届かなかった。

「マガウィスカ、あなた本当に肩幅も狭いし、痩せているのね。これじゃクラドック先生には見えないわ。このままじゃ一目でわかってしまうわね。そうだ、この枕を使いましょう」

そう言うと、ホープはマガウィスカの肩に枕を括りつけ、次にその上にマガウィスカが羽織っていた服をかぶせ、さらにその上にクラドックのコートをかけた。そして、マガウィスカがかぶったクラドックのかつらの上に彼の帽子を載せ、これで変装は終わった。ホープはすっかり大喜びで、最後にマガウィスカに念押しした。

「後はあなた次第よ、マガウィスカ。顔はしっかり隠すこと。歩く時も少しゆっくり目にね。そうすれば絶対に大丈夫だから」

マガウィスカもようやく心を開き始めた。もしかすると本当に自由になれるかもしれない。忌々しい囚人暮らしもおしまい。憎んでも憎みきれない敵の圧倒的な力からようやく逃れられるのだ。そして、自分が自由になれるかどうかはすべてエヴェレルとホープにかかっている。エヴェレルのことを思い浮かべると今だって心は浮き浮きする。思えばつらいことばかりだった。生きるということは度重なる苦難と向き合うことなのだろう。そのつらい日々の中で光明を見出すこともないわけではない。エヴェレルこそ、そういう存在だ。

「ホープ・レスリー、あなたの指示にすべて従うことにします。あなたは光、愛、そして美しい魂そのもの」

「そうなんですとも、その通りなんです」

クラドックはさっきまで異端の娘と軽蔑していた相手の言うことに全面的な賛意を表しつつ、ホープへの忠告を諦めなかった。

「この方は天使そのものなんです。そう、今や男性の衣服を身にまとったこの娘が言うことは正しい。ですがね、この娘が言っていることは、古《いにしえ》のいかがわしいご神託と同じですよ。一見まともなことを言っているようで実は違うんです」

ホープは相変わらずクラドックの言葉には耳を貸さない。そして、信じられないような速さで散らかったものを片付け、元通りにした。それが終わるとクラドックをベッドのところに連れていき、坐らせ、毛布をすっぽりかぶせた。

「あっ、バーナビーの足音が聞こえる。クラドック先生、まっすぐ寝て。そう、そんな感じ。ちょっとだけ壁際に向いて。うん、これで大丈夫」

「ホープお嬢様、あなたは私のようなお人好しで愚かな者に道を誤らせることになるのですよ」

「もう黙って、クラドック先生。息づかいも荒すぎる。トランペットを吹こうとしているみたいよ。私が道を外れた行いをしていることはよくわかってます」

ホープはクラドックの上にかけた毛布をぎゅっと押さえつけた。クラドックは息が止まりそうになった。

「さあ、マガウィスカ、そこに立って。ドアに背を向けなきゃだめよ。もう少しクラドック先生の方に寄って。クラドック先生と話をしているようなふりをしてね」

　これで準備万端だ。最後にクラドック先生を慰めておこう。

「そんなに落ち込まないでね、先生。一時間もすれば解決するから」

　自分のことはいいから、とにかくどうしても思いとどまってほしい。そうクラドックは言おうとしたが、ホープが先に言葉を続けた。

「もう話さないで。必ず丸く収まるから、余計な心配はしなくていいの。聖書にもこう書かれてあるわ。天の父は『正しい者にも正しくない者にも雨を降らせてくださる』（マタイによる福音書　5：45）って。これは敵を愛しなさいという教えでしょ。旧約聖書でも同じようなことを言っているわ。敵が所有している牛が道に迷っているのを見かけたら助けなければいけない（出エジプト記　23：4）。だったら、やっぱり敵でも助けなきゃだめ。正しい行いをすればそれでいいのよ。あっ、静かにして。バーナビーが来るわ」

　ホープは他の二人から少し離れた。そして、バーナビーがドアを開けるとすぐに彼のところに近づいた。

「ちょうど良かったわ。クラドック先生も話が終わったようです。もうここには用がないわ。早く行きましょう」

「それがようございますとも。早くこの場を離れましょう」

　バーナビーは部屋に置いていったランプを手に取り、ランプの灯りがあたる角度を変えながら、周囲が明るくなるようにした。びっくりしたホープは動揺を押し隠しつつバーナビーに声をかけた。

「ランプを貸してくださらない？　手袋を落としちゃったの。どこかしら？　このあたりだと思うのだけど。そうだ、クラドック先生、私が手袋を探している間に部屋を出ていっていいわよ」

マガウィスカはホープの意図を察し、ランプの光を避けるように身体を動かした。ホープもランプがマガウィスカの顔を照らさないよう移動した。マガウィスカがバーナビーの前を通り過ぎ、これで何とかなりそうだと思ったホープはバーナビーに再び声をかけた。

「あっ、見つけたわ。ランプはこのまま私が持っていくわね」

「いえいえ、それはいけません、お嬢様。牢獄の中ではランプは自分が持つと私は決めておるのです。それに囚人が収容されている部屋に訪問者がある時は、訪問者がお帰りになる際に必ずお顔を確認させていただいておりますが。これは決まりとなっておりまして。まあ特に厳しい決まりではないと思いますが。さあ、クラドック先生、こちらにいらしてください。ちょっとだけ顔を見せていただければ結構です。あくまで形式的なことですから」

マガウィスカが一歩二歩とバーナビーに近づいた。ホープは思わず逃げてと叫びそうになった。しかし、すぐに思い直した。いい考えが頭に浮かんだのだ。

ホープはショールをまとっていた。そのショールを首に巻くようなふりをして、ホープはそれとなくショールをランプのろうそくの上にかぶさるようにした。ろうそくの火が消えた。

「ごめんなさい、バーナビーさん。私のせいで真っ暗ね。でも、何とかなりますよね。腕を貸してくださいませんか？　私はあなたの腕につかまって進みます。クラドック先生は私のショールをつかんでいてね。これで大丈夫のはずよ」

バーナビーはホープの言う通りにした。ホープが突然妙な動きをしたため、いつもの手続きはとれないが、仕方がないと諦めた。

「バーナビーさん、娘さんに今度お手紙を書く時は、私があなたに心から感謝していることも伝えてくださいね。赤ちゃんのためにおむつもしつらえてあげたいから、そのことも書いてもらえませんか？　きっとお孫さん、あなたと同じくらい素敵な人になるわよ」

「ありがとうございます、お嬢様。私の孫は私のことがいたくお気に入りのようで、もう可愛くて仕方がないのです」

孫が可愛いのは誰しも同じだ。

「お孫さんは讃美歌を歌ったりもするんですか？」

「ご冗談を。今度の水曜日で生まれて五週間ですよ。正確に言いますと、今度の水曜日の午前三時半で生まれて五週間です。でも、あの子が讃美歌を好きになるのは間違いないことです。あの子はタトル家の者なのですから」

ホープたちは牢獄の外に出る玄関口までやってきた。このまま外に出ればマガウィスカは自由に一歩近づくことができる。ホープの役目もほぼ終了だ。ホープはバーナビーに何度もお礼を言った。ただし、彼がクラドックの服を身にまとったマガウィスカに注意を向けないよう最後まで細心の注意を払った。

「先生は物思いに耽っておられるようね。でも、バーナビーさん、気にしないで。今度別の機会に先生もお礼を言いにここに来られると思うわ」

バーナビーはさっき急にランプのろうそくの灯りが消えたことを思い出した。そういえばろうそくが突然消えたので、いつもなら必ず行う訪問者の顔の確認作業を済ませることができなかったのだ。

「ちょっとだけ待っていただけませんか？　灯りを持ってきます。真っ暗でクラドック先生の顔も何もまったく見えません」

「あら、もうやだ、行っちゃだめなの？　もういいじゃない。先生の姿くらいぼんやり見えるでしょ。マガウィスカってずいぶん細身ですわよね。こんなごつい体つきをしているわけがないじゃない。でも、どうしてもというなら、先生、ちょっとしゃべってよ。あらあら、だんまりのままね。ご機嫌斜めかしら。じゃ、おやすみなさい、バーナビーさん」

ホープは優しくバーナビーの身体を部屋の中に押し戻し、ドアを閉じた。バーナビーももうドアを開けようとはしなかった。本当は娘の手紙を読んでもらいたかったんだが。そう思いつつ、独り言をつぶやいた。

「あのお嬢さんにはいつも振りまわされてしまう。お嬢さんの思い通りだ。私は独楽《こま》かね。どんな人間もお嬢さんの思いのままだ」

バーナビーは自分の部屋に戻った。マガウィスカが閉じ込められていた部屋を確認することもしなかった。通常であればホープのこの晩の行動を不審に思っていたバーナビーなので確認作業を怠らなかったはずだが、なぜかこの晩のバーナビーはそういう気になれなかった。

一方自由への第一歩を踏み出したマガウィスカは、牢獄のドアが閉じられるのを確認するとすぐにクラドックの服装を脱ぎ捨てた。そして、ホープと一緒にエヴェレルが待ち構えている場所を目指した。そこからさらに安全な場所にエヴェレルはマガウィスカを連れていく予定だ。二人は計画が成功し、足取りも軽く道を進んだ。だが、この時点でもう一つ別の企みが進行中だったのだ。それはホープを狙う実に悪辣な謀略だった。

# 第二十四章

　マガウィスカ救出の計画について密かに相談していたホープとエヴェレルの会話を盗み聞きしたジェネットがガーディナーにその一部始終を伝えたことは、すでに述べた通りだ。マガウィスカを牢獄から救い出したホープには連れ添う味方もいない。夜遅く娘たちが二人きりで行動しているのだ。人目を忍び、エヴェレルがいる場所を目指す二人。だが、あたりは人家もない海岸沿いの町はずれ。エヴェレルが脱出用のボートを用意している地点まで行けば安全かもしれないが、それまでは決して安心はできない。

　ガーディナーはそこを狙った。牢獄からエヴェレルがいる場所までの間にはホープを拉致するのにちょうどいい場所がいくつもある。エヴェレルが助けに来ることもできないはずだ。だが、綿密に計画を練れば練るほどガーディナーは不安に陥っていった。この計画でうまくいくはずだと頭では納得しているのだが、所詮人間がやること、失敗する可能性がゼロとは言えない。何かのはずみで予定が狂い、大失敗という結果に終わることだって十分考えられる。

　ホープに恋慕の情を抱き、障害が多ければ多いほど気持ちが燃え上がったこともあった。だが、どうあがいてもホープは自分に対して冷たい態度しかとってくれなかった。気持ちが萎えてきたのも事実だ。にもかかわらずガーディナーは諦めなかった。ガーディナーにあったのはホープに対する思慕の念とはもはや別のものだった。自分の虚栄心をどうしても満たしたい。この娘を自分のものにしたという結果をとにかく残したい。その上、ガーディナーには女は弱いものという確信があった。どんなに純粋で気高い女性であっても所詮女は女、乳搾りや雑用をする娘と変らぬはずだ。

ジェネットから得た情報は実に貴重だった。これでようやく攻めあぐねていた要塞を一気に落とすことができる。ジェネットという浅はかな女が図らずもガーディナーにきっかけを与え、彼はあっというまにホープ強奪の計画を練り上げた。悪辣な手段を用いることを決意したガーディナーは着々と準備を進めた。不安を抱えつつも、彼は計画の遂行にすべてを賭けた。

さて、ホープがマガウィスカ、フェイスと密会した晩のことを覚えておいでだろうか。ガーディナーの企みによってマガウィスカとフェイスはウィンスロプの配下たちの手に落ち、一方ホープはオネコに拉致された。

オネコの隙をついて逃げ出したホープだったが、逃走中さらに別の危機に見舞われた。ボストンから少し離れた無人島でホープは悪名高きチャドロック一味に遭遇し、あわや彼らの虜《とりこ》となるところだった。チャドロック一味といえば、植民地の人たちとは対極の価値観を持ち、放埓極まる生活をしていた連中だが、たまたま一味の中に信心深く、迷信深い若者がいて、その若者に聖母マリアが降臨したと勘違いされたホープは若者の助力を得、窮地を脱した。

そのチャドロックたちはいまだその無人島に滞在していた。もちろん島には自分たちの船を停泊させている。ガーディナーはこのチャドロックと旧知の仲だった。チャドロックがどうしようもない悪党であること、海賊まがいのことをして名を馳せていたことも知っていた。そういう輩《やから》であるからこそ今回の自分の計画に役立つのだとガーディナーは計算していた。

ウィンスロプの家でジェネットから情報を得た後、ガーディナーはチャドロックのもとを訪ね、自分の計画を打ち明け、協力を要請した。もちろん悪党を仲間にするためにはそれ相応の報酬が不可欠だ。ガーディナーは最大限の報酬を約束した。ちょうどチャドロックはそろそろ出航し、別の地を目指すつもりでいた。ガーディナーとチャドロックはホープを拉致し、その日のうちに船を出すことにした。

レスリー家の父方の親族は全員イングランドにいた。それ故、ホープが受け継いだレスリー家の遺産は彼らの管理下にあった。そのことを踏まえ、ガーディナーはチャドロックに報酬の件で説明を加えた。

「あの女性がイングランドに着く頃になってもまだ私の申し出にうんと言わないとするよ。まあそんなことはあり得んのだがね。あの女性も困るはずなのだよ。誰かの助けがなければ自分の財産を処理することもできないのだから。だが、一応言っておくが、私自身はあの女性の財産に手をつけるつもりはない。それよりも君への報酬だ。君にはたっぷり金をやる。私にはいろいろ仲間がいる。今回の計画にも噛んでいる連中だ。この仲間たちを引き連れ、君の次の航海にお付き合いしよう」

第十五章でガーディナーが旧友に宛てて手紙を書いていた場面を思い起こしてほしい。あの手紙の中でガーディナーはすでにホープを我がものにする企てについて言及していた。様々なことがあって先送りされていたその目論見をついに決行する時が来たのだ。

ガーディナーとチャドロックはホープ拉致の計画の詳細を詰めた。話し合いが終わり、夕闇に包まれた町にガーディナーは戻り、間借りしていた家で荷物をまとめた。そして、ローザについてくるように命じた。絶望の淵に立っていたローザは正常な判断力をすでに失っており、ガーディナーの言いなりだった。

ガーディナーはローザを連れ、鼻歌を歌いながらチャドロックの船に戻った。甲板に立ったガーディナーはボストンの町を見まわした。もうこれで見納めだ。ピューリタンのふりをするのももうおしまい。何とも馬鹿馬鹿しいことをしていたものだ。さらばだ、ボストン。いい町だったよ、哀れなほどにな。私は自由だ。世界中の町が我が町なのだよ。

ガーディナーはチャドロックと共謀してホープの拉致を画策したのだが、心の中ではこう言い訳していた。自分は直接手を下すわけではない。外見から判断するなら確かに人を拉致するような野蛮な振る舞いに及ぶのは概してチャドロックのような男だ。ガーディナーは一見すると紳士であり、優男の部類に入る。それに一応良心のかけらは残っており、自ら直接女性を誘拐、拉致するような非道はできなかった。

ホープ拉致に嬉々として出かけて行ったのはチャドロックと四人の配下だった。夜空を見上げてみれば雲も多く、月は見えなかった。ガーディナーはチャドロックに声をかけた。

「これでは真っ暗だな、船長。だが、君なら失敗することもあるまい。レスリーお嬢さんには連れがいるようだが、変装しているはずだ。男物の服を着ているのか女物を着ているのか、それはわからない。大事なのは身長だ。連れの人間はレスリーお嬢さんよりも頭半分背が高い。そのことを忘れるなよ。波止場に着いたら二手に分かれ、口笛を合図に行動開始だ。まあ、後は任せるさ」

「そういうこった。こちとらスペインの船に乗ってあちこち荒らしまわったこともあるんだぜ。城や町を襲ったこともある。教会や修道院もやったな。小娘一人かどわかすなんぞ、何てことねえ」

ガーディナーはひるんだ。こんな野獣のような男にホープを連れてこさせるのはまずいかもしれない。だが、他に頼める者もいないし、ここまで話が進んでどうすることもできまい。

「くれぐれも気をつけてくれたまえよ、チャドロック。彼女のことは本当に丁重に扱ってもらわなければ困る」

「あいよ。わかってるから心配すんな、ガーディナーさんよ。傷物にはしねえよ。暴れたら息の根をとめるだけだ」

チャドロックは嘲るように笑った。

「おいおい、紳士のように振る舞うと約束したじゃないか」

ガーディナーもさすがに気色ばんだ。チャドロックもガーディナーの心の中に芽生えた不信感を感じ取った。

「あいよ。俺たちは自由気ままにやってんだ。よく覚えておけ。信じてくれるんならやることはやる。信じてくれねえのなら言うことは聞かねえ。わかったか。俺は約束した。後はおめえが信じるかどうかだ」

「わかった、わかった。信じているさ、相棒」

チャドロックは背を向け、大笑いした。ガーディナーの底の浅さを笑い飛ばしたのだ。そして、船に残る手下たちに出航の準備を整えておくように命令した。手下の一人が聞いた。

「で、船長、どこに向かうんですかい？」

「地獄さ」

そう、地獄。この悪党どもは自分たちがこの時地獄に向かって歩みを進め始めたことを後になって思い知ることになる。

ガーディナーはしつこくチャドロックに呼びかけた。

「おい、本当に忘れるなよ。慌てちゃだめだ。お嬢さんは八時半を過ぎなきゃウィンスロプの家を出ない。家を出るのが少し遅くなる可能性もある。あんたたちはおそらく九時ちょっと前には波止場に着くんだろう。指示した場所でじっとしていてくれよ。絶対にうまくいくんだ、焦る必要はない。十時までは待ってくれ。いや、十一時、十二時になってしまうかもしれんが、とにかく最後まで待っていてくれ。くどくて申し訳ないが、焦る必要はない。絶対にうまくいく。あんたのことを信じている」

チャドロックはガーディナーに背を向けたままつぶやいた。

「うるせえなあ。俺のことを信じる？　はあっ？　今俺の船を押さえているのはおめえじゃねえか」

チャドロックたちは船から降ろしたボートに乗り、離れていった。ガーディナーは甲板に立ち、遠ざかっていくボートの音に耳をすませた。オールを漕ぐ音が聞こえなくなると、ガーディナーは思わず大声を上げた。

「輝く星よ、私の獲物をここまで導き給え」

「違う！」

ずっと黙ってガーディナーの傍にいたローザが突然叫んだ。

「違う。どうか神様、雷を鳴らせ、大波を起こしてください。何の罪もないあの方をお守りくださ い。野蛮な者の手からあの方をお守りください」

ローザは跪《ひざまず》き、しっかりと両手を組んで祈り始めた。ガーディナーは思わず後ずさりした。ローザの姿が不吉な預言者の姿と重なった。ローザの言葉が天に届くかもしれないという不安が押し寄せてきた。かろうじて気持ちを立て直したガーディナーはローザを叱責した。

「黙ってろ、ローザ。馬鹿なことを言ってるんじゃない」

だが、ローザはそのままの姿勢でしばらく祈り続けた。ただし、声は出さなかった。祈り終わると立ち上がり、泣きながら訴えた。

「ずっと思っていました。私の祈りなんて絶対に聞き届けられるはずがない。何度も何度も心を込めて祈ろうとしたわ。でも、その言葉はすべて誰の耳にも届かず、はねつけられてばかりいるとしか思えない。でも、今日は違う。だって、今日は何の罪もない方のためにお祈りをしたんだから。私の言葉は必ず天に届くはず」

ローザは天を見上げ、話し続けた。もはや考えながら話しているわけではない。感情がそのまま言葉になっていた。

「あら、星の輝きが雲を突き抜けてくるわ。時々考えたことがある。善き魂はあの星の光と共に愛の言葉をこの地上に伝えてくれる。だから、純粋でか弱いあの方を今だって助けに来てくれるに違いない。神様、早くあの方をお救いになって」

ガーディナーは生来迷信深いところがある。だから、再び心がざわつき始めた。

「何を言い出すんだ、ローザ。星って何のことだ？　真っ暗で何も見えないじゃないか。どこを見たって真っ暗だ。星？　お前、おかしくなったのか、ローザ」

「そうよ、私はおかしくなったの。いろんな思いが私の頭の中を走り抜けていく。そうかと思うとすべてきれいさっぱり消えてしまう。頭が変になったのね。その通り。でも狂ったわけではないわ。あなたにはおわかりにならないでしょう。善き魂を持った人はみんな心を正しく保とうとするものなの。修道院にいた頃読んだ本にもそう書いてあった。天国に近いところで門が開くのを待っている人も、この地上を這いまわっている人も皆同じ。心正しく生きることがすべて。罪深いことをすればすべて終わりよ」

「そんな古臭い話、どうでもいいじゃないか。どうせおせっかいな修道院の年寄りがでっち上げた訓話のようなもんだ。そういうつまらん話はあまり信じないことだ。それより、ローザ、お前にはちゃんとした仕事をやろう。私のために是非やってほしいことがある。お前も絶対に幸せになれる」

「あなたが私を幸せにする？　何をおっしゃってるの？　罪なき心を持っている者にしか幸せは訪れないものよ。いったん罪に走ったらもうだめ。幸せになれるはずないじゃない」

「いや、お前の好きにすればいいんだ。どうしても自分は幸せになれないというなら、悔い改めたマグダラのマリアのように残りの人生を生きていけばいい。行きたい修道院も自分で選べばいい。ロザリオに祈りを捧げ、慎み深く、静かに生きていくことがきっとできる。私も罪を償うよ。いいかい、私は真面目に言っているんだよ。お前がどんなに祈ろうと、妙なことを思い描こうと、レスリーのお嬢様はまもなくここに来る。私たちの計画は完璧だ。彼女が逃れる術《すべ》はない。そして、ここが大事だ。乱暴なことをするのはこの一回だけだ。彼女がここに来たら、私は騎士の如く振る舞う。謙虚にかつ信心深い騎士として私は彼女に尽くすつもりだ」

「だけど、あの方はあなたのことを愛していないわ。こんなひどいことをして、あの方があなたを恨まないはずがないじゃない」

「それはわかっている。だがね、女というのは変わるものなのだよ。不思議な話さ。女は心に芽生えた憎しみを愛情に変化させることがあるんだ。あのお嬢さんも同じ、絶対に変わるはず。それはともかく、ローザ、お前にはやってほしいことがあるんだ。お嬢様の忠実なる召使いになってもらいたいのだよ」

「あの方の奴隷になれということね」

ローザにも女性としての誇りはある。ただただ嘆き悲しんでいたローザの言葉に力が入った。

「いやいや、そうじゃないんだ、ローザ」

癇癪を起こしたローザをなだめるため、ガーディナーは慌てて言葉を続けた。

「女性らしい心配りのできるお付きの者が必要なんだ。奴隷扱いされたような気持ちになる可能性もないわけではないが、働いた分の給金はやるから。おい、行くな。そうだ、旧約聖書に出てくるアブラハムの妻サラの女奴隷ハガルの話を思い起こすんだ。ハガルはアブラハムの子を産んだではないか」

「もちろん覚えています。でも、ハガルがその後どうなったか、そちらが大事です。ハガルは息子を連れて荒野を彷徨《さまよ》うことになったのよ」

ローザは声を上げて泣き始めた。

「私、決めた。命をかけてホープ・レスリーを救う。あの方の召使いになんて、絶対にならない。お断りよ」

ガーディナーはそれでもローザを説得しようとして、手を変え品を変え言い聞かせたが、ローザは聞く耳を持たなかった。もはやローザはガーディナーの言うことなど何一つ信じなくなっていた。やむを得ずガーディナーは話をやめた。いずれ時が来ればこの女も今まで通り自分の言いなりになるだろう。今はもう相手にするのも忌々しい。ガーディナーは足早にその場を離れた。

生きていく中で絶対的な孤独に陥ることはそうそうない。たいていの場合、気がつけばすぐ傍で人々の息づかいが聞こえる。そして、正しい生き方をしている者はいつしか周囲にいる人々と調和のとれた世界を築き上げている。だが、罪深い生き方を選んでしまった者にはそのような美しい世界は決して用意されていない。聞こえてくるのは悪魔のささやきばかりだ。神の御心を離れ、正しさを無視した生き方を続けていては心の平安を得られるはずもない。ガーディナーの精神状態がまさにそれだった。

彼はまとわりつく靄《もや》に完全に包み込まれてしまったような気分だった。実際目の前で船体に打ちつけてくる波のうねりの中からも不吉な呻《うめ》き声が聞こえてくるような気がしていた。突然頭の上で海鳥が啼《な》いた。その声も無気味だったが、ローザがすすり泣く声、荒くれ者の船乗りたちの罵り合いもガーディナーの心をさらに震わせた。ここには悪魔しかいない。

時の流れもとまったように感じられたが、ようやく十時近くとなった。ホープ拉致の計画が首尾よく進行した場合、チャドロックたちが戻ってくる時間として一番早い時間と想定していたのが十時だった。だが、この時間を過ぎてもチャドロックたちは戻ってこない。ガーディナーは海の向こうに目を凝らし続けた。この霧を何とかしてくれ、何にも見えやしない。

突然海岸方向から風が吹き始め、霧が晴れた。ボストンの家々でまだ灯っているランプの灯りも見えてきた。ただ、こちらに向かってくるボートの姿はまったくない。ガーディナーは独り言を繰り返していた。

「俺も馬鹿だ。苛々が募っておかしくなっている。あいつらが失敗するとは思えない。待つのが嫌になったのか？　いやいや、それならあいつらだってとっくにここに戻っている。まだだ。待つしかない」

誰もがこういう経験を持っているはずだ。待ち焦がれれば待ち焦がれるほど、人は落ち着きを失い、焦りばかりが先行する。

ガーディナーは小一時間甲板をうろうろ歩き続けた。時計に目をやるのも忘れない。他の船乗りたちも苛々し始めた。

「もう出航の準備は済んでんだ。風だっていいし、潮の流れも最高なのにな」

ちょうどその時、皆が待ち望んでいたオールを漕ぐ音が聞こえてきた。やっと帰ってきた。運命のすべてがそこにある思いで、ガーディナーは近づいてくるボートの方に目を凝らした。やった。チャドロックの奴、見事にしてのけた。チャドロックは女性を一人コートでくるんで連れてきている。ボートが船に接舷した。

「あの野郎、ホープ・レスリーを抱いてやがる」

ガーディナーは一人ぼやいた。確かにチャドロックは女性の身体を片手で抱きかかえていた。

「ひどい扱いだ。いや待てよ、逃げようとしたのかもしれないな。そりゃそうかもしれん。連れ去られるくらいなら海に飛び込んでしまうような女だ。仕方ないか」

船乗りがチャドロックに呼びかけた。

「何でこんなに遅くなったんですかい？」

「悪魔のせいよ。それとアントニオの阿呆のせいだ。あいつをボートに残しておいたのが失敗だった。女をとっ捕まえて戻ってみたら、あいつ逃げてやがった。しょうがねえから女を縛りつけ、少し待ったんだ。アントニオにも漕いでもらうつもりだったからな。だが、戻ってこねえ。これはもしかしたらやばいぜ。すぐに錨を上げろ、帆を張れ。風もいいし、潮もいい。ずらかるぞ。今逃げちまえば誰にも追いつかれるわけがねえ」

捕えられた女性は船に吊り上げられた。甲板で彼女を受けとめたのはガーディナーだ。女性は頭にかぶせられたコートのフードを手でどけ、何か話そうとした。しかし、チャドロックたちは、彼女が助けを呼ぶのを阻止するためショールで顔をぐるぐる巻きにしてしっかり縛りつけていた。彼女はまったく声を出すことができなかった。ガーディナーは彼女のあまりの姿に衝撃を受けた。

「チャドロック、言ったじゃないか。お嬢様を丁重に扱えって」

「馬鹿か、お前は。この女、どんだけカモメが集まったんだかというくらい、でかい声で叫びやがった。町中の連中が目を覚ましたかもしれねえな」

ガーディナーは女性にそっと声をかけた。

「本当に、本当に申し訳ない」

次にガーディナーはチャドロックに頼み込んだ。

「もう町を離れたんだ。これからは私の頼みを聞いてくれてもいいんじゃないか」

「お前の頼みだと？　冗談じゃねえ。ジョン・チャドロックこそ、この船のご主人様だ」

ガーディナーは再び女性にささやきかけた。

「どうかお許しください。ひどいことをしてしまったが、仕方なかったんです。これからは私を頼ってほしい。悪党どもをあなたに近づかせることはしないから。あなた専用の部屋も用意している。ローザが面倒を見てくれるから安心してもらって大丈夫だ。これからは女王様のように暮らしていける。さあ、お前」

ガーディナーはローザを呼んだ。この船の乗組員たちにはローザのことを召使いの少年として紹介しているので、人前では彼女の名前を直接呼ぶことは避けていた。

「いいか、ランプを持ってこい。そうだ、一緒についてくるんだ」

ローザはおとなしくガーディナーの命令に従ったが、心の中では様々な感情がぶつかり合っていた。ランプを持つ手も震え、危うくランプを取り落とすところだった。

「おいおい、しっかりランプを持っていてくれよ。もう少し上だ。あっ、いやいや、あなたに言ったのではないですよ、お嬢様。しっかりしてください、船室にご案内しますから。すぐそこに階段があります。部屋に入って一人きりになりたいのならそれでいい。私は部屋を出ましょう。お願いだからそんなにじたばたしないで。あなたなんですよ、あなたがいたから私はこんなことをしでかしてしまった。あなたのせいで私はおかしくなってしまった。これから私はあなたの奴隷になりましょう」

船室に降りていく階段の途中、ガーディナーは右奥に火薬を詰めた樽があるのに気がついた。しっかりと蓋をしているわけでもなく、何とも不用心だ。だから、こういう船に乗り込んでいる連中はだめなんだ。火器の保管を任せている奴が本当にだらしないのだろう。ローザも階段を下りていった。

「おい、そこでとまれ。十分に気をつけるんだ。火薬樽には絶対に近づくなよ」

甲板を歩く男の足音が聞こえた。

「ちょっと、頼むからこっちに来てくれないか。力を貸してほしいんだ。火薬樽の蓋を何とかしてくれ。蓋が開いていて危ないぞ」

男は立ちどまったが、こちらの呼びかけに返事をするつもりはないようだ。

「おーい、頼むよ。こっちはレスリーお嬢様から離れられないんだ。ほとんど気を失っているからどうしようもないんだ。来てくれないみたいだな。おい、ローザ。お前、まずランプを消せ。それからあの樽に蓋をしてこい」

ローザはランプを消そうとはしなかった。その代わり、火のついたままのランプを持って一歩二歩と階段を下りていった。何かとんでもないことを決意したような顔をしていた。

目の奥に狂気が宿った。そして、まずガーディナーに視線を送り、次に力なく立っている女性に目をやった。ぎゅっと結んだ口許からは唸り声が漏れてきた。頭が爆発しそうな感覚に襲われたのか、ランプを持っていない方の手で頭を押さえつけようともがき始めた。

そんなローザの様子にガーディナーは注意を払っていなかった。自分が寄り添っている女性のことしか目に入っていなかったのだ。

「この子は本当に気を失ってしまったようだ。ショールで息もできなくなっている」

ガーディナーは女性の顔に巻きつけられたショールを取り外そうとしたが、特別な結び方がされていて結び目がほどけない。ガーディナーは再びローザに怒鳴った。

「おい、なんで言うことを聞かないんだ。レスリーお嬢さんは息ができなくなっている。そのランプは消せったら消せ。いい加減言うことを聞け。おいおい、何をするつもりなんだ？」

ガーディナーは絶叫した。ローザが一歩一歩破滅に向かって歩みを進めていく。

「こうするしかない！」

そう叫ぶと、ローザはランプを火薬樽の中に投げ込んだ。

大爆発が起きた。何もかもが木っ端微塵となった。捕われた哀れな女性も、赦されざる罪を犯し続けた者も、その者の傍らに居続けた者も、乗組員たちも、船も、すべてが粉々となり、空中に巻き上げられ、そして最後波間に沈んでいった。

# 第二十五章

　話は遡るが、ホープがマガウィスカ、フェイスと再会し、しかしガーディナーとウィンスロプの企みによって片やオネコの虜《とりこ》、片やウィンスロプの配下たちの虜となった時、ホープは結果的に運よくオネコから逃れることができた。

　オネコはホープが逃げ出したことに最初気づいていなかった。逃走中に意識を失った父モノノットの介抱に懸命だったのだ。そして、しばらくしてホープが逃げたことを知ったオネコはそれほど落胆もしなかった。ここは海に囲まれた島の上。牢獄に閉じ込められているのと同じだ。

　オネコは考えた。何よりも大事なのは父親の命を救うことだ。ここでは父を助けることはできない。どこか人手のある村に行く必要がある。ナラガンセット族の村はどうだろう。いや、あそこは危ないかもしれない。この湾を横ぎり、モスキュチュセット[*25]に行ってみよう。あそこにはチカタボットの息子たちが住んでいる。チカタボットはイングランド人の味方であると表向き言っているが、他の実力者たち同様、心の底ではイングランド人を敵とみなしている族長の一人だ。

　夜明け前で薄闇があたりを覆い尽くしているので、チカタボットの息子の家に父親を運ぶのは難なく成功するだろう。そこで当面安全を確保し、少し時間をおいてから妻の救出を試みるのが最善だろう。妻救出のことを思えばやはりホープの身柄は確保しておく方がいい。そう判断したオネコは、月明かりを頼りにホープを探しまわった。だが、ホープを再び人質にすることはかなわなかった。

オネコもチャドロックの一味たちと出くわしていた。ちょうどホープがチャドロックたちと遭遇した時で、チャドロックたちがホープを追うのをオネコは密かに見守っていた。チャドロックたちは、ボートに飛び乗り、逃げていったホープを追うのをいったん諦め、日が昇ってから再度ホープを追う心積もりのようだった。

オネコはこのままホープを追うのは危険だと判断した。この悪党たちと相まみえる必要も出てくるかもしれない。それは避けるべきだ。オネコはチャドロックの一味が脱ぎ捨てていた衣服を拾い上げ、身にまとった。これで奴らと顔を合わせても何とかごまかせるだろう。だが、この衣服が役に立つのは実はもっと後のことだった。

日が昇り、オネコは自分のカヌーのところに戻り、予定通り、父親をチカタボットの息子のところに運んだ。チカタボットの息子はオネコらを優しく迎え入れた。ただ、チカタボットの息子は慎重には慎重を期し、オネコたちを密かに匿うことにした。インディアンたちはもう身に染みてわかっていた。白人という強大な敵が身近に現れるようになって以来、仲間とて簡単に信じることはできない。白人たちの富の力に誘惑され、何度も仲間が仲間を裏切り続けてきた。心に受けた傷は計り知れない。

チカタボットの息子はボストンから漏れ伝わってくる情報を日々集めていた。幸い息を吹き返したモノノットにもその情報は伝えられ、マガウィスカが捕えられ、間もなく死刑に処せられる運命にあることもモノノットはかなり早い段階で把握することとなった。

モノノットにとってこの知らせは何にも増してつらい知らせだった。敵にいたぶられ、身体をぼろぼろに傷つけられたとしてもこれほど痛みを感じることはなかったろう。類まれなる才能に恵まれ、知性輝くマガウィスカは父親にとって太陽のような存在だった。

彼女が幼少の頃からモノノットは娘を崇め、愛した。万が一娘と引き裂かれるにせよ、戦場でそうなったのだとしたらモノノットは耐え忍んだだろう。だが、娘は敵の手によって、裁判とかいう儀式で裁かれ、重罪人として死刑に処せられるらしい。娘を愛する父親として、そして誇り高きインディアンとしてこれは許しがたき悲劇だ。

オネコもまた苦しみ、悩んだ。年老いた父親の涙を見れば、心は一層痛む。そして、自分が愛し続けた白い小鳥を奪われたこと、これだけは絶対に許せなかった。オネコは妻を助ける方策について考えぬいた。思いついたのがチャドロック一味の衣服だった。これで変装しよう。自分の肌の色が目立たないようにオネコは顔や手足に染料を塗り、チャドロック一味の衣服を身にまとい、西洋人の船乗りのふりをして、オネコは堂々とウィンスロプの家に乗り込んだ。そう、ホープがマガウィスカを救出するためにクラドックと牢獄に向かった晩、ウィンスロプ家に現れた若者こそオネコだったのだ。

ウィンスロプ家の人たちはオネコの変装に誰も気づかなかった。オネコはフェイスに自分が救いに来たことを伝えるために、ウィンスロプ家の人々の目の前でぺらぺらとしゃべった。殊更快活に、殊更早口で話し続けた。すべて自分の話している言葉がインディアンの言葉と見抜かれないための工夫だった。特にウィンスロプはインディアンの者たちといろいろ接触を持っているので、彼らの言葉についてもある程度知識を持っていたが、オネコの話している言葉がインディアンの言葉であるとは気づかなかった。

ウィンスロプ家の人たちが各自の部屋に戻ると、オネコもあてがわれた部屋に入り、ベッドに横になった。もちろんここで寝てしまうわけにはいかない。オネコはあっというまにぐっすり寝込んでしまったふりをしながら、召使いたちの動きに神経を注いだ。召使いたちも寝る準備を済ませ、家中のランプが消された。暖炉の火はまだくすぶったままなので、この火を利用することができそうだ。召使いたちが自分たちの部屋に戻り、足音も聞こえなくなった。

この時を今か今かと待っていたフェイスがまず動き始めた。自分の部屋から抜け出し、フェイスは子鹿のような足取りで階段を降りると、オネコがいる台所にするりと忍び込んだ。オネコは飛び上がり、妻を強く抱きしめた。そこに突然ジェネットが入ってきた。悪意ばかりを心にため込んでいる人間というのが世の中にはいるもので、こういう人間はなぜだか人の幸せを邪魔するのが何より大好きだ。だから、こういう場面になると必ず姿を現す。だが、今回に限っては、この場に姿を現したことが身の破滅につながった。

ジェネットは立ち尽くした。驚きのあまり固まって身動きできない。だが、頭の中では考え続けた。とにかく大騒ぎして助けを呼ぼうか。それとも、若い船乗りの正体がオネコだとはっきり大声で伝えた方がいいか。

ジェネットが優柔不断に悩んでいる間に、オネコは素早く動いた。台所のドアのところに行き、まずドアを閉めた。それからナイフを取り出し、ジェネットの胸に突きつけた。そして、拙い英語で、もし動いたり音を出したりしたら殺すと伝えた。

オネコの身振りを見れば本気であることはジェネットにも十分に伝わった。ジェネットは身体全体が麻痺してしまったように感じた。恐怖のあまりまったく動けない。

オネコはジェネットにさらにこう申し渡した。カヌーを隠している場所まで一緒についてこい。そんなに怖がることはない。無事にカヌーに乗り込むことができたら、その時解放してやる。ジェネットは相変わらず動くことも声を出すこともできないでいた。

オネコの言葉に従わざるを得ないと考えたジェネットは最後に一つだけオネコに頼みごとをした。いったん部屋に戻って帽子とショールをとってきたい。オネコは鼻で笑った。ジェネットの目論見など通じるはずもない。オネコは返事もせず、椅子に掛けてあったショールをジェネットに投げてやった。そして、ジェネットを追い立てるようにウィンスロプの家を出ていった。

オネコは細心の注意を払って、誰とも出会わない道を選び、進んでいった。オネコとフェイスは安全地帯に逃げ込むため急ぎ足で歩いた。そして、ようやく再会できた喜びもあってその足取りは実に軽やかだった。一方、ジェネットは息も絶えだえになっていた。人質にされたことへの怒りもこみ上げていた。苛立ちが募ると唾を吐きたくなるような人がいるが、この時のジェネットがまさしくそういう状態にあった。

小さな入江が見えてきた。オネコがカヌーを隠している場所だ。オネコは前を指さし、あそこに着いたらお前を解放するとジェネットに伝えた。

ジェネットはこの時あることを画策し始めていた。自分の危機は去ろうとしているのかもしれない。だったら、こいつらに仕返しをしてやろう。実は、この直前、ジェネットは何人かの男たちがこちらに向かって忍び寄ってきているのを目にしていた。オネコは男たちに気づいていないらしい。

ジェネットは少しずつオネコの脇を離れるようにした。いきなりナイフで刺されないよう、少しでも距離をとるつもりだった。忍び寄ってくる男たちの姿もはっきりと見えてきた。ざまあみろ。今度はお前たちがとっ捕まる番だ。

ジェネットのすぐ傍に男たちが近づいた。そして、いきなりジェネットをさらった。ジェネットは自分が誰で、一緒にいる者たちが誰なのか、必死に伝えようとした。あいつらはインディアンよ、あいつらを捕まえて。

ところが、なぜだか男たちはジェネットの言葉に耳を貸さなかった。オネコたちが逃げ出すのを見てもまったく気にしていないようだった。男たちはジェネットが身につけていたショールを引き剝がし、声が出ないよう顔に巻きつけた。もうおわかりだろう。ジェネットこそ、チャドロックたちが間違えて拉致し、ガーディナーに送り届けた女性だった。彼女が辿った運命について書き加える必要もあるまい。

チャドロックがガーディナーから事前に聞いていた情報ではホープとマガウィスカは二人きりで移動しているはずだった。男が一緒に行動しているとは聞いていなかった。だから、チャドロックも少し驚いたのだが、女を拉致する計画をやめようとは思わなかった。

オネコがチャドロック一味の衣服を着ていたことも影響していた。チャドロックはオネコのことをアントニオかもしれないと思っていた。アントニオはボートに残しておいたのだが、彼がなぜだか持ち場を離れ、女たちのところにふらふら近づいていったのだろうと想像したのだ。チャドロックが気にしていたのはただ一点。背の低い方の女を引っさらう。それだけだった。ジェネットはフェイスよりも背が低かった。

# 第二十六章

この晩、様々な人間の運命が錯綜した。ある者は危機を脱し、ある者は危険を冒《おか》して人を救い、ある者は破滅した。

ホープやマガウィスカたちにもう一度話を戻そう。

ホープとマガウィスカは牢獄を出た後、ほどなくエヴェレルと合流した。マガウィスカとエヴェレルはようやく本音で話し合うことができた。感極まったエヴェレルはいろいろ話そうとするのだが、言葉がうまく出てこない。そのことをエヴェレルマガウィスカを救出しようと何度か試みたが、今まではうまくいかなかった。そのことをエヴェレルは恥じていた。は恥じていた。だが、エヴェレルが心の温かい人物でマガウィスカとの友情を何よりも大事にしていたことは誰の目にも明らかだ。マガウィスカもそのことはよくわかっていた。

マガウィスカはガーディナーが牢獄に来た時のことを話した。あの時偶然エヴェレルもマガウィスカを救うために牢獄に潜入したわけだが、エヴェレルたちの声が聞こえていたことをマガウィスカは彼に伝えた。

「あのような悪い人間に出会ったことはありませんでした。生まれて初めて自分の片腕が失われていることを恨めしく思いました。あの男を殴ってやりたかった。私の心まで暗く、罪深いものになってしまったのです。でも、エヴェレル、あなたはあの男とは真逆の人間。湖に降りしきる雨粒のよう。瞬間瞬間水面に輪を作り、でもすぐにその輪は消えてしまう。あなたはそういう雨粒のようにごく自然に人に優しくしてくれる。あなたが本当にいい人であることを知って、そう、あの裁判の時、牢獄にいる時、私の心は喜びに満たされました。私はこの片腕をあなたに捧げて本当に良かった、心からそう思っています。そうなのです。捕まる前、森で暮らしていた時もそうでした。昼となく夜となく、一人ぼっちの時、私はあなたのことを思い出していました。いつかあなた方と私たちの間の深い溝が埋められ、共に生きていける日を私たちの神、大いなる神秘がもたらしてくれるかもしれません。その日を私は心待ちにしています。その時にこそ、私はあなたを我が兄と呼ぶことができるでしょう」

「今そうしてくれよ、マガウィスカ。今じゃだめなのかい？　僕のことを今ここで兄と認めてくればいいじゃないか。僕たちの心はもうこんなにしっかりと結ばれている。何も問題はない。楽しくやっていこうよ。これからずっと、命ある限り僕らは幸せにやっていける。いいかい、マガウィスカ、聞いてくれないかな。イングランド人とインディアンの間の違いなんて霞のようなものだ。もうすぐその霞も晴れるはず。僕らは同じ人間なんだ。確かに今は身を隠した方がいい。君を同じ人間として公正に扱う心の準備ができていない人たちがいるのはどうしようもない。でも、この問題はすぐに解決する。ここで暮らしている僕らの仲間たちはいずれみんな君のことを同じ人間として認めてくれる。心の底から君のことを歓迎してくれるに違いない」

「そうよ、マガウィスカ」

ホープもエヴェレルに続いた。マガウィスカとエヴェレルの会話を黙って聞いていたホープだったが、もう我慢ができなくなったのだ。

「お願い、約束して。また戻ってきてね。一緒に暮らしましょう。私たちは同じ道を歩いていけるはず。私たちは手と手を取り合って人生を楽しんでいける。つらいことがあったら、一緒に悩めばいい。あなただってそう思うでしょ？」

「それは無理。そんなこと、あり得ません」

エヴェレルのこともホープのことも、マガウィスカは心から愛していた。だが、二人の説得もマガウィスカの心を変えることはできなかった。自分たちインディアンが受けた傷は計り知れないほどに深い。今までどれだけ裏切られ、ひどい目に遭わされたか。許せるはずがなかった。二人を信じることはできても、他の者たちを信じられるはずがなかった。

「私たちはずっと奪われ続けてきたのです。この土地も本来私たちの物。それなのに私たちを温かく迎えると言われても。今や復讐ということが私たちの生きる証しとなっています。あなたたちの社会では赦すという教えがあるそうですね。あなたたちはそれでいいのでしょう。でも、私たちは違う。追い詰められた私たちにそのような教えは不要です。インディアンと白人は決して同じにはなれません。同じ人間ではないのです。昼と夜は別物です」

エヴェレルとホープはさらに説得を続けようとしたが、マガウィスカは口を差し挟ませなかった。

「もうこのお話はおしまいです。私たちは別れるしかありません。一緒になることなどあり得ません」

さすがにマガウィスカの声も震えた。これから先の自分の運命とエヴェレル、ホープたちの運命を比べてみれば自ずとそうなる。白人の若者二人の将来は必ずや明るいものとなろう。それにひきかえインディアンである自分に幸多き未来があり得るのだろうか。

「あなた方お二人には幸せになってほしいのです。それで十分私の心は満たされます。どうかお幸せにお過ごしください。あなた方は一緒になるべきです。ネレマもそう言っていました。あなた方の優しさは同じ泉から溢れ出ているものなのだそうです。あなた方お二人の魂は結ばれています。もっと輝いてください、もっと強くなってください。そして、いずれこの世を去る時も、お二人の魂が生まれたその場所に手と手を取り合って歩んでいってください」

ここまで話すとマガウィスカは黙り込んだ。エヴェレルとホープも一言も発しない。話すことなどできなかった。マガウィスカは二人がなぜ黙り込んでしまったのかわからなかった。

「エヴェレル、どうか自分の妻に話すようにホープに話しかけていただけませんか？」

「ああ、マガウィスカ」

エヴェレルは不思議な想いに包まれていた。マガウィスカの言葉は自分の心の奥底にしまい込んでいた感情を揺すぶった。心がときめくような気持ちすらする。

「遺言みたいな言い方はよしてくれないかな。せっかく友だちであることをわかりあえたんだから」

正直な気持ちを言いたいとも思ったのだが、どうしても言葉としては出てこなかった。

ホープももうこれ以上は何か発言する気持ちにはなれないでいた。ここでいつものように自由に思い通りに発言するのは控えるべきだろう。だが、完全に黙り込んでしまうのも誤解を与えかねない。マガウィスカがエヴェレルに返事をしようとしているのに気づいたホープは慌てて話に割り込んだ。

「マガウィスカ、お別れする前に何かお守りのようなものをいただけないかしら。それがあればフェイスの心をつかむこともできると思うの。あの子、ずっと引きこもって嘆いてばかりだから」

「ホープ・レスリー、あなたの心に聞いてごらんなさい。お守りをもらえれば愛する人、エヴェレル・フレッチャーのことが忘れられますか？」

エヴェレルとのことはもう諦めたはずだった。埋めがたい溝がエヴェレルとの間にはできてしまった。この溝を埋めることはもうできない。でも、何か言わなければ。

「そうね、そうよ、マガウィスカ。自分の心の中にある愛の想いを何よりも大切にする。それが愛する人を持った人間が果たすべき美徳であり、義務なのよね」

エヴェレルの心は一瞬にして喜びに満ちた。ここでエヴェレルを責めるのは酷というものだ。ホープがようやく自分の気持ちを正直に打ち明けてくれたのだ。愛し合う者同士の間にしか真の喜びは訪れない。どんな苦境に立たされようとも、二人が愛し合っていれば乗りきっていける。

マガウィスカがホープに話しかけた。

「そうです。美徳、義務の心があるからあなたの妹さんはオネコと深く結ばれているのです。妹さんとオネコは私たちの流儀で簡単な結婚式をあげましたが、カトリック教会の神父さんからそれではだめだと言われました。妹さんはキリスト教の国で生まれたのだから、それなりの儀式をしてあげなければならないということでした。妹さんは今後あなたの元を飛び出していこうとするかもしれません。でも、そのことを悲しまないでください、ホープ・レスリー。野生の花はあなた方のお庭で育てられたら枯れてしまいます。森の世界こそ今や妹さんがいるべき世界。森の中で暮らし、愛する人と共にいて、妹さんは明るい声で歌うのです」

三人は信頼すべき仲間ディグビーが待ち受けていた場所に着いた。エヴェレルは小さめのカヌーを用意し、ディグビーにマガウィスカが行きたい場所まで運んでやってほしいと依頼済みだった。ディグビーは喜んでエヴェレルの計画に参加していた。これは正しい行いだとディグビーは信じていた。うら若きインディアンの娘がイングランドの人間に反乱を企てるなどという罪を犯すはずがない。それにこの娘は自分を犠牲にしてエヴェレル坊ちゃまの命を救ってくれた人だ。

エヴェレルはマガウィスカにどこに向かわせたらいいか聞いた。

「モスキュチュセットにお願いします。あそこに行けば父の消息がわかると思います」

「さて、ここでお別れしなければならないんだけど、本当に僕らは共に暮らすわけにはいかないのかな？」

ホープも慌てて口を出した。

「そうよ、そうよ。人が寄りつかないような寂しい場所に行って大丈夫なの？」

「人が寄りつかない？」

寂しげな表情を見せつつ、マガウィスカは誇り高く返事をした。

「ホープ・レスリー、森の中にいると私たちの神、大いなる神秘やその僕《しもべ》たちがいつでも私の前に姿を見せてくれるのですよ。私は大いなる神秘を信じ、愛しています。だから、姿も見えるのです。自然界にあるすべてのものは大いなる神秘の姿を伝える鏡。風がさっと吹けば声が聞こえます。春、草木が芽吹けば姿が見えます。初夏、大きく成長していくトウモロコシ。秋、木々から落ちる枯葉、そこにも大いなる神秘の姿が見えます。ほら、この光にだって」

マガウィスカは射してきた朝日を指さした。

「あの朝日はあなた方のお家の屋根も私たちが暮らす森もしっかりと照らしてくれます。それでも私が森の中で寂しく感じると思いますか、ホープ・レスリー？」

「いいえ、マガウィスカ。わかりました。神様の存在を感じ取ることができるあなたには寂しさや悔いもないのでしょう」

ホープは感じ始めていた。これ以上こちらの言い分を押し通すわけにはいかないのだろう。マガウィスカはマガウィスカなりに超越的なものがこの世に存在していることを信じている。でも、それは自然を通してのものだ。自然の声を聞いているだけだ。それでいいのだろうか。キリスト教という宗教に基づいて神を考え、神を愛さなければ真の喜びには到達できないのではないだろうか。マガウィスカを引きとめ、正しい教えに導くべきではないか。しかし、今マガウィスカが私の言うことを聞いてくれるとはやはり思えない。今は絶対にわかってくれないだろう。

「あの、私たちのためにまたここに戻ってきてもらえないかしら。私たちを助けると思って」

「そうだよ、マガウィスカ。僕らのところに必ずまた戻ってきてくれないか。そして、どうしたら僕らは幸せを手に入れられるのか、教えてほしいんだ」

マガウィスカはかすかに笑った。

「私がお教えする必要はないと思います。あなた方お二人で十分幸せを手に入れることができるじゃないですか。愛がすべての源でしょう？　人生はいかようにも広く、深くなるはずです」

マガウィスカの言葉は二人の心に沁みた。二人は昂る気持ちを抑えるため、口を閉ざした。

ホープは話題を変えるため、ポケットに入っていたヤギ革製の小物入れを取り出した。そして、大切にしまっていた黄金のネックレスを手に取った。留め金のところには髪の毛が結びつけられていて、宝石もいくつか取り付けられていた。ホープは厳粛な顔をしてマガウィスカに話しかけた。

「マガウィスカ、これを持って行ってくださいね。私たちが親友となった証しです。留め金のところに結んであるのはエヴェレルが小さかった頃の髪の毛です。そう、ベセルにいた頃、エヴェレルはまだまだ幼かった。その頃のものです。これがあれば、あなたもあの楽しかった時のことをいつでも思い起こせるはずよ」

マガウィスカはホープから手渡されたネックレスをしばらく握りしめていた。

「美しい、本当に美しいです。確かにこれがあれば、どんなに遠く離れてもあなた方の優しさを懐かしく思い出すことができるでしょう、ホープ・レスリー。でも、あの、わがままを言ってもいいでしょうか？　こんなことをお願いするのははしたないことなのですが、できればその人の姿そのものを描いた絵をいただきたいのですが……」

マガウィスカが言い終わる前にホープは彼女の言いたいことを理解した。

エヴェレルがイギリスに渡った時、エヴェレルの父親は彼にこう連絡した。自分の肖像画を誰かに描いてもらい、ホープに届けなさい。届いた肖像画はごく小さなものだったが、ホープは肖像画にリボンを結びつけ、宝物のように肌身離さず持ち歩いていた。だが、しばらくしてエヴェレルとエッサーの婚約が決まってしまう。ホープはあれこれ考えた。この宝物はしまい込むしかないかな。でも、二人の婚約のことなんか気にしなくてもいいのかもしれない。何かこそこそとしたことをするのも面白くないし、いいか、このまま身につけていよう。ホープはその宝物をネックレスにし、肖像画が胸元に隠れるようにして身につけることにした。

今回マガウィスカ救出のために牢獄に乗り込んだ際にも当然この宝物を身につけていた。そして、マガウィスカを変装させるためにばたばたしている時、宝物が胸元から飛び出してしまったのだ。それに気がついたマガウィスカはエヴェレルの肖像画に目が釘付けとなった。ホープもまた、そういうマガウィスカの様子が目にとまった。

ホープの心の中を様々な想いが駆け巡った。今は迷っている場合じゃない。そんな姿をエヴェレルに見せてはいけない。でも、この宝物は絶対に人には渡したくない。だって、エヴェレル自身、これが彼から私への大事な大事な宝物だと思っているはずだ。だけど、今はそんなこと考えている場合じゃない。

ホープは宝物を首から外し、マガウィスカの首につけてあげた。

「二つともあなたのものよ」

これ以上時間を費やすのは危険だと感じたディグビーが三人に近づいた。ホープの目からはとめどもなく涙がこぼれた。三人とももう黙して語らず、ただ立ち尽くしているだけだった。ディグビーは再度早くしないとまずいと三人に声をかけた。そうだ、マガウィスカはできる限り早くこの場を離れる必要がある。

全員大急ぎで水際に駆け下りた。ディグビーに急《せ》かされ、ホープとエヴェレルは計画がうまくいくよう祈り始めた。マガウィスカもホープとエヴェレルの手を握り、祈りに加わった。

「私たちの神である大いなる神秘があなた方のことも守ってくださるはずです」

そう言うと、マガウィスカはカヌーに飛び乗り、マントで顔を覆った。ディグビーがすぐにカヌーを漕ぎ出した。こうしてマガウィスカはホープとエヴェレルの前から姿を消した。これが彼ら三人の若者たちの永遠の別れとなった。

ホープとエヴェレルは遠ざかっていくカヌーをじっと見つめ続けた。愛すべき友との別れに胸は張り裂けそうで、五感が失われた想いだった。マガウィスカは二人にとってかけがえのない存在となっていた。神様が与えてくれた至高の友だった。機知に富み、独立独歩の精神も逞しく、美徳に溢れた人柄を二人はこよなく愛していた。二人は友に幸あれと静かに祈りの言葉をつぶやいた。

しばらくして二人はようやく我に返った。だが、いまだ言葉は出てこない。ただし、二人は自分たちが同じ気持ちでいることを疑いもしなかった。マガウィスカという存在によって二人の心は固く結ばれていた。むろん、これから戻る日常生活の中で二人を待ち受けているのは様々な軋轢に違いない。それでも、今この時間、二人は魔法にかけられたように満ち足りた気持ちになっていた。だから、二人ともこの場を去りがたく思っていたのだが、そうもしていられない。いつまでもここにいれば疑いをかけられることは間違いない。二人は重い足を引きずり、家路についた。二人とも相変わらず黙ったままだ。しかし、二人とも気づいていた。この無言こそ二人の愛の証し、二人の決意の証しだ。

後に二人はこう語った。あの時、引き裂かれてしまった自分たちの運命がいかに過酷なものだったか、初めて痛切に思い知った。美徳というものについてそれまでさほど真面目に考えていなかった二人だ。素直な感情を押し殺してでも美徳に従わなければならないということがいかにつらい試練なのか、二人はようやく思い知ったのだ。

ウィンスロプの家に近づくにつれ、二人は異様な雰囲気を感じ取った。もう夜も十一時。いつもなら家の中は真っ暗で静まり返っているはずなのに、様子がおかしい。どうも家中大騒ぎのようだ。

ドアは開け放たれ、大声も聞こえてくる。部屋を行き交うランプの光も見える。ホープは思った。十分注意したつもりだったけれど、私が夜家を空けたことがばれてしまったのね。だから、大騒ぎしているんだわ。ホープは急ぎ足で家に向かった。

エヴェレルはホープの後を追い、追いつくとホープの手を取り、口づけをした。どうしてもそうしたかった。それから踵《きびす》を返すと、予定通り牢獄に向かった。あそこには可哀想にまだクラドックが入ったままだ。彼を解放してやらなければならない。

# 第二十七章

ホープが家の中に入っていくとフレッチャーと出くわした。フレッチャーは物凄い勢いでホープに駆け寄った。こんな表情をしたフレッチャーはホープも見たことがなかった。彼はホープを強く抱きしめ、叫んだ。

「良かった、本当に良かった。お前は私の宝物」

フレッチャーの叫び声を聞いた家中の者たちが居間から飛び出してきた。

「主が助けてくださったに違いない。ホープ、よくもまあ逃げ出せたものだ」

驚きを隠せないウィンスロップも大声を出した。

ウィンスロップ夫人も涙がとまらない。

「とてもじゃないけれど助かりっこないと思っていたのよ。だから、言ったでしょ、神様は必ずあなたのことをお救いになるって」

エッサーも親友の傍に歩み寄り、優しく言葉をかけた。

「神様は絶対に私たちのことを救ってくださるのよ」

ホープにも薄々わかってきた。みんな信じられないほど興奮しているし、必要以上に優しくしてくれる。私が夜家を空けたことを責めている様子はない。みんなどうしたのか、ホープは聞いた。落ち着きを取り戻したウィンスロップが説明し始めた。この晩、本当にいろいろなことが起きた。そっと島を離れたらしいチャドロックの船が大爆発し、ボストンの町中がパニックに陥ったことから話は始まった。

マガウィスカにとってみれば、チャドロックの船の爆発が幸運を招いたと言える。この惨事のせいでマガウィスカの逃亡の露見は遅れた。それに、仮にマガウィスカの逃亡が早めに露見したとしても、さすがのウィンスロップもこの混乱した事態の中で彼女を追跡するために最善の手を尽くすことは不可能だった。ウィンスロップとフレッチャーはある男から得た情報を確認するため家を飛び出していたし、他の用件に関わっている暇などなかったのだ。

ウィンスロプ及び女性たちの話を聞いて、ホープにも少しずつ事態が呑み込めてきた。ホープが家に戻ってくる三十分ほど前、家にいた者たちは全員寝室で眠りにつくところだった。突然ドアを激しく叩く音が響き渡った。召使いの一人がドアを開けると見知らぬ男が立っていた。男は総督に会わせてほしいと召使いに迫った。誰かの命にかかわることだと男は説明した。男はアントニオだった。以前ホープのことを聖母マリアと勘違いした男だ。アントニオは自分が乗り組んでいる船の船長たちが企んだホープ拉致の計画についてウィンスロプに息せききって説明し始めた。

以前ホープと会った時に、聖母の如き彼女から罪深い仲間たちのもとを早く離れるように言われたことも、最初に話しておいた。そういうホープの慈悲深い言葉があったからこそ、この日、船長たちの冷酷非道な企みの話を聞いて、自分は彼らの企みを阻止しようと決意した。

アントニオの話は続く。自分はホープの拉致を担当する仲間たちの中に入れてもらい、一緒に岸に上陸し、総督に密告する機会を窺った。ホープを船に連れていくためのボートの見張り番を任され、なかなか動けなかったが、思いきってボートを抜け出した途端、若い娘の叫び声が聞こえ、船長たちが計画を実行してしまったことを知った。大急ぎでボストンの町中に駆け込んだが、町に不慣れだったため、なかなか総督の家にまで辿りつくことができなかった。

ホープ拉致計画の図面を描いた首謀者であるガーディナーの名前もホープの名前もアントニオは承知していたので、彼の話の中には二人の名前が何度も出てきた。ウィンスロップは信じられない思いでアントニオの話を聞いていた。初めのうちはガーディナーが犯罪の首謀者であるというアントニオの話を真に受けなかったウィンスロップだったが、アントニオの話が進むにつれ、不安を隠せなくなった。

アントニオの話の信憑性を確かめるため、ウィンスロップはガーディナーが部屋を借りていた家に使いをやった。使いはすぐに戻ってきた。ガーディナーも彼の召使いの少年も姿を消していた。荷物もほとんどすべて持ち去られていた。これで間違いない。アントニオの話は本当なのだろう。

ウィンスロップは家の者たち全員に指示し、さらなる調査を開始した。ウィンスロップは、マガウィスカの裁判が行われている最中にガーディナーの召使いの少年が持ち込みガーディナーに手渡した手紙の束を取り出した。裁判があった日、思わぬ事態の連続でパニックに陥ったガーディナーはこの手紙の束を持ち帰るのを忘れていた。その手紙の束をウィンスロップが預かり、ガーディナーに返却する予定だったのだ。

人の手紙を開封することは避けたかったのだが、今はそんなことも言っていられない。手紙を調べてみると、ガーディナーが憎き植民地の敵トマス・モートンの一味だったことが判明した。それどころか、ガーディナーはローマ・カトリック教会の信者だった。自分も含め、植民地の人間がすべてガーディナーに騙されていたことをウィンスロプは初めて知った。神の掟も人間の法もないがしろにするとんでもない男を自分たちは仲間として信じきっていたのだ。

ウィンスロプは、ガーディナーがこの植民地に現れて以来の一連の出来事を思い起こした。この恥知らずの企みに惑わされ、自分たちはホープが堕落したと思い込んでしまったのかもしれない。今無事にホープは帰ってきた。このことを我々は心底喜ばなければいけない。

さて、その後、別件で騒ぎが起きた。召使いの一人が若い船乗りの姿が見えないと告げたのだ。この晩、突然ウィンスロプ家に現れ、一家の者たちが泊めてやることにした例の若い船乗りだ。グラフトン夫人も「そういえばフェイスの姿も消えているのよ」と言い始めた。ホープをめぐる大騒動の最中、皆、フェイスのことは失念していたらしい。

謎はすぐに解けた。ウィンスロプ夫人が思い出したのだ。あの若い船乗りが家に入ってきてしゃべり始めた時、フェイスは確かに表情を変えた。あの船乗りはオネコだったに違いない。自分たちがわからない言葉でオネコはフェイスに逃亡の段取りを伝え、二人は皆が寝静まる頃を見計らい手と手を取り合って逃げ出したのだろう。

ウィンスロプ夫人たちの会話をジェネットが耳にしたら、事はそんなに簡単なことではなかったと口をとがらせ、大騒ぎしたはずだが、残念ながら彼女はもうこの世の人ではなかった。さらに憐れむべきことに、この晩、ジェネットの姿が見えないことに気づいた者は一人もいなかった。

クラドックがいないことを指摘した者はいた。しかし、ホープが「先生は大丈夫、朝までには帰ってくるはず」と口にしたので、誰も心配することはなかった。

むろんホープは妹がオネコと逃げてしまったという話に衝撃を受けた。悔やんでも悔やみきれない。あの子を引きとめる手立ては本当になかったのだろうか。だが、これはもはや避けがたい運命だったと諦めるしかない。再会した姉妹ではあったが、心を通わせることはできなかった。フェイスは白人に捕われ、ただ悲しみに暮れるばかりだった。心ここにあらずといった様子で白人たちの呼びかけには一切反応しようとしなかった。実の姉の言葉もフェイスの心を溶かすことはなかったのだ。

フェイスにしてみれば、白人たちが良かれと思って自分にしてくれることすべて、自分が大切にしていること、大切にしている人を冒瀆するものでしかなかったのだろう。フェイスとオネコの結婚にはカトリックの神父も関わったわけだが、当然ボストンに拠点を持つ植民地の人たちは二人の結婚を正当なものとしては認めるわけにはいかない。若気の至りとなじる者もいた。

だが、ホープはしだいに考えを変えていった。彼女固有の若くて自由でしなやかな考え方が彼女の気持ちを変えつつあった。マガウィスカも言っていたようにフェイスとオネコは自然に愛し合い、結ばれただけのことだ。これもまた、神様のご意志がなせる業《わざ》と思えばいい。

翌日、ウィンスロプはフェイスとオネコを追跡し、探し出す手配りをした。しかし、いつもとは違い、その様子には何が何でも二人を見つけ出せという強い意志は感じられなかった。

一方、チカタボットの息子の家で身体を癒していたモノノットは、オネコ夫婦が無事に戻り、さらにマガウィスカまでもが奇跡の生還を果たしたことにより、驚異的な回復力を見せた。元気を取り戻したモノノットは、マガウィスカが再び自分の傍に付き添ってくれる幸せを嚙みしめ、イングランド人への復讐を断念した。娘の命を危機にさらすような真似は金輪際行わない。家族の幸福を最優先させることが何よりも大事だ。そう思い直したモノノットはボストンに比較的近い位置にあるチカタボットの村をすぐに立ち去る決意をした。

翌朝、日が昇るのも待たず、モノノットの一行は村を離れた。モノノットという名はほんの数年前までニューイングランドの植民地の人々を畏怖させ続けてきた。このピクォート族の長の名前を聞いただけで敵対するインディアンの部族や白人たちは青ざめ、震えあがったという。その勇者が今故郷を離れ、遥か彼方にある西方の森林地帯へ旅立った。その後彼らがどのように過ごし、生き延びていったのか、それを知る者は一人もいない。

ホープが一人でマガウィスカと会おうとしたことから始まった今回の一連の事件について、人々はホープの気質に加え、マガウィスカをはじめとするインディアンたちの存在に大きな原因があると考えていた。しかしながら、最後の局面でチャドロックの一味に拉致されたはずのホープが無事に生還したことにより、人々はただひたすら歓喜の気持ちに包まれた。マガウィスカたちのことを云々する空気は雲散霧消していた。

ホープは親友エッサーと自分たちの部屋に入った。なぜ家を空けたのか、誰もホープに聞こうともしなかった。ホープと二人きりになったエッサーも一言も聞かなかった。

ホープはしみじみ思った。エヴェレルと立てた自分たちの計画は不思議なくらいうまくいった。だから、今は余計なことは言ってはいけない。いつもならどんなことでも包み隠さず口にしてしまう質《たち》のホープだったが、さすがに今回は慎重に自分の衝動を抑えた。エッサーに何か感づかれてしまってはまずい。エッサーならどんな些細なことでも伯父であるウィンスロプに報告する。それが親友を悲しませるようなことであっても、この子はそれが義務だと固く信じている。そして、自分がマガウィスカのことをちょっとでも匂わせたら、せっかく逃亡に成功したマガウィスカの運命が危機に瀕する。

ホープは感じていた。エッサーは気づいている。私たちが何をしたのか、気づいている。そして、エヴェレルと私が一緒に事を起こしたことを絶対に不愉快に思っているはずなのに、そのことをおくびにも出さない。この子はそういう振る舞いが自らの信仰に反するものと自分を律している。この子は本当に優しい人。私に嫉妬の気持ちを持とうとするはずがない。不信の目で見つめるはずもない。この子は天使だから。そう、だから、エヴェレルにふさわしいのはやっぱりこの子なんだわ。

ホープは思わずため息を漏らした。かすかな音しかしなかったのだが、エッサーの耳には届いてしまった。二人は目と目を合わせた。頭に血が上り、顔がほてって仕方がないホープに対して、エッサーはいつも通り神々しいまでに穏やかな表情をしていた。世界が終末を迎える時、人はかえって静謐の境地に達し、静かにじっと天を仰ぎ続けるものなのかもしれない。エッサーの心境もそれと似通ったものだったのだろう。

エッサーはホープを抱き寄せ、しっかりと抱きしめた。言葉は一言も発しない。涙を見せる様子もない。エッサーは落ち着き払っていた。ホープの心の内が見えていなかったわけではあるまい。ホープがため息をつき、目に涙を浮かべているのには必ずわけがある。そんなことは百も承知だが、エッサーは沈黙を守ったままだった。

ホープはエッサーの腕を振り払い、ベッドの中に潜り込んだ。これじゃ、私は何か悪いことをして、こそこそ逃げまわっているみたい。ホープは戸惑っていた。エッサーのあの穏やかな表情から放たれているオーラはただごとではない。私の心の奥底までお見通しのようだわ。あの目で見つめられたら、私が今感じていることすべてが露わにされてしまう。魔法にかけられたような気分。すべて打ち明けなければならないとしたら、その相手として一番ふさわしいのはエッサーだ。それはわかっている。でも、今は無理。心は千々に乱れる。

煩悶する想いを鎮めることができず、ホープは涙を流し続けていた。目が冴え、なかなか眠りにつくことができない。しかし、いつのまにかエッサーがホープに寄り添い、再び彼女のことを抱きしめると、ホープはすやすやと寝息を立て始めた。

さて、この間、居間では何が起きていたのだろう。チャドロックの船が大爆発を起こし、粉々になったことはもう確認済みだった。次に飛び込んできたのは牢獄で起こった事件についての報告だった。ウィンスロプは駆けつけたバーナビーの話に耳を傾けた。バーナビーはエヴェレルから一部始終を聞いていた。エヴェレルからは今後の処置についての提案もなされていた。第一の提案はエヴェレルの責任をより明確にし、自分を明瞭に罪人として扱ってほしいというものだった。

自分が見事に騙されたことを知ったバーナビーだったが、根が優しい人間だったので、その提案を受け入れようとはしなかった。その代わりということでエヴェレルの第二の提案に乗ることを渋々承知した。すなわち、クラドックがいる囚人部屋にエヴェレルも入り、事実上罪人としての扱いを受けるという形にした。

マガウィスカが閉じ込められていた部屋にエヴェレルが行ってみると、クラドックはマガウィスカの寝床でぐっすりと熟睡していた。まるで自分の寝室で寝ているようなその姿を見て、エヴェレルも少し安堵した。善き行いをするためとはいえ、クラドックのことを利用したことには変わりない。クラドックが感じたはずの心の重荷が多少なりとも軽くあってほしいとエヴェレルはずっと考えていた。

バーナビーはホープに一杯食わされ、当然のことながら忌々しい気持ちにはなっていたが、その感情を引きずることはなかった。常日頃ホープのことを優しく見つめ、微笑ましく思っていたバーナビーは今回の一件についてさほど詳細にはウィンスロプに報告しなかった。いやそれどころか、今回の件に関わった人たちにできるだけ不利益が生じないよう細心の注意を払って話をした。

マガウィスカの名前を出す時も慎重で、囚人としての彼女の振る舞いについては賞讃に値するものと評した。ホープのことも思慮深いが、まだまだ若者だと分析し、クラドックのことは可哀想なご年配の紳士、エヴェレルについては自分は何も言う資格がないとのみ発言した。そして、エヴェレルのことを正しい道に導けるのは神様、あるいは総督だけだとつけ加えた。

バーナビーはこれ以上のことを話さなかった。ウィンスロプもバーナビーの朴訥とした報告の中に彼の人柄、彼の真意を汲み取っていた。この若者たちの反乱を重く扱うのは避けるべきだろう。情状酌量にしてやるのが正しい。だが、自分のこういう思いをあまり正直に表に出すべきでもない。

好都合なことにナラガンセット族の長から使いの者がやってきていた。その報告によれば、ナラガンセット族のミアントゥノモーとモヒガン族のウンカスの間で戦端が開かれたとのことだった。そして、使いの者をよこしたナラガンセット族の長は、イングランド人がこの戦いに介入しないように強く要請してきたのだ。

当時の植民地の人々にとってインディアンの部族間抗争は決して望ましいものではなかったのだが、インディアンたちが勝手に争っている間、白人たちの生活は比較的安穏としたものになった。

それ故、あえてインディアンたちの軋轢を煽るようなことも白人たちは行っていた。インディアン各部族がいがみ合いを避け、一致団結してイングランド人に立ち向かってくる事態こそ避けるべき最悪の事態。肝要なのはイングランド人こそ彼らの共通の敵であるという気持ちを起こさせないことだ。

マガウィスカの裁判で彼女が罪を問われた件に関しても、モノノットではなく白人の側につこうとする部族もあったにはあった。しかし、あの裁判が継続し、様々なことが明らかになっていけば、一体どういうことになっていただろうか。白人社会の法に則って考えればマガウィスカは厳罰に処せられるべきである。そして、ピューリタンたちは法秩序を維持することを最優先させる。それが善き行いとされている以上、情に流されることはない。しかしながら、善き行いを遂行した末にどういう事態を招くか。混沌と暗黒の未来が待ち受けているかもしれないと、そう危惧する人間も白人の中にいた。その一人がウィンスロプだった。

マガウィスカが逃亡したのは幸運な出来事だったのかもしれない。マガウィスカを裁くことで生じるインディアンとの激しい闘争を予感していたウィンスロプはこう考えた。もちろんエヴェレルがしたことは法に反しているし、簡単に許されるべきことではない。だが、そのエヴェレルの罪深い行いも神の御心のなせる業だったのかもしれない。エヴェレルを重く罰することも避けるべきだろう。ウィンスロプはバーナビーに翌朝六時にエヴェレルたちを連れて戻ってくるように命じた。ボストンにいる植民地のリーダーたちにも召集をかけ、今回の件についていろいろと報告することとした。

長い一日だった。様々な人間の思惑が交錯し、それぞれの人間の運命はたった一日の中で激変した。混乱を収束させ、新たな秩序を整えるためにウィンスロプは翌日から積極的に動き始めた。

植民地のリーダーたちを集めた会議で、ウィンスロプはまずナラガンセット族の長から届いた急報について詳細にわたって報告した。その中でウィンスロプは事実を報告するのみならず、昨夜密かに決意した自分の企図を実現すべく言葉の端々に今後の処置に対する自説を忍ばせた。現在生じている植民地内の混乱を収拾するにあたって、突然起こったインディアンたちの抗争は実に都合がいい。インディアンたちの抗争とどう向き合うべきかという問題を喫緊の課題とし、植民地内で起こった事件は穏便に済ませるのがよろしい。そもそも人間は不完全な存在であり、不完全であるが故に今回のような事件も引き起こされるのだろう。

ただし、フィリップ・ガーディナーという男だけは許しがたい。ウィンスロプはガーディナーという人物の素性を明かし、彼がいかに邪悪な男であったか力説した。同時に、自分がそのような悪魔的な人物にすっかり騙されていたことを告白し、謝罪した。だが、その悪魔の毒牙にかかろうとしていたホープ・レスリーは無事に家に帰ってきた。これぞ神のご意志だ。神がそうなさったのだ。ホープの命を聖なるものと神はお認めになったのだ。ホープに託された神のご意志があるに相違ない。

ウィンスロプのこの発言に反論する者はいなかった。次にウィンスロプはマガウィスカに対して裁判の席などでなされたガーディナーの証言について語り始めた。彼の証言を信じていいのか。悪魔の言うことに基づいて我々は判断をしていいのか。マガウィスカが逃亡したことにもむろん触れたが、その具体的な方法について詳しくは述べなかった。

二人の若者が道を踏み外したことは確かだ。だが、それも結果的に見れば神のご配慮の内。すなわち、マガウィスカが無事に逃げおおせたことにより、インディアンの抗争に植民地が巻き込まれることもなくなったのだ。それに、マガウィスカを逃がしたいという彼らの気持ちもわからぬではない。若者ならそう思うものなのかもしれない。

クラドックにしても愚かなことをしたものだが、年のせいだと考えてよかろう。あるいは無駄に蓄えてしまった知識のせいなのかもしれない。様々な言葉に通じ、駆使することのできる能力は敬意に値するが、神の道について正しく判断する能力が衰えているのは遺憾だ。その他、ウィンスロプはいろいろ述べたが、趣旨は一つだった。今回は法を順守することよりも慈愛の心を優先させよう。

ウィンスロプの話を聞いた者たちも概ね彼の意見に同意した。結果、二人の若者に下される罰は軽減されるべきであろうということで話は一致した。フレッチャーと親しく付き合っている者たちもいたし、これはごく自然な流れであったのかもしれない。朝食の用意ができる頃には結論が出てしまった。それでは実際にどんな取り決めがなされたのか。

まず、ホープとクラドック。この二人についてはウィンスロプによる訓戒が公の場ではないところで行われることとなった。エヴェレルは牢獄から解き放つこととするが、法廷で被告席に身を置き、今後の身の振り方について公の場で判断を仰ぐということとなった。エヴェレルはこの申しつけにおとなしく従った。

今回の大騒動の処理にあたってウィンスロプはひたすら寛容な態度をとり続けた。彼にはこういう逸話も残っている。

死の床に就いたウィンスロプのところに当時マサチューセッツ湾植民地の総督を務めていたトマ

ス・ダドリー[*26]がやってきた。異教の教えを信じる者を追放する書類に署名してほしいとダドリーは依頼したが、ウィンスロプは拒んだ。

「私は幾度となくこういうことをしてきた。もういい」

　さて、以上のような寛大な処置がとられることを聞かされたエヴェレルとクラドックは牢獄から解き放たれ、いつものようにウィンスロプ家で朝食の席に着いた。

　もう一人の当事者であるホープは前夜の出来事で肉体的にも精神的にも疲れきってしまっていた。マガウィスカを逃がすことだけを考えていた時は気持ちが昂り、ほとんど眠れなかったが、事が成り、昨晩は久しぶりに深く眠ることができたのだ。しかし、疲れが残っていた。なかなか目が覚めない。エッサーとの間に生じた感情のもつれが再び頭の中を駆け巡る。

　エッサーはどこ？　エッサーの姿が見えない。いつものことだ。信仰に忠実なエッサーはいつもこうだ。毎日必ず早起きをする。朝日が部屋の中に差し込んでいる。もう朝食の席に着くべき時間だ。エッサーもとっくに席に着いているんだろう。ホープはベッドから起き上がり、身支度をした。頭の中ではずっとエッサーのことを考えていた。

　おや？　あるはずの物がないわ。エッサーのお化粧道具入れと聖書が見当たらない。いつもならテーブルの上にあるのに。髪の毛を整えていたホープは思わず櫛を取り落とした。部屋の中を見まわしたホープは驚愕した。なぜなの？　エッサーの鞄も帽子箱も何もかも見当たらない。どういうことなの？

　たぶん昨晩の出来事に関係があるのだろうという気はしてきたが、きちんとした事情が知りたい。ホープはドアを開け、笛を吹いてジェネットを呼んだ。笛の音は家中に鳴り響いたが、ジェネットは現れない。

髪の毛はまだまとまっていなかったが、ホープは階段を駆け下り、居間に入った。朝の挨拶もそこそこにホープは大声で聞いた。

「エッサーはどこ？」

ウィンスロップ家の人たちはとっくに席に着いていた。ホープが飛び込んできたので、皆びっくりし、彼女に目をやった。グラフトン夫人が思わずホープの質問に答えようとしたが、ウィンスロップ夫人の視線に気がつき、話すのをやめた。

エヴェレルもホープ、そしてウィンスロップ夫人に目をやり、ようやく気がついた。どうもおかしい。なぜエッサーがいないのか不思議だったのだが、大変なことが起こったようだ。ホープは居間のドアを開けたまま立ち尽くしていた。何が起こったというの？

ウィンスロップがホープに声をかけた。

「おはよう、ホープ・レスリー。ドアを閉めてもらえないかな。風が入ってきてしまう。食事に遅れたようだが、まあお疲れだったんだろう。さあ、席に着きなさい。謝る必要はない」

ウィンスロップ夫人は自分の隣の席に着くようホープを手招きした。ホープは感覚がすべて失われたような気分で椅子に腰かけた。誰も私の質問に答えてくれない。触れてもくれない。みんなどうしたというの？　だが、ホープは気がついた。ウィンスロップ夫人の目は真っ赤だった。さっきまでずいぶんと泣いていたのかもしれない。それにいつもよりなぜだかとても優しく接してくれる。

そういえばウィンスロップ夫人はエヴェレルを意識的に見ないようにしているようだ。いつもならホープもそのことにすぐ気がつき、いろいろ考え始めたに違いない。だが、自分を見つめるウィンスロプ夫人の目に涙が浮かんでいることの方がホープにとっては気がかりだった。これは私のことを思ってくれての涙というわけでもなさそうだ。

何が起きたのかしら。気は焦るばかりだ。動悸がとまらない。今日の朝食はいつまで続くのだろう。何度も何度もデザートのおかわりはいかがと聞かれる。ようやくテーブルから離れることができる、そう思ったらクラドック先生のお話が始まってしまった。今日のお魚料理は骨をとるのが大変だったというお話が延々と続く。

だが、何事にもおしまいの時間は来る。長い朝食の時間が終わり、皆立ち上がった。それぞれおもむろに部屋へと戻っていった。残ったのはフレッチャー親子、ウィンスロプ夫人、そしてホープだった。ホープはグラフトン夫人の後についていこうとした。するとウィンスロプ夫人がホープの手を優しくつかんだ。

「ちょっと待ってね。お話ししておかなければならないことがあります。皆さんが部屋に戻られるのを待っていたのよ」

グラフトン夫人はポケットから手紙を取り出した。

「あら、顔色が急に悪くなってしまったわね、ホープ。大丈夫、心配しないで。あなたが悪いとか、そういうことではありません。エヴェレル、これはあなたの問題だと思います。主人と私はじっくり考えてみました。あの子が考えたこと、あの子がしたこと、私たちにはよくわかります。あの子はずっと私たちの傍にいました。本当にいい子です。気高く、美徳に溢れたあの子は誰よりも素敵な女性です。いえ、他のお嬢さんたちのことを責めているわけではないのよ」

ホープは立っていられなくなった。壁に寄りかかって身体を支えるしかなかった。フレッチャーはじっとウィンスロプ夫人を見つめた。フレッチャーはこう訴えたかったようだ。

「もうこれ以上話を引き延ばさないでくれ」

ウィンスロプ夫人もフレッチャーの視線を無視しているわけではなかった。だが、女性としてどうしても姪のために話し続けたかった。

「いいですか、この手紙はお二人に宛てて書かれたものです。エッサーはこう望んでいます。お二人一緒にこの手紙を読んでほしい」

ウィンスロプ夫人から手紙を受け取ったエヴェレルはホープと一緒に手紙を読み始めた。身体を支えるのもやっとだったホープも、親友の願いに従い、最後まで読み通した。


私の良き友エヴェレル・フレッチャー、そしてホープ・レスリーへ。


この手紙を読んでいるお二人はようやくお二人の幸せをつかむ第一歩を踏み出すことになるでしょう。今までどうしようもない理由があってお二人は幸せな道に踏み出すことができないでいたのだと思います。でも、もう大丈夫なのですよ。

伯父と伯母にも相談しました。お二人は親身に相談に乗ってくださいました。私はこれからライオン号という船でロンドンに向かうことにします。そして、しばらくの間、神様のご加護の下、ロンドンで父と暮らすことにします。父のお仕事が済みましたら、そちらに戻ることになるかもしれません。

私は逃げ出すわけではありません。私たち三人の間に生じた問題を解決するために身を引いたわけでもありません。確かに私がここに居続ければあなたたちは心に痛みを感じ続けるのかもしれません。だから、少しの間私がここを離れるのはいいことなのでしょう。

正直にお話しします。私は今心の安らぎを得ているのです。キリスト教徒として正しい道を歩くことこそ私の幸せ。この地上の生活で得られるものがすなわち幸せだとは限りません。そして、私が今手にしている幸せはこの地上の生活で起こる様々な出来事に左右されるような性格のものではありません。私たち、とんでもない過ちを犯したようです。人間誰しも間違うものです。一番罪深い人間は私だと思います。私は女性として人に負けたくないという気持ちが強すぎました。

エヴェレル、ホープ・レスリーこそあなたにふさわしい女性よ。少し軽率なところもありますけれど、ホープは素敵な女性です。

エヴェレル、あなたのことを責めているわけではありません。本当のことを言っているだけ。あなたは正直な気持ちを表に出すことができなかったのですよね。エッサー、君のことは愛せないんだ。そう正直におっしゃってくれた方が良かったかもしれません。私は夢を見続けてしまいました。愚かでした。この地上で幸せになろうと考えてしまいました。そんな幸せ、あなたの気持ち、そしてホープの気持ちを犠牲にして手に入れる幸せにすぎないのに。

あなたは決して不誠実な人ではありません。私があなたの愛に不安を感じながらあなたの手を握っていると思わせないように、あなたは最大限努力してくれました。

私たちは神様のご意志にすがるしかありません。安全な港に導いてくれるのも神様のご意志のみです。私たちは過去のことを正しく振り返らなければなりません。過去に起こったことをただいたずらに責めるだけではいけません。そういう行いは神様がお赦しにならないでしょう。私たちは暗くて曲がりくねった道を歩いてきました。それでも私たちは感謝の念を持ち、謙虚に過去と向き合うべきだと思います。

私たちの幸せが完全に失われたわけではありません。美徳の心をすべて失ったわけでもありません。私があなた方の幸せのために語り続けていること自体、あなた方にとっては驚きなのかもしれません。でも、どうか、あなた方もしっかりと過去を見据え、考えてください。私は自分がとんでもない間違いをしていたことに気づきました。

私ははっきりとわかりました。この地上での世界が私に幸せをもたらすものではない。そして、この地上での生活が私から幸せを奪い去ることもできない。

これからも私はあなたのことを愛し続けます。妹としてあなたのことを愛し続けたいと考えています。あなたも、兄として私に優しく接してください。

それから、大好きなホープ。エヴェレルのことはあなたにお任せするわ。

お父様もお母様もいらっしゃらないホープのことをエヴェレルが大切にし、幸せにしてくれることを切に祈っています。大丈夫ですね。だって、あなた方は子どもの頃から仲睦まじく過ごしてきたのですから。どうかお二人の間に素敵な、信心深いお子様が生まれますように。

あなた方ができるだけ早く結ばれることを心の底よりお祈りしています。

お二人のことを心から愛している友人より。

ホープは滂沱《ぼうだ》の涙を流した。そして、フレッチャーの首に手をまわし、彼の胸の中に顔をうずめた。誰も一言も発しなかった。言葉は必要なかった。

だが、フレッチャーはじわじわと幸福な想いに包まれていくのを感じ始めていた。長年心に秘めていた願いがようやく叶うのかもしれない。フレッチャーはホープの手を優しく外し、息子の手に重ねた。そして、天国の方向に目を向け、つぶやいた。

「お前たちそれぞれの母親が見守ってくれているようだよ。お前たちのことを祝福しているんじゃないか」

ホープとエヴェレルを結びつけているものは純粋な想い、互いを慈しむ真実の愛情に他ならない。二人の上に神々しい光が射すのも当然なのだ。

フレッチャーはその場を離れた。後は二人の問題だ。二人がこれからどう言葉をかけ合い、愛を確認していくのか、それは二人に任せておけばいい。実に多くのことが起こった。ほとんどの人たちにとって、結果的にすべては丸く収まった。語るべきこともうほとんどない。

チャドロックの一味の生き残りが一人いた。ガーディナーがローザたちと共に船室に降りていく時、火薬樽の蓋が開きっぱなしなのに気づき、蓋を閉めるため手伝ってほしいと声をかけた男だ。男は甲板の上を歩いていて、ガーディナーたちの様子を窺っていたが、大爆発が起こり、空中に吹き飛ばされた。運よく一命をとりとめ、海岸に辿り着いた男はボストンの人たちに多くの情報を伝えた。ウィンスロップは徹底的に現場を捜索し、遺体などを探すように指示した。

まず見つかったのはジェネットの遺体だった。顔にぐるぐる巻きにされていたショールがジェネットのものだったので、身元がすぐ判明したのだ。ジェネットが突然姿を消した謎もこれで明らかとなった。むろん誰もがジェネットの死を悲しんだが、生前の彼女のことをよく知っていた人々の中には口さがない者もいて、こんなことをささやいていた。ろくな死に方をしないとは思っていたが、やはりね。

ローザの遺体も見つかった。彼女も罪を犯していたわけだが、過酷な運命に苦しんだ彼女のことを悪く言う者はいなかった。きちんとした葬儀が行われるよう、ホープも大人たちに懇願した。ピューリタンたちにとっては異端の娘ではあったが、葬儀の席で薄幸のローザが辿った人生に涙する女性は数知れなかった。

その他犠牲となった者たちの遺体はただ一人を除いてすべて収容された。そう、ガーディナーの遺体だけは発見されず、捜索は終了した。人々は悪魔がガーディナーの遺体を我がものとしてしまったのだろうと噂した。彼らの子孫たちもその噂を迷信として一蹴することはなかった。

さて、話を明るい話題に変えよう。ホープとエヴェレルの結婚について気になって仕方のない読者の方も大勢おられることだろう。

若さ故間違いを犯すことも多かった二人だが、周りの者たちと合わせながら平穏に生きていく処世術も身につけ、みんなに祝福される形で無事に結婚式を執り行うこととなった。二人の結婚を祝う者は近親者や友人たちだけではなかった。ボストンに住む多くの人々が二人の結婚を全面的に支持し、心から祝福したという。なお、個人個人の祝いごとを社会全体で暖かく見守るという習慣は良き習慣として今に至るまでボストンに根づいているものだ。

フレッチャーは息子夫婦と共に暮らした。ようやくフレッチャーの心に静謐な時間が訪れた。これもまた恵みに溢れた神の御心の故だ。嵐が吹き荒れた翌日、太陽の光が燦々と輝くのはよくあることだ。

グラフトン夫人はガーディナーという人間を完全に見誤っていたことが悔しくて仕方がない様子だったが、しばらくするとガーディナーにヤヌス卿というあだ名をつけて溜飲を下げていた。ヤヌスとは前と後ろに反対向きの顔を二つ持つローマ神話の神のことだ。そんな言葉遊びで気を紛らわしていたグラフトン夫人だったが、ホープの慶事がすべてを忘れさせた。

こういうことが大好きなグラフトン夫人は喜々としてホープの結婚式の準備を手伝った。そして、結婚式が終わると大満足で、その後は母国イングランドを離れたことを嘆くような言葉は口にしなくなった。ただ死の直前、すっかり耄碌してしまったグラフトン夫人はホープとエヴェレルに懇願し、イングランドに戻り、そこで死を迎え、イングランドの国教会で葬式を挙げてもらうこととなった。このことを残念に思う人々も当時いたようだ。

クラドックはホープの強い希望でフレッチャー家の人々と終生生活を共にすることとなった。フレッチャー家の人々の心の優しさを思えば、これもごく自然ななりゆきだ。クラドックもホープらの申し出を心から喜んだ。

ディグビーは自分の判断が間違っていなかったことをずっと自慢し続けた。自分に先見の明があることを誇り、同時に妻も予知夢のような形で事件の真相を見抜いていたと自慢げに人に話した。彼とエヴェレル、ホープとの間の友情はずっと続いた。それどころか、彼らの子孫たちもお互いに慈しみ合い、親密な友誼を結んだ。

バーナビー・タトルの恩義に報いることもホープは決して忘れなかった。ホープはバーナビーを説得し、孤独な看守の仕事を辞めさせ、生活に必要な金銭を毎年バーナビーに支払った。おかげでバーナビーは後半生を愛する娘ルースと共に静かに暮らすことができた。暗闇の支配する世界を離れ、バーナビーは日がな一日詩篇を口ずさみ、そして孫たちと戯れる日々を過ごすようになった。

エッサーは渡英後二、三年経った頃、ニューイングランドに戻った。そして、ホープやエヴェレルと以前と変わらぬ態度で友情を育んだ。もともと愛らしい女性だったエッサーは信仰心に裏打ちされた優美さをさらに一層身につけ、植民地で一目置かれる存在となっていった。

多くの人たちがエッサーに救いを求めた。誰かから何事か頼まれるたび、エッサーは誠心誠意相手に尽くした。エッサーは生きていく上での新たな目的を見出していた。彼女の生き方にこそ、女性の人生の新たな可能性が浮かび上がる。結婚がすべてではないのだ。結婚だけが女性の人生を豊かにし、その人の尊厳を高め、その人に真の幸せをもたらすわけではない。

エッサーが様々な場面で人に尽くし、献身的に人の面倒を見ている姿に心を奪われた者は多かった。家族や仲間たち以外に対しても優しく手を伸ばすエッサーは人々の心に灯火を灯すこととなった。

## 訳註

＊1　クリストファー・ガーディナー（Christopher Gardiner, 生没年不明）は、ウィリアム・ブラッドフォード（William Bradford, 1590頃-1657）の『プリマス植民地の歴史』（*History of Plymouth Plantation*, 1620-47）で言及されている実在の人物。一六三一年にマサチューセッツ湾植民地にやってきたとされている。カトリックの家系に生まれ、内縁の妻を持ったり、植民地の秩序を乱す動きをしたりするなど、堕落した人物として悪名高きこのガーディナーが、本作のフィリップ・ガーディナーのモデルとなっている。

＊2　ジョン・ウィンスロプ（John Winthrop, 1588-1649）は一六三〇年にニューイングランドに渡り、マサチューセッツ湾植民地の初代総督に就任、植民地のリーダーとして活躍した。この物語でも重要な役割を担うことになる。

＊3　ジョン・エリオット（John Eliot, 1604頃-90）はマサチューセッツ湾植民地のピューリタン社会を代表する牧師。一六三〇年に植民地に渡り、ボストンに隣接するロクスベリーにある第一教会の牧師となった。先住民への伝道に力を注ぎ、聖書を現地の言葉に翻訳し、出版したことでも知られている。

＊4　ウィリアム・ピンチョン（William Pynchon, 1590-1662）、エリザー・ホルヨーク（Elizur Holyoke, 1618頃-76）、サミュエル・チャパン（Samuel Chapin, 1598頃-1675）、いずれも実在の人物。スプリングフィールドはボストンの西、直線距離にして約百三十キロ内陸にある。

＊5　アン・ハッチンソン（Anne Hutchinson, 1591-1643）はマサチューセッツ湾植民地で信仰に関わる重大な問題提起を行い、植民地を震撼させた女性。個人の救済をめぐって植民地で主流となった考え方は、神の恩寵により個人の救済は約束されている（恩寵の契約）が、人が神の教えに従い、敬虔な信仰

生活を送ることにより、救済は外的にも証明される（業《わざ》の契約）という考え方だった。善き行いをしている者こそ神によって救済が約束されている者だというこの教えは、困難な植民地建設を行っている者たちにとって心の支えともなったのだが、ハッチンソンは善き行いをしていることがすなわち救済を約束されていることにはつながらないと主張した。あくまで救済は神の恩寵によってもたらされるという彼女の主張はピューリタン神学の本筋からそれたものではなかったし、善き行いを重視するという教えは偽善者を産む可能性もはらんでいたわけで、実は至極真っ当な主張だった。しかし、善き行いを否定することは初期植民地のリーダーたちにとっては秩序を揺るがす危険思想であり、ハッチンソンは植民地を追放され、最後はインディアンに殺害された。

＊6　ナサニエル・ウォード（Nathaniel Ward, 1578-1652）はマサチューセッツ湾植民地を代表する牧師で、一六四一年、ニューイングランド初の法典である『自由法典』（*Body of Liberties*）という書物をまとめたことで知られる。

＊7　ジョン・コットン（John Cotton, 1584-1652）はマサチューセッツ湾植民地を代表する牧師であり、また当時有数のピューリタン神学者として名をはせた。アン・ハッチンソンもイングランドに住んでいた頃からコットンに従う一人だったが、先鋭化した彼女は植民地の体制の中で自らの政治的立場を維持しようとしたコットンと袂を分かつこととなった。

＊8　エドマンド・スペンサー（Edmund Spencer, 1552頃-99）はエリザベス一世統治下のイングランドを代表する詩人。

＊9　ジャック・オー・ランタンはアイルランドやスコットランドなどで伝えられた伝承上の存在である妖怪、鬼火。アイルランドからアメリカに大量の移民が流れ込んだ十九世紀中盤以降は、ハロウィンで使われるカボチャの提灯を指す名称として世に広まった。

＊10　プリマス植民地の大物指導者ブラッドフォードは、一六二一年に植民地の第二代総督に就任し、

その後他の指導者と交代することもあったものの約三十年間総督として君臨した。彼が遺した『プリマス植民地の歴史』という日記は、プリマス植民地について知るための基本的な一次資料となっている。この日記の中でブラッドフォードはピクォート族虐殺のシーンを本文のように描写した。

＊11　一六三六年にマサチューセッツ湾植民地で創立されたアメリカ最古の大学、ハーバード大学の初めての卒業生で、イプスウィッチにある教会の牧師となったウィリアム・ハバード（William Hubbard, 1621-1704）が植民地政府の依頼で書いた『ニューイングランドにおけるインディアン戦争の記録』（*A Narrative of the Indian Wars in New England*）より。もともとは一六七七年に別題名で出版されたが、十九世紀初め、『ニューイングランドにおけるインディアン戦争の記録』という題名で出版され、以後、この題名が正式名称となった。

＊12　特に一六三六年七月二十日、イングランドの交易商ジョン・オールダム（John Oldham, 1592-1636）がインディアンに殺害されたことがきっかけとなってピクォート戦争が引き起こされたとされている。なお、オールダムを殺害したのはピクォート族だと白人側は主張したが、ピクォート族はそれを認めなかった。

＊13　ムンゴ・パーク（Mungo Park, 1771-1806）は西洋人として初めてニジェール川流域を探検したことで知られている。

＊14　ハンフリー・ギルバート（Humphrey Gilbert, 1539頃-83）は軍人兼探検家で、エリザベス一世の命により、主にニューファンドランド島周辺を探検した。北米大陸におけるイングランド最初の植民地であるロアノーク植民地を築いたのが彼の義理の弟であるウォルター・ローリー（Walter Raleigh, 1554頃-1618）。

＊15　フーサトニック川にあるこの渓谷の場所は特定できないが、スプリングフィールドから七、八十キロほど西へ進むとフーサトニック川に出る。

＊16　ジョセフ・ライト（Joseph Wright, 1734-97）が一七八二年から八四年にかけて制作した《コリントの乙女》（*The Corinthian Maid*）では、遠くに旅立つ恋人の姿をとどめようとコリントの乙女が、ランプに照らされ、壁に映った恋人の横顔の影の輪郭を筆でなぞっている様子が描かれている。

＊17　初代フォークランド子爵の長男である第二代フォークランド子爵ルーシャス・ケアリー（Lucius Cary, 1610頃-43）は、一六四〇年代のイングランド清教徒革命の時代、穏健派として国王と議会の力の均衡を唱えた。

＊18　エドワード・ジョンソン（Edward Johnson, 1598-1672）はピューリタン植民地の立場を熱心に擁護した著述家。引用は彼の代表作『ニューイングランドにおけるシオンの救い主の大いなる御業』（*Wonder-Working Providence of Sion's Savior in New England*, 1653）より。

＊19　エマニュエル・ダウニング（Emmanuel Downing, 1585-1660）は実在の人物で、ジョン・ウィンスロプの妹ルーシーとの間に四人の娘をもうけた。ただし、本書に出てくるエッサーは架空の人物。

＊20　ミアントゥノモー（Miantunnomoh, 1600頃-43）はナラガンセット族の族長の一人。ピクォート戦争までは白人入植者たちとも友好関係を結んでいたが、ピクォート戦争後、壊滅的な打撃を受けたピクォート族の土地などの支配権をめぐって、一時は支配権を認められたものの、しだいにモヒガン族、白人たちを含む三つ巴の抗争が始まり、白人とも敵対するようになった。

＊21　ロジャー・ウィリアムズ（Roger Williams, 1604-83）はピューリタンの神学者。新大陸に渡った後、植民地の主流派牧師たちと教義をめぐって激しく論争するようになり、やがて追放され、一六三五年、現在のロードアイランド州プロヴィデンスに着き、この土地をナラガンセット族から購入したという形で新たな植民地建設を始めた。インディアンに対して同等の立場を取ろうとした白人として知られ、ナラガンセット族が使用していた言語についての百科事典的な書物、『アメリカの言語を知る鍵』（*A Key into the Language of America: or, An Help to the Language of the Natives in that part of America, called New England,*

1643）を出版したりした。この『アメリカの言語を知る鍵』については拙著『アメリカン・フロンティアの原風景――西部劇・先住民・奴隷制・科学・宗教』（風濤社）でも紹介しているので、参照していただきたい。

＊22　「丘の上の町（a City upon a Hill）」という言葉は、ジョン・ウィンスロップが一六三〇年に行った有名な演説「キリスト教徒の慈愛のひな型」（"A Model of Christian Charity"）の中に出てくる有名な一節。ウィンスロップはこの演説の中で「我々は、すべての人の目が注がれる丘の上の町にならなければならない」と述べた。

＊23　サミュエル・ゴートン（Samuel Gorton, 1592頃-1677）は一六三七年に新大陸に渡ったが、ピューリタン主流派の神学及び植民地の政治体制に対して批判的な立場に立ち、少数の仲間を率いて独自の活動を行った。そのため、植民地政府と衝突することも多く、この物語にも出ているように捕えられ、収監されることもあった。

＊24　トマス・モートン（Thomas Morton, 1576頃-1647頃）は植民地時代の交易商。生没年については諸説ある。ピューリタンたちの厳格な教義を嫌い、自由奔放な振る舞いを繰り返したことで知られる。とりわけ、自分が生活していた場所をメリーマウントと名付け（現在のマサチューセッツ州クインシー）、メイポールという大木を立て、その周りで酒盛りや遊びに興じた事件は、ピューリタンにとっては極めてスキャンダラスな出来事だった。また、ピューリタンに敵対するインディアン部族と交易を行おうとするなど、数々の問題行動を起こし、結果的に逮捕されては追放ということを繰り返した。彼が遺した『ニューイングランド・カナン』（*New English Canaan*, 1637）という書物は、新大陸に住む先住民や自然、植民地人たちの生活などについて述べた異端者による貴重な記録となっている。

＊25　マサチューセッツ（Massachusetts）の語源としては、ボストン周辺で暮らしていたマサチューセッツ族の部族名に由来しているという説（マサチューセッツは「大いなる青い丘」という意味）と、ボ

ストン近郊クインシーにある丘の名前モスウィチュセット（Moswetuset）から来ているという説がある。セジウィックは、ダニエル・ニール（Daniel Neal, 1678-1743）という歴史学者が唱えた後者の説を採用し、ニールの著書に出てくる綴りを踏まえ、矢じりという意味のモス（Mos）と、丘という意味のウィチュセット（Wetusett）を結びつけたモスキュチュセット（Moscutusett）という地名を本作に登場させた。

＊26 トマス・ダドリー（Thomas Dudley, 1576-1653）はマサチューセッツ湾植民地の総督を四期務めた。厳格なピューリタンとして知られ、同じピューリタンであっても思想を異にする者たちに対して厳しい態度で臨んだ。

# 訳者解説

本書『ホープ・レスリー』は、十九世紀前半、アメリカ合衆国を代表する女性小説家として活躍したキャサリン・マリア・セジウィック（Catharine Maria Sedgwick, 1789-1867）が一八二七年に発表した歴史小説 *Hope Leslie; or, Early Times in the Massachusetts* の全訳である。

十七世紀前半のマサチューセッツ湾植民地を主たる舞台とし、入植者であるピューリタンの若者たち、ピクォート族の若い娘を主人公に据え、主人公たちが育んでいく友情を軸に『ホープ・レスリー』は彩り豊かな歴史絵巻を紡ぎだしていく。

セジウィック及び『ホープ・レスリー』については拙著『アメリカン・フロンティアの原風景――西部劇・先住民・奴隷制・科学・宗教』（風濤社、二〇一三）の中でも一章を割いて紹介した。植民地時代のアメリカン・インディアンと白人の関わり合いを描いた小説としては、『ホープ・レスリー』が出版される前年に世に出たジェイムズ・フェニモア・クーパーの『モヒカン族の最後』（*The Last of the Mohicans*）が有名で、アメリカ本国では何度か映画化もされ、邦訳も複数出ている。この『モヒカン族の最後』が出版当時から現代にいたるまで一貫して多くの読者の心を強く惹きつけたのに対し、『ホープ・レスリー』は出版当時セジウィックの作家としての地位を確固たるものとし、一定の評価を得た作品だ。しかし、二十世紀後半、文学研究などの場で女性作家たちの価値を見直そうという機運が高まり、『ホープ・レスリー』は『モヒカン族の最後』を凌ぐ十九世紀前半のアメリカ文学を代表する歴史小説として一躍脚光を浴びるようになった。

セジウィックは当時を代表するエリートの家に生まれ育った女性だ。彼女の父親であるセオドア・セジウィック（Theodore Sedgwick, 1746-1813）は合衆国下院の議長を務めるなど、合衆国初期の政党であるフェデラリスト（Federalist）の最も有力な政治家の一人として活躍した。

合衆国誕生後、しだいに勢いを増し、社会に浸透していった民主主義や平等主義に基づく政治理念を抑圧しようとしたフェデラリストのリーダーとして、セオドア・セジウィックはエリーティズムを信奉し、エリートとして政界を生き抜いた。その父親とは違って、娘キャサリンは基本的に人間皆平等という思想に傾倒し、女性の社会的な地位の問題についても進歩的な考えを持つようになった。社会の中で女性はどう振る舞うべきか、社会の中で優位に立つ者はその社会の中でいかなる役割を果たすべきなのか、彼女は『ホープ・レスリー』の中でも問いかけている。

独立を果たしたアメリカ合衆国が急速に発展していく十九世紀前半、女性たちは「共和国の母」としてアメリカ合衆国市民の徳性を育てる役割を与えられ、家庭という職場を任せられた。しかし、家庭に囲い込まれた女性は、社会で広く活躍する階級としての知的エリートという身分からは事実上排除されていた。多くの女性作家が活躍し始めるこの時代、女性作家が世に出すお涙頂戴系の感傷小説がベストセラー化するため自分の出る幕はないと日本でも有名な男性作家ナサニエル・ホーソーンは愚痴をこぼしたりもしたが、彼に言わせれば女性作家は所詮大衆小説の領域に生息する低レベルの物書きでしかなかったのだろう。

そういう状況下、セジウィックは結婚することもなく、女性作家そして女性の社会的な役割について考え続け、本作『ホープ・レスリー』のような本格的な歴史小説を書き上げた。そして、様々な魅力的な女性キャラクターを配することによって、本作は植民地時代初期のジェンダーの問題を十九世紀という時代における女性の生き方をめぐる問題と巧みに絡ませることに成功した。

また、『ホープ・レスリー』のような植民地時代を舞台にした歴史物語を描くにあたり、彼女の人間皆平等という信条は、先住民たちを征服していった白人たちの告発へと自ずと結びついていく。マサチューセッツ湾植民地を建設した先祖たちの偉業をたたえつつ、インディアンたちを蔑視し駆逐していった先祖たちの非道についても、セジウィックは直視している。

植民地時代初期、先住民と白人との摩擦はしだいに軍事的衝突へと発展していく。『ホープ・レスリー』の中でも描かれるピクォート戦争（一六三六－三七）がその代表例だ。一六三七年、この戦いの最中に起こった白人たちによるピクォート族虐殺に関連し、ピクォート族は残忍無比なインディアンであるというイメージを流布し、野蛮凶暴な連中を滅ぼすことは正当な行いであると力説したのが、本作でも引用されるウィリアム・ブラッドフォード、ウィリアム・ハバードら植民地の指導者たちだった。セジウィックは彼らの言説に正々堂々と異を唱える。ピクォート族の生き残りマガウィスカが、エヴェレルに家族や仲間たちを見舞った惨劇について語るシーンは本作の山場の一つだ。

アメリカ合衆国初の黒人大統領がホワイトハウスを去った後、反エリート、反知性主義のうねりに乗った白人大統領が登場し、アメリカ・ファースト、白人至上主義といった理念が声高に唱えられるようになり、アメリカ社会の分断は加速し、深刻化しているという。立場を異にする者たちの対話は決して容易なものではないが、ただ他者を否定し拒絶するだけでなく、他者の言葉にも耳を傾け対話を継続することでしか、多様な人々によって構成されている社会の成熟、発展はあり得ない。

『ホープ・レスリー』の中でセジウィックが試みていることも同じだ。ホープ、エヴェレルはマガウィスカの言葉を誠実に受けとめ、マガウィスカもホープ、エヴェレルの言葉に耳を澄ます。彼らは最後、永遠の別れを告げ、マガウィスカもインディアンと白人は同じ立場で共に暮らすことは無理だと言葉を絞り出すが（そう、セジウィックが描いているが）、それでもインディアンと白人との間に真の友情が成立しうることをセジウィックは作品全般を通じて示唆し続ける。

分断されつつあるのはアメリカ社会だけではない。日本も含め、世界各地で自民族中心主義、排他主義の勢いが増す中、多様な人々の間で交わされる対話と交流、そして友誼が社会を豊かにすると信じる心のゆとりは持ちたいものだ。

『ホープ・レスリー』を読み進めていくにあたって、一つ頭の片隅に入れておいていただきたいことがある。

アメリカ合衆国は日本人の想像をはるかに超える宗教国家だ。キリスト教信仰は広く、深く人々の生活に根差している。それ故、科学的思考が当たり前となっている現代においても、聖書に基づく思考を生活の中心に据えている人々がアメリカ社会には多数存在している。

例えばチャールズ・ダーウィンの進化論に関連し、人間は原始的な生物が進化して誕生した生き物だという考え方を日本人の多くは強く否定することもなく受容していると思われる。だが、アメリカは違う。二〇一七年に行われた世論調査会社ギャラップの調査でも、アメリカ合衆国の四割近くの人々は進化論ではなく、人間は神が創造した存在であるという考え方を支持している。より正確に言うと、今から一万年前以降、神が人間を創造し、その際現在の人間の姿をした存在として人間を創り出した（つまり、人間は何かが進化した存在ではない）という考え方を正しいとした人々が四割近くいたということだ。

さらに言うなら、進化論を認めはしつつも、人間の進化の過程に神が関与していると考える人々も四割近くいる。人間の進化の過程に神などの関与はないと考える人々は二割近く。最後のこの考え方を支持する人々の数は、二十一世紀当初は一割ほどだったので、これでも約二倍の増加ということになる。

『ホープ・レスリー』に登場してくる人物たちがなぜこれほどまでに信仰のあり方にこだわるのか、不思議に思われる方もおられると思うが、今紹介したような現代アメリカの宗教事情は当然過去のアメリカ社会が育んできたものだ。

一六二〇年にメイフラワー号で新大陸に渡り、プリマス植民地を建設した人々はピルグリム・ファーザーズと呼ばれ、後世に名を遺した（ただし、メイフラワー号に乗船していた者の半数以上はピルグリムではない）。ピルグリムはイギリス国教会が行っている宗教改革のありようを不十分なものとし、より純粋な改革を求めたピューリタンの一派で、国教会からの分離を目指す分離派のピューリタンの代表格だ。

一方、『ホープ・レスリー』でも重要な役回りを演じるジョン・ウィンスロプらは、国教会の内部からの改革を目指す非分離派のピューリタンだった。一六二五年に王権神授説を頑なに信奉するチャールズ一世が即位し、議会と対立するようになり、一六二九年には議会を解散してしまう。それと共にピューリタンへの弾圧は強化される。『ホープ・レスリー』冒頭に描かれるフレッチャーの新大陸への移住（一六三〇）も、こういった時代背景のもとで起こった出来事だ。

なお、作中、ベセルの悲劇が起こったのが一六三八年、エヴェレルがイングランドからボストンに戻ったのが一六四五年ということになっているが、この時代設定はまさしくイングランドでピューリタン革命が起こっていく時代と重なる。一六四〇年に議会が再招集されるも、国王と議会の対立は激化し、議会内でも国王派と議会派が分裂した。ここでイングランド全土を震撼させたピューリタン革命の詳細に触れることは避けるが、一六四二年、国王軍と議会軍の内戦が始まり、一六四九年、チャールズ一世は処刑されることとなる。

こうした過酷な政治的、宗教的闘争が繰り広げられたイングランド本国を離れたウィンスロプたちは、新大陸で信仰に基づく理想社会の建設に邁進した。しかし、信仰を共にする共同体とはいえ、所詮多様な人々が生活する社会の中で程度の差はあれ価値観を異にする者たちは出現する。作中登場するトマス・モートンやゴートン一味はウィンスロプたちにとって断じて許すことのできない異端の者たちだ。彼らはただ排斥し、処断すればいい。ウィンスロプたちに巧みに取り入り、籠絡したガーディナーに至っては植民地の人間たちにとっては最悪の仇敵カトリックの信者だった。同じキリスト教の枠内に属しながらなぜピューリタンたちがカトリック教徒を徹底的に憎むのか、にわかには信じがたい話だが、宗教、信仰をめぐる政治的闘争は歴史上人間社会に根深くまとわり続けている。

それはともかく、ウィンスロプの身近にも異端の者はいた。普段から年長者の教えに背を向けがちで、またマガウィスカとごく自然に心を通わせるホープやエヴェレル。二人の若者はウィンスロプにとって実に悩ましい存在だ。マガウィスカ救出のために二人は共同体のルールを著しく逸脱した。共同体のリーダーであるウィンスロプの周囲で生活していた若者たちをウィンスロプは信仰と秩序維持のため断罪するしかないのか。若者たちが持つに至ったインディアンに対する友愛の情は絶対に許されざるものなのか。信仰がすべてに勝るものであるなら、ホープとエヴェレルは徹底的に躾《しつ》けられ、正しい道に導かれるべきだ。セジウィックは実在の人物であるウィンスロプを一つの軸に据え、アメリカ社会の土台をなす信仰の問題に光を当てている。

『ホープ・レスリー』には魅力的な若者たちが複数登場する。マガウィスカに魅了され、彼女が抱えるに至る心の葛藤に魂を揺さぶられる方も出てくるかもしれない。と同時にマガウィスカという人物像にある実在のインディアン女性の姿を重ね合わせる方も必ずおられるはずだ。そう、作者自身、作品冒頭で名前を出している人物ポカホンタス。

ディズニーのアニメ映画『ポカホンタス』（一九九五）、『ポカホンタスⅡ――イングランドへの旅立ち』（一九九八）、あるいは二十一世紀に入ってから公開された『ニュー・ワールド』（二〇〇五）といった映画作品などを通して、いまだにポカホンタスはアメリカン・インディアンのイメージ形成に絶大な影響を与え続けている。なぜ、かくもポカホンタスは有名になったのか。時は十七世紀当初の植民地時代に遡る。一六〇七年に建設が開始されたヴァージニア植民地のリーダー、ジョン・スミスが事実とは異なると考えられている逸話を流布したことが事の発端となった。

ディズニー映画や『ニュー・ワールド』では善玉として登場するスミスだが、実際は相当な乱暴者で、新大陸に入植後も先住民たちへの略奪を繰り返し、植民地を発展させていった張本人だ。インディアンとの闘争の中で負傷し、イングランドに帰国したスミスは突然ある作り話を吹聴し始める。自分はある時インディアンに捕まり、処刑されそうになった。それを族長の娘が身を挺してかばってくれ、自分は助かった。この娘こそポウハタン族のリーダーの娘マトアカ、別名ポカホンタス。そしてここに、白人を救う善きインディアンとしてのポカホンタス神話が誕生する。

右記の映画作品いずれでもこのエピソードは当然描かれ、そしてポカホンタスとスミスは愛し合うようになる。そして、いずれの映画でも、かいつまんで言うなら、スミスと別離する運命となったポカホンタスが別の白人男性ジョン・ロルフと愛し合うようになり、そしてイングランドに渡るというプロットが作品の主軸となっていく。つまり、いずれの映画も「禁断の愛」(『ニュー・ワールド』の宣伝文句)を描いた恋愛ロマンスであり、二人の白人男性を愛したヒロインとしてポカホンタスは映画を見る者の心を熱くさせるのだ。

白人男性との愛に溺れ、愛に悩むポカホンタスは命がけで白人を救うばかりでなく、キリスト教に改宗することにより、白人にとってより理想的なインディアンへと変貌する。そもそも、インディアンとの抗争を有利に進めるため入植者たちは族長の娘ポカホンタスを誘拐し、さらに通訳として利用するためポカホンタスに英語を教え、さらには洗礼を受けさせた。洗礼を受けるにあたってポカホンタスが何を考えたのか、資料はまったく残されていないが、彼女の自由意志によるものとは到底思えない。

さて、ロルフと共に渡英すると国王とも謁見し、一躍有名人になったポカホンタスだが、彼女はもはやただの野蛮人ではなく、白人化されたインディアンとして白人社会に受け入れられるようになった。そして、その善きインディアンとしてのポカホンタス像は後世へと引き継がれていくこととなる。

アメリカ合衆国議会の議事堂の内部、ロタンダと呼ばれる円形の広間には八つの巨大な絵画が展示されている。いずれもアメリカの歴史の節目節目を表現したものになっていて、例えばコロンブスの上陸、船上のピルグリム・ファーザーズなど、歴史的に有名なシーンが描かれている。その八つの絵画の一つがジョン・チャップマンの《ポカホンタスの洗礼》(一八三九)だ。この絵の中で、白いドレスを身にまとい、白人のような姿をしたポカホンタスは牧師の前に跪《ひざまず》き、静かに洗礼を受けている。ポカホンタスと牧師を取り囲んでいる人々の中にはポカホンタスの親族も含まれ、ある者は儀式に見入り、ある者は儀式から目をそらしている。

このロタンダにはポカホンタスがジョン・スミスを救ったシーンを描いたレリーフ彫刻も飾られていて、国の中枢部である議事堂を訪れた人々は、善きインディアンとしてのポカホンタスの姿を自ずと心に刻み込むことになる。

身を挺して白人の命を救おうとするポカホンタス。キリスト教に改宗するポカホンタス。白人たちにとって都合よく造り上げられたポカホンタス神話について検証し直し、彼女の実像を探ろうとする研究は継続的に行われているが、一方で、今紹介したように、神話化されたポカホンタスの姿は様々な形で再生産され、次々と人々の前に立ち現れる。

脱ポカホンタス神話。我々にはこういった視線も必要なはずだ。

セジウィック自身が強く自覚していたかどうかはともかく、彼女が造形したマガウィスカは、現代にまで受け継がれているポカホンタス神話に真っ向から立ち向かっている。インディアンとしての誇り、白人への怒りと恨み、滅びゆく者が抱えざるを得ない絶望と諦観、家族や友人、社会的弱者に向けられる溢れんばかりの愛情と優しさ、暴力的行為に対する嫌悪感、不正や非道を許さない正義感。マガウィスカに託されたものは実に多様だ。

先住民を追いやった父祖たちの行いを客観的に見つめようとしたセジウィックは、白人の女性作家として、インディアンの女性がいかなる思いを抱いて白人と対峙していたのか、そのリアルな思いに迫ろうとしていたのだろう。ポカホンタスのような類型化されたインディアン女性ではない、現実のインディアン女性を描こうとしたセジウィックの試み、すなわち脱ポカホンタス神話の試みは大いに評価されるべきだ。

むろん、セジウィックはあくまで白人であり、父祖たちの行為を絶対的な悪とはしていないし、キリスト教的な価値観に対する信頼には微塵も揺るぎはない。セジウィックが生きた時代、合衆国の人口急増に伴い、インディアンの強制移住が本格化し、インディアンは白人によって西へ西へと追いやられていく。この現実を糾弾し、根本的な見直しを迫るような意思は、セジウィックも持つことができなかった。この政治状況は如何ともしがたい。だが、異民族、異人種の間に厳然と横たわる深い溝を乗り越える手立てや希望は一切ないのか。

セジウィックが『ホープ・レスリー』の中で暗示しているのはかすかな希望の光だ。最終的にマガウィスカと対等な立場で共存し、手を取り合って生活していくという希望はマガウィスカによって拒絶されたホープだが、ホープは自らの意思でマガウィスカとの間に絆を築き、そしてマガウィスカからの温かい言葉により愛するエヴェレルと結ばれることになる。また、ピューリタンの信仰を失いつつもオネコというインディアンと固く結ばれ、白人からインディアンへ生まれ変わることになったホープの妹フェイスの生き様も作品全体に絶妙なアクセントを加えている。そして、白人たちと様々なやり取りをするマガウィスカというインディアン女性が圧倒的な存在感を放っている。白人たちにとって都合よく造形され、神話化されたポカホンタスとは一味違うマガウィスカというインディアン女性の姿を読者の皆さんには思う存分堪能していただきたい。

翻訳にあたっては、ラトガース大学出版局から出ているメアリー・ケリー編のテキストを使用した。

Mary Kelley, ed., *Hope Leslie; Or, Early Times in the Massachusetts* (New Brunswick: Rutgers UP, 1987).

なお、原著では本作は第一巻十二章、第二巻十五章という二部構成になっているが、翻訳では全体で二十五章の一部構成とした。また、原著の巻末にはセジウィック自身による註もついているが、翻訳では必要と判断したもののみ、訳註の中に組み入れた。

また、原著の各章冒頭には様々な文学作品から引用されたエピグラフが置かれている。ただ、現代の日本人読者にとっては冗長と思われる部分が多々あるため、すべて削除した。

最後にお礼その他。

編集の鈴木冬根さん、また一緒に仕事ができて良かったです。今回もいろいろとお世話になり、ありがとうございました。

もう少ししたらこの本も読めるようになるかもしれない娘へ。君はこの本に出てくるどの女性に心惹かれるのでしょう。成長していく君が素敵な女性になることを祈っています。

二〇一九年十月

高野一良

## キャサリン・マリア・セジウィック

Catharine Maria Sedgwick, 1789-1867

19世紀前半のアメリカを代表する女性作家。マサチューセッツ州ストックブリッジ出身。生涯独身を貫き、兄弟たちに支えられながら執筆活動を続けた。父親は合衆国下院の議長を務めたフェデラリストの有力な政治家セオドア・セジウィック。『ニューイングランド物語』(1822)を皮切りに6本の長篇小説を発表。本作『ホープ・レスリー』(1827)はその第3作目にあたる歴史小説。その他短篇小説や子供向けの読み物など、数多くの作品を世に出した。ワシントン・アーヴィング、ジェイムズ・フェニモア・クーパーなどと並んで、アメリカ文学草創期に活躍した作家の一人として知られている。

## 高野一良

たかの・かずよし

1959年生まれ。首都大学東京教授。アメリカ文学専攻。主な著書に『アメリカン・フロンティアの原風景——西部劇・先住民・奴隷制・科学・宗教』(風濤社、2013)、『アメリカの嘆き——米文学史の中のピューリタニズム』(共編著、松柏社、1999)、『メルヴィル後期を読む』(共著、中央大学出版部、2008)、主な訳書にマーガレット・フラー『五大湖の夏』(未知谷、2011)、ブラック・ホーク『ブラック・ホークの自伝——あるアメリカン・インディアンの闘争の日々』(風濤社、2016)などがある。

**ホープ・レスリー**

2019年12月25日　初版第1刷発行

著者　キャサリン・マリア・セジウィック
訳者　高野一良
発行者　佐藤今朝夫
発行所　株式会社国書刊行会
〒174-0056 東京都板橋区志村1-13-15
Tel.03-5970-7421　Fax.03-5970-7427
https://www.kokusho.co.jp
印刷・製本所　三松堂株式会社
装幀　山田英春
ISBN978-4-336-06559-9

## ＪＲ

ウィリアム・ギャディス／木原善彦訳

Ａ5判／九四〇頁／八〇〇〇円

十一歳の少年ＪＲが巨大コングロマリットを立ち上げて株式市場に参入、世界経済に大波乱を巻き起こす——⁉ 世界文学史上の超弩級最高傑作×爆笑必至の金融ブラックコメディ。〈第五回日本翻訳大賞受賞〉

## 蝶を飼う男　シャルル・バルバラ幻想作品集

シャルル・バルバラ／亀谷乃里訳

四六判／三〇四頁／二七〇〇円

親友ボードレールにエドガー・ポーと音楽の世界を教えた影の男、シャルル・バルバラ。《知られざる鬼才》による、哲学的思考と音楽的文体、科学的着想、幻想的題材が重奏をなす、全五篇の物語。

## 最後に鴉がやってくる

イタロ・カルヴィーノ／関口英子訳

四六変判／三三六頁／二四〇〇円　〈短篇小説の快楽〉

死にゆく者はあらゆる種類の鳥が飛ぶのを見るだろう——。自身のパルチザン体験や故郷の生活風景を描いた《文学の魔術師》カルヴィーノの輝かしき原点となる第一短篇集。瑞々しい傑作揃いの全二十三篇収録。

## ジャーゲン

ジェイムズ・ブランチ・キャベル／中野善夫訳

四六判／四九六頁／三六〇〇円　〈マニュエル伝〉

行き掛かりに哀れな悪魔を助けた質屋ジャーゲン。返礼にと突如消された口うるさい妻をしぶしぶ取り戻す旅に出る。当代一流の口八丁と権謀術数を武器に快進する愛と冒険の喜劇的ロマンス。三冊シリーズ第一巻。

## 不気味な物語

ステファン・グラビンスキ／芝田文乃訳

四六判／三六八頁／二七〇〇円

中欧幻想文学を代表する作家として近年大きく評価が高まっているステファン・グラビンスキ。ポーランド随一の狂気的恐怖小説作家による、死と官能が纏繞するポーランドの奇譚十二篇を収録する、傑作短篇集。

## 死者の饗宴

ジョン・メトカーフ／横山茂雄訳・監修／北川依子訳／若島正監修

四六変判／三二〇頁／二六〇〇円　〈ドーキー・アーカイヴ〉

二十世紀英国怪奇文学における幻の鬼才、知られざる異能の物語作家ジョン・メトカーフ。不安と恐怖と眩暈と狂気に彩られた怪異談・幽霊物語・超自然小説の傑作八篇を集成する本邦初の短篇集。

## 英国怪談珠玉集

南條竹則編訳

Ａ５判／五九二頁／六八〇〇円

英国怪談の第一人者が半世紀に近い歳月を掛けて選び抜いた、イギリス怪奇幻想恐怖小説の決定版精華集。シール、マッケン、ウェイクフィールド等、二十六作家三十二篇を一堂に集める愛蔵版。美装函入。

## 怪奇骨董翻訳箱　ドイツ・オーストリア幻想短篇集

垂野創一郎編訳

Ａ５判／四二〇頁／五八〇〇円

ドイツが生んだ怪奇・幻想・恐怖・耽美・諧謔・綺想文学の、いまだ知られざる十八篇。《人形》《分身》《閉ざされた城にて》《悪魔の発明》等、六つの不可思議な匣が構成する空前絶後の大アンソロジー。美装函入。

税別価格。価格は改定することがあります。